INOCENCIA

Una Mujer que Desafió el Destino

Irene Armenta DesGeorges

ISBN: 1-4033-1631-7 (e-book)
ISBN: 1-4033-1632-5 (Paperback)
ISBN: 1-4033-1633-3 (Dustjacket)

This book is printed on acid free paper.

1stBooks - rev. 09/18/02

En Homenaje

A mi abuelita:

Francisca Romero de Armenta +

A mis padres:

Miguel Armenta Alvarez +

Natalia Armenta de Armenta

y

A mi esposo:

Frank Patrick DesGeorges

Fuentes inagotables de inspiración,

a quienes les debo todo lo que tengo,

y todo lo que soy.

Con todo mi amor,

Irene Armenta DesGeorges

17 de Diciembre de 1995

San Diego, California

155 el estudiante americano
154 heredados de riqueza

Uno

El Presagio

México, diciembre de 1949

El día que Inocencia llegó a este mundo, se desbordaron los cauces de los ríos, se inundaron las plantaciones, y los torrentes de agua que por horas cayeron sin cesar, arrasaron con todo a su paso, causando innumerables daños a la hacienda de don Rodrigo.

En medio de ese diluvio, los gritos desgarradores de una mujer a punto de dar a luz, escapaban de una casucha abandonada en el rincón de una enorme hacienda, al sudoeste de la Ciudad de México. El eco de sus gritos se confundían con la explosión que producían los rayos y los relámpagos.

La casa reflejaba la pobreza de los moradores. En un cuarto obscuro iluminado por lámparas de petróleo, entre sábanas viejas y amarillentas, lastimosamente se revolcaba y gemía de dolor una joven indígena.

Habían pasado ya varias horas que Esperanza, enloquecida por los dolores de parto, agarraba pedazos de sábanas y con desesperación se los metía en la boca y los mordía, tratando así de aminorar un poco las punzadas agudas que sentía le corrían por las caderas, las nalgas, la vagina. Imaginaba que la tomaban de las piernas con tal fuerza que iban a terminar despedazándola. Jamás hubiera imaginado que el lecho y el acto sublime de hacer el amor, fueran a convertirse en su propia agonía.

Al pie de la cama, paralizado de terror se encontraba Eusebio, el padre de la criatura que estaba por nacer. Entre él y Benigna, una vieja partera de manos fuertes, pechos y caderas abundantes, intentaban, sin éxito, mantenerla tranquila. Fue imposible: Esperanza, una mujer sana, y siempre en completo control de sus acciones, en esa ocasión, estaba completamente fuera de quicio. Así, poco a poco, entre jadeo y jadeo, cubierta en un baño de sudor y ante la admiración de la vieja partera y Eusebio, la mujer lanzó un último grito de dolor, el cual estremeció las viejas paredes de la choza, al tiempo que caía un relámpago que alumbraba toda la casa. En ese instante, apareció la parte superior de la cabeza de la criatura, seguida por el resto del cuerpecito—cubierto por una capa rojiza, babosa y caliente—arrojado violentamente hacia afuera del vientre de la indígena: era una niña.

1

La diestra partera la tomó en los brazos, y la colocó en el regazo de Esperanza. En un santiamén, los gritos de dolor se convirtieron en un llanto copioso de oraciones y alegría. Eusebio las abrazó a las dos. Besó en la boca a su esposa y tocó la cabecita de la niña: "Ijole, tan chiquitita, Negra, y bien que te hizo echar de gritos y buen susto que me metió. Mírala, es una muñequita de chocolate."

Afuera, se disipaba la tormenta y cedía dando paso a una bellísima y reluciente salida del sol. Desde el cuarto obscuro se podían observar los primeros rayos dando la bienvenida al primero y más importante día de la recién nacida.

Minutos después, la partera tomó unas tijeras desinfectadas con alcohol y de un tajo cortó el cordón umbilical. En seguida, tomó a la criatura y la sumergió en una tinica de agua tibia. La bañó y la envolvió en una manta usada pero limpia y la colocó en los brazos ansiosos de Esperanza. El llanto de la niña llenaba hasta el último rincón de la pobre casa con incontenible alegría. La madre, como por instinto, sacó el pecho rebosante de leche y con dulzura penetró el pezón lleno del preciado líquido de sustento en la boquita de la pequeña, quien se prendió y comenzó a chuparle el pecho casi sin respiración. La joven indígena sintió un leve dolor que pronto se convirtió en una gran satisfacción.

Mientras la amamantaba, Esperanza la estudiaba. Uno a uno le contaba los deditos de las manos y de los pies, se los llevaba a la boca y los besaba, riendo y llorando de alegría a la vez. Tocaba el cuerpecito y lo sentía suave y tibio. Era una niña completa y normal. La madre dio gracias al cielo y sintiendo los leves jalones de leche que la hija casi con desesperación extraía del pecho, se esforzaba por mantener los ojos abiertos. Luchando contra el cansancio, volvió la cara preguntándole a Eusebio:

—Negro, ¿a qué estamos?

—No sé. Ayer, cuando *empezátes* con los dolores, era lunes. Yo creo *questámos* a martes. *Poráy* oí decir que era el día de los Inocentes.

—MMM, *pos* si es *verdá*, a la Negrita le pondremos...Inocencia. ¿Te suena bien?

—¿Inocencia? *Nuestá* mal.

—Bueno, *yastá*—y diciendo eso, se quedó profundamente dormida. Una vez que la niña dejó de mamar, Eusebio la tomó estrechándola contra su pecho con infinita ternura. Lloró en silencio. "Milagro—decía—*verdá* de Dios *quésta* niña es un milagro."

Mientras dormía, Benigna le daba un baño de toalla al cuerpo exhausto de Esperanza que yacía inerte, completamente ajena a lo que sucedía a su alrededor.

Una vez terminada la faena, la partera salió de la choza, y al volver los ojos al cielo, vio el firmamento coronado de matices resplandecientes. En tono solemne le dijo a Eusebio: "Este arco iris es un presagio. Algo trascendental sucederá durante la vida de tu niña. Cuídala bien y quiérela mucho porque tu mujer no tendrá más hijos. Se le ha enfriado la matriz." — El indígena se estremeció—se le quedó viendo a Benigna sin saber qué decir. La vieja respiró hondamente el aire fresco del amanecer, y a paso lento se fue perdiendo en la lejanía por el estrecho camino de tierra hecho lodazal, que la llevaría fuera de la hacienda, rumbo a su casa.

Dos

Por qué Somos Como Somos

Primera Parte: María Teresa y Rodrigo

En 1926, año que nació María Teresa, hija única de don Alejandro y doña Victoria Montenegro, la hacienda había visto una década de gran prosperidad. La niña se crió entre paños finos y desde pequeña fue introducida a los círculos más exclusivos de la sociedad mexicana. La familia presumía de llevar nombres llegados hasta ese suelo desde la remota tierra de España, y se jactaba de su buena suerte y clase privilegiada. Desde pequeña, además de haber adoptado esa arrogancia innata, propia de una crianza entre gentes de bien, y ese aire de superioridad hacia las personas de humilde casta, los padres le habían consentido todo capricho y deseo imaginable. María Teresa gozaba de la envidiable posición de ser la joven heredera de una fortuna considerable, convirtiéndose en el blanco perfecto de jóvenes ambiciosos.

No sorprendió a nadie, por lo tanto, que al llegar a la madurez se convirtiera en una patrona rígida y exigente: no soportaba la pereza, la mínima falta de higiene y limpieza entre la servidumbre, y mucho menos, su falta de lealtad. Creía que había nacido con un derecho casi divino de disponer del destino de todos aquellos bajo su mando, y no perdía la oportunidad de expresarlo y demostrarlo. Sentía una apatía hacia toda mediocridad y administraba la casa con la exactitud de un reloj suizo, la impecabilidad de un santuario, y la suavidad de terciopelo. Su casa era su castillo y ella era la reina soberana. La servidumbre la veía con una mezcla de temor hacia su déspota autoridad, y admiración por su conocimiento y destreza. No cabía duda, estar bajo la sombra de María Teresa era como caminar sobre rosas y espinas: nada les faltaba, salvo su libertad.

--- *** ---

Rodrigo De las Casas era un jovenzuelo rebelde, nacido de padres mexicanos que en un tiempo formaron parte de la aristocracia, mas carecieron de visión hacia el futuro. Don Alfonso había heredado una pequeña fortuna. Con tan mala suerte para el hijo, su padre había sido un enamorado y apostador empedernido, y en una noche sin luna, había derrochado toda la herencia. La familia se vio en la calle y en la vergonzosa situación de buscar sustento como servidores de amigos acaudalados. Fue por ese tiempo que doña Aurora salió preñada, viéndose forzada a criar al hijo en la pobreza. El niño creció escuchando siempre de los labios de sus padres la cansada letanía de las épocas de antaño, cuando los abuelos habían vivido en la opulencia. Rodrigo creció deseándolo todo. De joven adquirió el tipo de donjuán y aprendió del padre el gusto por el buen vivir: era un enamorado con callo convirtiéndose a corta edad en un cazadotes profesional, acechando a cuanta joven rica y soltera cruzaba su camino. Nació bajo buen signo, puesto que su presencia física impresionaba y le abría las puertas a las aventuras románticas. Era alto, fuerte, moreno claro, ojos café obscuro de mirada perspicaz, de naturaleza más astuta que inteligente. Había explotado cuanta oportunidad se le presentaba para aprender los varios oficios relacionados con la ganadería, esperando la oportunidad de llamar la atención de algún terrateniente cuya riqueza se había convertido en una obsesión constante. De joven, siguiendo los pasos del padre y bajo falsos aires de importancia, se relacionó con chicos de buenas familias infiltrándose en los círculos exclusivos de México, y de ellos aprendió los modales propios de un caballero.

Fue durante una tarde calurosa de un Dieciséis de Septiembre que Rodrigo asistió al lienzo de un amigo, vestido en un regio traje de charro en el cual había invertido hasta el último centavo. Fue con toda la intención de impresionar a la hija de algún viejo rico que acostumbraba asistir a dichos eventos tradicionales. En un traje sobrio, negro, con sombrero de ala amplia, botas de cuero fino, y bigote a la Zapata, salió montado en un caballo criollo, retinto, galopando con un aire de dominio prodigioso, haciendo alarde de sus aptitudes propias de la Charrería. En las gradas se encontraba un grupo numeroso de jóvenes aficionadas. Entre las señoritas que sobresalían por su presencia y apellido se encontraba María Teresa, una joven de diecinueve años, alta y espigada, piel clara, con una larga y sedosa cabellera y ojos café miel, envuelta en un fino atuendo.

La joven vio salir al apuesto charro y le llamó la atención su porte distinguido. Lo siguió con los ojos mientras que éste se lucía en el lienzo. Rodrigo, con la astucia de un zorro a punto de acorralar a su víctima, aprovechó la ocasión precisa para cazar a la presa. Desmontó del caballo y con un movimiento dramático tomó el sombrero, hizo una caravana y finalmente se hincó frente a la presa codiciada. Una vez que se aseguró haber llamado la atención de la joven, montó el caballo y con aire de conquistador salió del lienzo. Al terminar la faena, María Teresa sorprendió a sus amigas al responder con exagerado entusiasmo. Continuó aplaudiendo y expresando su admiración sin darle importancia alguna a los comentarios de las amistades. El corazón de Rodrigo latía con fuerza: había logrado su propósito. He aquí mi pasaporte hacia la tierra prometida—pensó— dirigiéndose hacia la joven cuyo apellido deletreaba la palabra: F-o-r-t-u-n-a, con paso firme, con la espada desenvainada, empuñando todas las armas que había almacenado para la conquista.

—Buenas tardes, señorita. Veo que usted es gran aficionada a la charrería.

—Buenas tardes. Disculpe, no sé su nombre.

—Soy Rodrigo De las Casas, a sus pies. ¡Qué suerte la mía encontrarme en la presencia de tan hermosa dama!—le contestó el apuesto charro al tiempo que le ofrecía la mano. Sorprendida por el atrevimiento del joven extraño y un tanto incierta, ella le devolvió el saludo de mano. Rodrigo la vio directamente a los ojos, le tomó la mano y se la llevó a los labios depositando en la punta de los dedos de la joven un beso sutil. Sus movimientos fueron lentos y bien estudiados, como los de una escena de teatro. María Teresa sintió que el calor de los labios de Rodrigo y el roce del abundante bigote en la mano le corría por todo el cuerpo como una pequeña descarga eléctrica. Retiró la mano y sin quitarle la mirada le respondió: "Mucho gusto."

—Y…¿a quién tengo el gusto de conocer en este bienaventurado día?

—Me llamo María Teresa Montenegro.

—María Teresa Montenegro, ¡qué lindo nombre tienes!

—Gracias. Es usted un caballero.

—María Teresa, le ruego me disculpe mi atrevimiento. ¿Tiene un acompañante para la cena tradicional de esta noche en la casa de nuestro anfitrión, el señor Luján?

—No, Rodrigo. Iba a ir con mis padres.

—Perfecto. En ese caso, ¿me consideraría digno de su compañía? Le aseguro que si aceptara mi invitación, me haría el hombre más dichoso del mundo.

La joven halagada por la fuente de cortesías que brotaban de la boca de aquel extraño, le respondió con una espontaneidad que la sorprendió a ella misma: "Me encantaría."

Esa misma noche, Rodrigo se reunió con ella en la casa de la Familia Luján, vestido en un traje de charro muy fino, prestado, derrochando buen humor y simpatías. Este no perdió un latido en cortejar a la joven heredera. Esa noche, se jugó hasta la última camisa en las mesas de póker. En una buena racha de suerte ganó una fuerte cantidad, permitiéndose el lujo de inundar a María Teresa con invitaciones a todo evento social que se suscitaba, fomentando en ella la falsa ilusión de ser un hombre que contaba con plata y no el piojo resucitado que en realidad era. "A esta yegüita yo la amanso en menos de lo que canta un gallo," cacareaba entre los amigos, y después de un breve período de incesante cortejo, como una escena bien ensayada, María Teresa cayó como paloma herida en las redes del joven y aspirante Rodrigo.

Los padres de María Teresa se preguntaban quién era ese jovenzuelo atrevido que en poco tiempo había logrado enamorar a su hija. A pesar del esfuerzo del joven charro por conquistarla, no estaban convencidos de sus verdaderas intenciones. Varias veces intentaron hablar con María Teresa pero ésta había caído bajo el hechizo de las palabras pegajosas y la serie de trampas que Rodrigo le había tendido: estaba enamorada, era caprichosa, y eso era todo. No quiso escuchar las razones de los padres: eran unos viejos anticuados y no sabían nada de los secretos del amor. Obedeciendo a su corazón ciego, se enamoró de Rodrigo sin sospecha alguna.

Nueve meses después de haberse conocido, se celebraron las bodas de Rodrigo y María Teresa: un acontecimiento de esos que mantenían a la sociedad en vela. Las nupcias se llevaron a cabo en la Hacienda de los Montenegro, cuya mansión y jardines, vestidos en los mejores linos y colores, lucían magníficos. Los novios unían sus destinos en medio de una lluvia copiosa de regalos finos, mientras que los invitados bebían champaña que corría libremente. Las parejas giraban en torno a una fuente cubierta de agua, luces y cientos de flores en medio de un patio enorme, sobre cuyo piso de baldosa bailaban al compás de la música del tradicional mariachi. Las notas alegres y sentimentales invadían todos los rincones de aquella enorme hacienda, bajo el resplandor de una luna llena. La celebración continuó hasta las primeras horas de la madrugada.

En hora mal habida, durante la recepción, Rodrigo había bebido demasiado y tuvieron que sacarlo arrastrando desde el patio donde se encontraba celebrando las nupcias, hasta la alcoba matrimonial. María Teresa, esperando ansiosamente consumir su pasión de novia encendida, lo vio tirado sobre la cama completamente vestido y recordó por primera vez las advertencias de los padres. Era su noche de bodas, demasiado pronto— pensó—para sufrir la primera y amarga decepción como nueva esposa de Rodrigo.

A la mañana siguiente los recién casados tomaron el avión hacia las islas del Caribe donde estuvieron dos semanas tirados al sol, y durante las cuales Rodrigo, finalmente, pudo comprobar a su nueva esposa las razones por las que había creado fama de ser un excitante y apasionado amante.

Al regreso de su luna de miel, la novia había dejado atrás la decepción de la noche de bodas y se había dedicado a crear una atmósfera de amor y de armonía. Al retorno a la Casa Grande—la residencia de los Montenegro—los recién casados se instalaron en las habitaciones que la recién casada había ocupado de soltera. Al entrar Rodrigo en la alcoba matrimonial captó todo de una barrida. Al verse sumergido en el mundo de soltería de la mujer de colores tenues: rosa, blanco y amarillo, envuelto en cortinas y papel tapiz de flores, rodeado de una colección de primorosos tejidos y bordados en todos los rincones a manos de doña Victoria, exclamó exasperado:

—¡Mi vida, yo no puedo vivir en tu mundo de fantasía femenina! Lo siento, ¿qué van a pensar de mí, cuando se sepa que el nuevo patrón vive atrapado en una casa de muñecas? ¡Qué diantres voy a hacer aquí! ¡No me digas que también me escogiste un par de pijamas con florecitas que hagan juego con tus cortinas!

María Teresa vio a aquel hombre robusto jugando nerviosamente con el bigote en medio de la alcoba y le pareció risible. Rodrigo era una pieza del rompecabezas que no encajaba. Nunca imaginó que un incidente para ella de menor importancia fuese a causar tal molestia al marido. Se le acercó cariñosamente, pasándole la mano por el pecho y le dijo:

—Tienes razón, amor. Por supuesto que ya lo había pensado. El decorado de esta alcoba cambiará en cuanto tú y yo decidamos un diseño más apropiado. Quise tomar en cuenta tu parecer, no te alteres sin necesidad—dándole un beso en la mejilla, mientras que Rodrigo dejaba escapar un pequeño pujidito.

Una vez que Rodrigo y María Teresa habían pensado en el estilo de muebles, cortinas, papel tapiz, y todo lo necesario para transformar las nuevas habitaciones, la nueva ama de casa invitó a su madre a que la acompañara en el próximo viaje de compras a la Ciudad de México, con el fin de abastecerse de todo lo necesario para una renovación general de la ala de la casa que les correspondía.

Segunda Parte: Esperanza y Eusebio

Esperanza era una joven indígena cuyo atractivo radicaba en su carácter noble y espíritu alegre. De las manos morenas brotaba la domesticidad de generaciones, que tal como ella, habían pasado sus escasos años en las cocinas de las familias más ilustres de México. A los siete años había quedado huérfana, y desde entonces su crianza había quedado en manos de Esthercita, la tía materna, a quien veía como segunda madre. Se levantaba al alba, acompañando a las voces melodiosas que escapaban de la radio, canturreando sencillas canciones de amor. Se daba un habitual baño de agua fresca, se trenzaba el largo pelo obscuro, se cubría el cuerpo joven y sensual con vestidos de algodón, y arribaba a la Casa Grande al amanecer con una soltura radiante. De su cuerpo emanaba una frescura de jabón crudo que cubría la modesta vestidura con un mandil blanco bien almidonado. Encendía el fuego de los hornos y se disponía a dar las instrucciones a las asistentas: a moler el grano del café y reunir los ingredientes para hacer la masa del pan y las tortillas que acompañarían los platillos del día. Una habilidad natural para preparar platillos, desde los más sencillos y típicos hasta los más sofisticados y extranjeros, había hecho de su nombre una leyenda viviente como la cocinera principal y preferida de la familia de la hacienda. Puesto que la familia Montenegro gozaba de fama internacional debido a la enorme riqueza que había acumulado durante los últimos años, el nombre de Esperanza corrió de boca en boca entre los ilustres huéspedes que con frecuencia se daban cita en dicha mansión.

Meses antes, Esperanza había arribado a hora temprana a la hacienda, con una simple maleta, una amplia sonrisa y una carta en las manos. Era una recomendación de la señora Josefina Huerta, en cuya casa había trabajado desde niña, hasta entonces. Al verla llegar, a María Teresa le pareció demasiado joven para darle un cargo tan importante de cocinera principal. La vio de reojo y frunció el ceño, un tanto decepcionada.

—Esperaba a alguien más madura, con más experiencia. ¿Cuántos años tienes, Esperanza?

—Diecisiete, casi dieciocho—respondió con una seguridad que asombró a la ama de casa.

—Bien, pasa. Siéntate en esa silla—indicándole hacia un rincón de la cocina—y espera. Esperanza observó con disimulo en torno suyo: la cocina era un cuarto grande, cuyas paredes estaban cubiertas en la mayoría de azulejo amarillo y azul con diseño típico mexicano. El piso era de mosaico del mismo diseño y color. En el centro de la cocina se encontraban dos grandes hornos y una amplia mesa de madera maciza para preparar los alimentos. Del centro del techo colgaba un aro grande, el cual sostenía grandes vasijas, ollas y cazuelas de color bronce que relucían de limpias. En una esquina, en amplios estantes descansaban toda clase de enseres domésticos eléctricos, y en un mueble antiguo de madera fina, detrás de cristales, se divisaban varios juegos de platos y vasos de todo tipo, tamaños y colores, terminando en una larga hilera de copas de cristal cortado. Los cubiertos eran de plata pura, pesada. Adjunto a la cocina estaba un cuarto amplísimo que utilizaban como despensa y bodega donde conservaban los alimentos y bebidas en grandes cantidades: arrobas de harina, frijol, arroz, lentejas; latas y conservas de todas clases; chiles. Del techo colgaban jamones, chorizo y demás carnes ahumadas, saladas o preparadas. También había una pared cubierta de vinos y licores. Todo lo necesario para alimentar a un tropel—se imaginó Esperanza—. Era un sueño hecho realidad para la cocinera de su estatura. Mientras María Teresa leía la carta, a la joven le bailaban los ojos en todas direcciones y los dedos de las manos, ansiosa por tocar todos aquellos ingredientes y transformarlos en platillos que al saborearse, a los comensales se les haría agua la boca. La cocinera esperaba con el alma en un hilo. Después de unos minutos, la patrona le dijo:

—Bueno, creo que has logrado impresionar a mi amiga Josefina con tu talento, y para tu corta edad llevas muchos años en este oficio. Bien. Comenzarás mañana mismo.—El corazón de Esperanza pegó un brinquito.

María Teresa continuó:

—Por ahora, llamaré a Carmela para que te indique dónde quedan los cuartos de la servidumbre. Tendrás tu propio cuarto siempre y cuando lo mantengas limpio y ordenado a todas horas. No permitimos animales domésticos, ni visitas. Trabajarás seis días a la semana y descansarás los martes. No quiero amoríos ni episodios ridículos de noviecillos, ni conflictos con las mujeres que trabajan en esta casa. Te bañarás y te cambiarás de ropa a diario. Comerás en la cocina de la servidumbre con el resto de los empleados de la casa, después de dar de comer a los miembros de la familia, a los huéspedes, y a los trabajadores. Te pagaremos 40 pesos a la semana. ¿Te parece bien?

La interminable lista de órdenes e instrucciones, se la sabía de memoria; sin quitarle la mirada a María Teresa contestó simplemente: "Sí, señora."

—Carmela, lleva a esta joven—y con un tono un tanto sarcástico, añadió—: nuestra nueva cocinera principal, a su cuarto. Ya le di las instrucciones más importantes. Encárgate de darle los últimos detalles.

—Como usted ordene, señora—contestó la asistenta de la cocina, de veintitantos años. María Teresa dirigió la vista hacia Esperanza y vio en sus ojos negros una mirada de una seriedad imperturbable.

—Bien, Esperanza. Mañana comenzaremos a darte las instrucciones que debes seguir para tomar el puesto que te corresponde.

La cocinera le dio las gracias y le tendió la mano en un saludo fuerte y sincero, costumbre no habitual entre las demás domésticas. María Teresa le devolvió el saludo, desganado, con la punta de los dedos de una mano huesuda y fría. Vio alejarse a la nueva empleada con porte erguido, paso seguro y una tranquilidad que la incomodó. ¿De dónde sacaría estos aires de importancia esta mocilla?—se preguntó, intrigada, el ama de casa.

***

Eusebio era de ascendencia indígena, y mexicana. Sacó las facciones más finas de la madre, y el físico robusto, de mediana estatura, piel morena obscura, cabello negro y grueso, del padre. De chico fue criado en el mantenimiento de plantas y jardines de los grandes señores de la región. Del padre heredó una personalidad fuerte, decisiva, y de la madre, una incorregible franqueza. Sus ojos eran como dos grandes pilas de agua cristalina. No sabía mentir.

Un mes después del arribo de Esperanza a la hacienda, llegó Eusebio, con veinte años apenas cumplidos y experiencia en jardinería, pero con una ambición más alta para un joven de su edad y humilde posición. Rodrigo le preguntó sobre su experiencia y éste contestó:

—Soy jardinero, pero lo que deveritas quiero ser es mayordomo.—El patrón lo barrió de una mirada despectiva y con malicia en las palabras replicó—:

—¿Cómo vas a llegar a ser mayordomo si ni siquiera sabes escribir tu nombre? El hombre, con su amor propio en pedazos tuvo ganas de golpearlo, más recordó las palabras del padre: "El primero que pierde el control, pierde la batalla," y conteniéndose por mantener la calma, contestó:

—Los pobres también tenemos derecho a soñar.—Rodrigo soltó una sonora carcajada. La osadía del muchacho le pareció cómica y terminó ofreciéndole un puesto como asistente de jardinero.

—Preséntate el lunes a las cinco de la mañana—le dijo—hay mucho trabajo qué hacer. Después nos arreglamos con el pago.

Eusebio se presentó el lunes y trabajó siete largas jornadas, dándole a los jardines un aspecto de gran mejoría.

Después de una semana, el patrón, que lo había estado observando, le ordenó que se presentara en la oficina al terminar la labor esa tarde.

—Eusebio, como jardinero, prometes. Quiero que trabajes para mí exclusivamente; me hace falta un muchachón listo y trabajador como tú para que ponga un ejemplo al resto de los perezosos que andan por aquí. Te ofrezco un cuarto donde vivir, comida, y 50 pesotes a la semana, a cambio de seis días de 10 horas de trabajo. ¿Te parece?

—Sí, don Rodrigo—contestó Eusebio.

—Ya veremos después, si das el ancho, a lo mejor te considero...—y una vez más soltó esa risa burlona que a Eusebio le parecía insoportable—como aprendiz de mayordomo, pero no se lo menciones a nadie. Eso es cosa entre tú y yo.

Dejó de reír al ver la mirada amenazante de Eusebio y en tono más serio, añadió:

—Descansa y regresa el miércoles. Busca a Francisco, mi mayordomo, para que te indique dónde vas a dormir.

Con la quijada tiesa de rabia, Eusebio contestó a secas:

—Como usté mande, patrón, le voy a dar duro.

—Yo sé, lo veo en tus ojos—contestó Rodrigo—. Se despidieron intercambiando un forzado saludo de manos.

El miércoles a temprana hora llegó Eusebio con un morral echado sobre el hombro que contenía sus escasas pertenencias. Francisco lo llevó hasta el edificio que ocupaban los cuartos de la servidumbre. Los hombres ocupaban el lado derecho; las mujeres, el izquierdo. "Este va a ser tu cuarto." Le mostró los baños comunales, le enfatizó la importancia de la higiene y presentación limpia y le indicó el comedor de los sirvientes.

—En ese comedor comemos los empleados. Ten mucho cuidado con el trato que tengas con las muchachas. Hay varias pollitas por ahí alborotando el gallinero. No se te ocurra andar de enamorado porque el patrón es a tres piedras, pero si anda de malas, es el mismo demonio. Te echará de aquí con todo y morral. Tampoco se permite beber licor, y si fumas, hazlo en el patio. Un incendio en estos cuartos de madera, y nos lleva la tal por cual a todos. Buena suerte y bienvenido a ésta tu nueva casa. Y ahora, a trabajar que nos quedan muchas horas por delante.

—Gracias, patroncito. Vine a trabajar, no a andar detrás de las pollitas.

A media jornada, hora de la comida fuerte, Eusebio se sentaba a la mesa junto con un grupo de trabajadores. María Jesús servía la comida. El jardinero tomó el plato rebozando de sopa de fideo que despedía un olor sabroso. La probó, y la paladeó, preguntando:

—¿Quién preparó esta sopa?

—Esperanza—contestaron en coro y entre risas un grupo de sirvientas.

—Está requete buena—exclamó el jardinero, y con el mismo gusto comió el guisado de res, las papas, las tortillas de harina, y el resto de la comida con gran apetito como hacía mucho tiempo no lo disfrutaba. Al salir a tomar un corto descanso vio a una joven de cabello largo, con un movimiento sensual de caderas, que se le acercaba.

—Buenas tardes—lo saludó con una actitud sincera un tanto coqueta:

—*Usté* ha de ser Eusebio, el nuevo jardinerito. Bienvenido, soy Esperanza, la cocinera de esta casa. Ojalá y *liaya* gustado mi comida.

Nervioso, le ofreció la mano en forma de saludo y agradecimiento y simplemente le contestó:

—Sí, seño. Soy Eusebio, a lo que *seliofrezca*. Oiga, se *miáce* que la sopa está rete *güena*.

Se vieron a los ojos por primera vez; Esperanza, sintiendo todo el peso de la mirada, titubeó un poco, dio la media vuelta y se alejó deseándole un buen día. Eusebio regresó a su labor, pero desde que la vio no se pudo quitar del pensamiento la imagen de aquella joven, "rete chula," decía, a los compañeros de trabajo.

Tres

La Traición

A pesar de los años de gran prosperidad y crecimiento que la hacienda había visto, poco después de la boda, el brillo de las nupcias de los nuevos amos, palideció ante la inesperada noticia: en la región de la Ciudad de México y pueblos circunvecinos, las reses habían sido infectadas por una epizootia: la fiebre aftosa, la cual acabó diezmando la cría de reses en la región. La hacienda de don Alejandro no fue una excepción, y en poco tiempo llegó a sufrir la extinción de cientos de animales. Don Alejandro cabalgaba todas las mañanas recorriendo las tierras donde acostumbraban pastar las vacas y las veía muertas, desparramadas por grandes extensiones de terreno. En cada víctima tendida sentía que le arrancaban un trocito de sus sueños, y presentaba una amenaza a la supervivencia de la hacienda misma. La epidemia llegó a tal extremo que el gobierno se vio obligado a intervenir, poniendo en efecto el "Rifle Sanitario," como último recurso para evitar controlar la epidemia y poner fin a la muerte de los animales. Don Alejandro, desesperado, buscaba la manera de encontrar una solución a tan grave problema. A fines del mes de junio, la suerte tocó a las puertas. Por ese tiempo oyó decir sobre un tipo de ganado muy fino que hacía poco se había introducido en el estado de Sonora. Era éste un cruce de crías, entre el tipo de ganado Cebú y Cara Blanca, el cual, supuestamente, era de constitución física más fuerte y aguantaba más los efectos de la epidemia mortal. El señor Montenegro se interesó en la compra de las reses y se dirigió hacia el estado norteño con el propósito de verlas con sus propios ojos. En efecto, el ganado que presenció era de una calidad superior. Entusiasmado por el nuevo descubrimiento, de inmediato llevó a cabo la compra de sementales Santa Gertrudis. La excelencia de las reses y la eficiencia con que operaba don Miguel Alvarez, caballerango de los famosos Ranchos de Cananea, impresionaron a don Alejandro.

Después de ejecutar la compra y transporte de los animales, don Alejandro le propuso al señor Alvarez el puesto codiciado de Gerente General de Operaciones. Al joven funcionario le sorprendió tan impulsivo ofrecimiento. Después de pensarlo detenidamente, aceptó la oferta del rico hacendado.

———————————— *** ————————————

Tal y como le había prometido María Teresa a Rodrigo, en la primera oportunidad que se presentó, se fueron madre e hija a la capital, con una lista tan larga como la ilusión desbordante de la nueva consorte. Las dos pasaron mañanas y tardes enteras entre tienda y tienda, haciendo realidad los sueños de toda nueva esposa: compraron desde juegos completos de muebles hasta los utensilios y detalles más minuciosos, para lo cual en escasos ocho días habían gastado una pequeña fortuna. Lo hicieron todo con una gran prisa, pues la joven enamorada se mostraba impaciente por ver cómo quedaban las piezas nuevas y demás artículos domésticos en las nuevas habitaciones matrimoniales. Terminadas las compras, madre e hija regresaron a la finca con varios días de anticipación. Eran las tres de la tarde de un viernes tibio, cuando la recién casada entraba en su casa con los brazos llenos de paquetes y rebosante de ánimo.

De entre el montón de cajas, escogió una pequeña, envuelta en papel de regalo cubierto de corazoncitos y subió a toda prisa por las escaleras amplias de madera hacia la alcoba matrimonial. Abrió la puerta lentamente. Vio el lecho. Desde ahí se encontró con los ojos de su marido que salían de las órbitas. La sábana cubría su cuerpo desnudo y algo más…el cuerpo desnudo de una rubia extranjera que intentaba inútilmente esconderse entre las mantas.

María Teresa permaneció de pie, horrorizada. Loca de rabia, aventó el regalo que llevaba contra el marido pegándole en la cara; sacó a empujones y a puntapiés a la rubia de la alcoba, desnuda, arrojándole la ropa por la ventana. La extranjera pegaba de gritos en una lengua que la esposa no entendía, mientras a toda prisa buscaba un árbol detrás del cual vestirse. Rodrigo, con el cinismo que lo caracterizaba, simplemente salió de la cama y se vistió, ignorando las injurias y el ataque de ira de la mujer, quien tomaba todo lo que encontraba a su paso y lo estrellaba contra los espejos y la pared. La tomó en los brazos, y le dijo:

—Basta, Marités, estoy harto de tus episodios de niña mimada. Pensé que regresarías hasta el domingo. No esperabas que te fuese a ser fiel; después de todo, tú conocías mi reputación de mujeriego. Fue un simple error. No volverá a suceder.

La esposa descorazonada se zafó de sus brazos y lo abofeteó diciéndole:

—Eres un desgraciado. Te has aprovechado de la ausencia de mi padre para hacer tus porquerías. Si estuviera aquí, te juro, Rodrigo, que te mataría. Has ultrajado mi amor en mi propia casa, en mi cama. Jamás te perdonaré esta traición—y corrió hacia su estudio privado donde se encerró bajo llave y no volvió a salir hasta que ella misma se fue calmando poco a poco—. Rodrigo le rogó que saliera, que necesitaban hablar, pero María Teresa lo ignoró por completo pasando el resto de la tarde y de la noche encerrada, sufriendo una segunda y amarga decepción.

A la mañana siguiente salió y se encontró a Rodrigo, fresco como lechuga, tomando un jugo de naranja en el desayunador. María Teresa fue directamente al grano:

—Rodrigo, tienes una opción: nuestro matrimonio se acabó. O me quedo viviendo esta farsa contigo y engañando a mis padres, o me dejas salir una larga temporada al extranjero, sola, y cuando regrese comenzaremos de nuevo. De hoy en adelante viviremos bajo el mismo techo pero dormiremos en alcobas separadas.

El Marido la escuchaba sin imaginar la fuerza de carácter de su joven esposa, mucho menos amenazándolo de esa manera.

—María Teresa, perdóname.

—Es demasiado tarde para un acto de contrición. Es hora que actúes como el hombre que dices ser. Dame tu respuesta ahora mismo.

Rodrigo, temiendo perderlo todo a manos de don Alejandro, quien sabía perfectamente lo mataría a golpes a su regreso si llegara a enterarse, con palabras golpeadas, le dijo:

—Está bien, vete. Vete a donde te dé la gana y regresa cuando te dé la gana. No me voy a oponer a tus caprichos—y salió de la casa echando humo por los ojos.

María Teresa entró en la habitación de la madre. Victoria era una mujer apacible quien desde joven se había mantenido al margen de los asuntos de la hacienda, dedicándose por completo a las labores manuales. Sentada en la poltrona favorita, escuchaba música clásica frente a una amplia ventana desde donde observaba a los jardineros transformar la casa en un fragante y gigantesco ramo de flores. Encontraba en el bordado una forma de terapia que le ayudaba a resolver los problemas que se suscitaban entre Rodrigo y la hija. En eso se había convertido su pequeño mundo, y a su modo, era una mujer feliz.

Doña Victoria estaba en el cuarto de costura, rodeada de pañuelos con monogramas a medio terminar, sábanas de bordado Richeliú, servilletas de tejido Noruega, haciendo un chal de encaje de frivolité usando la lanzadera, cuando vio entrar a la hija. Hasta los aposentos de doña Victoria habían llegado las palabras hirientes de los recién casados, pero fingió no haber escuchado nada. María Teresa tomó la canasta donde guardaba su madre las diferentes labores en las que se empeñaba, la hizo a un lado y se sentó en un banquillo: "Madre," dijo y rompió en sollozos. Esta se le acercó y la meció en los brazos.

—Hija, ¿qué te pasa? ¿Por qué estás tan afligida?

La esposa dolida no se atrevió a decirle la verdad. Simplemente le dijo:

—Rodrigo y yo hemos tenido una discusión muy fuerte. Me siento muy confusa. Necesito salir de este ambiente por una temporada y decidir lo que quiero hacer con mi matrimonio. Tú y mi padre tenían razón aunque me cueste aceptarlo: Rodrigo se casó conmigo por mi dinero y no por amor; es un cínico aprovechado.

Doña Victoria intentó convencer a la hija que afrontara la situación, como toda una mujer:

—Mi pequeña, por Dios, ¡qué cosas dices! El matrimonio es difícil, sí, pero no debes dejarte llevar por la ira. Pensemos juntas en una solución.

Le suplicó que hablara cara a cara con el marido, pero conociendo el carácter inflexible de la hija, no pudo hacerla cambiar de opinión.

—Es demasiado tarde para volver atrás—dijo María Teresa—me casé con un vividor y tengo que reconocerlo. Nuestra penitencia será que tendremos que vivir el uno con el otro, y lo haré sí, pero antes le enseñaré una lección y se arrepentirá. Rodrigo no tiene la menor idea con quién se ha casado.

El desprecio en las palabras de María Teresa sorprendió a la madre:

—Marités, piensa bien lo que vas a hacer. De tu actitud ahora dependerá tu felicidad en el futuro. No vayas a cometer un error irremediable.

—Creo que ya lo he hecho.—Se quedó pensativa y anunció:

—Mamá, he decidido pasar unas semanas en Europa. Salgo mañana mismo.

Por unos segundos volvió a ser niña, lanzándose en el regazo de su madre buscando un poco de refugio; le dio un beso en la frente, se secó las lágrimas y salió de la alcoba con la misma soberbia de siempre. Doña Victoria se quedó meciéndose en la poltrona, temiendo que, cuando menos pensara, el temperamento de hierro de su hija y las decisiones hechas a la ligera, fueran a terminar perjudicándola. Puso a un lado el tejido y salió hacia la alcoba de María Teresa para ayudarle a empacar.

Cuando la novia decepcionada tomó la decisión de viajar hacia otro país, supo exactamente hacia donde se iría. Escuchó a su corazón herido que le murmuró al oído: España. Desde niña, María Teresa tenía una debilidad por ese país que había recorrido en más de un verano con los padres. Al llegar, se dirigió directamente al sur donde se encontraba el corazón de su tierra consentida: la sensual y árida Andalucía, la cual recordaba como a un puñado de grandes ciudades vestidas de blanco, regadas por el suelo desértico, enamorado del sol, que le cicatrizaba las heridas, en cuyas calles resonaban las quejumbrosas canciones y el vigoroso taconeo de la palpitación de la verdadera España: el flamenco. ¡Qué alegría estar ahí, envuelta en el embrujo de ese escape a la realidad! Después de pasar una quincena bajo este encantamiento reviviendo el pasado, se dirigió hacia la ciudad de Madrid, donde contaba con varias amistades de la adolescencia, y con quien deseaba compartir añoradas memoranzas.

Había olvidado lo divertido que era sentirse libre y feliz. Cuanto más pensaba en la situación actual, más le fastidiaba la idea de haberse casado a tan temprana edad. "Fui una estúpida," les comentaba a sus amistades: "Jamás debí haberme enamorado de un cretino."

***

Desde que las pupilas de Eusebio se llenaron con la visión de Esperanza, buscaba su compañía durante todas las horas de comida. La cocinera, a su vez, comenzaba a interesarse en aquel joven moreno de mirada penetrante y sentimientos nobles. Así pasaron varias semanas durante las cuales ambos comenzaron a hacerse conversación breve y frecuente, teniendo cuidado de no hacer demasiado obvio su interés por temor a ser descubiertos por los señores. Por las noches, sin embargo, la proximidad de los dormitorios de la servidumbre, se hacía insoportable. Eusebio pasaba horas espiando detrás de la ventana, para ver a Esperanza entrar y salir del cuarto. Muy temprano por la mañana esperaba verla salir y la seguía a pocos pasos hacia el comedor donde desayunaban nopalitos con huevo, tortillas y café con leche, e intercambiaban frases inocentes. Por la noche, no descansaba hasta ver que la luz de Esperanza se había apagado, entonces él apagaba la suya también, cerraba los ojos y pensaba en ella, repitiéndose: "Esperanza, quiero conocerte."

La joven cocinera sabía que a Eusebio le interesaba y lo incitaba poniendo en práctica un ingenuo juego de coqueteo y buscaba la oportunidad para acercársele o comunicarle con la mirada la aceptación de sus intenciones hacia ella. Por las tardes salía hacia el jardín con un vaso de limonada donde él se encontraba plantando flores. Se sentaba en una banca, extendía las piernas asegurándose que la falda se las dejara un poco al descubierto, alzaba la cara hacia el sol, dejaba salir un profundo respiro y le decía:

—Buenas, Eusebio, ¡caray, qué trabajador! ¿Por qué no se sienta un ratito? Mire, aquí le traje un vasote de limonada. Con este solecito le va a caer muy bien—ofreciéndole el vaso lleno con agua fresca, hielo y limón, rozándole la mano con la suya.

—Muy buenos le dé Dios, Seño—respondía Eusebio, quitándose el sombrero de paja. Tomaba medio vaso de un jalón, volteaba a ver si nadie los estaría viendo y se sentaba junto a ella por unos minutos. Mientras que Esperanza sacudía un poco la harina que le había caído en el delantal, le decía:

—Oiga, Eusebio, ¡qué bonito está quedando el jardín! Por ahí oí decir que desde que llegó, el jardín está mejor que nunca, que tiene buen gusto *pa'* los colores, y que a la patroncita la tiene bien contenta con todas esas florecitas nuevas que *usté* ha plantado y *toítitueso.*

El jardinero la observaba de arriba a abajo: era hombre de acción; para él, las palabras salían sobrando. En esos minutos daría cualquier cosa por tomarla en los brazos, tocarle la piel y probar sus labios vírgenes. Se conformaba con clavarle la mirada en los ojos obscuros y respondía:

—¡Qué bueno que le guste mi trabajo, seño! Le estoy llegando con ganas *pa'* darle gusto al patrón porque no quiero que me eche como *mian* dicho que *luase* a cada rato.—Tomaba el resto del agua fresca, se secaba el sudor de la cara con un pañuelo de algodón y le confiaba:

—No sé, seño, a veces es rete difícil darle gusto a don Rodrigo, *¿nuescierto?*

Esperanza se pasaba las manos por la trenza gruesa reflexionando:

—Sí. La *verdá* es que estos patrones son muy fregones. Hay veces que *semiocurre* que creen que somos máquinas de trabajo y no gentes de *carniueso.*

Se ponía de pie con las manos en la cintura y el pecho erguido al tiempo que Eusebio le devolvía el vaso vacío haciendo un breve contacto y se despedían. El la veía alejarse llevándose un trocito de su corazón, canturreando con el acostumbrado meneo de caderas perdiéndose entre el mar de flores multicolores con que había adornado los jardines.

Al principio, los temas de conversación eran sobre el trabajo. Esperanza había escuchado de otras empleadas que el jardinero era bromista y que pasaban ratos divertidos con él y le daban celos; se preguntaba por qué hacia ella se comportaba siempre tan serio.

En una ocasión, oyó un intercambio de frases entre dos lavanderas de la casa. Lola le decía a su amiga:

—Antonia, me llena el ojo el nuevo jardinerito, ese morenazo de mirada tristona pero ni se fija en mí. Tal parece que nomás tiene ojos para la cocinera. La muy tonta, si no se pone lista, se lo voy a quitar. ¿Sabes una cosa? Eusebio me dijo ayer que le gustan las güeras. Creo que me voy a pintar el cabello más claro. ¿Qué te parece?

—No sé, Lola. Eres muy prieta y tienes el cabello negro. No creo que te vayas a ver bien. Mejor sería que te lo pintaras café, pero nunca güero porque parecerías mosca en leche.—La risa de las dos muchachas llegó hasta oídos de Esperanza quien se quedó pensativa.

18

Esa tarde, salió a tomar un descanso en busca de Eusebio. Se acercó a su jardinero favorito, y le ofreció el vaso con limonada. Este levantó la vista y se le quedó viendo sin decir palabra. Esperanza lo saludó y al verle la expresión de terror en la cara le dijo simplemente:

—¿Qué le pasa? Soy yo. Por ahí oí decir que le gustan las güeras y me pinté el cabello para darle gusto. No me diga que *nuescierto*.

Al joven se le cayó el vaso con agua de la mano. La veía y no lo creía:

—¿Quién le dijo eso?

—Lola. Me dijo que si quería que se *fijarenmí,* que me pintara el pelo güero, porque *disque* está muy de moda en la *ciudá*.

—*Nuecierto.* Yo nunca le dije nada a esa criada chismosa. A esa mentada Lola *apenasi* la conozco.

—Entonces, ¿no le gusta mi pelo?

—*Pos*...éste...sí, seño. Como quiera está rete chula, pero la *verdá* es que me *llenabel* ojo más con el pelo negro. No sé, como que se veía más...natural. ¿Cómo la ve?—Esperanza oyó la palabra "rete chula'" y sintió un ligero vacío en el estómago, como que iba en un carrito en la rueda de la fortuna en descenso. Ahora sí sé que soy yo quien le gusto—pensó. Continuó la plática sin cambiar el tema:

—Pero si mi pelo se siente bien suavecito. Mire, venga, tóquelo.— Esperanza se le acercó y Eusebio le pasó la mano por la cabellera. De un movimiento inesperado, la cocinera sacudió la cabeza dejando que le cayera la trenza por la espalda y dejando a Eusebio con una peluca rubia colgando de la mano. El hombre brincó hacia atrás del susto y Esperanza se llevaba la mano a la boca conteniendo la risa.

—¡Ay Esperanza! ¡Qué buen susto me dio!

—Lola tenía razón, entre las otras muchachas, *usté* es bien chistoso, pero conmigo, como que se pone muy serio. Ya tenía ganas de oírlo reír.

—Bueno, pues ya *luaecho*. Ande, vaya y dígale a sus amigas metiches que me vio la cara de tonto *paque* se rían todas de mí.

—No se me achicopale. Fue un chiste, nomás.

—¿De dónde sacó esa peluca, tan fea?

—*Pos*, ahí *meritostaba,* en una caja arrumbada en un cuarto con cosas viejas de la Señora.

—¿La patrona se pone esas cosas?

—No sé. Cuando era soltera, *mimagino*.

—¡Pos, *ápa* sustito *lihade* haber metido al patrón!

Esperanza comenzaba a reír cuando, de pronto, Eusebio cambió de semblante. La vio muy en serio y le dijo:

—Hágase piedra. Detrás *diusté* viene una víbora, creo que es una venenosa. No se mueva. Cierre los ojos.—La joven se quedó paralizada.

En eso, Eusebio tomó la pala, caminó hacia ella pasándose de largo y siguió caminando varios pasos más. Esperanza se quedó como estatua varios segundos, sintiendo el roce de la víbora que se le subía por la pierna derecha. Pegó un salto y comenzó a dar brincos y gritos por todas partes.

—Mátala, mátala, mata a la víbora.—Eusebio la veía bailando en la tierra y levantando polvo y se doblaba de risa. Esperanza volteó y lo vio que estaba detrás de ella sosteniendo la punta de una soga.

—¡Qué buena me la hizo!—El joven bromista le copió los gestos y el timbre de voz:

—No se me achicopale. Fue un chiste, nomás.

Los dos se vieron y comenzaron a reír. Terminaron dándose un abrazo amistoso y prometieron no jugarse más bromas pesadas. A partir de entonces, ambos fueron haciendo a un lado los formalismos y comenzaron a tutearse hasta llegar al punto de darse apodos y nombres de cariño.

A la hora de la comida, Eusebio y Esperanza comían uno al lado del otro, y era obvio que entre ellos existía algo más que una simple amistad. Lola los saludó y Esperanza le devolvió el saludo con desdén al tiempo que con el codo le picaba las costillas a Eusebio y le decía:

—Esa es la mentada Lola, la que me dio la idea de pintarme el pelo.

Eusebio vio a Lola y le dijo a Esperanza:

—Es la más feíta de todas las empleadas.—Una vez más, la joven ilusionada sintió burbujitas que le subían y bajaban por el estómago, junto con los chilaquiles.

Pasaron varias semanas y el interés del uno por el otro acrecentaba. No cabía ninguna duda: el atrevido jardinero estaba enamorado de aquella joven indígena. Un domingo por la mañana, cuando los Señores habían salido a la ciudad, él la vio salir con su caminar sensual, cantando una dulce melodía, hacia el patio donde se encontraba podando rosales, y no aguantó más. Caminó hacia la muchacha y sin saludarla siquiera, con manos fuertes la tomó de la cintura, la acercó hacia el pecho e impacientemente buscó sus labios. Esperanza aceptó el beso sin rodeos; tomados de la mano corrieron hacia un rincón apartado detrás de un sauce llorón donde pasaron largo rato rodando por el césped, amándose abiertamente, jugándose su suerte. A esa ocasión siguieron otras más, hasta que una tarde, los dos enamorados, cansados de verse reducidos a dos ladrones, robándose unos minutos de euforia, decidieron tomar el destino en sus manos:

—Ay mi prietita linda, me *trais* loco. No hago más que pensar en ti. Dime que me quieres.

—Sí, Eusebio, a mí también me gustas rete harto.

—Negrita, no podemos seguir así, jugando a las escondidas. Un día de estos nos tuercen los patrones y nos va a ir muy mal. Nos mandarán al mismito demonio.

—*Verdá* de Dios que sí. Eusebio. ¿Qué diantres vamos a hacer?

—Negra, ya no aguanto más. Mil veces que nos corran, juntitos, que andar como tontos, escondiéndonos como ratones.

—Yo también te quiero pero no voy a vivir contigo así nomás, arrejuntada, como las demás. Si deveras me quieres, haremos las cosas como Diosito manda.

—*Pos, pa'* luego es tarde. Como quiera, mi chula. Le cumpliré como los buenos machos.

Tomó las manos de Esperanza entre las ásperas suyas, la vio muy de cerca y con una seriedad que asustó a la joven cocinera, le dijo:

—Esperanza: cásate conmigo.

Esta no esperaba una orden, esperaba la pregunta tradicional que toda mujer ansiaba, corta de respiración. Un tanto decepcionada por la actitud agresiva del pretendiente, contestó:

—No eres mi patrón. No me estás dando una orden. Es una pregunta, una…¿Cómo oí decir en la telenovela? una pe-ti-ción.

—¡Ah, caray! ¡Qué burro soy! Sí, tienes razón, Negrita, no se me apachurre. Ahí le va con todas las florecitas que *usté* quiera: Señorita Esperanza, yo la quiero más que a mis caléndulas. Quiero pasar todas las noches juntitos, calientitos, en la misma cama. ¿Me haría usted, reina de mis amapolas, el favor de casarse con este pobre jardinero?

La muchacha no esperaba tan ceremoniosa contestación. Al escuchar la frase tierna y ridícula a la vez, soltó la carcajada y juntos rieron de buena gana.

—Ay, mi Negro, ¡qué romántico! Esta humilde reina de las amapolas, acepta la petición de su humilde jardinero.—Eusebio la escuchó y paró de reír en seco.

—Espe, ¿deveritas te casarías conmigo? Soy un pobre diablo sin un cinco en la bolsa.

—Sí. Me casaría contigo. Sé que los dos semos *probecitos* pero nos queremos un chorro, y eso es lo único que importa.

—Negra, si nos casamos, nos echarán *diaquí*.

—No me importa. No nos moriremos *diambre*. Hay muchos ricos *porái* que necesitan cocineras y jardineros. Tú y yo trabajamos como burritos de carga y con el tiempo y un ganchito, ganaremos más pesitos.

—Así me gusta, mi Negra. Ya verás que jalando entre los dos, no se nos atora la carreta. ¡Qué Diosito nos ayude a salir *désta!*

***

En Madrid, María Teresa no tardó mucho tiempo en sentirse contagiada por la energía y el compás latente de la señorial capital. Con frecuencia salía con un grupo de amigos con quienes disfrutaba de todas las sorpresas escondidas en la ciudad. Durante un domingo por la tarde de calor seco e intenso como suelen ser los veranos en aquella ciudad, asistió a una corrida de toros.

Sentada en las gradas, apretujadas de gente con el sol directo en la cara, rodeada de viejos amigos quienes se pasaban la bota y se la empinaban tratando de hacer llegar el chorrito de vino tinto a la boca, María Teresa alcanzó a beber un poco, mientras que el resto del líquido sentía que le corría por la cara. Toda esta animación, el calor de la tarde y el alborozo del pueblo español, la hicieron sentir ligera, joven y despreocupada. Veía salir a los toreros en trajes de luces y colores que brillaban ante el reflejo del sol, tan ceñidos a sus cuerpos que se confundían con la piel, haciendo resaltar su hombría mientras que se jugaban la suerte en las arenas de la plaza. Admiraba a los toros de lidia, hermosos e indómitos ejemplares que salían a la plaza embistiendo todo a su paso: caballos, banderilleros, corrales. Esperaba el momento que todo aficionado teme, cuando el intrépido torero se enfrenta al toro: o se gana la gloria o encara la muerte, interrumpido por el belicoso abanicazo del capote que suavemente rozaba el costado bañado de sangre de la bestia, y en ese instante de escalofriante temor mezclado con alegría irresistible, el grito del alma de España: ¡Olé!, ¡Olé!, ¡Olé!, interrumpía el rompimiento climático de la tarde. Durante ese evento no hubo tragedias, ni heridos, ni muertos, salvo los seis toros que sacrificaron las carnes a cambio del júbilo y el aplauso ensordecedor de los espectadores; los vítores del pueblo caían sobre oídos muertos mientras que las bestias eran arrastradas hacia su última morada: el desolladero. Para los aficionados había sido una faena excepcional que encendió aún más las pasiones por la tauromaquia. María Teresa se sintió transportada a un mundo mágico en el que ni Rodrigo, ni su matrimonio, formaban parte de esa realidad. Por unos minutos logró sentirse profundamente dichosa.

A la conclusión de la tarde de toros, el grupo contagiado de bravura continuó la celebración de tan estupenda faena. Los jóvenes se dieron cita en la esquina de la Calle Belluga y Alcalá en el famoso bar Los Timbales. En el grupo iba Joaquín, un joven español, estudiante de arquitectura de carácter sensible y alma de poeta. La cortesía y sencillez del joven atrajeron a María Teresa. Desde esa tarde, se convirtió en el compañero inseparable y más fiel admirador de la recién casada.

Joaquín la visitaba por las tardes. En el patio del apartamento que había alquilado María Teresa, en el octavo piso de un edificio antiguo y céntrico de la Plaza Roma, rodeado de tantas plantas y arbolillos que daban a la terraza un plante de jardines colgantes, y la inmensa ciudad de Madrid a sus pies, el chico le leía versos que él mismo escribía: "Tus poesías, Joaquín, son tan tiernas," le decía María Teresa, quien tomaba sus aires románticos a la ligera e intentaba no darles importancia contestándole con una actitud evasiva; pero las atenciones del chico hacia ella y la manera de ver la realidad desde una perspectiva Quijotesca, comenzaron a llenarle ese hueco profundo que Rodrigo había dejado en sus ilusiones.

—Eres un romántico incurable. Si tan sólo el mundo fuese tan simple como tú lo ves—a lo que Joaquín contestaba:

—María Teresa, eres demasiado joven para tomar todo tan en serio. Deberías tomar más riesgos. Te propongo que tú y yo este verano nos embarquemos en una entrépida aventura.

La joven extranjera lo escuchaba con cierta inquietud. Era tan diferente a Rodrigo, y al mismo tiempo, se sentía halagada por su candidez. En esas tardes de calor sofocante, escuchaban música de Agustín Lara, y tomaban limonada con brandy en grandes copas de hielo para apagar la sed. Joaquín la entretenía con ideas maravillosas de cómo encontrar la máxima satisfacción, y la joven desposada reía a carcajadas como no había reído nunca en compañía de Rodrigo. Con frecuencia terminaban bailando boleros de Joaquín Pardavé en la azotea bajo un mar infinito de estrellas. Al paso del tiempo, las tardes se fueron obscureciendo, y las noches aclarando, y para el fin del verano, el apasionado poeta se había convertido en la sombra de la musa mexicana. La novia decepcionada estaba viviendo la luna de miel que el verdadero esposo le había arrebatado. María Teresa y Joaquín se hicieron amantes, y la novia descorazonada, conoció, por primera vez, lo que era la pasión eufórica en los brazos de un incorregible enamorado que se empeñaba en enseñarle los verdaderos secretos de la intimidad.

***

Pasaron varias semanas y Rodrigo no recibía noticias de la esposa. Don Alejandro, después de una larga ausencia, regresó a la hacienda esperando el recibimiento caluroso de la mujer y la hija, a quienes deseaba darles la gran sorpresa: la introducción de la familia Alvarez que viviría con ellos en la hacienda: Don Miguel, Anatalia, dama distinguida, famosa en Sonora por su singular belleza, y sus dos hijos: Rubén y Jesús.

El hacendado, orgulloso por el hallazgo, buscaba ansioso a doña Victoria y a María Teresa en sus habitaciones, y al no encontrarlas, el silencio imperturbable de la casa, lo incomodó. Salió hacia los jardines en busca de su mujer, a quien encontró, en el traspatio, dándole sugerencias a Eusebio sobre unos jazmines que recientemente había mandado plantar. Don Alejandro le dio un fuerte abrazo a la esposa y adivinó en sus ojos cierta preocupación:

—¿Dónde está Marités?—Al sentir la ansiedad de su marido, doña Victoria trató de disipar la tensión:

—Nuestra hija quiso aprovechar la oportunidad que Rodrigo se encontraba muy ocupado y decidió ir a España a pasar una temporada con sus amistades.

—¿A España? Una recién casada no abandona a su marido para ir a ver viejas amistades. Esto me huele mal. Dime la verdad. ¿Qué ha sucedido?

Doña Victoria, sin querer despertar la ira del marido, le mencionó los eventos que habían transcurrido en su ausencia sin mencionar detalles. No hubo necesidad. Don Alejandro se imaginó lo peor, y sin dejar pasar un minuto más, ordenó a Francisco que fuera en busca del yerno. Rodrigo, quien desde la partida de su esposa andaba por la hacienda con la cola entre las patas, se encontraba en la planta empacadora; al oír la petición del suegro, se llenó de temor. Mientras caminaba hacia la oficina de don Alejandro, sentía que los testículos le temblaban como maracas. De ésta no salgo con el cuero sobre mis huesos—pensaba—tratando inútilmente de acordarse de la letra del "Yo Pecador," que desde que tenía doce años, no había recitado.

Mientras tanto, el hacendado, deseando no armar un escándalo le pidió al yerno que entrara en su oficina y que cerrara la puerta. Desde afuera, doña Victoria y el mayordomo permanecieron a corta distancia conteniendo la respiración. Ambos sabían que don Alejandro era hombre de pocas palabras, pero que su cólera podría ser mortal. Durante varios minutos oyeron el intercambio violento de palabras en voz alta:

—¿Dónde está mi hija?

Rodrigo se quitó el sombrero, dándole vueltas a el ala en las manos; la mirada bailándole por todas partes: temía encontrarse con los ojos llenos de rabia del suegro.

—Don Alejandro…yo…este…

—Rodrigo, ¿qué ha sucedido aquí en mi ausencia?

—Su hija y yo hemos tenido un desacuerdo.

—¿Y por eso mi hija salió huyendo de su propia casa, por un…simple desacuerdo? ¿Quién tuvo la culpa?

—Yo, don Alejandro, yo fui el responsable.

—Por última vez: ¿Qué le hiciste a tu mujer?

—Don Alejandro, yo…este…pues…qué le diré…le fui infiel.

El padre de María Teresa tomó una espada antigua, parte de una colección que tenía montada sobre la pared; la sacó de la vaina y de un arrebato de cólera la dejó caer sobre el escritorio traspasando la madera con la espada, cortándola en dos como si hubiese sido una barra de mantequilla. Rodrigo saltó hacia atrás. Comenzó a sudar frío y a tartamudear…

—Cál-me-se-, don- Ale-jan-dro, -le- ju-ro-que-no…

El suegro lo cogió de la camisa y lo sacudió varias veces, diciéndole:

—No te mato porque eres el marido de mi hija, pero bien sabe Dios que ganas no me faltan. Te has comportado como un cerdo. No mereces ni el amor de mi hija ni mi compasión. Te voy a dar una última oportunidad: escúchame bien: la próxima vez que le faltes a mi hija—se apagaron las voces y siguió un largo silencio—. Don Alejandro se acercó a Rodrigo y le dijo al oído una serie de frases cortas y atemorizantes de las cuales nadie más que los dos fueron testigos. Minutos después, la puerta se abrió lentamente, doña Victoria y Francisco vieron salir al yerno cabizbajo y pálido bañado en sudor, con el sombrero en la mano. Don Alejandro se acercó a su esposa, la abrazó, y con toda la calma del mundo le dijo:

—No te preocupes, Victoria. De ahora en adelante, Rodrigo no le volverá a faltar a nuestra hija mientras que yo viva.

Nunca supo nadie el contenido de dicha conversación mas el cambio radical de actitud de Rodrigo hacia María Teresa desde ese encuentro, lo dijo todo. Don Alejandro le ordenó que saliera esa misma tarde hacia España y que no regresara a casa sin la compañía de su mujer.

$$***$$

En Madrid, era temprano por la mañana cuando María Teresa despertaba y abría la ventana de par en par, dándole la bienvenida al calorcito que ya comenzaba a sentirse. Asomó a la ventana como solía hacerlo todas las mañanas mientras se cepillaba el cabello, cuando vio un coche de alquiler que se estacionaba frente al edificio. Del coche vio descender a un hombre alto y fornido que no reconoció a primera vista puesto que el individuo iba vestido con ropa deportiva de turista. Vio que bajaba varias maletas que reconoció de inmediato: eran las maletas de Rodrigo. Mientras en la cocinilla del apartamento, Joaquín preparaba el café. María Teresa lo tomó del brazo y sin darle explicaciones lo echó para afuera con la ropa en las manos y le dijo: "Vete inmediatamente y no vuelvas. Mi marido viene hacia aquí en el ascensor, y si te encuentra en mi apartamento, nos matará a los dos."

El amante sorprendido no tuvo tiempo de pensar ni decir nada, puesto que al tiempo que bajaba semi-desnudo por las escaleras de emergencia, escuchaba la voz penetrante de un hombre que decía:

—Abre la puerta, María Teresa, soy Rodrigo, y vengo por ti. Joaquín se vistió apresurado en el vestíbulo del edificio. A pesar del amor que le profesaba a la musa, el poeta no se atrevió a regresar a aquel lugarcito de La Mancha en el que había recitado sus poemas de amor a su encantadora Dulcinea.

El hombre que María Teresa vio frente a ella al abrir la puerta del apartamento, con la mirada tersa y semblante de atrición, no era el cínico desvergonzado que había dejado en México.

—Rodrigo, ¿qué haces tú aquí? ¿Por fin te acordaste que tenías esposa?

—Marités, te suplico, dejemos a un lado el sarcasmo. Ha sido un viaje muy largo, me siento exhausto; si me permites entrar te lo explicaré todo. — Se dieron un abrazo cordial. La joven esposa lo invitó a pasar y a tomar asiento en un sillón de piel negra y suave. Lo convidó a ponerse cómodo, le trajo un café, y le pidió que continuara:

—Vengo en son de paz porque eres mi mujer y tu lugar te corresponde a mi lado en nuestra casa. He tenido tiempo de recapacitar. Tenías razón, me he comportado como un desgraciado; vine a jurarte que no volverá a suceder. Regresemos a casa y volvamos a empezar. Tus padres te esperan ansiosos.

—¡Ah! así que mis padres han tenido que ver algo con tu súbito escarmiento. Déjame adivinar: mi padre ha regresado y al confirmar sus sospechas de que en cuanto pudieras me serías infiel, te ha amenazado, ¿no es cierto?

—Sí, es verdad. No hay duda que en las venas de tu familia corre sangre de venganza de muchas generaciones. No hay necesidad de que sigas humillándome; o me perdonas y regresas conmigo o te quedas y haces de tu futuro lo que gustes. Tú escoges.

—¿Será posible que un donjuán como tú no llegue a comprender el corazón de una esposa adolorida? Aún no han salido de tus labios las únicas palabras que toda mujer enamorada desea escuchar. —Rodrigo la tomó en los brazos y le dijo: "María Teresa, te amo," dándole un beso en la boca. La joven esposa, cargando en las espaldas el peso de la venganza y el alto precio de haber sido ella misma, infiel, aceptó su remordimiento. Pasaron una mañana cálida reclamando sus cuerpos e intentando renacer un amor interrumpido.

——————————— *** ———————————

Para Esperanza y Eusebio la ausencia de los jóvenes patrones había significado un largo descanso puesto que doña Victoria, fuera de supervisar los deberes de la cocina, no se había inmiscuido en los detalles menores de la preparación de los alimentos como lo hacía María Teresa. La asidua cocinera había gozado algunas semanas de autoridad y control absoluto de la cocina, y aunque en un principio le pareció una tarea abrumadora, después de una semana terminó ejecutando una labor magnífica. Por ese tiempo se sentía una cocinera realizada. Por las noches, le confesaba a Eusebio:

—Sabes, Negrito, ahora que soy la "mera mera" en la cocina, me estoy dando cuenta que la patrona no vale un cacahuate. Me choca que me esté diciendo lo que debo hacer. La verdá es que ya me gustó ser la patroncita y hacer la comida que se me dé la gana. A poco no hemos comido mejor desde que se fue la Doña. ¿Qué te parecieron las rajitas con crema que les hice ayer? No me digas que no estaban como querían, ¿eh?

—No se me chifle, mi Negra, porque por ahí oí decir que don Alejandro mandó al patrón a ir por su mujer a ese lugar que dicen que está al otro lado del mar, imagínate, hasta donde se fue la *probecita* huyendo de ese condenado Rodrigo. Así que ya no vamos a poder hacer lo que se nos antoje.

—A poco a ti no te ha gustado trabajar sin que el patrón te esté fregando la *pacencia* cada rato. No me digas que *nuecierto*.

—Sí, Espe, la pura verdá es que este fin de semana yo y doña Victoria hemos plantado muchas florecitas aquí y ahí y pos, los jardines están tan bien puestos como los catrines. Es rete buena la patroncita, me deja hacer lo que yo quiera. ¿No viste qué bien se ven las azucenas que adornan la fuente?

La satisfacción de sentirse libres se esfumó ante Esperanza y Eusebio como la neblina. Una mañana, al encontrarse el jardinero plantando una docena de nomeolvides, vio venir un coche que se estacionó frente a la Casa Grande. De éste vio salir la inconfundible figura alta y robusta de Rodrigo y detrás de él, a una sonriente María Teresa.

—La de mala se nos vino—dijo en susurro—. Tan bien que estábamos todos sin tener que aguantar los caprichitos de los patrones.

Los padres de María Teresa vieron regresar a los recién casados como dos tórtolos tomados de la mano y ambos exhalaron un respiro de alivio. El gusto de doña Victoria por ver a la hija fue doble: la extrañaba, pero aún más importante, iba a quitarle un enorme peso de encima al resumir el puesto de administradora de la casa permitiéndole regresar a su santuario de paz y tranquilidad.

La presencia de los recién casados se hizo sentir por toda la hacienda de inmediato. Poco tiempo después de su regreso a México, todo, a simple vista, había vuelto a la normalidad. La distancia les había hecho bien a ambos; eran más tratables y comprensivos hacia todos los empleados, incluyendo a Esperanza y a Eusebio, quienes se mostraban incrédulos ante un cambio tan abrupto. Desde su regreso, el jardinero espiaba al patrón, buscando la oportunidad para hablar con él. Hacía ya tiempo que lo buscaba pero no encontraba la manera de decirle lo que el corazón le reclamaba.

Transcurrieron varias semanas en un ambiente de paz y tranquilidad en el que se fortaleció la unión matrimonial de los nuevos amos. A fines del mes de noviembre, don Alejandro, viéndose en la necesidad de ausentarse de la hacienda, una vez más, por razones de negocio y por tiempo indefinido, dejó la administración de la hacienda en manos de don Miguel, a quien le ordenó que entrenara a Rodrigo en el nuevo oficio: Asistente de Administración y Operaciones de la planta empacadora de carnes, para darle una segunda oportunidad. El yerno, con todo el brío de gallito de pelea aceptó el reto con una formalidad y diligencia que asombró a todos. Cabalgaba al lado de don Miguel con el orgullo de todo un patrón recién salido del cascarón. Lo observaba de cerca cuando éste daba órdenes a los empleados, supervisaba la maquinaria y técnicas del procesamiento de carnes, lo escuchaba atentamente durante la junta de distribución y demás labores administrativas de la planta, demostrando gran interés y capacidad en todas las fases de la nueva posición.

Eusebio, cansado de sentirse como un cobarde, aprovechando el cambio que en Rodrigo había observado, una tarde lo vio venir, echó a un lado la pala, se secó el sudor de la frente con el pañuelo, se quitó el sombrero, y decidió probar su suerte, hablando de hombre a hombre con el patrón, en frases cortas y directas:

—Don Rodrigo: La señorita Espe, hace rato que me trae loco. *Nuago* más que pensar en ella. Nos queremos rete harto y *pos,* queremos arrejuntarnos. No. Este, quiero decir, queremos casarnos por las buenas. Nos *valiun* comino que nos echen con todo y alpargatas *diaquí,* alcabos *quiay muncho* trabajo por donde quiera. Ya ve, la seño Esperanza y yo podemos vivir aquí, o en otro lugar, *nuimporta.* Nos iremos al mismito infierno *sies* nuestra suerte. Así, que, le aviso *pa'* que esté enterado. Semos *probes* pero honestos y *aunquiausté* se le haga chistoso, nosotros también *semos* hijos de Dios, que nos crió a todos igualitos y por lo *mesmo* tenemos el derecho a la *felicidá.*

Rodrigo se enfureció:

—¡Maldita sea! Ya me lo imaginaba. Con muchachos atrevidos como tú, no se escapa nadie. ¿Y por qué tenía que ser Esperanza, la mejor

28

cocinera que tenemos? ¿Por qué no te enamoraste de cualquier otra mocosa que no nos haga tanta falta? Para colmo de males, también tú eres el mejor jardinero que tengo. ¿Cuándo sucedió todo esto, delante de mis narices y yo no me las olía? ¡Qué astuto eres, Eusebio! No sé que decirte. No puedo forzarlos a quedarse aquí si no quieren. Tendré que hablar con mi esposa. Mañana mismo decidiremos cómo resolver este lío.

Esa noche, Rodrigo hablaba con María Teresa quien lo escuchaba intrigada:

—Yo sabía que Esperanza se traía algo entre manos. Su actitud ha cambiado. No sé. Podemos dejarlos que se larguen al carajo. O se me ocurre algo...—frotándose la barba con un toque de malicia—: podríamos dejarlos que se casen y que vivan juntos en el rincón de la hacienda. Aquella casa que mi madre utilizaba para la dama de compañía. Hace años que ha estado en completo abandono.

—Pero si son no más de tres cuartuchos que se están cayendo; es más, ya iba a mandar derrumbarlos porque dan un mal aspecto.

—Es mucho más que lo que reciben la mayoría de sirvientes indígenas cuando se casan, ¿no te parece? Si se quieren tanto, pues que gasten la miseria de salario en arreglarla; pero de mí no van a sacar ni un centavo. Esa es mi última palabra.

—Bueno—a regañadientes—si eso es lo que más nos conviene.

Esperanza y Eusebio, locos de alegría, se casaron ese mismo mes en una mañana tibia de diciembre, en una ceremonia sencilla, acompañados de parientes y un puñado de conocidos quienes los sorprendieron con una reunión familiar en casa de Esthercita, la tía de la novia. Los recién casados pasaron la noche de bodas en el cuarto de un modesto hotel de la ciudad, donde por tres inolvidables puestas del sol se olvidaron de todos y de todo lo que los rodeaba. Por primera vez se entregaron por completo el uno al otro saboreando la miel de la nueva luna creciente en el firmamento. Tres amaneceres después, regresaron a la hacienda a reanudar las labores y a comenzar un camino nuevo, aún con el sabor azucarado que su amor les había dejado en la boca.

Ambos pasaron mucho tiempo reforzando las paredes, reconstruyendo el techo, reemplazando los cristales rotos de las ventanas, quitando telarañas, limpiando y pintando aquella pobre morada de madera carcomida, e intentando reformarla en una casa digna de ser ocupada. Para la joven pareja de enamorados, esa casa abandonada significaba un verdadero palacio. Trabajarían de sol a sol hasta convertirla en un hogar, sin importar el tiempo ni el dinero que tomaría. Lo más importante era continuar unidos y vivir bajo el mismo techo, sin importar el estado de la pobreza en que éste se encontraba.

***

El período de rutina apacible no duró mucho tiempo; el invierno anunció la llegada con un rosario de lluvias, las cuales ocasionaron la formación de una nube negra que apareció en el cielo despejado de los recién casados. Tres meses después de regresar a México, las sospechas de María Teresa fueron confirmadas: estaba embarazada.

La noticia petrificó a la joven y sorprendió a Rodrigo. Cinco meses después, María Teresa dio a luz a un varoncito a quien bautizaron con el nombre de Diego y era imposible negarlo: no tenía ninguna característica física de Rodrigo. Este niño—pensó la madre—va a tener alma de poeta. Se mordió los labios y vivió con ese remordimiento por muchos años.

No obstante la alegría de Rodrigo de ser padre se esfumó dejando una vez más al descubierto la nube negra que parecía seguirlo por todas partes. Desde que su corazón supo que ese niño no era suyo, la relación con Diego fue una mezcla de resentimiento e indiferencia. No podía evitarlo. Diego era el retrato vivo de otro hombre.

En cambio, el nacimiento de un varón fue la causa de máxima satisfacción para los padres de María Teresa quienes veían en el niño, el hijo que habían añorado. Don Alejandro organizó una celebración en grande para celebrar el bautismo del primogénito, abriendo las puertas de la Casa Grande a un grupo numeroso de amistades. Por las tardes se reunieron diversos grupos de charros y participaron en competencias amistosas dando exhibiciones en el lienzo a todos los convidados. Don Alejandro tomaba al niño en los brazos y le decía a la esposa lleno de satisfacción: "Victoria, este es uno de los hechos más significativos para mí. Puedo morir tranquilo sabiendo que esta tierra nuestra se quedará en manos de un varón que lleva nuestra sangre y nuestro apellido."

Al anochecer de los festejos bautismales, a Rodrigo se le habían pasado las copas. Temeroso de ser acosado por el suegro, tomó una última botella de tequila y se fue a beber a la recámara. Ahí lo encontró María Teresa, con los ojos rojos e hinchados, llorando en silencio.

—Mi amor, ¿qué te pasa?

—No te hagas la tonta, Marités. Sabes perfectamente lo que me pasa.

—No sé a lo que te refieres. Has estado tomando demasiado y no sabes lo que dices. Ven. Te ayudaré a quitarte la ropa y a darte un baño de agua fresca y te irás a la cama. Necesitas dormir un poco; te veo muy cansado.

—No. No necesito que me ayudes a hacer nada. Estoy borracho, sí, pero el tequila no me ha borrado la memoria y si quieres saber lo que me pasa, te lo diré: tú y yo sabemos que ese niño que trajiste al mundo no es mi hijo. He tenido que vivir esta farsa y he estado celebrando tres días el nacimiento de un bastardo. Tú también me traicionaste, Marités, y eso es lo que me pasa. No esperes que finja un cariño que no siento hacia esa criatura. Y ahora, lárgate y déjame en paz. Quiero gozar de mi miserable suerte yo solo.

—Tienes razón. No tiene caso engañarte. También yo te he traicionado. Creo que hemos nacido el uno para el otro y ese será nuestro castigo; pero Diego no tiene la culpa de nuestros pecados. No te pido que lo quieras; pero al menos, no lo rechaces. Yo lo querré por los dos.

Por primera vez se hablaron en voz baja y con tranquilidad. No hubo episodios de cólera. María Teresa salió de la alcoba hacia la recámara del niño que dormía en una cunita forrada de telas suaves blancas y azules. La madre angustiada le vio la cara al niño; le dio un beso en la mejilla; se sentó en el sofá donde solía darle pecho; cerró los ojos tratando de dormir, pero los recuerdos de las noches sofocantes de Madrid comenzaron a bailar en sus pensamientos.

Lo que María Teresa y el marido no supieron hasta tiempo después fue que doña Victoria, al enterarse de la condición en que se encontraba Rodrigo, había seguido a la hija hasta la alcoba. La puerta había quedado entreabierta y doña Victoria permaneció detrás de ella escuchando la conversación. Al enterarse de la confesión de la hija, sintió que una daga se le enterraba en el vientre; se apresuró hacia su recámara donde pasó la noche en vela. No. No era posible que su hija le hubiese sido infiel a su marido. No. Debió haber sido un malentendido.

A la mañana siguiente, María Teresa tocaba a las puertas de la habitación de la madre con una bandeja de plata, sosteniendo el desayuno: media toronja con azúcar, una taza de café con leche y pan dulce. Doña Victoria no respondió, y la hija abrió la puerta. La encontró acostada en la cama en una bata de seda blanca, con los ojos muy abiertos y fijos en el techo. La esposa del hacendado había muerto esa mañana, de acuerdo a los doctores, de muerte natural. María Teresa nunca supo que la madre había muerto sabiendo su secreto, o por lo menos, a nadie se lo dijo.

Los funerales de doña Victoria fueron breves e íntimos y bajo petición de don Alejandro, los restos de la esposa fueron sepultados en el camposanto privado de la Familia Montenegro, en un rincón apartado de la hacienda. Por trece soles, don Alejandro no asistió a la oficina ni se presentó en las plantas de trabajo. Fuera de los ratos que pasaba cuidando al pequeño Diego, pasaba horas enteras en su cuarto escuchando música y leyendo los libros que había comenzado la esposa, o montaba a caballo e iba a dar largos paseos solitarios por los montes rasos de la hacienda. Tal parecía que junto con su esposa, había sepultado gran parte de sí mismo.

María Teresa, si bien lloró en un principio, llevó la pena con admirable soltura; en los ratos de aflicción tomaba al niño y se iba a caminar por los jardines tratando de revivir las memorias de su infancia. El fallecimiento de doña Victoria había afectado también la actitud de don Alejandro hacia su hija. María Teresa no sabía por qué presentía una cierta distancia y un aire de frialdad de su padre hacia ella. El la veía con cierto resentimiento y evitaba a todo lugar estar en el mismo cuarto con ella, como si de cierta manera, la culpase por la muerte de su madre.

Pasaron varios meses en que la distancia entre María Teresa y su padre aumentaba. Una tarde, al regresar don Alejandro de largas horas de trabajo, sorprendió a la hija y al yerno en medio de una discusión violenta:

—Marités: desde que nació ese niño te has olvidado por completo de mí y de mis necesidades de esposo. Tal parece que tu mundo se ha reducido a cuidar y alimentar a Diego. Tú y yo ya no tenemos matrimonio.

—El ser madre es una tarea que requiere mucho tiempo. Mi hijo es mi prioridad, y si no quieres aceptarlo, lo siento, no voy a descuidarme de él por darte gusto a ti.

—Dices bien, tu hijo, y ése es el problema, que me hagas a un lado para complacer a un niño que ni siquiera es mío. Estás arruinando nuestro matrimonio por la culpa de un bastardo.

—¡Basta, Rodrigo, basta! Mi hijo no es un bastardo. Tiene a su padre.

—¿Ah sí? ¿Y quién es ese hijo de puta?, ¿Por qué no viene a hacerse cargo de él y a dejarnos a nosotros en paz?

Don Alejandro no aguantó más. Caminó hacia la oficina, sacó una arma cargada del cajón superior derecho del escritorio, y se dirigió hacia la alcoba de la hija con el arma empuñada apuntando hacia Rodrigo.

—Una vez te dije lo que te sucedería si le volvías a faltar a mi hija y he venido a cumplirlo.—María Teresa se acercó hacia él suplicándole:

—Padre, por Dios, no lo hagas. No hay necesidad de violencia.

—Don Alejandro, perdóneme. Le suplico, no me mate. Saldré de esta hacienda ahora mismo y no volveré jamás si eso es lo que quiere, pero no me mate. Esto ha sido un malentendido.

—Eres un cobarde despreciable. Mírate, temblando como hoja al viento. Nada más te comportas como un macho ante las mujeres. Maldigo el día en que mi hija te conoció.

En eso, la hija se interpuso entre el arma de don Alejandro y su marido.

—Padre, no lo hagas. Rodrigo tiene razón; todo esto ha sido un malentendido. Guarda el arma. Somos tres adultos sensatos y podemos resolver este problema sin necesidad de violencia.

María Teresa se acercó a su esposo y lo abrazó, protegiéndolo de la ira del padre. Don Alejandro sostenía el arma que le bailaba entre las manos temblorosas, mas, temiendo cometer un error y herir a su hija, se vio obligado a bajar el arma mientras que con rabia le decía a Rodrigo:

—En el vocabulario de la Familia Montenegro no existe la palabra bastardo, ¿me entiendes? Ahora, contéstame:

—¿Quién es el padre de Diego?—Rodrigo, de pie detrás de María Teresa, con voz quebradiza, contestó...

—El padre de Diego soy yo, don Alejandro.

—Bien, eso era todo lo que necesitaba saber. Diego es tu hijo y no se volverá a tratar este asunto en esta casa.

El hacendado salió de la alcoba de su hija; regresó a la oficina, y guardó el arma en el escritorio. En seguida llamó a don Miguel, y a tres gerentes más a una junta de emergencia a puerta cerrada. Dos semanas después, don Alejandro hablaba con la hija y Rodrigo:

—Mi presencia aquí ha perdido todo su significado. La ausencia de mi querida Victoria me ha hecho recapacitar. Nuestro viaje en este mundo es demasiado corto y no he saboreado los frutos de tantos años de trabajo. He decidido tomar otro camino. He vendido gran cantidad de mis tierras y he puesto todos mis negocios en manos de don Miguel y demás gerentes de gran experiencia y conocimiento que se encargarán de la administración de la hacienda. María Teresa: te he nombrado, Heredera Universal, Señora y Dueña de todo lo que me pertenece. Estoy sumamente agotado de las innumerables faenas de la hacienda; la constante fricción entre ustedes dos, y el rechazo de Rodrigo hacia Diego, me están acabando.

Les anunció que iba a vivir, simplemente, de la venta de sus tierras y algunos objetos de gran valor, los pocos años que le quedaban de salud. Deseaba pasar los próximos meses explorando el suelo de Sudamérica, un continente enigmático que no había tenido oportunidad de explorar. De regreso se establecería en su casa de verano en una playa solitaria, dijo: "Leyendo libros clásicos y durmiendo la siesta suspendido en hamacas entre altas palmeras." Quería pasar la vejez alejado de las exigencias de la hacienda y de una sociedad que cada vez se convertía más agobiante para una persona de su edad.

María Teresa y Rodrigo lo escuchaban incrédulos. Era verdad lo que decía—pensaba la hija—: desde la muerte de doña Victoria, ya no se le veía esa chispa en los ojos. Todo el entusiasmo que en un principio había demostrado hacia Diego, desde que tuvo el terrible confrontamiento con Rodrigo, se había contaminado. Cabalgaba como alma en pena sin rumbo fijo. Si continuaba viviendo bajo esas circunstancias, se volvería loco de la pena.

De esa manera, una mañana en cuanto salió el sol, el patriarca salió discretamente después de una despedida breve y silenciosa. María Teresa lo vio con tristeza sintiéndose culpable por la decisión definitiva y repentina que el padre había tomado: sabía que lo había defraudado, y en ese latigazo reflexivo, se arrepintió de haberse casado con Rodrigo. Sintió el lazo matrimonial como una soga al cuello que la ahorcaba. Tuvo deseos de correr tras su padre, y de abandonar, ella también, todos los compromisos— pero su orgullo se lo impidió—. A pesar de la avanzada edad, el abuelo caminaba hacia un destino incierto pero con un espíritu de aventura y libertad que desde joven no había experimentado. Salió de la hacienda sin mirar atrás, sin reproche ni remordimiento alguno, y no volvió a poner pie en ese suelo que le había dado todo, y al mismo tiempo, le había quitado un gran trozo de su vida.

Al sentirse abandonada por el padre, María Teresa se sintió como alma perdida en medio de la inmensidad del desierto, buscando inútilmente la sombra de un árbol. Deseando borrar esa imagen de la mente y llenar su soledad, se dedicó por completo al cuidado del bebé. Pronto las preocupaciones de madre, esposa y administradora de la casa, reemplazaron sus negros pensamientos.

Rodrigo interpretó la noticia que el viejo había nombrado a la hija como única heredera de todas sus pertenencias, como la peor venganza. Se conformaba con pensar que ya no tendría que vivir bajo amenazas y se dedicó a sus obligaciones con un ahínco renovado esperando impresionar a la mujer. Se llegará la hora—pensó—se le ablandará el corazón y compartirá conmigo todos los bienes. "¡Qué alivio no tener al viejo metiendo las narices en todo lo que hago!" —le reprochó a su mujer.

Poco sabía Rodrigo que don Alejandro había puesto a don Miguel muy bien enterado de todo lo que sucedía en la hacienda y en el hogar de la heredera. El mayordomo le juró que protegería a María Teresa como si fuera su propia hija. Don Miguel cumplió su palabra.

* * *

Diego crecía y la actitud de indiferencia de Rodrigo hacia el niño se hacía cada vez más aparente. En cuanto le fue posible, Rodrigo convenció a María Teresa que dejase de amamantar al niño, aprovechando toda oportunidad para salir de la hacienda. Se volvió un miembro activo de diversos clubes y demás asociaciones de negocios con el fin de mantener a la madre alejada de su hijo. Al principio, María Teresa se oponía pues se sentía culpable al dejar a Diego solo en manos de nanas. Sin embargo, en más de una ocasión vio que cuando ella no acompañaba a su marido, el retrato de éste aparecía en las páginas sociales de los periódicos rodeado de mujeres guapas. Los trucos de Rodrigo surtieron efecto. Comenzó a salir con él con más frecuencia y a dejar a Diego con nanas por períodos más largos de tiempo. Al estar fuera de la hacienda, la joven madre recordó aquel verano de fiesta y de libertad en España, y viendo el ánimo renovado del marido, reanudó los compromisos sociales, haciendo a un lado sus responsabilidades.

En una de tales ocasiones durante la Semana Santa, los padres de Diego habían salido de vacaciones a Sudamérica. El niño, bajo el cuidado de la nodriza, cayó gravemente enfermo: ardía en fiebre y sus convulsiones obligaron a la joven, sin experiencia en estos casos, a pedir ayuda a las únicas personas que sabía se encontraban a distancia próxima a la casa: Esperanza y Eusebio. Estos corrieron al dormitorio del pequeño que se retorcía en la cama sin control de sus movimientos ante el sobresalto de la joven pareja. El alarmado jardinero llamó al médico de la familia quien vino de inmediato mientras que la nodriza, asustada, abandonó el puesto esa misma noche dejando al niño completamente a su cuidado. Esperanza y Eusebio se turnaron durante la noche cuidando al niño y dándole las medicinas que el médico había recomendado. Intentaron comunicarse con los padres pero éstos se encontraban en un largo viaje bailando por las calles bañadas de sol y de placer de carnaval, en la seductora ciudad de Río de Janeiro. Eusebio se quejaba:

—Ya me muero porque regresen los patrones, Negra. Esto de fregarse de sol a sol y no pegar ojo toda la noche con este niño no resulta.

—Deveritas, Negro, íjole, yo no sabía qué tanto trabajo era cuidar a un escuincle. *Pos*, con razón la patroncita ya ni quiere cuidar a esta criatura; el pobre, mira, se ve rete asustadito.

El viaje duró varias semanas durante las cuales el niño no se despegaba de las faldas de Esperanza; la seguía por todas partes y no le permitía que lo dejara solo. Cuando lograron comunicarse con los padres, Diego ya estaba fuera de peligro. La madre, alterada, no comprendía su actitud, pues estaba segura que Esperanza había exagerado la gravedad de la salud del niño durante su ausencia. Esta se quejaba:

—¿Será posible que Esperanza y Eusebio hayan hecho tanto escándalo por una simple calentura? —Desde entonces, Diego no estaba contento si no era en compañía de los dos sirvientes; cansados de intentar reconquistar la confianza del niño, sus padres optaron por dejarlo en manos de la pareja indígena durante una temporada. La madre, sentida, le decía al marido:

—Diego no quiere saber nada de mí; nada más quiere estar con esos dos criados que le consienten todo.

—Mejor para ti. Así puedes irte sin preocupación alguna. Déjalo que se vaya con ellos.

—Aunque tú no lo quieras, sigue siendo mi hijo y me duele que prefiera la compañía de dos sirvientes.

Mientras tanto, el pequeño prácticamente vivía con Esperanza y Eusebio y era feliz: inmediatamente se acopló a la pareja que lo atendía a cuerpo de rey.

De esa manera transcurrieron los dos primeros años del niño hasta que a media mañana de un miércoles de otoño, María Teresa, alegremente anunció a todos en la hacienda que estaba embarazada por segunda vez. En esta ocasión, Rodrigo mostró un semblante nuevo.

"Este hijo sí es mío y de nadie más," decía. El embarazo de esa criatura causó una distancia aún más profunda entre el pequeño y los padres; sobre todo Rodrigo, quien no perdió una ocasión para hacerle saber a Diego que ya venía en camino **su** hijo, que iba a usurparle el puesto en la Familia De las Casas. El niño, a pesar de la corta edad, lo comprendió perfectamente, mas se conformaba con tener el cariño incondicional de Eusebio y de Esperanza.

Cuatro

Una de Barro y Dos de Porcelana

La unión de Esperanza y Eusebio seguía el curso normal. De día desempeñaban las labores en la hacienda y de noche continuaban mejorando el estado del modesto hogar. Los primeros meses de matrimonio fueron una plétora de dicha incontenible. Con frecuencia se tiraban en una hamaca que colgaron de dos arbustos en el patiecillo de la casa, y en el fresco de la tarde hablaban sobre los planes que tenían de abandonar los puestos de servidumbre, educarse, y mudarse a la ciudad. Esperanza soñaba en ser la dueña de su propio restaurante y Eusebio la escuchaba y la respaldaba en todo. Así, entre sueño y sueño fueron labrándose una realidad llena de ilusiones que solamente experimentan dos jóvenes enamorados con todo un horizonte por delante. Como un ángel con las alas rotas, una mañana despertaron bruscamente de ese sueño y tuvieron que afrontar una realidad que sin intención alguna, les aplazó todos los planes.

La mala suerte de Diego andaba suelta y como si el embarazo de su madre no hubiese sido un golpe suficiente, tres meses después, Esperanza se levantó más temprano que de costumbre sintiéndose indispuesta:

—Negro, desde el jueves pasado, me siento, *pos,* no sé, bastante rara, como que el olor *dialgunas* cosas en la cocina me revuelven el estómago. Los pechos los siento duros y calientes.

—A ver, a ver déjame darles una apachurradita.

—No *tiágas* el payaso. *Tiáblo* en serio.

—¡Ah caray! *pos* no sé, tú que crees. *Pos,* a lo mejor…

—Negro…yo creo que voy a tener un hijo.

—Vamos a tener un hijo, Negra, porque a mi también me costó mi trabajito.

—¡Qué chistoso! —En eso se vieron a los ojos, se besaron, y de un impulso Eusebio la tomó en los brazos y la alzó al aire dándole vueltas y cantando:

—Negra, la reina de mis azucenas, vamos a tener un niñito, un negrito chiquitito y va a ser mío y tuyo y éste *náiden* nos los puede quitar. ¡Ay mi Negra, soy el macho más retecontento *déstas* tierras.

—Negro, tengo miedo.

—No. No te llenes el coco de cosas malas, ya verá mi capullito, que con el Tata Dios, todo va a salir muy bien—y continuaron bailando y cantando mientras que a lo lejos perezosamente salían los rayos del sol detrás de las montañas.

Ese descubrimiento llenó a la joven pareja de incertidumbre y de regocijo a la vez. Poco después, Esperanza le decía a Diego con palabras tiernas: "Dieguito, mi Negro y yo, *pos,* como que vamos a tener una criaturita, *ansina,* como la que la cigüeña le va *trái* a tu mamá, y *pos,* ya tendrás otro niñito con quien hacer travesuras."

Diego comenzó a llorar temiendo una vez más ser abandonado. Eusebio lo consolaba recordándole que no iban a dejar de quererlo. Al niño, desde que tenía uso de razón, le pareció que otros niños habían crecido bajo la sombra de un árbol más frondoso que el suyo propio.

No tardó mucho tiempo en que María Teresa se enterase del embarazo de Esperanza. Una tarde le comentaba al marido:

—Rodrigo, acabo de enterarme qué Esperanza está embarazada; no podía haber escogido peor año, ahora que yo voy a tener otra criatura y es cuando más la necesito, pero ¿qué diantres le estará poniendo a la comida? Esto parece ser contagioso.

—No te alarmes, las indias tienen mucho aguante; tienen un niño un día y al otro día ya están trabajando otra vez como si nada. ¿Qué no las ves por todas partes con los inditos cargados a las espaldas?

—Pues ojalá y esta india no me falle porque la verdad es que si no cumple con el trabajo no sé que voy a hacer.

Fue así que los embarazos de ambas mujeres corrieron caminos paralelos. El embarazo de María Teresa fue largo y con varias complicaciones, por lo cual se vio forzada a limitar los compromisos sociales y a permanecer más tiempo en casa. Al hacerlo, se dio cuenta de cuánto daño había causado a Diego y vio con celos, la cercanía envidiable que se había forjado entre el hijito y los dos sirvientes. "Es mi culpa" —se quejaba— "jamás debí haberlo dejado tanto tiempo en manos ajenas."

A pesar del temperamento seco y el desdén con que María Teresa usualmente trataba a la servidumbre, Esperanza, pacientemente logró traspasar la coraza de piedra. El haber compartido varios meses de embarazo fue una experiencia que edificó un puente de entendimiento entre las dos mujeres. Con frecuencia se les veía temprano en la cocina tomando té de manzanilla e intercambiando sugerencias sobre cómo aliviar los malestares y achaques propios de su estado. Así pasaron los meses de preñez de la patrona y la cocinera entre un renovado acorde en la Casa Grande.

Tres meses antes que Esperanza diera a luz, nació la hija de María Teresa y Rodrigo, una niña preciosa a quien llamaron Rosa Inés. Esta tenía un parecido sorprendente a su padre. Desde que nació, Rodrigo llegó al hospital y al entrar al cuarto de María Teresa, venía cargado de todas clases de presentes, flores, golosinas, y animalitos de peluche. Empleó a una nodriza madura con conocimientos médicos en caso de alguna emergencia; mandó que el cuarto de la niña fuese remodelado por completo, ecual copia fiel de una guardería que había visto en una revista americana. A la madre la inundó de atenciones y de caricias nuevas.

Un viernes, mientras Esperanza mantenía a Diego entretenido en la cocina, el niño presintió que algo diferente estaba sucediendo: en la Casa Grande había mucha más conmoción y movimiento que de costumbre. Los sirvientes se habían esmerado porque la casa luciera en el mejor estado. El niño veía coches entrar y salir, y la casa llena de gentes extrañas. De un movimiento espontáneo, desde la ventana de la cocina, el niño vio salir a todos hacia la puerta principal. Observó que el padre le abría la portezuela del coche a la madre, quien bajaba del auto con un bulto en las manos, al tiempo que algunos de los presentes tomaban fotos, aplaudían y entraban en la casa a paso apresurado. Las cocineras sacaban de la bodega varias botellas y copas de cristal y las colocaban sobre bandejas de plata. Esperanza daba órdenes de que pusieran los últimos toques a los aperitivos y los obsequiaran a los invitados.

El pequeño se abrió paso entre la gente y al llegar a la sala, se topó con la madre, quien se encontraba sentada en un gran sillón y sostenía el misterioso bulto en el regazo. Varias personas la rodeaban y veían atentamente a ese bultito. Diego oyó el llanto de un niño y se sobresaltó. María Teresa lo vio y le dijo:

—Ven, hijito, ven, mira, esta es tu nueva hermanita, se llama Rosa Inés y de ahora en adelante va a ser tanto tuya como nuestra.

Diego la vio: era una niña blanca con grandes chapetes rosados y cabello claro y fino. Sigilosamente se acercó e intentó tocarle la carita, pero de un movimiento brusco, María Teresa le apartó la mano y le dijo:

—No, hijito, no toques a tu hermanita. Ve a la cocina y dile a Esperanza que te lave bien las manos y después podrás tocar a la bebita.— Diego permaneció unos segundos ahí, sintiéndose humillado y rechazado. Corrió hacia la cocina y se encontró con los brazos abiertos de Esperanza quien había escuchado las órdenes de la patrona. Lo tomó en los brazos y lo sintió estremecerse de un llanto inconsolable. Le lavó bien las manitas y le dijo:

—Ahora sí puedes ir a tocar a tu hermanita—pero Diego corrió hacia la esquina de la cocina donde le habían colocado una mesita, y se puso a colorear un libro de caricaturas. Desde ahí escuchó las voces alegres y el tintineo de copas de champaña que se alzaban al aire y deseaban todo género de felicidades a los padres de la nueva niña. Rodrigo festejó el acontecimiento en grande, pasaba puros forrados de rosa a las amistades, repitiendo a toda voz que su hija, Rosa Inés, era la nena más hermosa que jamás había visto. Esperanza vio a Diego en la esquina; la indiferencia de los padres hacia el pequeño, le partió el alma.

Desde entonces, el pobre niño evitaba el encuentro con sus padres. Varias veces María Teresa trató de hablarle y hacerle caricias pero él no las aceptaba. Es natural que sienta celos por la nueva hermanita—decía María Teresa—ya se le quitará. Una tarde, mientras Rosa Inés dormía en la guardería, Diego se le acercó y la vio dormidita. Estuvo a su lado observándola, y al ver que la madre no se encontraba, se atrevió a tocar la mano y la cara de la pequeña, acariciándole la piel tibia y suave. No tardó mucho tiempo en reconocer que Rosa Inés se había convertido en la princesa de la casa y que él había pasado a un segundo lugar. Al pasar del tiempo, aprendió a querer a la hermana sin envidia ni resentimiento. La niña invadía su territorio pero le quedaba un gran consuelo: aún contaba con Esperanza y Eusebio; él era el príncipe en el castillo de madera de los jóvenes indígenas quienes le brindaban toda la ternura.

Semanas antes del nacimiento de Rosa Inés, María Teresa había ordenado a las lavanderas que lavaran todos los artículos de ropa que Diego había usado en los primeros meses, y la acomodaran en los roperos y cajones de la guardería, en caso que el segundo bebé fuese a ser un varón. Sin embargo, al haber tenido una niña, la madre había decidido ir de compras a la Ciudad de México y comprar todo un guardarropa nuevo de color de rosa para la hija. Por esa razón, había pedido a la ama de casa que sacara toda la ropita de color azul de la guardería, la pusiera en cajas y se las regalara a Esperanza. Era el mes de diciembre, época navideña cuando la pareja humilde llegaba a casa cargada de cajas llenas de prendas usadas para el futuro hijo:

—Ya ves como *váser* un machito, hasta la patroncita lo presiente— decía Eusebio.

—No, mi Negro, *váser* una mujercita, pero el color de la ropita no vale *niun* comino. Todos estos son regalitos que nos *cáin* del merito cielo, mira, aunque *siamos probecitos,* a nuestra niña no le va a faltar nada; desde chiquitita va a estar vestida *comuija* de ricachos—y los dos reían considerándose los futuros padres más afortunados del mundo. Abrían una caja a la vez, sacando pieza por pieza, admirando la calidad de las telas finas, los tejidos manuales y se preguntaban:

—Caray, ¿cuánto crees *quiáya* costado esto, mi Negro?

—*Pos'* no sé, un mes de trabajo, échale cuentas.

Esperanza se había encontrado varias bolsas con pedazos de papel para regalos, foquitos, esferas y demás adornos de Navidad que los patrones iban a regalar a la gente humilde, y con éstos envolvieron las cajas con la ropita para el bebé y adornaron un arbolito que habían comprado en el mercado. La mujer embarazada se sentaba en un sillón que Eusebio había tapizado, se sobaba el vientre abultado que ella sentía faltaba poco para reventar, y con inmensa satisfacción veía la casa llena de luces de colores y las grandes cajas que apenas cabían en la pequeña sala.

—¡Ah, Negro, *estiáño*, la cigüeña nos va *trái* el regalote más grandotótototote. No le va a caber por la *chimenéya*. Se *vaátorar*. Ah, qué Navidad nos espera, *verdá* de Dios!

Al contrario de María Teresa, durante los nueve meses de embarazo Esperanza gozó de buena salud y de los mimos y cuidados que Eusebio le demostraba. Todas las tardes, durante el descanso los futuros padres intercambiaban regalos: ella le llevaba el vaso de limonada y él la sorprendía con un puñado de flores frescas recién cortadas del jardín. Los dos irradiaban de alegría y de una buenaventura sin límites para su hijo. Todas las noches, desde la cama miraban a través de la ventana hacia el firmamento que se extendía ante ellos, y hacían planes para el futuro del primogénito.

—Negra, *váser* un machito como yo, y en cuanto *sipuéda*, nos largaremos *diaquí* y nos iremos a echar lomo a la *ciudá*; ya verás cómo ganaremos más pesitos y mandaremos a *nuestruijo* a una de esas escuelas grandotótotas donde *siaprende* un *titipuchal* de cosas, *pa'quél* escuincle no tenga *quiaguantarse* los malos tratos de patrones.

—Ay mi Negro, tú sabes que el *jale* en la *ciudá* es rete duro. *Aquístamos* bien aunque nos tengamos *quiaguantar* los malos genios de los patrones. Dios dirá, cuando nazca *nuestrihijita*, porque va a ser niña, Eusebio, mi corazoncito me lo dice.

Los dos hablaban sobre los planes para el bebé por nacer hasta altas horas de la noche, y aunque no estaban de acuerdo en todo, una cosa sabían con certeza: su hijo iba a correr mejor suerte que ellos.

En una noche fría, a fines del mes de diciembre, los relámpagos rasgaban los cielos y cubrían de tinieblas el suelo de México; Esperanza, en un grito de dolor, daba a luz a una niña de ojos muy grandes y de pulmones potentes, cuya presencia, la partera profetizó: iba a cambiar el curso de la historia de ese rincón del mundo: Inocencia, se llamaba.

Don Rodrigo se levantó al amanecer. Al cabalgar, a cierta distancia vio la figura de una mujer envuelta de negro que caminaba, cabizbaja, y se alejaba de la hacienda. Esa visión le produjo escalofríos. Se preguntó qué demonios hacía esa figura merodeando su propiedad. Al ver los estragos que la tormenta de la noche anterior habían causado a las tierras, maldijo a los elementos, culpándolos de su mala suerte.

El arribo de Inocencia llenó la morada de los dos desconcertados indígenas de una riqueza inmensurable en los minutos de amor, música y alegría con que la pequeña llenaba la pobre casa. Desde que nació, los grandes ojos negros de la criatura reflejaban una claridad que iluminó el camino de los jóvenes padres. El mes de enero que siguió a su nacimiento, Esperanza y Eusebio caminaban en una nube de regocijo que no encontraba cabida en la pequeña morada. La madre la vestía en pañales y batitas de color azul, la envolvía en una de las mantas finas que les habían regalado, y no se cansaba de sentirla muy cerquita de ella; de esta manera permaneció en casa varias semanas depositando en esa criaturita todo el amor de una nueva madre a su recién nacida.

—Negro, mírala, mira a mi muñequita de chocolate, tan chiquitita y ya es la reina de mi corazón.

—Nuestra muñequita, Negra, acuérdate que no la hiciste solita. Sí, está rete chula, no te creas, como *quiamí* también *miha* llenado un huequito en el pecho; amanezco con más ganas de trabajar, hasta se *miafigura* que las flores son más bonitas y huelen *muncho* mejor.

Eusebio llevó a Diego a conocer a la pequeñita: El niño la vio en los brazos de Esperanza que la abrazaba y la besaba, y recordando el episodio reciente del rechazo de su madre por la hermana, comenzó a llorar con tal sentimiento que Esperanza tuvo que dejar de acariciar a la nena unos minutos y ponerle toda su atención a Diego:

—Venga, mi niño, no *semiachicopale*. Mira, esta chiquita nos la trajo la cigüeña, lo *mesmo* que les pasó a *tuamá* y a *tuapá,* cuando les trajo a *tuermanita.* Ya ves, no *siás* tontito. No te *váser* nada. Ven, tócala. Es una muñequita *diaveritas.* Se llama Inocencia.

El niño la vio dormida en brazos de Esperanza, se le acercó y le tocó la manita.

—Dieguito, nosotros queremos *muncho* a Inocencia, lo *mesmo* que los patroncitos quieren a Rosa Inés, pero eso no quiere decir que *tihayamos hechúnlado,* no. Ahora tú vas *aser miayudante, entendites?* Ven, déjame *dartiun* abrazo muy apachurrado. Hace *muncho* que no te veía y me has hecho falta, ¿sabes?

Esperanza abrazó a Diego con mucho cariño y el niño la abrazó igualmente. La indígena le veía la cara de desconsuelo y le aseguraba: "Sigues siendo mi niñito consentido." Diego dejó de llorar y comenzó a jugar con la manita de la niña. La madre le pidió que le trajera una manta, y se la echó sobre el hombro cubriéndose el pecho para alimentar a la niña. Minutos después, Eusebio le trajo unas galletas a Diego y lo sentó a un lado de Esperanza mientras ésta amamantaba a la hijita. El niño las veía sorprendido, pero después de unos minutos a la carita asomó una sonrisa, y al verse una vez más al lado de Esperanza y sentir su afecto, dejó de ver a Inocencia como una intrusa.

En ese estado de completa felicidad pasó la nueva madre los primeros tres meses en casa criando a su hija. Mas el bienestar de Esperanza se vio truncado cual hacha al tronco del árbol, cuando a principios del cuarto mes, a insistencia de María Teresa, se vio obligada a regresar al trabajo en la Casa Grande. El tiempo que estuvo fuera, a María Teresa le pareció eterno: la presencia de la cocinera principal le era imprescindible. La asistenta que había tomado su lugar no tenía ni la experiencia ni la sazón propia de Esperanza, y las comidas le parecían tanto a ella como a Rodrigo, desabridas.

La mujer regresó, sin quejarse, pero esta vez vino acompañada de la niña, que desde que nació la había envuelto en un rebozo y la llevaba a las espaldas, como si fuera parte de ella misma. Esperanza nunca descuidó los quehaceres; al contrario, después de una breve ausencia regresó y reanudó el trabajo con más fervor y diligencia que de costumbre.

De esa manera pasaron los primeros meses de Inocencia. La hacendosa cocinera, durante todos los minutos libres, en voz baja tarareaba canciones de cuna a la hija. La pequeña pasaba largas horas, acurrucada, sintiendo el calor que despedía el cuerpo de Esperanza y disfrutando de los olores inconfundibles de café molido y pan recién horneado que impregnaban el dominio de la maestra de gastronomía, en perfecta comunión con su madre.

Cada tres horas Esperanza salía hacia un pequeño jardín, se cubría los pechos con el rebozo y amamantaba a la hija. Años después, Inocencia recordaba con nostalgia su infancia cuando el rebozo, ese pobre trozo de algodón, llegó a tener un significado trascendental para ambas; fue en cierto modo, una prolongación del embarazo, del cordón umbilical: la unión espiritual entre madre e hija.

María Teresa, desde lejos la observaba. Veía con cuánto amor cargaba a la niña sin ningún reproche, con infinita paciencia. Ella, a pesar de haber tenido al niño, no recordaba haber formado un vínculo tan preciado, ni recordaba haber sentido un amor tan palpable hacia Diego como el de Esperanza hacia Inocencia. Recordaba el fastidio con que amamantó al hijo por un tiempo breve. No lo disfrutó. No sabía por qué ella no había sentido la maternidad como la sentían otras madres en cuyas caras irradiaba el simple gozo de tener a los hijos en el regazo.

A pesar de todo lo que tenía, jamás sintió esa felicidad con Diego y se sentía culpable. Parecía que siempre le faltaba algo, ese vacío que nunca pudo llenar. No era demasiado tarde—se engañaba—el niño aún estaba pequeño. Hacía tiempo que ese insaciable monstruo por el que se desvivía la gente de su nivel, ese pecaminoso "qué dirán," la había asqueado. Se veía al espejo y se veía cansada. Daría todo por volver el reloj atrás, por reconquistar la ternura de la madre, la protección del padre, su enamoramiento, el embarazo, la niñez del hijo. Esa mañana sentía un gran pesar, una fuerza invisible que le oprimía el pecho. Pensando en ello, pidió un café a Esperanza, se hundió en un cómodo y blando sillón, se cubrió con la amplia bata de seda rosa, subió los pies y quiso distraerse leyendo la sección de sociales del periódico, pero sintió que se ahogaba. Presa de angustia y de remordimientos salió hacia el jardín. Paseaba entre los rosales y desde ahí escuchó el eco de una dulce melodía que salía desde la cocina: era Esperanza cantando como de costumbre su canción favorita a la pequeña. No pudo más. Cayó de rodillas sobre el césped, se cubrió la cara con ambas manos y lloró amargamente. Lloraba para no continuar con los malos pensamientos y recuerdos tristes, mas ese día, el dolor había sido suficiente: algo muy dentro de ella hacía tiempo que había muerto. Esta vez—dijo—va a ser diferente. Voy a disfrutar cada minuto de estar con mi hija.

Así fue. Los primeros meses de Rosa Inés fueron inesperadamente placenteros para la madre. Fue una experiencia muy diferente puesto que contaba con los cuidados y el apoyo de Rodrigo. Los viajes fueron más cortos y menos frecuentes y en ocasiones se sintió como verdadera madre de la niña. Mientras que ella pasaba largas horas al cuidado de Rosa Inés, más se distanciaba del hijo quien se acogía en el hogar y el calor de Esperanza, buscando constantemente su compañía. Ella, a sabiendas del abandono emocional que sufría Diego a causa de los padres, lo cubría de besos y caricias intentando cicatrizar un poco las heridas del pequeño desafortunado. Eusebio le advertía:

—Este niño está demasiado chiquiado. Lo vamos a echar a perder.

—Inocente criaturita—respondía la esposa—él no tiene la culpa de que los patrones prefieran a *suermanita.*—Con el mismo fervor Esperanza ignoraba los comentarios del marido y continuaba trabajando, cantando y platicando con los niños. Con Diego jugaba juegos de palabras y de sonidos, enseñándole los nombres de todas las cosas que se encontraban a su paso. En pocos meses el niño hablaba sin parar hasta causarle dolores de cabeza a todos los presentes. La cocinera reía y se sentía satisfecha del pequeño alumno. Inocencia, mientras tanto, desde un rinconcito, suspendida de la espalda de su madre, lo observaba y lo escuchaba todo.

Una mañana de primavera mientras la cocinera preparaba el desayuno a los patrones, escuchó sonidos que salían del rebozo: era la hijita quien comenzaba a balbucear y a repetir todos los sonidos que llegaban a sus oídos. Poco tiempo después, la niña comenzaba a formar monosílabos, y cuando menos pensó, Esperanza la escuchó decir su primera palabra: Mamá. Se desbordaba de felicidad cada vez que la hijita la llamaba. Su segunda palabra fue, naturalmente, pa-pá, y la tercera, el nombre del fiel compañerito: Die-go. Inocencia repetía toda palabrita que salía de los labios de los padres y del chiquitín, convirtiéndose en su pequeño eco.

—Ahora sí que estamos bien—rezongaba María Teresa—en lugar de tener una cotorrita, ahora tenemos dos.—Esperanza y el pequeño reían cada vez que veían a la patrona malhumorada y a sus espaldas, la imitaban. Ese cuarto cubierto de azulejos y trastos de cocina, lleno de risa y de alegría llegó a formar el reducido mundo de los tres, y por mucho tiempo, un refugio. De pequeño, a Diego le parecía que no había lugar más divertido en todo el mundo que la cocina de Esperanza.

El día que Inocencia dio su primer paso, en la cocina de la hacienda, se encontraba presente el pequeño Diego. La pequeña gateaba un trecho, tomaba la pata de la silla, se ayudaba ella misma a ponerse de pie, e intentaba dar un paso, se bamboleaba y se caía. Esperanza la levantaba y la animaba a continuar mientras que Diego corría hacia ella, y le ayudaba a mantenerse de pie. A fines del mes, Inocencia ya daba pasitos y se caía menos. El pequeño la tomaba de la manita y la llevaba pacientemente a caminar despacio por los corredores de la casa. Cada vez que se caía, los dos niños reían; Diego la levantaba y continuaban el ejercicio que les parecía un juego muy divertido. Cuando menos pensaron, la niña tomaba camino y se perdía en los diferentes cuartos de la Casa Grande. Cuando Esperanza dejaba de oír los pasos, la llamaba y la niña traviesa, caminaba más de prisa a sabiendas que la madre, y con frecuencia, Diego, la seguían.

Por las tardes, Esperanza salía con los dos niños y los llevaba a caminar por los jardines y patios de la hacienda. Felices, corrían detrás de las mariposas y de todo bicho que se les cruzaba por el camino. Esperanza apuntaba hacia todos los objetos que los rodeaban y les decía su nombre. Diego repetía los nombres claramente mientras que Inocencia repetía algo parecido. Los dos aprendieron juntos las primeras lecciones sobre la naturaleza, de un segundo maestro, Eusebio. El asiduo jardinero, todas las tardes les enseñaba los nombres de flores, plantas, frutas, aves, insectos y animalitos roedores.

El veintiocho de diciembre, Inocencia cumplía un año. Sus padres le hicieron un gran pastel forrado de florecitas y animalitos de todos colores e invitaron a un grupo íntimo de familiares y compañeros de trabajo. María Teresa dejó que Eusebio llevara a Diego, y el niño llegó con un presente grande bajo el brazo. A la pequeña le llamó la atención el moño grande y el papel de bonitos colores, y en un descuido de la madre, logró quitarle el listón al paquete y abrir el regalo: era una muñeca de trapo, tan grande como la niña misma, adornada de un moño rosa. Inocencia la vio, y en un principio se asustó, pero un minuto después la abrazó acogiéndola con tal fuerza que Esperanza tuvo que quitársela antes que la estropeara. El resto de su onomástico, la niña no se separaba de aquella muñeca, con Diego detrás de ella, quien la seguía por todas partes cuidando que no se cayera.

Pasaron algunos meses de rutina placentera. Esperanza entretenía a los niños a toda hora: por la mañana, les daba bolitas de masa y les enseñaba a hacer pan o tortillas; les hacía sopa de fideo o verduras que los niños saboreaban, y después corrían por toda la casa jugando a las escondidas. A veces el niño jugaba con los carritos y la niña con la muñeca de trapo mientras Esperanza les cantaba cancioncitas infantiles:

"Señora Santa Ana,
Señor San Joaquín,
¿Por qué llora el niño?
Por una manzana,
Que se le perdió.
Dile al niño que no llore,
Que yo le daré dos,
Una para el niño,
Y otra para vos."

Por la tarde, los niños pasaban largo rato en la esquina de la cocina, en una mesita, coloreando en libros de dibujos de Diego, mientras Esperanza los observaba. El niño le enseñaba a su amiguita a colorear dentro de los dibujos y a tener cuidado de no pasarse fuera de las líneas, e Inocencia lo observaba atentamente e imitaba todos los movimientos. Después de una breve siesta, Esperanza sacaba a los chiquillos a tomar el acostumbrado paseo por los jardines en compañía de Eusebio. De esa manera, pasaron los primeros años en un pequeño mundo de fantasía, música y naturaleza, cultivado y alimentado por el amor de la cocinera y el jardinero.

Durante los veranos, los padres de Diego salían a pasar las vacaciones fuera de la hacienda. Esperanza notaba que la niña buscaba al compañerito por todas partes y se enfadaba de jugar solita. La madre le comentaba a Eusebio:

—Inocencia extraña mucho a Dieguito, ojalá y regresen pronto *porquia* la negrita la veo muy apachurradita.

—No me gusta la idea de que *mi'ja* pase tanto tiempo jugando con Diego, ya falta poco *pa'quel* niño vaya a la escuela y entonces sí la Negrita se va a quedar pero bien solita.

En efecto, Eusebio tenía razón. Cuando el niño cumplió cinco años, María Teresa decidió que era hora que el niño ingresara en el kinder de un colegio privado. Sin dar explicaciones al pequeño, lo vistió de pantalón corto azul marino, camisa blanca, chaleco rojo, zapato negro y calcetín blanco. Lo tomó de la mano y se dirigió hasta el coche, pero el niño lloraba y rehusaba subirse al automóvil. Hubo que hablarle a Esperanza para que lo tranquilizara. María Teresa perdió la paciencia y de un movimiento torpe, lo sentó en el asiento trasero y salió de la hacienda a toda velocidad. La cocinera vio la cara atemorizada del pequeño que gritaba su nombre, y luchaba por salirse del coche. Inocencia corría por toda la casa, buscándolo. Al no encontrarlo, se tiró en el césped y se quedó llorando el resto de la mañana: el fiel compañerito había desaparecido.

Diego dejó de llorar cada vez que lo subían al coche porque había encontrado en el kinder un mundo lleno de números, letras y juegos mucho más entretenidos que los que jugaba con Esperanza e Inocencia. En poco tiempo conoció a varios amiguitos y Esperanza e Inocencia comenzaron a parecerle monótonas. Una mañana, mientras María Teresa vestía al niño para asistir a la escuela, lo vio detenidamente por primera vez en mucho tiempo. Ahora que tenía edad para asistir a la escuela, ya no necesitaba a su madre. Ya no la extrañaba, ni lloraba cuando se despedía.

Esperanza y la hija reanudaron la rutina cotidiana. Mientras los padres trabajaban, la niña corría libremente entre un mar de flores de tantos matices y colores, muchos más que los nombres de los colores que su madre le enseñaba. Se fue creando una realidad dictada fundamentalmente por la naturaleza viva, rica, abundante y sin límites que la rodeaba. Se dio al hábito de combinar e inventar nombres de colores, pues creía que cada flor debería tener uno diferente. Inventaba rosiblanco y amaverde, y rojinegro y así sucesivamente. Pasaba horas enteras observando el cielo de un azul profundo y las formaciones caprichosas de las nubes. En cada nube imaginaba la forma de alguna planta, fruta, o animalito que conocía.

***

Pasados los primeros años durante los cuales María Teresa había cumplido la promesa de dedicar más tiempo a la crianza de Rosa Inés, comenzó a reanudar los compromisos sociales. La hijita dejó de ser la nena que la necesitaba con insistencia y ahora ella misma buscaba la compañía de Inocencia. Muy pronto, Rosa Inés llenó el lugar que Diego había dejado en las horas de juego. Esperanza veía a la hermanita con el mismo cariño que a Diego y, una vez más, comenzó a enseñarle los nombres de las cosas que las rodeaban. Durante el descanso de la tarde, sacaba a las dos niñas a caminar por los jardines de la hacienda y en poco tiempo las tres llegaron a formar un trío de una curiosa afinidad.

Cuando Inocencia cumplió tres años, Esperanza expresó deseos de tener un segundo hijo. María Teresa le recordó ásperamente que les habían permitido vivir en la casa abandonada bajo la condición que no se fueran a llenar de hijos; además, su ausencia después del nacimiento de Inocencia, afectó el funcionamiento eficiente de la cocina.—La patrona terminó diciéndole:

—Así que no piensen tener más hijos, porque me pondrían en una situación difícil. Ya tienen a Inocencia y creo que para una pareja con escasos recursos como tú y tu marido, es más que suficiente.

La mujer la escuchó con tristeza. En casa, le comentaba a Eusebio:

—Sabes, mi Negro, la Doña no tiene derecho de decirnos cuántos hijos podemos tener.

—Tendremos los hijos que Dios quiera.—En ese instante, el marido se estremeció. No fue hasta entonces que las palabras proféticas de la vieja partera cobraron vida: "Eusebio: cuida bien de esta niña y quiérela mucho, porque tu mujer no tendrá más hijos. Se le ha enfriado la matriz." Con una simple frase, Benigna había arrancado, desde la raíz, el regalo más preciado que toda mujer podría brindarle a su marido.

Cada vez que hacían el amor, Esperanza deseaba no salir embarazada por temor a perder lo poco que tenían. Eusebio, la consolaba.

—No se preocupe, mi Negra. *Pá toduáy* maña—mordiéndose los labios, para no traicionar la profecía de Benigna.

Una noche, mientras el marido dormía, en el silencio a Esperanza le parecía haber escuchado el triste llanto de su matriz. Acongojada, no pudo dormir. Salió hacia afuera a caminar entre las sombras mientras que, a su paso, regaba el suelo con las lágrimas y por vez primera, se oyó a ella misma maldecir el nombre de María Teresa.

Cinco

28 Letras Entre la Luz y las Tinieblas

Cuando Inocencia tuvo edad suficiente para asistir a la escuelita pública del pueblo, Rosa Inés ingresó en el mismo kinder privado que asistía su hermano.

Una mañana a hora temprana, Esperanza vistió a su hija de un vestido y calcetines de color amarillo, la peinó con esmero poniéndole un gran moño del mismo color en la cabeza, y un par de zapatos negros. Salieron hacia el desayunador de la Casa Grande donde alimentó a los tres niños. Inocencia observó que los compañeritos entraron al cuarto vestidos en uniformes de colegiales azul marino, rojo y blanco. Los tres tomaron grandes tazas de chocolate, avena y gorditas con mantequilla, y hablaban entre ellos con gran entusiasmo acerca del primer día de clases. Minutos después, los dos hermanitos se dirigieron al colegio. Inocencia los vio salir alegres, y corrió hacia el coche esperando que la invitaran a ella también; pero los niños, en un abrir y cerrar de ojos habían desaparecido, dejándola sola. Para la pequeña, ese fue el primer encuentro con una realidad que estaba muy lejos de comprender. A pesar de que los padres le habían hablado sobre la próxima asistencia a la escuelita, no entendía por qué, no le permitían acompañar a sus compañeros de juego a ese extraño lugar. Algo extraordinario estaba sucediendo y no la habían invitado a participar. Esperanza la vio y antes de permitir que la tristeza la invadiera, la tomó de la mano y le dijo que se apresurara porque esa mañana el padre iba a llevarla a su primer día de clases a la escuelita más cercana, a las afueras de la hacienda. La niña le preguntó:

—Mamaíta, ¿a dónde van Diego y Rosa Inés?—La madre con palabras sutiles trató de explicarle:

—Mi'jita, van a un colegio en la *ciudá*. Es una escuela muy *jaitona* de monjas donde los patrones pagan *munchos* pesos *pa'que* los niños no se queden burros, y a la ropa que llevan puesta, le dicen u-ni-for-me.

—¿Por qué yo no voy al mismo colegio?

—Porque el colegio es para niños ricos y nosotros *semos probes*.

La niña se quedó pensativa. Era la primera vez que escuchaba la palabra "pobres'" y "ricos," y mientras no entendió el concepto, supo que de ese día en adelante, algo significante entre ella y sus amiguitos había cambiado.

Recordaba el día que Rosa Inés la invitó a jugar a las muñecas. Inocencia entró a la recámara de la amiga por primera vez y se vio en medio de un mundo desconocido: el cuarto le pareció tan grande como su propia casa. Las paredes estaban cubiertas de colores tenues, rosas y amarillos. En medio del cuarto había una cama amplia cubierta por una colcha gruesa de diseño juvenil que hacía juego con las cortinas y varios cojines bordados con encajes del mismo color. La niña tocó la colcha y sintió que la mano se hundía en ella, era suave y fina como quien tocaba una nube. Acarició los encajes y los listones. En una esquina había una gran repisa cayéndose de la cantidad de animalitos de peluche entre los que se encontraba un enorme oso blanco, tan grande como ella misma. En la otra esquina vio una gran vitrina que contenía una colección de muñecas, de todo el mundo, portando atuendos de toda clase: vestidos, zapatos y sombreros que nunca había visto. El piso estaba cubierto de una alfombra gruesa, color limón, en el que se perdían los huaraches y se sentía suave al caminar. En las paredes había caricaturas como las que en una ocasión había alcanzado a ver en el televisor de la Casa Grande. A un lado de la cama estaba un peinador pequeño sobre el cual había moños y broches para el cabello. Inocencia permaneció un largo rato observándolo todo. Jamás había visto un cuarto semejante: era un sueño. Rosa Inés la convidó a escoger la muñeca que gustase para jugar con ella. La niña se acercó con timidez a la vitrina que contenía las muñecas y las había tantas y tan bonitas que al estar frente a ellas, no supo cuál escoger. Minutos después, Rosa Inés, impaciente, tomó una, se la dio y le jaló la falda pidiéndole que se sentara en la alfombra a jugar con ella, partiendo en dos el embeleso bajo el que Inocencia había caído. Esa tarde, al regresar Inocencia a casa, se dirigió hacia el cuartito en el que dormía, y lo vio detenidamente por primera vez: las paredes eran de madera vieja, la camita era angosta con un colchón usado y cubierto de una manta descolorida sobre la cual estaba tendida una sola muñeca de trapo. La niña se echó sobre la cama, abrazó a la muñeca y lloró en silencio. Inocencia recordó las palabras de la madre y comprendió exactamente su significado.

Desde un principio, Inocencia se adaptó a la escuelita con facilidad. Sentada en un pequeño escritorio, rodeada de todo un mundo nuevo de descubrimientos, estaba en su elemento. Todas las tardes regresaba a casa desbordando de alegría y contando a los padres con gran entusiasmo la cantidad de conocimientos que adquiría. Lección tras lección, la niña fue aprendiendo todo lo que se le enseñaba y demostró un talento y facilidad hacia el aprendizaje que sorprendió a la maestra. Hacia finales del primer año, había mantenido un progreso constante que con frecuencia sobresalía en esfuerzo al de los compañeritos de clase. La maestra, admirada, ponía a la niña como ejemplo al resto de los alumnos.

La pequeña mostró una facilidad excepcional hacia la lectura y la escritura. Desde que aprendió a leer, se le veía siempre acompañada de un libro, o varios. Todo segundo que tenía libre, leía. En una ocasión, sentada en la cocina en la sillita a un lado de Esperanza, leía en voz alta un cuento infantil a su madre. Casualmente, María Teresa entraba para supervisar los preparativos para la cena. Vio a la niña concentrada en la lectura. Le llamó la atención la rapidez con que leía y la claridad de la pronunciación de las palabras. Se acercó a la niña y después de escucharla leer una página, le comenzó a hacer preguntas sobre la lectura. La niña respondió a todas con una seguridad y comprensión sorprendente para una niña de su edad. María Teresa exclamó:

—Inocencia: lees muy bien para ser tu primer año de escuela. Has de tener una buena maestra.—La niña sonrió y continuó leyendo el cuento a la mamá. Esperanza la escuchaba con tanta atención e interés como si escuchase ese cuento por primera vez. A partir de entonces, María Teresa tomaba los libros, cuentos, libros de pintar, y todo lo que los niños dejaban atrás y se los regalaba a la niña. Con el tiempo, llegó a acumular un verdadero tesoro de fuentes y recursos de enseñanza. Cada útil escolar o pieza educativa que recibía, Esperanza la tomaba y entre ella y Eusebio le sacaban el máximo provecho. Todas las noches, después de una cena ligera, exhaustos por las largas horas de trabajo, se sentaban a la mesa y observaban a Inocencia hacer los trabajos escolares, y al mismo tiempo, se sentían impotentes en su esfuerzo limitado por ayudarla.

Al cursar el primer año de primaria, Inocencia leía y escribía a un nivel superior al que le correspondía. María Teresa se mostraba impaciente con el lento progreso escolar de sus dos hijos, comparado al de Inocencia. Una noche después de observar el trabajo escolar de Diego, María Teresa comentaba a Rodrigo:

—No es posible. Inocencia asiste a una escuela pública y lee y escribe mejor que nuestros hijos. Hoy la escuché y su adelanto es impresionante. Es una niña muy inteligente. No sería mala idea emplear un maestro particular para mejorar su progreso académico. El marido contestó enfadado:

—No exageres, Marités, todos los niños aprenden a su paso normal. Unos aprenden más pronto que otros. No te preocupes, ya verás que van a leer y escribir mejor que Inocencia para fines de año.

Pero se terminó el año escolar y María Teresa no percibía un adelanto notable; impaciente, insistía al marido:

—Rodrigo, los niños siguen igual e Inocencia sigue mejorando. ¡Esto es una vergüenza! Tenemos que hacer algo. Mañana mismo contrato a un maestro particular.—El marido aceptó de mala gana siempre y cuando se tratara del progreso escolar de la hija. Y así se hizo.

Contrataron a Rafael Quintana, un joven estudiante universitario para que ayudase a mejorar la lectura y la escritura de los dos niños. Diego no carecía de inteligencia, simplemente se aburría fácilmente. Las maestras no entendían el porqué de su inquietud. Rosa Inés, era asimismo alerta, pero no tenía disciplina; había sido criada con tantos mimos que la escuela le parecía un juego más. Rafael intentaba cautivar su interés utilizando varios métodos, mas todo resultaba inútil. El joven maestro frustrado en su esfuerzo estaba al borde de la impaciencia. Esa tarde entró Esperanza a la biblioteca con una merienda para los tres. Inocencia, como de costumbre, la seguía. La pequeña entró en aquella sala inmensa cubierta de cientos de libros y se quedó maravillada. El maestro la observaba. "Entra, chiquita. No temas. Ven siéntate con nosotros." La niña obedeció. Al ver la cantidad de cuentos y otros libros infantiles regados por el suelo y sobre la mesa, se quedó boquiabierta.

—¿De quién son todos estos cuentos?

—De los niños. ¿Te gustan?

—Sí. Me encantan—tomando uno en sus pequeñas manos.

—¿Te gusta leer?

—Sí. Mucho.

—Ven. Toma este cuento y léeme la página que gustes.

Inocencia escogió uno y se sentó en la alfombra. Sostuvo el libro en las piernas cruzadas y con un tono de voz firme y una entonación melodiosa, leyó toda la página, sin tropiezo alguno.

El maestro particular la escuchaba sin parpadear. Diego la escuchaba también y no podía creer que Inocencia leyera mejor que él. Rosa Inés, jugaba con las galletas. El señor Quintana, intrigado, la interrogó:

—¿Cuántos años tienes?

—Seis. Ya merito siete.—Rafael le dijo:

—Eres una pequeña lectora—y dirigiéndose a Esperanza, le mencionó en tono más serio:

—La niña lee muy bien para su edad. Con un poco de ayuda podría ser una lectora excelente. ¿Me permite que le dé clases particulares? Podría hacerlo después de enseñarle a los niños de don Rodrigo.—La madre se mostró nerviosa:

—No, muchas gracias, es *usté* muy amable.

Comprendiendo la situación de la mujer, el maestro añadió:

—No se preocupe. No se trata de dinero, señora. No le voy a cobrar ni un centavo. Con gusto le enseñaría a la niña. Es raro encontrar ese talento y entusiasmo en una alumna tan pequeña.

— *Pos'*, no sé qué decirle. Mejor hablo con *miesposo* y luego le digo.

En el transcurso del diálogo entraba la patrona quien desde la puerta entreabierta había escuchado la conversación. La madre, disculpándose, tomó a Inocencia de la mano y salió hacia la cocina cuando María Teresa le pidió que se quedara.

—Esperanza, habla con tu marido. Si les parece bien, Inocencia tiene nuestro permiso para asistir a las clases privadas del señor Quintana. Nosotros le pagaremos las lecciones. Creo que su entusiasmo por aprender será una motivación para nuestros hijos.

—Sí, Señora. Muchas gracias. Mañana *mesmo* le diremos si sí o si no—y tomando a la pequeñita del brazo salió de la biblioteca con una sonrisa de oreja a oreja.

A partir de entonces, los tres niños asistían religiosamente a las clases del señor Quintana. Inocencia aportaba un contagioso entusiasmo por aprender todo lo que se le presentaba. Diego, al observar la seriedad y madurez con que ella se aplicaba, comenzó a cambiar de actitud y a mostrar más ánimo hacia el aprendizaje. Rosa Inés, igualmente, comenzó a hacer a un lado las niñerías y a poner más atención. Pasadas unas semanas, el señor Quintana no se daba abasto para mantener despierto el estímulo de los tres pequeños alumnos.

El insaciable empeño de Inocencia por devorarlo todo se extendía hasta su hogar. Los padres la escuchaban leer hasta que se quedaba dormida. En una ocasión, la niña les pidió que leyeran con ella como lo hacía el señor Quintana.

—Papaíto, léeme esta página.

Eusebio, desconcertado, no tuvo el coraje de decirle la verdad a la pequeña hija: ni él ni su madre podrían ayudarle. Eran dos analfabetas.

—Mi'ja,…este…*pos…la verda'* es que…no puedo.

—¿Por qué?

—Inocencia, ni yo ni tu Mamaíta sabemos leer. Nunca *juimos* a *lescuelita* como tú.

La niña los vio un tanto extraña y simplemente dijo:

—Pero si es tan fácil. Son unas letritas nada más. Miren. Tomó el libro de lectura, lo abrió en la primera página, les pidió que se sentaran y les señaló la primera letra.

—Esta letra es la "A." A ver, repitan. Esperanza y Eusebio se sentaron a un lado de la niña y comenzaron a repetir en coro el sonido de la letra. Inocencia les dio un lápiz y una hoja con renglones en blanco a cada uno y les pidió que la observaran mientras ella, con gusto y paciencia, trazaba lentamente la letra "A" en el cuaderno. Los padres la observaban y conmovidos ante tal escena, no tuvieron más remedio que obedecerla. Ambos tomaron los lápices e intentaron imitar a la hija con trazos crudos. La niña los observó y sin decir palabra, tomó la mano de la mamá, la colocó sobre la suya y escribió la letra sobre la hoja varias veces, hasta que le salió un poco mejor. Después hizo lo mismo con el papá. Así pasaron la tarde repitiendo y trazando la primera vocal; una simple letra: un paso gigantesco hacia su alfabetismo.

A partir de entonces, todo lo que aprendía Inocencia, lo compartía con los padres. La diminuta maestra les enseñó, primero, las vocales, siguiendo el mismo ejercicio del primer día. El jardinero y la cocinera tomaban el trocito de grafito en sus rudas manos, imitando el movimiento de la pequeña, y veían las figuras negras cobrar vida en las páginas blancas, como por obra de magia.

Después de poco tiempo lograban unir una letra a la otra y comenzaron a formar monosílabos, seguidos de palabras cortas y sencillas. Después de haber logrado escribir varias palabras, formaron una frase; luego una oración. Lo mismo sucedía con la lectura. La tarde que los tres lograron leer un breve párrafo del libro de lectura de Inocencia, fue un evento de incontenible regocijo. Sintieron una libertad absoluta. Los tres brincaban de gusto. Para celebrarlo, Eusebio las invitó a tomar un helado. Compraron tres grandes barquillos de chocolate, fresa y vainilla y ahí sentados en el kiosco de la placita del pueblo, disfrutaron de una tarde inolvidable. Eusebio se dio al hábito de leer cuanta cosa caía en sus manos. Pasaba por las calles y se entretenía leyendo los letreros y encabezados de periódicos y revistas. Aún se sentía bastante intimidado por la letra minúscula escrita en revistas y diarios, pero sentía una enorme satisfacción cuando lograba descifrar los encabezados.

Lo mismo le sucedía a Esperanza. Desde años atrás, María Teresa había estado coleccionando libros de recetas de todo el mundo y se los traía a Esperanza. Esta los tomaba y los hojeaba concentrándose solamente en los dibujos y en los grabados. La patrona acostumbraba escoger una receta, le leía los ingredientes y la forma de prepararse, y Esperanza se veía obligada a aprenderse el laborioso procedimiento de memoria. Ahora, ya no habría necesidad de pedir ayuda. Su felicidad fue aún más grande cuando abrió un viejo libro de recetas, el favorito, y pudo leer sin mucha dificultad la receta predilecta de don Rodrigo: Pollo en Mole Poblano. Permaneció varios minutos leyendo palabra por palabra. Le parecía imposible que ella y su amado Eusebio hubiesen pasado tantos años viviendo en las tinieblas. ¡Cuánta información, cuántos conocimientos, cuánta sabiduría se encontraba escondida detrás de estas pequeñas e insignificantes letras! No eran muchas, se las habían aprendido en pocas semanas. Así, clavada sobre el libro la sorprendió María Teresa.

—¿Qué te pasa? Hace rato que te estoy hablando.

—Nada, señora, es *quiabía* olvidado los ingredientes de esta receta.

—¿Cuál receta?

—Esta, la que me pide don Rodrigo a cada rato.

—Pero si ya tienes años preparándola. Ya te la sabes de memoria.

—Sí, eso sí es cierto.

—Apresúrate, porque vamos a tener invitados—esta noche viene la familia Dosamantes; prepara suficiente comida para diez personas.

—Como *usté* ordene.

La cocinera no tuvo el valor de decirle que por primera vez estaba leyendo la receta que tantas veces había preparado de memoria. No, todavía no—pensaba—no le diré a nadie hasta que pueda leer mejor y de corrido. Al pasar unas semanas, Esperanza comenzó a experimentar con recetas nuevas. María Teresa, sorprendida, le comentaba:

—Esperanza, este platillo de chiles en salsa de almendra, nunca lo habías preparado antes, está exquisito. No recuerdo haberte leído la receta—la cocinera reía por dentro y le daba una respuesta a la ligera.

Mientras tanto, Eusebio experimentaba algo parecido. El también desde pequeño había tenido que desarrollar sus aptitudes de memorización. El patrón, por lo general, le daba instrucciones una sola vez y esperaba que el jardinero las siguiera al pie de la letra, sin cometer ningún error. En el cerebro había acumulado una gran cantidad de datos prácticos contenidos en los manuales de jardinería.

Con frecuencia don Rodrigo se asombraba de la lucidez y la rapidez con que Eusebio desempeñaba las labores por complicadas y técnicas que éstas fueran. Ahora lo veía más seguro de sí mismo, con más altivez, más en control. Rodrigo no tenía idea alguna de la enorme transformación por la que pasaba Eusebio. En cierta ocasión, le pareció verlo leyendo el periódico en el taller de jardinería durante la hora de descanso. Se imaginó que estaría viendo los anuncios de las películas que exhibían en el cine sobre los que con frecuencia le preguntaba. Tampoco él había querido decirle nada al patrón. Era ésta su arma secreta.

Por la noche, mientras la niña dormía, los padres comentaban que no era posible: todo un universo contenido en un librito de lectura que se les había negado. No era justo.

Una vez, Eusebio tomó la mano de Esperanza y se la llevó hacia la cabeza diciéndole:

—Negra, pégame bien fuerte.

—¿Qué dices?

—Pégame en la cabeza.

—Negro, es muy tarde para chiflerías. Estoy muy cansada.

—*Nuestoy* jugando. Pégame, con ganas.—La mujer así lo hizo y Eusebio le preguntó:

—¿No la sientes bofa?

—No. Ya basta, duérmete.

—¡Ah! *pos* deveras hay algo adentro de mi macetota que me está haciendo pensar. Y yo que todo este tiempo pensé que la tenía bien hueca.

—Negro, como eres ocurrente. Todos tenemos algo adentro de la cabeza. Yo creo que es como un motorcito con *munchas* partes y tornillos o algo así, lo que pasa es que *náiden* nos había enseñado como darle cuerda.

—Esa es la merita *verda'*. Algo así siento que está pasando. Fíjate tuvimos que esperarnos a tener una negrita *pa'* que nos quitara lo tonto.

—No somos tontos, Negro, ya ves que una letrita tras otra nos entra en el coco duro. Ya verás cuántas cosas más vamos a aprender de *nuestrihijita* y nos vamos a hacer tan in-te-li-gen-tes como los patrones.

—Negra, yo pensaba que todos los que sabían leer y *escrebir* eran pos, muy *sabiondos*, como que era rete difícil aprender, pero mira nomás tú y yo como que ya estamos aprendiendo. El domingo pasado ya me puse a leer el periódico y *verda'* de Diosito que casi le entendía, como que se siente rete suave ¿no crees?

—Ay, mi Negro, *pos* sí. Yo también como que ya puedo leer los librotes esos de la patrona que antes me daban miedo hasta verlos. Ijole, esta Negrita nuestra tan chiquitita y nos ha enseñado tantas cosas. Hasta la patrona me dijo anteayer que Inocencia era una niña muy lista y sentí rete bonito. Si no fuera por las *lesionsitas* caras que le dan a la Negrita, con ese *maistrito, pos* quien sabe si la niña estuviera tan adelantada. La *verdá* es que aunque sean rezongones, les debemos *retiárto* a los patrones.

—Sí, la Negrita nació bajo buena estrella. Eso merito me dijo la partera la noche que nació. Que algo así le iba a pasar y mira a lo mejor y es cierto.

—Esperemos que sí, mi Negro. Daría mi pellejo porque no *siacabara* metida en las ollas, como yo.

De esa manera Esperanza y Eusebio, sin decirle nada a nadie caminaban juntos de la mano, abriéndose paso entre las tinieblas del analfabetismo que en muchos aspectos los había marginado.

Una tarde, Rodrigo entró en la cocina y vio a Inocencia en el rincón. Mientras comían le comentaba a la mujer:

—Esa criatura no hace nada más que leer y escribir hora tras hora. La veo y me da tanta pena.

—Te equivocas, Rodrigo. La niña tiene una habilidad natural para el estudio. Desde que participa en las clases particulares, el señor Quintana ha visto en ella una mejoría impresionante. Hasta a veces me parece que su aprendizaje ha influenciado a los mismos padres. Ayer sorprendí a Esperanza deletreando una palabra. A nosotros nos convendría que estos indios se educaran, ¿no te parece?

—Creo que tienes razón. Eusebio actúa algo sospechoso, como que se trae un secreto y no me quiere decir. Yo creo que este condenado está aprendiendo a leer. Sí, está bien para que se les quite un poco lo tapado, pero que no se pasen de listos porque entonces van a amenazarnos con dejar el trabajo si no les pagamos más.

—No exageres, amor. ¿Qué amenaza pueden ser para nosotros dos pobres indios sin educación?

Seis

El Fruto Más Fértil

Cuando la hija consentida cumplió ocho años, sus padres le hicieron una gran fiesta a la que invitaron a todos los compañeros de clase. El tema de la fiesta fue: El Circo. Con este propósito, los padres de Rosa Inés mandaron cubrir el patio de la casa con una enorme carpa de grandes franjas rojas y blancas dentro de la cual instalaron una pista, y colocaron bancas con espacio para más de 100 invitados. Dentro de la pista se desenvolvió una exhibición llena de música y alborozo infantil, en el que desfilaron payasos, magos, malabaristas, cómicos y toda clase de personas en disfraces coloridos, envolviendo a los espectadores en una tarde de magia y encanto.

Al terminar el espectáculo, los niños recibieron globos, golosinas, y un almuerzo típico americano. Las travesuras y jovialidad de los invitados vistieron de animación los patios y jardines de la Casa Grande. Entre estos niños se encontraba Inocencia, quien durante la exhibición del circo no cerró la boca ni pestañeó por temor a perderse de un segundo de diversión. La niña salió junto con los demás pequeños hacia los jardines de la casa, sobre los que habían colocado mesas largas cubiertas de papel rojo y blanco. La pequeña corría y jugaba con los niños. Cuando se acercó a tomar un lugar en la mesa con los demás, buscó la compañía de Diego y Rosa Inés, pero los patrones les habían asignado dos puestos especiales, uno a cada lado de un hermoso pastel, al centro de la mesa principal. La niña comprendió que debería sentarse en otro lugar. Buscó una silla desocupada y se preparaba a tomar asiento, cuando sintió la mirada de los niños que la veían con curiosidad. Una niña le preguntó:

—¿Y tú quién eres?

—Me llamo Inocencia.

—¿Inocencia? que nombre tan…raro. Tú no estás en nuestra clase. Nunca te había visto. Esta fiesta es nada más para los compañeros de clase de Rosa Inés. Tú no debes estar aquí. Vete.

—Sí, debo estar aquí porque yo soy compañera de Rosa Inés, también.

En eso, otro niño la interrumpió:

—No es cierto. A mi escuela no van indios como tú.

58

Inocencia los abanicó con la mirada y notó que varios niños la estaban viendo como bicho raro. Nadie quería que se sentara junto a ellos. La pequeña se sintió rechazada, y al tiempo que se ponía de pie para alejarse de ese grupo, oyó decir a uno de los niños, con desprecio: "Es la hija de los criados."

Inocencia corrió llorando hacia la cocina buscando a su madre.

—Mamaíta, los niños no quieren que me siente con ellos. ¿Es cierto que soy la hija de los criados?

Esperanza la tomó en los brazos y sintiendo el rechazo en carne propia, la consoló llenándola de besos.

—Sí, es *verdá*. Tu Papaíto y yo somos empleados *désta* casa, pero tú sabes bien, mi melcochita, que nos ganamos nuestros pesitos con el sudor de la frente, y *nuái* porqué sentirnos mal. No se me apachurre, mi trocito de chocolate. Ven, siéntate. Ahorita *mesmo* te traigo el perro caliente y el helado de nieve más grandotote que encuentre—y viéndola directamente a los ojos le dijo—: Tú vales tanto y mucho más que todos esos niños. No les hagas caso, mi reina, a veces los niños no saben lo que dicen.

Mientras le servía la comida, la madre sentía que se le hacían nudo las tripas de rabia. Inocencia observaba por la ventana desde la mesita en la esquina de la cocina la enorme carpa y a los niños de piel clara y vestidos finos divirtiéndose en grande. Se vio solita, se quitó el gorrito y lo tiró al suelo con coraje. Se secó las lágrimas y sollozó profundamente.

Desde esa experiencia, Inocencia comenzó a percatarse de las múltiples diferencias que existían entre ella y los niños De las Casas que cada vez se hacían más palpables. Su actitud hacia ella cuando se encontraban los tres solos o durante las clases privadas era de una amistad y comunicación genuina, mas cuando Diego y Rosa Inés se encontraban en compañía de los amigos del colegio, inmediatamente se distanciaban de ella; la veían con cierta frialdad y desdén como si deseasen ocultar su amistad. Su actitud hacia ellos cambió igualmente. El período que siguió a la fiesta a la pequeña se le veía más callada y pensativa que de costumbre. Rafael notó que un poco del fuego que la consumía por saberlo y aprenderlo todo se había apagado. A pesar de la corta edad, había comprendido perfectamente el lugar que a ella y a sus padres les correspondía.

El señor Quintana, consciente del decaimiento moral por el que estaba pasando Inocencia, le pidió que se quedara después de las clases porque quería hablar con ella. Una vez solos en la biblioteca, el maestro se sentó junto a ella y le habló con palabras comprensivas:

—Inocencia, ¿qué te pasa?

—Nada, señor Quintana.

—Hace tiempo que te veo desanimada. ¿Has perdido interés en mis lecciones? ¿Te parecen aburridas?

—No, maestro, sus clases me encantan.

—Te conozco muy bien. Siempre vienes llena de energía, pero últimamente veo que no sale una palabra de tu boca. Si tienes algún problema me gustaría saberlo para poder darte mi consejo.—Un tanto encogida, Inocencia le dijo:

—Es que a veces cuando vienen a la hacienda los amigos del colegio de Diego y Rosa Inés, yo siento que me tratan diferente. No me invitan a jugar con ellos, como que me hacen a un lado y eso me hace sentir mal.

El señor Quintana, con mucho tacto le dijo:

—Tú eres una niña muy juiciosa y ya tienes edad para comprender que Diego y Rosa Inés son niños muy ricos que han sido consentidos. Ellos no tienen que hacer ningún esfuerzo para conseguir lo que quieren. Todo para ellos es más bien un juego, un capricho. En cambio a ti y a mí todo lo que tenemos nos cuesta trabajo. Mira—sacando unas monedas de la bolsa. Las tomó en la mano y le dijo—: Tócalas. No es el dinero lo que vale sino lo que se hace con él.—Abrió la mano dejando caer las monedas al piso y le enseñó la mano vacía—: ¿Ves?, en un minuto tenemos las manos llenas de monedas y en un segundo las perdemos. En cambio, el valor de las personas es algo que se cultiva. No se pierde fácilmente. Cada individuo nace bajo circunstancias diferentes: Tú y yo nacimos de familias pobres. En el fondo, pequeña, todos somos iguales. A todos nos calientan los mismos rayos del sol y nos cubre el mismo manto de estrellas.

Rafael hablaba con la discípula en tono suave pero con palabras claras y ésta no le quitaba la mirada de aquellos grandes ojos de mirada limpia. El maestro continuaba: "El valor de cada persona se mide por lo que es y no por lo que tiene. Reconozco que los desaires de Diego y Rosa Inés te lastiman, pero tú puedes ver más allá de sus errores. La vida es un libro muy grande con una lección constante e interminable, en el cual encontrarás páginas llenas y páginas en blanco. Cada mañana que te levantes piensa que estás escribiendo una nueva página de tu diario. Esa página puede ser escrita en limpio, con letra clara y legible, de contenido positivo en renglones rectos, o puede ser una página escrita con garabatos, errores y borrones, y un contenido destructivo, lleno de tonterías. Tú y nadie más tiene el poder y la responsabilidad de escribir en tu libro lo que quieras. Al final, nuestro creador leerá ese libro y del contenido sabrá quién has sido y lo que has hecho con las herramientas que El te dio. ¿Me entendiste?" Inocencia lo escuchaba hablar y sentía que cada palabra era como una llamarada cuyo calor iba derritiendo uno a uno los temores. Lo observaba y veía en sus ojos una luz muy interna que lo iluminaba todo.

—Sí, señor Quintana, lo he entendido todo y muy bien. Muchas gracias por los consejos. Nunca olvidaré sus palabras. De hoy en adelante, está viendo usted a una Inocencia nueva.

La alumna, un tanto vacilante, se acercó al maestro y le dio un beso muy tierno en la mejilla. El joven universitario le dio un abrazo muy fuerte. Ella se sonrojó y salió corriendo hacia su casa.

Inocencia llegó a la próxima clase más temprano que de costumbre, con un ramito de flores frescas en las manos y se las obsequió al maestro. También le mostró un cuaderno nuevo con hojas limpias y en tono solemne le anunció:

—Señor Quintana, de ahora en adelante voy a comenzar a escribir todos los días una página en mi diario.—Rafael la vio irradiando de un ánimo avivado y por su semblante cruzó una amplia sonrisa.

—Así es, Inocencia. Juntos afrontaremos todos nuestros obstáculos, ya verás qué divertido va a ser conquistarlos.

A partir de entonces, la niña veía a la Familia De las Casas y a los amigos de éstos de una manera diferente. No permitía que la intimidaran. Al verlos llegar, simplemente se alejaba para evitar un encuentro desagradable y se introducía en el maravilloso mundo de los libros: su escape favorito.

———————— *** ————————

La hacienda continuaba un curso agitado mientras que la discípula indígena continuaba estudiando y aprovechando los estudios tanto en la escuela como en las clases particulares. Una vez que los tres alumnos habían dominado el arte de leer y escribir con soltura, María Teresa y Rodrigo optaron por mantener los servicios del maestro particular, por un tiempo indefinido, para asegurarse que los niños mantuviesen el nivel de mejoramiento académico que habían alcanzado hasta entonces.

El enfoque de los estudios fue la gramática y en segundo lugar, las matemáticas. Diego se aplicó en el segundo campo con una intensidad inesperada. El señor Quintana presentó a los discípulos la primera lección. Era ésta una dimensión retadora, escrita en símbolos y claves que habría que descifrarla paso a paso, cuyos conocimientos básicos Diego absorbió con una agilidad excepcional. Esta materia, sin embargo, tuvo un efecto contrario en las niñas: Rosa Inés consideró los ejercicios de memorización como un ejercicio innecesario e interminable.

—¡Uff, qué aburrido es todo esto!, se quejaba la niña consentida quien a cada oportunidad le recordaba al maestro que Inocencia y ella preferían jugar con las frases, las oraciones y las conjugaciones de verbos. Diego las veía y no comprendía por qué las matemáticas no les interesaban a las chicas cuando en él habían despertado una gran curiosidad.

***

A la conclusión del segundo año escolar, una oleada de calor intenso agobió a los habitantes de la región. Diego y Rosa Inés con frecuencia se mostraban malhumorados y María Teresa los acompañaba a refrescarse en el ojo de agua que brotaba en un paraje a poca distancia de la Casa Grande. En una ocasión, mientras los niños y su madre chapoteaban en el agua, los sorprendió una corriente impulsiva de la misma. María Teresa nadó hacia los hijos y logró asirse de ellos al tiempo que los tres fueron arrastrados un trecho bastante largo lejos del punto de partida. La misma corriente los arrojó a un lado del río del cual salieron ilesos pero con las caras pálidas y temblando del susto.

Después de ese atemorizante episodio en el que por poco los tres se ahogaban, los padres de Diego y Rosa Inés les prohibieron terminantemente a los niños nadar en esas aguas, y para asegurarse que ese peligro no volviera a acecharlos, les prometieron que ese mismo verano comenzarían la construcción de una piscina ahí mismo en la hacienda. Los planes para la construcción de dicha alberca se pusieron en marcha: Rodrigo había contratado a todo un equipo a poner manos a la obra y en un dos por tres, el deseo de la familia De las Casas se había realizado. A corta distancia de la casa construyeron una piscina de dimensiones impresionantes, con el borde revestido en azulejos preciosos de diseño típico mexicano, y adjunto al fondo de los jardines, una cancha de tenis de primera clase. Ese verano Rodrigo y María Teresa juzgaron conveniente emplear dos maestros más: uno de natación y otro de tenis con el propósito de entrenar a los hijos en ambos deportes a temprana hora.

El resto de las vacaciones fueron una celebración constante para los niños. Todas las mañanas tomaban la clase de tenis, seguida de la clase de natación. Por las tardes, después del almuerzo cabalgaban un par de horas y terminaban una vez más refrescándose en las aguas frescas de la reluciente piscina. Con frecuencia, la familia De las Casas tenía invitados, quienes pasaban breves y aun largas temporadas disfrutando de todas las amenidades que la hacienda les brindaba. Inocencia, de lejos observaba el constante ir y venir de huéspedes y a propósito se mantenía al margen de todas las actividades. A pesar de la curiosidad y ganas impetuosas de echarse un brinco en aquellas aguas frescas y transparentes, su amor propio se lo impedía. Se conformaba con verlo todo desde el patiecillo de la casa.

A fines del verano, en una racha de calor extremo, María Teresa vio a Inocencia sola en la mesa de la cocina. El calor sofocante forzaba a la niña a quitarse el sudor que le corría por la cara con un pañuelo húmedo mientras escribía en un cuaderno. A María Teresa la conmovió esa escena. Subió al cuarto de Rosa Inés y bajó con un vestido de baño de una pieza de color azul verde y le dijo:

—Inocencia, ven. Ve al cuarto de baño y ponte este vestido, a ver como te sienta.—Esperanza escuchó a la patrona y la invadió un temor; sabía lo que eso significaba. La niña vio a la madre y con un tono de súplica le preguntó:

—Mamaíta, ¿puedo?—La cocinera le vio la carita llena de ilusión y no tuvo el valor de negarle el permiso.

—Sí, está bien, vaya mi'ja—contestó, no muy convencida—. La niña corrió a cambiarse de ropa y María Teresa se acercó a la cocinera explicándole:

—No te preocupes. La maestra de natación estará supervisando a los niños. Creo que es hora que Inocencia aprenda a nadar, ¿no crees?

—Sí, señora, tiene razón.—La niña salió luciendo un bonito vestido de baño que le quedaba justo a la medida.

—Mírame, Mamaíta—le decía girando como un trompo en la cocina. Esperanza la vio y no pudo contener la risa: le pareció un renacuajito vestido.

María Teresa acompañó a la niña hasta la piscina donde los hijos la recibieron con el mismo gusto de siempre. Inocencia brincó y comenzó a dar manotazos y tirar patadas en el agua intentando imitar a los amigos cuando nadaban, pero fuera de hacer un pequeño escándalo y de echar agua por todos lados, no lograba moverse de su lugar. Los dos la vieron y no pudieron resistir soltar una alegre carcajada. Esperanza se quedó en la cocina con el alma suspendida en el tórax, rezando una Ave María. Por el resto del verano, Inocencia formó parte de las clases de natación aprendiendo a nadar con mayor facilidad hacia fines de las vacaciones.

***

A mediados del tercer año escolar, la Secretaría de Educación de la Ciudad de México organizó un Concurso de Ortografía abierto a todos los estudiantes de los diez a los doce años de edad, residentes de la capital y poblaciones vecinas. El maestro suspicaz les dio la información a los tres alumnos, desafiándolos a participar en dicho evento.

Sería una competencia justa y les presentaría un reto escolástico. Además, el premio era de mil pesos al alumno o alumna que permaneciera invencible—explicó a ambas familias. La idea de participar en una competencia de esa magnitud, y sobretodo, el incentivo de ganarse mil pesotes, incendió la hoguera de interés en Inocencia, quien aceptó, con las mangas remangadas. Diego y Rosa Inés se mostraron un tanto dudosos, pero al ver la emoción de la compañera, decidieron inscribirse igualmente. El joven maestro pasó varias semanas preparándolos para dicho evento. Todas las tardes los recibía con una larga lista de palabras que deberían saber escribir correctamente. Con el tiempo los términos presentados se convirtieron en una lista interminable.

Se llegó la fecha de tan aguardado acontecimiento mientras que los niños esperaban ansiosos con las mentes alertas y los lápices afilados. El concurso tomaría lugar en el patio de la Secretaría de Educación, en la capital, y duraría todo un día. El sistema era sencillo: al frente del patio se habían colocado doce grandes pizarras; frente a cada pizarra se presentaría un concursante. El maestro de ceremonias, de pie ante un micrófono, les dictaría la palabra. Los participantes tenían treinta segundos para escribir la palabra en la pizarra. Los alumnos que cometían un error eran automáticamente eliminados. Los que escribían la palabra correctamente pasaban a la segunda fase del concurso, a la tercera, y a la cuarta, hasta quedar únicamente dos concursantes, y de éstos, terminar con un solo ganador. A este evento se habían dado cita miles de personas. Los padres de Rosa Inés y Diego se presentaron muy a tiempo, así como los padres de Inocencia, y por supuesto, Rafael Quintana.

Los estudiantes eran llamados en orden alfabético de acuerdo a su apellido. Diego y Rosa Inés pasaron fácilmente hacia la segunda fase, lo mismo que Inocencia, y así sucesivamente hasta avanzar a la quinta fase. Diego no escuchó bien la palabra: "Onomatopeya," pidió que se la repitieran y al hacerlo, comenzó a deletrear: "Enciclopedia," y sin decir más, fue eliminado. Inocencia y Rosa Inés, adivinando su decepción, corrieron hacia él, ofreciéndole un abrazo sincero pero el niño cabizbajo, sintiéndose humillado, no lo aceptó de buena gana y corrió hacia los brazos del padre quien lo recibió con palabras frías.

—¿Cómo es posible, hijo, que hayas fallado en una palabra tan fácil? No lo creo—y viendo a María Teresa se quejó en voz alta, asegurándose de ser escuchado por el atribulado maestro—¿Y para esto estamos pagando una millonada en maestros particulares? Esto es una vergüenza. A ver cómo nos va con Rosa Inés—continuó.

Diego se alejó de sus padres y se sentó a la sombra de un árbol con los ojos llenos de lágrimas. El joven maestro lo siguió y le habló con palabras de consuelo:

—No fue tu culpa. No te mortifiques, ya habrá otros concursos.

—No, ya no quiero saber más de estos estúpidos concursos—y salió de prisa perdiéndose entre la multitud.

Rosa Inés e Inocencia continuaron avanzando en el concurso, hasta llegar a la décima fase. Las eliminaciones continuaban y después de varias horas, el número de concursantes se había reducido a varias docenas. Durante la onceava fase, por primera vez Rosa Inés e Inocencia se encontraron en el mismo grupo. La palabra fue "Uranografía," al escucharla, el señor Quintana se persignó: esa palabra no se encontraba en la lista—pensó—sosteniendo la respiración. Varios de los partícipes vacilaron unos segundos. Rosa Inés comenzó a escribir la palabra, pero a medio camino cambió de opinión y la tachó. Comenzó a escribirla por segunda vez, pero no logró terminar a tiempo y ahí mismo fue eliminada. Inocencia esperó unos segundos que a sus padres y al maestro les parecieron una dulce tortura. Finalmente, con gran rapidez escribió la palabra correcta en la pizarra ante la admiración de muchos que la aplaudían: únicamente ella y otro niño habían acertado. Rodrigo, lívido, se puso de pie y fue a recibir a la hija con los brazos abiertos. La concursante rechazada caminaba lentamente, obviamente decepcionada, hacia su padre, quien la abrazó diciéndole en voz alta:

—No se preocupe, mi reina, ganar no es nada, lo importante es competir—sintiendo que un pequeño volcán le eruptaba por dentro. Inocencia fue una de las seis semifinalistas quienes siguieron pasando a la pizarra una y otra vez. A la veintésima fase, uno por uno fueron cayendo los concursantes hasta que al fin quedaron únicamente Inocencia y un chico, Marco Bermúdez, como finalistas. La palabra definitiva fue algo que a la concursante le sonó extraño: "Sardanapalesco," palabra que jamás había escuchado. Marco la escuchó y sin perder un segundo comenzó a escribirla en la pizarra. Inocencia cerró los ojos, se persignó y escribió: "Sardanapalezco." Estudió la palabra escrita, y con segundos de tiempo, borró la "z" y la cambió por una "s." Sonó el timbre y volteó a ver la palabra que el competidor había escrito: "Zardanapalesco." Escucharon entonces al maestro de ceremonias que anunciaba el deletreo correcto de la palabra: "Sardanapalesco," y en un segundo Inocencia se vio rodeada de cientos de personas, entre ellos sus padres que brincaron de las sillas y se dirigieron hacia ella para felicitarla. Entre la multitud había una docena de fotógrafos que captaron la cara infantil llena de asombro. Inocencia había sido la campeona. Rodrigo reventó:

—¡Mal rayo me parta! Si no fuera porque le pagamos al maestrillo vale mierda, esta escuincla babosa no hubiera servido más que para barrer pisos—dijo con palabras empapadas de un venero contenido desde esa mañana.

Las palabras hirientes se les resbalaron al maestro y a los padres de la nueva campeona: Inocencia les había enseñado una buena lección a todos y era hora de celebrarlo. La chica triunfante pasó al frente de la tarima donde fue el objeto de miles de felicitaciones. El presidente de la Secretaría de Educación le entregó un cheque por el valor de mil pesos. Esperanza y Eusebio no cabían en sí de orgullo. Esa noche, Inocencia convidó a sus padres y al maestro a cenar a un restaurante familiar en la Ciudad de México. La invitación la extendió igualmente a la familia De las Casas, más éstos no aceptaron fingiendo tener un compromiso de antemano. Fue una noche estupenda llena de augurios y brindis por cosas buenas y tiempos mejores.

María Teresa, asimismo, se había sentido degradada por las eliminaciones prematuras de los hijos. Esa tarde los vio un poco decepcionados por su pobre actuación, pero obviamente contentos por la victoria de la amiga. Intentó disipar la tensión que emanaba de su marido a la hora de la cena, mas Diego y Rosa Inés no le pusieron demasiada atención. Estaban felices que la compañera había ganado y en realidad eso era lo único que importaba.

Esa misma noche, Rodrigo le ordenó a la esposa terminantemente:

—De ahora en adelante, no pagaremos más por las clases particulares de esa mocosilla; si sus padres quieren tener un genio, que paguen por las clases ellos mismos. Estoy harto de que me vean la "P" en la frente. No habrá más discusión sobre el asunto.—María Teresa interrumpió toscamente:

—No es justo que castigues a Inocencia simplemente porque te ha herido tu amor propio. Siempre ha sido una niña sensata y aplicada y se ha ganado este premio por las buenas. Su actuación sobresaliente ha sido un ejemplo excelente para nuestros hijos. Hoy le tocó ganar a ella, mañana le tocará a Diego o a Rosa Inés. Lo siento, querido, pero no estoy de acuerdo con tus decisiones. No voy a permitirlo.

—Debí de haber echado de mi casa a ese imbécil de Eusebio y a su peor es nada hace muchos años. Todo este tiempo han estado viviendo a nuestras costillas.

—Rodrigo, basta. Eusebio y Esperanza son dos de nuestros mejores empleados. Se sacarían el pan de la boca si fuera necesario y nos lo darían. Inocencia se queda en las clases privadas. Pagaré yo con mi dinero. Tú no tendrás que tocar el tuyo y se acabó.

—Haz lo que te parezca. Yo no quiero saber nada más de estos tres muertos de hambre—a la vez que salía dando un portazo tan fuerte que sacudió las paredes del dormitorio.

María Teresa permaneció sentada sobre la cama, desconcertada. No llegaba a comprender por qué una simple niña indígena sacaba de quicio al marido.

A la siguiente mañana muy temprano, Inocencia buscaba la palabra: "Sardanapalesco" en el diccionario grueso de la biblioteca De las Casas y encontró el significado: Llevar una existencia sardanapalesca significaba vivir una vida a manos llenas. Inocencia jamás olvidó esa palabra.

A fines de ese año escolar, la familia De las Casas pasó gran parte del verano en Estados Unidos. Inocencia recibía postales desde rincones del mundo cuyos nombres despertaban imágenes sacadas de los libros del Viejo Oeste: Arizona y Nuevo México. La chica leía las postales y se transportaba a esos lugares tan bien descritos por los amigos, deseosa de estar allá, entre los dos compañeros, como un cuento de aventuras preso entre dos sujetalibros.

Las semanas que pasaban Diego y Rosa Inés fuera de la hacienda a Inocencia le parecían interminables. Por las tardes, salía con sus padres a disfrutar del fresco. Tirados en las hamacas, Eusebio abría grandes y jugosas sandías y los tres comían de la pulpa dulce hasta saciar la sed. Por las noches, contaban las estrellas fugaces, tan fugaces, pensaba Esperanza, como la infancia de su hija.

***

Al inicio del cuarto año, María Teresa le permitió a Inocencia el acceso a las colecciones privadas de libros clásicos y de arte de la familia. Después de las lecciones privadas, la estudiante pasaba tardes enteras sentada en un rincón de ese salón enorme, perdida entre la riqueza de alfombras gruesas de color verde cazador, mesas macizas de caoba y cuadros pintados por grandes maestros. Asimismo, observaba las reproducciones fieles de pinturas clásicas, y en cada esquina, grandes estatuas de mármol. Frente a ella estaba una valiosa colección literaria, contenida en volúmenes de toda clase de libros, grandes y pequeños, todos ellos en hileras impecables forrados de piel negra y marrón, con los nombres y los títulos grabados en oro y plata; todo ello le producía un placer indescifrable y la transportaba hacia el mundo fantástico de Alicia en el país de las Maravillas. En su mente ingenua imaginaba que así debería ser la entrada al cielo. Al principio no hizo más que sentarse en silencio y observar tantísimo tesoro. Poco a poco fue acostumbrándose a la idea de estar ahí mientras que su apocamiento disminuía.

Tiempo después se había dado el coraje de acercarse a los libros, a olerlos, a tocarlos con manitas temblorosas. Cuando al fin se decidió abrirlos, fue tan grande su euforia que al instante los cerró de nuevo. De entre todos éstos, le llamó la atención un libro enorme, cubierto de grabados y de reproducciones de los grandes maestros mexicanos. Era éste tan grande y tan pesado que tuvo que apoyarlo sobre la alfombra de la biblioteca. Las páginas en las que se abrió el libro mostraban un detalle del mural de Diego Rivera: una escena impactante sobre la Conquista de México por los invasores españoles. Lo abrió lentamente y quedó paralizada. Ahí, ante sus ojos inocentes y la boca abierta, se desplegaba la imagen más poderosa que jamás había visto: los colores la deslumbraron. Minuciosamente estudiaba los rasgos, las facciones, las expresiones, los brazos y piernas poderosas de los personajes, los indígenas y los conquistadores. Así permaneció ante esa sublime obra estampada, para siempre, en una vieja pared. Con delicadeza deslizaba los diminutos dedos sobre las páginas de la obra sensacional. Cerraba los ojos y se transportaba a otra realidad. Desde ese ímpetu, nada sería igual.

La alumna le mostraba a Rafael el descubrimiento y lo acechaba con miles de preguntas: ¿Quién era Diego Rivera? ¿Qué era el muralismo? ¿Era verdad que los murales estaban a escasos kilómetros de la hacienda? ¿Por qué no podían ir a verlos personalmente? ¿Por qué el maestro no les había hablado sobre la Conquista de México?

El maestro sintió la actitud contendiente de la alumna como si hubiese sido arrollado por un coche. Por unos minutos permaneció perplejo. Esta lo interrogaba con tal ardor que parecía salirle fuego por la boca. Después de varios minutos, Rafael se acercó hacia ella, la tomó de los brazos y le dijo:

—Cálmate, criatura.   Dame una oportunidad para organizar mis pensamientos.

Inocencia vio la cara de consternación del maestro de cerca y reconoció que se le había pasado la mano.

—Perdone, maestro, es que ayer pasé toda la tarde viendo estas imágenes. Había oído hablar sobre La Conquista de México por los españoles y su trato inhumano hacia el indígena, pero ésta ha sido la primera vez que tengo la oportunidad de verlo con mis propios ojos.

—Sí, comprendo, pero de esto ya han pasado muchos años y las cosas han cambiado. Te sugiero que utilices esa energía y curiosidad por saberlo todo de una manera positiva. Dedícate a leer y aprender todo sobre este fascinante período de nuestra historia, y con el tiempo tendremos una conversación más satisfactoria.

—Sí, maestro. Muchas gracias, ahora comienzo a entenderlo todo un poco mejor. Le agradezco su opinión.

—Bueno, mi pequeña historiadora, ¿qué le parece si ahora nos dedicamos a nuestra lección?

—Como usted guste, señor Quintana.

Desde ese día, Inocencia permanecía en la biblioteca horas enteras después de las clases y devoraba todo lo que encontraba sobre el tema discutido. Pronto descubriré toda la verdad, pensaba.

Esa noche fue a casa y compartió con sus padres el diálogo que había tenido con el maestro. Eusebio y Esperanza la escuchaban:

—¡Ay!, y ¿por qué mi chiquita quiere saber todo? No vaya a salirse del corral y a meter las narices donde no debe porque a la buena se le cansa el *maistrito* de tanta pregunta y la pone de patitas en la calle.

—No me importa, al cabo que ya sé casi todo lo que nos va a enseñar.

—No, *mi'ja* no me gustan esos *aigres* que está cogiendo eso de que es muy sabionda ¿eh? *Usté* lea los librotes, se mete en la maceta todos esos dibujitos y se viene a casa calladita la boca y es todo. Al fin de cuentas, mi'ja no vas a cambiar nada. El mundo está patas *pa' rriba* desde hace *munchos* años y *uste'* no lo va a cambiar nadita.

—Mamaíta, no estoy tratando de cambiar el mundo, solamente quiero saber quiénes somos y por qué desde hace tantos años vamos de adelante para atrás mientras que los demás van de atrás para adelante, eso es todo. Míranos, en pleno siglo veinte y seguimos siendo los servidores de los ricos. ¿Por qué Rosa Inés tiene un cuarto más grande que nuestra casa y un ropero retacado de ropa cara y yo, en cambio, tengo tres tristes vestiditos usados. ¿Por qué, Mamaíta?

—*Pos,* porque ellos son ricos y nosotros *semos probes.*

—Mamaíta—respondió la niña un tanto impaciente—ya les he dicho muchas veces que no se dice *"semos probes,"* se dice "somos pobres."

—Ay, perdone su *majesta,* la reina de la gramática: "somos pobres," eso es.—Los padres se rieron con ganas pero esa vez a Inocencia no le pareció cómico. Comenzó a ver la realidad desde una perspectiva muy diferente. Antes, aceptaba su condición con resignación, pero a partir de aquel incidente comenzó a nacer en ella un resentimiento hacia las condiciones bajo las que ella y los padres vivían. Se dirigió hacia su cuartito, se tiró en la cama, y siguió leyendo un libro grueso hasta las altas horas de la noche.

Durante una sesión, el maestro llamó la atención de los pupilos hacia un mundo de grandes dimensiones que ocupaba uno de los rincones de la biblioteca. En éste, Rafael les enseñaba los nombres de los cinco continentes y les señalaba la posición geográfica. Cuando llegaron al americano, el maestro les mostró a México y su relación con el resto de los demás países de América. Los tres alumnos observaban maravillados y por el resto de la tarde bombardearon al joven maestro con miles de preguntas. Al terminar la clase, Rosa Inés y Diego saltaron de los asientos y salieron hacia sus recámaras a vestirse en ropas de montar como solían hacerlo dos veces por semana. Inocencia permaneció inmóvil frente a aquel mundo inmenso que giraba frente a sus ojos incrédulos. Lo veía, lo tocaba, y no mostraba ningún interés en apartarse de aquel rincón. Mientras Rafael recogía los libros y los introducía en la carpeta, observaba a Inocencia:

—Esa niña es algo especial—comentaba a sus padres—tiene una fuerza poderosa de concentración.

La fascinación de Inocencia hacia la geografía fue tal que Rafael le compró un mundo pequeño cuando cumplió once años. En cuanto terminó la clase, la alumna corrió hacia su casa con el obsequio en las manos.

—Mamaíta, Papaíto, miren, miren lo que me regaló el señor Quintana.

—¿Qué es esto *m'ija?*

—Es el mundo. El mundo en que vivimos.—Los padres la veían intrigados. Colocó el regalo sobre la mesa; le comenzó a dar vueltas lentamente, al tiempo que les señalaba:

—Miren, aquí está China, Rusia, Japón, Australia, Africa, India. ¿No les parece increíble? Aquí sobre nuestra mesa tenemos al mundo entero, y podemos ir a donde ustedes quieran.—Esperanza preguntó:

—Y ¿dónde está México?

—Aquí, aquí, merito—respondió la niña señalando el país—. El señor Quintana nos dijo que la tierra está en constante movimiento. No, en dos: creo que uno hace que el mundo dé vueltas sobre un eje, que no se ve, que lo traspasa de un extremo al otro; y el segundo hace que le dé vueltas en una órbita alrededor del sol, al igual que los otros planetas; la verdad es que es una lección nueva y no entendí bien.

Eusebio, rascándose la cabeza exclamó:

—¡Ah caray, pues me parece que esta vez, Negrita, al *profe* se le pasó la mano! No. *pos'* la *verda'* es que yo no siento que nos estemos moviendo. Mira, estamos todos aquí, con los pies bien plantados en el piso porque si estuviéramos dando todas esas vueltas tan rápido como tú dices ¿por qué no nos mareamos o por qué no nos *cáimos?*

Inocencia se tapó la boca con las manos para no reírse en voz alta.

—No sé, Papaíto. El maestro también mencionó algo sobre la fuerza de la gravedad. Esta semana nos enseña esa lección y entonces les explico todo bien.

Eusebio la veía un tanto confuso.

—*Pos* sí, eso sí que me suena a grave porque la *verda'* es que no entendí ni papa. ¿Y tú Negra, le *entendites* a la negrita?

—Como que está un poco revuelta la cosa, pero más o menos le voy agarrando el hilo.

Inocencia, bastante impaciente les dijo en tono firme:

—Mamaíta, Papaíto, ¿cuántas veces les voy a decir que no se dice *"Pos?"* Se dice, "Pues". Tampoco se dice *"Verdá,"* se dice "Verdad." No se dice *"Entendites,"* se dice "Entendiste." Ustedes dos lo saben muy bien porque los he corregido varias veces. A ustedes les gusta que hable bien, por eso me mandan a las clases particulares. Perdónenme si les estoy faltando al respeto pero la verdad es que ustedes también tienen que hacer un esfuerzo.

Esperanza y Eusebio la escucharon y por primera vez no les pareció divertido lo que la hija les decía. En el fondo sabían que Inocencia tenía razón. Eusebio interrumpió el silencio:

—Ya va, la maestrita a corregirnos. Tienes razón, *mi'ja*, es que tu mamá y yo tenemos ya tantos años de hablar así que se nos hace más fácil. Sí, sabemos como hablan los patrones, los catrines y todos los demás. Lo que pasa es que...pues, como que es cosa de costumbre.

Inocencia lo vio con comprensión y le dijo:

—Papaíto, mientras estemos en nuestra casa, podemos hablar como queramos, pero en la sociedad en que vivimos, tenemos que hablar correctamente para poder salir de nuestra pobreza. El maestro me ha dicho muchas veces que la única manera de romper con nuestra condición de sirvientes es por medio de una buena enseñanza; por eso es tan estricto conmigo. Yo no quiero pasar mi adolescencia, ni mi madurez aquí, como lo han hecho ustedes.

Esperanza la tomó en los brazos y le dio un beso en la frente:

—Tu Papaíto y yo no estamos aquí por gusto. Por ti nos aguantamos los malos tratos, porque vemos como vas creciendo y madurando a montones. Tú eres nuestro futuro. Nosotros ya pasamos nuestra suerte de rodillas, pero tú estás en la merita juventud y si sigues por el buen camino, Bendito Sea Diosito, vas a llegar muy lejos, *mi'ja*. Sí, tienes razón, tu Papaíto y yo sabemos palabras grandotas como las que leemos en tus libros, pero qué va, a veces se nos salen las palabritas con que nos criamos. No nos veas con malos ojos, *mi'ja*.

Inocencia vio a la madre y en su mirada cansada vio una niñez y juventud desperdiciada; se acercó hacia ella y la cubrió de besos.

Mientras tanto, en las clases, Rosa Inés, desde un principio había asumido un puesto neutral en el aprendizaje; mas cuando se trató de la Ciencias Naturales, la chica sacó las uñas. Había guardado el secreto y el interés por las ciencias hasta más no poder. Quería tomar a todos desprevenidos. Desde pequeña le había pedido al padre un equipo estudiantil que contenía los instrumentos necesarios para disecar insectos. Su pasatiempo favorito era buscar a pequeños insectos muertos que encontraba en los jardines de la casa, los llevaba a su cuarto, y en una mesa grande los abría cuidadosamente y los estudiaba. Hacía tiempo que Diego no entraba en la recámara de la hermana, mas una vez, hasta la suya le llegó un olor penetrante, desagradable, a cloroformo. Salió del cuarto y siguió el olor que lo llevó hacia el de la hermana. Tocó, y al no recibir respuesta, abrió la puerta lentamente; entró, y al hacerlo, se vio de pie frente a una lámina de corcho delgada forrada de insectos de todas clases que cubría gran parte de la pared, entre los cuales resaltaba una cantidad de mariposas de hermosos y vivos colores, abiertas de par en par, con las alitas clavadas con alfileres. La joven botanista se había dedicado a coleccionar pequeñas víctimas por algunos meses, y ya tenía varias docenas, en plan de exhibición, colgadas en las paredes de su habitación.

A Diego, esta imagen le provocó náusea. Pegó un grito y salió corriendo del cuarto en busca de Rosa Inés, a quien encontró en el jardín atrapando a las próximas víctimas. Diego le arrebató la red para atrapar insectos que llevaba en la mano y le dijo en tono ofensivo:

—Rosa Inés, ¿estás loca?, ¿qué estás haciendo?, ¿estás atrapando mariposas vivas y matándolas para luego torturarlas en tu laboratorio de experimentos? Acabo de ver tu cuarto forrado de insectos crucificados en tus paredes. ¿Cómo puedes sacrificar así a los animalitos indefensos?—la coleccionista lo veía desconcertada y no entendía su actitud. Después de unos segundos le dijo al hermano:

—Cálmate, estás equivocado. Yo no atrapo a animalitos vivos. Cuando los encuentro ya están bien muertos y luego los llevo a mi cuarto a estudiarlos con cuidado, y no a mi laboratorio para torturarlos como tú dices; no seas exagerado.

—De cualquier manera, esta práctica me parece abominable. ¿Por qué no te buscas otro pasatiempo menos desagradable?

—¿Es que tú no entiendes? Hace mucho que esta práctica desagradable para ti, ha dejado de ser un simple entretenimiento, y se ha convertido en un estudio serio para mí. Tú no entiendes por qué a mí me interesa disecar animalitos del mismo modo que yo no entiendo qué tanto le ves a diez aburridísimos números. Basta de tonterías y déjame en paz.

—¿Cómo se te ocurre comparar una cosa con la otra? El estudio de los números no lastima a nadie; en cambio, tú has convertido tu recámara en un cementerio de insectos. Estás perdiendo la razón, hermanita. Has escogido un pasatiempo bastante cruel y debes reconocerlo.

—Lo único que voy a reconocer es que lo que tienes de genio en las matemáticas, lo tienes de ignorante en la biología.

Las voces altas llamaron la atención de Eusebio que se encontraba segando el césped a una distancia próxima. Se acercó a Rosa Inés, y de la bolsa del pantalón sacó un puñado de insectos muertos y se los dio en la mano.

—¿Ya ves—respondió la chica—como no estoy haciendo nada malo? Eusebio se ha hecho mi asistente. El me ayuda a buscar insectos.—Diego movió la cabeza en señal de desacuerdo, dio la media vuelta y regresó a su cuarto.

Diego e Inocencia habían tomado ese entretenimiento de Rosa Inés como niñerías, mas cuando se llegó la hora de tomar la materia en serio, se dieron cuenta que la chica había estado dedicando mucho más tiempo y labor a este pasatiempo de lo que habían imaginado. En ese campo les daba cátedra a los dos.

Los años de formación de los tres pequeños estudiantes fue un plazo de inmenso gozo y descubrimientos constantes, de trabajo, diálogo, lectura y comprensión. Con frecuencia era tanta la energía que emanaba de la biblioteca, que hubo que salir de esas cuatro paredes y continuar la instrucción fuera, en los parques zoológicos, en los museos, en las galerías, en todo lugar que les proporcionara un medio de instrucción real, inmediata y práctica.

Durante los últimos dos años de primaria, María Teresa, contra los deseos de Rodrigo, contrató a dos maestros más. Estos se dedicaban a perfeccionar la enseñanza que sus hijos e Inocencia recibían en la escuela. Al pasar del tiempo, cada uno de los tres mostraba una habilidad innata para cierto tipo de conocimientos, enfocándose en una rama distinta de aprendizaje. Ya no se veían como competidores; simplemente cada uno se esforzaba por ser la autoridad en la materia de su predilección: Diego, por las matemáticas; Rosa Inés, por las ciencias; Inocencia, por el arte y la literatura. Los tres se mantenían a un paso adelante del resto de los compañeros, y demostraban una superioridad en capacidad académica y curiosidad intelectual. Esas tardes de ejercicio escolástico llegaron a dar frutos sumamente productivos.

Al tiempo que ampliaba su formación académica, la hija de los Salvatierra se desarrollaba en todos los demás aspectos, y como esponja, lo absorbía todo. Hacía ya tiempo que sus cinco sentidos se habían agudizado. Decidió que no seguiría los pasos de los padres. Rompería de una vez por todas con los lazos de servidumbre que generación tras generación habían caído sobre las espaldas de sus antepasados. Eso lo sabía ella en su corazón, mas no se lo decía a nadie.

———————————— *** ————————————

Llegó la fecha en que Inocencia se graduó del sexto año. La aplicación ejemplar a los estudios durante los años primarios, había sido una enorme satisfacción para los padres quienes adivinaban en ella un brillante futuro. Ellos gastaron gran parte de los modestos ahorros para comprarle un vestido blanco de encaje bordado, zapatos y listón de color azul. Muy temprano, Esperanza se sentó en la cama, con mucho cuidado tomó el cabello largo y sedoso de Inocencia, lo cepilló por largo rato, entrelazándolo con el listón azul, formando una larga y gruesa trenza.

La madre la vistió, y se sorprendió al ver la imagen en el espejo. Inocencia ya no era una niña—hacía tiempo que había dejado de serlo—. Esperanza sintió una tristeza al ver que su hija estaba entrando en una nueva fase; en poco tiempo, sería una adolescente. Por el corazón le pasó un ligero sentimiento de temor al pensar que el destino la llevaría lejos de ella. Suspiró profundamente, la tomó de las manos, le besó la frente y le dijo dulcemente:

—Hija mía, eres la niñita de mis ojos. Tu Papaíto y yo nos sentimos como guajolotes de verte. ¿Quién iba a *dijir* que yo vería a mi reina terminando la escuela?

—Mamá, no exageres. A duras penas voy saliendo de la primaria.

—*Pos, pa'* nosotros es como si ya *tuviéras recebido* de *dotora.*

—Mamá, estoy cansada de corregirles sus errores una y otra vez. Durante los últimos años, tú y mi papá han aprendido a leer y a escribir y se han dado cuenta de todas sus faltas.

—Ya va, la *maistrita,* corrigiéndonos otra vez.

—Mamá: voy a pedirte un favor. Quiero que tú y mi papá me den un regalo muy especial de graduación.

—Lo que *quéra,* mi reina.

—Quiero que tú y mi Papaíto comiencen a hablar como personas educadas. Vamos a ver, comienza esta conversación, y esta vez, hazlo usando las palabras correctas. ¿Me entiendes?

—Sí, mi hija. Te entiendo per-fec-ta-men-te—en tono solemne, la madre continuó:

—Tu papá y yo podemos hablar tan bien como tú y tus maestros. La persona que sabe leer y escribir no es mejor que la que no sabe. Sí, es verdad que ser letrada tiene sus ventajas, pero hay muchas personas en el mundo que se ganan el pan, honestamente, sin ir a la escuela. Eres muy joven para juzgarnos. No quiero que la escuela te dé aires de grandeza.

Inocencia vio a la madre y no pudo creer las palabras tan claras y sonoras que salían de su boca.

—Mamá, perdóname; no quise ofenderte.
—No te preocupes. Todos hacemos errores.

Con toda comprensión, la madre concluyó:
—Negrita: nos has hecho los papás más orgullosos del mundo. Gracias por este regalo. Dime que nunca descuidarás tus estudios. Eres una estudiante ejemplar y tienes todo un mundo por delante.
—Te lo prometo, Mamá.
Después de un breve silencio, ambas se unieron en un fuerte abrazo.
Tenía razón Esperanza. Al ver a Inocencia en el vestido nuevo, con el talle ceñido por el listón azul, era fácil adivinar los brotes de la pubertad. El cabello recogido hacia atrás, por primera vez, dejaba la cara al descubierto; era posible comprender los temores de una madre.
En la graduación, los padres jactanciosos de los niños se abrían paso entre los cientos de curiosos esperando escuchar el nombre de su hijo o hija y verlos pasar a recoger el diploma de estudios primarios. Entre ellos se encontraban Esperanza, Eusebio y Rafael Quintana. Esta era la segunda vez que compartían minutos de enorme recompensa; para los tres, Inocencia significaba el producto fructífero de varios años de arduo estudio y se enorgullecían de estar presentes y ser testigos de una ocasión tan especial. Esperanza la veía desde lejos y le comentaba a Eusebio:
—Negro, parece que fue ayer que Inocencia vino a este mundo y mírala ahora, parece que va con tanta prisa dejando su infancia atrás—exhalando un profundo suspiro.
Eusebio, acongojado, se abría paso buscando a un fotógrafo que le sacara una foto de cerca a la hija, al momento de recibir el diploma.
Minutos después una orquesta estudiantil comenzó a tocar el célebre son de la marcha Aída. Los niños desfilaron ante el público que les aplaudía calurosamente. Después de varios discursos breves, deseando a los graduados todo género de augurios y de palabras llenas de sentimentalismo, comenzaron a leer en voz alta los nombres de los graduados. En esa ocasión, la directora de la escuela, la señora Vindiola, pidió que se guardara silencio y en seguida les pidió que pasaran al frente a tres de los estudiantes cuyos nombres anunció en voz alta: Inocencia Salvatierra, Raúl Corrales y René Ramírez. Al escuchar el nombre de Inocencia, sus padres y Rafael se quedaron en silencio viéndose entre ellos mismos con cara de incógnito. Esperanza le tomó la mano a Eusebio y le dijo:
—Negro, ¿qué está pasando? ¿Por qué mencionaron el nombre de nuestra hija?
—No sé. No oí bien.

Inocencia al igual que los otros dos niños, pasaba al frente. La directora del plantel les pidió que subieran a la tarima que habían instalado y permanecieran de pie ante el micrófono. En tono solemne llamó la atención a todos los asistentes y prosiguió:

—Estimado público: como es tradición en nuestra escuela, todos los años escogemos a tres niños por su conducta y aplicación sobresaliente. Este año tengo el honor de presentarles a los tres alumnos merecedores de estos premios. En primer lugar, la alumna cuyo promedio de calificaciones fue el más elevado durante todos los seis años que cursó en nuestra escuela primaria: Inocencia Salvatierra.

La joven se llevó las manos a la boca, presa de emoción y pánico a la vez. Buscaba a sus padres pero en ese paréntesis se le nubló la vista y lo único que vio fue un borrón de gentes ante ella y los aplausos ensordecedores del público. Los fotógrafos la rodeaban y la orquesta estudiantil tocaba "la Diana," al tiempo que la directora le colocaba a Inocencia una banda blanca que le cruzaba el pecho. En la banda iban inscritas las palabras en letras doradas: "Primer Lugar: Inocencia Salvatierra." Esta sonreía nerviosamente y sentía que le temblaban las piernas. El corazón le latía tan fuerte que pensó le iba a estallar ahí mismo. La directora y varias personas más la felicitaron y le pidieron que tomara asiento en una silla que habían forrado en tela de seda color blanco. Inocencia se sentó y sintió que todo le daba vueltas. Cerró los ojos por unos segundos y finalmente logró tranquilizarse un poco. Minutos después, los otros niños tomaban asiento uno a cada lado de ella; Raúl portaba una banda azul, mientras que René portaba una rosa. Los aplausos continuaron hasta perderse a lo lejos. El resto de la ceremonia, los niños iban desfilando, ante la tarima, uno tras otro, recibiendo sus respectivos diplomas. Finalmente a Inocencia le fue posible reunirse con sus padres y el maestro que la esperaban ansiosos. Al verlos dio rienda suelta a los sentimientos que había luchado por mantener bajo control durante toda la tarde. Se prendió fuertemente de los brazos de Esperanza y comenzó a llorar con gran sentimiento.

Los padres habían reservado una sorpresa para su hija. El domingo al salir los primeros rayos del sol, la despertaron cantándole, un tanto desafinados, "Las Mañanitas." Inocencia los vio y se quedó sorprendida.

—¿Qué pasa, Mamaíta?

—Nada, hijita, no pasa nada malo. Despierta que tu Papaíto y yo te tenemos una sorpresota. Vístete y acompáñanos a desayunar. Esperanza había preparado el desayuno favorito de la hija: huevos de rancho con chile pasilla, crema y queso fresco, gorditas y café con leche. Sobre la mesa había colocado un florero con las creaciones hermosas que Eusebio había cultivado ese año. Inocencia, aún cansada por las emociones del día anterior, les obedecía preguntándose a qué se debía ese inesperado alboroto. Se vistió aún adormecida y se sentó a la mesa que sus padres habían arreglado con tanto esmero. La pequeña casa se había impregnado de un olor apetecible a chiles tostados, cebolla y ajos picados. Esperanza les sirvió el desayuno. Minutos después, los padres llenos de una energía sorprendente le hablaban sobre los planes que tenían.

—Tu Papaíto y yo pedimos el día de descanso para pasar este domingo los tres juntos en la Ciudad de México. Queríamos darte una sorpresa.

—¿Deveras, mamá?

—Sí, mi'ja. Por eso te levantamos tempranito porque tenemos muchas cosas qué hacer y queremos que nos rinda este descanso.

—No puedo creerlo, mamá. Esto sí que es una sorpresa, y dime, ¿a dónde vamos a ir? ¿Qué vamos a hacer?

—Uy, uy, uy, respondió Eusebio. Tantas partes y tantas cosas. Come, hija, que se te enfría el desayuno; ya en el camino hablaremos.

Los tres dejaron los platos limpios y hablaron sobre los planes para ese domingo especial. Minutos después, vestidos en ropa dominguera, abordaron el autobús que los llevaría hacia su destino: La inmensamente mágica...Ciudad de México.

Caminaban por las calles de la gran ciudad con la emoción de tres niños ante un montón de regalos de Navidad. Lo primero que hicieron fue asistir a una misa a primera hora en la Basílica de la Virgen de Guadalupe. Los cánticos del coro se elevaban al cielo mientras que Esperanza y Eusebio daban gracias al Señor por todas las bendiciones recibidas durante la infancia de la hija. Inocencia se quedó impresionada al ver a tantas personas caminar de rodillas por un trecho que le pareció larguísimo, ofreciendo sacrificios ante el altar mayor de la Basílica. Al salir de la iglesia, Esperanza sacó una moneda y prendió una vela diciendo en voz alta:

"Señor, esta monedita es muy poco a cambio de lo mucho que nos das, pero te la doy de todo corazón."

Los tres turistas de provincia se tomaron de la mano confundiéndose entre el ajetreo cotidiano de la gran ciudad. Eusebio había pensado de antemano los lugares que visitarían: los lugares que habían dado a la Ciudad de México fama y popularidad en todo el mundo.

Tomaron el autobús hacia el Paseo de la Reforma. Descendieron y pasaron gran parte de la mañana caminando entre los jardines botánicos del interminable Bosque de Chapultepec; se sentaron al borde de una fuente grandísima decorada de cientos de globos de todos tamaños y colores que portaban los vendedores ambulantes. Eusebio le compró el más grande y colorido a la hija, y se sentaron los tres a saborear la exaltación que los invadía.

Para Eusebio, caminar entre los jardines, con los dos seres más queridos, era su máxima satisfacción. Mientras se paseaban, observaba el arco iris de margaritas, lirios, azucenas. Admiraba la nobleza de los macizos robles. Se acercaba a las plantas, tomándolas con delicadeza temiendo lastimarlas. Observaba los arreglos desde diferentes ángulos y las formas creativas en que éstas habían sido plantadas. En silencio, comentaba:

—Diosito mismo puso su mano en estos jardines; las plantas fueron cultivadas con mucha inteligencia. Podía pasar muchas estaciones cuidando de estas florecitas.—Continuaron la caminata por el Jardín Zoológico donde los tres se divirtieron observando a toda clase de animales. Inocencia compró un cucurucho de cacahuates y se divirtió dándoles de comer a los curiosos monos que se trepaban por la jaulas y se peleaban por el maní. De la misma manera, continuaron el paseo caminando a lo largo del Lago Mayor, donde compraron barquitos de fresa, limón, y piña, observando a los cisnes que elegantemente se deslizaban por la superficie del enorme espejo viviente. Terminaron la gira de la mañana visitando el célebre Castillo de Chapultepec, donde observaron el sitio en que se llevó a cabo la escena conmovedora de la caída de los Niños Héroes. De ahí, los tres se dirigieron hacia un enorme mercado al aire libre, desde donde escapaban los olores apetecedores de las comidas y antojitos mexicanos que los atraían como imán al hierro. Esperanza caminaba entre las hileras de puestecitos y se dejaba guiar más bien por el olfato que por la vista. Olía algo sabroso, veía el platillo, hacía una que otra pregunta a la cocinera y seguía de largo, hasta que después de detenerse en varios puestos, vio algo que le pareció original y apetecible y dijo:

—Aquí merito es donde vamos a comer.

Luego ordenó el plato especial de la casa que consistía en antojitos de una variedad y creatividad sorprendente: chalupitas en comal, tortitas de longaniza, peneques, taquitos de Silao, enchilada de pipián, y frijolitos a la yucateca, para los tres. Los platos llenos de comida comenzaron a desfilar ante sus ojos. Los tres tomaron un taquito de aquí, un bocadillo de allá, y comieron con tanto gusto como si fuese la primera vez que probaban antojitos al aire libre, con tres grandes vasos de jugos de horchata, tamarindo y jamaica. Esperanza, satisfecha, le decía a Eusebio:

—Estos taquitos fueron hechos por las mismitas manos de la Virgencita, Negro—riéndose con tantas ganas que terminaron llamando la atención de todos. Inocencia recordaba las palabras de los maestros de historia y geografía que recalcaban el fenómeno del crecimiento incesante de la población. Caminaba entre los puestos del mercado rodeada de colores vivos entrelazados en los rebozos, los huipiles, los zarapes, de una fibra rica, resistente y colorida, como el mexicano mismo; se envolvía en el regateo fogoso de la artesanía, joyería, alfarería, peletería, cerámica, en el cual el mercader parecía jugarse la supervivencia.

La chica consideraba un verdadero milagro que el mestizo, que por siglos había sido objeto de constante opresión, explotación e indiferencia, hubiera sobrevivido, y en lugar de diezmarse, se había multiplicado a paso tan acelerado que sobrepasaba las poblaciones de otras capitales del mundo. He ahí el espíritu inquebrantable del mexicano—pensaba—orgullosa de ser una hebra del tejido de un pueblo pujante, el cual extraía fuerza de un suelo fértil, cuyas raíces estaban profundamente arraigadas en la inexorable fe en un Dios que no los abandonaba, y en la esperanza que mañana sería mejor.

Una vez terminada su copiosa comida, abordaron el autobús y se dirigieron hacia el centro histórico de México. Al ponerse el sol, terminaron la gira turística en la Plaza Garibaldi, deleitándose de los conciertos improvisados del tradicional mariachi, que noche tras noche se reunía para darle la despedida a los visitantes que venían de todos los rincones del mundo a escuchar alegres y lánguidas canciones. Terminaron el paseo cansadísimos al mismo tiempo que el sol terminaba el recorrido por ese ciclo. Había sido un desahogo que por breves horas les permitió escapar de la monotonía laboral y revitalizar los espíritus.

El lunes, Rosa Inés y Diego esperaban ansiosos, y se mostraban intrigadísimos por saber a dónde había ido y qué había hecho su compañera de estudios el domingo anterior. Era ya casi el mediodía e Inocencia no aparecía. Media hora después, la vieron acercarse a la piscina, e inmediatamente nadaron hacia ella. La chica les contó a grandes rasgos lo que había acontecido durante aquel día excepcional y ambos hermanos se sintieron un poco celosos. Al final de la conversación, Diego dijo un poco nostálgico:

—En el futuro, cuando seamos más grandes y nos permitan ir a la ciudad, pasaremos todo un fin de semana los tres solos e iremos a todos esos lugares donde tus padres te han llevado. Será divertidísimo.

—Sí, sí,—gritaron en coro las chicas chapoteando el agua por todos lados. Rosa Inés les picó el espíritu de competencia apostándoles veinte pesos al que nadara lo largo de la piscina diez veces y llegara primero.

Una semana después, Rosa Inés, asimismo se graduaba de la primaria. Sus padres la sorprendieron obsequiándole un hermoso caballo, pura sangre, cuya piel estaba cubierta con manchas blancas y negras a quien la festejada le dio el nombre de "Sombra." La hija consentida se quedó fascinada de la yegua mansa y fina; pasó el resto del verano cabalgando, junto con el hermano Diego. Desde pequeños, los dos habían aprendido a cultivar el gusto por el arte de cabalgar bajo la enseñanza del padre; un jinete estupendo. Conociendo la cercanía entre los tres jóvenes, María Teresa, años antes, había pedido a Eusebio que permitiera tomar clases de montar a Inocencia, mas éste, se lo había negado. Le daba las gracias a la patrona, pero le confesaba que ese deporte le parecía demasiado arriesgado para una jovencita como su hija, y prefería que esperara unos años más. Inocencia sentía cierto resentimiento hacia su padre, por no permitirle compartir esos ratos de gozo cada vez que los compañeros paseaban a caballo y la dejaban atrás, comiéndose el polvo.

Ese verano, la familia De las Casas tomó un habitual descanso en la casa veraniega en las playas de Acapulco. En esa ocasión permanecieron fuera casi todo el verano. Cuando los hijos regresaron a Inocencia le parecieron irreconocibles. Ambos se habían dado un tremendo estirón y habían tomado un color tostado obscuro. Diego llevaba la melena larga mientras que Rosa Inés presumía de un fino cabello suelto con un tinte rojizo, donde habían puesto sus manos los rayos del sol. La voz del chico era más ronca, le salían gallitos cuando hablaba, convirtiéndose en la burla de las dos chicas. Los dos hermanos regresaron con un aire de indolencia propia del joven rico que sabe que se encuentra a las puertas de la pubertad, sabiendo que le espera un futuro en el que no le faltará nada. Inocencia luchaba por extraer desde un subconsciente muy lejano a la superficie las palabras del señor Quintana: "No valemos por lo que poseemos, sino por lo que somos," pero no encajaban en la realidad inmediata. Esa tarde se sintió invadida por sentimientos muy fuertes y contradictorios. Después de darles a los amigos una bienvenida un tanto a la ligera, tomó el traje de baño y caminó sola hacia su lugar de refugio sagrado: El ojo de agua, en el que se quitó la ropa, permitiendo que las agua frescas le calmaran las inquietudes y temores de un verano en el que dejó de ser niña, y le abrió las puertas hacia una etapa llena de encanto, e incertidumbre.

Diego y Rosa Inés habían observado un cambio notable tanto en la apariencia física de Inocencia, como en su comportamiento hacia ellos. Llevaba el cabello recogido y peinado hacia atrás, y con frecuencia la veían pensativa, caminando sola por los diferentes rincones de la hacienda.

Una tarde Diego la vio caminando por los jardines, como solía hacerlo, pero esta vez iba acompañada de un grupo de amigos, a quienes no había visto antes. Los observó por largo rato. Le molestó la familiaridad con que Inocencia y uno de los chicos se llevaban. Los vio caminar uno al lado del otro, e imaginó la charla de buen humor e inteligencia entre ambos. Sintió una enorme curiosidad por saber quién era ese chico. En unos minutos los había perdido de vista, y el no saber a dónde se dirigían, se invadió de ansiedad. Regresó a casa donde se entretuvo un rato viendo el campeonato de tenis en la televisión, pero después de las eliminaciones preliminares, no pudo concentrarse. La imagen de su mejor amiga tan próxima a aquel muchacho le molestó. No sabiendo qué hacer consigo mismo, se dirigió hacia los establos, montó a caballo, y cabalgó hacia el sitio donde había visto a los dos jóvenes perderse entre la arboleda.

Intrigado, imaginó que se dirigían hacia el ojo de agua, y cabalgó hacia allá. Oyó voces y risas y distinguió claramente la de Inocencia; creyó oír en su risa un nuevo timbre que no reconocía. Se bajó del caballo y sigilosamente los observó entre los matorrales, desde donde alcanzó a ver a varios chicos nadando en el agua, y a corta distancia, reconoció la silueta de la joven y la de aquel desconocido tirados en el césped, tomando el sol, a una proximidad que le pareció innecesaria. Diego sintió una leve punzada que le corría desde el estómago hasta la garganta, como si se hubiera tragado una espina. Permaneció unos minutos de pie, no sabiendo qué hacer. Se percató de estar haciendo el ridículo espiando a su amiga, y sintiéndose avergonzado de sí mismo, se alejó en silencio.

La voz de Inocencia riéndose a carcajada abierta le brincaba por la mente, y aquel sentimiento vago comenzó a invadirlo una vez más. Tomó la raqueta de tenis y una cubeta llena de pelotas y practicó el saque por el resto de la tarde con una energía y fuerza que lo sorprendió a él mismo. Pasó el resto del día malhumorado.

A primera hora de la mañana siguiente, Diego le sugirió a Rosa Inés que invitara a Inocencia a pasar la mañana con ellos, en la piscina, y ésta aceptó de buena gana. Después de unos minutos, Diego la vio caminar hacia la piscina, y al verse los tres juntos, como de costumbre, sintió un gran alivio. Al acercarse su amiga en traje de baño, la vio detenidamente. Ya no parecía un renacuajito delgaducho en el traje de baño, es más, lo llenaba bastante bien. Le vio las piernas que estaban tomando forma, la cintura más definida, y los pechos comenzaban a abultarse. Después comenzó a observar a su hermana, en quien veía un desarrollo igualmente notable. Se preguntó en qué momento habían sucedido todos esos cambios. La amiga, ajena a sus pensamientos, lo sorprendió pensativo al borde de la piscina, y le dio un ligero empujón diciendo: "Al agua, patos."

Diego cayó en el agua fresca e intentó salir detrás de ella, pero al abrir los ojos, ésta había nadado hacia él. Normalmente hubiera salido de la alberca y corrido tras ella pero, esta vez, algo lo detuvo. No sintió la misma libertad de acercarse y abrazarla con el descuido y la ingenuidad de antes. Le dio un poco de temor estar tan próximo a ella; como si de pronto, su tercia no era la compañera de juegos infantiles sino una jovencita atractiva, a quien él comenzaba a ver con otros ojos. Se conformó con tomarla de la cabeza y zambullirla en el agua por unos segundos. Así pasaron el resto de una tarde cálida y aflojerada.

***

A fines de ese verano, Inocencia ingresó en la escuela secundaria pública de la Ciudad de México que le correspondía asistir. Fue un cambio drástico en la rutina. Por primera vez se vio obligada a tomar el autobús público que la llevaría hacia la escuela más próxima a la hacienda, a las afueras de la capital. Se vio rodeada de gente extraña y se sintió incómoda en el largo recorrido. Las dimensiones extraordinarias del nuevo plantel, la cantidad de estudiantes, el paso acelerado del horario, la diversidad de maestros y el nivel de enseñanza, al principio, la intimidaron. Los estudiantes eran de clase trabajadora, como ella, mas a pesar de eso, se sorprendió al observar grandes diferencias entre ella y algunos estudiantes, sobretodo las estudiantes de los grados superiores. El modo de vestir, de hablar y la agresividad con que se llevaban con los chicos, la sofisticación de algunas chicas: peinados modernos, maquillaje, faldas cortas y entalladas al cuerpo, la hizo sentir fuera de lugar. En las clases sentía la mirada pesada de algunas de ellas. La señalaban y le decían en tono sarcástico:

—Oye, ya es hora que te cortes la trenza, India María, ¿de dónde sacaste esas faldas que traes arrastrando?

Escuchaba las palabras injuriosas que la seguían por todas partes: "Ha de ser una de esas inditas que vienen de los ranchos de las afueras de la ciudad." No le demostraron amabilidad ni interés en sentarse con ella ni entablar conversación. No podía creer que entre ellos hubiera esa diferencia de niveles sociales y de tan cruel discriminación hacia estudiantes como ella. Del rico, se esperaba; pero del mismo mexicano pobre, era un hecho imperdonable—le comentaba a sus padres.

Al regreso a casa vio en el espejo su triste figura. En la escuela secundaria, era una completa extraña. Esperanza la vio sentada en la cama mirando por la ventana.

—*Mi'ja*, ¿cómo te fue en tu primera semana de clases?

—Hoy me di cuenta que no pertenezco a ese mundo. Mamá, estoy asistiendo a una escuela secundaria de una gran ciudad, y no a una escuelita rural de pueblo. Las muchachas llevan el cabello corto; o largo, en estilo moderno; llevan las faldas cortas y entalladas al cuerpo; calzan zapatos, no alpargatas. No soporto que se burlen de mí, mamá. Tienes que ayudarme a hacer algunos cambios.

—¿Cambios, hija? ¿Qué cosas dices?

—Lo primero que debo hacer es quitarme estas faldas largas y ridículas que llevo de remolque. Quiero cortarme el cabello hasta los hombros y quitarme estos moños de niña tonta que llevo en la cabeza. Necesito que me compren zapatos cerrados. Muchos estudiantes llevan zapatos al estilo americano como los que me regaló Rosa Inés para jugar en la cancha de tenis.

—Me parece que quieres hacer demasiados cambios en tan poco tiempo. ¿Por qué no hacemos uno a la vez?

—No. Estoy cansada de que se rían de mí. Se siente muy feo.

Esperanza escuchó en su voz una angustia genuina que le traspasó el corazón.

—Está bien, hija, tienes razón. El cambio de una escuela a la otra ha sido muy fuerte; pero no puedes acostarte siendo una persona y levantarte siendo otra. Tomemos las cosas con un poco de calma.

—Abre bien los ojos y entiende, mamá. ¡Ya soy toda una señorita!

—Sí, Negrita. Lo sé muy bien. Solamente tú sabes por lo que estás pasando. Hoy mismo hablaré con la patrona y le pediré permiso para usar la máquina de coser; con la ayuda de Amparito, y la tuya, podremos coserte algunos vestidos que puedas ponerte para ir a la escuela. En mi próximo descanso iremos las dos a la ciudad y compraremos unas telas muy lindas para que mi princesa se vea como toda una señorita de secundaria. ¿Te parece bien?

—Sí, mamá, no sabes cuánto te quiero.

El próximo martes Esperanza llevaba a la hija a un salón de belleza para que le cortaran el cabello y le pidió a la peinadora que le diera la larga y gruesa trenza de Inocencia. La estilista así lo hizo: tomó el cabello, lo envolvió en un periódico y se lo dio a la madre. Esperanza sintió que el destino le arrancaba la infancia de la hija y se lo entregaba en un crudo pedazo de papel. Le faltaba el aire. Salió hacia la calle sintiendo un vacío inexplicable.

Minutos después vio a Inocencia con una melena corta que le daba un aire moderno como las chicas de secundaria. De ahí salieron hacia el mercado de telas. Entre las dos visitaron varias tiendas estudiando detalladamente los cortes y diseños que veían en las jóvenes capitalinas que caminaban por las calles de la ciudad, y en las maniquíes que lucían en los escaparates. Regresaron a casa y sin perder un minuto, las dos se entregaron a la labor, concretando sus ideas sobre los cortes del material. La madre le enseñó a Inocencia los conocimientos rudimentarios del arte de coser, y ésta los absorbió la primera vez. En poco tiempo, entre las dos diseñaron un modesto vestuario nuevo para la joven estudiante.

Ese fin de semana, Eusebio acompañó a la hija a una zapatería y le compró dos pares de zapatos: tenis blancos y zapatos cerrados con un poco de tacón. Inocencia, con melena corta, vestido de corte moderno, zapatos de tacón discreto, giraba ante el espejo que le había regalado Rosa Inés y que había montado en la pared del pequeño cuarto. Se veía y le decía a la mamá: "Así, más o menos es como se visten las muchachas que van a la secundaria. Ahora sí no se van a reír de mí."

Esperanza veía una adolescente en la cúspide de la pubertad. Admiraba la nueva imagen, satisfecha de su labor. Al ver la transformación, Eusebio se quedó con la boca abierta:

—Ijole, ¿qué le pasó a nuestra Negrita, la veo, pues, no sé, muy crecidita.

—Negro, nuestra hija es ya toda una señorita, estudiante de secundaria—le dijo con una voz mezclada de nostalgia y de orgullo.

En efecto, los cambios en Inocencia habían dado qué hablar por todos lados. Caminaba con más seguridad. Ya nadie se burlaba de ella. Comenzó a imitar los modales, las expresiones y el modo que las muchachas se hablaban entre sí y se comportaban ante los jóvenes. También comenzó a tomar un interés nuevo por los chicos. Los había tantos, y tan bien parecidos.

La nueva traza de la chica tampoco pasó desapercibida en la hacienda. La primera vez que Rosa Inés y Diego la vieron, no la reconocieron. Inocencia caminaba del autobús hacia la entrada de la hacienda cuando los hermanos paseaban a caballo. Diego la vio venir desde lejos y al verla, le comentó a su hermana:

—Bueno, ha de ser la influencia de la nueva escuela, después de todo, los cambios no le han hecho ningún mal.

Los dos hermanos, intrigados, cabalgaron hacia ella. Rosa Inés, desde lejos la llamó:

—¿Inocencia eres tú?

—Sí, soy yo. ¿No me reconoces?

—Pues, claro, pero te veo muy diferente. Me encanta tu corte de pelo. Y tu vestido, ¿es nuevo? Nunca te lo había visto antes. Realmente te ves una chica muy moderna.

Diego la veía detenidamente y no se animaba a decirle nada. Por primera vez no tuvo ganas de bromear. Simplemente le dijo:

—Me gusta mucho tu cabello corto. Creo que te quedó muy bien.

—Gracias.—Los saludó y siguió su camino.

Esa tarde, cuando se reunieron para la primera clase particular de química, Inocencia entró caminando con un porte distinguido envuelta en un nuevo aire de seguridad y madurez que tomó a todos de sorpresa.

Con el gusto de siempre los tres alumnos le dieron una cordial bienvenida al querido maestro, el señor Quintana. El los vio, sorprendido de los cambios drásticos que observaba en los tres. Después de los abrazos y saludos de rutina, Rafael se sentó y en breves palabras y sin rodeos, les comunicó el propósito de la visita: iba simplemente a despedirse. Durante el transcurso del verano pasado, él mismo había obtenido su doctorado y un puesto codiciado en el Departamento de Matemáticas en la Universidad Autónoma de México. La noticia tuvo un efecto profundo en los tres jóvenes, sobretodo en Inocencia. Los tres discípulos se habían acostumbrado tanto a él y le habían tomado tanto cariño que se sintieron profundamente decepcionados ante la noticia; sin embargo, se mostraron felices por el éxito obtenido por el joven maestro. Se despidieron deseándose entre sí lo mejor que el futuro les brindaría. Inocencia lo acompañó hasta la puerta y con genuina franqueza en sus palabras le dijo:

—Maestro, usted no tiene idea lo mucho que ha significado para mí todos estos años. Le debo tanto; míreme con las manos vacías; no tengo con qué pagarle, pero créame que alguna vez estaré en la posición de mostrarle mi infinito agradecimiento, si Dios me lo permite.

El conmovido mentor la abrazó, tragándose las lágrimas, y ambos permanecieron unos minutos en silencio. Rafael le confesó:

—Inocencia, tú has sido el fruto más fértil que he cultivado. Estoy enormemente orgulloso de ti. Sé que vas a llegar muy lejos. No me debes nada. Tus éxitos académicos me han pagado con creces. No estés triste que hoy es una ocasión de grandes satisfacciones para todos.

Minutos después apareció la nueva maestra, la señora Ibarra, a quien, por respeto extendieron una cordial bienvenida; mas dentro de ellos, sentían un gran desconsuelo. La maestra ampliaría la enseñanza impartida en las respectivas escuelas particulares de los tres estudiantes en el campo de la química, y la física; el segundo maestro particular, el señor Palafox, sería el maestro de álgebra, con quienes se reunirían dos veces por semana.

Los nuevos maestros, al contrario del sistema ameno del señor Quintana, condujeron las clases con una actitud de profesionalismo y seriedad que al principio descontroló a los tres chicos. Ambos les hicieron saber que no tenían ni el tiempo ni el interés en jugar bromas y que no estaban dispuestos a perder ni un minuto durante la clase. En muchos aspectos, eran más estrictos que los mismos profesores de sus escuelas.

En el campo de la química, Diego y Rosa Inés encontraron un campo neutral que satisfacía y retaba a ambos. Inocencia había permanecido neutral hacia las ciencias. En cierta ocasión, la señora Ibarra los sorprendió con dos láminas grandes, a todo color, describiendo hasta el último detalle, los sistemas reproductivos del hombre y de la mujer. Durante dicha lección, la profesora se adentraba en el campo delicado de cómo se lleva a cabo la reproducción del hombre, sin escatimar detalles. Rosa Inés, con una curiosidad ilimitada, hizo una cantidad de preguntas, mientras que Diego e Inocencia permanecieron escuchando en silencio sin perderse una palabra. Durante la explicación, a Rosa Inés le pareció que la lección parecía incomodar a sus compañeros de estudio y le extrañó, pero no dijo nada; después, a solas, le preguntaba al hermano:

—Diego, ayer en la clase de anatomía presentí un extraño silencio de tu parte. ¿Por qué te quedaste callado, tú, el príncipe de las preguntas? — Diego, incómodo por el comentario de la hermana, respondió de mal modo:

—Porque lo entendí todo a la primera vez; no soy como tú que necesitas que te expliquen las cosas cien veces para que te entren en la cabezota.

—¡Uy, uy!, olvidaba que estaba frente a un genio.

Las ciencias y las matemáticas eran los campos fuertes de los hermanos; sin embargo, Inocencia continuaba siendo la autoridad en las materias de las artes y las letras. En los estudios secundarios había tenido la suerte de encontrarse en la clase de profesores peritos en los campos de su predilección. Desde que comenzó la etapa secundaria, declaró una preferencia por la literatura y la filosofía. Cuando la profesora Blanco introdujo a los alumnos a las obras del ilustre escritor español, Don Miguel de Cervantes, fue para ella el comienzo de un mundo nuevo. Se perdía en las páginas que con una imaginación latente relataban las aventuras de El Quijote y su inseparable compañero, Sancho Panza. Cerraba los ojos y se veía ella misma ahí en esos parajes idílicos de La Mancha, cabalgando al lado de los dos personajes más fabulosos que jamás había conocido. Esa misma tarde llegó a casa y le dijo a sus padres en tono belicoso:

—Papá, Mamá, no descansaré hasta haber puesto pie firme en la fabulosa tierra de La Mancha, ésta es una promesa.

Esperanza y Eusebio, acostumbrados a la actitud determinante y las palabras solemnes con que a veces los sorprendía, se vieron de reojo y se encogieron de hombros:

—Negra, ¡qué ideas tan extrañas le estarán metiendo a esta muchacha en la cabeza en esas escuela de la ciudad! A veces me da miedo que lo que está aprendiendo le haga perder la razón.

—No te preocupes. Es una jovencita con mucha imaginación, eso es todo. No le hace mal a nadie con soñar.

Durante el transcurso de sus estudios secundarios, la maestra de Historia organizó una excursión a la Ciudad de México. Visitaron varios edificios y monumentos de importancia, entre ellos, los famosos murales de la Secretaría de Educación Pública del inmortal muralista Diego Rivera. Inocencia recordó de azote la estampa en el libro de la biblioteca De las

Casas que la había conmovido. Esperaba ansiosa ver el detalle de ese famoso mural en toda su extensión. La profesora Montalbán caminaba con el grupo de alumnos por los corredores del gran edificio. Ahí ante sus ojos, paso a paso iba desenvolviéndose la verdadera crónica de México sin rodeos ni mentiras. Inocencia veía cómo toda una historia, rompía el silencio y había encontrado una voz en la paleta de un muralista visionario que con colores riquísmos e imágenes vivas logró recrear un período de su pasado. Era como caminar por las páginas mismas de un enorme libro cuyo contenido gritaban la trágica historia de la Conquista de México. Vio cómo las imágenes brincaban de las páginas y cobraban vida. El extranjero había violado salvajemente al indígena, y por primera vez, sintió que el suelo se estremecía. En ese acto horrendo de rapto y de violencia, el español había contaminado la pureza de la sangre indígena, de sus antepasados, debilitándola, palideciéndola, y con el transcurso de los años, convirtiéndola en todas esas mezclas de sangre que ahora corren por las venas de todos los mexicanos: En el fondo—pensó—todos somos indígenas. Quizá, mis padres, yo, y demás individuos de extracción autóctona somos los únicos en cuyas venas corre la sangre pura. ¡Qué ironía y pensar que tanta gente opina lo contrario! Impulsivamente, corrió por los corredores, soltando sonoras carcajadas cuyo eco retumbaba por las paredes de aquel antiguo edificio, causando una reacción de gran asombro entre los alumnos y turistas que la observaban.

Esa noche soñó que una cara pálida de cabello rubio y ojos claros se reflejaba en un espejo enorme. De la nada, una sola piedra, arrojada por una joven de piel obscura, se estrellaba contra la imagen en el espejo, destrozándola en mil pedazos. Inocencia despertó sonriendo, y desde entonces caminó por el mundo con la cara muy en alto en completo dominio de su destino. La prueba la veía en su piel morena obscura, y en la piel de miles de personas que, al igual que ella, la conquista aún no había logrado desvanecer.

Ese descubrimiento fue como velos que iban dejando al descubierto las barbaries cometidas por el español contra el indígena, con el fin de saciar su inagotable sed de poder y ambición. No se conformaron con esclavizar al indígena y despojarlo de su dignidad; extrajeron también gran cantidad de metal preciado incrustado en las entrañas del suelo de México. Fue un episodio doloroso y humillante. No obstante, Inocencia se preguntaba: ¿Quiénes fueron los conquistados? Siglos después de la conquista la mezcla de sangre ha ido borrando esa diferencia convirtiéndonos a casi todos en mestizos. ¿Dónde estaban los españoles de raza pura? ¿No era verdad que los españoles mismos habían estado sometidos a más de 800 años de conquista por los mozárabes? ¿De dónde saca el español y el mexicano españolizado esos aires de superioridad genética? Todas esas preguntas, constantemente, jugaban en su mente.

Al reunirse con Diego y Rosa Inés nuevamente, no pudo evitarlo, y pensó: "He aquí dos ejemplos más de..."

Desde ese momento, la inquisidora comenzó a cuestionarlo todo. Conceptos e ideologías en historia y filosofía desde años establecidas, encontraban siempre un interrogatorio en su mentalidad incrédula. Hostigaba a los maestros con miles de preguntas que acababan poniendo los conocimientos de éstos en tela de juicio.

Diego y Rosa Inés, se mostraban igualmente impacientes. A cada duda, los chicos preguntaban:

—Inocencia, ¿qué te pasa? ¿Qué extraños conceptos has adoptado últimamente? ¿Qué obscuros libros o autores controversiales has estado leyendo? Ella simplemente les contestaba:

—Hace poco me di cuenta que todos hemos estado viviendo una mentira y estoy dispuesta a descubrir toda la verdad.

Los maestros particulares no podían evitar sentirse impotentes al no satisfacer la inagotable curiosidad de la joven. En ocasiones, ellos mismos ignoraban la respuesta.

De esa manera, los fríos del invierno dieron paso a una esplendorosa primavera. Durante esa estación, Inocencia se vio en la necesidad de distanciarse de Diego. El chico, sin embargo, con frecuencia la buscaba. Todas las tardes la veía llegar de la secundaria y añoraba estar con ella a solas. Inocencia se dio cuenta que la amistad entre ellos estaba cambiando, y tan sólo al pensarlo la atemorizaba. No estaba preparada para albergar nuevos sentimientos.

Mientras tanto, Diego y Rosa Inés comenzaban a ampliar su círculo de amistades tanto en el colegio como entre los círculos sociales que frecuentaban los padres. El joven estaba desarrollándose y convirtiéndose en un joven apuesto, y su fino porte comenzó a atraer la atención de varias jovencitas con quienes se socializaban.

A fines de ese año escolar, Diego se graduó de la escuela secundaria con varios honores. Los padres, orgullosos de sus logros académicos lo sorprendieron organizando una gran fiesta que mantuvieron en secreto. Poco antes de la celebración a insistencia del padre, Diego se vio comprometido a aceptar la invitación de los padres de una chica de la sociedad, Bianca Bustamante, a pasar una temporada en su casa de verano en Puerto Vallarta. Al salir Diego de la hacienda, sus padres y la servidumbre pusieron el plan en marcha: se repartieron las invitaciones, Rodrigo organizó una charreada, sacrificaron una res de la carne más suculenta, y para los festejos de la noche, contrataron una orquesta para que animara el baile de esa noche. A todos les habían dado alguna responsabilidad incluyendo a Inocencia, a quien Esperanza le pidió le ayudara con los preparativos especiales de los platillos para esa ocasión.

Finalmente se llegó el festejo esperado. Los invitados, reunidos dentro de la Casa Grande, desde lejos vieron venir el coche de la familia Bustamante. Esperaron unos minutos y vieron salir a Diego, en pantalón corto, muy bronceado, que casualmente se dirigía hacia su casa. Al abrir la puerta todos los convidados le dieron una inesperada bienvenida: "¡Sorpresa!," gritaron todos a la vez. El festejado se vio realmente conmovido por la muestra de afecto. Después de saludar a todos, buscó a Inocencia y no la vio. A continuación se dirigió a la cocina y ahí la encontró, poniéndole los últimos toques a un platillo de postre que lucía realmente sabroso. Se le acercó por detrás hundiendo la cara en el cabello de Inocencia, abarcándole la espalda. La chica se sintió rodeada de unos brazos fuertes y sintió el aliento del joven en la nuca. Se volteó y lo abrazó, y al hacerlo sus manos tocaron suavemente el pecho del muchacho que la camisa deportiva había dejado prácticamente al descubierto. Incierta, con voz temblorosa le dijo simplemente:

—Diego, bienvenido a casa. Aquí todos hemos estado pensando en ti.

—También yo he estado pensando en ti.—Se dieron dos besos en las mejillas al mismo tiempo que Bianca, de un empujón, abría la puerta de la cocina, llamándolo:

—¡Diego, te he estado buscando por todas partes! Ven que nuestros amigos te esperan para que comience la reunión.

Inocencia vio a Bianca de reojo: era de mediana estatura, cabello rubio, muy blanca, de ojos grandes y verdes. Iba vestida en un traje de pantalón corto y blusa con los hombros al descubierto, con una voz fingida de gata sensual. Bianca tomó a Diego del brazo ignorando por completo a las personas presentes en la cocina y se lo llevó hacia afuera donde se había reunido un gran número de conocidos. Inocencia sintió un deseo irresistible de correr detrás de él y alejar a aquella criatura falsa y vanidosa de su brazo, pero una fuerza interior la detuvo. Se quedó de pie viendo a los dos chicos, y sintió que la cuerda de la cordura se rompía. Sabía que Diego era un joven simpático y atractivo y lo había visto en compañía de varias amigas de su clase y posición, pero nunca había experimentado ese vacío. Pensando en eso se quedó estática sintiéndose avergonzada de sus pensamientos. Mientras tanto, Esperanza no se había perdido ni una escena del episodio que ante ella se desenvolvía. Creía conocer muy bien a su hija, mas esa instancia, la actitud de ambos jóvenes la dejó inquieta. Se persignó, balbuceando:

—No, Virgencita, no lo permitas, esto no puede ser.

La fiesta continuó hasta la puesta del sol. La charreada se llevó a cabo esa tarde bajo un sol sofocante. Diego, vestido en traje de charro, cabalgaba orgullosamente al lado del padre, y juntos dieron una magnífica exhibición a los espectadores. Inocencia, sentada en las gradas superiores, no se cansaba de admirar los movimientos de Diego ejecutando las maniobras de la charrería. Observaba la elegancia con que cabalgaba y la gracia con que rompía el aire con el lazo, haciéndolo bailar en el suelo a su antojo. El hijo del patrón se estaba convirtiendo en un mozo de un atractivo irresistible y ella sabía muy bien que no era la única chica en reconocerlo.

A la conclusión del evento, los convidados fueron presentados con un bacanal de platillos y carnes jugosas que hicieron brillar a Esperanza como diamante azul. Inocencia se mantuvo ocupada ayudando en la elaborada preparación y presentación de los platillos que desfilaban uno tras otro seduciendo el apetito de los convidados. Al caer la tarde, algunos compañeros de la clase de Diego se dirigieron hacia el festejado, lo tomaron en los brazos y corrieron con él hacia la piscina echándolo al agua completamente vestido, seguido de varios otros jóvenes que hacían lo mismo. Las chicas los veían desde lejos y corrían entre las mesas viéndose acorraladas por los chicos que las jalaban y las llevaban contra su voluntad hacia el agua. Algunas lograron escaparse mientras que Bianca, pegaba gritos de gata enfurecida mientras que la zambullían en el agua una y otra vez. Inocencia lo veía todo desde la cocina; tanto a ella como a su madre les parecía que se estaba desarrollando una comedia americana en vivo, divirtiéndose de lo lindo a costa de las pobres criaturas que en unos minutos habían arruinado horas de arreglo y maquillaje ante el peinador.

Esa noche, los jóvenes se reunían en la sala formal de la Casa Grande, en círculo a una orquesta que estaba de moda en esa temporada. Inocencia regresó a casa cansadísima por toda la labor desempeñada. Pensó en asistir al baile pero reconoció que no tenía el vestido apropiado para esa ocasión. La idea de ver a Diego del brazo de aquella chica que se imaginó iría saliéndose por el escote, le repugnaba. En su cuarto, cayó de espaldas exhausta en la cama. Un buen rato después, oyó que alguien tocaba a la puerta: era Rosa Inés que la buscaba.

—Inocencia, ¿qué haces en casa? Hace rato que te estamos esperando. Te estás perdiendo de una fiesta divertidísima. Ven, vístete y acompáñanos.

—Rosa Inés, discúlpame. Me quedé dormida. No creo que vaya a ir. La verdad es que no tengo el vestido apropiado.

—¿Por qué no me habías dicho? Ven a mi casa; yo te prestaré uno. — Inocencia salió con Rosa Inés bastante desganada. Al llegar al cuarto de su amiga, ésta le dijo:

—Mira, ponte el vestido y los zapatos que gustes.

Le abrió el clóset lleno de ropas finas y vistosas y los ojos de Inocencia comenzaron a bailar por todas partes. Rosa Inés se arreglaba el peinado y retocaba el maquillaje, mientras que rápidamente le decía con una vocecita aguda y ademanes dramáticos como las actrices de las telenovelas:

—Tengo que regresar al baile ahora mismo porque un muchacho muy guapo que baila tan bien como el flaco americano que sale en las películas, me invitó a bailar. Quédate y cierra la puerta con llave para que nadie te moleste. Puedes ponerte lo que gustes. Te lo regalo.—Salió corriendo del cuarto dejando a su amiga con la palabra en la boca. Inocencia estudiaba la recámara. El decorado había cambiado drásticamente. Vio una pared de carteles, entre ellos reconoció la de los cuatro melenudos de Liverpool que comenzaban a revolucionar la música. Sin perder un minuto, cerró la puerta con llave. Se midió varios vestidos. Entre éstos escogió uno de talle moderno, falda corta, rosa con negro. De un cajón sacó varias prendas de ropa íntima de un color rosa bajito que se sentían suaves al tocarlas y despedían un ligero aroma a pétalos de rosa. Al verse al espejo se vio cansada. Vio la tina de baño grande y reluciente rodeada de toda clase de jabones, cremas, lociones y perfumes. Abrió las llaves de la tina del baño, vació en el agua el contenido de un tarro y vio cómo ésta se llenaba de espuma, y el cuarto se impregnaba a un olor femenino y sensual. Se quitó la ropa y se sumergió en el agua tibia completamente desnuda, sintiéndose como una reina. Vio su reflejo en el espejo y comenzó a reírse incontrolablemente. Si así es como viven los ricos—pensó—pues no está nada mal. Creo que el señor Quintana estaba equivocado. Cerró los ojos y se imaginó en el vestido rosa que había escogido bailando con Diego. Pasó un buen rato disfrutando de una experiencia exquisita. Se vistió, se arregló el cabello adornándolo con un broche de terciopelo negro que encontró en el peinador, se puso unos aretes y pulseras de oro, se maquilló un poco como había visto hacerlo a Rosa Inés, y tomando la botella de perfume que le pareció más fina, se echó unos chisguetitos por todo el cuerpo, envolviéndose en una nube de olores seductores. Se vio al espejo y pensó que la transformación había surtido el efecto deseado.

Así bajó a la sala de baile cuando la fiesta estaba en todo su apogeo. Se asomó y vio a media obscuridad que en la pista de baile no cabía una pareja más. Entre éstas distinguió a Rosa Inés, bailando con el chico que la volvía loca. Salió hacia la cocina a darle una sorpresa a su madre. Esperanza la vio entrar y no la reconoció:

—Mi'ja, ¿de dónde sacaste ese vestido tan rete bonito? ¿Y esos zapatos? ¿Y esas joyas?

—Son de Rosa Inés, mamá. Me lo prestó todo. Me dijo que me encerrara en su cuarto y me pusiera lo que yo quisiera—pegando un salto le confesó—: Mamá, me di un baño de burbujas en la tina de baño…fue una experiencia maravillosa. Me siento como una verdadera niña fresa.

—Ay, mi'ja, está bien que le tomes la palabra a tu amiguita pero que no se te pase la mano. Ya ves como son delicados los patrones. De cualquier manera, te ves muy chula y MMMMMMMMMMM ¡qué olor! mejor que las florecitas huelen-de -noche. Anda, ve y diviértete.

En eso entró Rosa Inés un tanto sorprendida de ver a la amiga que en poco tiempo había sufrido una transformación de pies a cabeza.

—Inocencia, ¡qué bien te ves en ese vestido! Sabía que mi ropa te iba a quedar pintada. Ahora, ven, que te tengo una sorpresota—llevándola de la mano hacia una de las mesas en el salón de baile—. En la esquina, solo y un poco impaciente se encontraba Carlos, el amigo favorito de Inocencia. Rosa Inés le dijo:

—Ojalá y no te molestes si me he tomado la libertad de invitarlo para que nos acompañe esta noche.

—Carlos, ¡qué agradable sorpresa!,

—¡Hola, Inocencia! La sorpresa es mía. ¡Qué guapa te ves esta noche!

—Gracias, se lo debo a Rosa Inés, tu cómplice.

Los tres rieron de buena gana. Después de tomar un refresco y de una charla breve, Carlos invitó a bailar a Inocencia. La joven aceptó recordándole que era su primer baile oficial, y que fuera de unos pasitos sencillos que el papá le había enseñado, no tenía práctica bailando en público, y un poco mortificada le dijo al compañero:

—Espero no arruinarte tus zapatos nuevos.

—No te preocupes. Yo tampoco sé bailar bien. Salieron los dos tomados de la mano y comenzaron a bailar una pieza suelta. En una de las vueltas, Diego la vio girando ágilmente como trompo, divirtiéndose en grande. Se preguntó quién era el compañero, y antes de seguir con la duda, apareció Carlos, muy bien vestido.

Diego había pasado toda la noche bailando con varias chicas pero parecía que Bianca se le aparecía por todos lados. Era atractiva, sin duda, pero demasiado agresiva para su gusto. Terminó de bailar la pieza suelta y siguió una más lenta y romántica. Bianca comenzó a bailar con él mientras que a Diego comenzaba a molestarle su presencia. Mientras bailaba, no le quitaba los ojos de encima a Inocencia. Vio que Carlos la tomaba de la cintura, le tocaba la mano y la llevaba por toda la pista. La jovencita parecía acoplarse demasiado bien al paso del compañero, y al compás de la música.

Bianca aprovechaba toda ocasión para acercarse a Diego e insinuársele. Todo eso comenzó a fastidiarlo y sin decir más, se alejó dejándola sola en medio de la pista. La muchacha atrevida salió detrás de él pidiéndole una disculpa pero Diego estaba demasiado molesto y siguió de largo hacia el patio de la casa. Había pasado un rato muy intenso recibiendo la atención de tantas personas que terminaron sofocándolo. Caminó un trecho largo y cuando se había apartado del bullicio, se tiró en el césped observando las estrellas que brillaban en la noche tibia y clara tranquilizándole los nervios. Observaba las lucecitas estelares en la distancia y se preguntaba quién demonios era Carlos y quién lo había invitado a la fiesta.

Después de despejarse la mente regresó y vio a Inocencia y a Carlos en una mesa envueltos en una plática animadísima. En eso sintió los brazos de Bianca, que una vez más lo aprisionaba: "Diego no seas malo. Baila conmigo la última pieza." La joven había estado tomando alguna bebida que contenía licor y se mostraba más afectuosa y sentimental que de costumbre. El chico no aguantó más, la hizo a un lado y se fue directamente hacia la mesa donde se encontraba Inocencia, y sin presentarse a Carlos, la tomó de la mano diciendo: "Con permiso, esta es mi fiesta y tengo el derecho de bailar la última pieza con mi mejor amiga." Inocencia lo vio e interpretó el atrevimiento de Diego como que reclamaba algo que por derecho le pertenecía, pero no tuvo el coraje de rechazarlo. Salieron a la pista y cerraron la fiesta bailando juntos, por primera vez.

Rodrigo, al ver que su hijo había despreciado a Bianca, salió de la sala en busca de María Teresa.

—Marités, ¿qué demonios está haciendo Diego bailando con esa miserable india? ¿Qué no te das cuenta del papel tan ridículo que nos está haciendo pasar? Rechazó a Bianca, la chica más guapa y el mejor partido en toda la ciudad, para bailar con Inocencia. No puedo creerlo. Tenemos que poner fin a esta absurda amistad. Esto se acabó. No quiero volver a verla en mi casa. ¿Me entiendes?

—Cálmate, Rodrigo. Diego e Inocencia son buenos amigos. No sé porqué le das tanta importancia al simple hecho que quieran bailar una pieza, es de lo más normal. Tú no le pediste su parecer sobre su amistad con Bianca, la cual, si me perdonas, me parece más que atractiva, una libertina. ¿Es ése el tipo de mujer que tú consideras el mejor partido? Estás equivocado. Esa muchacha nada más quiere divertirse con nuestro hijo y no culpo a Diego si no cae bajo su frivolidad.

—¿Así que prefieres que nuestro hijo tenga una amistad con la hija de los servidores que con una muchacha de nuestra sociedad? Estoy harto de que siempre termines defendiendo a Inocencia. Para ti esa mocosa siempre es la víctima, pero para mí nunca ha sido más que una aprovechada.

—Esa pobre muchacha no tiene la culpa que tú le guardes resentimiento porque le ganó en el concurso de ortografía a Rosa Inés desde que era una niña. Siempre has sido cruel e injusto con ella. No es que la defienda, más bien la veo tal y como es. Lo único que ha hecho es arruinar tus planes y los de tu amigote que querían usar a nuestros hijos como anzuelo para sus negocios.

—Me lleva la tal. Aborrezco a esa miserable criatura. ¡Ojalá y nunca hubiese nacido en mis tierras!

—**Mis** tierras, querido, o ¿es que ya se te olvidó que tú no eras nadie cuando me conociste?

—Vete al infierno tú también. Estoy cansado de tus insinuaciones. Si sigo siendo un pobre diablo para ti, ¿por qué no tienes el valor de decírmelo a la cara en lugar de cortarme los cojones cada vez que se te antoje?

Siguió un minuto de silencio que Rodrigo interrumpió con amargura:— Creo que una distancia nos haría bien a los dos. No te molestes, esta vez seré yo el que prive a tus lindos ojos de mi despreciable presencia.

—Déjate de escenas dramáticas. Perdóname si te ofendí. Creo que éste ha sido un bochinche demasiado largo y pesado para todos. La próxima vez nos vamos a Las Vegas y se acabaron los líos, ¿qué te parece?

—Como tú digas. Tú eres la Mandamás aquí y siempre tendrás la última palabra.

Diego e Inocencia bailaron la última pieza bajo el susurro que pasaba de boca en boca de las amistades que se preguntaban quién era esa muchacha que no habían visto antes. Carlos los observaba y no tardó mucho tiempo en darse cuenta que algo había entre la chica que pretendía y ese joven maleducado. Para entonces, el salón de baile comenzaba a vaciarse y quedaban pocas personas presenciando el espectáculo ante sus ojos. Terminó el baile y Diego llevó a Inocencia hacia la mesa, pero al hacerlo, se dieron cuenta que Carlos había desaparecido. La chica salió a buscarlo pero no lo encontró. Diego se despidió de las últimas amistades que quedaban; se retiró dejando a Bianca, la fiesta y el cuchicheo detrás de la puerta de su recámara.

Siete

Un Cupido con Flechas Rotas

Al apuntar el alba la siguiente mañana, Rodrigo, sin molestarse en tocar a la puerta de Diego, entró en su cuarto: "Vístete y baja al desayunador. Necesitamos hablar." Diego, entumecido por la frialdad del padre, se vistió de mala gana y bajó. Rodrigo le habló con palabras ásperas:

—Hijo, anoche el señor Bustamante y yo cruzamos palabras ácidas. Comunícate con Bianca ahora mismo y justifica tu comportamiento maleducado de anoche.

—Papá, no me obligues—Rodrigo lo interrumpió a media palabra.

—No, Diego. No te estoy pidiendo tu parecer. Te estoy dando una orden. Lo harás esta misma tarde. Bianca te estará esperando. Quiero que te vistas de una manera presentable y lleves en la mano un ramo de las rosas más bonitas que Eusebio encuentre en nuestro jardín, acompañado de una tarjeta con un mensaje apropiado a las circunstancias. En esta ocasión puedes llevarte el coche deportivo y en cuanto cumplas con tu deber, regresa a casa de inmediato. Eso es todo. Puedes retirarte.

Diego permaneció el resto de la mañana en el cuarto maldiciendo a sus progenitores y pensando en las palabras dulzonas y fingidas que debería decirle a Bianca. Por la tarde, pasó por el jardín y le pidió a Eusebio que le cortara una docena de las rosas más lozanas del jardín y salió a cumplir la orden del padre.

Al llegar a la casa de Bianca, en las Lomas de Chapultepec de la Ciudad de México, se bajó del coche y se vio frente a una casa grande, de un solo piso que abarcaba casi toda la cuadra, rodeada de un jardín de césped muy verde y fresco. Le recordó a las casas americanas de las películas. Afuera, en el jardín placenteramente corrían dos grandes y finos perros "Collie" de largo y abundante pelaje. Diego se presentó con toda formalidad con el ramo de flores en las manos y con un gran nudo en la garganta. Tocó al timbre y salió una sirvienta.

—Buenas tardes, soy Diego De las Casas. Busco a la señorita Bustamante.

—Pase, joven. Tome asiento. Ahora mismo le avisaré a la señorita Bianca que se encuentra en casa.

Bianca lo hizo esperar un buen rato antes de presentarse en la sala. Diego se vio en una pieza amplísima cubierta de pared a pared con alfombras blancas, amueblado con varias piezas de sillones y muebles de madera clara, macetas con plantas grandes, bien cuidadas. Las paredes estaban cubiertas de un papel tapiz aperlado con trazos a la ligera color vainilla. Las ventanas eran muy grandes, cubiertas de venecianas blancas y semiabiertas. El cuarto estaba bañado completamente de los últimos rayos del sol. La voz aterciopelada de la chica interrumpió sus pensamientos.

—Hola Diego.

—Hola Bianca.

La chica se le acercó con los labios paraditos, de un color rojo encendido y le dio un beso húmedo y seductor en la mejilla. Vestía un traje de pantalón y blusa blanco, pintados al cuerpo, con botones del mismo color de los labios y el cabello lacio que le caía sobre el hombro derecho.

—¡Qué alegría verte aquí en mi casa! Cuando mi padre me dijo que vendrías esta tarde, no te imaginas el gusto que me dio. ¡Qué rosas tan hermosas!—las tomó, llamando a la sirvienta:

—Matilde—con un tono altanero que al joven le recordó a María Teresa, dijo: "Llévate estas rosas y ponlas en agua fresca en el florero más lindo que encuentres; colócalas en la mesa de centro aquí mismo en este cuarto. Quiero admirarlas hasta que se marchiten."

Diego permaneció callado. Iba simplemente a cumplir las órdenes de Rodrigo. Era necesario hacerle saber a Bianca sus intenciones. La chica se sentó a un lado y lo tomó de la mano.

—¿Gustas un refresco?, ¿una cerveza?

—Una coca estaría bien, gracias.

Ordenó a Matilde que les trajera dos cocas en hielo. Diego la veía y se sentía incómodo sintiéndola tan cerca. Al fin, se dio valor y dijo:

—Vengo simplemente a pedirte disculpas. No fue mi intención humillarte delante de nuestras amistades. Soy una persona reservada y hubiese preferido pasar ese día en compañía de un grupo de amigos íntimos en una ambiente más informal. Eso es todo.

—Comprendo, y dime en ese grupo de amistades íntimas, ¿me encuentro yo?

—No. Perdona, pero fuera de la semana que pasé contigo y con tu familia en la playa para mí sigues siendo, prácticamente, una extraña.

—¿Cómo puedes decir eso? Si nos conocemos desde que éramos niños. Por años hemos asistido a las mismas fiestas y reuniones.

—Sí, pero para mí eso no cuenta. Jamás había cruzado una palabra contigo.

—¡Ah, vaya!, pues realmente llegar a ser parte de tu círculo íntimo requiere altos requisitos.

—Mis amigos íntimos son compañeros del colegio, que tú no conoces, y fuera de ellos, mi hermana y por supuesto, Inocencia.

—¿Te refieres a esa india con la que bailaste anoche? ¿La hija de los criados de tu casa?

—La misma. Esperanza y Eusebio nos han honrado con sus servicios desde que yo nací. Inocencia es su hija y la chica más genuina e inteligente que yo conozco.

—No estoy criticando a tu amiguita, simplemente estoy tratando de aclarar la situación. Claro que es una chica especial para ti. Me imagino que desde que es una niña te ha sabido satisfacer todos tus caprichos de niño mimado, ¿no es cierto?

—Te equivocas. Nunca he sido un niño mimado. Inocencia no ha sido un juguete en mis manos para usarla a mi antojo. Ella es una joven hecha y derecha. Es mi mejor amiga y compañera de estudios.

—Bueno, dejemos ese tema y vayamos a lo nuestro. ¿Qué significo yo para ti? ¿Qué tengo que hacer para pertenecer a tu círculo íntimo? Mírame bien, Diego, yo también tengo una que otra cualidad, ¿o…es que en realidad no tienes ojos para nadie más que tu amiguita…?

—Basta de sarcasmo. Con eso no vamos a sacar nada. Prefiero cabalgar por las tierras de mis padres, solo, que estar rodeado de jóvenes pintaditas con voces fingidas; eso realmente me repugna. Tú y yo somos de temperamento opuesto. Yo veo mucho más allá de tus vestiditos y tu personalidad plástica. Podríamos salir y divertirnos sí, pero te estaría engañando porque para compañera yo busco una mujer de carácter sólido y no una niñita enamorada del espejo cubriéndose la cara con capas de maquillaje. ¿Me entiendes?

—Lo único que entiendo, Diego, es que me gustas y me parece una lástima que estés perdiendo tu tiempo en compañía de una joven insignificante. En fin, es tu gusto. Tú insistes en verla como a una igual, pero para todos los demás no es nada más que una simple india, hija de criados. Con tu permiso, tengo que arreglarme porque esta noche tengo una cita con Roberto. Gracias por las flores, dudo mucho que nos volvamos a ver.

—Adiós Bianca.

Diego salió dando un portazo, subió en el coche del padre y regresó a la hacienda. Llegó a la Casa Grande esperando una conmoción. Abrió la puerta lentamente y encontró la casa en completo silencio. Al fondo del pasillo escuchó voces y se acercó. Muy a su sorpresa encontró a los padres sentados cerca uno del otro viendo una comedia en la televisión y comiendo budín de chocolate. Rodrigo lo saludó con una señal no habitual de afecto, y sin mencionar una palabra sobre su visita a la casa Bustamante, le dijo:

—Hijo, llegas a buena hora, sírvete una copa de helado y acompáñanos a ver esta comedia, está divertidísima. —A Diego le pareció sospechosamente extraña la actitud del padre hacia él, pero no dijo nada para no remover el polvo. Se sirvió la copa de helado. Se sentó en un sillón escuchando la risa que explotaba de la boca de Rodrigo, deseando tener el valor de salir de la pieza y mandarlos a todos al demonio. De esa manera pasaron los tres un rato de fingida armonía.

Una semana después, a la hora de la comida, Rodrigo casualmente le comentaba a Diego:

—Hijo, tu madre y yo hemos estado hablando sobre tus planes académicos en el futuro y ambos decidimos que ya vas a cursar la preparatoria y estás muy grande para continuar tomando esas clasecitas particulares. Es hora que salgas del cascarón, y que comiences a hacer tus propias decisiones. Una poca de independencia a esta altura de tu carrera sería aconsejable para ayudarte a madurar y hacerte todo un hombre. Hemos hablado con el director de la preparatoria y nos ha recomendado un sitio donde varios jóvenes estudiantes comparten apartamentos cómodos a poca distancia del plantel. Hemos hecho los preparativos para que en cuanto regreses de las vacaciones de este verano, te mudes y vivas ahí por una temporada. ¿No te parece una idea excelente?

Diego lo escuchaba y sentía las palabras como manos invisibles que le rodeaban el cuello, ahorcándolo, hasta dejarlo sin respiración. Supo entonces que la actitud serena del padre había sido como la calma que precede a la tormenta. Lo escuchó atentamente y de improviso lo único que dijo fue: "Gracias por tomar en cuenta mi parecer." Se disculpó sin probar bocado y caminó hacia los establos. Montó el caballo a peio y salió cabalgando a toda prisa en busca de Inocencia. En el camino a su casa, en uno de los jardines reconoció el sombrero de paja de ala amplia y la vio de rodillas, al lado de su padre, escarbando la tierra y preparándola para el cultivo de azaleas y jazmines.

—Buenas, Eusebio. Hola Inocencia.

—Buenas le dé Dios, Diego.

—Hola, Diego. Lindo día, ¿no es cierto?

—Sí, muy agradable. Inocencia, necesito hablar contigo unos minutos. ¿Eusebio, me permite?

—Sí, pero no me la entretengas demasiado. Necesito su ayuda esta tarde.

—No se preocupe. Será cosa de unos minutos nada más.

El joven se bajó del caballo y le pidió a Inocencia que lo acompañara a lo largo del camino que los llevaría hacia la corriente de agua.

—Diego, te veo muy inquieto. ¿Qué te pasa?

—Mi padre me acaba de dar mis últimas órdenes. Han decidido mandarme a vivir a un apartamento para estudiantes en la Ciudad de México. Dicen que ya estoy muy grande para clases particulares. Yo sé por qué lo hace. Se ve amenazado por nuestra amistad, y quiere alejarme de ti. ¿No te parece absurdo?

—Lo siento mucho. En realidad no tenía idea que tu padre fuera a sentirse tan amenazado por una simple amistad entre tú y yo.

—El es un zorro y huele las cosas antes que sucedan. Tú sabes que hace tiempo que yo…este…pues…que me gustas. Lo que siento por ti es más que una simple amistad, Inocencia. ¿No lo entiendes?

—Sí, lo entiendo. También yo te quiero de una forma especial.

—¿Deveras? Yo sabía, sabía que…

—Tomemos las cosas con calma. Te tengo un cariño muy especial, pero no quiero acarrearte problemas. Ya ves, hemos bailado una simple pieza juntos y tus padres ya están listos para echarte de aquí. Mira las cosas por el lado positivo. Al estar en la ciudad, tienes completa libertad de tu tiempo. Además, yo estaré en la capital también, no lo olvides.

—Tienes razón, en eso no había pensado. En realidad es lo mejor que nos podía haber pasado. Podemos vernos cuantas veces queramos sin las miradas indiscretas ni los chismes de nadie.

—Regresa a casa y piensa bien las cosas antes de hablar con tus padres. El tiempo decidirá nuestra suerte.

La tomó en los brazos y le dio un fuerte abrazo. Se quedó pensativo por un minuto. Molesto, preguntó con insistencia:

—Inocencia, ¿quién es Carlos?

—Es un compañero de la secundaria.

—¿Es tu pretendiente?

—Yo no lo veo así. ¿Quién es Bianca?

—¡Ay, es la niña más encimosa que conozco! De acuerdo a mi padre es la compañera ideal para mí.

—Se ve a leguas que le gustas a esa chica. Cuando te vi del brazo de ella, sentí unos celos tremendos y eso me preocupa.

—También yo sentí celos de Carlos.

—Por Dios, ¿qué estamos haciendo? ¿No sería mejor dejar de vernos y que el tiempo decida si es que en realidad hay algo entre nosotros?

—No. Con el tiempo todo saldrá bien, te lo prometo. Mira, dentro de poco saldremos de vacaciones y cuando regrese hablaremos otra vez.

—Está bien.—Caminaron hacia el jardín donde los esperaba Eusebio despidiéndose con dulzura.

Ese sábado Inocencia vio salir a la Familia de las Casas hacia su casa de verano en Acapulco. En la hacienda, el tiempo transcurrió lánguidamente. Cada postal que recibía Inocencia era un recordatorio más de la enorme distancia que existía entre su mundo y el de los hijos de los patrones. Tomaba las tarjetas, las cubría con un listón rosa, y las guardaba en una caja de zapatos, como un pequeño tesoro de recuerdos que tenía escondido debajo de la cama.

Una tarde calurosa de agosto, mientras Inocencia nadaba tranquilamente en el ojo de agua, escuchó el jadeo de un caballo que se acercaba. Levantó la vista y vio a Diego, desmontando del caballo, corto de respiración. Inocencia nadó hacia él.

—Hola, Morenita. Acabamos de regresar y necesitaba verte.

—Hola, ¿qué sucede?

—Mañana mismo salimos hacia la Ciudad de México. Mis padres van a alquilar el apartamento que voy a compartir con los hijos de no sé que amigos. Temo que ésta es la única oportunidad que tengo para despedirme. He estado pensando mucho en nuestra última conversación. Lo siento, pero no puedo quedarme más tiempo. Mis padres me traen marcando el paso. En cuanto me dejen solo, iré a buscarte y entonces sí tendremos todo el tiempo que queramos para continuar esta conversación. "Adiós, nos estamos viendo."

—Adiós, Diego.—La joven no tuvo tiempo de decir ni una palabra. Lo vio, lo escuchó y se despidió. Una vez más, su corazón se llenó de una felicidad ilusa.

A principios del mes de septiembre Rodrigo había cancelado los servicios de los profesores particulares a pesar de los deseos de la esposa. María Teresa, cansada de mantenerse en conflicto con el marido sobre ese punto, no opuso más resistencia. Rosa Inés resintió bastante la separación de Diego y la cancelación inusitada de las clases particulares, y por largo tiempo no cruzó palabra con sus padres. Por las tardes buscaba la compañía de Inocencia pero ésta, a sabiendas de las intenciones de Rodrigo, se había mantenido lo más alejada posible de la Casa Grande.

$$***$$

En la capital, Diego se encontraba pasando por un período de ajuste radical. Las materias a nivel de preparatoria le parecieron bastante difíciles. Por las noches, sentía que las paredes lo aprisionaban. La proximidad a los cuartos y los apartamentos en todas direcciones, el ruido de los coches y las oleadas de personas caminando por las calles a todas horas, lo hacían sentir como animal acorralado. Recordaba las noches quietas y tranquilas en la amplitud e intimidad de su cuarto, en la hacienda, cuando dormía escuchando el silbido del viento que se filtraba por las copas de los árboles, y el canto de las cigarras.

Una vez pasada la etapa de iniciación, comenzó a habituarse a una nueva convivencia. Héctor y Enrique Sábato, los dos hermanos con los que compartía el apartamento, se dedicaron a organizar fiestas todos los fines de semana, llenando el apartamento de chicos, chicas, música, humo y pequeños escándalos que dieron al apartamento fama de ser el lugar preferido de reuniones de viernes a domingo. Diego se vio obligado a hacer cambios drásticos en la rutina para poder sostener el nivel de calidad en los estudios y en sus horas de descanso.

En un principio las fiestas le parecieron divertidas, pero para el segundo mes, el constante ir y venir de tantos jóvenes, la música a todo volumen, y la constante presión de tomar licor y fumar comenzó a abrumarlo. No acostumbraba tomar licor y éste tenía un efecto desastroso en su semblante y en su salud. Después de varias semanas, le pidió a los padres que le permitieran regresar a casa los fines de semana, explicándoles las razones. María Teresa se preocupó, pero Rodrigo le dijo al hijo que todos los jóvenes pasaban por esa experiencia cuando salían de casa por primera vez. Era hora que comenzara a forjarse el carácter de hombre. Diego se tragó su amor propio, y no volvió a molestarlos.

Durante todo ese tiempo pensaba en las palabras que le había dicho a Inocencia cuando se despidieron, pero hasta entonces no había tenido el tiempo para ir a verla. La extrañaba y se sentía culpable. Una tarde a mediados de octubre al salir de clases, tomó un autobús en dirección a la escuela secundaria que asistía la joven. La esperó a la salida viendo pasar a cientos de jóvenes de clase media y trabajadora; no pudo evitar compararlos con los estudiantes que asistían a la preparatoria privada. A lo lejos le pareció verla en compañía de un grupo de compañeros. Le pareció distante. Pensó en retirarse, pero las ansias por verla y hablar con ella fueron más fuertes, y poniendo a un lado el temor, se le cruzó en el camino. Inocencia, entretenida en la charla con los compañeros, distraídamente siguió su camino, diciendo: "Disculpa, no te vi," a la vez que levantó la vista y se encontró, súbitamente cara a cara con Diego.

—¡Hola, Inocencia!

—¡Hola, Diego!

—Morenita, perdona que no haya venido a verte antes, como te había prometido. No me he olvidado de ti, simplemente he estado abrumado, aprendiendo a vivir en esta jungla humana.

—Imaginé que estabas pasando por un período de ajuste. Te veo un poco flacucho y tenso, como todo un capitalino. Míranos aquí, en medio de millones de gentes y rodeados de rascacielos. Tú y yo que hemos pasado toda una vida en comunión con la naturaleza. ¡Qué irónica es la vida! ¿No es verdad?

—Sí. Entonces, ¿me perdonas? Te prometo que de ahora en adelante no dejaré pasar tanto tiempo sin verte. ¿De acuerdo?

—De acuerdo.

El joven la convidó a tomar un refresco y juntos pasaron un largo rato hablando sobre las nuevas experiencias. Se despidieron prometiéndose verse pronto. Los dos caminaron hacia la parada de autobuses, dándose un beso en la mejilla. Inocencia salió primero en el autobús hacia la hacienda y Diego, tristemente, la vio alejarse entre el mar de coches que inundaban la avenida. Tomó el autobús hacia el apartamento y de regreso a casa, comprobó una vez más que la compañía de la morenita había sido una buena medicina para su corazón enfermo.

Esa tarde, Inocencia entró a su casa cantando y bailando por todas partes. Los padres la veían mucho más animada que desde hacía varias semanas y se preguntaban qué mosquito le había picado a su hija.

—Mamá, papá, creo que la Ciudad de México se pone más encantadora cada vez—y se tiró en la cama emocionalmente exhausta.

El martes próximo, puntual cual un calendario, estaba Diego nuevamente, esperándola a la salida de la escuela. En esa ocasión, había pedido prestado un coche a un amigo y la invitó a comer a un restaurante cercano. Mientras comían se contaban todo lo que les había ocurrido la semana anterior con una prisa y una intensidad sabiendo que tenían los minutos contados. El tiempo volaba cuando estaban juntos y siempre encontraban una cantidad de cosas nuevas que comunicarse.

—Inocencia, tu compañía me hace tanto bien. He descubierto algunos lugarcitos interesantes donde he pensado podíamos robarle unos ratitos a nuestros horarios, de cuando en cuando.

—Sí, tienes razón. A mí también me encanta estar contigo. Sabes, ayer vi a tu padre a caballo y no pude evitar pensar que lo que nos había hecho, lejos de ser una maldad, ha sido una bendición. Mira esta nueva libertad que hemos encontrado.

—Sí, tienes razón, el viejo, esta vez se pasó de listo.

Las reuniones los martes por las tardes se convirtieron en una cita fija, como parte de los horarios. Ninguno de los dos se atrevía a romperlos. Pronto, las pláticas breves comenzaron a alargarse un poco más y en pocas semanas los dos llegaron a la conclusión que esos ratos eran demasiado breves y ambos se quedaban con ganas de continuar en mutua compañía.

En una de las citas, Inocencia le dijo a su cómplice:

—Lo siento pero el próximo martes no podremos vernos. Voy a pasarlo en calidad de excursión con mis compañeros de la clase de Historia, en las pirámides de Teotihuacán.—El joven se mostró un poco decepcionado pero dijo simplemente:

—No me digas eso, Morenita, va a ser una semana muy larga, quizá podríamos vernos el jueves.

—Los jueves tengo laboratorio y salgo muy tarde de la clase de química.

Entonces acordaron verse el martes de la semana después de la excursión.

La mañana de la excursión, Inocencia se despertó temprano. Vestida en pantalón vaquero, camiseta y zapatos tenis salió de casa con la mochila al hombro. A media mañana, un autobús estudiantil, lleno de la algarabía propia de un grupo de adolescentes irrumpía el silencio sagrado y el misterio que envolvía las imponentes pirámides del Valle de México. Todos los estudiantes corrieron hacia la base de la pirámide del Sol, con folletos y notas a mano, escuchando las últimas advertencias de los profesores. Los chicos se disponían a comenzar a escalar los empinados e interminables escalones de la gran pirámide, cuando Inocencia sintió la presencia de un joven que subía las escaleras a su lado, muy de cerca. Volteó y lo vio: era Diego con una sonrisa en los labios que le decía:

—¡Sorpresa!, a poco crees que iba a faltar a nuestra cita.—La chica, completamente sorprendida, lo abrazó con mucho cariño y le dijo:

—Eres increíble. No sé cómo no se me había ocurrido. Esta es una oportunidad excelente para estar varias horas juntos. Vamos, que nos estamos quedando atrás del grupo.

Los dos continuaron trepando los escalones entre bromas y charlas, haciendo un esfuerzo tremendo por ganarle uno al otro en un espíritu de exploradores urbanizados. Finalmente, después de la ardua escalinata llegaron a la cima de la pirámide, desde cuya plataforma pudieron observar la majestuosidad del Valle de México que se extendía ante ellos en toda su esplendorosa extensión. Al llegar a la cumbre de la pirámide, los compañeros se preguntaban quién era aquel joven apuesto que se había aparecido. Inocencia, a conciencia de las miradas curiosas y los comentarios en voz baja, les presentó a Diego simplemente como su mejor amigo, sin más comentarios. Mientras tanto, ambos observaban todo desde arriba:

—Imagínate la incomparable belleza que llegó a ser Tenochtitlán.

—No me imagino. Ha de haber sido la ciudad más imponente del mundo. Tengo entendido que gran parte estaba construida sobre el agua, unida a la tierra que la rodeaba por puentes colgantes. Sin duda fue un espectáculo magnífico, como un interminable jardín flotante.

—Con toda razón, cuando los españoles llegaron y vieron todo esto han de haber pensado que habían encontrado el paraíso terrenal. No los puedes culpar si al estar frente a todo esto, se les haya caído la baba.

—Sí, pero no todo fue un un sueño perfecto, Morenita. Acuérdate que entre los mismos grupos indígenas existía una tregua constante y violenta.

—Sí, tienes razón.

—¡Qué suerte tuvo Cortés! El español era carapálida, iba cubierto de acero, llevaba armas de fuego y caballos. Algo que el indígena jamás había visto. No puedes culpar a los Aztecas por haberlos confundido con los dioses que sus antepasados habían estado esperando.

—Con razón les tuvieron tanto temor. No los culpo.

—Sí, y más que eso. Ponte a pensar en el increíble tesoro que poseían los Aztecas. Yo creo que los españoles después de reponerse de un ataque cardiaco, se volvieron completamente locos.

—Desgraciadamente, su locura y ambición por poseerlo todo, sin importarles nada ni nadie se convirtió en la destrucción de una cultura extraordinaria.

—Sí, la conquista nos ha costado siglos de miseria y opresión.

—Sabes, yo lo diera todo por haber captado tan sólo una vislumbre de tal esplendor.

—Sí, me imagino que ha de haber sido algo maravilloso.

Ahí permanecieron buen rato comparando impresiones. En un acto impulsivo, Diego vio a Inocencia y le dijo:

—Sabes, Morena, todo este ejercicio me dio hambre. ¡Qué daría yo ahora por tener a nuestro alcance un par de enormes y jugosas tortas de milanesa como las que prepara tu mamá!

—Cállate que me estás alborotando el apetito. ¿Qué te parece si al bajar de este cielo, bajamos a la tierra y vamos por ahí y nos compramos unas sabrosísimas tortas?

—Bueno, sí, podíamos hacerlo, pero sabes, yo tengo una idea mejor. Siéntate y ponte cómoda—y al decir eso, abrió la mochila y de ésta saco dos enormes tortas que despedían un olor suculento. Inocencia lo veía, y no podía creerlo.

—Aquí está, su majestad—le decía mientras le daba una torta y un refresco.

—Has tenido una idea sensacional. Eres un amor.

—¿Un qué?

—Eres un amigo excepcional. Hoy verdaderamente me has dejado con la boca abierta.

—Bueno, dejemos las frases emotivas para otra ocasión. ¡A comer!

Juntos disfrutaron de un almuerzo substancioso al aire libre, atrapados entre los secretos y leyendas que encerraba el Valle de México.

***

Las tertulias de los martes continuaron y las sorpresas de Diego se hacían cada vez más atrevidas. En más de una ocasión le sugirió a Inocencia que se hiciera "la pinta" de la escuela y se reuniera con él para explorar diversos rincones históricos de la ciudad. La joven, en un principio se negaba, pero a insistencia del amigo lo complacía. Entre los dos escogían un lugar especial donde compartir su soledad lejos de las presiones y prejuicios sociales.

Fue así que, con el tiempo, llegaron a conocer lugares de renombre tales como la impresionante Casa Azul de Coyoacán. Desde que Inocencia había visto la obra de Rivera en los libros de la Casa Grande, entre ella y Diego habían cultivado un interés excepcional sobre dichos personajes. Para entonces, ambos habían estudiado y leído sobre la fascinante vida y el tumultuoso romance entre los dos grandes pintores mexicanos, y tenían gran curiosidad por conocer el famoso sitio donde había nacido y se había forjado la enigmática y apasionante personalidad de Frida Kahló y Diego Rivera. Pasaron por los cuartos y estudiaron los dibujos y pinturas en las paredes. Cada cuadro le parecía a Inocencia que la pintora había dejado estampado un grito de dolor, como una estación del Via Crucis. La cocina les fascinó por los colores vibrantes. Ambos admiraban la inquebrantable fe, la insaciable sed de vivir y la valentía con que esa mujer se enfrentó a tantas barreras y golpes mortales. Al pasar por su recámara, la cama le pareció a Diego un lecho de espinas. No pudo permanecer ahí demasiado tiempo. Salió hacia el patio de la casa, rodeado de jardines. Inocencia lo siguió y al verlo, pálido, Diego le dijo en voz baja:

—Perdóname, Inocencia, pero estas paredes azules, encierran demasiado dolor. No lo soporto.

—Imagínate durante todos esos años, la cantidad de artistas, escritores y poetas de todos los ámbitos que cruzaron por estos jardines. En parte envidio a todas esas personas que vivieron en una época tan fructífera e influyente en nuestra patria.

—Sí, aún ahora se siente un magnetismo extraño aquí. Además de ilustre, tengo entendido que ambos Frida y Diego tenían un gran sentido del humor, a pesar de que sus obras artísticas y políticas eran de un carácter tan serio.

—Imagínate que en este patio hayan tocado temas de repercusiones tan graves que quizá nos estén afectando ahora mismo.

—Tienes razón, todo eso es posible.

—Diego, ¿por qué crees que hay personas en el mundo que parecen haber nacido con la tarea agobiante de cambiarlo?

—Yo creo que nuestro Creador nos ha dado a todos una tarea que cumplir. La labor de un campesino, no es menos importante que la de un político o la de un científico. Todo tiene una razón de ser. De otra manera nos moriríamos de hambre, pero tendríamos creadores espectaculares.

—Diego, ¡qué filosófico estás hoy, y qué inspirado, me impresionas! Veo que has estado poniendo atención en tu clase de Filosofía. ¿Eso es lo que haces cuando te vas a montar solo por toda la hacienda?

—Sí. Entre otras cosas.

—Y tú, Inocencia, ¿en qué piensas cuando estás sola?

—En tantas cosas. En todos los misterios que encierra el mundo. Me parece que nuestra existencia es compleja; en la evolución del universo, sus organismos; si es posible el concepto de la eternidad; en lo altruista y a la vez, lo horrendo que puede ser el ser humano. Otras veces pienso en la muerte. No me imagino qué pueda ser. Se me hace difícil pensar en el infierno, ¿sabes? es una idea demasiado monstruosa.

—Nunca imaginé que una chica tan sensible como tú pudiera tener esos pensamientos tan profundos. Querida, amiga, tus discursos y tus dudas filosóficas me dejan muy atrás.

—¿Crees que otros chicos de nuestra edad se preocupan por estas cosas?

—Sí, yo creo que a cierta edad a todos nos da por filosofar y soñar despiertos, pero la realidad tiene una manera insólita de imponerse y forzarnos a poner los pies bajo tierra firme.

—Sí, desafortunadamente.

—Dime, Inocencia, de vez en cuando, ¿no piensas un poquito en mí?

—Claro que sí.

—¿Deveras? ¿Siempre?

—Bueno, con frecuencia.

—Y tú, Diego, ¿piensas en mí?

—Sí, yo siempre pienso en ti.—El joven se le acercó con toda intención de darle un beso, pero la chica, intuyendo su atrevimiento, se apartó repentinamente, se puso de pie, y le dijo:

—¿Qué te parece si continuamos nuestra excursión? Se está haciendo tarde y debo regresar a la escuela antes de que salga el autobús.—Diego respondió a secas:

—Como tú quieras.

A pesar de haber prometido no faltar a clases, la joven por segunda vez, obedecía la sugerencia de Diego que la convencía con ojos tristes y voz de súplica. En esa ocasión se dirigieron hacia el legendario lago de Xochimilco, donde pasearon por los jardines flotantes, a bordo de la chalupa: "Lupita." De semana a semana los dos iban descubriendo todos los rincones de la capital. Era como abrir un regalo cada semana y encontrar un contenido de incomparable belleza y de importancia histórica y cultural; el verse a escondidas daba a dichos encuentros un toque de misterio y exaltación que los mantenía en suspenso constante. Estaban jugando con la suerte y lo sabían, pero no estaban dispuestos a poner fin a la romántica odisea. En cierto modo era como estar viviendo un capítulo de una telenovela que ni ellos mismos sabían lo que les esperaría en el próximo episodio.

Pronto se llegó el invierno. Diego y su familia pasaron los días festivos fuera de la hacienda. Esa Navidad fue la más larga y azul que Inocencia recordaba. Tal parecía que nada le calentaba; sentía un frío interior intenso que le había entumecido los cinco sentidos. Sus padres con frecuencia la veían caminar sola, con la cabeza en las nubes. Esperanza trató de hablar con ella varias veces pero la hija se mostraba molesta. La madre, impaciente, le comentaba a Eusebio:

—Hace ya tiempo yo sé que la Negrita se trae algo entre manos y creo que tiene algo que ver con Diego. Desde que el muchacho se fue a estudiar a México, la noto distraída. Sé que son muy buenos amigos, pero presiento que algo está pasando y no sé que es exactamente. M'ija ya no es la misma, Negro, no sé que hacer.

—Sí, yo también la noto media rara. Ojalá que ella y Diego nada más sean amigos porque si no, a todos nos va a ir muy mal con Rodrigo; ya sabes como le tiene resentimiento a nuestra pobre Negrita. Yo creo que está pasando por una racha de malos ratos, pero en el fondo es buena y ya verás que pronto se le va a pasar.

—Dios te oiga, mi Negro. ¡Qué la Virgencita nos ampare!

Una semana después, la familia De las Casas regresaba a la hacienda y una vez más, Diego se escapó unos minutos y habló con Inocencia:

"Morenita, te he extrañado tanto. Nos vemos muy pronto," dándole un abrazo muy fuerte.

Ambos jóvenes regresaron a las rutinas escolares, y como era de esperarse, el primer martes de regreso a la escuela, Diego estaba ahí, esperando a la amiga con un pequeño regalo en las manos.

—Feliz Navidad, Inocencia, aunque sea un poco tarde.

—Feliz Navidad, gracias, no te hubieras molestado.

—¿Qué te pasa? Te veo un poco triste.

—Te he extrañado mucho, Diego.

—También yo te he extrañado.—Le dio un beso en la mejilla y le dijo:

—Abre tu regalo, creo que te va a gustar. Inocencia lo abrió y el papel dejó al descubierto una caja de terciopelo rojo. Abrió la caja lentamente y vio un reloj de oro con 12 pequeños diamantes que marcaban cada hora.

—Diego, ¡esto es demasiado regalo para mí! ¿Qué le voy a decir a mis padres?

—Pues, no sé, ¡Ah sí!, podrías decirles que te lo sacaste en una rifa de la escuela, o algo así.

—No. No puedo mentirles.

—Acéptalo, como un gesto del cariño que te tengo.

La joven vio a Diego y no tuvo el coraje de rechazarlo.

—Bueno. Lo acepto siempre y cuando no vuelvas a darme algo tan caro porque me comprometes.

—Te lo prometo, Morenita.

Sin decir más, Diego tomó el reloj y se lo puso en la muñeca izquierda.

—Mira, Morenita ¡que bien se te ve! A ver, dime, ¿qué hora es?

—Es hora que asentemos cabeza; ésa es la hora que es.

El chico se rió, la tomó del brazo y la invitó a tomar un refresco. Una vez en el café al aire libre, la joven modestamente abrió la mochila y le entregó a Diego un pequeño regalo envuelto en unas simples hojas de papel de china. El lo abrió y lo reconoció en seguida: era una medallita de oro de la Virgen de Guadalupe que Inocencia había llevado al cuello desde que era pequeñita. La tomó en las manos y la acariciaba sabiendo lo mucho que significaría para ella. Ha de ser la única joyita de oro que ha tenido, pensó, mientras Inocencia le decía:

—Perdona, pero no tengo nada más que darte.

—No me podías haber dado mejor regalo. Te juro que para mí vale mucho más que cualquier otra cosa en el mundo. La conservaré hasta que muera.

Las aventurillas llegaron a ser las horas más preciadas que experimentaban en recíproca compañía, como si de martes a martes, le estuviesen robando una pepita de oro, al saco de lingotes de Rodrigo.

Entre cita y cita, el período entre la Navidad y el verano transcurrió a toda velocidad, como si el tiempo tuviese una gran prisa. A la conclusión del año escolar, Diego e Inocencia estaban ansiosos por regresar a la hacienda, donde esperaban gozar de interminables caminatas e intensas charlas, atrapados entre el azul del cielo y el verde de los campos.

_____ *** _____

Ese verano, la Casa Grande se encontraba en medio de los preparativos para la celebración de las Quince Primaveras, de la hija de los patrones. Rodrigo y María Teresa aprovecharían la ocasión para introducirla oficialmente en la sociedad. Estos habían pasado mucho tiempo escogiendo a las catorce señoritas y jóvenes que formarían el cortejo de la hija, entre los cuales figuraban los apellidos más conocidos en México. Los anfitriones quitaban y ponían nombres a la lista que a cada parpadeo se hacía más larga. Meses antes habían estado planeando cuidadosamente los miles de detalles, desde los trajes que llevaría todo el cortejo y el primer vals que su hija iba a bailar, hasta el color de las servilletas. De principio a fin del verano toda la familia y la servidumbre se mantuvo ocupadísima elaborando tan esperado acontecimiento.

Un miércoles mientras preparaban el desayuno, desde la cocina Esperanza escuchó voces insultantes que salían de las habitaciones de los patrones en el segundo piso. El intercambio de ofensas duró varios minutos, al fin de los cuales terminaron en un portazo tan fuerte que hizo vibrar los cristales. Esperanza asomó a ver qué pasaba cuando vio a los hermanos bajar las escaleras a toda velocidad y se dirigían hacia afuera. Minutos después, Rodrigo bajó de muy mal genio, vio a Esperanza con desprecio e hizo una mueca sin molestarse en darle los buenos días. La cocinera siguió a los hermanos con la vista y al verlos que corrían hacia su propia casa, le dio un vuelco súbito el corazón; presentía que la discusión entre Rodrigo y los hijos tenía algo que ver con Inocencia. Caminó hacia el patiecillo de su casa donde vio a los tres en charla fogosa y les preguntó:

—Hija, ¿qué pasa?

—Nada, mamá, no te mortifiques.

Esperanza insistió en saber lo que estaba pasando. Rosa Inés la sacó de dudas.

—Es mi padre, que se niega a incluir a Inocencia en el cortejo de mis quince años. A Diego y a mí nos parece impensable excluirla.

La madre los vio pensativos, muy cerca uno del otro. Inocencia continuó:

—Mamá, ya les he dicho que por mí no hay ningún problema. Yo no me había hecho ilusiones de participar en el cortejo; conozco demasiado bien al patrón y sé que no soy de su agrado.

Diego replicó:

—Me parece que la decisión de mi padre es injusta. Si mi hermana quiere incluirte en el cortejo, es su decisión y mis padres deben considerarla. No sé por qué tienen que meter las narices en lo que no les importa.

Esperanza interrumpió:

—A ver, a ver, no se me achicopalen. Los patrones quieren darle gusto a todo el mundo, eso es todo. La mera verdad es que a mi'ja y a mí nos da lo mismo.

—No, mamá. Una cosa es que yo no espere nada de don Rodrigo y otra cosa es que me dé igual. Sí, me gustaría ser dama de Rosa Inés pero don Rodrigo tiene la última palabra.

—Eso está por verse—dijo Rosa Inés—. Inocencia respondió:

—Rosa Inés, te ruego, no vayas a hacer ni decir nada que pueda crear conflicto. Tus padres le han dedicado mucho tiempo y dinero a tu fiesta. Tú debes rodearte de personas que están a tu nivel. Yo sé exactamente el lugar que me corresponde. El ganarse el pan con el sudor de la frente no es una deshonra, al contrario, nos enaltece. Anda, vete sin cuidado.

La chica se acercó a Inocencia y le dio un abrazo muy fuerte por largo rato.

—No es justo, yo te quiero como a una hermana. Aunque no vayas a ser una de mis damas, estarás muy cerca de mi corazón y tú lo sabes.

—Sí, Rosa Inés, y eso me basta.

Después, Rosa Inés tomó del brazo a Esperanza y juntas caminaron en silencio de regreso a la Casa Grande. Diego se quedó con Inocencia.

—Morenita, no sé que decirte. Sé que no esperabas nada de mi padre pero ésta es una ofensa imperdonable. Excluirte a ti que has sido una parte tan importante desde nuestra infancia.

—No te preocupes por mí. Yo tengo el cariño incondicional de mis padres, y de ustedes.

Diego la tomó en los brazos y la estrechó contra su pecho, diciéndole al oído: "Algún día serás mía y todo esto será una pesadilla. Espérame un poquito más y todo saldrá bien. Te lo prometo."

—Quiero creerte pero a veces lo que dices es una vana ilusión.

Cuando se despidieron Inocencia entró en su casa, se tiró sobre la cama y lloró desconsoladamente.

Esa noche la pobrecita oyó entre sueños que su padre decía: "Si el patrón no deja en paz a mi Negrita, lo voy a matar a palos a ese desgraciado," y se volvió a quedar dormida con una sonrisa en los labios.

Al amanecer de los Quince Años de Rosa Inés, Inocencia se levantó temprano, les pidió permiso a los padres para pasar el fin de semana en México con dos amigas: Yolanda, una compañera de clase, y Cecilia, la hermana mayor, quienes compartían un apartamento acogedor a corta distancia de la secundaria; la joven permaneció con ellas y no regresó a casa hasta entrada la semana. Cuando volvió encontró a los padres muertos de cansancio pero ninguno de los tres mencionó una palabra sobre la fiesta.

Ese sábado Rosa Inés fue a su casa con varias fotografías y con todo candor le platicó los rasgos sobresalientes de la fiesta. Sí, había sido una misa solemne y un baile de película pero su felicidad fue incompleta—le dijo—porque le hizo falta su compañía. Ambas pasaron el resto de la tarde hablando sobre el próximo regreso a la escuela. La quinceañera la confesaba.

—Inocencia, ¿qué quieres estudiar por fin?

—No sé, cada año me gusta más la literatura y la filosofía. Y tú, ¿qué carrera vas a seguir?

—Creo que quiero estudiar medicina. Me gustaría especializarme en cirugía. Estoy un poco cansada de abrir animalitos, ya tengo ganas de abrir a un ser humano.

—¡Cómo puede gustarte verle los dentros a un ser humano! Tan sólo el pensarlo me provoca náusea.

—Lo sé. Me gusta fastidiarte a ti y a mi hermano. Oye, hablando de él. ¿Qué hay entre ustedes?

—¿A qué te refieres?

—Tú sabes muy bien. Los conozco demasiado bien a los dos y no me engañan. Hace tiempo que se ven con caras de tórtolos. No te preocupes, no los voy a echar de cabeza, pero me muero de curiosidad por saber qué es lo que le ves al retraído y testarudo de mi hermano.

—Pues, si quieres saber la verdad, hemos llegado a ser muy buenos amigos.

—Eso ya lo sabía, quiero que me digas toda la verdad.

—Bueno, nos vemos todos los martes después de la escuela.

—Ajá…y dime…¿nunca has estado en su apartamento?

—No. Eso no. Ya te dije, nos vemos una vez a la semana y sí, de vez en cuando pasamos largos ratos aquí y allá.

—En otras palabras, son novios.

—No. No diría yo eso.

—Pues yo sí. Eso es lo que hacen los novios. Les encanta pasarla bien por el simple hecho de estar el uno con el otro.

—Bueno, es que la palabra novios es tan…"seria," no sé, me pone nerviosa. Prefiero pensar que somos super buenos amigos y es todo. Oye, ya está bueno de espulgarme y tú ¿qué onda con ese muchacho con el que salías?

—¿Roberto?

—Sí. Pues, ya pasó de moda, ¿sabes? Ahora me gusta otro, el rubio que me acompañó en mis quince años. Es un sueño—parpadeando dramáticamente—¿no crees?

—Sí. La verdad es que, como dice Yolanda: "está como quiere."

—Rosa Inés, júrame que no le vas a decir ni una palabra a nadie sobre…Diego, ¿sale?

—Por supuesto, no te preocupes. Tú harías lo mismo por mí, ¿no?

—Claro.

—Bueno. Me voy, tengo que ir de compras con mi mamá. Me van a comprar todo lo necesario para el último año de secundaria, Gracias a Dios.

—Adiós, Rosa Inés, gracias por enseñarme las fotos. Saliste preciosa, deveras.—Se despidieron dándose varios besitos en las mejillas.

Inocencia vio alejarse a Rosa Inés y pensó que realmente se estaba convirtiendo en una belleza con una personalidad irresistible. Esa noche le comentaba a sus padres:

—Don Rodrigo no me pasará pero sigo siendo la amiga predilecta de Diego y Rosa Inés y ese es su azote.

—Esperanza la vio de reojo y replicó:

—Hija, hija, cuidado con lo que dices. No es bueno ser vengativa.

Quince soles después Inocencia regresó a la escuela. Las primeras semanas fueron muy pesadas y tuvo pocas ocasiones para ver a Diego. El le hablaba por teléfono a casa de la amiga, Yolanda, con quien a veces se quedaba a dormir. Transcurrió un buen trecho sin verse, cuando inesperadamente el joven se le apareció en la escuela.

—Hola, Morena—se le acercó para darle un beso en la mejilla.

—Hola.—La joven lo recibió con una frialdad cortante.

—Inocencia, ¿qué pasa?

—Estas vacaciones tuve tiempo para pensar en muchas cosas. Perdóname, no podemos continuar viéndonos porque me temo que vayamos a cometer una imprudencia.

—Por lo que más quieras, no me hables así. Eres la única persona que me quiere y me respeta por lo que soy. No me rechaces ahora.

—No compliquemos nuestra situación. En cuanto termines tus estudios, tus padres te encontrarán un buen "partido," y yo quedaré al margen de todo esto, como tonta viéndote desde afuera como lo he hecho desde que soy niña. Estoy cansada de mendigar un trocito de tu tiempo y de tus atenciones a escondidas. Las aventurillas del año pasado fueron divertidas pero la verdad es que lo nuestro no es posible.

—Morenita, lo único que puedo hacer es ofrecerte un cariño limpio y sincero. Tú sabes lo que significas para mí.

—También tú me haces falta. ¿Qué vamos a hacer?

—Por ahora no puedo ofrecerte nada. Me falta un año para terminar la preparatoria y después no tengo la menor idea de los planes que mis padres tengan para mí. Me están educando con miras que tome las riendas de la administración de la hacienda y me siento moralmente comprometido a darles esa satisfacción. Tengamos un poco de paciencia. Podríamos empezar por vernos una o dos veces al mes. ¿Qué te parece?

—Es un buen comienzo, pero temo a la reacción de tus padres. Rodrigo es un hombre muy arrebatado. Sé que me odia.

En un principio, la separación de los martes fue un dulce suplicio. En ese vaivén emocional pasaron ambos varios meses hasta que los aires de nostalgia, de luces y de música comenzaron a llenar los huecos de todo el mundo. Llegaron los días navideños y con éstos los fríos característicos de diciembre.

Ese año los patrones habían comenzado a hacer los preparativos para la tradicional posada que festejaban en grande en la hacienda. Inocencia continuaba prestando ayuda a los padres dentro y fuera de la Casa Grande, esperando ver a Diego. Este llegó días antes, pero curiosamente no hizo ninguna intención de buscar a la chica ni de cabalgar próximo a su casa.

Para dicha ocasión, Esperanza había desmenuzado la librería de cocina que tenía a disposición y de ésta había seleccionado platillos que, aseguraba, hubiesen satisfecho el paladar del mismito Moctezuma. Además del tradicional pavo desfilaba manjar tras manjar a cual más apetecedor: papatzul, caldo tlalpeño, tamal de cazuela, pichones en salsa de vino Jérez, quintoniles con chile mulato, cocada, sin faltar la tradicional Rosca de Reyes. La asidua asistenta estuvo allí varios días, pero Diego brillaba por su ausencia. Ansiosa por encontrarse con él una mañana, sorprendió a Rosa Inés tomando un ligero desayuno, lista para salir a la ciudad:

—Rosa Inés, hola.

—Hola, Inocencia, ¿qué hay?

—Oye, hace tiempo que no sé nada de tu hermano. ¿Está en casa?

—Sí. ¿Deveras hace tiempo que no lo ves? Yo pensaba que se veían todas las semanas.

—No. Este semestre decidimos dejar de vernos una temporada.

—¿Por qué? ¿Hay algún problema?

—Bueno, más bien fue mi idea. Tenías razón, creo que nuestra amistad se estaba pasando de la raya y me dio miedo.

—¿Miedo? ¿Por qué?

—Miedo a tu padre. Yo sé que no me pasa.

—¡Ay, Inocencia, no tenía idea que todo esto estuviera pasando! Ahora que me dices, mi hermano ha estado muy callado y de muy mal genio. Yo pensaba que era porque mi padre ha insistido que lo acompañe todos los días para enseñarle el manejo de la planta; quiere que se encargue de ella el próximo verano. ¿Qué te parece? Mi hermanito, el sensible poeta, descuartizando reses. El pobre está a punto de estallar. No te le acerques, está de un humor pésimo. Bueno, me despido porque voy de compras de Navidad con unas amigas a la capital. Nos estamos viendo.

—Hasta la vista, Rosa Inés, que te diviertas.

Inocencia se quedó muy pensativa. Imaginó al pobre de Diego como insecto prensado entre las páginas de su hermana, la botanista.

Finalmente llegó el día de la posada e Inocencia estuvo presente en todas las fases de los preparativos, pero durante el evento mismo, el joven no apareció. Tres días después se llegó la Noche Buena. En dicha ocasión, Esperanza trabajó hasta la media noche; hora en que los patrones invitaron a cenar a un grupo íntimo de amistades y familiares. Esa noche, Diego bajó a la cocina. Por primera vez se molestó en acercarse a Esperanza y preguntó por Inocencia; y al enterarse que se encontraba en la ciudad, se sintió decepcionado. Esperanza lo observó durante la cena de la Noche Buena, comiendo en silencio sin entablar conversación con nadie. La mañana siguiente, cuando Esperanza daba las últimas órdenes a las asistentas y dejaba todo arreglado para la comida de ese día, Diego se le acercó y le preguntó hacia dónde se dirigía. Esperanza le respondió:

—Eusebio y yo vamos a pasar la Navidad en casa de mis parientes en la ciudad donde nos espera mi'ja.

—Pasen ustedes una Feliz Navidad. Saludos a Inocencia. Nos vemos cuando regresen.

—De su parte, Diego. A propósito, *usté* ya sabe que mi Inocencia ya merito cumple sus quince añotes. Yolanda y la hermana le están preparando una fiestecita de sorpresa en su apartamento en la ciudad. Me dijeron que si lo veía, que lo invitara. No deje de ir, y de llevar a Rosa Inés. No se imagina cómo los quiere a los dos.

—Inocencia cumple quince años, tiene razón, por poco lo olvidaba. Sí, Esperanza, muchas gracias.—Y sintiendo que la sangre le volvía al cuerpo contestó con nueva cara: ahí estaré sin falta.

Al día siguiente, muy temprano, regresaban los Salvatierra. Diego pasó por la casa para saludarlos con una caja grande de chocolates. La joven lo vio a la puerta de su casa y no pudo contener la alegría:

—Diego, ¡al fin te acordaste que existía! Pensé que te habías olvidado de mí.

—Feliz Navidad, Morenita. Disculpa, he estado muy ocupado.

—Pasa, que afuera hace frío.

Se saludaron con mucho cariño. Esperanza y Eusebio aún dormían. Mientras Inocencia preparaba champurrado caliente en la cocinilla, Diego la veía. Parecía mentira que habían dejado pasar casi cuatro meses sin verse. Después de unos minutos de silencio, la chica asimismo se disculpaba:

—He extrañado mucho nuestras citas. Cuando te dije que dejáramos de vernos por un tiempo no imaginé que fueras a tomarme en serio. Poco después de nuestra plática supe que había sido un error. No te imaginas cómo he extrañado tu compañía.

—Inocencia, traté de hablarte durante este tiempo y nunca te encontré. Tenías razón, me estaba comportando como un necio forzándote a hacer cosas que tú no querías. Ahora reconozco mi error. No quiero dejar de verte por tanto tiempo.

—Tú no me forzaste a hacer nada que yo no estaba dispuesta a hacer de buena gana. Sí, en ocasiones tus ideas me parecían atrevidas pero, a mí también me gustaba tomar riesgos. La culpa es de los dos. Podríamos vernos de vez en cuando sin ataduras ni expectativas.

La joven tomó dos anchos tarros de barro y los llenó de champurrado humeante y lo invitó a la pequeña mesa a compartir el desayuno con buñuelos dorados hechos por su madre.

—Morenita ¡qué bien me hace estar contigo!—El joven se le acercó y la abrazó buscándole los labios. Inocencia se apartó:

—Por amor de Dios, no empecemos. Recuerda que ésta fue la razón por la que nos distanciamos. Tú sabes que a mí también me encanta estar contigo, pero mi amistad es lo más que puedo ofrecerte.

—Tienes razón. No te fastidiaré más.

Se sentaron uno junto al otro disfrutando el desayuno mientras que afuera los débiles rayos del sol se esforzaban por penetrar los nubarrones grises cargados de precipitación. Diego interrumpió el silencio:

—¿En qué piensas?

—En aquella blanca Navidad que pasamos todo el día jugando en la nieve. Creo que ése fue uno de los recuerdos más felices de mi infancia. ¿Y tú?

—Yo pensaba en exactamento lo mismo.

—Somos dos románticos incorregibles. Ni nosotros mismos sabemos lo que queremos. Dejemos las cosas como están.

—Bien, como ordene su Majestad.

—Rosa Inés me dijo que tu padre te ha estado introduciendo en el fantástico mundo de la ganadería. ¿Qué hay de eso?

—Sí, es de lo más absurdo. Parece que se está cansando de la rutina y nada le daría más placer que verme metido hasta las narices en las vísceras de los animales. El sólo pensar en pasar mis mejores años destripando ganado me dan ganas de pegarme un tiro en los sesos.

—No digas tonterías.

—Tú sabes lo que quiero decir.

—A menudo me siento culpable por la distancia que existe entre tú y tu padre.

—El siempre ha mostrado el peor lado de su temperamento. Tú no tienes nada que ver con su carácter despreciable.

La charla continuó varios minutos más. La joven esperaba que Diego mencionara su cumpleaños. El lo presintió y se despidió dándole un abrazo emotivo que ella reciprocó con el corazón apachurrado.

—Bueno, Morenita, gracias por tu desayuno—y chupándose los dedos le dijo—: me supo al elixir de los dioses.

—¡Ay, eres tan dramático!

Los padres de Inocencia sabían que lo máximo para una joven quinceañera hubiese sido darle una misa con catorce compañeras seguido de un baile, como el de Rosa Inés, y les podía mucho no poder ofrecerle a su hija una celebración tan merecida y suntuosa. De cualquier manera, la joven iba a recibir una gran sorpresa al llegar a la casa de las compañeras, y eso era todo lo que importaba.

Un sábado por la tarde, Inocencia se arreglaba para festejar su cumpleaños. Esperanza le había hecho un vestido de corte sencillo y un saco de color coral que le complementaba el color de la piel, con accesorios negros. La peinó con el cabello recogido hacia atrás; se lo detuvo con un broche aperlado y la ayudó a maquillarse. Estuvo lista con unos minutos de antemano cuando escuchó el coche de la amiga Yolanda que venía por ella. Los padres la vieron salir con los ojos llenos de un brillo resplandeciente; desde la ventana de su casa vieron perderse las luces del coche en la lejanía. Esperanza y Eusebio se sentaron en el sillón, tomados de la mano.

—¡Qué rápido se pasa el tiempo!—exclamaba la madre suspirando.

Una vez en la ciudad, Yolanda parecía tomar el camino largo hacia el restaurante. Inocencia, desde los cristales del pequeño coche de la amiga veía a la Ciudad de México desfilar ante sus grandes ojos. Después de varios minutos recorriendo lugares que no reconocía, llegaron a un café donde Yolanda le había dicho que se iban a reunir con dos amigos más y juntos irían al restaurante. Al llegar al café, los chicos no se encontraban. Mientras esperaban, Yolanda abrió la bolsa y se disculpó con su amiga, diciéndole que tenían que regresar al apartamento porque se le había olvidado la cartera.

Al llegar, todas las luces estaban apagadas y reinaba un curioso silencio. Yolanda sacó las llaves, abrió la puerta y le pidió a la amiga que entrara primero. Inocencia entró al momento que encendían la luz, y de pronto se vio en medio de la sala rodeada de un grupo numeroso de amistades. Se sorprendió al ver a sus padres, y a un lado de ellos, a Diego y Rosa Inés. El sobresalto de la chica fue tal que se quedó de pie con la boca abierta a la vez que escuchaba la exclamación: ¡SORPRESA! Todos la rodearon y la abrazaron a la vez, agasajándola por varios minutos. A la festejada le rodaban las lágrimas por las mejillas y reía incontrolablemente. Diego, desde un rincón tomaba una foto tras otra, tratando de captar los reflejos de tal inesperado acontecimiento. Finalmente se acercó lentamente y le dio un fuerte abrazo mientras que dulcemente le decía:

"Inocencia: eres la quinceañera más linda que jamás he tenido en mis brazos. ¡Felicidades!"

La joven sintió la cabeza ligera, y tuvo que salir hacia el balcón. Después de unos minutos regresó y se unió a todos los seres queridos que la esperaban ansiosos para dar comienzo a la reunión.

El pequeño apartamento lucía precioso. Estaba decorado de grandes moños y globos de color coral tenue y blanco. La mesa estaba cubierta de manteles largos de los mismos colores y sobre ésta se veían varios platillos que la festejada reconoció inmediatamente como los favoritos de su madre: enchiladas de mole, ensalada de calabacitas, faisán en pipián verde, y en el centro, un enorme pastel elaboradamente decorado. Unos amigos habían traído guitarras y amenizaron la reunión con notas alegres culminando en las tradicionales "Mañanitas." Se abrieron varias botellas de champaña seguido de un brindis durante el cual brotaron las palabras dulces y otras salpicadas de buen humor.

Yolanda le sugirió a Diego que invitara a la quinceañera a bailar la primera pieza y el joven así lo hizo. De un girón espontáneo, la joven se vio en los brazos de Diego girando en puntitas bailando de un extremo al otro de la pequeña pista. Al terminar la pieza, el apartamento estaba que reventaba por la alegría contenida entre las cuatro paredes.

La reunión duró varias horas. A la media noche se partió el pastel que Esperanza había horneado y decorado. Inocencia recordaba haber bailado toda la noche. Cuando menos pensó, los invitados comenzaron a despedirse y desde la ventana la joven veía los primeros rayos de un sol aflojerado detrás de las imponentes montañas. Inocencia salió hacia el balcón para disfrutar de la salida del sol, seguida de Diego, que esa noche no se le había separado un minuto. El joven se le acercó lentamente sin decir palabra, la tomó en los brazos y le dio un beso lleno en la boca sin que la chica opusiera resistencia alguna. Inocencia sintió sus labios sobre ella como un fuego encendido que le derretía los suyos, perdiéndose apasionadamente por una breve eternidad. Los jóvenes se separaron y se quedaron un rato en el balcón, tomados de la mano, sin decir nada, ante la majestuosidad de la salida del sol más memorable en la corta existencia de una ilusionada quinceañera.

El domingo, Inocencia aún no había bajado de las nubes cuando el galope de caballo que llegaba hasta su casa la despertó de un dulce sueño: era Diego.

—Morenita, mis padres nos acaban de decir a mí y a mi hermana que tienen planes para el Año Nuevo en Acapulco. Perdona, pero salimos esta misma mañana.

Se le acercó y quiso besarla en la boca como la noche anterior, pero ella no se lo permitió. Diego observó la mirada de hielo y le explicó:

—Le supliqué a mi padre que se fueran sin mí. Créeme que traté de hacerle cambiar de opinión, pero tú sabes como es el viejo.

—Sí, Diego entiendo perfectamente. No te preocupes. Cuando regreses aquí me encontrarás como siempre, esperándote. Gracias por avisarme, que pases un Feliz Año Nuevo—cerrándole la puerta en las narices.

Diego se alejó con cierto remordimiento sabiendo que había lastimado los sentimientos de la persona que más quería.

A fines de enero, finalmente Diego se apareció en la escuela con cara de abatimiento.

—Morena, perdóname. No había venido porque temía que me rechazaras. Tienes todo el derecho; me he comportado como un cobarde.

—Diego: tú y yo sabemos perfectamente que lo nuestro jamás se realizará. Te suplico, dejémonos en paz de una vez por todas.

—Tú sabes que te quiero, pero tienes razón. Creo que si seguimos a este paso vamos a cometer una grandísima tontería. No me pidas que deje de verte porque me hace falta mucho tu compañía y tu cariño.

—Eres incorregible. Está bien, sigamos en plan de una estrecha amistad hasta que terminemos el año escolar y ya después Dios dirá. ¿De acuerdo?

—De acuerdo.

Fue un trato de palabra porque la atracción del uno hacia el otro era cada vez más fuerte y ambos jóvenes estaban en una lucha constante por mantener los sentimientos bajo control.

Durante una de las escondidillas, poco antes de las graduaciones de ambos jóvenes, Diego sorprendió a Inocencia con dos boletos para ir a ver una obra de teatro. La función sería tarde, e Inocencia tendría que buscar un pretexto para quedarse en la ciudad por lo menos una noche. Inocencia le dijo a Diego:

—Podría decirle a mis padres que pasaré una noche con mis compañeras, Yolanda y Cecilia, estudiando para un examen, o algo así.

—Sí, me parece una idea acertada.

—Primero, tengo que hablar con Yolanda y decirle la verdad. Hablaré con ella mañana mismo. -Después de unos segundos de oscilación, prosiguió:

—No sé, yo nunca les había mentido a mis padres y desde hace tiempo me he convertido en una mentirosa profesional. Algo me dice que lo que estamos haciendo no está bien.

—No estamos haciendo nada malo.

—Yo sé, pero hacer las cosas a espaldas de nuestros padres, no sé, no me gusta.

—Bueno, si te sientes culpable, olvídalo. Invitaré a otra chica a que me acompañe.

—¿A quién?

—Ya ves, como si quieres ir.

—No me asustes. Hablaré con Yolanda y con mis padres cuanto antes, pero prométeme que esta será la última vez.

—Te lo prometo.

Inocencia no tuvo ningún problema en obtener la hospitalidad de Yolanda quien se mostró intrigadísima por las aventurillas amorosas de la amiga. Sus padres tampoco tuvieron ningún inconveniente.

En efecto, el día acordado, los jóvenes hicieron un plan para la gran cita. Había algo misterioso en todo aquello que los hizo sentir como dos ladrones a punto de cometer el gran golpe de su carrera de maleantes.

Se llegó el viernes. Yolanda y Cecilia le habían extendido a Inocencia una cordial bienvenida. Desde que Yolanda supo los planes, entre ella y la hermana le habían escogido un vestido de pinta formal, zapatos, y todos los accesorios para dar a su amiga una presentación digna del gusto más exigente de las damas copetonas que asistían al teatro. Ambas le ayudaron a preparar el baño, le ayudaron a peinarse, a maquillarse y a vestirse. Cuando terminaron con la creación, Inocencia había quedado irreconocible.

Diego pasó por ella puntualísimo, vestido en traje de color obscuro, corbata y camisa muy blanca y almidonada. Venía con un ramillete de rosas frescas en la mano.

Al abrir la puerta Yolanda se quedó impresionada. No recordaba que el pretendiente de su amiga fuese un joven tan apuesto y bien vestido.

—Buenas noches. Vengo en busca de Inocencia.

—Sí, pasa, por favor. Ahora mismo voy por ella.

Yolanda entró al cuarto y cayó de espaldas en la cama:

—Inocencia, Diego se ve guapísimo. ¡Qué bárbara, qué suerte tienes! ¿De dónde sacaste a un galán tan…tan…no sé, no encuentro la palabra.—La chica se reía de los ademanes dramáticos de la amiga:

—No seas exagerada.

Inocencia salió y al verse frente a frente, ambos quedaron sorprendidos. Diego le puso el ramillete en la muñeca izquierda, la tomó del brazo y le dijo:

—He esperado esta cita hace mucho tiempo.

—Yo también.—Sonrieron y salieron del brazo hacia la noche que los envolvía en un manto obscuro y protector.

La obra de teatro estuvo fantástica. Inocencia, vestida en ropa de noche, a un lado de Diego, y la música romántica e intensa que invadía toda la sala, la hizo sentirse transportada a otro mundo; de lujo, música y color que olía a dinero. Estaba viviendo un sueño. Se dejó llevar por la magia del ámbito y al despertar, sintió que Diego la había tomado de la mano: una mano tibia, fuerte, segura. Nunca antes lo había sentido tan peligrosamente cerca, y si bien le agradaba esa sensación, al mismo tiempo, la temía. La joven embelesada permaneció inmóvil mientras que la obra de teatro se desarrollaba en el escenario. Al terminar el último acto, sintió su mano libre y vio que Diego, al igual que muchas personas más, se ponía de pie y aplaudía por varios minutos. Los actores desfilaban ante el público que los cubría de ovaciones aclamando su triunfo. Ella los imitó. Después de unos minutos salieron del edificio hacia las calles de la ciudad. El joven hablaba sin cesar sobre la obra y las actuaciones mientras Inocencia permanecía en silencio.

—Morenita, te veo muy callada. ¿No te gustó la obra?

—Sí, me encantó. No sé…me vino un presentimiento extraño.

—¿Un presentimiento?

—No sé explicarte, Diego. Creo que algo va a suceder.

—No seas tonta. No te va a pasar nada—y continuó expresando sus comentarios sobre la obra mientras que se abrían paso entre la red metálica de vehículos que los transportaba hasta el restaurante.

La cena fue exquisita: langosta y ensalada de espinacas con crema acompañada de una botella de vino blanco. El joven enamorado comía con el mismo gusto de siempre y hablaba sobre los planes que tenía para el resto de las citas con la sabia de un pirata que ha descubierto un tesoro. Ella lo escuchaba y cenaba con hambre pero sin apetito. No le dijo a su acompañante pero esa era la primera vez que tomaba vino blanco, el cual al tocar el paladar, lo sintió como el roce de seda y un tanto pecaminoso. Terminaron la cena tomando un café negro y pastel de manzana con almendras.

—Inocencia, ¿sabes a dónde me gustaría que fuéramos la próxima semana?

—No. Supongo que has de estar tramando algo aún más contendiente y complicado que esta noche.

—Por supuesto, mi querida cómplice. Pues ya que tienes un lugar en la ciudad donde pasar la noche podríamos muy bien…

—No puedo seguir traicionando la confianza de mis padres ni abusar de la hospitalidad de mis amigas. Lo que quieras hacer los martes por la tarde, pero olvídate que deje de faltar a mis clases o de pasar la noche aquí y allá.

—No te voy a sugerir que hagas cosas contra tu naturaleza, simplemente se me ocurrió que podríamos tomar una clase juntos, no sé, algo divertido, como una clase de apreciación de arte, o música, por ejemplo. ¿Qué te parece?

—No está mala la idea, pero, tú y yo estamos de clases hasta el copete. No contamos con el tiempo para tomar clases con el único fin de divertirnos.

El joven insistía en encontrar la forma de pasar más tiempo juntos mas ésta no parecía ser materia dispuesta. Terminaron de cenar muy tarde. Diego, sin tomarle parecer, prosiguió el camino hacia un café en el barrio de Coyoacán. Inocencia se sentía agobiada por todos los desajustes que habían sucedido y lo único que quería era regresar al apartamento de las chicas, quitarse el disfraz de niña rica y meterse en la cama. El le aseguró que se tomarían una copa y regresarían a casa cuanto antes.

—No quiero que termine esta noche, Preciosa. Tenemos tan pocas ocasiones de vernos. No lo eches a perder con tus presentimientos.

—Está bien. Una copa nada más.

El lugar era una especie de cueva en la que se veían personas de todas clases y niveles sociales. Los había desde trabajadores que vestían overoles, estudiantes en pantalones vaqueros, parejas como ellos, en traje de noche que obviamente venían de un evento formal y personas del ambiente artístico. El café estaba impregnado de humo de cigarrillos, canciones con mensajes políticos, celebridades y hombres influyentes. Pidieron una copa y a ésa siguieron otras más. Diego parecía estar en su medio ambiente, mas Inocencia, después del choque inicial, comenzó a sentir cierta afinidad con algunas personas ahí reunidas. Las horas pasaron sin sentirlas y cuando decidieron regresar a casa, eran las tres de la mañana. Finalmente el joven llevó a Inocencia al apartamento, y al despedirse, los labios de Diego rozaron los de Inocencia. La chica no quiso permanecer en el coche por temor a lo que fuera a suceder, y se despidió rápidamente, dándole las gracias por una noche inolvidable.

—Inocencia, prométeme que ésta no va a ser la última vez.

—Te lo prometo. Buenas noches.

—Buenas noches, Morenita.

Diego condujo hasta el apartamento saboreando los labios de Inocencia. Abrió la puerta del apartamento lentamente, abriéndose paso en la obscuridad hacia su cuarto, cuando se topó con el cuerpo de un hombre que se interponía en el camino. Saltó hacia atrás al tiempo que el desconocido encendía la luz de la sala: era su padre:

—Diego, ¿qué horas son éstas de regresar a casa?

—Padre, me asustaste. ¿Qué estás haciendo aquí?

—Vine a una junta de negocios y pensé en venir a saludarte. Quise darte una sorpresa pero ya veo que la sorpresa más bien fue mía.—Rodrigo se le acercó y de pronto le pegó de lleno el olor de licor y tabaco que despedía el hijo:

—Son las tres de la mañana. ¿Dónde demonios te has metido y con quién has estado toda la noche?

—Padre. yo...este...fui al teatro y después a cenar con unos amigos.

—Estoy aquí desde las diez de la noche y me he quedado dormido en el sofá esperándote. No me mientas, hijo. Enrique y Héctor me han dicho que hoy saliste con una muchacha. ¿Quién es?

—Sí...Margarita, una compañera de la prepa.

—¿Y qué clase de amiga es ésta que sus padres le permiten estar fuera con un chico hasta la madrugada?

—No la juzgues mal. Del restaurante fuimos a tomar una copa a un café de mucho ambiente en Coyoacán, y pues, entre la plática y la música, se pasó el tiempo volando.

—Bien hijo. No hay necesidad de que te alteres. Estoy seguro que me estás diciendo la verdad. Te ves muy cansado, ¿por qué no te acuestas y duermes un rato? Hoy es el cumpleaños de tu madre y quiere que pases el fin de semana con nosotros en casa. Si no te importa, dormiré un rato más en el sofá y mañana temprano saldremos hacia la hacienda.

—Sí, papá, me parece una buen idea.—Diego no podía creer su mala suerte. ¿Por qué tenía que ser precisamente esa noche? Preso de pensamientos tortuosos, de lleno le llegaron las palabras de Incencia: "Tengo un presentimiento extraño." Se dejó caer en la cama, intentando inútilmente escaparse de la negra y pesada red que la suerte le había tendido esa noche. Finalmente logró quedarse dormido.

En cuanto abrió el ojo, hablaba por teléfono a Inocencia desde su cuarto, explicándole la situación. Inocencia se quedó pensando lo peor: ¿sabría algo don Rodrigo acerca de su relación? Al escuchar la voz del pretendiente su conciencia estuvo intranquila, pero se conformó con pensar que Diego estaría en la hacienda todo el fin de semana y, en el peor de los casos, existiría la posibilidad de verlo y poner las cosas en claro.

Al día siguiente llegaron Diego y Rodrigo a la hacienda, y la casa lucía una cara de fiesta. Durante el almuerzo, Rodrigo preguntó a Esperanza:

—¿Cómo está Inocencia?, hace tiempo que no la veo.

—Está en casa descansando, patrón. Esta mañana regresó de la capital donde pasó la noche en casa de unas amigas preparándose para un examen difícil que presentará el próximo lunes.—Rodrigo se quedó pensativo, torciéndose el bigote.

—Esperanza, la Ciudad de México es muy grande y hay muchos peligros para una joven. ¿Pasa la noche en casa de esas chicas con frecuencia?

—No, de vez en cuando.

Dejó escapar un pujido y dejó el plato servido. Se retiró de la mesa y fue directamente al cuarto de Diego a quien encontró semidormido. Lo tomó del pijama, sacudiéndolo con fuerza, gritándole:

—¡Diego, acabo de informarme que Inocencia pasó la noche en la ciudad! No necesito ser un genio para imaginarme lo que está pasando. Dime la verdad: ¿la chica con la que saliste anoche, fue ella, no es cierto?

—Sí, padre.

—¿Por qué me mentiste?

—Porque sé que la odias y tuve miedo que fueras a perjudicarla. Conmigo puedes hacer lo que quieras. Ella no tiene la culpa que yo la busque.

Rodrigo se paseaba por el cuarto frotándose las manos. Diego podía ver que en el cuerpo del padre iba acumulándose la ira.

—Tienes suerte que hoy es el cumpleaños de tu madre y no quiero arruinárselo pero mañana, a primera hora, quiero que salgamos los dos a dar una larga caminata a caballo y entonces hablaremos de hombre a hombre. Mientras tanto no quiero ver a esa mocosa en mi casa, ¿me entiendes?

—Sí, padre.

El chico se quedó tendido en la cama sintiendo el mismo vacío en el estómago que había experimentado desde que era niño, cada vez que estaba ante la presencia bravucona de Rodrigo. Salió hacia los establos, montó a caballo y salió a dar un largo y solitario paseo. Cabalgó hacia el ojo de agua alejándose a campo traviesa, perdiéndose entre la espesura de la maleza.

La cena se llevó acabo entre un grupo íntimo de amistades al que Diego se vio obligado a asistir de mala gana. Cada vez que entraba en el comedor y veía a Esperanza trabajando como burrito de carga, sentía un resentimiento enorme contra su padre. No es posible desperdiciar tantos años para darle gusto a un hombre tan déspota, pensaba.

A la mañana siguiente, en cuanto salió el sol el hijo salió hacia los establos a esperar a su padre. Había tenido toda la noche para contrarrestar el ataque verbal de Rodrigo y tenía una lista de respuestas a sus preguntas. Este lo saludó y le dijo simplemente, "sígueme." Lo llevó a la cima del monte más alto mostrándole todo lo que su mirada abarcaba y en tono solemne, le dijo:

—En pocos años todo esto será tuyo y mucho más pero todo tiene un precio. Te voy a decir esto por última vez: o rompes toda relación que exista con esa criadilla, o te arriesgas a perderlo todo. Tu madre y yo no vamos a permitir que nos sigas humillando relacionándote con una cualquiera cuando puedes escoger la chica que gustes entre las más bonitas, inteligentes y ricas de todo México.

—Padre, es que tú no entiendes…

—No vine a escuchar tus quejumbrosas disculpas, vine con la intención de hacerte ver las cosas tal y como son. O te atienes a nuestras reglas, o te vas de la casa y te llevas a esa india. Piénsalo bien. Tu madre y yo estamos hartos de tus babosadas.

Todo esperaba Diego menos eso. Para esa amenaza terminante no tenía respuesta. Cuando se alejó, Diego cabalgó hacia el ojo de agua. Se bajó del caballo, se quitó las botas seguidas del resto de la ropa, y de un brinco se echó al agua. Sentía el pecho oprimido y corto de respiración. Se quedó flotando sobre la superficie de las aguas un buen rato. Después se vistió y cabalgó, hacia los establos. Dejó al caballo, y en menos de una hora, arregló la maleta y regresó a la Ciudad de México.

El martes por la tarde el joven descorazonado llegó a la cita con el semblante enjuto y grandes ojeras.

Inocencia le preguntó:

—¿Qué te pasa? Te veo muy decaído.

—Me vi obligado a decirle a mi padre sobre nuestra cita la noche del teatro. Se enfureció y me ha prohibido verte. Estoy perdido, Morenita. No sé que hacer. Aunque ahora no cuente con un centavo, en cuanto me gradúe de la prepa, puedo obtener un empleo, alquilar un apartamento y quedarme a vivir aquí en la ciudad. Entonces, nadie tendrá el derecho de dictarme lo que deba hacer ni de prohibirme estar con la mujer que quiero.

—No digas tonterías. Tu padre jamás te lo permitiría. Es un hombre violento, y debes tomar en serio sus advertencias. Debes continuar tu carrera. Si la interrumpes ahora estarías tirando tu futuro a la basura.

—Tienes razón. Soñaba despierto. Mucho me temo que por unos años más debo seguir obedeciendo las órdenes desquiciadas de mi padre. No sabes cuánto lo odio.

—No. El odio es un sentimiento sumamente poderoso y destructivo que te amarga la vida. Lo único que él quiere es verte vencido y lo está logrando.

—Tú siempre tan sensata. ¿Qué haría yo sin ti?

—Tengo la ventaja de ver la situación de una manera más objetiva. El verano está cerca y entonces podremos vernos con más frecuencia en la hacienda y pasar largos ratos libres. ¡Arriba esos ánimos!

Diego sonrió y le dio un fuerte abrazo diciéndole con una voz más tranquila:

—Está bien, terminemos este año escolar y pensemos lo que vamos a hacer más adelante.—La sorprendió dándole un beso ligero en los labios y se despidió.

—Hasta el próximo martes, Morenita mía.

Inocencia se quedó de pie viéndolo alejarse con cara de pícaro. No tuvo el valor de decirle pero la amenaza de Rodrigo le causó un dolor intenso que le comía las entrañas. Caminó un largo trecho, entumecida, entre la multitud, preguntándose: por Dios, ¿qué le he hecho yo al patrón para que me odie de esa manera?

Ocho

Un Mundo Nuevo

A pesar de la áspera advertencia de Rodrigo, Diego e Inocencia decidieron jugarse la última carta y reunirse, de vez en cuando. Al encontrarse ante el período que antecedía a los exámenes, las citas los martes por la tarde las convirtieron en horas de estudio en la biblioteca pública. Finalmente se llegó la semana en la que presentaron exámenes finales durante la cual ambos jóvenes estudiaban hasta las altas horas de la noche. El viernes que presentaron la última prueba, cayeron en sus respectivas camas y durmieron cerca de doce horas seguidas. No tardaron tiempo en recibir las calificaciones notificándoles que habían aprobado todas las materias. Diego no perdió un segundo en hacer los preparativos para desalojar el apartamento y regresar a la hacienda donde le aguardaba un largo verano durante el cual, se juraba, no permitiría que el horario que el padre le impusiera le estorbaría para escabullirse y pasar ratos aflojerados retozando bajo los rayos del sol con la compañera.

De regreso a la hacienda, aprovechó la ocasión que Rodrigo había salido al extranjero y cabalgó hasta la casa de la chica cuidando de no ser observado por ojos traicioneros. Esta se encontraba poniéndole los últimos toques al ajuar completo que sus padres se habían sacrificado en comprar para que luciera durante la tradicional ceremonia de graduación. Inocencia preparó dos grandes vasos de fresca limonada mientras que pasaban la tarde hablando sobre los planes que tenían para sacarle jugo a las escondidillas. Diego la observaba tomando las diferentes piezas y viéndose al espejo con ilusión desbordante.

—Inocencia, mi padre insiste en hacerme aprendiz de administrador de una de las plantas y no tengo más remedio que aceptarlo. Ya encontraré la manera de robarle a mi horario unos minutos y vernos. A veces no sé qué me da más satisfacción si el simple hecho de estar contigo o el saber que estoy haciéndolo a espaldas de mi padre. Dime, Morenita, ¿me consideras un hombre completamente despreciable?—Inocencia lo escuchaba y creía desconocerlo. Soltó una espontánea carcajada al tiempo que le decía:

—¡Qué cosas dices! No sé qué pensar, si me lo dices en calidad de piropo o me estás usando para vengarte de tu padre. Sabes, algo me dice que este verano nos va a traer sorpresas inesperadas.

—Cuando hablas así en tono profético, me alarmas. Prefiero pensar que nada va a cambiar y que vamos a pasar un verano de lo más lindo, ya verás. A propósito, sé que me estoy adelantando pero estaba yo pensando que…bueno…el próximo año, cuando ingreses en la prepa, ¿no sería una idea magnífica si tus padres te permitieran compartir el apartamento con tus amigas Yolanda y Cristina? De esa manera, podríamos pasar juntos todo el tiempo que quisiéramos y hasta…

—¿Estás loco? Mis padres jamás me lo permitirían, y además, ¿de dónde voy a sacar el dinero para el alquiler de un apartamento?

—No te preocupes por el dinero. Yo estaría dispuesto a…

—No. De ninguna manera. Jamás lo aceptarían mis padres y menos yo.

—No quise ofenderte, simplemente me pareció una buena idea.

—Hablemos de otras cosas.—Se sentó a su lado—: Diego, mañana es mi ceremonia de graduación y quería pedirte que nos acompañaras. Perdona que lo haga a última hora pero no había tenido la oportunidad de hablar contigo. Toma, aquí tienes la invitación. Ojalá y puedas asistir.

—Morenita, ya sabes que estaré ahí sin falta.—Se despidieron con un beso tierno en la boca.

Mientras Esperanza le ayudaba a Inocencia a vestirse, la vio semidesnuda y se sorprendió de los cambios que había experimentado en los últimos meses. La estudiante había dejado atrás los brotes de la pubertad y al vestir el traje nuevo, el corte moderno reflejaba la silueta de una adolescente a punto de convertirse en una joven mujer. En esa ocasión, la madre le permitió que se maquillara discretamente. La chica ilusionada se pintó los ojos y se cubrió los labios y las mejillas de un color rosado, más vivo que de costumbre. Se vio al espejo. La madre no pudo evitar sentir la sensación de un destino que iba a arrebatarle a su hija.

Minutos después salían los Salvatierra, tomados del brazo, hacia el autobús que los llevaría a la Ciudad de México a presenciar una experiencia memorable.

Al llegar al auditorio de la escuela secundaria, el salón estaba abarrotado de gente. Esperanza y Eusebio tardaron varios minutos en encontrar dos asientos desocupados. Ya comenzaba a sentirse el calor del verano y dentro del salón se veían docenas de abanicos en las manos de mujeres acaloradas e impacientes. Minutos después, el maestro de ceremonias pronunció las palabras de bienvenida seguidas de los nombres de los alumnos que obtendrían diplomas de secundaria. Ellos avanzaban uno a uno hacia el frente vestidos en las tradicionales togas y birretes de color púrpura con borde plateado. Después de cada nombre se escuchaban los aplausos de los familiares y amistades. Al escuchar el nombre de su hija, Esperanza y Eusebio se levantaron de los asientos y comenzaron a aplaudir con conmovedor entusiasmo, al tiempo que un joven atrevido se abría paso entre un grupo numeroso de fotógrafos ambulantes que se empeñaba en monopolizar la toma de las fotografías de los alumnos. El joven logró zafarse del grupo y se acercaba a distancia próxima a Inocencia, siguiéndola, tomándole una foto tras otra hasta que la chica tuvo el diploma en la mano. Eusebio, desde lejos se preguntaba: "¿Quién es ese fotógrafo?" Esperanza contestó: "Es Diego." Un hombre vestido de uniforme sacó a empujones al joven fotógrafo y le ordenó que regresara al asiento. El chico obedeció a regañadientes mientras que Inocencia lo observaba todo, sintiendo una gran satisfacción al haber observado su osadía.

La joven recibió reconocimiento por su aptitud sobresaliente en el campo de las artes y la literatura. Fue una de las alumnas más agasajadas de la clase. Minutos antes de poner el toque final a la ceremonia de graduación, la señora Gómez, directora de la escuela, dirigió unas palabras a los asistentes:

"Quiero agradecer a todos nuestros alumnos y a sus familias su asistencia a este tradicional evento escolar y creo que ha llegado el momento de compartir con ustedes una gran sorpresa que, a propósito, había guardado hasta el último momento. La Secretaría de Educación Pública del estado de California, Estados Unidos, nos ha concedido fondos suficientes para enviar a estudiar al extranjero a seis alumnos de nuestro plantel. La mesa directiva ha escogido a éstos basándose, no solamente en su éxito académico, sino en el esfuerzo sobresaliente y la madurez de dichos alumnos. De acuerdo a estos criterios, hemos decidido que los alumnos merecedores son: Adolfo Rosales, Beatriz Villaescusa, Ana María Gutiérrez, Santiago Mendoza, Javier Muñiz, e Inocencia Salvatierra."

Hubo un silencio absoluto por unos minutos, después, poco a poco fueron surgiendo las aplausos y las felicitaciones a los seis alumnos. Esperanza y Eusebio permanecieron en silencio, no sabían qué hacer. Diego se quedó sentado en el asiento esperando recuperarse del estado de choque, mientras que en la mente le bailaban mil y una dudas y emociones. Poco después levantó la vista y vio como Inocencia fue rodeada por un grupo de amigos que se lanzaron sobre ella, felicitándola.

La Directora pidió a los alumnos que pasaran al frente para felicitarlos personalmente. Minutos después, se intercambiaron abrazos entre todos ellos y les tomaron una fotografía en grupo. Inocencia reía y se esforzaba por demostrar alegría, pero dentro de sí, se sentía como alma suspendida por una hebra a punto de romperse. Al terminar la ceremonia, la graduada se hizo paso entre la multitud y llegó hasta sus padres. Se abrazaron los tres sin decir una palabra y reían con el corazón encogido. Después de unos minutos apareció Diego con la cara larga y pálida:

—Enhorabuena—y la abrazó tierna y largamente. En seguida, viendo a Esperanza y a Eusebio continuó: "Es nuestra culpa por haber hecho de su hija una estudiante sobresaliente" —rompiendo el silencio que guardaban todos con una forzada sonrisa.

De regreso a casa, Inocencia se veía más animada y hacía miles de preguntas a los padres. Estos, en silencio la escuchaban. Deberían esperar hasta reunirse con las señora Gómez, para informarse sobre los detalles de la beca.

Como flecha al blanco, la noticia llegó a oídos de Rodrigo; éste pegó un salto de alegría. "Finalmente" —dijo— "voy a librarme de esta pequeña parásito." Esa misma noche, a la hora de la cena se vio rodeado de caras de desaliento que reflejaban el estado de ánimo de los dos hijos, y a sabiendas del efecto que en ellos tendrían sus palabras, exclamó en un tono empapado de sarcasmo:

—Vaya, parece mentira que no hayan encontrado mejor alumna que Inocencia a quien entregarle una beca tan preciada, y pensar que nos lo debe todo a nosotros que hemos aportado miles de pesos y cientos de horas de instrucción privada. Les apuesto que la malagradecida ni siquiera se molestará en darnos las gracias. Pero, bueno, después de todo no estuvo tan mala la idea porque de esta manera nos resuelve muchos problemas. ¿No les parece?

María Teresa respondió con voz quebradiza:

—Te equivocas, querido. Inocencia vino personalmente a darme las buenas noticias y a agradecernos toda la ayuda y respaldo que le hemos brindado. Tú sabes muy bien que ha sido una niña de un talento especial y que su amistad lejos de quitarnos nada, ha sido una bendición, o ¿ya se te olvidó que ella fue la influencia más positiva que tuvieron nuestros hijos cuando apenas comenzaban a aprender a leer y a escribir?

—Esas son exageraciones, mujer. Nuestros hijos hubieran aprendido tarde o temprano. El simple hecho que esa indita leía como periquito un poco antes no significa nada.

—Basta, papá—interrumpió Rosa Inés en voz alta—: Inocencia es una chica diligente y ejemplar y se merece todos los premios que se le otorguen. Tus insultos nos ofenden porque la queremos como si fuera parte de la familia.

Mientras tanto, Diego comía lentamente y lo absorbía todo. En una pausa de sosiego dijo en voz baja y con una tranquilidad que desconcertó a todos:

Mi padre tiene razón: Inocencia es la mujer más afortunada del mundo porque ella puede alejarse de aquí y forjarse un porvenir con quien le parezca sin el consentimiento de nadie. Podrá liberarse de estas cadenas de vil servidumbre que sus antepasados han sido obligados a arrastrar por gentes ricas y mediocres como nosotros. Y ahora, querida familia, con su permiso, creo que esta conversación me ha dejado completamente asqueado.

Rodrigo, levantó la mano amenazándolo a la vez que le gritaba:

—¡Hijo malagradecido! Todo el dinero que se ha desperdiciado en tu educación, hubiera sido más productivo dar de comer diamantes a los viles puercos. Eres una deshonra a nuestro apellido. Más te valiera jamás haber nacido.

María Teresa, temblando de rabia se puso de pie tratando de separar a los dos hombres que estaban a punto de tirarse golpes.

—¡Basta, ya cállense los dos y dejen de decir estupideces!

Diego se zafó de los brazos de María Teresa e ignorando las súplicas de la madre continuó gritando sin tregua:

—¿Tu dinero? ¿Tu fortuna? No me hagas reír. Que yo sepa tú eras un charrito muerto de hambre cuando le tendiste las redes a mi madre…si no fuera por ella todavía anduvieras ahí recitando versos ridículos a las hijas de los hacendados.

—Pues ya que estamos para insultos, has de saber que tú no eres mi hijo. Eres un miserable bastardo, hijo de nadie. Si quieres saber quién es tu verdadero padre, pregúntaselo a tu madre.

—No te imaginas lo complacido que me hace saber que en mis venas no corre ni una miserable gota de tu sangre pudrienta…

María Teresa comenzó a dar golpes con el puño cerrado sobre la mesa: "¡Ya me tienen harta! Los dos son unos bastardos" —y volteando la mirada hacia Rodrigo le dijo con una mirada escalofriante:

—¿Cómo te atreves a destrozar a mi familia de esta manera? No tienes vergüenza. Mi padre me juró que llegarías a ser mi azote de Judas y sus palabras se han cumplido. Lárgate de mi casa. No quiero volver a verte.

María Teresa salió corriendo del comedor y se encerró en su habitación privada. Los chicos salieron tras de ella intentando consolarla pero fue imposible; desde afuera se oían quejumbrosos sollozos ordenándoles a todos que se fueran al demonio y la dejaran sola.

Rodrigo se quedó solo en el comedor, de un manazo tiró todos los platos y vasos de cristal que tenía frente a él. De la barra, sacó una garrafa de tequila y salió hacia los jardines de la casa prendido de la botella.

Al otro día los criados lo encontraron tirado sobre el césped embriagado y cubierto en sus propios vómitos. Dos sirvientes lo llevaron en hombros hasta el cuarto, le quitaron la ropa, le dieron un baño de agua fría y lo dejaron tendido sobre la cama. María Teresa lo vio, y su figura le produjo repugnancia; se arregló y salió en busca de los hijos. Esa misma tarde, a la hora de la comida, les dijo:

—Quiero pedirles disculpas por la escena tan desagradable que ocurrió entre su padre y yo. Creo que tienen la edad suficiente para que se enteren de eventos importantes que sucedieron en nuestro pasado. Lo único que les pido es que no me juzguen sin antes haber escuchado toda la verdad. Después, ustedes pueden pensar o hacer lo que quieran.

María Teresa les contó con todo detalle la complicada y comprometedora relación entre ella y su marido desde el primer encuentro, culminando con el inesperado descubrimiento que estaba embarazada. Terminó la humillante confesión diciendo en tono arrepentido: "Rodrigo sabía que él no era el padre del niño, pero temiendo las amenazas de mi padre, se calló la boca y nunca dijo nada. Esa es la razón por la cual siempre ha existido ese desamor de Rodrigo hacia ti, Diego, y yo tengo toda la culpa."

Diego escuchaba las palabras de su madre y en cada una sentía el peso que le oprimía el pecho. La confesión extraída a fuerza bruta no le dejó forma de reaccionar; después, dijo simplemente:

—Gracias, mamá, por tener el valor de decirnos la verdad. Yo no tengo el derecho de juzgarte; eres mi madre, te quiero y eso nunca va a cambiar. Con respecto a Rodrigo, creo que desde pequeño supe que no me quería. No te preocupes por mí. Todo saldrá bien.

—Diego, perdóname. ¿Quieres saber quién es tu padre?

—No, mamá. Creo que he recibido suficientes sorpresas de un golpe. En otra ocasión.

Mientras tanto, Rosa Inés lloraba en silencio.

—Ustedes parecen olvidar que ese ser despreciable sigue siendo mi padre. ¿Cómo puede caber en él tanto amor hacia mí, y al mismo tiempo, tanto odio hacia mi propio hermano?

Diego contestó:

—Tú no tienes la culpa de nada. Seguimos siendo hermanos, eso es lo único que importa.

María Teresa veía a ambos acongojados, y no encontraba en el alma suficiente cabida para su aflicción. Rosa Inés preguntó:

—Mamá, ¿deveras vas a correr a mi papá de la hacienda para siempre?

—No, hija. Lo que dije ayer fue simplemente por despecho. A pesar de todo, sigue siendo mi marido y tu padre y no tengo la autoridad de arrebatártelo por completo.

Con un cambio súbito de semblante, dijo:

—Saben hijos, ¿qué les parece si mañana mismo salimos los tres a pasar unas semanas de vacaciones a nuestra casa en Acapulco? Creo que una estancia en la playa alejados de todos estos líos nos caería muy bien a los tres, ¿de acuerdo?

—Me parece una idea excelente—contestó Diego.

—Sí, sí, mamá, salgamos de aquí cuanto antes—dijo Rosa Inés, emocionada.

En eso entraba la cocinera cargando una canasta de fruta fresca para la comida. María Teresa la vio y antes que regresara a la cocina, le dijo:

—Esperanza, escucha. Nos gustaría hacer una invitación especial a Inocencia para que nos acompañe a pasar sus vacaciones en Acapulco. Créeme que cuidaremos de ella como oro molido.

Los dos hermanos se quedaron boquiabiertos al escuchar las palabras de la madre. "Sí, sí," dijeron en coro. "Por favorcito, Esperanza, déjela, ya es hora que Inocencia salga de aquí por una temporada y conozca el mar."

La mujer se quedó muda. El gusto con que le pidieron el favor, la conmovió. "Gracias, señora. Esta misma tarde hablaré con Eusebio."

Esa misma noche, después de la cena, Esperanza hablaba con el marido sobre la invitación de María Teresa a su hija. Inocencia paró oreja; era la primera vez que oía a los padres hablar sobre el tema y temiendo que su reacción la traicionara, se disculpó fingiendo cansancio y cerró la puerta del cuarto detrás de ella. Se sentó en la cama y se llevó la mano hacia el pecho, sintiendo por encima de la ropa, los fuertes latidos del corazón. Se acercó hacia la puerta para escuchar la conversación de sus padres. Las voces le llegaban débiles. Parecía que la voz del padre, había cambiado de tono, hacía demasiadas preguntas. La voz de la madre apenas si se escuchaba. Hablaba en un tono más bajo y más tranquilo.

Eusebio se mostró intrigado; se preguntaba por qué ahora, después de tantos años consideraban a su hija digna de acompañarlos en las vacaciones.

—No sé, Negra. Todo esto me huele rancio. Tú y yo sabemos bien que el patrón no quiere a la Negrita. Tengo miedo que le vaya a hacer algún daño.

—El patrón no va a ir, y aquí entre nos te digo que algo anda muy mal entre los señores. Oí decir que ayer se habían agarrado del chongo lindo y bonito. Sabrá Dios en qué líos se habrá metido ahora don Rodrigo, ya sabes que los dos tienen un temperamento de mil demonios.

—Sí, tienes razón. Así que la invitación vino de la patrona, nada más para nuestra hijita. Pues, pensándolo bien—rascándose la cabeza—no está mala la idea.

—Así es—respondió Esperanza conteniendo la respiración.

—Bueno, pues si no va a ir don Rodrigo, no veo ningún problema. La Negrita es ya toda una mujercita y sabrá defenderse solita; además creo que se merece este premio por haberse sacado la beca para estudiar con los gringos. Está bien, dile a la patrona que cuenta con nuestra Negrita pero que me la cuide como si ella misma la hubiera parido, porque si no...

—Eusebio, déjate de tonterías. Un simple si o no, basta.

Desde su cuarto, la jovencita oyó una larga pausa. Escuchó pasos. De un salto, se tendió sobre la cama, aparentando estar dormida. El padre tocaba a la puerta. Inocencia la abrió, tallándose los ojos. Eusebio le preguntaba su opinión sobre la invitación de María Teresa. Ella fingió no saber nada del asunto. Simplemente dijo que ella haría lo que ellos decidieran. Eusebio le respondió que esa noche lo discutirían una vez más, y le darían la respuesta al día siguiente. Esa noche, Inocencia no logró dormir. El sólo pensar en pasar dos largas semanas al lado de Diego, a la orilla del mar, fue suficiente para mantenerla en vela.

Mientras tomaban el desayuno acostumbrado, grandes tazas de café con leche y pan dulce, Inocencia se veía somnolienta. Estaba demasiado cansada para sentir la impaciencia que la forzó a quedarse despierta casi toda la noche. Hablaron sobre varias cosas sin mencionar el tema que le interesaba a la chica. Al despedirse, Inocencia no aguantó más y le preguntó a su madre qué habían decidido sobre la invitación de María Teresa; Esperanza con tranquilidad le dijo:

"Tu padre y yo creemos que ya tienes suficiente edad para decidir lo que tú quieras hacer. Tenías razón, en poco tiempo tú vas a tener que tomar decisiones muy importantes por ti sola. Es hora que empieces a hacerlo. Dile a María Teresa en cuanto puedas, tu decisión." Se abrazaron los tres y se despidieron. Inocencia cerró la puerta y de un salto se encontró en medio del cuarto. Dio gracias a Dios y se volvió a meter en la cama: estaba exhausta. Por la tarde, se arregló más que de costumbre y llegó muy alegre y relajada justo a la hora de la comida.

Llevaba un vestido de algodón sencillo, de color azul verde claro. El cabello muy negro, largo, le caía suavemente sobre los hombros. En un movimiento espontáneo, del jardín tomó una rosa blanca fresca y se adornó el cabello con ella. Se empeñaba en ayudar a su madre con los preparativos de la comida; de vez en cuando los ojos bailaban en dirección al cuarto de Diego. Poco después apareció María Teresa, más alegre que de costumbre. Al verla, impulsivamente la invitó a comer con ellos. La joven accedió, de buen talante.

Inocencia le ayudaba a la cocinera a poner la mesa. Al terminar de colocar los platos, cubiertos y flores frescas recién cortadas del jardín, María Teresa le pidió que fuese a los cuartos de Diego y de Rosa Inés y los llamara a comer. La joven salió de la cocina y se dirigió hacia el cuarto de Rosa Inés. Esta se encontraba hablando por teléfono. No quiso molestarla y caminó unos pasos hacia la recámara de Diego, sintiendo los latidos fuertes del corazón. Tocó suavemente a la puerta y dijo: "Diego, abre, soy Inocencia." Este abrió la puerta rápidamente y la vio ahí de pie frente a él. "¡Qué gusto verte, qué bonita te ves esta tarde!" "Gracias. A mí también me da mucho gusto verte" —y rápidamente continuó—: "Me mandó tu madre a decirles que la mesa está lista, que no se demoren en ir a comer." Dio media vuelta, y regresó al comedor. Diego quiso retenerla pero era demasiado tarde. La vio alejarse con demasiada prisa.

Minutos después se reunieron todos y almorzaron alegremente. Durante la conversación, María Teresa invitó a Inocencia a pasar las vacaciones en la casa de verano. Esta se sonrojó y sonrió un tanto nerviosa: "Gracias por su invitación, María Teresa, me encantaría." Hubo un breve silencio: las miradas de Inocencia y Diego se cruzaron por un instante. Esperanza, por el contrario, detrás de la puerta escuchaba la conversación, sintiendo que un intruso se escurría entre ella y la hija, forzando su separación de una manera prematura, como un ladrón en la noche.

Esa misma tarde se encontraban todos en medio de un ajetreo sin fin preparándose para el viaje. Los padres de Inocencia la sorprendieron dándole dinero para que se comprara un traje de baño nuevo, de dos piezas, al estilo americano. Las horas antes de la partida, a la joven le parecieron interminables. Esa sería la primera vez que estaría en la playa. La conocía, sí, en fotografías y en películas, pero jamás se imaginó que fuese a verla con sus propios ojos. Recibió una pequeña cámara como regalo de graduación y fue lo primero que introdujo en la pequeña maleta. Todo esto la llenaba de una agitación delirante.

Rodrigo se mantuvo al margen de todo lo que sucedía. Al enterarse sobre los planes de la familia, salió de la hacienda sin despedirse. María Teresa ignoró por completo la actitud de indiferencia sin dar la menor seña de molestia.

Salieron los cuatro a primera hora de un sábado que prometía mucho calor. María Teresa conducía el carro deportivo: Diego, a su lado derecho, ocupando el asiento de pasajeros; Rosa Inés e Inocencia, ocupaban los asientos de atrás. Al despedirse Inocencia abrazó ligera y rápidamente a sus padres para no darse tiempo de pensar en lo que realmente ocurría: esa sería la primera vez que se apartaría de ellos por quince días. Estos permanecieron de pie, como estatuas, viendo al coche desaparecer en el verde de los campos, hasta hacerse un puntito en el horizonte. Se tomaron de la mano y, esforzándose por controlar las lágrimas, en silencio, regresaron a los puestos de trabajo.

El coche se abría paso entre el paisaje verde y el cielo infinito a gran velocidad. La chica cerró los ojos y dejó que el viento jugara con la cabellera suelta. El viaje duró varias horas, durante las cuales los cuatro alegres viajeros charlaban, cantaban y jugaban juegos de palabras. El camino se abría paso entre valles y montañas. Inocencia lo observaba todo, en silencio. Jamás había estado tan lejos de su pequeño mundo.

Cada minuto que se alejaba de sus padres, sentía un piquetito de gozo y de angustia. Todo le parecía un sueño fantástico. El cerebro funcionaba como una cámara fotográfica que operaba sin cesar, y pensando en eso, dejó que los pensamientos la transportaran a lugares lejanos y exóticos como Diego le había prometido. Pensaba en el mar. No concebía la idea de esa inmensidad de agua, contenida por una fuerza extraña. ¿Qué mantenía al oleaje en un vaivén perpetuo como baile caprichoso de la evolución?

El camino seguía abriéndose y poco a poco se fueron alejando de los espacios vacíos y acercándose hacia la meta final. "Ya empieza a sentirse la brisa del mar," mencionó Diego: "¿La sientes en la cara, Inocencia?" "Sí," respondió la joven, "claro que sí". Después de algunos minutos, desde lejos, se desplayaba el espejo líquido en toda su majestuosidad. Inocencia, al captar la primera imagen, permaneció estupefacta. No podía creerlo. Era mucho más inmenso y espectacular de lo que ella jamás hubiese imaginado.

Bajó del carro y como atraída por una fuerza indescriptible, se quitó las sandalias y corrió hasta la orilla de la playa. Se detuvo en medio de la inmensidad del océano, lo abarcó todo con la mirada y, sin advertencia alguna, perdió el sentido del tiempo. Caminó directamente hacia el mar, dejando que la marea le acariciara los pies. Tomó agua entre las manos y se mojó los brazos, el pecho y la cara. Cuando salió de su estupor, se encontró de pie con el agua hasta la cintura; las olas la arrastraban de un extremo al otro y comenzó a nadar, retozando y jugando entre las crestas rompientes. María Teresa y los hijos la veían aterrorizados. Nunca habían visto a nadie reaccionar ante el mar de ese modo. En un abrir y cerrar de ojos, la perdieron de vista, por completo.

Diego, sin vacilar un segundo, corrió tras ella adentrándose en la boca rugiente de la marejada. Desde lejos logró ver la cabellera negra de Inocencia flotando entre la espuma y comenzó a nadar hacia ella. Después de algunos minutos logró llegar hasta donde el cuerpo de la joven flotaba sin oponer resistencia alguna a la tracción natural del océano. La tomó del brazo, y la sintió flácida: la chica había perdido el conocimiento. El joven la abrazó con fuerza. Repasó mentalmente las instrucciones del instructor de natación y se daba ánimos para no perder la tranquilidad. Se dejó llevar por el ondeo, y al sentir el fuerte golpe que los estrellaba a los dos contra una inmensa roca, se asió de la punta de ésta con una mano, mientras sostenía a la chica con la otra. Poco después logró colocar a Inocencia sobre la piedra y de inmediato prosiguió a darle respiración artificial.

Después de varios minutos, la chica atrevida reaccionó. Sus labios llenos tomaban un color rosado pálido, y sintiéndose a salvo colocó los brazos alrededor del cuello de Diego y ambos unieron sus labios en un beso. Se vieron un largo rato, se abrazaron y sin saber qué decir, se mantuvieron así, sobre las rocas, uno al lado del otro, hasta que los salvavidas lograron rescatarlos.

Mientras tanto, María Teresa y Rosa Inés, los esperaban llenas de angustia. Al verlos corrieron hacia ellos, dando gracias al cielo por haber regresado a ambos sanos y salvos.

El resto de la tarde pasaron desempacando y atendiendo a los quehaceres domésticos de la casa de verano. Inocencia había ofrecido miles de disculpas por su comportamiento.

—Fui una necia, no merezco estar aquí, entre ustedes. Acabamos de llegar y yo ya les arruiné la tarde por completo. No puedo creerlo.—Diego, la tranquilizaba:

—No te pongas así, es normal, la primera vez que uno nada en el mar, le parece demasiado fácil, hay que tener cuidado, como ya comprobaste. A primera vista parece manso y tranquilo, pero cuando se enfurece, puede ser mortal.

—Sí, tienes razón, me pareció demasiado fácil.

—De ahora en adelante—interrumpió María Teresa—tomaremos todas las precauciones debidas antes de poner un pie en el agua, de acuerdo, Inocencia?

—Sí, señora, no tenga cuidado.

No se volvió a tocar el asunto. Cada uno se retiró a su alcoba a gozar de la tranquilidad y el calor del día. Inocencia se tiró en la arena caliente, con miles de pensamientos revoloteándole en la cabeza como mariposas.

Por la noche salieron a cenar y mientras caminaban por la orilla de la playa, Inocencia le tomó la mano a Diego y le dijo:

—Gracias por tu heroísmo de ayer. De hoy en adelante te estaré agradecida para siempre.—El joven la escuchó e intentando no darle demasiada importancia al asunto, respondió:

—Tú, en mi lugar, hubieras hecho lo mismo, ¿no es verdad?

—Sí, también yo lo hubiera arriesgado todo.

De esa manera, caminaron a lo largo de la playa, contando las estrellas que centellando, les sonreían.

Los tres jóvenes pasaron unos días de eufórica alegría, aprovechando todos los regalos que Acapulco, generosamente, les ofrecía: desde temprano, salían a correr sobre la arena o daban largas caminatas por la playa. Nadaban entre las caprichosas olas del mar. En una ocasión alquilaron una lancha y remaron hasta una isla a corta distancia. Al mediodía comían grandes platillos de jugosas frutas y bebían aguas naturales. Las chicas leyeron la primera novela de amor, sacándole jugo con toda la picardía propia de la juventud.

Después de una cena de pescado fresco y ensalada, asistían a las tardeadas que el club deportivo ofrecía para los jóvenes turistas. Diego tomaba a Inocencia suavemente de la cintura y ambos giraban sobre la pista. Sintiéndose muy cerca, veían un cielo al rojo vivo que agonizaba en el horizonte. Era excitante, y a la vez, desconcertante, descubrir ese torrente de sentimientos extraños que amenazaban con derrumbar las frágiles paredes de su corta existencia.

Ambos tuvieron pocas oportunidades para estar solos. No quisieron tomar riesgos innecesarios conociendo la fragilidad emocional en la que se encontraba María Teresa. Por su parte, Inocencia estaba tan agradecida que no se atrevió a hacer nada que fuera a comprometer a Diego.

Así pasaron las dos semanas que, para María Teresa, fueron más que suficientes para descansar, mas, para los tres jóvenes, habían pasado con demasiada rapidez. Regresaron a casa, con la piel bronceada y la cabeza llena de ilusiones.

De regreso, a pesar de estar feliz de ver a sus padres, Inocencia sentía dentro de sí un gran vacío...algo había descubierto en esa brevedad que la había cambiado.

***

Al regresar a la hacienda, María Teresa inmediatamente presintió que algo extraño había sucedido. Lo sintió en la pesadez del aire al entrar en la casa, en el murmullo de los sirvientes a sus espaldas y la manera en que esquivaban la mirada cuando ésta les hablaba. Subió a su cuarto y al ver gran parte de los artículos de ropa de Rodrigo regados por aquí y por ahí, los cajones abiertos y la cama en completo desorden, supo que algo andaba muy mal. Inmediatamente mandó traer a la recamarera ante su presencia.

—Rosaura, ¿qué significa este completo desorden en mi habitación? ¿Por qué no se han cambiado las sábanas de mi cama como lo dejé ordenado? ¿Qué demonios está pasando?

La sirvienta temblando de miedo, a duras penas encontró el valor de explicarle:

—Sabe usté, ésas meritas fueron las órdenes del patrón el día que se fue.

—¿A dónde?

—No sabemos. Salió sin decir nada a nadie sobre su paradero.

—Y ¿cuándo fue eso?

—Hace ya casi dos semanas. Vino, metió algunas piezas de ropa en las maletas en un dos por tres, y se fue ordenándonos que nadie pusiera un pie en esta ala de la casa hasta que usté regresara.

—Bien, ya estamos de regreso, quiero que me limpien este cuarto de un extremo al otro. No quiero ver nada fuera de lugar, ni una pinta de polvo, ¿entendiste?

—Sí, señora.

María Teresa se comunicó de inmediato con el señor Alvarez quien le informó que Rodrigo había dejado la administración de la hacienda en sus manos hasta que ella regresara. Todo estaba en marcha y no había tenido ningún problema, pero se preguntaba cuándo iba a regresar el patrón porque era indispensable tomarle su parecer para hacer algunas decisiones importantes. ¿No sabría ella donde encontrarlo?—la patrona atolondrada le aseguró que esa misma tarde se comunicaría con su marido. En ese instante, le cayeron encima las palabras del padre como un saco de piedras que la doblegaron.

Minutos después, María Teresa congregaba a los empleados de confianza a una junta urgente en su despacho privado. Entre murmullos, chismes y "Perdone señora, pero por ahí supe que..." poco a poco fue atando cabos y dándose cuenta de la gravedad de la situación. Rodrigo había sacado una fuerte cantidad de dinero de la cuenta bancaria personal y había alquilado un apartamento a todo lujo en una zona exclusiva de la capital. No faltó quien le dijera que lo habían visto acompañado de una mujer sensual, en varios lugares públicos en la Ciudad de México, haciendo gala de sus aires de Don Juan empolvado.

María Teresa se mantuvo impávida ante tales acusaciones. De todo habría juzgado capaz al marido menos de hacer esos sainetes de ridículo ante sus amistades. Una vez que sus empleados se habían retirado, entró en su habitación. Como un macanazo recordó la traición de su marido años antes; al hacerlo, volcó su rabia y comenzó a destrozar todo lo que tenía a su alcance, como una repetición de la escena de la luna de miel. Diego se encontraba en el cuarto de televisión cuando oyó gritos de la madre y golpes que sacudían las paredes. Al igual que varios sirvientes, intentó abrir la puerta pero ésta era de una madera maciza y no logró derrumbarla. Desesperado, desde afuera le rogaba a la madre que se controlara y al no obtener respuesta, se vio forzado a subir por una escalera e introducirse en la recámara por una ventana: la encontró tendida sobre el piso ahogándose en sus propias lágrimas. Al verla en ese estado, el hijo maldijo el nombre de Rodrigo.

Una vez que había recapacitado, la Doña, avergonzada, se disculpaba ante todos, y no teniendo ni el valor ni la fuerza para encontrarse con Rodrigo, abandonó todo empeño en ir a buscarlo. "Que se vaya al mismo infierno," dijo, "no iré a buscarlo. Si quiere regresar, tendrá que hacerlo él solo."

Amanecía y anochecía y Rodrigo no aparecía por ningún lado. María Teresa, cansada de ser la comidilla de toda la hacienda y de un círculo extenso de amistades, llamó a don Miguel y demás administradores a una segunda junta privada. Sin entrar en detalles, les informó que esa misma semana salía por el resto del verano con los dos hijos, hacia un país extranjero—que desde joven le había atraído sobremanera: la encantadora y sensual Italia—.

Al enterarse Inocencia sobre el viaje se invadió de melancolía. No era posible, aún no se recuperaba de su fascinación por las playas de Acapulco cuando, de un golpe, se quedaría sola, una vez más, esperando las tarjetas postales y contando las estrellas. Luego, recapacitó: en poco tiempo ella misma dejaría esa maraña de líos y complicaciones atrás y se embarcaría en la aventura más fascinante de su adolescencia: Los Estados Unidos—todo un capítulo en blanco qué escribir.

En efecto, un lunes de sol calcinante, María Teresa y los hijos arribaban a Roma con los calores propios de la temporada. Se albergaron en un hotel cómodo y céntrico desde donde se mantuvieron a distancia próxima de varios sitios turísticos de fama mundial. La primera etapa fue difícil para la madre quien con frecuencia se mostraba impaciente e intranquila. Se preguntaba si había tomado una decisión acertada o si se había dejado llevar por un impulso irresponsable. Después, al verse rodeada de un sinnúmero de monumentos de tal belleza e importancia histórica, fue dejando atrás los malos presentimientos y junto con los jóvenes volcó toda su energía en el descubrimiento de tanta maravilla en el suelo de Italia.

Las tarjetas de Roma continuaban encontrando su rumbo hacia la hacienda. Diego había comprado un libro que explicaba en detalle los puntos históricos de mayor interés y con el ardor de un niño que encuentra la llave de un tesoro escondido, le escribía: "Morenita: creo que he descubierto en mí una nueva pasión por el arte y la arquitectura. Esta ciudad es un libro viviente de lo que una vez fue la cuna del arte y la epopeya del mundo en todas las fases. Todas las mañanas tomamos un tazón de un café sabroso cubierto de crema espumosa llamado 'capuccino,' y comemos panecillos con mantequilla y mermelada. Luego trazamos un plan para visitar una sección diferente de esta magnífica ciudad. Roma es enorme y se encuentran en ella tantísimos lugares de importancia que sería imposible conocerlos todos en cuatro breves semanas.

¿Recuerdas la emoción que sentimos cuando descubrimos a nuestro pintor renacentista mexicano, Diego Rivera? Debo confesarte que en Roma, tienen a su propio príncipe de las artes: el inmortal Miguel Angel Buonarroti. Este artista ha dejado una huella indeleble por toda esta ciudad. En el Vaticano, su obra ha coronado la suntuosa basílica con una cúpula de colores azules-grisáseos cuyo perfil sublime se eleva hacia el cielo como queriendo tocar el infinito.

La creación de Miguel Angel en el techo de esta capilla es fenomenal. Tal parece que sus trazos fueron guiados por la misma mano de Dios. Es como si una fuerza inventiva universal se hubiera cristalizado en el genio del artista y haya encendido la explosión creativa que engendró la obra muralista más fantástica del mundo. Miguel Angel ha revolucionado a un tiempo los tres medios de interpretación de todo creador: la arquitectura, la pintura y la escultura, con tal maestría y magia que ha dejado a todo mundo bajo una fascinación constante e incomprensible. Las imágenes dan la impresión de estar flotando en una tercera dimensión, luchando por liberarse del espacio y lugar al que han sido confinados para siempre. Las figuras parecen cobrar vida y romper con el silencio que han mantenido durante siglos con un simple diálogo. El que no haya visto esta obra, no ha vivido. Prométeme que en el próximo futuro harás todo lo posible por encontrar tu camino a Roma, y regozijarte ante esta maravilla. La tarde que pasamos en la Capilla Sixtina admirando estas reliquias me parecieron segundos en vuelo. Todo fue perfecto sólo que me hiciste falta, tú, compartiendo conmigo estos minutos de irreprensible éxtasis."

Inocencia leyó la carta y sintió por primera vez que la separación de Diego era más que un hábito que se habían forjado desde niños; esta vez el distanciamiento se le había hecho aún más difícil. Para entonces, se encontraba extrañándolo como no hubiese imaginado.

Rosa Inés le contaba sobre la belleza y dimensiones de las diferentes fuentes que se encontraban desparramadas por toda la ciudad. La que más le impresionó fue la famosa Fontana de Trevi, que más que una fuente parecía ser la fachada de un viejo palacio sostenido por varias columnas y decorado con estatuas. Entre paréntesis, la amiga le confesaba: "Arrojé varias monedas para que se me conceda regresar y la próxima vez que vengamos, nos acompañarás tú, ya verás como este deseo se nos cumplirá."

Las tarjetas le llegaban como gotas de agua, haciendo la soledad aún más desesperante. Cada vez que recibía una, la cubría de besos y cerraba los ojos transportándose a aquellos lugares. "Yo también iré y veré estos lugares con mis propios ojos," juraba.

Un domingo por la tarde, escuchó risas conocidas detrás de la puerta. Eran sus compañeros que la buscaban. Ambos le habían traído algunos recuerdos de Italia y le pedían que fuera a su casa a pasar la tarde con ellos. La chica aceptó de inmediato y al verse rodeada de sus dos mosqueteros, sintió un renovado soplo de vida. Pasaron la tarde nadando y descansando en la piscina. Rosa Inés, entretenida en una conversación sobre *ragazzi* que no tenía fin, y Diego, callado, observando de reojo la silueta bronceadísima al igual que las reacciones de Inocencia.

María Teresa, mientras daba órdenes a las sirvientas para que le ayudaran a poner las maletas en orden, sintió la presencia de alguien que la observaba al umbral de la puerta y volteó: era su marido de pie, impecablemente vestido en un traje negro, con el sombrero en una mano y un enorme ramo de flores frescas en la otra. María Teresa permaneció muda. Rodrigo le dijo en pocas palabras:

"Me he comportado como un asno. Una vez más, he venido a pedirte perdón. Esta separación me ha enseñado que éste es el lugar que me corresponde, atendiendo a nuestros negocios, pero aún más importante, quiero regresar a tu lado. Te he extrañado demasiado."

María Teresa lo vio y no pudo evitar sentir cierta lástima por aquel hombre que a pesar de tantos años de convivencia, aún no lograba comprender. No sabía si abofetearlo, o correr hacia él con los brazos abiertos. Se le acercó lentamente, le aceptó las flores, le dio un abrazo y le dijo que entrara, que tenían muchas cosas de qué hablar. Rodrigo le rodeó la cintura, la atrajo hacia él y le plantó un beso apasionado. María Teresa no hizo ningún esfuerzo por evitarlo, les pidió a las sirvientas que salieran de la alcoba y que cerraran la puerta detrás de ellas a la vez que les ordenaba que por el resto de la tarde, deseaba que nadie fuera a molestarlos.

A la mañana siguiente, la separación había sido un capítulo perdido en el papeleo de sus amoríos. María Teresa aceptó el regreso de Rodrigo bajo la condición que, de inmediato, tuviese una conversación larga y tendida con el hijo y se disculparan como era debido. Ante el asombro de su esposa, el marido aceptó sin reproche alguno.

Esa misma tarde, mientras el joven ponía en orden sus artículos personales, el silencio fue interrumpido por unos fuertes golpes a la puerta. La insistencia de tales golpes lo alarmó. Sorprendido, preguntó: "¿quién es?" y del otro lado escuchó la voz ronca e inconfundible de su padre: "Soy Rodrigo." Sintió una leve tensión que le recorría de un extremo a otro. Por unos segundos, se quedó inmóvil. Instintivamente se acercó hacia la puerta y la abrió de un tirón: se vieron cara a cara. Se cruzaron miradas de un cansado duelo bajo control. Rodrigo permaneció de pie esperando la reacción de Diego. El joven lo vio con cierta frialdad, forzando una sonrisa: "Hola padre, pasa." Al escuchar esta palabra de labios de Diego, el macho amansado exhaló un suspiro de alivio y continuó: "Jamás debí haberte humillado o rechazado de tal manera. Tú no tienes la culpa de los errores que hemos cometido tu madre y yo. Aunque no lo creas, a pesar de todo, te he aprendido a querer y a ver como a mi propio hijo. He venido con el único propósito de pedirte perdón."

El joven se mostró dudoso, mas la actitud de su padre lo tomó desprevenido y queriendo aprovechar esa espontánea muestra de docilidad, le dijo con una nueva fuerza de carácter: "Estás perdonado. Mi madre ha sabido quererme lo suficiente por los dos; además, en esta casa nunca me ha faltado nada y a pesar del respaldo moral que me has negado, he aprendido a ser feliz. Lo único que te pido es que de ahora en adelante no te inmiscuyas en mis asuntos personales."

La franqueza impactante de Diego terminó desarmando a Rodrigo quien tuvo que doblegarse ante la nobleza de su hijo: "Tienes razón." Se dieron un abrazo paternal pero antes de despedirse, el hacendado arrepentido mostró un renovado interés en la carrera del hijo a lo que Diego contestó: "Durante nuestro viaje por Italia tuve tiempo de hablar con mi madre sobre mi futuro. He decidido ingresar en la universidad y continuar mis estudios en algún campo relacionado con las matemáticas; quizá me decida por la administración de negocios y hasta he pensado en la posibilidad de considerar la arquitectura."

—¿La arquitectura? es la primera vez que te oigo decir que te interesas por ese estudio. ¿A qué se debe?

—Quizá se deba a mi nuevo descubrimiento de los célebres arquitectos italianos que le ha dado nuevas alas a mi imaginación:

—¡Ah, vaya, debí haberlo imaginado!

Padre e hijo se despidieron cordialmente dejando tras ellos profundas huellas de un incesante y recíproco odio e incomprensión.

***

El regreso de Rodrigo y su inexplicable contrición hacia todos había traído consigo una ambiente de armonía que reinaba por todos los ámbitos de la Casa Grande. Había inyectado una nueva energía a sus labores, y un renovado romanticismo en el matrimonio. María Teresa ignoró los susurros que corrían entre boca y boca y se conformó con ser el objeto de tantas atenciones.

En ese estado de completa concordia transcurrió el último cachito del verano que le quedaba a Inocencia en casa. Cada fecha del calendario que cruzaban, sus padres sentían un peso que les iba oprimiendo el corazón un poco más. Con la misma resignación de siempre, Esperanza y Eusebio salían poco después de la salida del sol a las rutinas diarias y por las noches, desgranaban los minutos que les quedaban para compartir los tres. Con frecuencia, Esperanza veía a la hija con la vista perdida en la distancia. Se imaginaba que la chica hacía tiempo había dejado de pertenecer a su pequeño mundo y estaba pasando por un período de extrema ansiedad interior. Estaba ahí físicamente pero sus pensamientos volaban muy lejos, hacia California, donde le esperaba toda una hazaña virgen que conquistar. Esperanza se sentía culpable de albergar sentimientos de incerteza que le impedían gozar plenamente de la buena suerte de la hija. ¡Qué extraña es la felicidad!—reflexionaba—como una rosa en primavera con espinas escondidas bajo los sedosos pétalos, rasgando la piel y causando dolor: es una sublime traicionera.

Para la joven, las sobras de ese verano fueron de una agitación creciente. Se levantaba irradiando de alegría, y para el mediodía, caía en la cama, presa de zozobra. ¡Qué pronto se acostumbra una persona a las comodidades, los pequeños lujos, todos esos pequeños detalles que separaban a ella y a sus padres del mundo De las Casas! Sentada en la cama, de improviso, se invadió de confusión y tristeza.

Cerró los ojos. Por primera vez vio el presente al desnudo tal y como era. Decidió que de ella, y de nadie más, dependía la felicidad. Se fijó varias metas: alcanzar el grado de formación académica más elevado que le fuera posible, llegar a ser una mujer autosuficiente, y sacar a los padres de la pobreza para siempre. Sí, ella sabría brindarles una dicha a manos llenas, y pensando en eso, todavía vestida y con la luz prendida, se transportó a la fantástica dimensión de los sueños.

Diego buscaba la forma de despedirse de ella de una manera más íntima y personal, pero las arenas del reloj se le filtraban entre las manos y no encontraba la forma de hacerlo. Poco antes de la partida de la joven, él se mostraba inquieto y malhumorado. Desde su cuarto, se asomó por la ventana en dirección a la casa de Inocencia, y al hacerlo distinguió la inconfundible silueta de la misma. La siguió con la mirada y la vio caminar hacia el ojo de agua. Sabía que esa sería la última oportunidad para estar a solas con ella e instintivamente salió de la casa, siguiéndole la pista. Al llegar se acercó sigilosamente, observando su frágil figura que cortaba la superficie del agua nadando tranquila y libremente. Sin decir una palabra, Diego brincó al agua y nadó tras de ella, sorprendiéndola. Inocencia lo vio y siguió nadando, desafiándolo a que la alcanzara. Nadaron varios minutos hasta que Diego le dio alcance y así lado a lado, terminaron exhaustos a la orilla del río. Salieron del agua casi sin respiración y se tiraron sobre el césped donde pasaron el resto de la tarde, muy cerca el uno del otro, expresando en pocas palabras su tristeza, interrumpiendo el silencio con uno que otro beso. Al morir la tarde, el joven le dijo simplemente:

—Inocencia, de alguna manera serás mía. Tenme confianza y no me olvides.

—Quiero creerte, pero no sé si podamos mantener una relación tan estrecha por tanto tiempo.—En sus ojos se reflejó la impotencia ante la inevitable separación que los amenazaba.

La mañana siguiente, Esperanza y Eusebio corrían de un lado de la casa al otro, ayudando a la hija a empacar. Dos maletas y un maletín pequeño de mano eran todas sus pertenencias. Entre la ropa de la chica, la madre colocó un rosario, una Biblia diminuta y una botellita con agua bendita. Le pidió que se sentara a su lado y con palabras tiernas le dijo:

"Hija, en pocos minutos vas a hacer un viaje muy importante. Ya estás en la edad de saber la diferencia entre el bien y el mal y a medirlos con la voz de tu conciencia. Aprende a ver a las personas con un tercer ojo interior y a escucharlas con el corazón. Camina siempre con la frente en alto. No te alejes de la veredita de Dios. No te olvides que aunque tu papá y yo estemos lejos, siempre estaremos muy cerquita de ti. Vaya con Dios, mi'ja, no le tenga miedo a un mañana, que es como un regalito lleno de sorpresas." Le dio la bendición mientras que dentro de ella decía: "Cuídamela, Diosito, ella es todo lo que Eusebio y yo tenemos en este mundo."

Antes de salir al aeropuerto, Inocencia fue a casa de don Rodrigo a despedirse. Se vio rodeada de docenas de personas que la acogían y le llovían frases de buenos augurios. La joven sentía que las rodillas se le doblaban y se le nublaba la vista. Los hermanos insistieron en acompañarla hasta el aeropuerto, a pesar de sus súplicas:

—Rosa Inés, no sabes lo que significa para mí alejarme de las cuatro personas que más quiero en el mundo. Temo cambiar de opinión a última hora y no quiero que sean testigos de una escena embarazosa.

Rosa Inés, la confortaba:

—No digas tonterías, eres la persona más cabal que conozco y más que amiga, eres mi hermana. No nos niegues a Diego y a mí la satisfacción de compartir contigo este paso tan decisivo.

Las frases de Rosa Inés la conmovieron y finalmente consintió.

Eusebio tomó las maletas y las subió al coche. Era la primera vez que los tres veían un avión de cerca. Jamás se imaginaron que su pequeña abordaría algo semejante. "Jesús, María y José" exclamó sorprendido al verse frente a aquella monstruosidad. Se armaron de valor para que la hija no viera el terror que a ambos había invadido. Una vez en el aeropuerto, los seis jóvenes y sus familias se despedían entre un chubasco de abrazos, besos y últimas recomendaciones. De todos recordaba la osadía de Diego, quien aprovechándose del alborozo, la atrajo hacia él, robándole un rápido y ligero beso en los labios.

Sucedió todo tan de prisa que los padres de Inocencia no recordaban en qué momento se fue alejando de ellos. La joven con el corazón palpitando fuertemente y las rodillas débiles de una mezcla de excitación y melancolía, volvió por última vez a buscar a sus padres, mas lo único que alcanzó a ver a través de las pupilas húmedas fue un mar de brazos que se extendían formando un inmenso adiós en el aire.

La sinergía de los viajeros la transportó dentro del avión. Alguien la llevó hasta un asiento, le dio instrucciones, le ajustó el cinturón de seguridad y cuando menos pensó, el avión se movía a una velocidad sorprendente. Volvió la cara hacia la ventanilla, sintió el corazón en la garganta, la boca seca y los ojos, pensó, se le saldrían de las órbitas. Al mismo tiempo que despegaba el avión, sintió ella un tijeretazo que de una tajada, cortaba el cordón umbilical que por tantos años había forjado una unión inseparable con sus padres.

Por unos minutos reinó el silencio en el avión. Al mismo tiempo, la ciudad, los familiares y los amigos se fueron desvaneciendo y quedando atrás. Inocencia vio cómo la ciudad poco a poco se iba esfumando y en su lugar las ventanillas se cubrieron de una enorme nube que los cubrió a todos. Cerró los ojos, murmuró el Ave María y poco a poco fue sintiendo que la sangre le regresaba a las manos y a los pies. El resto de los jóvenes experimentaban sentimientos semejantes. Minutos después, volvió el ánimo y la alegría propia de un puñado de jóvenes a punto de romper con el pasado y dar comienzo a una aventura nueva y excitante.

Al tocar el pie derecho el suelo de California, la estancia de la chica se convirtió en un remolino interminable. En el aeropuerto, ella y los compañeros se vieron rodeados por un grupo numeroso de gentes que les daban la bienvenida con un letrero a todo color que decía *"WELCOME."* Los sentaron y comenzaron a bombardearlos con preguntas en inglés, mientras que una intérprete intentaba inútilmente dar respuestas simultáneas. Del aeropuerto los llevaron a un restaurante de lujo, donde los esperaba otro grupo numeroso de personas que les dieron la bienvenida con un espontáneo aplauso. Los sentaron en una mesa larga de manteles blancos al frente de un comedor enorme; mientras les servían un abundante plato de ensalada, un señor cuarentón de traje y corbata hablaba en un micrófono. La intérprete les indicó que al oír su nombre, deberían ponerse de pie y dar las gracias; podían hacerlo en español si gustaban. Al escuchar su nombre, Inocencia se puso de pie y con una temblorina dijo simplemente: "Esperanza Salvatierra, a sus órdenes." Le extrañó ser la causa de tanta atención.

Esa misma tarde los llevaron a un edificio de línea moderna, de varios pisos dentro del cual se encontraban los dormitorios. A cada uno les habían asignado un compañero o compañera de cuarto de nacionalidad americana con el objeto de fomentar la amistad entre los estudiantes de diferentes culturas, y al mismo tiempo, facilitarles el aprendizaje del inglés a los estudiantes mexicanos. A Inocencia le asignaron un dormitorio en el segundo piso con una ventana cuya vista daba hacia el mar. La habitación doble se encontraba dividida en dos secciones, por medio de un librero alto permitiendo cierta intimidad a las dos ocupantes. A cada lado del cuarto, de un amueblado sencillo y práctico se encontraba una cama, un escritorio y una silla, un cómodo sillón y un ropero empotrado de pared a pared, con suficiente espacio para un cupo de tres veces la cantidad de artículos de ropa que ella poseía. La chica se quedó encantada de su nueva habitación, la cual le pareció que era tan grande como su casa en México. Cindy, una americana de buena estatura, delgada, de ojos claros y cabello lacio, rubio, ocupaba el lado opuesto. La compañera de cuarto le dio la bienvenida con un simple: *"Hello. My name is Cindy."* Inocencia le ofreció la mano en forma de saludo y contestó un tanto indecisa: "Hola. Me llamo Inocencia." Cindy la vio un poco desconcertada, le devolvió el saludo que le pareció demasiado formal y salió del cuarto diciéndole *"Goodbye,"* y algo más que no entendió. Después de dejar las maletas, a los jóvenes los llevaron a conocer el edificio y las proximidades. El primer piso contaba con una inmensa sala de juego y actividades con varias mesas de ping-pong, televisores, con mesas regadas de revistas, periódicos y una barra donde vendían refrescos, dulces y toda clase de chucherías en bolsitas plásticas. La sala estaba atestada de chicos ruidosos viendo un partido de fútbol en la televisión y todos bromeaban, comían y bebían al mismo tiempo.

Después de conocer los dormitorios y demás, los jóvenes regresaron a sus cuartos. Al quedarse dormida esa noche, Inocencia consideró que ese había sido el viaje más largo y emocionalmente exhausto que había hecho. Cerró los ojos y pensó en su madre. Volvió a abrirlos rápidamente, se persignó y dijo: "Buenas noches mamá y papá…y buenas noches a ti, Diego…" El cansancio pudo más que la tristeza y en cuanto la cabeza tocó la almohada, se quedó dormida.

El lunes de apertura escolar los estudiantes mexicanos, en grupo, se dirigieron hacia el plantel y vieron cómo todo el estudiantado, en forma de una estampida humana móvil, caminaba a paso acelerado hacia un rincón extremo del plantel. Los estudiantes recordaron entonces lo que la intérprete les había informado: la asamblea general era una tradición del inicio de todo año escolar que se llevaba a cabo en el gimnasio. Al entrar, la masa homogénea se dividía en tres: una de éstas se reunía en las gradas, al lado derecho; una segunda, al lado izquierdo; y una tercera, en el centro del gimnasio. Por cursar ellos el segundo año de la preparatoria, les correspondía tomar asiento en las gradas del lado derecho. Inocencia y los compañeros, aterrados, se veían entre ellos y se encogían de hombros sin saber lo que estaba pasando. Entre el ruido ensordecedor de una banda y gritos que provenían de todas direcciones, a una señal, todos los jóvenes del lado derecho, pataleaban las gradas, se ponían de pie a una vez y gritaban: *"Hello, Sophomores, Juniors say Hello,"* a lo cual el grupo sentado al lado izquierdo se levantaba igualmente y gritaba: *"Hello, Juniors, Sophomores say Hello,"* seguido por el grupo sentado en el centro que, de igual forma, se levantaba y gritaba: *"Hello, Juniors, Seniors say Hello,"* y así sucesivamente hasta terminar todo este episodio de locura en un gigantesco aplauso cuyo volumen alcanzaba un nivel máximo de ruido y amenazaba con derrumbar el techo mismo del edificio. Los jóvenes mexicanos se preguntaban qué demonios estaba sucediendo. Después de unos minutos supusieron que era un saludo espontáneo que se daban los tres niveles de preparatoria entre ellos mismos. Javier, uno de los seis estudiantes mexicanos del grupo, había llegado tarde a la asamblea de apertura, y al entrar al gimnasio y no sabiendo hacia dónde dirigirse, tomó asiento en la última hilera de la sección del centro, sección de privilegio asignado a la clase de *Seniors,* la clase de señoría en la escuela. Un grupo de jóvenes de dicha clase se le acercó y en tono de gendarme, le dieron una orden. Javier, despavorido, sin comprender lo que se le pedía, permaneció en el asiento e inútilmente les contestó en español. Después de varios segundos, en un movimiento uniforme, un grupo de *Seniors* lo levantó a la fuerza y corrieron con él hacia afuera mientras que el joven gritaba: "Déjenme en paz, no hablo inglés." Inocencia y los compañeros salieron inmediatamente del gimnasio y al salir, a poca distancia encontraron a Javier de cabeza en el bote de la basura. Al tiempo que los compañeros lo sacaban, Javier, humillado, entre maldiciones juraba vengarse de los "pinches gringos," pero después de unos minutos, al ver que no había sufrido ningún golpe, y sucio de una punta a la otra, él mismo comenzó a reírse a carcajada abierta, seguido por los compañeros: "Lo que pensarían de mí en casa si me vieran así," dijo. "Creo, queridos amigos, que he aprendido mi primera lección, en nuestro mundo nuevo." Después que se le quitó el susto, corrió hacia su cuarto a cambiarse de ropa y darle a la cultura adoptiva una segunda oportunidad. Los jóvenes regresaron a la asamblea donde los gritos se habían apagado y todo aparentemente había regresado a la normalidad. Después de varios discursos breves, se terminó la asamblea y cada uno de los estudiantes se dirigió hacia el salón de la primera clase.

Inocencia y los compañeros siguieron sus horarios y se dieron cuenta que cada uno tenía una clase diferente. Hasta entonces habían estado muy unidos compartiendo todas las nuevas experiencias desde su llegada y no fue hasta que tuvieron que separarse que se percataron de lo inmensamente solos, y perdidos que se encontraban. Se desearon suerte y cada quien salió en dirección distinta. Inocencia estudió el mapa del plantel y dio fácilmente con la primera clase: ¡Inglés, para colmo de males! Tomó asiento en el último mesabanco de la primera hilera y al entrar vio cómo la mirada de varios chicos la siguieron, desvistiéndola, seguida de algún comentario y risas sarcásticas. Cayó en cuenta que las chicas vestían ropa a la última moda, y se veía que habían pasado un buen rato ante el tocador. Ella sobresalía entre el grupo como mosca en leche. Los cortes eran modernos, de corte sencillo y colores vivos. No sería tan difícil hacer unos cambios en el vestuario. En eso pensaba cuando el eco de un sonido fuerte y seco, le llegó hasta los oídos. Vio entrar a una maestra de edad avanzada, alta, huesuda, un tanto encorvada con unos medios lentes que le colgaban de una cadena sostenidos en la punta de la nariz, que se colocaba de pie detrás de un podio a tomar lista. Los alumnos la vieron entrar y no se molestaron en ponerse de pie ni ponerle atención. Siguieron la plática hasta que la maestra les pidió que guardaran un poco de silencio. Al oír sus nombres, los alumnos simplemente contestaban: *here,* o *yeah,* o simplemente dejaban escapar un pujido y la maestra continuaba. Al llegar a su apellido, la maestra se arregló los lentes e intentó pronunciar el apellido: "Salvatierra," mientras que reinó el silencio, la maestra levantó la vista buscando al alumno de un apellido que nunca había escuchado y al hacerlo, Inocencia se puso de pie, pronunció su apellido lentamente y en voz alta. La maestra lo repitió hasta que le salió algo parecido a: Salvatierrrrrrrrrrrrrrrra, al tiempo que todos se reían. Una vez más la chica extranjera se sintió abrumada por las miradas intrusas que le caían por todos lados. Sintió que el rostro se encendía; quiso salir fuera de ese lugar cuyos seres humanos y lenguaje le parecían más bien de un mundo ajeno, devorador y pendenciero. Al salir de la clase la maestra le hizo varias preguntas y al ver la cara en blanco de la estudiante, la tomó de la mano y la llevó hacia la oficina de un asesor académico. La joven extranjera estuvo un largo rato sudando en frío preguntándose qué falta tan grande había cometido. Imaginó lo peor. Estaba a punto de llorar cuando vio entrar a una señora mexicana muy amable que al verla angustiada la consoló diciéndole:

"Hola, Chiquita, soy la señora Miranda, no te asustes. Estás aquí porque tu maestra no se explica qué estás haciendo en su clase de Inglés a nivel intermedio puesto que tu conocimiento es muy limitado."

La chica escuchó las palabras de la señora y sintió un gran alivio. Mientras tanto, los demás jóvenes corrían suertes parecidas. Ninguno de ellos lograba comprender en lo más mínimo el material impartido. Poco a poco los asesores fueron cayendo en cuenta de la seriedad del problema, y puesto que no contaban con programas, ni personal docente con qué satisfacer las necesidades de los alumnos mexicanos, se vieron en la necesidad de pedir ayuda a un puñado de estudiantes bilingües. El asesor asignó un alumno que les serviría de guía y de intérprete a cada uno de los jóvenes durante la primera fase de introducción al sistema americano. Para Inocencia y los compañeros ese fue un paso decisivo que les ayudó a sobrevivir el choque cultural que los amenazaba.

Después de asistir al resto de las clases por la mañana, los compañeros se reunieron en el jardín del plantel a comer un almuerzo frío, rápido y ligero, y a hacer un intercambio de impresiones. Al estar reunidos, el trauma había disminuido considerablemente. Comieron con gran apetito y a pesar de la comprensión limitada en Inglés, los seis mostraban caras de alivio y de optimismo. Los breves minutos de almuerzo pasaron rápidamente y una vez más los jóvenes se vieron obligados a caminar a paso acelerado hacia la siguiente clase. Inocencia vio el horario: clase de Educación Física. Corrió hacia el *locker*, guardalibro de metal, asignado a cada estudiante, empotrado en las paredes de los corredores de los edificios, y sacó una bolsa que contenía el traje de gimnasia y tenis blancos. Se dirigió hacia el edificio de vestidores adjunto al gimnasio a toda prisa. Al entrar observó la naturalidad con que las chicas se quitaban la ropa, la guardaban en los pequeños *lockers,* y salían a toda prisa hacia afuera. Puesto que a Inocencia no se le había asignado el suyo, y no sabiendo qué hacer, caminó hacia la oficina de las maestras de gimnasia, pero vio que se encontraba cerrada. Una de las profesoras caminaba de un lado al otro con un silbato en la boca, apurando a las chicas a vestirse y salir a toda prisa. La joven mexicana se le acercó e intentó decirle que no contaba con un casillero, pero la americana no le puso atención—le dio una nalgadita y le dijo con ademanes impacientes que se apurara, apuntándole hacia el reloj en la pared—. Inocencia se quitó la ropa a toda prisa y la dejó sobre una banca a un lado de los vestidores, se puso el traje de gimnasia blanco de una sola pieza, la parte inferior le quedó como un calzón abultado. Se vio al espejo y se sintió ridícula. Recordó entonces lo que le dijo su compañera de cuarto: más que traje de gimnasia parecía que traían pañales de medida grande. Después de imitar los ejercicios de calentamiento que les enseñaba la maestra, jugaron un agresivo partido de voleibol, durante el cual Inocencia no daba una. Ese deporte nunca había sido de su agrado.. Cada vez que perdían un punto por la culpa de la mexicana, llovían las majaderías de las americanas que la criticaban sin compasión. Parecía que en ese juego se iban a jugar su suerte. En seguida, la maestra les hizo que recorrieran a trote dos veces el perímetro del campo de fútbol. Al terminar la hora de Educación Física, Inocencia regresó a los vestidores cansada, acalorada y bañada en sudor. Al entrar le dieron una toalla blanca, le indicaron que se quitara la ropa y se diera una ducha en los baños comunales. Al salir de la ducha se dirigió hacia la banca donde había dejado la ropa pero, para su sorpresa, ésta no se encontraba en el sitio donde la había dejado. Cubriéndose con la pequeña toalla, caminó hacia la oficina preguntando por su ropa pero nadie le entendía. La maestra salió y la vio de pie, agitada y hablando en español. Le indicó que regresara a vestirse pero Inocencia no se retiraba. De un movimiento brusco, la tomó del brazo, paseándola a lo largo del corredor, y le ordenó que se sentara, desnuda, en una silla en el rincón de la oficina hasta que lograra comunicarse con una persona que hablara español. Inocencia permaneció ahí largo rato convirtiéndose en el objeto de burla de todas las chicas que se asomaban a ver lo que estaba pasando. No aguantó más, comenzó a llorar desconsoladamente, arrepintiéndose de haber aceptado esa maldita beca. Minutos después llegó la señora Miranda que la había salvado una vez más esa mañana y habló con la joven que entre sollozos le explicaba la razón por la que no se encontraba vestida. La señora Miranda, conmovida, habló con la maestra e inmediatamente le trajeron la ropa, arrugada, que habían metido en un ropero donde guardaban objetos extraviados. La maestra le dijo a la señora Miranda que habían hecho eso para que a la chica le sirviera de escarmiento y que no se atreviera a desobedecer las reglas por segunda vez. La señora Miranda, mostrando impaciencia, cruzó varias frases cortantes con la maestra, le ayudó a Inocencia a vestirse y le asignó un casillero, indicándole, paso a paso, lo que debería hacer a partir de ese día. La joven dejó de llorar, se vistió rápidamente y salió de prisa hacia la sexta y última clase, a la que ya iba de retraso. Al entrar al salón despeinada, el vestido arrugado y los ojos hinchados, una vez más sintió el peso de todos los estudiantes que la escudriñaban. Con la poca dignidad que le quedaba, levantó la cabeza muy en alto y a paso lento se sentó en uno de los escritorios desocupados. El maestro le preguntó su nombre a lo que Inocencia respondió con voz alta y timbre claro: "Inocencia Salvatierra, a sus órdenes." La seguridad en la voz de la chica desconcertó a todos que poco a poco le fueron quitando la mirada de encima. El maestro le dio la bienvenida y sin más contratiempos, continuó. La joven descansó la cabeza sobre el escritorio contando los minutos que le quedaban para terminar la última clase. Finalmente, al oír la campana, la joven salió corriendo a toda velocidad hacia el dormitorio. Al llegar, cerró la puerta detrás de ella, cayó en la cama, cerró los ojos y se transportó por unos segundos al regazo de su madre diciendo en voz alta: "Mamá, ¿qué demonios estoy haciendo aquí? no me abandones."

A la mañana siguiente, Inocencia despertó sintiendo un poco más ligero el peso de la congoja. Se levantó muy temprano, se bañó, se vistió, se arregló el cabello más que de costumbre, y bajó al desayunador que encontró zumbando por cientos de abejitas revoloteando en el enjambre. A pesar del trauma que había experimentado el día anterior, no pudo evitar sentirse reanimada por una nueva carga de optimismo. Se reunió con los compañeros con quienes compartió relatos similares a los suyos. El primer día había pasado a los anales y todos se dispusieron a darle al segundo día una cara nueva. Se rieron de los desvaríos, tomaron un desayuno substancioso y salieron hacia sus respectivas aulas con un renovado espíritu de contienda.

El martes, Inocencia se armó de valor y se dijo a sí misma que no iba a permitir que una serie de pormenores le arruinara el hecho de estar ahí, en suelo americano, y de vivir una experiencia considerada envidiable por cualquier otro estudiante extranjero. Se propuso enfocarse en las características positivas de todos los incidentes que se le presentaran y sacar el máximo provecho de éstas, por más difíciles que fueran. Se dirigió de una clase a otra sin ningún tropiezo. Aprendió a decir simplemente: *Here,* cuando los maestros pronunciaban su nombre al tomar lista. Durante la clase de Educación Física, encontró su *locker*, se vistió y se presentó en el campo al aire libre para hacer los ejercicios de calentamiento. Cometió menos errores durante el juego de voleibol y al terminar la clase, se desvistió a toda prisa, tomó una ducha y encontró la ropa en el lugar en que la había dejado. Una que otra chica la vio de reojo y ella devolvió la mirada con toda dignidad sin temor alguno. Al salir de la última clase, se sintió más animada. Desde un principio se dio al hábito de nadar una hora diaria en la piscina para estudiantes que radicaban en los dormitorios y mientras lo hacía, en cada brazada sentía que poco a poco se iba despojando de la tensión, el cansancio y el nerviosismo que el cuerpo iba acumulando durante el día. Terminaba fresca y relajada y después de una ligera cena, se reunía con los compañeros en una de las salas del mismo edificio y pasaban varias horas de estudio riguroso. Cada uno, equipado de un diccionario Inglés-Español que llegó a formar parte íntegra de ellos mismos, se distribuían el material que deberían dominar esa tarde. Subrayaban todas las palabras en inglés que desconocían, buscaban la traducción al español en el diccionario e intentaban darle sentido a una frase, tras otra, palabra por palabra. Era ése un ejercicio laborioso, lento y tedioso pero era la única forma de llegar a comprender el vasto contenido que los maestros habían presentado. Terminaban cerca de la media noche, agotados, dormían pocas horas y se levantaban con los primeros rayos del sol que anunciaba la llegada de un nuevo día.

En esa rutina de disciplina inquebrantable soportaron las primeras semanas. El progreso era lento y con frecuencia uno de los compañeros se desesperaba; pero el resto del grupo estaba siempre ahí para renovar el ánimo.

Los fines de semana, los jóvenes sintieron la necesidad de crear un cambio de rutina. Comenzaron a comprender la importancia que los deportes, sobretodo el fútbol, tenía en la identidad del joven americano. Veían a un puñado de jóvenes guapas, de largas piernas bien formadas, en trajes de falda cortísimas, llamadas *Cheerleaders,* portando, en cada mano, dos enormes globos, *pom poms*, hechos de tiras de papel de colores rojo y plateado, los colores de la preparatoria. Las chicas pegaban saltos y gritos y ejecutaban toda clase de maromas y formaciones curiosas al tiempo que el estudiantado irrumpía en un estruendoso aplauso y señales de aprobación. Acto seguido, los jugadores de fútbol marchaban en trajes del mismo color que las chicas amenizadoras y se sentaban al frente ante la adulación de los asistentes. Ese era el comienzo de una larga tradición que culminaba con el partido de fútbol que se jugaría ese viernes por la noche.

Los seis se mostraban sumamente intrigados por todas esas escenas impulsivas y dramáticas que desplayaban los jóvenes. No sabían si reírse o tomarlas en serio. Poco a poco se fueron dando cuenta que dentro del alumnado, los jugadores de fútbol y las *Cheerleaders,* pertenecían a un grupo exclusivo y envidiable. Todos los estudiantes deseaban ser amigos o infiltrarse en ese grupo privilegiado. Dentro del grupo el capitán del equipo de fútbol era el verdadero héroe y era casi seguro que éste caminara del brazo de la chica más guapa de los *pom poms* como un pequeño trofeo que lucía por toda la escuela. Con frecuencia Inocencia se preguntaba qué opinarían Diego y Rosa Inés de toda aquella farándula y se divertía observando cómo se desenvolvía todo ese complejo fenómeno social.

A pesar de lo infantil de todos esos ritos, los chicos mexicanos asistían a los juegos de fútbol porque después de todo, el entusiasmo era contagioso y hasta divertido. Por varias horas se olvidaban de los problemas con el idioma y se perdían entre el anonimato de la multitud y los gritos de los estudiantes y de la comunidad que asistía a respaldar a los jugadores. Los partidos se jugaban entre equipos de escuelas preparatorias del condado. Después del juego asistían a un baile para estudiantes que se llevaba a cabo en el gimnasio de la misma escuela. Ahí, a media luz, las jóvenes parejas exploraban el mundo prohibido de la intimidad, con la torpeza propia de una pasión naciente al son de una banda local interrumpiendo las piezas románticas con las de música eufórica del *Rock'n Roll.* Inocencia observaba a las parejas. En ese instante se le venía encima el peso de tantos años de convivencia con Diego y no aguantaba más, salía hacia afuera a que el silencio de la noche despejara un poco la mente de tantos recuerdos que la atormentaban. Sus compañeros, igualmente, se sentían completamente fuera de lugar en esos eventos sociales, tan diferentes a los que ellos asistían en México.

Los fines de semana, temprano, salían a explorar los diferentes rincones de su pequeño mundo. Uno por uno fueron descubriendo las fuentes de belleza natural con que Dios había bendecido esa región del Sur de California. Para comenzar, el clima era ideal—un otoño templado regado de vez en cuando por las lluvias temporales que lo bañaban todo y le daban un brillo nuevo a las calles, parques y playas que en esa región, abundaban.

Inocencia se remontaba al verano en Acapulco y se sentía atormentada, reviviendo ebrios atardeceres.

En una ocasión tomaron el autobús hacia el centro de la ciudad y se dirigieron hacia uno de los lugares más populares de los adolescentes. Era un restaurante en forma circular que se especializaba en el platillo favorito del americano: hamburguesas, papas fritas y malteadas. Una característica singular eran las meseras jóvenes, coquetas, que vestían faldas cortas y ampolladas y se deslizaban en patines mientras que servían a los jóvenes en los coches estacionados en círculo al restaurante. Para los jóvenes mexicanos era ésta una escena de película. Después de comer unas deliciosas hamburguesas los jóvenes caminaron hacia un cine. Esa noche la calificaron como "La Noche Gringa," porque les pareció que estaban viviendo una experiencia clásica americana.

Cada semana procuraban expandir sus conocimientos un poco más y explorar diversos lugares. Visitaban el famoso Parque Zoológico a pocas millas de la residencia, o se preparaban un almuerzo y disfrutaban de los diversos jardines, museos y demás amenidades que ofrecía el vasto Parque Balboa.

Después de convivir unas semanas entre los americanos, observaban que los Estados Unidos era un país curioso y contradictorio: la diferencia más notable radicaba en una característica sobresaliente: el americano era mucho más alegre y jovial. La cultura, manerismos y el modo de vivir reflejaba un envidiable espíritu libre y despreocupado. El americano vivía el momento y lo tomaba todo a la ligera; tal parecía que la nueva generación había heredado de los padres la cosecha de una siembra de abundancia y optimismo. La línea entre la niñez y la adolescencia era apenas discernible y la juventud se convertía en una prolongación plácida de una infancia inquieta y atrevida, como si el adolescente hubiese permanecido en un estado de entretenimiento perpetuo en el interminable camino hacia la madurez. Inocencia veía a los compañeros con una sonrisa amplia y permanente en los labios, haciendo planes para hacer algo divertido en cuanto terminaran las clases.

Mientras que el americano veía todo de color de rosa y pasaba ratos de ocio en un interminable baile efímero marcado por el enloquecedor ritmo de Rock'n Roll, Inocencia pensaba en la manera opuesta del estudiante mexicano, en la capital. Este pasaba los ratos libres en uno de los cafés que rodeaban las escuelas preparatorias, o universidades y ahí, apretujado, entre sorbos de café y el humo de cigarrillos, la voz se perdía entre la de muchos más, expresando con pasión desbordante su opinión sobre temas latentes de política y economía que afectaban directamente a la sociedad en que vivía; extrañaba el estímulo intelectual de los argumentos y el calor humano que impregnaban aquellos cafés, símbolos de la libre expresión de jóvenes de ímpetus desenfrenados.

En Estados Unidos, esa escena desencajaba. Al terminar las clases, se reunía con los compañeros de estudio en alguna biblioteca cuyo silencio y orden parecían más bien funerarias estériles y no centros de incitación e intercambio de ideologías a los que estaban acostumbrados. El estudiante americano parecía mantenerse al margen de toda noticia que fuese a interrumpir los ritos idílicos; pero aún más, parecía no darle la misma importancia a los sucesos mundiales que eran la preocupación del estudiante en cualquier otra parte del mundo. Inocencia se preguntaba cómo era posible que uno de los países considerado más potentes en el mundo, estuviese poblado de una generación de jóvenes tan ajenos a todo lo que les rodeaba; tal parecía que los Estados Unidos se había convertido en un Disneylandia gigantesco en cuyas calles los jóvenes vivían una existencia plástica en el País de las Maravillas.

Durante todo ese tiempo las cartas entre Inocencia y sus padres se cruzaban con frecuencia. Les decía que los extrañaba muchísimo y entre paréntesis, agregaba: "La comida aquí es buena y abundante pero, Mamá, nadie tiene tu sazón. Lo que daría yo ahora mismo por estar comiendo tus enchiladitas…" Se despedía en inglés con un simple: *I Love You,* y sellaba el sobre con un beso. Esperanza y Eusebio se llenaban de alegría cada vez que recibían noticias de la hijita. Marcaban la fecha en que Inocencia regresaría a estar con ellos y con la mejor letra le contestaban de inmediato: "Aquí, todo sigue igual; como era de esperarse, desde que Diego y Rosa Inés regresaron a la escuela en la Ciudad de México, la casa se ve muy solita. María Teresa y Rodrigo han hecho las pases y últimamente se les ve a ambos como tórtolos. Creo que la separación de este verano les hizo bien porque ya no se cogen del chongo como antes." Después de las mismas recomendaciones se despedía diciéndole que todas las noches rezaban por ella y que la llevaban siempre muy cerquita del corazón.

Las cartas de Diego, asimismo, le llegaban con religiosidad. En éstas el joven se empeñaba en describirle la ciudad en términos gráficos y sensoriales como si Inocencia jamás hubiese puesto pie en ella. "Este año he visto a México desde una perspectiva diferente: Morena, he llegado a la conclusión que esta ciudad es extraordinaria. Recuerdo el eco de tu risa que caracoleaba entre los altos edificios y regresaba a mis oídos y al recordarlos, soy inmensamente dichoso. A pesar de los miles de habitantes que se derraman por todas partes, al verme caminando solo, no dejo de pensar, ¡qué vacío se ve México sin ti! A tus padres los he visto un poco tristones. Mi madre dice que extraña los alegres cantos de Esperanza por la mañana y a tu padre no se le ve la chispa en los ojos. No se hacen a la idea de tenerte tan lejos...ni yo tampoco." Se despedía escribiéndole unas líneas de algún poema romántico, cuya última línea decía: "Poesía eres tú." "Siempre Tuyo, Diego."

Inocencia leía las cartas una y otra vez. Le gustaba leerlas en voz alta saboreando cada palabra. En una papelería había escogido unas hojas y sobres de un color lila suave. Compró una pluma con tinta del mismo color y la guardó en una caja forrada de terciopelo. El contenido de esa caja era para el uso exclusivo de la correspondencia con Diego. Todos los domingos, caída la tarde, se sentaba en un escritorio frente a una ventanilla que daba hacia una magnífica puesta del sol. Ahí, sola, se dejaba llevar hacia las tardes cálidas que tantas veces habían compartido el verano pasado, en las playas de México, y le escribía con la misma sencillez y cariño de siempre.

"Me encanta saber que te hago tanta falta. Al verme sumergida en este mundo tan ajeno, todo mi pasado me parece un sueño que se va desvaneciendo. Tus cartas y las de mis padres es lo único que me mantiene a flote; no dejes de escribirme. La estoy pasando bastante bien. El problema está que en este país se vive en la abundancia y a veces es tan fácil dejarse llevar por este mundo de excesos y olvidarse de todo y todos los demás. Ahora te escribo desde un rincón de mi cuarto donde contemplo la puesta del sol y me pregunto: ¿Lo estás viendo tú también? También yo te extraño a cántaros." —Con una diminuta botella de perfume francés rociaba unas gotas sobre las hojas de color lila, cerraba el sobre y lo cubría de besos.

Rosa Inés, por su parte le escribía cartas salpicadas de buen humor: "Inocencia, los chicos en la prepa están para chuparse los dedos; no sabes de lo que te has perdido. Me gusta otro muchacho de ojos verdes que de vez en cuando me lleva a dar la vuelta en su motocicleta (no se te ocurra decirle al sensato de mi hermano porque me va mal). Oyeme, lo traes cacheteando el pavimento, pásate la receta, ¿no? Me he divertido en grande leyendo tus cartas—eres tan dramática—. Parece que te estás amoldando un poco más a Gringolandia. A propósito, ¿cómo están los güeritos? NO te preocupes, no le voy a decir a Diego -ese será nuestro secreto, ¿OK—? Mis papis me han soltado un poco la cuerda y de vez en cuando me dejan quedarme a pasar el fin de semana en el apartamento de unas compañeras de clase y organizamos unas pachangas de viernes a lunes...ya te has de imaginar. Bueno, hablando un poco más en serio, sabes que te extraño un chorro. No sé si sea yo que siento tu presencia por todas partes o la cara larga de Diego que constantemente me recuerda tu ausencia. Haces mucha falta en la hacienda. Escríbeme. Tu mejor amiga, Rosa Inés."

Las cartas de la amiga automáticamente la ponían de buen humor. Es increíble, pensaba, Rosa Inés siempre tan alegre, tal parecía que había nacido bajo la estrella del eterno optimismo y la buena suerte. Con entusiasmo le contestaba:

"Rosa Inés, aquí nadie camina, todos corren a una velocidad incomprensible. Veo a los chicos y me parecen guapos y simpáticos pero ¿cómo entablar una conversación inteligente cuando tengo que buscar cada tercer palabra en el diccionario? Además, no quiero decepcionarte pero Diego continúa siendo mi As de corazones rojos—Créeme que tu hermano no es el único que anda con la cara larga. ¡No sé que va a ser de nosotros!— Pasando a otro tema, al aceptar esta beca sabía que el inglés sería mi calvario. Hay veces que me siento completamente paralizada. Imagínate, yo, acostumbrada a gozar de uno de los primeros lugares en todos los niveles escolares en México. Hablando de otras cosas, lo que más me sorprende de los chicos aquí es la soltura y la desfachatez con que tratan a sus padres. Constantemente se hablan de tú, será porque en inglés no existe la palabra 'usted' e inconscientemente el lenguaje coloca a todos, niños y adultos en el mismo nivel de familiaridad. La falta de respeto de los adolescentes hacia los padres lo aceptan como un simple: 'Están aprendiendo a desarrollar su autoestima, o están pasando por una época difícil; ya se les pasará.' Si tú o yo le hubiéramos contestado a nuestros padres con la altanería que el *teenager* americano lo hace, ni tú ni yo hubiéramos vivido para contarlo. Aquí, la nueva generación se está emancipando a montones. Si tan sólo le dieran tanta importancia a la crianza de los hijos como lo hacen en los demás aspectos. Fuera del calor que engendran los pequeños círculos de familiares y amistades, me parece que es una sociedad sumamente práctica, moderna y funcional: como una máquina en perfecto orden, ausente de sentimiento. Si tan sólo pudiésemos combinar la eficiencia, la disciplina y la técnica avanzada del americano con la sensibilidad, creatividad y sentido de humor del mexicano, tendríamos una sociedad perfecta, ¿no crees? Bueno, nadie es perfecto. El americano tiene muchas otras cualidades: es abierto, libre, y no tiene miedo de tomar riesgos. Es un ser moderno, complejo y agresivo. Ya ves, puedo ser objetiva.

Me da gusto saber que te estás divirtiendo mucho en la escuela pero, te suplico, ten mucho cuidado cuando te montes en la motocicleta de ese chico que "te trae loca." Perdóname, ya estoy dándote consejos como tu hermano. Extraño mucho tu vitalidad y tu personalidad explosiva. Recibe un fuerte abrazo de tu mejor amiga...Inocencia."

Durante el transcurso del primer año, las cartas de la joven a los padres y a los amigos se cruzaban como pájaro en vuelo. Una mañana, poco antes de la temporada de la Navidad que los seis jóvenes esperaban ansiosos para regresar a casa, se les vino el mundo encima. Un lunes se llevó a cabo la entrega de calificaciones. Muy a su pesar, fue un gran choque para los estudiantes. La mayoría recibió calificaciones de "C," y "D," no más del 70% en las cinco clases. Para ellos significó una decepción inconcebible.

Durante la hora del almuerzo se reunieron, apenas si probaron bocado y se veían los unos a otros con espíritu de palomas heridas. Después de aplicarse a los estudios de tal manera, los resultados habían sido como una bofetada a todos sus esfuerzos. Se preguntaban si las calificaciones amenazarían la posibilidad de continuar estudiando bajo la beca o si serían expulsados de la escuela.

Al salir de las clases se presentaron en la oficina del asesor, el señor Mathews. Este les informó que para ser el primer semestre y no tener dominio del inglés, las calificaciones, significaban un esfuerzo notable. Les aseguró que sus becas no estaban en peligro alguno y que los maestros mismos habían expresado admiración por el interés y mejoramiento que el grupo en general había logrado durante el primer período escolar. Los alumnos salieron de la oficina un poco más consolados, pero dentro de ellos mismo se sentían derrotados. Ese fin de semana salieron todos a caminar a la playa y sentados en la arena, uno a uno tomaron la palabra. Después de una larga conversación, Santiago decidió que la única opción para él sería permanecer en California durante las vacaciones de Navidad y tomar un curso intensivo de Inglés para sacar el máximo provecho de su estancia durante el primer año escolar: no quería regresar a casa derrotado. Al escuchar la decisión que había tomado el compañero, Inocencia sintió que hacía varios meses que no veía a sus padres ni a Diego; no se imaginaba pasar seis meses más alejada de ellos. Ana María no dijo nada, simplemente corrió hacia el agua y se echó un brinco en las aguas frías del mar. Beatriz, Adolfo y Javier se quedaron pensativos unos minutos; la idea era excelente pero, estar lejos de sus padres en una época tan especial les parecía demasiado pedir. Inocencia se mordió los labios y fue la primera en decir: "Que me perdonen mis padres; Santiago, tienes razón, has tenido una idea magnífica, cuenta conmigo." Al ver el entusiasmo de la joven, el resto del grupo aceptó, no sin expresar el enorme sacrificio que harían. Después, tomados de la mano corrieron todos hacia el mar y se reunieron con Beatriz, que para entonces había entrado en calor y revoloteaba entre la espuma de un mar alborotado.

La noticia que Inocencia no regresaría a pasar la Navidad en la hacienda fue demasiado para Esperanza. Hacía un mes que no hacía otra cosa que esperar el regreso de la hija y al saber que no vendría se sumió en una gran tristeza. Eusebio la consolaba recordándole que el tiempo se pasaría rápidamente y que pronto estaría entre ellos y pasarían unas largas y gratas vacaciones de verano. La madre no encontraba consuelo.

Al recibir la carta de Inocencia, Diego la arrojó al suelo con desprecio, se puso la chamarra y salió a caminar solo por las calles de la ciudad que ya eran testigo de los primeros fríos del invierno. Había estado haciendo planes para llevarla aquí y allá cuando regresara y ahora esto. Como niño encaprichado, no le contestó, y al no recibir noticia suya, Inocencia supo interpretar el silencio. Rosa Inés, sin embargo, fue la única que la apoyó en su decisión.

Se terminó el semestre escolar y los dormitorios se vaciaron. Los seis jóvenes mexicanos, con la ayuda del asesor, contrataron a la Señorita Thompson, una joven maestra universitaria, quien con gusto aceptó el contrato bajo una condición: Impartiría dos semanas de inglés intensivo, durante las cuales no les permitiría hablar ni una sola palabra en español.

Durante esas dos semanas, los estudiantes recibieron ocho horas de clases diarias con una hora de descanso y dos horas más de tareas por la tarde. Fue un horario arduo durante el cual la señorita Thompson no aceptaba quejas ni pretextos de los alumnos.

La víspera de la Noche Buena los seis jóvenes vistieron sus mejores atuendos y salieron a cenar a un restaurante de comida mexicana con una vista espectacular hacia el mar; a pesar del mejoramiento durante el último trimestre todos cenaron en silencio. A las doce asistieron a una solemne Misa de Media Noche y al regresar a los dormitorios, Inocencia entró al cuarto a recoger los pequeños regalos que había comprado para sus compañeros. Escuchó el tintineo a esa hora de la madrugada, y tuvo un presentimiento; levantó el auricular y contestó: "Hello." Era Diego cuyo tono de voz traicionaba el hecho que había estado tomando licor.

—Perdóname, Morenita, por no haber contestado tu carta. Sé que no debería hacerlo, pero lo tomé como una ofensa personal. Ahora veo que he sido un estúpido y te hablé para pedirte perdón. Estos meses sin ti se me han hecho interminables. Dime que regresarás muy pronto. Te necesito.

—Perdóname. Yo también te extraño muchísimo. Mis calificaciones son un reflejo muy pobre de todas mis horas de estudio y me vi forzada a dedicarme al estudio del inglés, por completo. Es la única manera de regresar a casa con la cabeza en alto.—Siguió un largo silencio…

—Inocencia, dime que me quieres.

—Te quiero, y tú lo sabes.

—No lo olvides. Necesitaba escucharlo de tus propios labios. Buenas noches y que pases una Feliz Navidad.

—Feliz Navidad a ti también. Recibe un abrazo muy fuerte de parte mía y…un beso.

—Morena, cuando regreses tenemos que hablar. No soporto estar tan alejado de ti por tanto tiempo.

—Cuando menos pienses, estaré a tu lado.

—Prométemelo.

—Te lo prometo.

Feliz de haber escuchado la voz de Diego, regresó a reunirse con los compañeros. Se intercambiaron pequeños regalos. Ninguno hizo el intento de regresar a sus cuartos, tal parecía que nadie quería pasar el resto de la noche a solas. De esa manera, el claro del alba los sorprendió reunidos a un lado de la chimenea de la sala común de los dormitorios, donde uno a uno se habían quedado dormidos. Al despertarse, muy unidos caminaban por las calles solitarias de la ciudad, mientras que sus huéspedes se encontraban festejando la Navidad en casa, rodeados de grandes árboles cuajados de lucecitas de todos colores, escuchando las notas tradicionales del *Jingle Bells.*

Nueve

Se Marchita una Flor en Primavera

El último de diciembre había dejado profundas huellas en los seis jóvenes. Los minutos antes de la media noche parecían caminar de rodillas, sin dar tregua a la inmensa nostalgia y soledad que envolvía al puñado de estudiantes aislados del mundo al que pertenecían. Inesperadamente, Adolfo rompió el aire de pesadumbre que los ahogaba y anunció con voz autoritaria:

"Damas y Caballeros. Esta es la última noche de un año que nos ha cambiado radicalmente, por lo tanto, debemos celebrar su despedida como es debido. Esta noche será la coronación de nuestros esfuerzos por haber logrado sobrevivir en suelo extranjero.—En tono pícaro, añadió—: Podríamos comprar algunas botellas de champán barato y algunos bocadillos. Damas: Vístanse en sus mejores vestidos. Caballeros: Vayamos los tres al mercado a comprar todo lo necesario para nuestro festejo." —Vio el reloj y dijo—: "Son las diez. Debemos apresurarnos. Nos reuniremos aquí mismo, en la sala del edificio a la media noche." —El resto del grupo lo veían atónitos. Los cinco jóvenes escucharon las órdenes y en un entrépido *Let's do it,* pusieron el plan en marcha. Las chicas, alborotadísimas, corrieron a sus cuartos y comenzaron a buscar entre el limitado vestuario, el atuendo más elegante y formal con que contaban.

Cerca de las once y media, las chicas, en vestido largo, zapato de tacón alto, maquillaje, y envueltas en un aroma de perfume suave, se reunieron en el cuarto de Inocencia. Se sorprendieron de su habilidad de completar un ajuar de noche en tan poco tiempo. Una de ellas, regiamente vestida en un traje de seda azul verde con un escote atrevido, fue muy honesta y dijo simplemente: "Se lo pedí prestado a Rachel, mi compañera de cuarto, en mis pensamientos, y ella me dijo que sí." Beatriz e Inocencia se doblaron de la risa. Las tres se dieron los últimos toques y salieron a paso lento, una a una, bajando con un toque de elegancia teatral por las escaleras. Abajo se encontraban tres apuestos jóvenes en traje y corbata, esperándolas para acompañarlas hasta la sala que habían decorado con una docena de globos blancos y negros. En una mesa cubierta con un mantel blanco lucía una botella de champán y varios platos con apetitosos bocadillos. A las doce en punto de la noche, Adolfo abrió la primera botella de champán. El corcho salió como cohete, pegando contra la pared. Reunidos en un círculo íntimo y acogedor los seis levantaron las copas, las chocaron al aire y dijeron en unísona:

"Feliz Año Nuevo." Minutos después, continuaron bailando, tres parejas solitarias meciéndose bajo el son de las letras pegajosas de aquel disco de larga duración, cuya docena de canciones se había convertido en su favorito:

"Caminito que el tiempo ha borrado,
Que juntos un día nos viste pasar.
He venido por última vez,
He venido a contarte mi mal.
Caminito que entonces estabas,
Bordado de perlas y juncos en flor,
Una sombra ya pronto serás,
Una sombra lo mismo que yo..."

Cantaban en coro, bebían y saboreaban los bocadillos en una nube de euforia que no los abandonó hasta las primeras horas de la madrugada. A la mañana siguiente, los seis despertaron tarde, con dolor de cabeza, la boca seca y con náusea. Durmieron tarde y pasaron el primero de enero en reposo tratando de recuperarse de la última noche de un año que nunca olvidarían.

A partir de esa fecha parecía que el tiempo llevaba una prisa incontenible por transcurrir. Para entonces el horario escolar se había convertido en una rutina familiar. El inglés no representaba el monstruo temible que amenazaba con tragárselos vivos. Las horas de estudio y las dos semanas de trabajo intensivo les dio una razón nueva y poderosa. Semana tras semana comenzaron a hacer sentido de las frases y a entender lo que se les decía.

Dejaron la Semana Santa atrás e Inocencia les escribía a sus padres:

"Hoy recibimos nuestras calificaciones del tercer trimestre y tengo gusto en decirles que todos hemos mejorado notablemente. Nuestro sacrificio por quedarnos aquí durante las vacaciones de la Navidad tuvo un magnífico resultado. Desde entonces, este semestre ha ido volando como si tuviera alas. Me muero de ganas de verlos este verano."

La carta de la pequeña alentó a los padres. Estos aprovecharon su ausencia para reparar y mejorar la condición del hogar. Comenzaron por pintar la modesta casa por dentro y por fuera de un color azul claro para resucitar a las viejas y cansadas paredes.

María Teresa recientemente había remodelado una ala de la casa y les había regalado varias piezas de muebles usados pero en excelentes condiciones. En un cajón de un mueble, Esperanza encontró varias revistas americanas y de éstas tomó la idea de decorar la pequeña alcoba de Inocencia.

En un turno de descanso, salió la pareja muy temprano rumbo a la ciudad. Esperanza se dirigió hacia un mercado de telas y con las revistas bajo el brazo, observaba los rollos de matices vivos que desfilaban ante sus ojos. Al subir la mirada, vio una que le llenó el ojo. "Me llevo ésta," le dijo a la dependienta, rebozando de alegría. Esta tela de diseño americano estoy segura le encantará a mi'ja, pensó. Mientras tanto, Eusebio, perdido entre el bullicio de los compradores y montones de jarros y macetas, escogía una docena de éstos, de los colores más vistosos que encontró.

Todo minuto que Esperanza tenía libre, lo dedicaba a coser la sobrecama, las cortinas, los cojines y demás accesorios que tenía pensado cubrir con las telas nuevas que se había surtido. Del mismo modo, Eusebio tomaba cada maceta, le encontraba un lugar apropiado y en cada una plantaba semillitas de flores de todos colores.

Las cartas entre Inocencia y Diego continuaban. En la última, él le pedía que le notificara sobre la fecha y la hora exacta de su regreso para ir a recibirla, pero la joven le contestaba con evasivas. Quería darles una gran sorpresa a todos.

Al acercarse el mes de junio y no recibir respuesta Diego le preguntó a Esperanza por su hija, mas ésta no le quiso decir nada. Le contestó simplemente que aún no sabía. Decepcionado, regresó a la Ciudad de México y decidió esperar a recibir noticias de la joven a última hora, pero éstas nunca llegaron.

Finalmente los seis estudiantes terminaron los cursos del año escolar. En cuanto recibieron las calificaciones finales, hicieron los trámites para regresar a su querido México. Esa misma tarde Inocencia habló por teléfono a casa de don Rodrigo y se comunicó con su madre. Esperanza no pudo contener la alegría. Salió corriendo hacia el jardín en busca del marido al tiempo que a gritos le decía:

"Eusebio. Dentro de tres días viene nuestra hija. Bendito sea Dios."

El jardinero la escuchó y corrió hacia su mujer y ahí, en medio del jardín comenzaron a bailar y pegar brinquitos de alegría entre las margaritas y los tulipanes. De lejos, Rodrigo, que regresaba a caballo por el camino viejo, reparó en la escena y dentro de sí supo lo que eso significaba. Maldita sea—pensó—. Ya va a venir esa pinche indita a sacudir el petate. Se secó el sudor de la frente con un pañuelo y cabalgó lentamente hacia la pareja de indígenas que continuaba festejando las buenas noticias sin ponerle atención alguna al mal gesto del patrón que a corta distancia los fisgoneaba.

En el avión, los jóvenes inquietos se retorcían en los asientos y al llegar a la ciudad, se asomaban por las ventanillas queriendo acaparar de una sola mirada la inmensidad de una ciudad que en pocos años se había expandido sin fin en todas direcciones.

—México se ha convertido en un pulpo, con tentáculos extendiéndose en todas direcciones—decía Santiago, admirado de la vastedad ante sus ojos.

—Sí—contestó Ana María—se ha convertido en una metrópoli gigantesca, pero al mismo tiempo, insuperable.

Esperanza y Eusebio, a codazos se abrían paso entre la multitud que se había congregado en una área demasiado pequeña para dar cabida a tantos familiares en espera de los viajeros. A duras penas pudieron observarlos que bajaban por la angosta escalera que descendía del vientre del avión. Minutos después, a lo lejos les pareció distinguir las facciones familiares y la amplia sonrisa de su hija. Al verla, Esperanza no aguantó más. Se desprendió del grupo y corrió hacia ella. La chica vio a alguien que se acercaba a toda prisa, e instantáneamente se vio rodeada de un par de brazos fuertes que la levantaban del piso, y la cubrían de besos: era su madre que entre lágrimas le decía: "Mi'ja, este ha sido un año larguíiiiiiiiiisimo." La joven la veía y no sabía qué decir. Eusebio la tomó en los brazos fuertemente por largo rato. Al ver la mirada cansada y los ojos rojos supo que la noche anterior, su padre no había logrado dormir. Se abrazaron los tres en animada charla, tomaron el autobús y al caer la tarde, cansados, llegaron a su destino.

Inocencia de pronto, no reconoció su hogar: "¿Qué le ha sucedido a nuestra casa? Por Dios, parece otra. ¡Miren nada más, parece una cabañita en medio del bosque! ¡Caray! ¡Qué sorpresota!" Esperanza y Eusebio la observaban y la escuchaban sin perderse ni un gesto, ni una palabra. Cada expresión la sentían como una enorme satisfacción. La chica contemplaba todo y cada uno de los cambios que la morada había experimentado. Al entrar a su pequeña alcoba, se sintió en medio de un pequeño jardín, cubierto de colores frescos y fragantes. Se acercó a la cama nueva y amplia que reconoció haber sido de Rosa Inés, y se sentó. Con los dedos rozaba las telas y los encajes que adornaban las cortinas y los cojines que con tanto amor y esmero le había cosido y bordado su madre. Al percatarse del sacrificio de los padres se sintió presa de un agradecimiento tan profundo que no encontró palabras para expresarlo.

—Mamá, Papá, francamente no sé qué decir. Es como si hubiera despertado de un sueño. Jamás podré pagarles todas sus atenciones.—Los vio con infinita ternura y les dijo: "Los adoro."

Esperanza rompió la solemnidad del discurso:

—¡Hay, hijita, eres tan dramática! A ver, Eusebio, ayuda a mi'ja a guardar las maletas. Lávense las manos y siéntense a comer que le tengo hecha a mi'ja una comidita tan sabrosita que se van a chupar los dedos, verda' de Dios.

Inocencia no aguantó la risa al escuchar la frase favorita de su madre. Tenía razón. Era hora de volver a la realidad. Comenzó a oler la inimitable sazón de Esperanza que salía de los trastos en la cocinilla, y tan sólo de olerlos se le hizo agua la boca. Se acercó a la estufa y levantó la tapa de un sartén, tras otro, mientras que las pupilas de sus ojos se regocijaban ante tales delicias: Enchiladas suizas, pollo en crema de champiñones, arroz a la mexicana, ensalada de espinacas, gorditas con queso fresco.

—Ay, Mamá, ¡qué comilona de reyes me has preparado! Deveras, en todo el sur de California no encontré platillos tan ricos como los tuyos y créeme que los anduve buscando.—Esperanza, un poco impaciente, contestó:

—No exagere, mi Negrita. Son las mismas comiditas que he hecho desde que estabas en pañales. Ya, vamos a sentarnos que se enfría la comida.—Los tres se sentaron a la mesa, se tomaron de la mano, y en coro dijeron la oración de dar gracias. La madre servía tres platos rebosantes de comida y la hija devoraba todo lo que le ponían enfrente. Eusebio le dijo:

—Coma más despacio, mi'ja, que se le van a atorar las tortillas en el pescuecito.

Inocencia vio las miradas de sus padres y se disculpó:

—Perdónenme. Tengo tanta hambre y hace tanto tiempo que he estado deseando las enchiladas de mamá.—De esa manera transcurrió la cena de la familia Salvatierra. Mientras comían, Inocencia los veía de reojo y daba gracias al cielo por el cariño de sus progenitores.

Esa noche, después de la copiosa cena, la chica salió a caminar sola, por las cercanías de la casa. Se encontraba cansada, pero le parecía que la noche era demasiado hermosa para desperdiciarla. Al verse trasplantada en aquel lugar enigmático, sintió un leve estremecimiento. Levantó la mirada y vio una estrella fugaz que moría en la distancia y pensó en lo fugaz de todo y en los caprichos que el destino les tenía guardados. Caminó un buen rato escuchando los sonidos familiares de la naturaleza que se disponía a dormir. Como obedeciendo a una voz interior, se vio a pocos pasos de la Casa Grande. Esa noche, todo lo veía con otros ojos. Por primera vez, ni la gran hacienda, ni aun la Casa Grande la intimidaban. No sintió la irresistible tentación de ver a Diego, de sentirse en sus brazos como tantas noches había soñado. Los sentimientos los vio atrapados en una telaraña de la que no podía escapar. Regresó, dio las buenas noches y se retiró a la diminuta alcoba, sintiéndose mimada por la suavidad de la colcha que le había hecho su madre.

Al día siguiente, despertó sin saber a ciencia cierta dónde se encontraba. Le pareció que estaba soñando cuando apareció Eusebio en la puerta de la recámara, equilibrando una bandeja en las manos que contenía un substancioso desayuno: un tazón de café con leche, pan recién horneado y fruta fresca. Este entró, abrió las cortinas del cuarto, y le dio a la joven los buenos días, recordándole en forma de broma que ya eran más bien las buenas tardes.

—Arriba, mi muñequita de chocolate. Ya es hora de levantarse.— Inocencia vio el reloj y no podía creerlo:

—Papá, ya son pasadas las doce. ¿Por qué no me despertaron más temprano?

—Mi'ja, estás de vacaciones. No era necesario que te levantaras con las gallinas.—Se sentó en la cama y tomó el desayuno tranquilamente mientras que el padre, sentado en la silla a un lado, la acompañaba.

—Negrita, ¿qué vas a hacer hoy?

—No sé papá. No lo he pensado.

—¿Por qué no nos acompañas a tu madre y a mí a comer esta tarde al fresco, debajo del almendro?

—Me parece muy buena idea. Podíamos llamarlo un *"picnic"* como dicen los americanos.

—¿Cómo dijiste, mi'ja? ¿Un pique qué?

—Un *picnic*, papá.

—Ah, está simpática esa palabrita. La voy a apuntar en mi lista esta noche. Bueno, Negrita, nos vemos esta tarde.

—Sí, papá y gracias por el desayuno. Estuvo excelente.

Inocencia le plantó un besote en la frente y el padre salió, con el sombrero de paja en la mano y una sonrisota que dejaba relucir la amarillenta dentadura. La chica brincó de la cama, prendió la pequeña radio y comenzó a bailar por toda la casa aún en la bata de dormir. Desde la ventana de la cocina vio acercarse el carro deportivo de don Rodrigo a la Casa Grande y de lejos imaginó que las dos siluetas serían sus amigos. Se acercó a la ventana y al confirmar las sospechas, se le encogió el corazón. Los hermanos bajaban del coche deportivo con varias maletas. Inocencia se imaginó que en unos minutos algún metiche que la habría visto llegar la tarde anterior correría con el chisme y le molestó la idea que le echaran a perder la sorpresa. Se lavó y vistió rápidamente y salió con el propósito de provocar una minúscula conmoción en la casa de los patrones.

En cuanto los hijos de don Rodrigo entraron en la casa, le preguntaron a Esperanza si ya había llegado Inocencia. La cocinera, fiel a su promesa, les contestó que aún no, pero que no tardaría en comunicarse con ella. Diego la vio directamente a los ojos y adivinando cierto nerviosismo le dijo: "Díganos la verdad." —En eso entró Rodrigo a la cocina, saludó a sus hijos y con malicia en la voz anunció:

—Esperanza, ¿no tienes algo que decirnos?

—No, patrón.

—Por ahí me han dicho que ayer ni tú ni tu marido se presentaron a trabajar. Alguien los vio salir muy de mañana hacia la ciudad y regresaron tarde muy bien acompañados.

—Patrón, yo,…pues este…

Al ver la actitud evasiva de la mujer, Rosa Inés interrumpió la tensión:

—Esperanza, Inocencia ya está en casa, ¿no es verdad?

La cocinera no pudo continuar con la farsa. El mentir no era su costumbre y la temblorina en las manos y en la voz la traicionaron. Se sintió acorralada.

—Bueno, sí. La merita verdad es que—aún no terminaba la frase cuando Inocencia entraba por la puerta trasera de la cocina diciendo—: Ya estoy en casa. No juzguen mal a mi madre. Yo le pedí que me guardara el secreto. Quería darles una sorpresa.

Rosa Inés se lanzó hacia ella rodeándola por completo con sus largos y delgados brazos en un apachurrón fuerte y espontáneo:

—Inocencia…¡qué alegría de tenerte en casa!

La joven conmovida respondió al abrazo de la misma manera y por varios minutos se intercambiaron abrazos y besitos en las mejillas. Diego esperó hasta que la hermana había terminado con el saludo melodramático. Lentamente se acercó a la chica, la abrazó larga y tiernamente levantándola del piso con sus brazos fuertes y sosteniéndola por varios segundos en el aire, al tiempo que le decía al oído dulcemente: "Morena, te he extrañado demasiado." Luego la dejó caer suavemente en el piso. Rosa Inés la veía de arriba a abajo y comentaba: "Te ves 'super.' Me pareces más alta y más delgada.

Diego se conformaba con verla y su único comentario fue:

—Me parece que los aires de California te han asentado muy bien.

Rodrigo, desde un rincón de la cocina veía desenvolverse toda esa escena con impaciencia. Nerviosamente jugaba con el bigote. Esperanza vio el recibimiento tan sublime que le habían demostrado los hijos del patrón a la hija y se sintió conmovida. Inocencia se acercó a don Rodrigo y le tendió la mano en un saludo sincero que éste correspondió con un saludo rápido, dejando escapar el acostumbrado pujidito.

—Buenas tardes, don Rodrigo.

—Buenas, Inocencia. ¿Qué te trae por estos rumbos?

—Vine a pasar el verano con mis padres.

—¡Ah! pues yo imaginaba que una vez que te encontraras en Gringolandia te ibas a olvidar de nosotros, los mexicanos.

—¿Olvidarme de ustedes, que han sido mi segunda familia? Jamás.

—Sí, me imagino. Ha de ser muy cómodo pasar el verano en un lugar como éste por un tiempo y luego regresar al país de la abundancia. ¿No es cierto?

—Más que cómodo, para mí es una necesidad. Necesitaba ver a mis padres y a todos ustedes. No olvide que ésta sigue siendo mi casa.

—¡Cómo voy a olvidarlo, si las caras largas de mis hijos y de tus padres no hacen más que recordármelo!

Por unos segundos todos sostuvieron la respiración. A lo lejos se oyeron venir unos pasos a toda prisa por el corredor. Era María Teresa que regresaba de la ciudad llena de paquetes.

—Inocencia, ¿tú aquí?, ¿cuándo llegaste?, ¡qué sorpresa, hijos!—y se volteó hacia Rodrigo—: Querido, ¿qué haces tú aquí a esta hora?

—Por ahí supe que Inocencia había regresado desde ayer y quise cerciorarme por mí mismo. ¿No te parece que Esperanza y Eusebio deberían habernos informado?

Inocencia interrumpió:

—Don Rodrigo, ya le dije que fue mi idea. Si tiene algún problema, discútalo conmigo.

—No te alteres, chiquilla. Era sólo una pregunta.

María Teresa, presintiendo que la tensión escalaba, exclamó:

—Bueno, ya basta de mal entendidos—acercándose a Inocencia dándole un ligero abrazo—. Mira nada más, Esperanza tu negrita, ¡qué desarrolladita nos llegó ¿eh? Se ve que California te ha tratado bien.

—Gracias, señora, sí. La verdad es que el clima se presta para mantenerse en forma.

—Ya lo veo. Y bueno, ya que estamos todos aquí, ¿qué te parece si nos acompañas a cenar esta noche? Le pediré a nuestra cocinera favorita que nos prepare algo especial.

Inocencia se sintió entre la espada y la pared. No colocaría a su madre en la humillante posición de servirle. Instintivamente contestó:

—Le agradezco su propuesta, María Teresa, pero esta noche no me es posible. Tengo un compromiso…pero, mañana por la noche, si mis padres no tienen ningún inconveniente, aceptaría con mucho gusto.

Esperanza leyó el pensamiento de la hija y dijo tranquilamente:

—Lo que tú decidas hacer hija, por mí, no hay problema.

—Gracias, mamá—a lo que María Teresa respondió satisfecha:

—Bien. Es un hecho. Mañana por la noche, a las siete, ¿te parece?

—Sí, señora. Me parece bien.

Rodrigo no se perdió ni una palabra de la conversación. Salió de la cocina sin despedirse con cara de purga.

Al ver de nuevo a la chica, Diego con insistencia buscaba un pretexto para estar con ella, a solas. Después de la comida, subió a la recámara desde donde seguía los pasos de la chica. Vio a los tres reunidos bajo el almendro y compartir la comida. Sintió celos. ¿Por qué él nunca sintió ese lazo tan estrecho hacia sus propios padres?

Después de compartir la comida al fresco con los padres, Inocencia y Rosa Inés, tomadas del brazo, salieron a dar una larga caminata por los campos abiertos y pasaron la tarde juntas. Los cambios físicos en ambas, eran notables. Las dos habían crecido y adelgazado: los cuerpos de adolescentes habían cedido al orden natural de un desarrollo en todo su apogeo. Inocencia adivinó, en la amiga, las primeras señales de una mujer hermosa. Por su parte, Rosa Inés percibió en Inocencia las facciones de una joven indígena de carácter amplio y mirada decisiva, cuyos grandes ojos negros brillaban con una luz interna de inteligencia. Rosa Inés le hacía miles de preguntas sobre los Estados Unidos, las modas, la música, las playas, y los chicos. Quería saber todo acerca de aquellos hermosos ejemplares altos, robustos, de cabello rubio y ojos azules. Inocencia reía de las ocurrencias de la chica.

—Dime la verdad. No te preocupes, no le diré nada al sensible de mi hermano. ¿No has salido con ningún muchacho americano?

—Temo desilusionarte, Rosa, pero no he tenido tiempo de pensar en muchachos.

—¿Cómo es posible que estando rodeada de tantos muchachotes guapotes, no hayas salido con ninguno?

—Pues, así es. La marcha allá es muy rápida; me encuentro yendo y viniendo a mis clases. Por las tardes, nado una hora, ceno y no es raro que me dé la media noche haciendo la tarea. No te creas que vivir en Estados Unidos es lo mismo que ir de vacaciones. Para un estudiante extranjero es tan difícil conservar su identidad allá como en cualquier otra parte del mundo. Y tú qué…¿pensabas que yo y mis compañeros andábamos de fiesta en fiesta?

—Pensé que la estabas pasando padrísimo.

—La estoy pasando muy bien, sí, pero todo tiene un precio. Al estar allá me di cuenta de que todo lo que en realidad me importa, está aquí. Sin el amor de mis padres ni el cariño tuyo y de tu hermano, no soy absolutamente nada. Platícame de ti, ¿cómo van las cosas en la escuela? ¿Quién es tu galán de la temporada?

—!Uy!, es un episodio muy largo de contar, ¿cuánto tiempo tienes?

Las dos rieron con ganas y de una sacudida volvieron a la infancia cuando la vida era un juego simplemente. Se sentaron en una gran piedra, una al lado de la otra, a la orilla del riachuelo que cruzaba las tierras de la hacienda.

—Por fin, ¿qué vas a estudiar, Rosa?

—Creo que me estoy inclinando hacia la Ginecología. Quiero ser la primera en ver las caras arrugaditas de todos los niñitos que vengan al mundo. Me parece que sería fe-no-me-nal. ¿No te parece?—Inocencia respondió:

—La medicina es un campo que requiere una disciplina increíble y es una ciencia muy noble. Te felicito. Prométeme que cuando me case y tenga hijos, tú los traerás al mundo, ¿Okey?

—Te lo prometo.

Una vez que comenzaban las sombras a cubrirlas caminaron descalzas, cada una hacia su casa. Rosa Inés se detuvo en seco y volviéndose hacia su amiga, le dijo con una seriedad que la dejó perpleja:

—Inocencia, hay algo que necesito decirte: Sé que entre tú y mi hermano existe algo más que una simple amistad. Pase lo que pase, júrame que si realmente estás enamorada de Diego, vas a hacer todo lo posible porque su amor se logre. No dejes que la mentalidad cerrada de mi padre ni los mandamientos arcaicos de nuestra sociedad se interpongan en tu destino. ¿Me oyes?

—Te lo juro. Rosa, me asustas, ¿se puede saber a qué se debe tu cambio de actitud tan solemne? ¿Hay algo que tú sabes y que me estás ocultando?

—No. Disculpa. No quise asustarte.

—Quiero mucho a Diego pero estoy consciente de nuestra posición en la sociedad y sé perfectamente que no tengo ningún derecho a esperar nada de él.

—Mi hermano es el hombre más testarudo del mundo. El te esperará una eternidad si es necesario. No lo olvides.

—No lo olvidaré.

Se despidieron con un abrazo fraternal. Inocencia entró en su casa. Desde la ventana vio a Rosa Inés perderse entre la niebla que como una espesa nube comenzaba a posarse sobre el suelo de la hacienda; por un instante pensó que la veía desaparecer cual un espanto en la inmensidad del vacío y se estremeció.

La noche de la cena, a las siete en punto, la convidada se presentó a la puerta de la Casa Grande con un ramillete de flores frescas. En esa ocasión se esmeró en su apariencia: vistió un traje de lino blanco, de corte deportivo, un tanto ceñido al cuerpo y con un ligero escote que dejaba al descubierto gran parte de la piel bronceada. Esperanza le había recogido el cabello y lo llevaba peinado hacia arriba, formando un marco sensual a los hombros, y dos aretes de brillantes de fantasía, en forma de corazón que, como estrellitas fugaces, le iluminaban la cara. Sabía que Diego iba a estar ahí, y fue con toda la intención de impresionarlo. En efecto, en cuanto el chico supo que Inocencia había llegado, corrió a saludarla. La vio de lejos, y por una exhalación no la reconoció. Algo en ella, había cambiado. El interés y disciplina por la natación le había dado a su contorno una solidez de deportista. Esa noche, lucía encantadora. Ella lo vio y sintió, una vez más, esa cascada de emociones que la inundaba. Al acercarse, se unieron en un largo y tierno abrazo acompañado de varios besos en la mejilla, intercambiando una risa nerviosa. Diego le ofreció el brazo y la llevó hasta la sala del comedor donde los esperaba su familia.

María Teresa había colocado a su hijo directamente frente a la invitada. A ésta, Diego le pareció, altísimo. De reojo lo estudiaba: el cabello castaño claro más largo, rizado. Los ojos, que ella había visto de cerca, eran de un color verde obscuro, como hojas otoñales en algún rincón del mundo. Los señores De las Casas se veían menos altos y más avejentados de lo que ella recordaba. María Teresa, le recordó cuán orgullosos se sentían Esperanza y Eusebio con sólo mencionar su nombre. Rodrigo la observó detenidamente: a pesar del torbellino interior que siempre lo acechaba al estar en la presencia de la joven, no pudo evitar pensar que, esa noche, no se veía mal del todo; es más, hasta podía decirse que irradiaba una sensualidad que jamás hubiese asociado con el concepto de indita pobre en que siempre la había catalogado.

La cena transcurrió entre conversación amena y comida aceptable—pensó Inocencia—a pesar de no haber sido preparada por las manos de su madre. Rosa Inés, animadísima, hablaba, sin cesar. Rodrigo, ante el asombro de todos, se comportó como todo un caballero. Tal parecía que el episodio ácido del verano anterior le había enseñado una lección bien merecida. Esa noche, si algo no le parecía, simplemente expresaba su desacuerdo con el característico pujidito y frunce de ceño. Diego obervaba al padre intrigado: le molestaba que no le quitaba los ojos de encima a Inocencia. Afortunadamente, ésta, consciente del cruce de miradas interrogatorias entre Diego y su padre, llevó la conversación hacia temas seguros y neutrales. No cayó en la trampa que, como zorra tras la liebre, el experto cazador—Rodrigo—le tendía. Por unos minutos, la rivalidad psicológica que se desenvolvía entre ambos cautivó el interés de todos los comensales. Después de varias preguntas complejas, María Teresa ordenó al marido que cambiara de tema; ese jueguito la estaba aburriendo. Diego admiraba la habilidad de Inocencia al ejercitar su autocontrol ante el siniestro temperamento del padre. El, en su lugar, lo hubiera mandado al demonio desde un principio. Después de la cena, pasaron al cuarto de juego. Los hombres jugaban un partido de billar, mientras que Inocencia y Rosa Inés intercambiaban lecciones sobre los nuevos pasos de baile que estaban de moda en México y en los Estados Unidos. Terminó la cena en la sala de estar: los jóvenes tomando helado y los señores De las Casas, café negro y copitas de cognac.

Al despedirse, Diego le pidió que le permitiera acompañarla a su casa e Inocencia aceptó encantada. Era una noche tibia y callada, excepto por el siempre presente chillido de los grillos y las lucecitas de las luciérnagas que celosamente alumbraban la senda por donde paseaban, tomados de la mano.

En voz baja le sugirió que lo acompañara a dar una caminata bajo los árboles de copas llenas. La tomó de la cintura, a paso lento deteniéndose a admirar el paisaje de sombras que los rodeaba.

—Inocencia, he esperado estar contigo hace tanto tiempo. No tienes idea de lo mucho que me haces falta.

—También yo he soñado en estar contigo y decirte tantas cosas y ahora que te tengo aquí, no sé donde comenzar. Este año me han sucedido cosas maravillosas.

—Me imagino, y ese es el problema, que ya no estoy a tu lado para compartirlas. Me muero de celos cuando me dices en tus cartas que has descubierto un mundo nuevo. Morenita, ¿aún me quieres?

—Tú sabes que no tengo ojos para nadie más. Sé que te desenvuelves en círculos donde llueven muchachas guapas, con las uñas afiladas esperando que caigas del árbol como fruta madura para recogerte, pero, seamos sensatos. Si lo nuestro va a suceder, sucederá tarde o temprano. Si no...—Diego la interrumpió bruscamente:

—No lo digas. No quiero escucharlo. Esta noche no.

Su impaciencia tomó a la joven desprevenida. La tomó de las manos, le acarició la cara y la estrechó contra su pecho. Así permanecieron largo rato unidos en un solo latido. Finalmente, se vieron cara a cara y unieron sus bocas en un ardiente e interminable beso. A ese beso siguieron muchos más, como las estrellas que cubrían esa noche la inmensidad de los cielos.

Ese verano hacía un calor insoportable. Por las mañanas, los hermanos solían dar el acostumbrado paseo a caballo a campo abierto para sentir el aire fresco en la cara. Inocencia los veía con cierto recelo. Quizá ahora que era más madura el padre le permitiría aprender a cabalgar. La chica habló con Diego y éste, sin perder un minuto, se acercó a Eusebio y le planteó la idea de una manera directa:

—¿Nos permitiría enseñarle a Inocencia a montar a caballo? Le prometo que lo haremos con mucho cuidado y paciencia. A su hija le haría mucho bien salir a dar un paseo con nosotros por la periferia de la hacienda. ¿No le parece que merece un premio por el esfuerzo que ha hecho en sus estudios en el extranjero?—Lo hizo con tanta autoridad y de una forma tan gentil que el jardinero no tuvo el valor para negárselo:

—Bien, les doy permiso. Lo hago responsable por ella durante todo el tiempo que ande montada sobre ese animal. No le quite el ojo a mi Negrita, patroncito.

—No se preocupe, Eusebio, le daremos la primera clase mañana, antes que caigan los rayos más fuertes del sol.

—Que se diviertan.

Diego corrió a casa de la joven para darle las buenas noticias. Luego regresó a casa a hacer planes con la hermana. Rosa Inés corrió al armario, y apartó varias prendas para montar que hacía tiempo no usaba. Esa misma tarde se presentó la mejor amiga en el hogar de su nueva discípula con los brazos llenos de ropa. Inocencia, al verla llegar sintió que le había llegado Santa Claus un poco temprano. La chica pasó la tarde midiéndose y haciendo alteraciones a la ropa que había recibido. Se veía al espejo y no creía su buena suerte. Esa noche no pudo dormir de lo emocionada que estaba.

En cuanto salieron los rayos débiles del sol, salió Inocencia de su casa vestida como toda una vaquera fina: pantalón, blusa, botas altas de cuero, sombrero de ala grande. Al verla, el padre dejó escapar un largo silbido:

—Caray, mi negrita. Mírate nada más, pareces la reina de la vaquería.—Esperanza la vio y no pudo contener una enorme satisfacción:

—¿Quién iba a creer que mi negrita fuera a andar a caballo con los hijos de don Rodrigo? Me parece increíble. Cómo da vueltas el mundo, ¿no es verdad mi negro?

—*Verda'* de Dios que sí, mi chula.

La hija se rió de los comentarios y salió hacia el establo a reunirse con los dos hermanos. Rosa Inés la vio venir y exclamó:

—Vaya, ¡qué bien te quedaron mis juanitos! Diego se acercó hacia ella lentamente, la tomó de la cintura y le dio un beso en los labios. Inocencia se quedó paralizada y Rosa Inés aplaudió:

—¡Ya era hora! Pensé que no iba a vivir para ver algo bueno. Vámonos ya que se está llegando el calorcito. Ustedes dos tienen el resto de la tarde para regocijarse.

Con el espíritu libre salieron los tres del establo rumbo al corral. Diego escogió la yegua más mansa para el entrenamiento inicial de Inocencia. Con mucha paciencia, los dos hermanos le demostraron los pasos que eran necesarios para montar la yegua correctamente. Inocencia los observaba y los imitaba. Intentó montar el animal una y otra vez, pero tal ejercicio resultó más difícil de lo que imaginaba. En varias ocasiones estuvo a punto de caerse y perder el equilibrio. Pasada gran parte de la mañana, logró hacerlo. Diego y Rosa Inés le aplaudieron y prosiguieron a la segunda lección: un trote a paso lento, muy lento, dentro del lienzo. Los hermanos la seguían, a pie, corriendo a cada lado y asegurándose que Inocencia no fuese a cometer un error.

La novata sentía demasiado temor para disfrutar de todo eso; sin embargo, no lo demostraba. Se concentraba y escuchaba muy bien las instrucciones de los dos amigos: "Así, Inocencia, ejerce presión en las rodillas, mantén el cuerpo erguido, las riendas ajustadas, déjate llevar por el movimiento natural de la yegua. Bien, bien, así." Pasaron toda la mañana practicando el trote ligero. Inocencia comenzó a sentirse más relajada, más en control. La clase terminó poco antes del mediodía. Satisfechos por el progreso de la alumna, se dirigieron los tres hacia la cocina donde Esperanza los esperaba, con grandes vasos de limonada fresca y el corazón en un hilo.

Esa noche, Inocencia salió a caminar sola, bajo las estrellas. Con frecuencia dirigía la mirada hacia la casa Grande desde donde veía coches entrar y salir de la hacienda. Existía algo sagrado—pensaba—en aquel silencio, en la estabilidad de su casa, en el cariño incondicional de sus padres. Mas, a pesar de todo, nada, en realidad, había cambiado. Analizaba la situación y contaba los años que aún le faltaban para terminar los estudios, obtener un buen empleo, ahorrar dinero y sacar a sus padres de las cadenas de la servidumbre. El futuro le parecía un vago espejismo. ¡Qué desesperante era estar en su posición! Ofuscada por el camino pedregoso que le quedaba por recorrer, se tiraba en el pasto húmedo e intentaba borrar la pesadumbre que le presionaba el pecho. La mente, como resortito, la brincaba hacia el placer de pasar una mañana más con sus fieles maestritos.

El entrenamiento por las mañanas continuaba e Inocencia dominaba el aprendizaje un poco mejor en cada intento. Después de una semana, se sintió lo suficientemente segura para dar el primer paseo fuera del corral. La chica enfocó todas sus energías en el entrenamiento. Las lecciones se convirtieron en un ejercicio de disciplina y diversión. No tardó mucho en mantener el caballo al paso de los entrenadores. Poco a poco las distancias se hacían más largas y a paso más acelerado. El entusiasmo de la aprendiz los incitaba a convertir los paseos en un reto cotidiano, forjándose entre ellos una competencia amistosa. A partir de entonces, todas las mañanas, los tres jinetes acostumbraban pasear por los campos abiertos hasta lograr correr los caballos a galope tendido, donde la naturaleza los recibía en todo su esplendor.

Cierta mañana, el calor había alcanzado un grado extremo. Al cabalgar, los jóvenes sentían que el viento estaba mezclado con pequeñas partículas de fuego que al tocarlos, les lastimaba la cara. Decidieron detenerse y descansar a un lado del río que traspasaba las tierras donde corría un aire caliente y sofocado. Se acercaron a las orillas de las aguas que corrían libremente. De un movimiento espontáneo, Rosa Inés, recordando las travesuras infantiles, se quitó las botas, la blusa y el pantalón, y quedándose en prendas íntimas, lanzó un grito y de un gran salto, cayó al agua. Diego e Inocencia la veían y no lo creían. La chica nadaba de un lado al otro del río, jugando entre la corriente de agua, divirtiéndose a montones, desafiándolos. El hermano la escuchaba incitándolos a hacer lo mismo:

—No sean gallinas, vengan, échense un chapuzón, el agua está riquísima.

Diego, obedeciendo a un impulso irresistible, se desvistió a toda prisa quedándose en ropa interior y corrió hacia el agua, ante los ojos desorbitados de Inocencia; mas antes de dar un salto, se acercó hacia ella y vio que se despojaba de la ropa, la tomó en los brazos y juntos cayeron en el río. Rosa Inés, reía a sus anchas. Los tres, como niños, jugaban entre las aguas cristalinas a medio vestir. Después de retozar en el río, se vieron forzados a permanecer un buen rato, tirados en el césped, para que el sol les secara un poco la ropa y regresar a la realidad que luchaba por imponerse. Esa tarde había sido una de las más libres y divertidas que habían pasado desde las vacaciones en Acapulco.

Desafortunadamente, mientras recogían la ropa y se vestían, el cielo comenzaba a cubrirse de grandes y espesas nubes grises. Minutos después comenzaron a caer grandes gotas, con rapidez alarmante. De pronto, el cielo se abrió de par en par y dejó caer un espontáneo y abundante chubasco de verano que los forzó a montar en los caballos y salir de ahí a toda prisa.

El aire estaba impregnado de una corriente electrizante. Rosa Inés, contagiada por la energía del ambiente, provocaba al hermano y a la mejor amiga a jugar carreras hasta el establo.

—¡Veamos quién de los tres es verdaderamente el mejor jinete!—les ordenó en tono desafiante. Diego aceptó el reto de buena gana. Inocencia, se mostró indecisa. "¡Vamos, vamos, no hay tiempo que perder!" gritaba Rosa Inés, mientras que daba rienda suelta al caballo por los campos abiertos hacia la hacienda. Un corto trecho después, el animal alcanzó una velocidad peligrosa. La joven no prestó atención debido a la naturaleza competitiva entre ella y el hermano quien la seguía muy cerca intentando inútilmente, alcanzarla. El galope tendido continuó varios minutos. Se escuchaba el jadeo forzado de los animales, uno al lado del otro, excitados por los relámpagos y la sinergía de los jinetes. Por unos segundos, Diego picó al animal hasta lastimarlo y logró alcanzar a la hermana, y ya estaba por adelantársele, cuando, de un centellazo, se abrieron los cielos, un relámpago ensordecedor cayó, derrumbando un enorme árbol a un lado del camino. El rayo espantó a los caballos y el árbol caído obstaculizó el paso a Sombra, el caballo de Rosa Inés. Diego logró controlar el suyo, mas cuando volteó, vio que el caballo de su hermana, corría, completamente fuera de control. La jinete, entorpecida, intentaba tranquilizarlo, pero fue imposible. El animal continuaba relinchando y girando sobre las patas traseras. En una de las vueltas, Rosa Inés se zafó de las riendas y voló, girando varios metros por el aire, cayendo, de un golpe seco, de cabeza en el lodazal. Diego e Inocencia, enloquecidos, corrieron hacia ella. El chico gritaba su nombre, mas Rosa Inés no respondía: estaba inconsciente. El hermano la tomó en los brazos y la subió a su caballo. De regreso a la Casa Grande, Inocencia, en silencio, a pocos pasos, los seguía.

Al llegar a casa, los padres de Rosa Inés los esperaban impacientes. Presentían que algo grave había sucedido. Al ver llegar a Diego con el cuerpo inerte de su hija, Rodrigo lanzó un aullido de animal herido. Salieron con ella de inmediato hacia el hospital más cercano. Al llegar, a grito partido Rodrigo daba órdenes que encontraran al mejor especialista para que atendiera a la joven. Siguieron minutos de un silencio agonizante.

Poco después, salía un hombre vestido de blanco que pidió hablar a solas con los padres de la joven. Desde el pasillo Diego escuchó los gritos de dolor que salían desde aquel cuarto y el llanto desgarrado de la madre que decía: "¡No, no, no, Dios mío, esto no es posible! ¡Rosa Inés, hija mía!" Desgraciadamente, los médicos no pudieron hacer nada. Era demasiado tarde. La joven había muerto al momento de la caída. Rodrigo, ciego de dolor por la pérdida de su única hija, salió del cuarto y como bestia enfurecida cargó toda la cólera sobre el indefenso hermano, culpándolo por la muerte de la desdichada. Lo tomó de la camisa y lo arrastró hasta el cuarto donde yacía el cuerpo extinto de la joven.

—Mira bien lo que has hecho. Por tu culpa, mi hija, ha muerto. ¿Dónde estabas cuando tu hermana te necesitaba? ¿Manoseando a esa maldita india?

María Teresa, conociendo el temible carácter del marido, se interpuso:

—Basta, Rodrigo. Déjalo en paz. Fue un accidente. El no tiene la culpa.

El padre de Diego lo soltó aventándolo hacia su madre con desprecio; salió del hospital y se subió en el coche rumbo a la ciudad como alma en pena.

En la hacienda un grupo de trabajadores, como abejas en un panal, zumbaban por todos lados, haciendo a Inocencia miles de preguntas acerca de los eventos acontecidos. Ella, presa del terror, corrió a su casa. Cuando Eusebio llegó hasta ella con las malas noticias, la chica cayó desplomada en el suelo.

María Teresa y Diego regresaron a la hacienda donde esperaron a Rodrigo quien no regresó en toda la noche. El chico no se despegó de la madre que estaba pasando por su propio desquicio. Diego trató de explicarle cómo había sucedido el accidente, pero la madre parecía haberse encerrado en su propio mundo. Fue una noche caótica de un colapso emocional que afectó a todos los residentes de la hacienda.

A la mañana siguiente, Rodrigo regresó irreconocible. Había pasado la noche de taberna en taberna gritando su pena a los cuatro vientos y maldiciendo el nombre de Diego. Al entrar en su casa, se enfrentó con él y en un arranque de ira desenfrenada, se quitó el cinto grueso de cuero y con éste descargó en el cuerpo del joven toda la rabia que había acumulado desde que éste había nacido. Lo golpeó sin piedad, obligando a María Teresa y a Eusebio a zafarlo de sus garras. Rodrigo lo llenaba de injurias al tiempo que le decía:

—Lárgate de mi presencia, bastardo miserable. No quiero volver a ver tu cara mientras viva.

A partir de ese episodio, Rodrigo le cerró al hijo las puertas de su casa, declarándole una implacable guerra fría.

María Teresa, sintiendo un gran remordimiento, intentó consolar a Diego, pero éste estaba hecho pedazos y no quiso escucharla. Desde pequeño sabía que don Rodrigo lo odiaba. Su madre lo vio alejarse, con expresión incógnita seguido de un puñado de pertenencias. El hijo, con el cuerpo amoratado y el espíritu en mil pedazos, salió de la hacienda sin volver la mirada atrás.

Inocencia no estuvo consciente de la suerte que el joven había sufrido a manos de su padre: ignoraba que Rodrigo lo había corrido de su casa. Consideró ir ante la presencia de los patrones para explicarles cómo había sucedido el accidente y abogar por Diego, pero, temiendo el carácter violento de Rodrigo, Eusebio se lo impidió.

Un lúgubre jueves después de una Misa solemne de Cuerpo Presente en la iglesia del pueblo, se llevaron a cabo los funerales de Rosa Inés, a los que asistieron un gran número de personas; excepto su propio hermano. Inocencia no concebía hasta dónde podría llegar la maldad de un padre hacia su hijo. Durante la misa, intentó acercarse varias veces a María Teresa para darle el pésame, pero la mirada amagante de Rodrigo no le permitió hacerlo. Tal parecía que el padre de la fallecida la juzgaba a ella cómplice del crimen. Se sintió como una intrusa cuya presencia en el sepelio no era grata, pero fiel a la memoria de la joven, no permitió que el desprecio de Rodrigo la obligara a estar ausente durante el último adiós a su amiga, su hermana.

Asida fuertemente de los brazos de sus padres, caminaba lentamente participando en la marcha más larga y lúgubre que jamás había experimentado. La procesión parecía un tren humano, angosto y extenso de familiares y amistades que habían formado gran parte de la truncada quinceañera. En un rincón de la hacienda donde se encontraba el camposanto privado de la familia De las Casas, a un lado de un montón de tierra que había sido excavada la noche anterior y aún olía fresca, se veía un hueco profundo y tenebroso dentro del cual, lentamente, depositaron el ataúd de color rosa pálido que contenía los restos de la desafortunada joven. Inocencia observaba cómo dos hombres tomaban las palas de tierra e iban cubriendo el ataúd, y en cada puñado de tierra que caía sobre Rosa Inés, sentía que iban sepultando gran parte de su infancia y de su juventud; como si la tierra se la estuviera tragando a ella misma toda entera. Salió a toda prisa, apartándose de aquella multitud doliente, corrió hacia su casa, se tiró en la cama y sintió que el alma se le desgarraba en mil pedazos.

***

En cuanto le fue posible, Inocencia tomó el autobús hacia la Ciudad de México en busca de Diego. Después de tocar el timbre varias veces, el joven abrió la puerta del apartamento sin prisa alguna; al verla permaneció de pie, con la mirada perdida, sin decir nada. La chica entró y vio una escena conmovedora: lo encontró sucio, sin afeitar, con la ropa arrugada, con enormes ojeras, tirado en un sillón, con la moral por el suelo. El apartamento estaba en completo desorden. El joven se sentó en el sillón con las manos cubriéndole la cara y comenzó a llorar como un niño. Ella lo tomó en los brazos dejando que se desahogara. Después de un buen rato, Diego, avergonzado por su aspecto, se disculpó, se lavó, se cambió de ropa y salió con un semblante nuevo.

—Morena, no te imaginas el infierno por el que he pasado.

—También yo sufrí un colapso nervioso. Por eso no había venido a buscarte. Créeme.

—¡Qué ironía es ésta! ¡No puedo creerlo! Mi hermana muerta por un estúpido juego. Mi padre me culpa por su muerte. Es inconcebible. Yo adoraba a mi hermana. Hubiera dado cualquier cosa por ella.

—Tú no tienes la culpa. Yo sé que no cometiste ninguna falta.

—Morena, eres lo único que tengo. No me abandones.

—No, Diego. Cuenta conmigo.

Al caer el sol Inocencia tomó el último autobús de regreso a la hacienda. Se despidieron con un fuerte abrazo y un beso, en ese párrafo de tristeza, más de fraternidad que de pasión, en que Diego encontró consuelo en la única mujer que lo quería. La joven temía regresar y enfrentarse con los escalofriantes ecos de la risa de Rosa Inés, que le parecía rebotaban de una pared a la otra, y habían envuelto en un aire de espeluznante misterio a la hacienda misma.

A partir de aquel obscuro jueves que sepultaron a la joven, don Rodrigo vistió de negro riguroso. Puso los negocios en manos del mayordomo de confianza de muchos años, y se encerró en su estudio privado. Se dedicó a beber viendo el cruce de estrellas y soles en una borrachera sin fin. Pretendía ahogar el dolor, a manera de todo un macho, en el contenido entumecedor de una botella de licor.

María Teresa, asimismo, no encontraba consuelo. Sentía que alguien le había abierto el pecho y que de un jalón salvaje, le habían arrancado el corazón. Era el mismo vacío que había experimentado cuando sus padres se habían alejado, la misma imagen de una sombra caminando entre las arenas sin confines del desierto. El encierro de Rodrigo, unido a su soledad, era desesperante. Rosa Inés—pensaba—la única persona a quien verdaderamente había querido, también, la abandonaba. Al verse rodeada de tanta pesadumbre, entretuvo el pensamiento de cerrar para siempre las puertas de la Casa Grande, salir de la hacienda, y nunca regresar.

No tuvo que pensarlo mucho tiempo. Dos semana después, Rodrigo salió del cautiverio como pordiosero, y ordenó que el nombre de Rosa Inés no se volviera a repetir en su presencia. Le dijo a María Teresa que preparara las maletas, pues saldrían del país en un viaje largo hacia el extranjero, en cuanto amaneciera.

Diego e Inocencia se mantuvieron en comunicación constante por teléfono. Aprovechando la ausencia de los padres, el hijo regresó a la hacienda, pasó por Inocencia a su casa y rumbo al camposanto se detuvieron en el jardín donde se encontraba Eusebio. Con las manos llenas del regalo más puro que la tierra virgen les brindaba, caminaron hacia la última morada de la rosa deshojada. Ambos cubrieron la fresca sepultura de jazmines, lirios y azucenas, y mientras lo hacían, platicaban con ella como si la chica hubiese estado presente. Ninguno de los dos derramó una sola lágrima. Se sentaron uno a cada lado de la lápida, y por el resto de la tarde permanecieron juntos. Al despedirse, Diego e Inocencia sintieron que Rosa Inés había escuchado cada palabra. Se alejaron sintiendo como si una fuerza invisible les había quitado un gran peso de encima.

El resto del verano transcurrió como una película en cámara lenta. El joven iba a la hacienda de vez en cuando a ver a Inocencia y a sus padres, pero no se atrevía a pasar la noche en la Casa Grande. Los recuerdos de la hermana habían llenado la casa de un tenebroso vacío. No era justo—pensaban—que la muerte le hubiera robado a Rosa Inés, su época de oro, como una flor que se marchita en primavera.

Diez

El Desafío

A mediados de agosto, Inocencia, cansada de caminar sola por los campos decidió regresar a California. Una tarde somnolienta tomó el autobús hacia la Ciudad de México y se dirigió al apartamento de Diego donde el joven la esperaba. Los dos hablaron largo rato sobre los acontecimientos ocurridos ese verano e Inocencia, presintiendo que la conversación los llevaría hacia temas demasiado dolorosos, cambió el tema.

—He venido a despedirme.

—¿Por qué tan pronto, Morenita? Aún nos quedan unas sobritas de vacaciones.

—Perdona, pero se acabaron las vacaciones para mí. Mis días en la hacienda sin ustedes me parecen un suplicio. Además, no quiero estar presente cuando regresen tus padres; sólo Dios sabe de lo que tu padre sería capaz.

—Me puede mucho que te vayas sintiéndote así. Perdóname, creo que todo esto ha sido mi culpa.

—No vine a abrir viejas heridas. Vine a despedirme, eso es todo.

El joven la tomó en los brazos por un largo rato. Se besaron en la boca tratando de reavivar la chispa de la pasión que ambos habían experimentado a principios del verano, pero la llaga de la tragedia estaba aún reciente y se conformaron con darse un beso en los labios de un amor nuevo y puro.

El joven cabizbajo la encaminó a la parada de autobuses. Al despedirse, se dieron un beso ligero en los labios y un "te quiero" dicho al viento. Inocencia vio a su primer amor perderse entre un mar de gentes, con las manos en los bolsillos, la mirada perdida volteando hacia todos lados, como un extranjero en suelo ajeno caminando sin rumbo fijo.

La mañana de la partida, la chica caminó hacia la tumba de Rosa Inés con un pequeño ramillete de flores. Al ver que toda la alegría y la vitalidad de un ser humano había llegado a ser, en tan poco tiempo, una minúscula parte de la tierra misma, no pudo evitar pensar que después de todo, no somos nada más que un puñado de polvo. Se sentó a un lado de la tumba y dijo: "Rosa Inés, con tu silencio me has dicho verdades tan profundas. Sé que donde sea que estés me estás escuchando. Diego y yo estamos pasando por un período muy difícil. Ayúdanos."

Horas después, Inocencia regresaba a California. La despedida fue melancólica, pero tolerable. Era la razón perfecta para crear una distancia sensata entre la joven y ese rincón del mundo lleno de tristezas.

——————— *** ———————

Al iniciarse las clases, la estudiante extranjera lo hacía todo como autómata. Los compañeros habían notado un cambio cortante y siniestro en su actitud. Se había sumido en un mundo muy pequeño del cual rehusaba salir. Adolfo, cansado de intentar renovar el ánimo de la compañera con sus bromas les preguntaba a los demás:

—¿Qué es lo que le pasa a Inocencia? Camina como si la siguiera un espanto.

—No sé. También yo la noto muy rara. Ya no quiere ni comer, ni estudiar, ni salir con nosotros. Se le ve sumamente triste. Beatriz le dijo a Santiago, el más atrevido: ¿por qué no le preguntas qué es lo que le pasa?

—Ya lo hice. Me respondió que este verano había perdido a una persona muy querida y no tenía ganas de hablar sobre eso. Que la dejara en paz.

—Ah, bueno, pues entonces, ni hablar.

En México, Diego pasaba por algo semejante. Lo único que los animaba a los dos eran las cartas que con frecuencia se escribían. Ella le preguntaba sobre las nuevas materias que tomaba ese semestre, pero Diego simplemente ignoraba el tema. No se había tomado la molestia de inscribirse en la Universidad. Dormía hasta entrada la tarde. Se levantaba a deambular por las calles de la ciudad en un estado de incógnita, no sabiendo qué hacer con sí mismo. Comía en cualquier puesto que encontraba cuando no aguantaba el hambre. Pasaba todas las noches tirado sobre la cama viendo el televisor.

Habían pasado varias semanas que Rodrigo y María Teresa habían salido de la hacienda. Una mañana, mientras Esperanza se encontraba afanada en la cocina, Diego entró en la casa desapercibido, caminó sigilosamente hacia la cocinera favorita, se puso detrás de ella y le tapó los ojos. Esperanza lanzó un grito del susto y al voltearse, vio al joven frente a ella, riéndose de la broma. Su aspecto la conmovió. Jamás lo había visto tan desaseado.

—¡Qué muchacho! Debería darte un coscorrón. Me has metido un buen susto. ¿Qué haces por aquí?

—Esperancita, perdóneme. Tenía ganas de verlos y de comer algo sabroso preparado por usted. Estoy harto de comer tortas en la calle. A ver, a ver. ¡MMMMMM! ¡qué olorcito tan bueno sale del horno! ¿Qué está preparando?

—Pastelitos de manzana. Los favoritos del patrón.

Diego paró oreja y dando un paso hacia atrás, nervioso, preguntó:

—¿Ya están mis padres en casa?

—No, Dieguito, pero hoy recibimos un telegrama del patrón, desde…la purita *verda'* no sé como pronunciar ese lugar a donde se fueron.— Esperanza sacó el telegrama cubierto de harina del delantal y se lo enseñó al joven:

"Saludos. Esperamos todo marche bien. Salimos hacia México esta semana. Estaremos de regreso en casa el próximo domingo. Rodrigo."

Diego palideció. Salió de la cocina sin decir nada. Subió a la recámara, metió varios cambios de ropa en dos grandes maletas y salió de la hacienda, quemando llanta. Eusebio lo vio salir, se rascó la cabeza y dijo:

—Pobre niño rico.

Entretanto, a una gran distancia, en un hotel escondido entre la maleza en una isla del Caribe, los adoloridos padres de Rosa Inés disfrutaban de una prolongada estancia de reposo y desahogo. Se levantaban tarde y desde un balcón pequeño, con una vista espectacular del océano—mientras ella revolvía el jugo de tomate con un trocito de apio para arrestar los efectos de los martinis ingeridos la noche anterior—y se arreglaba las uñas, Rodrigo tomaba un té helado y leía el periódico. María Teresa sentía la brisa fresca del mar en la cara y se le veía el semblante relajado. Después de llenarse los pulmones de una ráfaga de aire puro, casualmente comentó:

—Rodrigo, me parece que ya es hora que hagas las pases con tu hijo.

—No comiences, mujer. Yo sabré cuando es la hora.

—Te corresponde a ti, buscarlo y pedirle disculpas por tu actitud violenta.

—Déjame que yo arregle este asunto de hombre a hombre. No te preocupes que nuestro encuentro sucederá antes que se te quite la cruda que traes.

La conversación terminó ahí. María Teresa se levantó de la mesa sin terminar el desayuno, regresó al cuarto y, dando un portazo, se encerró en el lujoso baño. Rodrigo la siguió y hasta afuera las camareras oían las voces de ambos en una discusión que escalaba.

Esa tarde, después de pasar una tarde lánguida tirados al sol, Rodrigo se comunicó con Diego. Le temblaban las manos al marcar el número de teléfono.

—Diego, soy tu padre. Creo que necesitamos hablar...—se oyó un largo silencio.

Al escuchar la voz inequívoca del hacendado por teléfono, Diego se descontroló. No sabiendo qué decir, reaccionó más bien por instinto que por malicia.

—No sé a lo que se refiere. Yo no tengo ningún padre. Soy un miserable bastardo. Seguramente tiene el número equivocado—y colgó. Después comenzó a darle vueltas al apartamento pensando en lo que debería hacer. Se vio al espejo. Se asqueó de sí mismo. El apartamento reflejaba el estado de ánimo despreciable en que había estado los últimos dos meses.

Rodrigo respiró profundamente, esperó unos minutos y volvió a marcar el número. No recibió respuesta. Diego decidió ignorarlo por completo. El padre, intentó llamarlo una vez más. El hijo oyó el tintineo del teléfono, desesperado, arrancó el cordón del enchufe y lo aventó contra la pared.

El padre, frustrado, le dijo a su mujer:

—Diego se niega a hablar conmigo. Me temo que el volcán durmiente ha comenzado a despertar.

María Teresa, de una manera burlesca, agregó:

—Pensaba que ibas a arreglar esto de hombre a hombre, tú que dices conocer tan bien a tu hijo.

En México, momentos después, Diego, sin pensarlo dos veces, se puso de pie y tomó una decisión.

* * *

En California, una tarde Inocencia llegaba de la escuela al dormitorio, acosada por la humedad no común, dispuesta a ponerse el traje de baño y salir hacia la piscina, cuando recibió una llamada inesperada de su madre. Después de los saludos, le confesaba a su hija:

"Tu papá y yo estamos muy preocupados por Diego. Aquí nos llegó ayer con una cara de espanto. Anda con la ropa sucia, como un vagabundo. Creemos que no ha regresado a la Universidad. No parece tener interés en nada. Se sorprendió cuando supo que los patrones estarían de regreso el próximo domingo. Subió a su cuarto, se llevó dos maletas llenas de cosas personales y salió a toda prisa sin despedirse de nadie. Hija, escríbele y trata de meterle un poco de sentido en esa cabecita hueca, y dile que regrese a la escuela. Si vienen los patrones y se dan cuenta de los desarreglos que ha hecho, le va a ir muy mal."

La hija se despidió de la madre prometiéndole escribirle al chico cuanto antes. Tomó papel y lápiz y comenzó a redactar una carta breve, pero después de escribir varias líneas, tiró el papel en el cesto, sintiendo unos deseos inmensos de escuchar su voz y marcó el número de Diego. La llamada no entró. Intrigada, colgó la bocina y salió hacia el balconcito de la recámara. De lejos, vio el arribo de un coche de alquiler del cual descendía un joven con un gran ramo de flores en una mano y una hoja de papel que estudiaba en la otra. Inocencia, intrigada, lo siguió con la vista. El chico dirigió la mirada hacia el edificio y comenzó a caminar en dirección suya. La joven salió corriendo a toda prisa a recibirlo, topándose con él al pie de las escaleras:

—¡Diego!

—¡Inocencia!

Inocencia le tocaba la cara, el cabello.

—No puedo creerlo. ¿Qué estás haciendo aquí?

—Necesitaba verte. Tenemos mucho de qué hablar.

El joven le entregó las flores que ella tomó, las olía y no sabía qué decir. Tomados de la mano, caminaron hacia el balcón.

—Bien Diego, ya estás aquí y por primera vez en mucho tiempo no hay nadie que nos moleste.—La chica se cruzó de piernas, le tomó la mano y le dijo—: a ver, qué es lo que tienes que decirme con tanta urgencia que tuviste que venir a verme personalmente. Soy toda oídos.

Diego sintió la mano tibia de Inocencia en la suya, se vio reflejado en sus grandes pupilas negras, y sintió que se le cerraba la garganta:

—Desde la última vez que te vi, no he tenido ningún deseo de seguir viviendo. La muerte de mi hermana, el rechazo de mi padre, el tenerte tan lejos, me atormentan. Anoche mismo Rodrigo me habló por teléfono; rehusé hablar con él. Arranqué el teléfono de la pared y sentí deseos de abandonar todo aquello. Pensé en ti y en ese hervor de locura lo único que se me ocurrió fue venir a verte. Tomé un avión a media noche y llegué aquí esta mañana. Estoy hospedado en un hotel a corta distancia de aquí.

Inocencia lo escuchaba con toda atención sintiendo en carne viva su angustia.

—¿Todo eso sucedió en menos de veinticuatro horas?

—Sí.

—Increíble. Así que nadie sabe que estás aquí.

—No.

—Diego, tu situación es más complicada de lo que imaginaba. Creí que habías ingresado en la universidad y que todo iba bien. De haber sabido que te encontrabas tan mal hubiera ido a verte. Has adelgazado tanto que al principio, no te reconocí. ¿Por qué te has descuidado tanto?

—Fuera de ti, no hay nada que me interese. Todo y todos se pueden ir al carajo.

—No hables así. Entre los dos podremos llegar a una solución a tus problemas. Lo más importante es que de alguna manera te comuniques con tus padres. Explícale a María Teresa tu situación. Debes hacer arreglos para regresar a México y estar en tu apartamento el sábado. Te sugiero que te comuniques con el Rector de la Universidad, le digas la verdad sobre tu ausencia este semestre y solicites una extensión. Prométeme que lo harás, de otra manera tu carrera sufrirá un riesgo innecesario.

—Morena, lo que me pides es mucho más difícil de lo que crees. Mi padre es un sádico. Me avergüenza confesártelo, pero cuando se enfurece, le tengo un miedo horrible. Estoy seguro que ya se ha enterado de que no regresé a la escuela y ha de estar haciendo planes para borrarme del mapa.

—Conozco al viejo tanto como tú pero, nada sacamos con alimentar sentimientos de rencor. De una manera u otra, tienes que comunicarte con él antes del domingo, de otra forma, te comerá vivo cuando te vea.

—Sí, tienes razón, pero no me pidas que lo haga esta noche. Tenemos casi una semana para disfrutarla plenamente. ¿Qué te parece si cambiamos un poco de tema y nos vamos por ahí a comer algo típico americano? Traigo un antojo tremendo por las famosas hamburguesas con queso y papas fritas y sí, una enorme malteada de chocolate. Esta noche quiero echar las penas al viento y disfrutar de una noche verdaderamente gringa. Vamos a ese restaurante que me contaste donde las meseritas visten falditas cortas y sirven la comida en patines.

—Me van a dar celos.

—Ah, pues con más razón.

—Eso. Así me gusta, que vuelvas a ser el niño juguetón que yo conozco. Tu idea me parece magnífica.

Entretanto, en la hacienda todo funcionaba como una máquina recién aceitada. El señor Alvarez, a pesar de la forma tan repentina en que don Rodrigo lo había colocado a la cabeza de la administración, había tomado el puesto con toda seriedad y luego de un breve período de desajustes, logró recuperar el control de las plantas con toda eficiencia.

Esa semana, a última hora, Esperanza recibía una llamada de María Teresa: "Estaremos en casa mañana mismo. Por favor, tengan la mesa puesta y la cena preparada para la hora de nuestro regreso," —a lo que la cocinera contestó un cansado—: "Sí, patrona," —y sin dar más explicaciones, la doña cortó la comunicación.

En efecto, un atardecer soleado regresaban los señores con una sonrisa quebradiza en los labios, como una venda de lienzo delgada que trataba de cubrir una herida profunda. A su arribo, todos los empleados se desenvolvían a puntillas, como bailarines de balét en presencia de los amos, temiendo no despertar el enojo del patrón.

186

Escasas veinticuatro horas de su llegada, María Teresa, impaciente por la indiferencia del hijo, decidió ir a buscarlo a la capital. Iba cargada de paquetes en los brazos. Al llegar tocó el timbre, y al no recibir contestación, sacó una segunda llave del apartamento que guardaba y entró. La escena que vio ante sus ojos le dijo todo acerca del estado de ánimo en el que se encontraba el universitario. Sobre la mesa encontró un montón de cartas cerradas. Entre éstas, varias provenientes del señor Melicoff, Rector de la Universidad. Las abrió, las leyó y cayó sentada sobre el sofá con la boca abierta. Inmediatamente se comunicó con el Rector quien le confirmó sus sospechas: Diego no se había inscrito en la Universidad ese semestre escolar. María Teresa le echó una ojeada al apartamento y no pudo creer el estado lastimoso en el que se encontraba: ropa, revistas, platos con sobras de comida, y botes vacíos de cerveza, regados por todos lados. Por primera vez comprendió la gravedad de los hechos. En un arrebato maldijo a sus ojos por haberse posado en Rodrigo. Pasó toda la tarde limpiando el apartamento hasta entrada la noche. Cuando Diego no regresó, supo que tendría que comunicarse con el marido. Al enterarse, éste puso el grito en el cielo.

—¡Imbécil! Debí haberme imaginado que iba a salir con una de sus pendejadas. Vente inmediatamente. Diego no va a regresar.

***

En el sur de California, Diego convenció a Inocencia que se hiciera la pinta de la escuela y juntos, se pasearon conociendo el histórico parque Balboa. El hablaba sin cesar de todos los planes que tenía. Se iba a comportar como un irresponsable para que se cansaran de él y se vieran acorralados: tendrían que permitirle continuar los estudios en los Estados Unidos. "Mataría dos pájaros de un tiro," aseguraba, puesto que satisfaría el deseo de sus padres de continuar la carrera y, al mismo tiempo, estaría cerca de ella. Al terminar los estudios, pediría su mano y se casarían. Vivirían en California, lejos de los lazos que los ataban al pasado y se amarían libremente. El ejercería la profesión de Administración de Negocios y ella continuaría la maestría en el campo de la literatura. Comprarían una casa en la playa, grande, en la que vivirían con Esperanza, Eusebio y media docena de hijos. Eusebio le ayudaría a adornarla con cientos de plantas, flores, y pájaros. Comprarían dos grandes perros, y vivirían cerca de establos donde pasarían los fines de semana montando a caballo, nadando, leyendo y jugando bajo el sol. Era un plan excelente. La chica lo escuchaba incrédula. Conmovida por su idealismo pero consciente de una realidad fría, comenzó a pintarle al soñador compañero, un cuadro muy diferente:

—Eres un visionario romántico y me halaga cuando ves tu destino entrelazado con el mío, pero, Rodrigo tiene otros planes: que te conviertas en el heredero universal de sus tierras. Para estas fechas me imagino que María Teresa ya ha de haber escogido una media docena de hijas de padres pudientes, y tú, mi querido Diego, ni siquiera te las hueles. En los ojos de tus padres, jamás he llegado a formar parte ínfima en tu futuro. Yo sé que al estar alimentando esta relación estamos cavando nuestras propias tumbas y sólo Dios sabe hasta donde podremos llegar.

—¿Por qué te empeñas en ser tan negativa? Me haces pensar que soy un inservible títere en sus manos. Tengo la edad y el derecho para hacer lo que me plazca.

—Está bien. Perdóname.

—Ten un poco más de fe en mí. Estamos desperdiciando este precioso trocito de otoño.

Esa tarde, Inocencia invitó a su huésped a cenar en la cafetería de la escuela y aprovechar la oportunidad para presentarlo a los compañeros mexicanos. Los chicos lo veían con cierto celo: ¿Quién era aquél extraño? y ¿Por qué parecía tener un trato tan íntimo con su inseparable amiga? A las muchachas les bailaban los ojitos en dirección de aquel joven guapo y simpático y entre ellas se decían:

"Esa mosquita muerta qué escondidito se lo tenía."

Esa noche, Inocencia estudiaba el horario:

—Tuviste suerte, Diego. Escogiste muy bien la fecha de tu escapadita. Este fin de semana, nos queda un largo trecho de descanso. Mañana, mis compañeros van a la playa en bicicleta. Nos han pedido que los acompañemos. ¿Qué te parece?

—Lo que ordene la reina de mis amapolas.

—Ya estás como mi padre.

Salieron temprano, montaron en bicicleta y se dirigieron hacia Pacific Beach, una de las playas magníficas del sur de California. A pesar de haber entrado el otoño, pasaban por una oleada de calor. Las aguas del mar se sentían más tibias de lo acostumbrado, lo cual hizo que las playas estuviesen atiborradas de gente. A lo lejos, contemplaban a los chicos y chicas que en grandes tablas se deslizaban sobre las gigantescas olas con una gracia y destreza fenomenal. Los habían visto en otras playas pero no en la cantidad y la maestría que este grupo desplayaba. Los jóvenes enamorados, tirados uno al lado del otro, cerraban los ojos y dejaban que el calor del sol derritiera las preocupaciones. Diego le tomaba la mano a Inocencia mientras le susurraba al oído: "Hacía tanto tiempo que no sentía esta felicidad," y le cubría la piel tostada de besos, dulcemente.

Diego invitó a Inocencia a cenar esa noche. Sería una noche especial—le dijo— "Ponte tu mejor vestido."

La joven ilusionada, sacaba la ropa que tenía y con tristeza vio que no encontraba ninguno que llenara los requisitos. Por fin, escogió un vestido sencillo color púrpura, cuyo talle ceñido le hacía resaltar el contorno del pecho. Calzó el único par de zapatos de tacón alto, se arregló el cabello con esmero, prendido de un broche del color del vestido, se maquilló los ojos, se pintó los labios y se roció un poco de perfume. Se vio al espejo y pensó…"Esta no soy yo, pero por esta noche, no está mal."

Diego llegó, tocando a las puertas de su corazón. Llevaba un traje de dos piezas de corte inglés, azul cielo, y una camisa azul claro. En el pecho lucía una corbata de seda, de franjas muy finas, y un pisacorbatas de oro con las iniciales "D" e "I" incrustadas en pequeñísimos diamantes. Llevaba un ramo de *baby roses*, las favoritas de la chica, y una enorme sonrisa en los labios.

La joven abrió la puerta y ambos quedaron impresionados. La noche, la ropa, las estrellas, los hicieron sentir como dos adultos. Era una noche bellísima, de luna llena. Diego pidió una botella de champán con el que llenó dos copas de cristal, tomó a Inocencia de las manos y mirándose en sus grandes ojos negros, sin perder un segundo más, le dijo:

—El propósito de mi visita es muy simple: Vine porque quiero decirte que estoy locamente enamorado de ti. El verano pasado supe que te quería. La muerte de mi hermana me partió en dos y desde entonces mi alma ha sido un verdadero caos. Tú eres la única persona en el mundo que me conoce. He llegado a la conclusión que no puedo vivir sin ti y para probártelo te he traído esta pequeña muestra de la seriedad de mis intenciones.

Con toda ceremonia, del bolsillo sacó una caja pequeña de terciopelo rojo, la colocó frente a la joven, la abrió lentamente y dejó que la luz de las velas se reflejara en las mil y una minúsculas caras que formaban la piedra de un diamante incrustado en un anillo de oro.

—Morenita, acepta este anillo que te ofrezco como ofrenda de mi amor por ti.

Inocencia permaneció muda.

—Diego, yo…pues no sé…todo esto me parece un sueño…esto era lo último que me esperaba…no sé qué decirte.

—No me tienes que decir nada. Yo sé que lo que te estoy pidiendo es mucho y que no te he dado tiempo para pensarlo. Está bien, tomemos una copa, cenemos, bailemos un poco. Pasemos esta noche juntos.

—Diego, te adoro pero lo que me estás pidiendo es…peligroso. ¿Estás seguro que lo has pensado bien?

—Mucho más de lo que te imaginas. No te estoy pidiendo que te cases conmigo. Sé que no estoy en la posición de ofrecerte nada más, pero esta vez no quiero que nos separemos sin haber tomado el primer paso hacia nuestro objetivo. Necesito saber que existe algo concreto entre nosotros, algo más que simples ilusiones.

El joven dejó la caja abierta a un lado de la copa de Inocencia, y ambos cenaron en silencio. Ella volvía la mirada hacia la vista espectacular del mar y pensaba:—Dios mío, ¿qué debo hacer—? Terminada la cena, bailaron al compás de una música mustia que soltaba las cuerdas de un violín. La joven sentía el roce tibio de la mejilla del acompañante y sus brazos acariciándole la espalda. Se dejó llevar por las notas románticas y los pasos rítmicos de Diego que la transportaban de un lado al otro de la pista, ligeramente. Poco antes de la media noche, el joven sirvió las últimas dos copas, tomó el anillo y lo deslizó suavemente en el dedo de Inocencia quien esta vez simplemente respondió:

—Acepto.

Después de la cena, los dos enamorados se quitaron los zapatos y caminaron por la arena húmeda con las olas que morían a sus pies como único testigo del cruce de dos caminos que ante los ojos celestiales, se acababan de unir. Cerca de la media noche, tomaron un coche de alquiler que los llevó hacia el hotel de Diego.

—Morena, esta ha sido una noche mágica. No quiero estar solo. Pasemos esta noche juntos.

Inocencia lo vio. Las niñas de sus ojos, cual relámpago al vuelo, se comunicaron todo un lenguaje de deseos ardientes y pasiones truncadas. La joven borró los temores de la mente, se ensordeció a las plegarias de su madre, puso en tela de juicio los años de rígida doctrina católica, e ignorando la voz de la razón, contestó:

—Tampoco yo quiero estar sola. Ya que hemos llegado hasta este punto, terminemos, pues, lo que hemos comenzado.

Los jóvenes entraron en la habitación de Diego. El la tomó en los brazos, y con una boca hambrienta que se abría paso a toda la superficie de piel bronceada que tocaba, la besaba con la impaciencia de un enamorado. La despojaba de las prendas de vestir como el viento de otoño deshoja una flor, diciéndole al oído una y otra vez:

—Inocencia, te deseo. -La joven exaltada sentía el cuerpo derretirse al tacto ardiente y sensible de las yemas de los dedos de Diego que exploraba sus labios llenos, el cuello, el pecho. El joven le tocaba la espalda sensualmente hasta caer los dos en la cama. Ella oía la respiración forzada de Diego y sentía sus manos abarcándola toda, oyendo los fuertes latidos del corazón que se confundían con los suyos…mas en el instante que decidieron cruzar la línea imaginaria del amor puro a las delicias terrenales, un ángel con alas rotas cayó desde el cielo, herido, sobre la copa rebosante de su deleite, virtiendo el preciado contenido por el suelo: los jóvenes amantes oyeron pasos en el corredor que se aproximaban hacia su cuarto. Ambos se vieron a los ojos al escuchar tres golpes fuertes en la puerta. Diego preguntó, enfurecido:

—¿Quién demonios toca a esta hora?

Nadie respondió. Se volvieron a oír tres golpes más. Se pusieron de pie con gran prisa. Diego, esta vez nervioso, volvió a preguntar.

—¿Quién es?

—Soy yo, Diego. Tu padre. Abre la puerta.

Se miraron y de un salto brincaron de la cama. El enamorado corrió hacia el baño y se echó agua fría en el cuerpo, tratando inútilmente de apagar el fuego que desde muy dentro, le quemaba. Se echó agua en la cara para despertar del sueño maléficamente interrumpido, se cubrió el cuerpo desnudo con una bata y salió hacia la sala cerrando la puerta y dejando a Inocencia, desnuda y temblando de miedo. De un movimiento seco y decidido, abrió la puerta. Frente a él estaban María Teresa y Rodrigo.

—Buenas noches, hijo, o más bien, buenos días. Discúlpanos, si llegamos a una hora imprudente.

—Rodrigo…mamá, son las dos de la mañana, ¿qué hacen ustedes aquí, a esta hora?

—Hemos venido en tu busca.

La madre, al ver su desconcierto, le preguntó:

—¿No nos invitas a pasar?

—Sí, claro. Pasen.

Los padres entraron y comenzaron a estudiar aquel sitio. María Teresa estaba por abrir la puerta hacia la recámara cuando Diego la tomó del brazo y les dijo:

—Siéntense, por favor. ¿Les sirvo una copa?

—No está mala la idea. Al joven le temblaban las manos al servir tres copas de cognac. Tomó la suya y se la bebió de un trago mientras los padres, con su silencio y miradas penetrantes, lo desmoronaban por completo. Después de unos segundos de un silencio mordaz, Rodrigo continuó:

—Nos preguntabas qué estábamos haciendo aquí, y te diremos: Tu madre estaba preocupada por ti y al regresar fuimos a buscarte a tu apartamento y al no encontrarte, supusimos que estabas aquí.

Diego se paseaba por el cuarto, frotándose las manos, sudando en frío, tratando de explicar su estancia allí.

—Pensé que iban a regresar el domingo. Ya mañana salía hacia México. Tenía pensado estar en casa el día de su regreso.

Las miradas de los padres lo seguían por todas partes. El hijo abrió la ventana de par en par. Respiró el aire frío de la madrugada, sacudió la cabeza y dejó que el calorcito del cognac le devolviera la cordura. Después de unos segundos, se tranquilizó un poco y con una voz más segura comenzó a arrollarlos con una y mil preguntas.

—¿Y qué reacción esperaban de mí? ¿No fueron ustedes los que me acusaron de la muerte de mi hermana y me corrieron de mi propia casa como a un perro callejero? Y ahora, ¿qué derecho tienen de juzgarme? ¿Se puede saber de una vez por todas qué demonios están haciendo aquí, metiéndose en mis asuntos?—Se puso de pie frente a ellos y mirándolos a los ojos, tiró los brazos al cielo y dijo en voz alta y exasperada: "¡¿Por qué no se largan y me dejan en paz?!"

Después cayó en el sofá, exhausto, con las manos en la cara, sollozando como un niño. Rodrigo y María Teresa lo veían caminar como perro acorralado de un lado al otro de la pieza y escupir pregunta tras pregunta como un martillo castigando sus enmohecidas conciencias. La madre se puso de pie y se acercó al hijo tratando de consolarlo.

—No teníamos idea del mal que te habíamos hecho. Perdónanos.

—Me parece que es demasiado tarde para arrepentimientos. El mal ya está hecho. Jamás olvidaré su indiferencia.

Rodrigo, sentado en el sillón, se sirvió otra copa, mientras observaba aquella escena desarrollarse ante sus ojos. Se puso de pie y dijo:

—Mujer, vámonos. Creo que no tenemos nada que hacer aquí. Ya todo está dicho entre nosotros.

—No. Te equivocas. Diego nos ha juzgado a los dos de haber sido su verdugo y tiene razón. Mi frialdad hacia él me ha hecho tu cómplice, por lo tanto, soy culpable. Creo, querido, que si has sido lo suficientemente hombre para golpearlo, y destrozarlo, puedes serlo para pedirle perdón.

Rodrigo soltó una risa diabólica.

—Vamos, mujer, no exageres. Se me ha pasado la mano, y le debo una disculpa, pero hincarme de rodillas y pedirle perdón, no.

—No seas cínico, Rodrigo. Nadie te ha pedido que te pongas de rodillas. Una disculpa sincera es suficiente.

El hombre en tono cortante, contestó:

—Discúlpame, hijo.

Diego escuchó las palabras huecas, ausente de toda sinceridad y sintió unas ganas incontenibles de abofetearlo. Con la misma superficialidad y sarcasmo contestó:

—Como tú quieras, padre. Creo que no tenemos nada más de qué hablar. Si me disculpan, quiero estar solo, y se acercó a la puerta, cuando el padre interrumpió:

—No, hijo. Aún nos queda un punto importante que discutir.

—¿Y qué punto es ése?

—El punto que nos trajo hasta aquí. ¿No es verdad, querida?

Diego preguntó:

—¿A qué te refieres?—Rodrigo, como alacrán con la cola enroscada y ponzoña en la voz, agregó:

—A Inocencia, por supuesto. ¿O creías, que tu madre y yo nos íbamos a ir de brazos cruzados mientras que tú andas por aquí, despilfarrando nuestra plata en una ridícula luna de miel con esa mocosilla?

Diego tomó unos pasos hacia su padre en actitud de gallito de pelea.

—¡Su nombre es: I-no-cen-cia! no voy a permitir que le faltes al respeto.

María Teresa, se interpuso:

—Tranquilos, machitos, que a golpes no se va a solucionar nada.

Rodrigo puso fin a la discusión:

—Sabemos que estás aquí con ella. Hasta ahora te hemos dejado satisfacer tus caprichitos pero esta vez tu madre y yo hemos venido por ti para abrirte los ojos de una vez por todas. Hace tiempo que estás perdiendo tu tiempo con…Inocencia y la verdad es que estamos hartos de tus necedades. Venimos a pedirte que pongas fin a esta estupidez. Queremos que regreses con nosotros a México, que continúes tu carrera y que te dediques a relacionarte con jóvenes de nuestra clase social.

—Estoy aquí porque estoy enamorado de ella. Esta noche salimos a cenar y para comprobarle a ella y a ustedes que mis sentimientos son verdaderos, le he dado una muestra de mis intenciones y si me disculpan, ya que se tomaron la molestia de venir hasta aquí a darme una sorpresa personalmente, también yo les tengo reservada una pequeña sorpresa a ustedes.—Diego entró en la alcoba y vio a la joven, que obviamente había escuchado la conversación, vestida, sentada en un sillón, sosteniéndose la cabeza en las manos. Le pidió que la acompañara, y sin darle más explicación, se apareció con ella en la sala, de brazo en brazo. María Teresa, al ver a Inocencia salir del cuarto del hijo, vestida de noche, llevando un anillo de diamante en la mano con la cabeza muy en alto y la mirada acechante, cayó sentada en el sillón con la boca abierta. Rodrigo se jaló el bigote, respiró profundamente y gritó a todo pulmón:—¡Esto era lo único que me faltaba!

María Teresa, a punto de desmayarse dijo:

—Diego, Inocencia, ¿qué han hecho?   ¿Es que se han vuelto completamente locos?

La joven, sacando fuerzas del recuerdo y la promesa que le había hecho a Rosa Inés, explicó:

—Don Rodrigo, María Teresa: Diego tiene razón. Estamos enamorados y queremos permanecer juntos; estamos dispuestos a hacerlo aunque para lograrlo tengamos que caminar por las brasas.—El padre, en tono de rivalidad profética le contestó:

—Pues, por las brasas caminarán.

Tomó la botella de cognac, se echó un trago y continuó:

—Diego me temo que esta vez has llegado demasiado lejos. Ya veo que te has salido con la tuya. Te doy mi última palabra: O te vienes con nosotros ahora mismo y regresas a casa a reconstruir tus ruinas, o te quedas aquí, con esta india y renuncias a todos los derechos que tienes sobre nuestros bienes. Escúchame bien. Tienes hasta mañana a las doce en punto para darnos la respuesta. Si quieres regresar con nosotros, estaremos en el aeropuerto, esperándote.

Y volteando hacia María Teresa quien en silencio le demostró su apoyo incondicional, le dijo:

—Vámonos mujer—saliendo a toda prisa.

Diego e Inocencia se quedaron sentados en el sofá, pensativos, uno al lado del otro. El le tomó la mano, la besó y le dijo al oído:

—Gracias, Morenita por respaldar a este grandísimo estúpido.

—Gracias a ti, por defender a esta india muerta de hambre.

A lo cual los dos soltaron la carcajada ante la situación patética en la que se encontraban.

—Todo esperaba de mis padres menos esto. No podían haber escogido peor momento. ¡Qué suerte tan negra la nuestra!

—No es el fin del mundo, Diego. Si usamos nuestra inteligencia tenemos mucho tiempo para terminar lo que hemos empezado.

—Morena, tu optimismo no tiene límites.

—Es lo único que nos queda. Piensa bien lo que vas a hacer. Odio reconocerlo, pero, en este caso, tus padres tienen razón. No contamos con un centavo para mantenernos.

—Lo sé perfectamente. Yo no vine aquí con el propósito de tirar lo que hemos edificado por la ventana y pedirte que te casaras conmigo. Vine simplemente para decirte que te amo y que si tienes un poco de paciencia, en cuanto termine mis estudios y encuentre trabajo, podremos forjarnos un futuro. Morena, sé que las cartas están en mi contra y que sin el apoyo económico de mis padres me voy a hundir, pero me gustaría desafiar sus órdenes, una vez, con el único propósito de satisfacer mi sed de venganza.— Inocencia lo escuchó decepcionada.

—Diego, la venganza es muy mala consejera.

—Tienes razón.

Tomó la botella, sirvió dos copas, se recostó en el sofá e invitó a Inocencia a hacer lo mismo. Mientras sorbía el cognac lentamente, paladeándolo, dijo: "Voy a emborracharme y quedarme dormido aquí, junto a ti."

A la mañana siguiente, a Diego lo despertó la luz intensa que entraba por la ventana. Abrió los ojos y vio que la chica no estaba a su lado. Se levantó del sillón con dolor de cabeza y un sabor amargo en la boca. Buscó a la compañera pero ésta se había ido. Sobre la mesa encontró una carta. Diego abrió el sobre y al sacar una hoja de papel, por el piso rodó el anillo que le había dado a Inocencia la noche anterior. Lo recogió y descorazonado leyó la carta que decía:

"Querido Diego:

Ayer por la noche supe que te quería lo suficiente para entregarme a ti sin reservas, pero la llegada inesperada de Rodrigo y María Teresa, me hizo volver a la realidad. Fuera de mi amor incondicional, no tengo nada más que ofrecerte. Al quedarte aquí, perderías todo lo que te toca por derecho. El estar enamorado es divino, pero todo el amor del mundo no es suficiente para comprar una rebanada de pan; tarde o temprano, te arrepentirás. Sé que me amas y eso me basta. Dejemos que el tiempo se encargue de nuestra suerte. Vete, y que Dios te acompañe.

Te adoro,
Inocencia.

P.S. Guarda el anillo. Mi amor por ti lo conservo en una cajita fuerte que he escondido en el corazón y nadie más que tú tiene la llave."

Diego cayó de espaldas en el sofá. Reflexionó sobre el contenido de la carta un minuto. Se dio un baño, se cambió y salió en busca de Inocencia, pero ésta no se encontraba en el dormitorio. Cansado de buscarla, se sentó en una banca contemplando la marea esperando encontrar entre la espuma una respuesta a sus dudas.

A mediodía, al aeropuerto llegaba un joven desgarbado, somnoliento, cargando una maleta:

—Está bien, padre. Regreso con ustedes bajo una condición: que no vuelvas a pronunciar el nombre de Inocencia en mi presencia y que me dejen hacer lo que me parezca. Será la única manera que podríamos convivir en paz.

—De acuerdo—dijo tranquilamente, Rodrigo. María Teresa se puso de pie y abrazó al hijo con una dulzura que desconcertó a Diego puesto que, desde niño, no recordaba haber recibido ninguna muestra de cariño sincero de parte de su madre.

El vuelo despegó sutilmente y ascendió hacia el horizonte perdiéndose entre las espesas nubes. Desde una playa solitaria, tirada sobre la arena, una joven vestida de púrpura veía cruzar un avión en las alturas. Una sola lágrima le resbaló por la mejilla, solitario recuerdo de una pasión cuyos leños encendidos habían quedado en un montículo de cenizas esparcidas por todas partes.

***

Una vez en la hacienda, padre e hijo se declararon una guerra fría. El silencio y la indiferencia entre ellos se hundía como una navaja hiriente y penetrante. María Teresa los observaba y no podía contener su pesadumbre. En cuanto le fue posible, Diego salió de la hacienda rumbo a su pequeña guarida, lejos de todo lo que lo atormentaba. Fue a la capital con el firme propósito de ingresar en la universidad, pero, para su gran sorpresa, las influencias del rico hacendado no tuvieron resultado. La Oficina de Admisión contestó a sus peticiones con un rotundo: "No. Lo sentimos mucho, señor Montenegro, pero las inscripciones se han agotado y no contamos con ninguna plaza disponible."

Al enterarse del rechazo, Diego se sintió doblemente traicionado. Su padre aprovechó la oportunidad para enterrarle un poco más la navaja diciéndole: "La próxima vez que quieras interpretar el ridículo papel de Romeo, hazlo con tu dinero. Tus jueguitos nos están saliendo demasiado caros. No tiene caso que continúes viviendo en la capital. De ahora en adelante, tendrás que abandonar tus estudios, temporalmente. Regresa a la hacienda de inmediato que tu madre y yo tenemos planes para ti en nuestros negocios."

Cada palabra de Rodrigo la sintió como una palada de tierra que poco a poco lo enterraba, como la tierra que cubría el ataúd de la hermana. El pensar en labrar una imagen como reflejo mediocre del padre, lo enfermaba. Pensó en su situación crítica y se vio como un malabarista a gran altura, intentando mantener el equilibrio con una sola vara. Dejó pasar unos segundos hasta que se le iluminó el pensamiento y sin demostrar la tensión que por dentro lo invadía, respiró profundamente y le expuso a Rodrigo la idea con toda tranquilidad:

—Está bien. Regresaré de inmediato bajo una condición.

—¡No estás en posición de imponer tus condiciones!

—En ese caso, no regresaré a casa. Me quedaré en la capital. Saldré adelante de una manera pobre pero digna.

—Te has convertido en un insolente.

—Si no aceptas mis condiciones, me convertiré en una pesadilla viviente. Recuerda que tienes muchos enemigos en este país. Estaría dispuesto a divulgarlo todo con el único propósito de pisotear tu dignidad como tú has destrozado la mía.

—Te morirás de hambre.

—Lo haría con gusto, con tal de no estar bajo tus órdenes.

Rodrigo perdió el control por completo y le gritó exasperado:

—¡Está bien! ¿Cuáles son tus condiciones?

—Que me pongas en manos del señor Alvarez de quien recibiré el entrenamiento. No escucharé ni aceptaré órdenes ni instrucciones de nadie más. En una palabra, no quiero tener absolutamente nada que ver contigo.

Rodrigo permaneció callado por largo rato. Después dijo en tono decepcionado:

—Está bien. Hoy mismo hablaré con don Miguel.

El joven regresó a la hacienda sorprendido de la actitud no combatiente del padre. Este juzgó prudente introducirlo en las operaciones administrativas de la ganadería, para cuyo entrenamiento no habría podido escoger una persona más indicada que el señor Alvarez. A pesar de la mala sangre entre ambos, Rodrigo había decidido crearlo, a su imagen y semejanza. Esa sería su máxima satisfacción y venganza.

Diego, a pesar de la repugnancia con que aceptó estar, indirectamente, bajo las órdenes del hacendado, después de un breve período llegó a pensar que la idea no estaba tan desquiciada. Al paso del tiempo se fue convenciendo que ésa sería la única forma de salir del laberinto en el que se veía atrapado. Don Miguel vio por primera vez, de cerca, la sed inagotable de afecto y comprensión que a Diego se le había negado. El joven era como un campo fértil en cuyas entrañas había caído mala semilla y que por años había intentado, inútilmente, producir buen fruto. En los ratos de desahogo le confesaba afligido a Anatalia: "Cualquier padre estaría inmensamente orgulloso de tener un hijo como Diego; en cambio, el patrón desde pequeño lo ha considerado como un estorbo." El señor Alvarez se propuso hacer de su alumno un brillante aprendiz, digno de admiración y respeto. Con ínfima paciencia se trazó un plan para enseñarle uno a uno los secretos de su oficio. El joven se convirtió en la segunda piel del caballerango. Desde el amanecer hasta ya caído el sol, no se perdía palabra que salía de la boca del maestro. ¡Qué refrescante era estar bajo la sombra de un árbol frondoso y productivo!—pensaba—.

El resto del año lo pasó siguiendo ciegamente los pasos del señor Alvarez. Estaba tan absorto en el aprendizaje que no estuvo consciente de los cambios graduales que sucedían en torno a él. El cielo había tomado un color grisáceo, las nubes se hacían más espesas y la lluvia los visitaba a ratos, refrescándolos, todas las tardes. Una mañana, como acostumbraba salir hacia los establos al amanecer, sintió una ráfaga de viento frío que le calaba los huesos. Regresó a casa vistiendo una chaqueta de cuero forrada para contrarrestar los efectos del frío y salió hacia la planta, absorto en el entrenamiento.

Con sensatez calculada, el señor Alvarez fue poniendo distancia entre él y el aprendiz, permitiéndole un campo de libertad y acción en el cual el joven se sintiera libre de comenzar a hacer sus propias decisiones. De manera desapercibida comenzó a tomar las riendas de joven administrador con una nueva seguridad. Los padres observaban los cambios drásticos que en breve tiempo habían surgido en él. Lo veían con una mezcla de sorpresa y recelo por la unión tan estrecha que se había forjado entre el mayordomo y el aprendiz.

En una ocasión don Miguel le pidió a Diego que lo acompañara a la Ciudad de México a participar en una conferencia internacional de hacendados, a la cual el joven aceptó sin reproche alguno. Al adentrarse en las calles invadidas de coches y apretujadas de gente, el joven sintió que había cruzado a un mundo desconocido. Hacía poco tiempo que ésa había sido su realidad; en cambio, al verse atrapado en su doble identidad de melancólico universitario a aprendiz de administrador, se llenó de una agridulce nostalgia. Adivinó en el medio ambiente una cierta prisa, percibió unos sonidos y olores diferentes, como el zumbido de una panal de abejas a la hora de máxima productividad. Subió la vista y vio, en una amplia avenida, una cadena de enormes campanas rojas que alineaban la acera. La visión lo desconcertó por completo. Volteó y como vislumbre recordó la época que se acercaba: la Navidad. Como una carga de cemento le cayeron encima todas y cada una de las Navidades de la infancia y la adolescencia que había compartido con la entrañable Morena. Un simple comentario de don Miguel, lo arrebató de sus sueños:

—Ya están encima los días festivos. Diego, si no tienes ningún inconveniente, antes de regresar a la hacienda, me gustaría comprar algunos regalos para mi familia.

—Por mí no hay ningún inconveniente, don Miguel. Puede tomarse el tiempo que guste.—El hombre, viéndolo de reojo, comprendió su soledad, intentó consolarlo, pero no encontró palabras para hacerlo.

La conferencia duró de miércoles a domingo. Fue un curso intensivo en Administración de Haciendas. El acontecimiento más significante para Diego fue su presentación oficial ante el mundo de la ganadería como el futuro Gerente General de la Hacienda De las Casas. Al escuchar tan impresionante introducción, se vio rodeado de potentados influyentes que le daban fuertes palmadas en el hombro, felicitándolo. La joven edad de éste y su apellido fue la causa que algunos de los administradores conocidos de la comarca, arquearan las cejas y pararan oreja. La conferencia terminaba con una reunión social, el elemento clave del mundo de los negocios. Durante ésta, un hacendado de vientre un tanto abultado y un bigote que le haría buena competencia al de Pancho Villa se le acercó intrigado, con una cerveza en la mano izquierda y dándole un apretón de manos con la derecha, diciéndole con tremendo vozarrón:

—Así que tú eres el mentado hijo de don Rodrigo. Pues, mucho gusto, muchachón, me llamo Pedro Bermúdez, y soy nada menos que el dueño de la finca "Las Espuelas," que queda ahí, a un ladito de las tierras de tu padre. A propósito, hace tiempo que no veo al viejo, ¿qué noticias me das de él?

Como ante un espejo empañado, Diego vio reflejado su futuro en ese hombre y la idea de transformarse en un viejo con cuerpo de barril, mostachudo, tomando cerveza tras cerveza, echando un ojo a la competencia y el otro a las jóvenes meseras le dio una torpe sacudida, y respondió con gran prisa:

—Bien, don Pedro, mi padre se encuentra muy bien, gracias. Con su permiso, creo que el señor Alvarez me necesita.

Salió a respirar aire mientras que se aflojaba la corbata, y se decía— ¿Qué demonios estoy haciendo aquí? Me estoy convirtiendo en la viva imagen de mi padre—y al pensar eso, sintió un escalofrío que le corría por todo el cuerpo.

Salió hacia su cuarto, acongojado, cada paso que daba se veía alejándose más de la meta y el sueño que se había forjado: vivir simplemente, en una casita blanca, a orillas de una playa bañada de sol, con la mujer que amaba. Ese sueño iba borrándose cada vez más de la mente e iba remplazándolo con la visión temible que acababa de vivir.—No, no, esto no es posible. Por Dios, ¿qué me está pasando?—se decía una y otra vez.

Don Miguel había observado en Diego un cambio marcado en su actitud. Una noche, después del trabajo lo convidó a cenar a su casa. Al entrar los recibió Anatalia, con los brazos abiertos y una cara radiante de felicidad. La diminuta mujer llenó al esposo de besos y frases empalagosas que hizo que el señor Alvarez se sintiera un tanto avergonzado. La anfitriona les ofreció té de canela calientito y los invitó a sentarse en dos sofás cómodos frente a la chimenea. Diego meneaba el té con las rajitas de canela y observaba en rededor: era una casa amplia pero de decorado acogedor. Sobre varias piezas de madera clara descansaban tapetes de bordado minucioso. Paseaba la mirada por las paredes punteadas de arcos altos y blancos y en todos los rincones lucían cuadros de paisajes de colores tenues, canastas con ramilletes de flores frescas y demás objetos decorativos que daban a la casa un aire de elegancia modesta y femenina. En una esquina se encontraba un frondoso árbol de Navidad cubierto de lucesitas, y toda clase de toques navideños. Al pie del árbol descansaban varios regalos cuidadosamente envueltos en papel de colores y motivos propios de la temporada. La belleza sencilla de Anatalia ofrecía un marco a todo el cuadro de ambiente hogareño que inundaba la casa. Desde la cocina llegaba un olor a pan recién horneado y olores deleitables de varios platillos. Mientras sorbía el té caliente, Diego vio que se acercaban los hijos gemelos de don Miguel: Rubén y Jesús, que esa noche regresaban del colegio de la Ciudad de México a pasar las vacaciones de Navidad en casa. Diego se sorprendió al ver que los dos niños flacuchos que recordaba correteando por la hacienda, se habían convertido en dos jóvenes apuestos de un carácter firme y jovial. Al verse sentado a la mesa sintió lo que era estar en el calor de una familia genuina. La cena transcurrió entre las constantes bromas y relatos de eventos ocurridos en el colegio durante la estancia de los estudiantes en la capital. El invitado observaba el trato y las palabras cariñosas que se cruzaban sobre la mesa y sintió una envidia incontenible. Rubén interrumpió sus negros pensamientos.

—Diego, ¿qué planes tienes para el futuro? ¿Vas a terminar tu carrera o a quedarte aquí, a trabajar en la hacienda?

—No sé. Me gustaría regresar y terminar mis estudios pero no negaré el hecho de estar muy satisfecho de trabajar aquí con tu padre. Esta ha sido una de las mejores experiencias que he tenido.—Suspiró hondo y dijo—: ¡Qué daría yo por haber tenido un padre como el suyo! Hubo un silencio. Nadie se atrevió a hacer ningún comentario. Anatalia se puso de pie y desde la cocina escucharon una dulce voz que canturreaba una canción navideña mientras que, minutos después, la mujer aparecía con un enorme pastel de durazno y crema recién sacado del horno, acompañado de una jarra de espeso café. Diego se comió hasta la última migaja de pastel que le habían servido y disfrutó a tal grado de esa cena que insistió en llevar la conversación de un tema al otro temiendo que llegara la hora de despedirse. Cerca de la media noche, escuchó los doce leves latidos que, como quejidos de un mueble viejo y cansado, salían de las campanas del reloj y tristemente se puso de pie, dándoles a todos un fuerte abrazo y a la hacendosa ama de casa tres besos en las mejillas con un sincero: "Señora, hacía mucho tiempo que no disfrutaba de una velada como ésta. Es usted una anfitriona y cocinera excepcional." Anatalia adivinó la tristeza en las palabras del joven, le dio unas palmaditas en la cara y le dijo: "Diego, ésta es tu casa. Miguel y yo te queremos como si fueras uno de nuestros hijos. No lo olvides."

—Gracias, Señora. Buenas noches a todos.

—Buenas noches, Diego.

Salió de la casa, se subió el cuello y metió las manos en las bolsas del abrigo para cubrirse un poco del frío cortante que descendía esa noche, y caminó lentamente hacia la Casa Grande. No muy lejos de ésta, volteó y vio, entre las sombras, el humo que salía de la chimenea de la casa de los Salvatierra. Hacía varias semanas que no sabía nada de Inocencia. La imaginó tirada sobre las tibias arenas de California, rodeada de buenos libros, haciendo una huella aún más profunda en su soledad. Al entrar en la enorme sala obscura de su casa, la sintió como una caverna fría y obscura. Al pasar por las habitaciones privadas de sus padres, vio los reflejos de luz que salían de la parte inferior de la puerta. Tuvo el impulso de tocar y darles las buenas noches pero al acercarse, escuchó los suaves gemidos de una pareja en el intercambio íntimo de la pasión y pasó de largo. Esa velada odiaba a Rodrigo y se arrepentía de haber caído en la trampa. Prendió la televisión para escuchar la voz de algún extraño que le hiciera compañía para no sentirse tan solo, y no supo más de él hasta la madrugada cuando el despertador lo arrancó de sus sueños.

Diego se levantó al alba y al bajar las escaleras hacia el primer piso, le pareció escuchar el canto suave de una voz familiar. La siguió y al entrar en la cocina, se sorprendió ver a Esperanza, trabajando, más temprano que de costumbre.

—Buenas, ¿qué hace hoy, aquí, tan temprano?

—Dieguito, buenas le dé Dios. Esta es la merita noche de la posada que los patrones festejan todos los años. ¡A poco ya se le olvidó, pues qué cabecita tiene!

—Ah, sí, tiene razón. Se me había olvidado.

—Mire, siéntese aquí que le traigo un cafecito recién hecho. ¿Qué le parece?

—Me parece muy bien, gracias.

Mientras tomaba el café veía a Esperanza en un ir y venir, como hormiguita laboriosa, dando órdenes a dos jóvenes asistentas, preparando todo para esa noche. Hacía tiempo que Diego no hablaba con ella y al verla tan animada le pareció más contenta que de costumbre. La cocinera le preparó un desayuno ligero. Mientras comía, hablaban de cosas sin importancia y en pocos minutos, salió de la cocina, deseándole una jornada placentera. Esperanza lo vio salir cabizbajo y meneó la cabeza, pensando, ¿qué va a ser de estos dos muchachos?

Diego regresó a casa más temprano que de costumbre, después de casi diez horas de trabajo. Al llegar vio cómo su madre y las sirvientas habían transformado la casa en pocas horas. En la Casa Grande había un enorme árbol de Navidad con inmensas esferas azules y blancas y tantos objetos más que las pobres ramas del árbol parecían decir: "No más." Diego vio el árbol de reojo y le pareció vistoso, impresionante, pero al mismo tiempo hueco y frío. Sin tomarse la molestia de saludar a nadie, pasó de largo y se metió en su cuarto, dejando atrás el bullicio creciente de los preparativos de la tradicional posada que le habían dado fama a los De las Casas en toda la región.

Se quitó la ropa de montar y se dio un baño tibio. Vio el reloj y calculó que le quedaban escasos minutos para vestirse formalmente y bajar a hacer su aparición. Todo ese circo le aburría pero se mordía los labios esperando en ascuas el fin de ese año desafortunado. Pensando en eso, le llamó la atención la hermosísima puesta del sol. Desde lo alto de la habitación observaba los colores vibrantes con que Dios había pintado el cielo ese ocaso: rojo vivo, anaranjado y amarillo refulgentes. Bajó un poco la mirada y vio que el cielo estaba azul y despejado y, a pesar de la temperatura agradable en el cuarto, sentía que un extraño frío le traspasaba hasta los huesos. Eran los signos indudables de que la primera helada del invierno estaba por llegar. La idea de pasar una Navidad cubierta de nieve, lo llenó de alegría. Hacía varios años que eso no sucedía. Era la primera Navidad que pasaba sin su hermana, y al juzgar por las festividades en su casa, todos lo habían olvidado. María Teresa y Rodrigo estaban dispuestos a festejarlo en grande, como si nada hubiese sucedido. No podía creerlo. ¿Qué pensaría Rosa Inés de todo eso?

Entorpecido en su pesar, se vio de pie, solo, frente a la ventana del cuarto desde donde, a lo lejos, se divisaba la casa de los Salvatierra. Desde abajo, como un murmuro serpenteaba el cuchicheo de los invitados que comenzaban a llegar y el canto de los niños. En tal ofuscación deseó correr lejos de ese mundo a California, a reunirse con Inocencia. No tenía deseos de encontrarse rodeado de extraños, haciendo caravanas absurdas a los amigotes de sus padres, repartiendo sonrisas artificiales y oyéndose decir: "Feliz Navidad," una y otra vez como un eco que se pierde al viento, cuando en realidad, él no lo sentía. Soy un hipócrita—se decía—. En segundos, los cristales se poblaron de cientos de finas plumitas las cuales siguió con la vista hasta que cayeron sobre el suelo e inmediatamente desaparecieron. Al hacerlo vio también su propio reflejo en los ventanales: un hombre triste que a pesar de la posición que se había ganado en la hacienda, se sentía fracasado. En ese instante obedeció viejos instintos, tomó el teléfono y marcó un número que se sabía de memoria: al otro extremo, la voz de una

chica americana le decía: *Inocencia is not here. She left the day before...*—
El cerebro de Diego se paró en seco intentando interpretar el sentido de las
palabras en Inglés—: ¿Inocencia había salido de California hacia su casa y
nadie lo había informado? Miró hacia el rincón obscuro de la casa de
Esperanza, colgó el teléfono con un rápido: *Thank you very much.* Loco de
alegría, salió corriendo de la casa, saltando las escaleras y abriéndose paso
entre la multitud de amistades de sus padres causando un breve paréntesis en
los festejos. Don Rodrigo lo vio salir como una ráfaga de viento, arrugó la
frente y, tratando de disfrazar la actitud antisocial del joven, comentó a un
grupo de amistades: "Ese es mi hijo. Un pequeño torbellino."

Diego salió en ropa ligera y al llegar a la casa de Inocencia, encontró la
morada obscura, salvo por una lucesita que salía desde una ventana. Se
acercó, sigilosamente, y como alguien que se dispone a cometer un delito, se
asomó por la ventanilla a un lado de la puerta. Con la cara congelada, pero
con el corazón encendido, tocó suavemente. Nadie abrió la puerta. Tocó
varias veces más. Después de unos minutos, detrás de la cortina, vio un
perfil de mujer: era Inocencia.

La joven abrió la puerta lentamente. Diego entró, y caminó hacia ella.
Se abrazaron, como siempre, con hambre de verse.

—¿Por qué no me avisaste que venías?

—Porque no tengo ninguna intención de avivar el enojo de tus padres.
Esperaba tener la oportunidad de verte. Sé que fue una estupidez, pero,
bueno, estaba desesperada.

—Esa fue tu idea, Morena.

—Perdóname. Después de todo, creo que fue para el bien de todos.

—Por lo menos logré quitarme a mi padre de encima. Me ha puesto en
las manos de don Miguel y gracias a él, no he tenido nada que ver con el
viejo cascarrabias.

—Sí, mis padres me han dicho en sus cartas que te ven más animado
pero casi nunca estás en casa.

—Lo hago, porque quiero evitar cualquier conflicto entre mi padre y yo.

—No te imaginas el gusto que me da saber que te encuentras bien.
Hace tiempo que no te veía tan feliz. A propósito, ¿cómo supiste que estaba
aquí? Mis padres me juraron no decirte una palabra.

—Esta tarde me sentí sumamente solo y me atreví a llamarte por
teléfono. Tu compañera de cuarto me dijo que habías salido hacia aquí. Al
saberlo, me vine corriendo para verificarlo.

—Eres incorregible.

—Morenita de mi alma, dime que me quieres.

—Te adoro.

Diego la tomó en sus fuertes brazos, y le plantó un beso apasionado. Inocencia lo sintió abarcándola toda. Sintió la ropa húmeda, lo apartó suavemente y le dijo:

—Estás empapado. Si te quedas con esa ropa, te morirás de una pulmonía. Quítate la camisa ahora mismo.

Inocencia lo llevó frente al calor del hogar, le ayudó a despojarse de la ropa mojada y le cubrió el pecho y la espalda con una manta de lana. Luchaba contra sí misma. Deseaba recorrer el cuerpo de Diego con las manos, explorando todos los rincones que se le habían negado. No sabiendo qué hacer, se apartó a secas y le dijo:

—Te prepararé un té caliente.—El joven no le quitaba los ojos de encima. Se le acercaba cada vez más.

—No sabes lo desesperado que estaba por verte, por sentirte, por…

—Diego, esta es una verdadera locura. Si nos encuentran nuestros padres, te juro, nos matarán.

—¡Pues que nos maten, Morenita! ¡Valdrá la pena morir en tus brazos! ¡Que se vayan todos al demonio! Si no te hago el amor esta noche, te juro que voy a reventar. He esperado este momento una eternidad.

—Diego, por Dios. No sabes lo que dices.—Caminó hacia la cocinilla y mientras intentaba preparar el té, el joven la envolvía en un fuerte abrazo, jugaba con el cabello y la cubría de besos. Inocencia puso el agua a hervir y al sentir el cuerpo de Diego tan cerca al suyo, volteó, y vio su pecho bien formado al descubierto. Este la tomó de las manos y la dejó que le tocara el cuerpo, de un extremo al otro, encendido, e Inocencia no pudo más. Se le entregó sin reserva y sin medida. Las prendas de vestir de los dos fueron cayendo una a una sobre el piso de la pequeña morada, terminando los dos desnudos, frente al fuego, entregándose, dejándose llevar por sus instintos naturales y terminando, de una vez por todas, lo que habían comenzado en California; en esta ocasión, sin nadie que se lo impidiera. Entre besos, abrazos, y sorbos de té caliente, pasaron una noche espléndida, frente al fuego que lo derretía todo. Afuera, reinaba un silencio absoluto; la fina capa de escarcha que había estado cayendo lentamente durante toda la noche lo cubría todo de un manto…blanquísimo.

La mañana siguiente, durante el desayuno, Diego tenía otra cara. Por primera vez mostró interés en las festividades de la época y expresó un espíritu navideño. Los padres lo observaban intrigados. Rodrigo le preguntó impaciente:

—¿A dónde ibas con tanta aprisa anoche?

—Fui a tomar una copa con unos amigos.

—¿Por qué no regresaste a la posada? Sabes muy bien lo que este evento significa para tu madre y para mí. Había varias personas que tenían deseos de saludarte. Creo que nos debes una disculpa.

—Tienen razón. Discúlpenme. No fue mi intención hacerlos quedar mal con nadie. Simplemente no tenía deseos de estar entre tanta gente. Fui a casa de unos amigos que me invitaron a última hora, eso fue todo.

Rodrigo contestó con el acostumbrado pujidito.

—Que no vuelva a suceder.

Era un sábado por la mañana y María Teresa le preguntó qué planes tenía. Diego, presintiendo que la madre deseaba pedirle que lo acompañara a hacer unas compras de Navidad, respondió:

—Me siento un poco cansado y desvelado. Creo que me quedaré en casa hoy. Tengo algunos documentos que revisar.

—Bien, querido, creo que tú vas a ser mi víctima hoy. No me gusta ir de compras sola a la ciudad, especialmente en la época prenavideña.— Rodrigo leía el periódico, pretendiendo no haber escuchado a su mujer. Diego contestó en tono burlesco:

—Me parece muy buena idea. No se olviden de mis regalitos, ya sabes, mami, lo que me gusta.—Rodrigo lo vio de reojo:

—¡Qué gracioso!

Diego se puso de pie despidiéndose:

—Con su permiso, voy a mi cuarto a descansar. Que se diviertan.

Rodrigo comentó: "MMMMMMM, no me gusta este repentino cambio de actitud. Presiento que algo se trae entre manos. Maritės, no me digas que esa indita anda por aquí, metiendo su cuchara…"

—No. Estoy segura que se quedó en California. No la he visto por ningún lado. Creo que el susto que les dimos la última vez fue más que suficiente.

—Parece que no conoces a los Salvatierra, de que se les mete una idea en la cabeza, que Dios nos ayude.

—Bueno, ya déjate de tonterías. ¿Me vas a acompañar a la capital, sí o no?—Rodrigo dobló el periódico y lo dejó caer sobre la mesa con impaciencia.

—¡Mujeres, mujeres! Nunca entenderé ese gusto por andar de tienda en tienda llevando en brazos bolsas llenas de baratijas. Pero, ¿qué mandamiento dicta que se le debe comprar un regalito de Navidad a toda criatura que uno ha conocido?—y haciendo un ademán, con el dedo índice y el pulgar, frente a la nariz de María Teresa, imitando su voz fingida continuó: "aunque sea una cosita chiquita para salir del compromiso?"

—No seas chocante, Rodrigo. La Navidad es una época de compartir, a la medida que cada uno puede. No tiene nada que ver con el precio de las cosas, sino más bien, con el espíritu con que se regalan.

—Vaya, querida. Pues ese espíritu me está costando más caro cada año.

—¡Ya, basta de refunfuñar! O vas conmigo de buena gana o me voy yo sola.—Rodrigo levantó las manos al aire en gesto de derrota:

—Al mal paso a darle prisa.

En cuanto los padres salieron de la hacienda, el hijo bajó a la cocina para cerciorarse que Esperanza había llegado. La vio que estaba pelando chiles, la sorprendió por la espalda, abrazándola, y en un movimiento rápido e inesperado, comenzó a bailar con ella por toda la pieza, al son de la música alegre que salía de la radio en la cocina. Le daba vueltas y vueltas al tiempo que ella reía y se dejaba llevar por el joven. Después de girar varias veces, insistió que la dejara, porque estaba mareada. El chico la dejó justo en el sitio donde la había encontrado y salió de la cocina bailando hacia afuera de la casa sin perder el paso.

—¡Qué muchacho tan raro! ¿Qué mosco le habrá picado?—se preguntaba la cocinera mientras que buscaba una silla donde sentarse porque de repente sintió que el cuarto giraba como un trompo.

Inocencia, asimismo, había dormido hasta entrada la tarde. Temprano, despertó al escuchar a Esperanza tararear una cancioncilla de Navidad, y al sentir las caricias de su madre al salir al trabajo, sintió una profunda culpabilidad; sabía que la noche anterior, los había traicionado. Permaneció en la cama, acurrucada, invadida de miles de pensamientos, temores y remordimientos. Le parecía difícil concebir una realidad viviendo, simultáneamente en dos mundos opuestos. El haber hecho el amor con Diego, en California, le hubiera parecido un acto sublime y natural; en cambio, al verse en el corazón de su hogar, le pareció un acto pecaminoso. Arrepentida, rezó varias Ave Marías, se dio un baño de tina larguísimo, tallándose todo el cuerpo con fuerza, hasta lastimarse, tratando que las burbujas de jabón lavaran su impureza.

Pasó la tarde sumida en una red de sentimientos complicadísmos. Intentó entretenerse atendiendo los quehaceres de la casa y preparando unas galleticas que Esperanza horneaba por esos días festivos, pero todo fue en vano.

Esa misma tarde, volvió a escuchar pasos que se acercaban a su casa. Esta vez—dijo—no voy a ceder a los deseos carnales de Diego tan fácilmente. Tengo que ser más fuerte. No me dejaré llevar por sus frases empalagosas.

El joven tocó a la puerta e Inocencia le abrió. Ilusionado, la tomó en los brazos y comenzó a llenarla de besos, pero esta vez, la joven lo alejó con agresividad.

—Morena, ¿qué te pasa?

—Nada.

—¿Tuviste un disgusto con tus padres por mi culpa?

—No. Si mis padres tuvieran una idea de…bueno, tú sabes a lo que me refiero, no sé cómo reaccionarían y ése es el problema. Tú sabes que te adoro pero esta mañana, al despertarme y ver las cosas en claro, me sentí como la peor pecadora. Cuando estoy contigo todo me parece tan fácil y me dejo llevar completamente por mis emociones; pero en cuanto te vas me entra una culpabilidad tan grande que no sé ni qué pensar de mí misma. Tienes que comprender mi situación: desde que salí de casa, he sido forzada a vivir en dos mundos opuestos y el entrar y salir del uno al otro, es complejo y abrumador. Perdóname, pero si venías a verme con el propósito de…

—No. Escúchame. Si piensas que vengo a verte con el único propósito de aprovecharme de ti, me lastimas. Te hice el amor porque estoy enamorado de ti. Lo que sucedió anoche fue algo espontáneo e inesperado.

—No es tu acercamiento físico, lo que me molesta. He llegado al punto que no puedo confiar en mí misma y eso nunca antes me había sucedido.

—Inocencia, el hacer el amor a la persona que uno quiere, no es pecado.

—Estás hablando con una persona que ha sido criada pensando todo lo contrario. Yo sé que en los Estados Unidos el concepto de hacer el amor es completamente diferente. La mentalidad del americano es mucho más abierta que la nuestra; todo lo ven con una naturalidad sorprendente, pero eso no deja de remorderme la conciencia. Esta mañana, cuando mi madre se acercó a despertarme, me sentí como una sucia traicionera.

—Bueno, si nuestra intimidad te causa tantos problemas, dejémoslo a un lado. Hay muchas maneras de expresar el amor verdadero sin necesidad de llegar a los extremos y creo que tú y yo ya las hemos explorado todas. Mira, esta noche es Noche Buena. Vine a invitarte a cenar en mi casa.

Inocencia lo vio con mirada de incredulidad.

—¿Estás loco? ¿Cómo se te puede ocurrir semejante cosa? ¿Ya se te olvidó el resultado desastroso de nuestro último encuentro con Rodrigo y María Teresa?

—Morenita, ya han pasado varios meses desde esa ocasión. Estos últimos meses he sabido reconquistar la confianza de mis padres.

—No puedo creer que seas tan ingenuo. Tu padre me odia. Si por él fuera, ya me hubiera desaparecido. ¡No! ¡Mil veces no!

—Tranquila. Era sólo una sugerencia. Nunca imaginé que tu temor hacia mi padre fuera a exasperarte a tal grado.

—Bien, pues ahora lo sabes.

—No volveremos a tocar ese tema.

El joven cambió de actitud, se le acercó con mucho tacto, le pasó la mano por la mejilla y le dijo:

—¿Qué te parece si esta tarde, me acompañas a la ciudad y pasamos un rato juntos?

—No sé. La idea me encanta pero tengo miedo que tus padres nos encuentren juntos; además, hoy es la Noche Buena y si no cenas con ellos, Rodrigo no te perdonará.

—Mis padres salieron de la hacienda; llevan mucha prisa. Los conozco muy bien y sé de memoria la rutina; sobretodo cuando andan de apuros. No te preocupes, tú y yo no tenemos negocios por esos rumbos; además, creo que en una ciudad tan inmensa como lo es México, hay suficiente cupo para cuatro. Te prometo que cenaremos temprano y regresaremos con tiempo suficiente para estar a la mesa con mis padres: tenemos suerte que hoy cenamos hasta la media noche.

—Diego, algo me dice que lo que vamos a hacer es un error.

—Bueno, entonces me voy. Tú te quedas aquí, sola, y yo paso la Noche Buena, muy bien acompañado.

—No, espera. Está bien, iré contigo.

Una hora después, Diego pasaba por ella en el coche rojo, deportivo. Esta ocasión es especial—se dijo a sí mismo—y con gran entusiasmo, como un niño ante los regalos de Navidad, salió rumbo a casa de su amada.

La ciudad, esa tarde lucía maravillosa. Un mar de gentes, arropada en abrigos de pieles, botas, gorros y guantes, inundaban los comercios de la ciudad. Grandes árboles de Navidad con miles de luces de todos colores, en cada esquina, alumbraban el camino; las tiendas, abarrotadas de ropa, regalos y juguetes, celebraban con júbilo la época más especial del año. Inocencia y Diego, tomados del brazo, lo absorbían todo. La ciudad estaba de fiesta y los dos jóvenes, recordando las Navidades de su infancia, lo estaban también. Terminado el recorrido por las calles más animadas, decidieron coronar los acontecimientos de dicha reunión con una cena íntima de la Noche Buena.

Desde una gran ventana del restaurante contemplaron la puesta del sol, paladeando un vino exquisito y el platillo exclusivo del restaurante, en esa ocasión: el tradicionalísimo pavo a la americana con relleno de pan, puré de papas, salsa de arándano, camotes al horno con bombones y nueces al horno, y ensalada de espinacas. Comieron con gran apetito y terminaron la cena con el tradicional pastel de calabaza con crema y café americano. Entre bocado y bocado los dos jóvenes se veían y se jactaban de su buena suerte. Tomaron postre y café con toda tranquilidad como si tuviesen todo el tiempo del mundo. La conversación era ligera, casual; ni uno ni otro quiso abordar temas críticos, temiendo romper el encanto que los envolvía.

Al caer las primeras sombras que siguen a la puesta del sol, salieron de regreso a la hacienda. En el camino, los dos veían cómo las pringuitas inofensivas de escarcha caían y golpeaban los cristales del coche. Inocencia se acercó a su acompañante con angustia mientras observaba que el cristal del coche comenzaba a cubrirse de pequeñísimas formaciones de hielo.

En la hacienda, María Teresa y Rodrigo llegaban con los brazos llenos de paquetes y un "Dios mío, qué tarde se nos hizo," en los labios. Varios sirvientes salieron a recibirlos. La patrona subió a su recámara, en un dos por tres se duchó, y salió del baño envuelta en una bata de seda blanca. La peinadora y maquilladora tenían rato esperándola, intentando, de mala gana, de resucitar lo poco de peinado y maquillaje que le quedaba. La anfitriona había escogido un vestido de terciopelo marrón de talle ceñido para esa ocasión y al ponérselo, vio, con cara de espanto, que la cremallera del vestido no le cerraba. Desesperada, le pidió a la dama de compañía que le sacara una faja y le ayudara a ponérsela. Clarita, con los dedos azules de la presión que había ejercido al ayudarle a ponerse la dichosa prenda íntima, le decía: "Respire hondo y mantenga la respiración, patroncita." La señora obedeció y por poco se desmayaba del esfuerzo. Después de varios minutos de lucha continua, Clarita logró ajustarle el vestido, a pesar que la doña con la cara pálida, parecía asfixiarse. En pocos minutos, tarros, lociones, y el equipo de asistentas, habían logrado rejuvenecerla. Una vez más, La Doña lucía más joven y atractiva de lo que en realidad era.

Cerca de las once de la noche, María Teresa y Rodrigo hacían su entrada triunfal: ella, forrada de terciopelo, presumiendo de una cinturita de quinceañera y un olán exagerado que discretamente le cubría las arrugas del cuello; él, en traje de corte italiano, blanco y negro, con una fajita, al igual que la mujer, discretamente deteniéndole la barriguita. Los presentes demostraron su apreciación con un espontáneo aplauso. De la cocina salía una asistenta tras otra, portando bandejas llenas de cócteles y bocadillos que los convidados, como magos, hacían desaparecer. La casa continuaba llenándose de amistades, familiares y demás. Poco antes de la media noche, reinaba un espíritu desbordante de alegría. Se hacía tarde y María Teresa les había pedido a los convidados que tomaran su puesto en la mesa para hacer el tradicional brindis. Al sentarse todos a la mesa, Rodrigo notó la ausencia de Diego. Con tono interrogatorio preguntó el paradero del mismo. Todos voltearon a verse unos a otros: nadie lo había visto desde la mañana. Preocupado, habló por teléfono a varios de los amigos, pero nadie supo darle razón. El patrón ordenó a todos los sirvientes que lo buscaran dentro y fuera de la casa, incluyendo las plantas y los establos, pero fuera de una docena de celadores que había empleado esa noche, nadie más se encontraba en su propiedad. Al concluir la búsqueda, azotó la tormenta, barriéndolo todo a su paso. Rodrigo notó que el carro deportivo no se encontraba; imaginó que éste había salido hacia la ciudad y al ver la inclemencia del tiempo, se percató de la gravedad de la situación. El padre ansioso, al ver que la tormenta crecía, pidió al señor Alvarez y a un segundo amigo que lo acompañaran. Los tres se subieron al camión de cuatro velocidades tomando el camino hacia la ciudad, en busca de Diego, dejando la casa llena de gente y a su mujer, prácticamente, con la mesa servida.

Diego e Inocencia, a duras penas se abrían paso entre la tormenta y el granizo que caía sobre la carretera a una velocidad sorprendente. En una curva cerrada, el joven perdió el control del coche y giraron varias veces, terminando fuera del camino. A poca distancia, distinguieron una luz que alumbraba un letrero: Café Doña Lupe, Feliz Navidad. Entraron en aquel sitio para esperar que la tormenta se disipara. Pidieron un café y, nerviosamente, esperaron. Diego veía el reloj y comentaba: "Ya deben estar haciendo el brindis." Después de unos minutos, con el rostro afligido dijo: "No. Me engaño. A estas horas, mi padre debe andarme buscando. Si me encuentra aquí, contigo, me va a matar."

Inocencia, callada, lo escuchaba. Sabía lo temible que era el viejo cuando se enojaba. Tomaba las manos de Diego entre las suyas y las sentía heladas, intentando tranquilizarlo: "Si te matan a ti, que me maten a mí también."

En la Casa Grande, los invitados comenzaban a mostrar gran impaciencia. Desde que habían salido el anfitrión y sus dos amigos, la alegría de la reunión se había apagado; se respiraba un aire de pesadumbre, acompañado de un continuo murmullo de interrogantes. La anfitriona no pudo esperar más; ordenó que se sirviera la cena. Tomó varias copas de champán pero no probó bocado. Los invitados, conscientes del drástico cambio de ámbito que impregnaba la reunión, comieron de prisa, más bien por llenar el expediente. En cuanto terminaron de comer el postre, se fueron despidiendo uno a uno, poniendo un fin seco e inesperado a lo que se esperaba que fuera una fiesta en grande, como era la costumbre en la hacienda De las Casas. En pocos minutos, la obscuridad tomó el lugar de los festejantes. María Teresa, para entonces casi en estado de ebriedad, tomaba la última copa mientras lentamente se paseaba por la sala observando los estragos que la tormenta había causado a su propiedad; de un arranque de rabia, estrelló la copa contra la chimenea, dejando escapar a todo pulmón: "Maldita sea. Diego, este capricho lo vas a pagar muy caro."

Subió a la recámara dejándose caer en la cama con la cabeza junto al teléfono.

Esperanza y Eusebio, al observar el caos que la ausencia de Diego había causado, temían que la hija hubiese tenido que ver algo con toda esa confusión. Se apresuraron a terminar los quehaceres de la casa y cerca de las tres de la mañana, aguantándose los calambres en los pies del cansancio, se abrían camino sobre el suelo cubierto por una capa gruesa de hielo. Al llegar a casa y ver que Inocencia no estaba, imaginaron lo peor: seguramente se había fugado con Diego. Esperanza, exasperada, se llevó las manos a la cara, diciendo:

—No, Diosito, no lo permitas. Que todo esto sea una broma de mal gusto—y entre sollozos, rezó un Padre Nuestro y tres Ave Marías de un jalón—. Eusebio, sentado en el sillón murmuraba: "Diego, si le pones una mano encima a mi'ja, te juro que te mato." —y abrazando a su esposa le dijo: "Negra, si es cierto que mi'ja se huyó con Diego, que Dios nos guarde, porque don Rodrigo es capaz de echarnos a la calle, esta misma noche. Nadie lo conoce mejor que yo, verda' de Dios."

Rodrigo recorría el camino de la hacienda hacia la ciudad: lo conocía de memoria. En cada sitio donde veía una luz encendida, se detenía a preguntar por su hijo. Después de varias horas de búsqueda, creyó haber identificado el techo del coche que conducía el joven. Se acercó y en efecto, era su coche deportivo. De prisa, entró en el café preguntando en voz alta: "¿Diego, estás aquí? soy tu padre." Desde el rincón obscuro, el chico de inmediato adivinó la corpulenta silueta del padre y escuchó la voz que lo traspasó como un clavo. Se puso de pie y fue hasta la puerta donde se encontraba Rodrigo:

—Aquí estoy.

—Menos mal que te encuentras bien. ¿Qué demonios estás haciendo aquí, a estas horas?—Diego, conmovido por la expresión de preocupación genuina de su padre, vaciló:

—Perdóname. Fue la tormenta, que nos sorprendió a medio camino.

—¿No venías solo? ¿Quién te acompañaba?—Después de unos segundos de silencio mortal, Diego respondió:

—Inocencia…Padre, te suplico, no te enfurezcas con ella. Fui yo quien la invité a cenar conmigo esta noche en la ciudad. Ella no tiene la culpa.

—Don Rodrigo levantó la voz:

—¡Inocencia, otra vez!…Ah, debí haberlo imaginado. Siempre que cometes una estupidez, te encuentras acompañado de esta india. Bien, puesto que no quieres entender razones por las buenas, entenderás por las malas. Súbete al carro y espérame. Tengo que hablar con ella.

—¡No! No permitiré que le faltes al respeto. La culpa de todo esto es mía. ¡Yo insistí que me acompañara!

—Tienes suerte que me encuentro cansado y no tengo la energía para tratarte como debería. Súbanse al carro, después hablaremos.—Al decir esto, Diego volteó hacia el rincón obscuro donde estaba Inocencia, se acercó hacia ella, la tomó del brazo y le pidió que los acompañara, diciéndole una y otra vez, que todo saldría bien.

De regreso a casa, la tensión crecía. Durante el camino a la hacienda, nadie volvió a decir palabra. Don Rodrigo llegó a la casa de Eusebio, tocó la puerta y le entregó a su hija. Inocencia corrió a los brazos de la madre, quien sostenía el rosario en las manos, deshecha en llanto. El patrón le ordenó a Eusebio que cerrara la puerta, lo llevó a cierta distancia de la casa y le dijo en tono terminante: "Si tú y Esperanza quieren mantener el empleo, tienes que prometerme que de ahora en adelante, Inocencia no va a volver a poner un pie en la hacienda, mucho menos en mi casa. O se va de aquí para siempre, o los echo a los tres de aquí. Tú decides. Mañana a primera hora, me das tu decisión.

Eusebio permaneció impávido. Plantado de pies frente a frente, sin quitarle la mirada, escuchó las palabras hirientes de Rodrigo, se llevó las manos a la cintura en gesto impugnante y le dijo con una franqueza que descontroló al viejo:

—Don Rodrigo. Esperanza y yo no tenemos la culpa que su gallito ande detrás de mi pollita. Es a Diego al que *Usté,* debe jalarle el mecatito porque cada vez que su *Mercé'* le quita los ojos de encima, se sale del jacalito. Soy yo el que debe exigirle a su hijo que si no tiene intenciones serias con ella, que de una vez la deje en paz. Ella está muy bien allá, estudiando y haciéndose una mujercita de provecho. No es mi'ja la que le ha arruinado la fiestecita; es su machito el que alborota el gallinero. Si quiere echarnos de su casa, pues hágalo, pero no tiene derecho a faltarnos al respeto porque mi negrita y yo nos hemos rajado el lomo sirviéndoles como esclavos, a cambio de unos miserables pesos. Somos pobres pero gente trabajadora y honrada y no nos moriremos de hambre. Ya ve, hace *muncho* tiempo que dejamos de tenerle miedo, patrón, porque yo soy capaz de enfrentarme al mismito demonio si es necesario *pa'* defender la *dignida'* de mi familia. Si quiere echarnos ahorita mismo, lo haremos con gusto. *Usté* diga.

Las palabras claras y sencillas de Eusebio desarmaron por completo la soberbia de don Rodrigo. Todo esperaba del jardinero, menos eso. El patrón se llevó la mano a la barbilla, se jaló el bigote y no encontrando respuesta inteligente de contraataque, simplemente dijo:

—Está bien. Esta noche hablaré con Diego. Le exigiré que termine toda comunicación con su hija si tú haces lo mismo con Inocencia. Para el bien de todos, es mejor que nuestros hijos rompan toda relación que exista entre ellos. Buenas noches.

Rodrigo caminó hacia el camión, frotándose las manos, diciéndose entredientes: ¡Qué cojones de pinche indio!

Eusebio entró en su casa, tomó a su hija en los brazos, protegiéndola, la sentó a un lado, diciéndole casi al oído:

—Mi'ja, yo sé que tú y Diego se entienden. Esta noche me vi obligado a hacerle una promesa al patrón: le di mi palabra que tú y Diego no volverían a verse. Por amor de Dios, hija, tienes que dejar en paz a ese muchacho, de otra manera, tu madre y yo terminaremos en la calle.—La vio directamente a los ojos y le dijo—: Prométemelo.

Inocencia escuchó las palabras de Eusebio como flechas que pegaban al blanco. De muy cerca vio la espalda encorvada, el rostro cansado, el orgullo herido de su padre. Esa visión fue más potente que el máximo grado de placer que había experimentado con Diego. Con un nudo en la garganta, respondió:

—Te lo prometo, Papá. Mañana mismo me voy de aquí, y no volveré a poner pie en este suelo.

Eusebio y Esperanza la escucharon con tristeza pero, por primera vez, no la contradijeron. Esa noche, mientras los padres dormían, se levantó y a la luz de la luna se puso a preparar la maleta. Al apuntar el alba, con el corazón a rastras se despidió de sus padres y salió caminando hacia la parada de autobuses fuera de la hacienda. Salió sola, y se fue perdiendo entre la pesada niebla del amanecer. Algo, dentro de los tres, se había desatado.

Diego, ajeno al ataque verbal entre los dos hombres, durmió toda la mañana. Al abrir los ojos, dirigió la mirada hacia la casa de Inocencia y al hacerlo, sintió un ligero estremecimiento. Su padre tocaba a la puerta y le ordenaba: "Vístete. Tu madre y yo queremos hablar contigo. Te esperamos en diez minutos, en la biblioteca."

Diego se lavó la cara con agua fría, y bajó la escalera a toda prisa. En la biblioteca los padres lo esperaban con mirada fría y un aire de impaciencia. Rodrigo le informó:

—Nuestra paciencia ha llegado a un límite. Hemos intentado alejarte de Inocencia por las buenas y no ha dado resultado. De ahora en adelante, te encargarás por completo de los asuntos de la familia. Hemos cancelado tu línea de teléfono privada. Saldrás, únicamente, acompañado de una persona de confianza. Te daremos un salario mínimo, y no tendrás acceso a nuestras cuentas de cheques, ni ahorros. Tu madre y yo estamos hartos de tus estupideces. Lo sentimos, hijo, pero no tenemos otra opción. Y ahora, retírate a tu cuarto y no salgas de él hasta que se te indique.—Diego se puso de pie y se le echó encima a su padre con los puños cerrados desafiándolo.

Rodrigo lo aventó lejos de él, contra la pared.

—No te atrevas a ponerme un dedo encima, porque soy capaz de…

—¿De qué? ¿De matarme? ¿No sería más fácil que me encerraran en un calabozo y echaran las llaves por una ventana? Los últimos meses, les he obedecido a ciegas como perro agradecido. ¿No ha sido eso suficiente?— Entre sollozos, concluyó—: Soy su hijo, no un vil criminal; por amor de Dios, tengan una poca de piedad.

María Teresa corrió hacia él con los brazos abiertos pero Diego se zafó de ella y corrió, encerrándose en su cuarto. Desde la biblioteca, ambos escuchaban el llanto arrebatador de Diego. María Teresa vio al marido y le dijo:

—Te felicito. Has hecho que mi hijo camine por las brasas, ojalá y te encuentres satisfecho.—Rodrigo escuchó las frases de la mujer y por primera vez concibió la idea que Diego pudiese estar verdaderamente enamorado de aquella indita insignificante, nacida y criada bajo su misma sombra. Avergonzado de sí mismo, salió de la casa hacia los establos, se montó en el caballo y salió de la hacienda, cabalgando sin rumbo fijo.

Once

Un Atomo Dividido

Inocencia regresó a California envuelta en una nube de culpabilidad y agobio. Se veía atrapada en una minúscula cabina claustrofóbica, sostenida al aire como por obra de magia, por un hilo invisible manejado caprichosamente por las manos de Dios. Durante el camino, con los ojos cerrados fue deshebrando los hechos que habían sucedido durante su breve estancia en México. Le parecía que había vivido un episodio del Teatro del Absurdo, como si en lugar de haber estado presente durante el transcurso de tales eventos, hubiese sido una espectadora en el cual ella, Diego, y los padres de ambos hubiesen sido los protagonistas de una tragicomedia. Cada minuto que el avión se alejaba de su punto de partida, Inocencia se veía arrebatada de su pasado. El viaje de regreso le pareció larguísimo, como un maratón que la dejó abatida. De repente, su temor se vio materializado, como el famoso cuadro del pintor Edvard Munch: Un gesto congelado en papel y pintura para toda la eternidad. Así han de sentir las personas al borde de la muerte, pensó. Abrió los ojos y se vio sudando frío. Pidió a la aeromoza un vaso de vino. Bebió la copa de un solo golpe. La bebida tuvo un efecto entumecedor que la tumbó y se quedó dormida hasta que la aeromoza la despertó de una fuerte sacudida. "Señorita. Ya hemos llegado. Despierte, por favor." Inocencia bajó del avión, tomó las maletas, se subió a un taxi y regresó al dormitorio. Cerró la puerta, se quitó la ropa dejando caer prenda por prenda sobre el piso, deshojando el último capítulo de una triste novela que deseaba olvidar, tirándose sobre la cama completamente desnuda. La compañera de cuarto regresó ya tarde y al verla tendida sobre la cama al descubierto, echa rosca por el frío, se atemorizó. Intentó despertarla pero Inocencia estaba profundamente dormida. Cindy le echó una manta encima y se acostó preguntándose qué le habría pasado a la joven mexicana.

A fines de enero, la chica recibía una carta de Esperanza: "Hija, desde que te fuiste, la situación aquí es un infierno. Diego se ha hecho muy rebelde. Se pasa encerrado en su cuarto escuchando música extraña a todo volumen y viendo televisión toda la noche. Sale únicamente de noche, como fantasma, tomando brandy con coca cola y comiendo barras de chocolate. No come nada más. Si sigue así, va a terminar alcohólico. Se ve muy apachurrado. Los patrones trajeron a un…pisi…cólogo, o algo así. El muchacho habló con él un buen rato y lo único que le dijo fue: 'No estoy loco. Estoy enamorado. Lo único que quiero es que me dejen en paz. Me tienen como prisionero en mi propia casa.' Eso fue todo."

La carta de Esperanza continuaba: "Anoche los patrones se agarraron del chongo. Don Rodrigo te culpa a ti por el cambio de actitud del muchacho. Dice que tus nuevas costumbres gringas y tu libertinaje han echado a perder a su hijo. El patrón no me habla, me saca la vuelta y últimamente no ha comido en casa, como si tuviera la roña. Me siento como un estorbo. Hay veces que prefería estar pidiendo limosna que tenerme que aguantar estas majaderías. Hija, por el bien de todos, deja en paz a este muchacho. Diego pertenece a otro mundo y tú lo sabes bien. Siempre has sido una chica sensata. Tu padre y yo sabemos que lo quieres, pero, tu amor, es un imposible. Olvídalo, hija. Escríbeme y júrame que así lo harás."

Inocencia leyó la carta. Como una ave herida, tomó papel y pluma y escribió:

"Querida Mamá:

Me duele mucho saber que Diego se encuentra en el estado lastimoso que me describes, pero yo tampoco estoy en un lecho de rosas. Me duelen aún más las calumnias que los patrones han dicho contra mí. Habríamos podido actuar de una manera egoísta e irresponsable, huyendo de toda presión social y amándonos libremente, como lo han hecho muchas otras parejas, pero ya ven, optamos por actuar de una manera racional que nos ha costado todo. Yo sé, mamá, que nuestro amor es imposible. Con el alma hecha pedazos te doy mi palabra que terminaré toda comunicación con él aunque me muera de tristeza. Si es verdad que de mis acciones depende su sustento, tengan por seguro que al sellar esta carta, Diego pasará a la historia. Jamás volveré a poner pie en la hacienda de don Rodrigo, se los prometo.

Perdóname. Tuya siempre,
Inocencia."

Como poseída por una fuerza extraña, sacó un par de tijeras del escritorio, tomó el cabello y poco a poco se lo fue cortando, hasta que no pudo cortarlo más. Se vio al espejo y al ver su nueva imagen dijo: "Hoy he dejado de ser la india estúpida que todos me creían. De ahora en adelante, soy una mujer nueva, en completo control de mis acciones." Tomó el cabello que se había amontonado a sus pies. Lo introdujo en un sobre grande y se lo envió a Diego con una nota que decía:

"Querido Diego:
Hoy me he cortado el cabello,
la parte de mí que más querías.
Te lo envío, como recuerdo de nuestro amor prohibido,
porque mi corazón, mandártelo, no puedo.
Y puesto que ya no tengo nada más que darte,
te deseo que encuentres la felicidad,
que mi amor no pudo brindarte.
No me busques más. La Inocencia que tu conocías,
ha muerto para siempre.
Vive, Diego y sé feliz.

Inocencia. "

Del escritorio sacó una caja llena de cartas provenientes de México envueltas en un listón azul claro que emanaban un ligero olor a un viejo perfume. Tomó la caja, la colocó sobre el piso, a un lado de ella. Tomó las cartas, y las fue rompiendo, una por una, lentamente, hasta llenar una canastilla de basura. Al terminar, tomó la canastilla rebosando de pedazos de frases y palabras llenas de amor y de esperanza con que Diego había documentado la larga crónica de un amor frustrado; salió del cuarto y se dirigió hacia la sala de recreación. Caminó hacia la chimenea que calentaba la inmensa sala y vació el contenido de la canastilla sobre los leños de fuego encendido. Permaneció paralizada frente al fuego que lo extinguía todo. Al ver que algunos pedazos de papel se escapaban del fuego y se esparcían por todo el cuarto, soltó una irreprensible carcajada, y comenzó a reírse incontrolablemente, diciendo en voz alta: "Ya no volveré a pensar en ti, ni volveré a quererte jamás. Seré libre de tu amor desesperado, de ilusiones vanas, de amores imposibles. Ya no te quiero. ¡Se acabó, Diego! ¡Se acabó!"

El alma de Inocencia se cubrió de una sombra negra que como un nubarrón obscureció el cielo a pleno atardecer, como un eclipse total. Cayó sobre el suelo víctima de un colapso nervioso.

Una semana después, gracias a las atenciones médicas y la solidez que demostraron los compañeros, la paciente mostraba un semblante tranquilo y su estado emocional daba señales de estabilidad. Salió del hospital seguida de varias tarjetas, presentes y un enorme ramo de globos de todos colores que le habían llegado de una docena de amistades. Al regresar Inocencia al dormitorio, entre la correspondencia se encontraba una carta de Diego. Tuvo que luchar contra sí misma para no abrirla. La promesa inquebrantable hacia sus padres, fue más fuerte. Con manos temblorosas, la metió en un sobre limpio, y se la envió de regreso.

El rechazo de Inocencia logró enfurecer a Diego quien se dedicó a acecharla con insistencia para lograr comunicarse con ella: el teléfono de la joven sonaba sin interrupción. La compañera de cuarto, cansada de ocupar el puesto de recepcionista, terminó por desconectarlo. A esto siguió una serie de telegramas. La chica, igualmente, se rehusaba recibirlos.

Cada vez que Diego recibía una carta o telegrama sin abrir, cual palomas mensajeras traspasadas al aire por una flecha que iban cayendo, una tras otra, formando un cementerio de cadáveres sobre el escritorio, sentía que la puñalada se le hundía un poco más adentro y el dolor era insoportable. Ir a California era imposible. La soga que le habían echado sus padres al cuello y la indiferencia de Inocencia lo estaban sofocando poco a poco, hasta dejarlo sin respiro.

Por un tiempo, la joven no se vio asediada por los comunicados del pobre enamorado y comenzó a sentir un gran alivio. A ese período de acecho, siguió un extraño y abrupto período de silencio.

Una noche, mientras Rodrigo se encontraba fuera de la ciudad, María Teresa, intranquila, pasaba por el pasillo hacia la alcoba, cuando de pronto, fijó la mirada en una mancha roja y espesa que se desparramaba y salía del cuarto de su hijo. La madre ordenaba a Diego que abriera la puerta. Sin recibir respuesta alguna, trató de abrirla a golpes pero no pudo. Salió hacia la alcoba pidiendo ayuda a grito partido. No muy lejos se encontraba Eusebio en el taller quien acudió de inmediato. El jardinero, bajo órdenes de la patrona, a puntapiés tiró la puerta de la habitación del joven. Dentro del cuarto, encontraron a Diego tirado en el suelo en un charco de sangre, con los ojos blancos y una navaja en la mano. Sobre el escritorio encontraron un sobre grande lleno de cabello negro y un pedazo de papel con letras garabateadas, en el cual Diego había intentado escribir: "Perdóname, Inocencia, soy un cobarde. No sé vivir sin ti."

María Teresa, desesperada, tomaba el cuerpo inerte del hijo y lo sacudía pidiéndole que volviera en sí. El joven no reaccionaba. Eusebio, juzgando la situación, se vio obligado a actuar por su cuenta. Tomó al joven en los brazos, lo subió al camión de Rodrigo y salió con él hacia el hospital más cercano. En el camino, el joven desangraba en la falda de su madre quien a gritos pedía a Dios que no se lo arrebatara.

María Teresa había pasado toda la noche como leona enjaulada paseando por los corredores del hospital, rezando un rosario tras otro, dándose golpes de pecho y pidiendo perdón al Creador por todos los pecados cometidos. Los informes de la sala de operaciones, no eran positivos: Diego había perdido demasiada sangre.

Esa misma noche, Esperanza, ansiosa por que se hacía tarde y Eusebio no regresaba, caminó hacia la Casa Grande. Al acercarse vio que la puerta principal había quedado abierta. Al entrar, vio un caminito de abundantes gotas de sangre que recorrían un gran trecho, desde la entrada de la casa, por las escaleras y llegaban hasta el charco rojizo donde había caído el cuerpo del chico. Pegó un grito horrible, diciendo: "¡Dieguito, mi niño, Santo Cielo!, ¿Qué has hecho? ¡No, Señor, no lo permitas!" Ya estaba por salir cuando se fijó en el sobre con cabello negro que de inmediato reconoció ser de su hija. Apenas tuvo el valor para leer la nota de Diego, cuando cayó de espaldas en la cama del joven. Sobre la cama Esperanza vio regadas varias cartas con destino a California que habían sido regresadas sin abrir. Salió lentamente y en cada paso que daba, sentía en carne propia el mismo dolor que Diego y su pequeñita estaban sintiendo; volteó hacia la Casa Grande, y con el puño de la mano derecha en alto exclamó: "Maldigo la suerte que me hizo poner pie en esta miserable hacienda." Al llegar a casa, aterrorizada, corrió a la casa del señor Alvarez en busca de ayuda y de consuelo.

Al enterarse de lo acontecido, don Miguel se comunicó de inmediato con Rodrigo. El mayordomo llegó al hospital en la madrugada. Para entonces, los médicos habían logrado detener el sangramiento de Diego y se podía decir que, milagrosamente le había regresado la circulación. María Teresa se encontraba irreconocible. Tenía los ojos abultados por el llanto; las finas cremas, lociones y maquillaje se habían quedado estampadas en la blusa. Tomaba la mano del hijo y le hablaba, pidiéndole que la perdonara.

Rodrigo llegó corriendo a toda prisa al hospital. Al ver al hijo tendido, pálido como las sábanas y a la esposa a su lado, no pudo contener la ira:

—¡Imbécil, mira nomás hasta donde has llegado! María Teresa le echó una mirada escalofriante y le contestó:

—Rodrigo, ese imbécil es mi hijo. ¿Hasta dónde va a llegar tu estúpido orgullo, tu necedad?—Este le contestó cínicamente:

—Mujer, no seas hipócrita. La decisión de separarlo de esa mocosa y de quitarle todos los privilegios fue de los dos. No empieces a darte baños de pureza. Tú tienes tanta culpa como yo.

—¿Cómo puedes hablar de esas cosas sabiendo que nuestro hijo está en agonía? Sabía que eras un desgraciado pero nunca pensé que tu maldad llegara a este punto. ¡Lárgate!, ¡Déjame en paz!

Rodrigo permaneció de pie. Al ver a Diego al borde de la muerte, su corazón de piedra comenzó a desmoronarse. Sintió un gran remordimiento.

Por primera vez, desde la muerte de Rosa Inés, no había experimentado un dolor semejante ni había demostrado una señal de flaqueza.

Esa noche, mientras María Teresa se cubría la cara de cremas blancas francesas, interrumpió la lectura del diario del esposo diciéndole con toda tranquilidad: "Rodrigo, si hubiera perdido al único hijo que me queda por tu terquedad, te juro que te hubiera mandado hacer desaparecer. No se te ocurra volver a entrometerte en las relaciones personales de mi hijo porque te echaré de esta casa con una mano adelante y otra atrás como te encontré cuando te conocí. No lo olvides, querido" —dándole las buenas noches—. El marido la escuchó sin decir palabra, apagó la luz y salió fuera de la alcoba. Su mujer había sido la única persona que se atrevía a hablarle de esa manera. En el camino al estudio, se llevó las manos dentro de los pantalones y se tocó sus partes blandas. Quería asegurarse que aún estaban intactas. Por años se había sentido el Dueño y Señor de todas esas cosas tan finas y caras que lo rodeaban, pero esa noche, con una sola frase, María Teresa lo había hecho sentir poco menos que un mosco negro y feo zumbando entre blancas paredes. Abrió la caja de habanos, prendió uno y al ver el humo perderse en el aire, reflexionó: "¿De qué me ha servido rodearme de todas estas porquerías si nunca he contado con el amor ni el respeto de nadie? Me he comportado como un cerdo hacia mi único hijo. No merezco su perdón."

El joven suicida duró tres días inconsciente, en el hospital. Poco tiempo después, regresó a casa y por primera vez experimentó un ambiente ausente de toda fricción por parte de sus padres.

Una noche callada, Rodrigo no podía conciliar el sueño. Se paseaba por los corredores de la casa; al pasar por el cuarto de Diego lo vio de espaldas, sentado sobre la alfombra, leyendo una de las cartas de Inocencia; fue entonces cuando se le vinieron encima, con una pesadez insoportable, los veintitantos años de crueldad e indiferencia hacia el desafortunado heredero.

A partir de entonces, el padre hizo un esfuerzo sobrehumano para intentar reconquistar un poco el respeto y la confianza que desde años se había perdido entre los dos. El joven lo observaba desde lejos sin alcanzar a comprender tan impulsivo cambio de actitud. Finalmente, Diego se extrañaba que pasaba el tiempo y sus padres no lo molestaban, ni le pedían, ni le exigían absolutamente nada. Era como si el hijo non grato hubiese vuelto a nacer y sus padres fueran otros. Pasó el resto de la recuperación en un ambiente de aceptación y reposo completo.

Al regreso de Diego a casa y su progresivo restablecimiento, siguió un período de tregua y quietud en toda la hacienda. Tal parecía que los vientos fríos y fuertes del invierno habían barrido con los malos ratos y los negros humos de todos; el clima, tanto dentro como fuera de la Casa Grande, dio paso a una refulgente primavera, cual acuarela viviente de algún maestro impresionista.

Poco a poco Diego fue saliendo del fango en que se había sumido. Una mañana al cabalgar vio el arco iris con que las flores cubrían los campos llenándose de un renovado espíritu de bienestar. Cabalgó toda la mañana deleitándose de la frescura del aire libre, y del azul profundo de los cielos. Esa misma tarde decidió que los obstáculos se los había forjado él mismo. Necesitaba un cambio radical. No tenía caso permanecer en ese lugar que desde hacía meses se había convertido en un campo de batallas frustradas.

Tal parecía que los padres le habían leído el pensamiento. Una mañana se presentaron en su cuarto con una pequeña caja de color dorado. Este los vio entrar con rostros iluminados y no supo qué pensar. María Teresa se le acercó y le dijo: "Te traemos una sorpresa."

El joven tomó la caja y la abrió nerviosamente. Dentro de la misma se encontraban las llaves del coche deportivo rojo que hacía tiempo le habían prohibido conducir.

—¿Qué significa esto?

—Lo que ves—respondió Rodrigo. Tu madre y yo hemos registrado el coche a tu nombre. De ahora en adelante, es tuyo.

—Gracias, no sé que decirles. Es un regalo muy generoso.

María Teresa leyó una sombra de melancolía en su cara y le dijo:

—Hijo, hemos llegado a la conclusión que ya es hora que salgas de este encerramiento. Ve a la ciudad. Es más, ¿por qué no invitas a un grupo de amigos y te vas a pasar una semana a nuestra casa de la playa en Acapulco? Un poco de sol y de esparcimiento en el mar te caerían de maravilla. Vamos, anímate.

Diego los vio de pie ante él, felices, como si nada hubiera pasado. Los abrazó, les dio las gracias y salió corriendo. A la puerta de su casa vio el coche, recién pintado y lavado, luciendo como un precioso rubí. Se subió en él, prendió el motor y salió de la hacienda. Al pasar por la casa de los Salvatierra, sintió una enorme culpabilidad. Ese coche era el precio que había pagado por renunciar al amor de Inocencia. Paró en seco y como una cuchillada deseó regresar y devolverles el regalo a sus padres, pero al mismo tiempo, pensó que él estuvo dispuesto a sacrificarse por ella y ésta, ¿qué había hecho por él? Ignorarlo. Eso había sido todo. Se decía desconsolado: "No más. De ahora en adelante voy a divertirme a mis anchas por todo el tiempo que he perdido."

Salió hacia la ciudad en busca de los amigos de la universidad, y a presumir del nuevo coche deportivo. Estos, intrigados por el cambio extremo en su comportamiento, aceptaron la invitación e hicieron planes para celebrar la libertad incondicional del compañero.

El período de esparcimiento se convirtió en una fiesta sin fin en Acapulco. Las chicas se desvivían por llamar la atención del joven atolondrado que no se daba a basto para satisfacer los deseos de todos. La casa veraniega fue delegada el lugar oficial de las fiestas de donde entraban y salían jóvenes de la capital, presumiendo su musculatura y muchachas coquetas, en microscópicos bikinis. Durante el día, se bañaban en la playa o se tiraban en la arena. Por las noches, cenaban en restaurantes lujosos. Se amanecían bebiendo, bailando, cantando, en las discotecas. Al amanecer, llegaban con chicas monumentales, quienes se iban con ellos sin resistencia alguna. Diego se mantuvo en constante estado de ebriedad, llevándose a la cama a cuanta chica guapa y fácil se le ofrecía. Nunca imaginó que el estar soltero y el llevar un fajo de billetes, lo hacía tan irresistible al sexo opuesto.

Perdió la cuenta de las trasnochadas consecutivas y comenzó a sentir los efectos del alcohol, excesos carnales y falta de sueño. Los amigos se burlaban de él llamándolo "Gallina," y quejándose que no aguantaba nada. Poco después, las fiestas, las discotecas, el alcohol y las muchachas que lo rodeaban comenzaron a cansarle. Al amanecer de una de tantas parrandas, el *playboy* despertó tirado en el suelo, abrazado de dos pelirrojas desnudas. Se vio a sí mismo y le dio asco. Se puso el traje de baño y dejó que las gigantescas olas lo sedujeran. Dentro del mar nadó un buen rato dejando que el agua fría lo resucitara. Regresó a casa y corrió a todos los zánganos que habían estado divirtiéndose a sus costillas. Echó las pocas pertenencias en un maletín, y se fue, dejando atrás una pequeña fortuna que había despilfarrado entre gente desconocida.

Regresó a la hacienda hecho un desastre. Sus padres lo vieron acongojados. El les dijo sarcásticamente:

—Ustedes me mandaron a Acapulco a divertirme y eso fue lo que hice.—Rodrigo le contestó:

—Hijo, creo que en esta ocasión, se te pasó la mano.

Después de ese incidente, los padres tuvieron más cautela con los consejos y con el dinero que le ponían a su disposición. Diego aprendió la lección. Ahora sabía por qué se había mantenido alejado de las prácticas mundanas que solían practicar jóvenes de su nivel social. Después de todo, no había sido tan divertido. Ahora que lo analizaba todo en estado de cordura, esa orgía le pareció superflua y despreciable, como un hombre sin conciencia.

$$***$$

La estación se escurría y Diego se encontraba víctima de una rutina embarazosa. Cansado de no hacer nada constructivo, una tarde se encontraba en la biblioteca frente al viejo globo y comenzó a jugar con él, girándolo a toda prisa. Lo detuvo de un manotazo, reflexionando: ahí estaba él, con el mundo a su disposición, y se llenó de un regocijo tremendo. "Estoy en plena juventud y no sé qué hacer conmigo mismo. Esto es absurdo," reflexionó. Pensó unos minutos y decidió que su objetivo sería obtener una maestría en Administración de Negocios y perfeccionar el inglés. Giró el globo, lentamente, estudiando los países que pudiesen llenar los requisitos. Ahí estaban, esperándolo con los brazos abiertos. Esa misma noche puso el plan en marcha. En esa ocasión durmió tranquilamente sin los espejismos que a diario lo atormentaban.

La mañana siguiente bajó al desayunador saludando a todos con una enorme sonrisa. Se sirvió un vaso de jugo de naranja y comió con un apetito que asombró a los padres. Rodrigo y María Teresa se vieron de reojo y sin hacer ningún comentario, se unieron al joven en un espontáneo gesto de buen humor.

—Hijo, qué gusto me da verte tan animado.

—Sí, mamá. Hoy me siento como nuevo.

—No quiero que te sientas presionado pero tu madre y yo opinamos que ya es hora que comiences a hacer algo productivo. Eres muy joven para seguir perdiendo tu tiempo.—El joven interrumpió:

—Tienen razón. De eso precisamente quería hablarles hoy.

—Bien, ¿qué tienes pensado hacer?

—Ayer pasé tiempo estudiando mis opciones. He decidido continuar mis estudios en Administración de Negocios en algún país donde pueda perfeccionar el inglés.

—¡Ah! me parece muy bien, pero, hijo, ¿no pretenderás...?

—No, mamá. No te preocupes. No quiero regresar a los Estados Unidos, mucho menos a California. Me refiero a Inglaterra. Tengo entendido que Londres es una capital maravillosa que cuenta con universidades de una calidad óptima que no le pide nada a las instituciones gringas.

—Te felicito, hijo. Creo que has tenido una idea estupenda. Tu madre y yo estaremos dispuestos a mandarte al fin del mundo con tal de que no...

—Lo sé, papá—terminó la frase Diego—no se preocupen. Entre Inocencia y yo ya no queda nada.

Los padres de Inocencia juzgaron conveniente no mencionarle a la hija el trágico incidente que había sucedido en la hacienda. Diego tampoco se enteró de la condición crítica por la que había pasado la chica. Era como si la tierra se hubiera tragado dos verdades que nadie tuvo el valor de desenterrar.

---------------- *** ----------------

Para Inocencia, las semanas que siguieron su rompimiento con Diego fueron como entrar de sopetón, a la época resplandeciente del Renacimiento. Cursaba el último semestre de preparatoria y se veía ahogada en una montaña de trabajo ante la cual no tenía ni un minuto para respirar.

Una mañana tibia, la suerte tocaba a las puertas. Durante la clase de química, recibió una nota del asesor académico en la cual le pedía que se presentara en la oficina. Inocencia presintió que algo andaba mal, puesto que automáticamente asociaba una junta con los asesores como una indicación de dificultades académicas. Sabía bien que sus faltas numerosas la habían colocado en una situación precaria. Al caminar hacia la oficina del señor Carter, sintió que las piernas se le debilitaban. Miles de dudas le cruzaron por la mente.—Que me impongan todos los castigos que quieran, pero, por favor, que no me expulsen, no, Dios mío, ahora no. Y si me expulsan ahora, ¿a dónde voy a quedar—? Con los pensamientos enredados en un enjambre, entró la joven en la oficina del señor Carter. El asesor, un americano cincuentón, la esperaba con una sonrisa honesta y un franco saludo de manos que Inocencia interpretó ser buena señal.

—Inocencia, pasa, toma asiento.

—Hola, señor Carter. Aquí me tiene, a sus órdenes.

El asesor le presentó al señor Jake Reynolds, hombre de gran atractivo, vestido en traje azul marino, con aire de autoridad que la observaba.

—I-no-cen-cia Sal-va-tie—rrrrra. Mucho gusto en conocerte—dijo en un español casi perfecto.

—El gusto es mío—contestó la chica clavando la mirada en dos grandes ojos de azul puro y transparente—. Señor Reynolds, habla usted el español muy bien. Disculpe, es que tiene todo el tipo de americano.

—Lo soy. Aprendí a hablar el español en la Ciudad de México.

—¡Ah, qué bien!—y ya estaba por continuar una charla prolongada con el señor Reynolds, cuando el asesor, un tanto impaciente, interrumpió:

—Señorita Salvatierra, la razón por la que te llamamos es muy simple. El señor Reynolds es el representante de un programa que ofrece a estudiantes de las minorías, de escasos recursos, la oportunidad de asistir a la Universidad de California en San Diego. Te hemos seleccionado a ti, junto con media docena más de jóvenes bajo tus circunstancias, como candidata ideal.

Inocencia escuchaba las palabras del asesor y no alcanzaba a comprender el significado. ¿Le estaban ofreciendo la oportunidad de asistir a una de las Universidades de más prestigio en California, quizá en todo

Estados Unidos? ¿A ella, porque era miembro de qué? ¿De las minorías? ¿Y por qué ella? si ese semestre apenas podía con las tareas, y ni siquiera había llegado a dominar el inglés. ¿No se equivocaría el señor? Sí, seguramente se confundieron de nombre.

—Señor Carter. Temo que ha cometido usted un error. Yo…no…como explicarle…no creo merecer tal oportunidad. Verá…

El entrevistador, viéndola en el estado de incógnita en que se encontraba, trató de disiparle las dudas.

—No se trata de seleccionar a los candidatos más inteligentes, ni los más aplicados. Se trata de ayudar a aquéllos que han demostrado tener la capacidad de lograr sus metas cuando se lo proponen, a pesar de los obstáculos que se les han presentado. Estamos enterados de tus conflictos personales y de la entereza con la que has sabido afrontarlos y francamente, estamos impresionados. Tú tienes madera de triunfadora y eso es lo que buscamos en nuestros futuros estudiantes universitarios. Tienes una semana para pensarlo.

—Señor Carter, no sé como agradecerle. Disculpe, ¿ha dicho usted, media docena más? ¿Podría decirme si entre ellos se encuentra alguien más del grupo de México al que pertenezco?

—Veamos. En mi lista se encuentra un estudiante de apellido hispano, pero, no. No es procedente de la Ciudad de México. El resto de los jóvenes pertenecen a diferentes grupos étnicos.

—Estoy muy sorprendida. Ha sido un placer conocerlo, señor Reynolds. Estaré presente con mi decisión el viernes, sin falta. Muchísimas gracias.

Inocencia salió con el corazón palpitándole tan fuerte que temía traicionar el secreto que llevaba por dentro. Desde que llegó a California, todos habían llegado a ser miembros de una familia. Lo habían compartido todo. Y ahora, ¿qué iba a hacer? ¿Cómo alegrarse de su buena suerte y dejar a los amigos atrás?

De inmediato llamó a México. La joven le explicó a Esperanza la razón de la llamada y le pedía un consejo:

—Mamá, acuérdate bien que si acepto, significa que permaneceré en California, cuatro largos años más. ¿Qué debo hacer?

—Hijita, dale gracias a Diosito que ha sido tan bueno con nosotros y acepta esa oferta. Cuatro años se pasarán rápidamente; verás como encontraremos la manera de vernos. No te preocupes por nosotros. Si tú estás bien, nosotros estamos aún mejor. Vaya usté, mi Negrita y acepte con todo gusto, que aún tenemos muchos años por delante.

En la fecha acordada se presentaba la estudiante de nuevo. Una amplia sonrisa y el brillo en los ojos fueron toda la respuesta que el asesor necesitaba. De inmediato, se puso el complicado sistema de inscripción en la institución de renombre en movimiento. La estudiante salió de la oficina caminando en línea recta con la cabeza muy en alto. Tal parecía que desde que había nacido, su camino había sido iluminado por una buena estrella que la llevaría hacia la luz. No se cansaba de dar las gracias al cielo. ¡Qué extraña sinergía ejercían las fuerzas cósmicas a su favor!—reflexionaba.

A partir de entonces, se auto impuso un régimen durísimo, mantenido con un celo que despertaría la envidia de cualquier atleta olímpico. Se le veía ir a toda prisa de una punta del plantel, a la otra, sin detenerse a saludar ni a hablar con nadie. Caminaba con tanta prisa y concentración que parecía que tenía alitas. Lo único que le importaba era aprobar las materias con calificaciones máximas. Al salir de las clases, pasaba la hora acostumbrada de natación, seguida de un bocado rápido. Después se reunía con un grupo de compañeros para seguir "quemando el aceite."

Hacía tiempo que al grupo se había integrado Julio, un chico mexicoamericano que acostumbraba llegar a las reuniones con golosinas y refrescos para mantener las lucecitas prendidas en el cerebro—decía—. La energía de este joven comenzaba a ganarse la simpatía de todos. Antes de conocerlo, Inocencia parecía no tener más propósito en la vida que concentrarse en los estudios; ahora, se aferraba al chico, como ancla, para escapar de la trivialidad de la rutina.

***

En México, el período de sosiego y ambivalencia había cesado para Diego. Un sábado soleado por la mañana, cabalgaba solo por los campos verdes de la hacienda, observándolo todo. Iba de regreso a casa cuando, entre la maleza, creyó distinguir un vehículo desconocido. Cabalgó a distancia prudente hasta su casa, desmontó y puso el caballo en manos de Manuel, el encargado de los establos. Como niño travieso miró entre las tablas de los establos. A cierta distancia adivinó la presencia de tres personas: una pareja cuarentona y detrás de ellos, del coche asomaban un par de piernas largas y muy bien formadas que le hicieron pensar en su tenista favorita. Estas formidables columnas pertenecían a una chica espigada, morena clara y atractiva. Intrigado, se acercó hacia ellos y esperó que Rodrigo lo presentara debidamente. En breves minutos María Teresa le contó las circunstancias de su encuentro: Alonso y Susana Palacio, eran amigos que se habían conocido hacía varios meses durante su estancia en las islas del Caribe. Después de haber compartido dos semanas divertidísimas, los padres decidieron invitar a la pareja a la hacienda.

En esta ocasión, los acompañaba Odette, su hija de 18 años. Puesto que la chica estaba de vacaciones y Diego aún no salía hacia el extranjero, ambas parejas consideraron que ésa sería la oportunidad ideal para que los hijos se conocieran. Diego no pudo evitar pensar que todo esto era una trampa que su padre le había tendido para que cayera en las redes. Le voy a seguir la onda al viejo, a ver quién se cansa primero de este jueguito, después de todo—pensó—la chica no estaba nada mal.

Odette era una chica encantadora. En un rápido cruce de manos y miradas, ella y Diego se encontraron singularmente atraídos. Diego le ofreció el brazo y juntos entraron en la casa. Rodrigo y María Teresa juzgaron ese gesto como una señal positiva jactándose con una sonrisa interior.

Después de un almuerzo al aire fresco, los padres de los jóvenes se retiraron a tomar la siesta. Diego y Odette decidieron tomar un paseo por los jardines que Eusebio mantenía impecables. El viejo jardinero los divisó desde su puesto de trabajo y veía cómo Diego tomaba a la chica del brazo, le decía algo al oído y la chica reía con tal gusto y familiaridad como si se hubiesen conocido de mucho tiempo. Lo único que se dijo fue: "Gracias, Virgencita, por llevarte a mi Negrita tan lejos de aquí y por tanto tiempo porque si estuviera presenciando esta escena, se moriría de decepción."

El resto de la estancia de los Palacio fue deliciosamente manicurado por los agraciados anfitriones: dormían tarde y desayunaban en la terraza. Al caer el sol, salían a la capital a cenar y a disfrutar de una obra de teatro o a bailar en algún club nocturno. Para entonces, Diego y Odette se habían convertido en compañeros inseparables. Por las noches, mientras María Teresa se pulía en una interminable rutina de belleza, silbaba, complacida de su astucia, al ver que la presa caía cada vez más bajo el magnetismo de Odette y le comentaba a Rodrigo:

—Querido, creo que mi idea de invitar a los Palacio a nuestra casa ha resultado a las mil maravillas. ¿No te parece?

—Sí, mi amor. Eres un verdadero genio.

—No seas burlesco. Aunque no quieras aceptarlo, creo que Diego está cayendo bajo el hechizo de Odette. ¿No ves cómo andan como tórtolos heridos?

—Creo, Marités, que tu idea está resultando un tanto peligrosa.

—¿A qué te refieres?

—Creo que Diego tendría que ser ciego para no sentirse atraído a esa "muchachita."

—Odette es una chica preciosa. Yo no tengo ningún inconveniente en que las cosas vayan a un paso acelerado. Después de todo, de eso se trataba, o ¿me equivoco?

—No, mujer. Lo decía porque esa linda muchachita, con la vocecita fingida, los ojos de tórtola, la faldita cortita y las tetitas paraditas, vino con toda la intención de conquistar a Diego. No es la señorita ingenua que tú crees. Me extraña, tú, que te las hueles desde lejos, no hayas olfateado sus verdaderas intenciones. Como dicen las mujeres, nuestro hijo es un partidazo y más de cuatro andan detrás de él. Odette lo sabe. Mira cómo se le insinúa. Esos microscópicos bikinitos que se pone, no dejan nada a la imaginación. Cuando bailan, se le pega tanto que sus cuerpos se confunden. ¿A eso se le llama bailar de "cachetito?" Cuando una mujer seductora le ofrece un postre de crema y cerezas a un hombre hambriento, ¿crees que lo va a rechazar? Tendría que estar loco.

—Rodrigo, tu malicia no tiene fin.

—Mujer, tu ingenuidad me conmueve.

—Tienes razón, olvidaba que cuando se trata de ser un Don Juan tú eres toda una autoridad.

—Te conquisté a ti, y creo que ese trofeo ha sido suficiente para merecerme el título que me has dado.

—Lo que pasa es que estás celoso. Las mujeres jóvenes ya no te echan ni un hueso.

—Estás equivocada. Si quieres que te lo compruebe, dame una oportunidad.

—Creo, querido, que ya has tenido demasiadas.

—Fue tu idea.

—Rodrigo, esta noche estás insoportable. O te callas la boca o te vas a dormir al sofá. Escoge.

—Marités, te ves tan linda cuando te enfureces. Mírate al espejo.—La mujer cogió una almohada y a golpe limpio lo sacó de la habitación.

Rodrigo tomó la almohada y a carcajada abierta caminó hacia el estudio. Abrió una botella de escocés, se tomó una copa de golpe y se tiró en el sofá pensando: mujeres, ¿quién demonios las entiende?

Ese fin de semana, salieron los seis temprano a visitar pueblos históricos y pintorescos en circunvalación a la Ciudad de México. Los señores Palacio no se cansaban de exclamar. ¡Qué hermosas son estas tierras de México! La exuberancia de la flora, la rica descendencia que los artesanos indígenas y mexicanos habían labrado minuciosamente en las artes, la insaciable creatividad de los artefactos hechos a mano, no cesaban de ser causa de la admiración. Diego había llevado una cámara y él y Odette descubrieron que tenían una nueva afinidad. Los dos jóvenes se dedicaron a documentar en fotografías el recorrido de aquella experiencia breve pero inolvidable. Para Diego, gozar de las atenciones de una joven desenvuelta, inteligente, y que además le llenaba el ojo a sus padres, fue como quitarle el polvo a una obra clásica. Tuvo miedo de su buena suerte, acostumbrado a construir castillos en el viento. Esta vez—pensó—voy a tener cuidado.

Al fin de las dos semanas, a pesar de la naturaleza coqueta de Odette, terminó por ganarse la simpatía de Rodrigo, quien se arrepintió de haberla juzgado injustamente. Después de pensarlo bien, decidió que María Teresa tenía razón. Odette era una chica dulce, poseía un gran talento en el campo de la música, era de carácter liviano y espíritu libre. Las atenciones explícitas entre ella y Diego comprobaron el hecho que el plan de María Teresa había tenido el éxito esperado. Los beneficios de esa unión, en términos sociales y de finanzas, se multiplicarían, tanto para una familia como para la otra.

Al enterarse Diego que Odette cursaba el segundo año de humanidades en Perugia, Italia, fue un aliciente más que acrecentó su entusiasmo por continuar los estudios en la Gran Bretaña. Poco sabían los padres de ambos jóvenes lo que éstos tramaban. Habían pasado varias horas en la biblioteca, localizando, en el mapa de Europa, lugarcitos históricos y románticos entre Italia e Inglaterra, donde habían planeado encontrarse y pasar las próximas vacaciones juntos, lejos de los ojos indiscretos de sus padres.

—Odette, no podíamos haber escogido mejor hora para conocernos.

—Tienes razón. De Italia a Inglaterra es un trecho breve en tren.

—Podremos visitarnos durante las vacaciones.

—Sí. Creo que nuestros padres se pasaron de listos.

—Diego, nada más de pensar en tantas ciudades que tenemos a nuestro alcance, se me hace agua la boca.

—Voy a contar los días que nos quedan para volvernos a ver.

—Sí. La pasaremos de maravilla.

La mañana de la despedida, las dos familias desayunaron juntos en la terraza brindando con burbujeantes bebidas, y deseándose todo género de augurios. Al despedirse, Diego y Odette se dieron un beso inocente en los labios; Rodrigo creyó oír el tintineo de monedas, mientras que María Teresa veía a un ratoncito aturdido, que se atrevía a comerse un jugoso pedazo de queso y caía en la trampa.

***

Una buena mañana de junio, Inocencia se despertó y pudo contar en los dedos de una mano, las largas noches que le quedaban para presentar los exámenes. Al concluir la última sesión de repaso, cerca de la media noche, Julio anunció con voz grave:

—Abríguense bien y síganme.—Afuera, se toparon con una docena de bicicletas que Julio había conseguido.

—Escojan una, móntense y síganme.

Los llevó por una ruta nueva, de tierra, hasta un trecho angosto que los llevó hacia una playa desierta. Ahí les ordenó que recogieran pedazos de madera que se encontraban regados en la arena. Los juntaron e hicieron una fogata. El chico sacó de una gran mochila que llevaba, bolsas de bombones y dos grandes botellas de champaña.

Pasaron un buen rato jugando entre las mansas olas del mar de las que salieron con la ropa mojada pegada a los cuerpos, tiritando de frío a secarse en el fuego de la fogata. Comieron los bombones derretidos, se pasaron las botellas, bailaron y cantaron con tal armonía y espontaneidad que Inocencia se vio formando parte de un rito sagrado de alguna tribu primitiva. Fue un ejercicio liberador. Se sentaron muy juntos, uno al otro, para entrar en calor; Inocencia quedó al lado de Julio. Mientras éste repetía una de sus viejas bromas ella lo vio de cerca. Las facciones eran comunes; pero de aquellos ojos café obscuro escapaba una centella de vida que hacía meses se había extinguido en los suyos. Esa noche Julio fue nombrado el héroe de la clase, y en cierta forma, rescató del fondo del mar, el alma enmohecida de Inocencia.

La siguiente semana, con las mentes relajadas y llenos de optimismo, todos presentaron los exámenes. A los jóvenes les pareció una semana pesadísima. La tarde del viernes, Inocencia llegó al cuarto, tiró los libros sobre el escritorio y pegó un brinco en la cama, donde cortó madera toda la noche hasta bien entrado el sábado.

Cerca de la una de la tarde, a Inocencia la despertaron cantos desentonados: "Estas son las mañanitas que cantamos a La Princesa Dormilona…" Se talló los ojos y como sonámbula salió hacia el balconcito. Abajo la esperaba el grupo quien había organizado un *picnic* para celebrar su libertad. La chica asomó la cabecita enmarañada y dijo: "¡qué graciosos!"

Por la tarde, se reunieron en la sala de recreo de los dormitorios. Se encontraban en ascuas esperando los resultados de los exámenes que les llegaron, en un sobre, a los apartados de correspondencia en los dormitorios. Uno a uno fueron abriendo los sobres y para la gran sorpresa de todos, habían aprobado todas las materias con calificaciones meritorias. Por vez primera, la estudiante extranjera se sintió merecedora de la oferta que el señor Carter le había otorgado.

Inocencia buscó a Julio y lo invitó a comer fuera. Hacía tiempo que tenía la necesidad de decirle sobre su admisión a la universidad. Durante el almuerzo, hizo el intento de llegar al tema, pero al chico no le paraba la boca. Finalmente, Inocencia le interrumpió la plática.

—Julio, hace tiempo que tengo algo que decirte.

—¿Qué te pasa?

—Hace algunas semanas que el señor Carter me llamó a la oficina y me ofreció una beca para asistir a la Universidad de California. No te había dicho porque tenía miedo fracasar en mis exámenes, pero ya que he sabido los resultados, pues ahora sé con certeza que, Dios quiera, la plaza en la Universidad, es mía. ¿No te parece increíble?

—Julio permaneció callado y con los ojos muy abiertos se le quedaba viendo:

—Esto es un verdadero milagro. No tienes idea del peso tan enorme que me quitas de encima.

—¿Por qué?

—Porque, lo mismo me está pasando a mí.

—¿Qué quieres decir?

—Yo también fui aceptado bajo el mismo programa.

—¿Fuiste tú el otro estudiante de apellido hispano al que se refería el señor Carter?

—Sí. Soy yo.

—¡Bendito sea el Señor! ¡No puedo creerlo! ¿Tú sabías todo este tiempo y no me habías dicho? ¿Por qué?

—Por las mismas razones que tú me has dado. Esto debemos celebrarlo como es debido.

Se dieron un fuerte abrazo, y al hacerlo, la chica sintió un gran vacío.

—¿Qué te pasa?

—Discúlpame. Estoy triste porque yo he sido la única en recibir esta oportunidad y me siento como una traicionera.

—¿Has hablado con los demás?

—No. No he tenido el valor.

—Quizá a ellos les hayan hecho ofertas de otras universidades. Es probable que estén pasando por lo mismo que tú.

—Tienes razón. Eso no se me había ocurrido.

—Por si no lo sabes, los estudiantes de la minorías estamos de moda, ¿sabes? Es curioso. Me explicó el señor Carter cuando le pregunté por qué me habían escogido a mí, y me dijo que hace poco, todas estas instituciones nos veían con desprecio y ahora con toda esta nueva ola de reconocimiento étnico y sensibilidad cultural como que han aflojado un poco las riendas. Tal parece que algunas organizaciones que representan a las poblaciones inmigrantes en este país, han estado poniendo presión al gobierno para que las universidades de tacón alto ofrezcan un número limitado de plazas a estudiantes con potencial académico y escasos recursos, en la mayoría pertenecientes a razas y culturas del Tercer Mundo.

—Eso fue lo mismo que me dijo a mí, pero me salió con tantas palabritas tan extrañas que la verdad me atonté. Todavía hay muchas cosas que no entiendo. Ultimamente he oído mencionar esa palabrita: "minorías," y tengo una idea, pero no sé exactamente a lo que se refieren.

—No sé pero me imagino que significa que como mexicoamericanos, formamos un porcentaje menor del total de la población de este país.

—Pues sí, eso tiene sentido. ¿Y...Tercer Mundo? me suena simpático ese lugar, ¿sabes?, como que venimos de otro planeta y tenemos cuerpecitos verdes, grandes cabezas con ojos almendrados amarillos y que nos comunicamos por medio de antenitas.

Julio soltó la carcajada:

—Ay, Inocencia, cómo eres ocurrente. No soy ninguna autoridad en el asunto, pero por ahí oí decir que se refiere a los países subdesarrollados.

—¡Ah, ya entiendo! Así que nosotros quedamos en un tercer plano. Y pensar que yo siempre pensé que México era mi Primer Mundo.

—Ya lo decía yo. Detrás de esa niña estudiosa se encuentra una payasita muriéndose de ganas por salir de la cascarita.

—Yo creo que eres tú el que me saca mi lado cómico.

—Te sugiero que hables con tus amigos cuanto antes, a lo mejor ellos también andan con la cola entre las patas, como tú.

—Sí, tienes razón. Lo haré en cuanto tenga una oportunidad.—Los dos jóvenes salieron del restaurante, abrazados, y haciendo miles de planes para ejecutar el siguiente capítulo de su inédita aventura.

Al día siguiente, Inocencia les pidió a los compañeros que se reunieran en la sala de los dormitorios y con un gran nudo en la garganta les confesó el secreto. La felicitaron y le dijeron que había sido una tonta en pensar que su silencio los había traicionado. Adolfo también había aceptado una beca para asistir a la Universidad de Berkeley. Beatriz y Ana María habían decidido continuar los estudios en la Ciudad de México. Javier estaba cansado de la escuela e iba a tomar el verano para pensar bien lo que quería hacer; Santiago se veía en la necesidad de buscar empleo y ayudar económicamente a sus padres. Los cinco terminaron despidiéndose con un gigantesco abrazo.

Finalmente llegó el evento tan esperado. Inocencia se reunió con el resto de los compañeros vestidos en la imponente toga y birrete. Una hora después, los graduados hacían la entrada triunfal en los jardines de la preparatoria que en esa ocasión habían sido transformados en un escenario magnífico de luces y colores. La ceremonia se llevó a cabo entre miles de personas invadidas por la alegría y la visión de ver realizados los sueños de una nueva generación. Al escuchar Inocencia su nombre, caminó hacia la tarima donde un grupo de personas, entre ellos el director, le entregaba el diploma. Se llevó la mano hacia el birrete, cambió la borla del lado izquierdo, al lado derecho, y siguió caminando hacia su asiento. Para ella, fueron unos minutos de éxtasis, donde la alegría, opacada por la ausencia de sus padres, se mezclaba con la tristeza.

Al finalizar la ceremonia, los estudiantes tomaron los birretes y en un movimiento espontáneo los echaron al aire, simbolizando el término de doce arduos años de estudio. Inocencia vio cómo los graduados se perdían en los brazos de los padres. Se transmontó a la graduación de sexto año, el viaje a la Ciudad de México con sus padres, y a la fiestecita que le preparó María Teresa en esa ocasión. En ese estado de trance estuvo entreteniendo imágenes que como pequeños fantasmas, le espantaban los destellos de alegría. Al abrir los ojos, el patio y los jardines estaban casi vacíos. Cerró los ojos, tragó saliva y lentamente fue a recoger el birrete...el último que quedaba en el suelo. De lejos, Julio la observaba. Sabía lo que ese acto significaba para ella y al verla tan sola, la invitó a celebrar el evento con su familia. Ella aceptó de buena gana. Al llegar, Josefina, la madre de Julio, presintiendo en ella cierta soledad, le sirvió un plato desbordante de comida mexicana: "Venga, mi niña bonita y cómase unos tamalitos. Están muy ricos, los preparé yo misma...y no deje de probar mi pozolito. Nadie lo hace mejor que yo." Tomó el plato que se tambaleaba de tantos antojitos que le había servido la señora Josefina. Mientras escuchaba el son de una cumbia: [danza]

> *"Rosa María se fue a la playa,*
> *se fue a la playa*
> *se fue a bañar.*
> *Y cuando estaba sentadita en la arena,*
> *le decía con su boquita*
> *vente, vamos a bailar..."*

Viendo a algunas parejas dar vueltas como trompos en el patio de la casa, comenzó a probar todos y cada uno de los manjares que con tanto cariño la madre de Julio había preparado. Entrada la noche, se despidió, agradeciendo a Julio tan generosa hospitalidad.

Regresó a su cuarto y no aguantando la tristeza, tomó papel y lápiz y les escribió a sus padres: "Hoy vi alejarse a mis cinco compañeros. Daría mi vida por estar con ustedes. En este momento, me siento como un árbol deshojado."

En México, Esperanza y Eusebio no se hacían ilusiones. Veían a su hija como una flechita, libre y ligera, en camino y a toda velocidad que había sido expulsada con toda fuerza por una cuerda tensa, hacia un blanco por ellos desconocido. Sostenidos en una hamaca, entre dos robles corpulentos, saboreaban dos enormes y pulposos mangos, y compartían incidentes sobre la niñez de la hija.

Entre bocados del dulce manjar y acogidos en el pasado, compartiendo recuerdos, pasaron una noche tranquila, contando las estrellas.

Muy lejos de ellos, Inocencia caminaba por las calles desiertas, bajo un manto de sombras contando quizá, las mismas estrellas que sus padres. Los pensamientos le revoloteaban en la mente como placas fotográficas que la asaltaban: hizo un recorrido mental hacia su añorado rinconcito del mundo e inevitable separación con Diego, imaginándose a dos almas frágiles que terminaron haciéndose añicos, con la misma potencia y destrucción, que un átomo dividido.

Doce

El Movimiento de las Conciencias

A mediados del verano, Julio e Inocencia, ansiosos por conocer la Universidad, pasaron toda una tarde explorando el nuevo plantel. Esta consistía en una serie de edificios los cuales se expandían holgadamente. El inmueble ofrecía al espectador una muestra de arquitectura ecléctica. Unos eran ejemplos fieles de arquitectura de décadas pasadas, y otros de línea actualizada que le brindaban al estudiante un puente hacia el futuro. Sin embargo, no eran los edificios en sí lo que le había dado a dicha universidad fama mundial; más bien, un brillante historial académico y no de menos importancia, su posición geográfica, tan codiciada por los demás: Se ubicaba en una de las ciudades de más prestigio en el mundo y gozaba de un clima templado, mediterráneo, durante las cuatro estaciones del año. El plantel, sobrio, descansaba sobre una elevación desde la cual, por un extremo, altos edificios se extendían hacia los cielos de un azul puro, y por el otro, recreaba la vista hacia una de las playas más espléndidas, de aguas tibias, dándole un aire de callada elegancia y nobleza a tan ilustre institución.

Julio e Inocencia caminaban a lo largo de los edificios sintiéndose afortunados de formar parte de un centro de conocimientos de tal renombre.

—Sabes, Inocencia, yo creo que nos sacamos la lotería.

—Sin duda alguna. Lo que darían algunos de esos niños ricos que conocí en México por caminar en mis huaraches ahora.

—No cabe duda que el mundo da muchas vueltas.

Al llegar a los edificios residenciales, corrían de un extremo al otro, tratando de abarcarlo todo con la mirada. La nueva residencia era tan novedosa y pragmática como el americano mismo. Cada piso consistía de cuatro habitaciones para dormir, una minúscula sala y cocinilla, para uso comunitario. Las habitaciones eran más espaciosas que los dormitorios de la preparatoria, pero no lo suficientemente grandes para ser considerados apartamentos; era más bien, lo que el americano llamaba un estudio. A la chica le pareció que ese plano les ofrecía más espacio, y al mismo tiempo, les brindaba más intimidad y flexibilidad, a los residentes. Después de estudiar bien todo, se dirigieron hacia el balcón y no fue hasta entonces que sus mentes alcanzaron a comprender la medida de la buenaventura. Al estar ahí, frente a una vista magnífica del mar, sintieron que el mundo se doblegaba ante ellos en una caravana, entregándoles todo un mundo de posibilidades. Los dos jóvenes se veían y no encontraban palabras para expresar su emoción.

Esa experiencia dejó en ellos una imagen indeleble. Desde entonces, ambos compartían todo minuto libre. Entre ellos había nacido un sentimiento nuevo. En la compañía de Julio la joven sentía una fuente insaciable de apoyo moral. Era un angelito que siempre estaba listo para llevarla en los brazos, cuando caía o tropezaba.

El sábado por la mañana que se instalaron en la nueva residencia, lo primero que hicieron fue familiarizarse con los servicios y amenidades en su proximidad. Estudiaron los amplios patios y los comedores con una fina selección de alimentos. La sorpresa más grande fue al acercarse a una construcción muy grande y moderna, de varios pisos, que más bien parecía una especie de nave espacial cubierta de cristales: era la biblioteca más grande que jamás habían visto. Entraron y la examinaron de cabo a rabo. Pasaron por la piscina, cubierta, de dimensiones olímpicas donde Inocencia sabía que iba a pasar una buena parte de sus horas de ocio. Al terminar el recorrido, ambos rebotaban como pelotas de gusto.

La tarde que Inocencia debería mudarse a la nueva habitación, le pidió a Julio que la acompañara. Le confesó: "Ojalá y me toque alguien con quien tenga algo en común y pueda hablar español." Las instrucciones que había recibido por correo le informaban la fecha y la hora que debería presentarse. Al llegar con sus escasas pertenencias, la recibieron dos compañeras de cuarto. Alma, abrió la puerta. Esta era una joven de estatura media, talle lleno, piel morena clara y un cutis envidiable, con el cabello café claro, largo y crespo. Con ojos sonrientes la invitó a pasar y le presentó a Verónica, una joven de estatura baja, de cuerpo compacto, atlético, y cabello y ojos café obscuro.

—*Hello, I'm Inocencia, your new roommate.*

Alma y Verónica se vieron de reojo. Las tres se intercambiaron un "*Hello, is nice to meet you.*" En seguida, les presentó a Julio. Alma le apuntó a Inocencia la esquina donde habían decidido colocar su cama. Las dos chicas chachareaban sin cesar tanto en inglés como en español, con tal rapidez y maestría que parecía habían inventado un nuevo idioma. Al escucharlas, Inocencia se sintió liviana, como que alguien le había quitado un gran peso de encima. Volteó a ver a Julio y le guiñó el ojo como diciendo: alguien escuchó mis peticiones. Mientras que colocaba la ropa de calle y prendas personales en una esquinita del ropero, él le organizaba una buena cantidad de libros en el librero. Los dos veían de reojo entrar y salir a las nuevas amigas, trayendo consigo una cantidad exagerada de maletas, cajas, libros, y objetos personales. Lo que más sorprendió a ambos fue la cantidad de prendas de vestir, bolsas y pares de zapatos que habían llevado, a la Elizabeth Taylor. Se preguntó si esas chicas habían ido a estudiar o a pasarse todo un año, de discoteca en discoteca, presumiendo vistosos atuendos. Las dos chicas llegaron con refrescos y papitas fritas y una enorme radio que tocaban a todo volumen, cantando, bailando, bromeando y abriendo maletas, en un espíritu de fiesta, como dos pollitas que salían del cascarón por vez primera. Cuando Alma vio que Inocencia había terminado de desempacar, se le quedó viendo de una manera extraña y le dijo:

—Oye, Inocencia, y a propósito, ¿de dónde sacaste ese nombrecito? No sé, me suena medio anticuito. ¿No tienes un apodo? Algo más cortito, no sé…

—Ese nombre me lo dieron mis padres porque nací el Día de los Inocentes. Y no. No tengo apodo. Prefiero que me llamen por mi nombre completo, aunque les tome un poquito más de tiempo.

—Uy, uy, uy. ¡Qué delicada! Era sólo un comentario. Bueno, ni hablar te diremos I-no-cen-cia.—Verónica al observar la reacción de la nueva compañera, agregó:

—No le hagas caso. Alma está bromeando. Está muy alborotada porque esta es la primera vez que sale de casa y no haya que hacer con su nueva libertad.

—No hay problema—contestó Inocencia.

—Oye, ¿ésa es toda la ropa que traes para todo el año?

Con la mano en la cintura y la voz golpeadita, Inocencia contestó:

—Yo vine a la universidad con el propósito de estudiar, no de participar en un desfile de modas. Ha sido un placer. Con su permiso.—Al salir, Alma y Verónica comenzaron a reírse y a imitarla:

—Oye, ¿de dónde salió esa naquita, eh?

—Quién sabe.

La chica salió, caminó unos pasos y se dirigió hacia Julio quien la observaba pensativo:

—Pues, me temo que además de ser mexicanas, no tenemos nada en común, pero creo que con el tiempo a las tres se nos quitará lo pedante y aprenderemos a llevarnos de maravilla. Sabes, ya tenía ganas de echarme un pleito con alguien en español. Como que es más sabroso, ¿no crees?— Julio se le quedó viendo, se rascó la cabeza y dijo:

—¡Ay, mujercitas! ¡Qué aburrida sería la vida sin ustedes!

—Bueno, y como hombre, conocedor de mujeres, ¿cuál es tu opinión?

—Pues, la verdad es que a mí no me molestaría compartir la esquinita de tu cuarto con ellas, ¿sabes? Las dos están muy guapitas.

—Mmmm…me imaginé.

—Sientes un poco de celos…¿amiguita?

—No. Es sólo una medida de prevención.

En efecto, esa misma tarde Inocencia regresaba a su habitación y al abrir la puerta, Alma y Verónica no se encontraban ahí, pero muy a su sorpresa, observó que las alegres compañeras habían puesto todo en su lugar. La pieza se veía amplia y organizada. Las juzgué mal—pensó—sintiéndose un poco culpable. En cuanto se vio sola, sacó el tocadiscos que había comprado ese verano. De un gran sobre sacó su *long play* favorito, lo colocó sobre la rueda giratoria del tocadiscos y comenzó a bailar, con los ojos cerrados, por toda la pieza y a cantar en voz alta:

"Que se quede el infinito sin estrellas,
O que pierda el ancho mar su inmensidad,
Pero el negro de tus ojos que no muera,
Y el canela de tu piel se quede igual.

"Me importas tú, y tú, y tú,
y nadie más que tú, y tú, y tú.
Me importas tú, y tú, y tú,
y nadie más que tú…"

en eso abrió los ojos y vio a las dos compañeras, en el umbral de la puerta, con las manos en la boca para no soltar la carcajada.

Después de esto las tres caminaban cautelosamente, pero no tardaron mucho tiempo en derretir la pared de hielo que en un principio habían levantado. Al conocerse, supieron que tenían algunas cosas en común. Las tres eran muy abiertas y se hablaban con toda franqueza, aunque a Inocencia, las indiscreciones de las compañeras, con frecuencia, la hacían desatinar.

Todas eran de espíritu liviano. En lo único que estaban en desacuerdo era el tiempo que tomaban por la mañana en arreglarse para ir a clases. Mientras que Alma y Verónica se arreglaban con tal esmero que parecía iban en constante son de conquista, Inocencia brincaba de la cama, se vestía con un pantalón y blusa, se pasaba el cepillo por el cabello, un lápiz labial por la boca y estaba lista en diez minutos.

—Oye, Inocencia, ¿a dónde vas con tanta prisa y con la cara lavada? ¿Qué no has visto cuantos papasotes están en la clase de matemáticas? Sabes, deberías usar la *miniskirt*, qué diera yo por verme tan buenota como tú, con esas piernotas que tienes. Y la verdad no estás *ugly* lo que pasa es que sin una pintadita ni quién se te acerque, *roommie*. Ven y siéntate un ratito. A ver, tienes ojos grandes y pestañas largas, pero ¡Ay, niña, *curl them up*! levántate esas palmeras tiesas para que se te vean los ojos y no se te vea la mirada tan triste. Entre Alma y yo, te enseñamos a ponerte un *make-up* a tres piedras. Ya verás como te haremos ver *like new.*

Alma se reía a sus anchas, mientras que Inocencia se ruborizaba y encontraba cualquier pretexto para rechazar la invitación.

—No, gracias. Eres muy amable. No tengo tiempo ni dinero para transformarme como ustedes. Déjenme en paz, ya sabré conseguirme a algún tonto que me quiera aun con la cara lavada.

—Verónica, ya déjala en paz. ¿Qué no ves que Inocencia no necesita pintarse para atraer a nadie? Oye, a propósito, ¿quién es ese chamaquito, Julio, que lo traes a remolque por todas partes? ¿Es tu *boyfriend,* o qué onda?

—No. Somos buenos amigos, es todo.

—¿Ah sí? Pues, qué a todo dar tener un "amiguito" como Julio, como que se estudia *real good.* ¿No crees, Verónica?

—Pues, la verdad es que no está mal. Tiene unos ojitos vivarachos. ¿Cómo la haces eh? Se me hace que eres una mosquita muerta de primera, mírala, ya te estamos agarrando la onda.

Inocencia las ignoraba y se reía, dejándolas que siguieran hablando como cotorritas. Aprendió a tomar los comentarios a la ligera. En el fondo, eran juguetonas, no lo hacían con malicia.

Cada rato que se encontraba sola, Inocencia sacaba el disco y comenzaba a tocarlo. La tercera vez que sus compañeras la encontraron cantando las mismas melodías, Alma, impaciente, le dijo:

—Ya vas, otra vez con esa cancioncita. ¿Qué no te sabes otra?—e imitándola cantaba desentonada—: Tú y tú y tú y Piel Canela y todas esas babosadas.—Paró en seco, se le quedó viendo y le dijo:

—Ya la tengo; Inocencia, ése es un *nickname* perfecto para ti: "Canela," por esa melodía *corny* que te llevas cantando—Inocencia contestó simplemente:

—Puedes decirme como se te antoje. Peores cosas me han llamado antes.

La joven las observaba y las escuchaba con gran curiosidad. Tenían todo el aspecto de dos mexicanas, pero, en el fondo, eran diferentes. Carecían del recato y los complejos de las demás amigas que había conocido. Caminaban por todo el plantel como pavos reales, platicando, opinando y haciendo bromas, sin importarles lo que se pensara de ellas. En el fondo, las envidiaba. Nunca había conocido a dos mujeres que se sintieran tan dueñas de sí mismas. Se preguntaba por qué ella no veía al mundo de esa manera. Sería el hecho que Alma y Verónica habían nacido y se habían criado en los Estados Unidos; por lo tanto, habían heredado ese aire de seguridad y confianza tan propio del americano. Estaban en casa; en cambio ella, hasta entonces no había dejado de sentirse poco menos de una intrusa.

Una vez instalados, Julio e Inocencia recibían los horarios de clase. Con mucho entusiasmo ambos abrieron los sobres y al estudiarlos, Julio exclamó:

—¡Ah caray! Canelita, ahora si que nos la pusieron difícil.

—Sí, tienes razón. Cuatro materias por trimestre. ¡Qué pesado! Imagínate cómo van a estar los cursos de intensos.

La especialización de Inocencia sería Literatura Española, con énfasis secundario en Literatura Inglesa. Por su parte, Julio había decidido explorar el campo de la Literatura Francesa. "Canela, ya no estamos en los pañales de la prepa. Ni hablar. No tenemos más remedio que darle duro desde un principio." Se vieron un tanto acongojados, dejando escapar una risa nerviosa, pero la alegría por estar ahí a las puertas del saber fue más grande que su temor. A medias de la semana se reunieron en la librería de donde salieron con un montículo de libros. La primera etapa sería una prometedora epopeya.

Al iniciarse los cursos, Inocencia tomaba un café de pasada y llegaba a la primera clase, a tiempo para conseguir asiento en las primeras hileras del auditorio, donde se reunía con Julio y un centenar más de *freshmen*, a tomar la clase de matemáticas, una de las más difíciles. En cambio, Alma y Verónica pasaban a la cafetería a desayunar en forma; llegaban a la clase con media hora de retraso, emperifolladas y llamando la atención de los machitos, buscando asiento a última hora. Inocencia tomaba copiosas notas y no se perdía una palabra que salía de la boca del profesor. No entendía por qué las compañeras lo tomaban todo a la ligera cuando ella consideraba cada minuto de un valor incalculable. La razón era muy sencilla: Alma y Verónica no se matarían tratando de descifrar las fórmulas y los garabatos del profesor, cuando un tutor joven, inteligente y atractivo se los explicaría todo después. Además, como le dijeron en son de broma, tenían un objetivo muy diferente al suyo: ellas iban con la intención de "ligar" y no necesariamente de "estudiar." Si se conseguían un buen partido, consideraban la asistencia a la universidad, un éxito obtenido.

La chica le comentaba a Julio una tarde:

—Bueno, ahora comprendo por qué a Alma y a Verónica les da lo mismo asistir o no, a sus clases.

—No seas tan ingenua, Canela. Creo que son más inteligentes que tú y yo juntos. Eso de que no les interesa estudiar lo dicen para tener una salida en caso que no aprueben las materias. Ya verás como a los dos nos van a enseñar una lección. En mi libro, estas niñas tienen "colmillo."

—No sé. Quizá tengas razón.

La clase de matemáticas resultó ser de un nivel más complejo de lo imaginado. Después de una semana, un grupo numeroso de compañeros se presentó ante los tutores para pedir ayuda. Los jóvenes se encontraban confusos.

Era verdad que tener a Fred, para que les explicara en detalle las clases de matemáticas, había sido su salvación. Este era un cerebrito afroamericano, guapito y coqueto, que desde que le echaron el ojo se ganó la simpatía de todos, cayéndoles a Alma y Verónica como anillo al dedo. Después de cada clase, se reunían en uno de los saloncitos de la biblioteca y ahí con mucha paciencia, Freddie tomaba cada problema y lo deshebraba hasta que todos habían comprendido el concepto. Tenía razón, Julio— pensó—Inocencia, Alma y Verónica son más inteligentes de lo que daban a demostrar. Con frecuencia, las compañeras entendían el concepto antes que ella. Por las tardes, a menudo salían en grupo, montaban en bicicleta cuesta abajo, y pasaban la tarde reforzando las explicaciones del tutor, estudiando tirados sobre la arena, rodeados de libros y cuadernos, hipnotizados por el ir y venir de las olas que desaparecían en la arena.

———————— *** ————————

Muy lejos de California, Diego llegaba a una Inglaterra verde, regada por las acostumbradas lluvias del otoño. La Universidad de Cambridge era el foco principal de una comunidad regada de construcciones muy antiguas—treinta colegios cual eslabones de arquitectura antiquísima, acogiendo una plaza—cuyas paredes estaban cubiertas por cientos de enredaderas y demás plantas trepadoras que hablaban de un pasado ilustre, y cuya atmósfera respiraba un aire empapado en tradición legendaria de una reputación indiscutible.

En esa ocasión, Diego alquiló una pieza en el tercer piso de un edificio antiguo localizado en la plaza de uno de los colegios. Quería cierto aislamiento, pero no soledad.

Al llegar a ésta, le pareció pequeña. A duras penas tenía espacio suficiente para una cama angosta, un ropero y un escritorio, de estilo más antiguo que moderno, pero de madera fina que había recibido buen trato. El apartamento carecía de las comodidades modernas a las que estaba acostumbrado. En un principio se sintió completamente fuera de lugar. Al llegar, seguido de una docena de maletas, escuchó murmullos que terminaron en risas de los demás residentes que lo veían extrañados.

Introdujo las maletas al cuarto con mucha prisa y cerró la puerta detrás de él. La culpa de todo eso, la tenía su madre. Al enterarse que el hijo había decidido ingresar en una universidad de categoría en Inglaterra, se dedicó a comprarle cuanta pieza de ropa le había gustado, desde la ropa interior hasta el impermeable, sombrero y paraguas, como si el hijo fuese a integrarse en los íntimos círculos de los herederos de la monarquía. Para darle un empujoncito hacia el nuevo destino, escogió un traje de tres piezas, de corte inglés, porque como lo resumió ella: "La primera impresión es la que vale." Diego se vio al espejo y no pudo aguantar la risa. Se veía ridículo, como un modelito de vitrina de la tienda favorita de María Teresa.

Al llegar a su cuarto, Diego abrió maleta tras maleta. De éstas sacó media docena de pantalones, camisas y artículos personales de uso casual, y las guardó en el estrecho ropero. Esa misma tarde, pidió al portero el favor de encontrarle espacio en algún lugar para guardar las maletas. Todos los esfuerzos de una madre mexicana por convertir a su hijo en un principito, habían quedado derrumbados entre el polvo del sótano de un viejo edificio británico. Diego salió del subterráneo, se sacudió las manos, respiró el aire fresco sintiéndose ligerísimo, y dijo: "No hay nada más delicioso que el sabor de la libertad absoluta."

Pasó el resto de la semana espulgando el nuevo mundo. Lo primero que le saltó a la vista fue la economía de espacio y la construcción de edificios cuyas paredes formaban los muros que rodeaban la ciudad universitaria. Por la parte posterior de los colegios serpenteaban las serenas aguas del río Cam, donde se llevaban a cabo las famosas competencias de remo entre los diferentes colegios y universidades. Le llamó la atención la cantidad de turistas que se empeñaban en introducirse detrás de las paredes y captar en fotografías, los edificios y cachitos de la vida del estudiante detrás de esos muros.

Se veía ahí, más no lo creía. Pensaba que había abierto un gigantesco libro de los tiempos medievales y que había caído en él con todo y zapatos. Tuvo que pellizcarse los brazos varias veces para convencerse que no era una visión. Estrenando una nueva exaltación salió hacia una tienda, compró varios mapas de lugares que le interesaba conocer, y suficientes rollos de fotografía para captar toda nueva experiencia que se cruzara en el camino.

Caminaba por los corredores del edificio presentándose él mismo, buscándole la cara buena a los otros chicos y aprovechando toda oportunidad para conocerlos. Se desenvolvería con toda clase de estudiantes. En México, había vivido como un ermitaño, en un mundo muy reducido. Esta vez—dijo—voy a hacer amistad con el que se me ponga enfrente. Su nueva vida la encontró refrescante como la lluvia en el desierto.

Pasado un tiempo, se le veía rodeado de un círculo de amigos que llegaron a conocerse y tratarse con bastante familiaridad: Andrew, Todd, Byron, Samuel, Hugo y Raúl. Lo primero que notó fue que en términos generales, llevaban el cabello más largo y el atuendo era bastante despreocupado. No pudo evitar soltar una espontánea carcajada al pensar que, sabiendo la importancia que su madre le daba a las apariencias, le daría un ataque si supiera cómo se vestían los chicos ilustres con los que le recomendó, se rozara. Pero, en parte la madre había tenido razón. Dentro de esa aparente despreocupación había excepciones. En su mayoría, los profesores vestían la tradicional toga al impartir las clases, y en ocasiones especiales, a los alumnos se les exigía que vistieran una versión más corta de ese legendario vestuario. Diego veía a esos hombres en amplias capas negras caminar entre los antiguos edificios, y sentía cierta humildad ante tal nobleza. Después de un tiempo, llegó a pensar que el haber conservado dicha tradición era una de las razones por las cuales el nombre de Cambridge había sido esculpido en una roca de ilustre inmortalidad.

En un principio se le hizo difícil entender el acento y la marcada pronunciación del idioma inglés, por los británicos. Hablaban demasiado rápido, mas no por ello se sintió frustrado; al contrario, lo tomó todo como una característica cultural muy arraigada del inglés, y después de poco tiempo, le pareció hasta entrañable. En su trato, el ciudadano británico le pareció un tanto almidonado y formal, pero llegó a la conclusión que era una observación hecha a la ligera. Sí, el inglés era reservado y cauteloso ante un encuentro inicial, pero una vez que se le llegaba a conocer, era tan cálido y servicial como cualquier otra persona. De cualquier modo, no tardó mucho tiempo en extrañar la amabilidad y el calor que por naturaleza caracterizaba al mexicano.

Una mañana, Diego analizaba minuciosamente el campo de estudios que había escogido. Después de calcular el tiempo que necesitaba para completar el programa de maestría, dijo: Tres años, más o menos...¡Uf! ya tengo para rato...

* * *

El calendario marcaba la fecha de octubre del año 1967. Poco después de su llegada a los Estados Unidos, Inocencia había notado ciertos cambios que se estaban llevando a cabo en la sociedad en la que se desarrollaba. A pesar de haber pasado los últimos años sumida en problemas personales, de vez en cuando leía los diarios y veía las noticias en la televisión. Estaba consciente de que algo estaba aconteciendo. Caminaba por el plantel, con los ojos muy abiertos, observando el ir y venir de una generación que dejaría profundas huellas.

Concluyó que entre la preparatoria a la universidad existía una enorme distancia—era como si hubiese tomado un viaje mágico en la máquina del tiempo, mas no sabía exactamente hacia qué época—. Observaba detenidamente cómo se desarrollaba la vida diaria de jóvenes afluentes cuyos padres iban a visitarlos los fines de semana con los brazos llenos de golosinas, libros, discos y demás. No obstante, se respiraba un aire de arrogancia callada; esa actitud innata de quienes han sido criados en la abundancia, estampada en el estilo de vida.

Al mismo tiempo que observaba el comportamiento de los compañeros, notaba un aparente relajamiento que se reflejaba en todos los aspectos de la vida universitaria, sobretodo en la apariencia física del estudiante. En un principio imaginó que era natural, puesto que aun en México, algunos universitarios vestían y actuaban de manera radical, en señal de desafío a las autoridades. Supuso que cada generación buscaba una manera innovadora de expresar el desacuerdo y reavivar sentimientos de autoindependencia.

Ese cierto abandono que a simple vista interpretó ser natural, comenzaba a acentuarse. En poco tiempo, la vestimenta del estudiante comenzó a sufrir una transformación completa: como si las costuras de la fibra que el americano había juzgado indestructible en los años cincuenta, comenzaba, poco a poco, a deshilacharse.

Intrigada, le comentaba a Julio:

—Cuando estábamos en la prepa, oí a varios muchachos quejarse que habían recibido órdenes para presentar el servicio militar. Ahora que estamos aquí, he estado presintiendo una nueva preocupación por toda esa onda y en realidad, sé muy poco sobre ello. Es más, tú y yo nunca hemos tocado este tema.

—Ay, Canela. Cuando te conocí, se podría haber llegado el fin del mundo y tú siempre andabas con la cabeza en las nubes. Yo recibí mi número de reclutamiento pero, afortunadamente fue un número muy grande y hasta ahorita, no he tenido que preocuparme. Pero, sabes, varios de mis compañeros se encuentran ahorita mismo presentando sus servicios de *bootcamp.* Y ahora, ¿por qué ese repentino interés en los conflictos mundiales?

—Desde que llegamos aquí presiento que se respira un ambiente de cierta pesadez, como que todo mundo camina en una nube de pesimismo, con cierta preocupación. Sé que los conflictos han escalado y que este país está pasando por muchos cambios, pero no entiendo el porqué de tantas cosas.

—¿Cómo qué?

—Pues, en primer lugar, mira las "fachas" en las que andan los gringos, como si al vestirse de garritas fueran a mejorar la situación política.

—Ponte a pensar que toda esta gente se opone a la guerra, y que el gobierno no les ha hecho ningún caso. Me imagino que es una manera de manifestar su desacuerdo. Al vestirse de esa manera no le hacen daño a nadie, pero han atraído la atención de todo el mundo y eso es exactamente lo que el gobierno americano no quiere.

—Ah, vaya, pues sí, eso tiene sentido. Me imagino que por lo mismo se dejan crecer el cabello, la barba, andan en huaraches, o descalzos y toda esa onda.

—Sí. Cualquier cosa para hacerle ver a las autoridades que están en contra del "Establecimiento."

—Bueno, todo eso lo entiendo. Pero…¿y qué me dices del uso de las drogas?

—Ah, eso sí es otra cosa. Me imagino que es una forma de esta generación de *hippies* de rebelarse. En eso no me meto, porque son ondas muy gruesas, ¿me entiendes?

Julio vio el reloj y brincó:

—Ay, Chulis, hasta la vista. Voy a llegar tarde a mi clase de filología.

—Nos vemos, Julio.

Se quedó pensativa. Julio tenía razón. A pesar de los eventos importantes qué comenzaban a afectar a todos, no había tomado el tiempo para enterarse de lo que estaba ocurriendo. Se sintió avergonzada de su ignorancia ante el desarrollo de la guerra en el Vietnam y la aparición de la nueva subcultura. Cansada de hacer preguntas necias a los compañeros, decidió educarse ella misma; iba a pasar todo el fin de semana en la biblioteca, documentándose.

La estudiante inquisitiva tenía toda la intención de cumplir su palabra, cuando su atención sufrió un repentino desvío: la tarde de un viernes, a fines de octubre, las compañeras de cuarto y ella recibieron una visita de sorpresa: era un grupo de estudiantes, encabezado por Guillermo, un estudiante involucrado en la política local de la universidad. Los visitantes, vestidos en ropa que le parecieron a Inocencia un tanto militar, se introdujeron a ellas como representantes del Movimiento Chicano. Dichos jóvenes, auspiciados bajo el mismo programa que ellas, venían a invitarlas a asistir a una reunión especial, y comenzaron a hacerles una serie de preguntas de una naturaleza personal y política. Querían saber quiénes eran, de dónde venían y a qué filosofía política pertenecían. Las tres chicas se quedaron viéndose unas a las otras, preguntándose a que se debía toda esa atención.

Al salir el grupo, Inocencia preguntó:

—¿Qué significa el término "Chicano"?

—Alma contestó:

—Oye, Canelucha, pues en qué mundo vives. Hace ya varios años que esa palabrita anda haciendo ruido por ahí. Yo digo que son muchachos politiquillos, alborotapueblos, *you know,* ésos que no saben qué hacer con su tiempo y se dedican a meter la cizaña por donde van. Yo no me meto con ellos porque se me hace que son una bola de comunistas que fuman mariguana. Los saludo de lejecitos y nomás. Lo único que me gusta es verlos en esos *fatigues* y camisas de corte militar. Lo que es ese Guillermito, llena muy bien sus pantalones, ¿no te parece?—Verónica, interrumpió:

—Ya está bueno de bromas. Inocencia va a creer que no tenemos una gota de seriedad.

—Mira, Inocencia, la palabra "Chicano" puede significar muchas cosas, depende a quien le preguntes. Para algunos es un término negativo, sobretodo para los adultos; pero para nosotros que nacimos y nos criamos aquí y que desde chicos nos hemos considerado más gringos, el ser Chicano es ser mexicoamericano: es un término nuevo que hemos adoptado con el fin de identificarnos. No sé, exactamente cómo ni cuándo comenzó esta onda. Todas esas ovejitas descarriadas nos unimos al movimiento porque instintivamente nos llegó la necesidad de explorar, aceptar y reconocer nuestras raíces culturales. Además, el ser Chicano nos ha unido y nos ha dado un propósito para exigir nuestros derechos. Por muchos años no tuvimos voz, ni representación política. Ahora, cuando el gringo oye la palabra "Chicano," se intimida, porque lleva un significado contendiente, y, por primera vez, nos pone atención.

Tú tienes suerte de no tener este conflicto porque naciste y te criaste en México, pero para nosotros, encontrar nuestras raíces culturales no ha sido tan fácil. Cuando yo era niña, no quería ser mexicana, porque me sentía inferior a las gringas; quería ser "Spanish," porque creía que ser española era pertenecer a una cultura superior y porque hablaba el idioma, aunque en realidad lo hablaba muy mal. Era una pochita que no hablaba ni una cosa ni otra correctamente.

Eso es lo que yo entiendo por Chicano, ahora, que si tú le preguntas a algún militante como ese mentado Guillermito, te dará otra definición, y así sucesivamente. Tú no te compliques la vida; mientras que nos consideren Chicanas y nos faciliten los fondos para pagar nuestros estudios en una universidad de esta categoría, eso es lo único que importa. Yo te aseguro que cuando nos graduemos, cada uno de nosotros, pondremos nuestro granito de arena en la comunidad y vamos a pagar con creces la ayuda que ahora nos están ofreciendo. De eso no me queda duda. De ahora en adelante, si te preguntan, tú dices que eres Chicana de hueso colorado y te callas la boca, ¿me entiendes?

—¡Bravo, Verónica!—exclamó Alma—deveras que hoy estás tan inspirada.

Inocencia se quedó con la boca abierta. Tenía razón Julio, las chicas eran mucho más astutas de lo que daban a conocer.

—Vaya, Verónica. Gracias por la información. Realmente, me siento tan ignorante de todos estos antecedentes...no sé, siento que le estoy usurpando el puesto a una joven Chicana.

—No es para tanto, Canela. Tú te mereces esta oportunidad tanto y más que cualquier otra muchacha mexicana. Después de todo, tú tienes las raíces más profundamente arraigadas que cualquiera de nosotros.

—Gracias. Me haces sentir mucho mejor.

A Inocencia le pareció extraño no sentir esa necesidad por "encontrarse" porque en realidad, nunca se había perdido. Se encontraba abrumada por muchas cosas, pero de una cosa sí estaba segura; sabía perfectamente bien quién era, y de dónde venía. Lo que no sabía era, bajo las circunstancias culturales tan complicadas en los Estados Unidos, a qué grupo, específicamente, pertenecía. Con cierta ambigüedad les confesó a las amigas:

—Yo, ni mexicoamericana, ni Chicana, ni gringa. ¿A qué movimiento pertenezco?

Alma, con una risita burlesca y haciendo un movimiento giratorio y provocativo con las caderas, respondió:

—Pues, ¿por qué no inventas tu propio movimiento? y por ser tan ingenua le puedes llamar "El Movimiento de los Inocentes." —Alma y Verónica soltaron una sonora carcajada. Inocencia las vio y se sintió ofendida, pero al verlas ella misma terminó contagiándose de su buen humor:

—¡Ay muchachas!, ustedes dos no tienen remedio.—Alma continuó:

—No debes tomar todo tan en serio. La vida es demasiado corta. Saben, toda esta plática me ha dado mucha hambre. Tengo una idea, ¿por qué no vamos por ahí a comer esos monumentales *pancakes* que preparan en *Aunt Emma's?* ¿Qué te parece, Canelilla, un plato rebosante de *hot cakes* cubiertos de mantequilla derretida, y una capa gruesa de miel, eh? ¿Qué mejor manera de poner fin a una plática tan robusta?

Inocencia aceptó con gusto. Cuando se trataba de comida, las tres estaban de perfecto acuerdo.

Durante los estudios secundarios en la Ciudad de México, Inocencia había sido expuesta a jóvenes que igualmente profesaban ideologías radicales; al escuchar las doctrinas, llenas de pasión y de calor, le parecían sensatas. No obstante, el palabrerío empalagoso y las promesas bofas se perdían en el aire. Nunca llegaban a ningún acuerdo. Sintiéndose un tanto comprometida, asistió, de mala gana, a la junta propuesta por Guillermo, pensando que iba a ser una repetición de la mismas escenas que había vivido en México.

El próximo jueves, las tres jóvenes y Julio llegaban a la junta. La sala se llenó de estudiantes y de un puñado de personas adultas, algunos de ellos, profesores de la misma universidad. Como era de esperarse, en tal época y en una institución de tal estatura, el grupo estaba compuesto de individuos de personalidades tan coloridas y diversas como la humanidad misma, profesando toda clase de filosofías, partidos e ideologías políticas. En su mayoría, sin embargo, eran jóvenes de alineación política moderada, conocimientos y experiencia limitada, cuyo interés principal era mantenerse al margen de todo ese lío y enfocarse en los estudios.

La sesión dio comienzo. Un grupo de estudiantes tomó la palabra. Les recordaron que la presencia de todos allí, se debía a la labor de un grupo de individuos cuya determinación había hecho posible su asistencia a esa institución de prestigio. Guillermo continuó:

—Hacía tiempo que el mexicoamericano comenzaba a exigir ciertos derechos civiles que le pertenecían. Reconocía la necesidad de tener acceso a las mismas oportunidades en todos los campos que hasta entonces se le habían negado…Por lo tanto—continuaba el joven—la presencia de cada uno de los estudiantes era de suma importancia a la organización y esperaban contar con su participación en el futuro, con el propósito de continuar fomentando el orgullo de ser hispano.

Al terminar de hablar Guillermo, en la sala reinó un breve silencio que Inocencia interpretó como una señal de respeto y de acuerdo. La joven sintió deseos de ponerse de pie y de aplaudir. Pensó que Guillermo tenía razón; en la cabeza comenzaron a bailar miles de ideas que ella ignoraba. Antes de esa junta, no se le había ocurrido pensar, ni aun investigar los antecedentes de una organización tan humana. Se sintió abrumada. No sabía quiénes eran esas personas que integraban aquel grupo de iniciadores y qué podría hacer ella para compensar la holgada estancia en aquel lugar.

Minutos después, Gabriela, una joven Chicana alta, blanca, de ojos claros, presentaba una idea que un grupo de Chicanos había estado elaborando: expandir el programa de reclutamiento de estudiantes hispanos en la comunidad, para lo cual era imprescindible una cantidad fuerte de fondos. Todos los presentes asintieron con la cabeza. La necesidad era obvia y Gabriela, con una voz persuasiva logró contagiar a todos. Todos los elementos estaban ahí, menos los fondos monetarios para poner la operación en marcha. Llovieron ideas, desde las más prácticas hasta las más risibles.

Reinaba un espíritu de ánimo y cooperación, todos intentaban hablar al mismo tiempo. Un joven Chicano de altura impresionante y cuerpo esquelético, de carácter sobrio y pinta radical, interrumpió la armonía secamente:

—Nuestra obligación moral es la de salir y reclutar a nuestros compañeros—dijo con voz ronca—pero no la de aportar los fondos necesarios. Esa es la obligación de la universidad.—Todos quedaron en silencio. Luego surgió un acalorado debate:

—Estoy de acuerdo con César. La universidad le debe millones de dólares al mexicano por haber explotado la labor de nuestros antepasados.

—No. El reclutamiento de Chicanos a la Universidad no tiene nada que ver con la explotación de la labor de generaciones pasadas.

—Sí, tiene que ver.

—No. Nos estamos saliendo del tema.

—Yo digo que vayamos ahora mismo a las oficinas del Director de Admisiones, y exijamos hablar con él ahora en masa.

—Sí, sí. Vámonos ya...

—No. Esa sería una estupidez. Debemos planearlo mejor...

—No seas gallina, lo que ese viejo necesita es un buen susto...

La situación se deformó en una discusión de resoluciones ilógicas y disparatada. Después de varios minutos, el profesor Pablo Escandón, eje del movimiento estudiantil, habló con sensatez.

En cuanto se puso de pie, todos callaron. Era todo un caballero, de porte distinguido y acento puro. A pesar del carácter reaccionario, se había granjeado el respeto y la confianza de todos por la visión universal y la cordura que manifestaba ante las situaciones críticas y los puntos más controversiales que durante su estancia en esa institución, se habían suscitado. Nunca descartaba la opinión de nadie, por más extrema que ésta fuera; simplemente pedía que se pesaran todas las ideas presentadas y se discutieran con tranquilidad, antes de tomar cualquier decisión. De esa manera, siempre encontraba una manera constructiva de resolver todo dilema sin recurrir a métodos antagonistas.

—Veremos. Le daremos a cada estudiante cinco minutos para exponer su posición.—Una docena de estudiantes tomaron turno. Algunos argumentos fueron aplaudidos, otros, rechazados—. Después de una buena hora de discusiones, el señor Escandón, una vez más, tomó la palabra:

—Ahora que hemos escuchado varias opiniones, me tomo la libertad de resumir el sentimiento de la mayoría: La universidad tiene cierta obligación hacia la población hispana, mas no creo que sea una obligación "exclusiva." El grupo cree que sería más productivo si fuésemos a presentar una petición al señor Ernest Randolph, Director de Admisiones, por escrito, de una manera lógica, enumerando las razones por las que estamos solicitando una cantidad fuerte de dinero. De otra manera, si nos dejamos llevar por nuestra impetuosidad emotiva, presentándonos al señor Randolph de una manera desorganizada, exigiendo miles de dólares a gritos y sombrerazos, nos echarán para afuera y le hablarán a la policía. Y ¿qué sacaremos de todo eso? Absolutamente nada. Al contrario, nos convertiremos en el hazmerreír de todo el mundo e indudablemente perderemos todo el terreno que a duras penas hemos ganado.—El profesor, concluyó—: ¿Es ésta la opinión del grupo?

—Sí—fue la respuesta en coro del resto del grupo asintiendo a tomar una posición moderada.

—Bien—prosiguió el profesor—: De ahora en adelante, actuemos de una manera pragmática e inteligente.

Inmediatamente el grupo se dividió en comités y subcomités, cada uno nombrando un líder que se encargase de una fase u otra de la operación. Al finalizar la reunión cada uno de los asistentes había salido con un tarea específica que cumplir y para el lunes entrante, estarían todos preparados para hacer acto de presencia ante el director de Admisiones de la Universidad.

Al terminar la reunión, mientras que algunos compañeros hablaban animadamente sobre los hechos ocurridos, Inocencia caminaba callada, encapsulada en una miríada de sensaciones. La joven quedó impresionada de la forma en que un grupo de opiniones tan diversas podría haber llegado a un solución concreta en un período de pocas horas. Al mismo tiempo, quedó cautivada por los dones de persuasión y el toque humanista del profesor Escandón, y desde ese momento se confirmó como una discípula más que caía bajo el carisma del Mahatma Gandhi del movimiento Chicano.

Exactamente a la fecha convenida, el secretario del señor Randolph, les abría las puertas de una elegante y espaciosa oficina a un grupo numeroso de jóvenes Chicanos y a un puñado de profesores encabezados por el señor Escandón. El director invitó a los profesores y a una docena de estudiantes a tomar asiento en una mesa ovalada de madera fina, y a intercambiar opiniones mientras que ofrecía a los dirigentes una taza de café. Inocencia y los compañeros permanecieron de pie, detrás de los estudiantes sentados en la mesa, esperando que comenzara el debate. El señor Randolph, de forma caballeresca agradeció a todos su asistencia y abrió la sesión de una manera cordial. Guillermo presentó la petición por escrito; más bien un toque de formalismo, puesto que la Oficina de Admisiones había recibido la petición original anteriormente. El director simplemente anunció:

—La administración de esta Universidad está consciente que en el pasado, la población minoritaria no ha sido representada en nuestro alumnado, de una manera equitativa. No obstante, hace varios años que hemos estado haciendo un esfuerzo genuino por mejorar nuestra imagen dentro de la comunidad hispana y creemos que su presencia aquí, justifica este hecho. Reconocemos la necesidad de mantener un programa de reclutamiento en operación constante y la urgencia de disponer de fondos para este fin. Por esta razón, la Rectoría de la Universidad ha decidido aportar los fondos necesarios para establecer dicho programa, siempre y cuando ambos lados acuerden de respetar ciertos reglamentos de carácter legal. Tomamos este paso de buena fe, para el bien de nuestra comunidad. Si no tienen ninguna pregunta o inconveniente, ésta es nuestra última palabra.

El director miró en todas direcciones, con una amplia sonrisa tomó un sorbo de café, y esperó. La respuesta afirmativa y breve, tomó a todos de sorpresa. Después de varios minutos de un murmullo que corría entre los asistentes, el profesor Escandón, respondió:

—Sabíamos que podíamos llegar a un acuerdo de beneficio para ambas partes. Luego preguntó:

—¿Hay alguno de ustedes que desee agregar algo más?

—Sí,—dijo César—. ¿Cuánto tiempo cree usted, señor Director, que vaya a ser necesario esperar para elaborar los detalles del acuerdo? porque para nosotros, el tiempo apremia. Acuérdese que nuestra gente ha esperado este momento cerca de doscientos años...la sonrisa del señor Randolph se congeló en sus labios. No tenía respuesta para esa pregunta. Vio al asistente de reojo, se aflojó la corbata y fingiendo un falso sentido de humor, respondió:

—Bueno, si han esperado doscientos años, creo que dos semanas no significará mucho.—A lo que César, respingó—:

—Se equivoca, honorable Director. A estas alturas de nuestro movimiento, cada minuto tiene un gran significado.

La tensión acrecentaba. El señor Randolph viéndose inundado de miradas amagantes no tuvo más remedio que dar el brazo a torcer.

—Bien, creo que no es ni la hora ni el lugar para bromas. Necesitamos, mínimo, dos semanas. Me temo que en este caso, no podamos obrar milagros.

—Gracias, señor director.—Respondió César—.

En un acto espontáneo, se acercó al señor Randolph y le estrechó la mano en un gesto de común acuerdo y la sala entera dejó escapar una exhalación de alivio uniforme. El director firmó la petición original con la que jugaba nerviosamente, la entregó a Guillermo y la sala entera prorrumpió en un aplauso espontáneo.

En efecto, dos semanas después, el grupo de estudiantes hispanos recibía los fondos necesarios para establecer el programa de reclutamiento. El proceso de selección y entrenamiento de personal capacitado para la operación del programa se llevó a cabo a fines de ese año.

Parte del acuerdo entre la organización hispana y la Rectoría de la Universidad fue que se escogiera a un grupo de estudiantes Chicanos para funcionar como asistentes del programa. Inocencia corrió con suerte. Al estudiar la situación económica, el comité no tuvo ninguna duda que ella sería una candidata ideal. Las plazas estarían disponibles a principios del año próximo, en 1968.

***

Una tarde gris de noviembre, Julio llegó al cuarto de las tres chicas gritando: "Prendan la radio ahora mismo." Un comentarista anunciaba que de acuerdo a las cifras declaradas por el Pentagón, el número total de soldados que habían perdido sus vidas desde el comienzo de la guerra alcanzaba la increíble cifra de 15,058.

Julio meneaba la cabeza diciendo: "¡Quince mil muertos!...No es posible. ¿Hasta dónde va a llegar esta locura? Imagínense, mientras nosotros aquí discutimos si somos Chicanos o mexicanos, quince mil jóvenes fueron arriados como borreguitos al matadero, víctimas de una guerra que no nos corresponde. No es justo.

En la plaza mayor de la universidad, cientos de estudiantes se reunieron a escuchar a líderes militantes que hablaban en voz alta, instigándolos a unirse a ellos con el fin de organizar una marcha de protesta contra la guerra. En pocos minutos, los estudiantes, en masa, caminaron hacia las oficinas de la Rectoría con pancartas, exigiendo que se pusiera fin a la guerra en Viet Nam.

Inocencia y Julio lo observaban todo desde una distancia prudente. Era la primera de tales demostraciones que presenciaban y temían que la sinergía incontenible del grupo fuese a estallar. En el camino a las aulas, se vieron acechados por un grupo de estudiantes que les bloqueaban el paso, gritando: "Si tienen conciencia política, demuéstrenlo no asistiendo a clases. Apóyenos con sus acciones" —empujándolos hacia el centro de la plaza—. Decidieron alejarse de ahí, temiendo que se sucedieran actos de violencia. Los discursos de los cabecillas militantes continuaban culminando en el grito colectivo: "Fin a la guerra." Los disturbios continuaron por más de una hora. El plantel estaba saturado de policías armados, intentando mantener el control. Poco a poco la masa de protestantes se fue desparramando. A lo lejos, un sol triste se esforzaba por traspasar los

252

débiles rayos entre espesos nubarrones a la faz de una tierra que se encontraba en pleno estado de ira y confusión. Inocencia dijo tristemente: "¿Cuándo me iba a imaginar que mi sueño dorado iba a enmohecerse en tan poco tiempo? Si no podemos contar con la paz en los Estados Unidos, ¿qué podemos esperar del resto del mundo?" La manifestación había cedido, mas no la tensión en el plantel. En los ojos de todo estudiante se reflejaba la perplejidad.

Entretanto, el trimestre se escurría como mantequilla derretida. Una tarde, durante la sesión de estudio, Freddy le recordó al grupo que en dos semanas presentarían exámenes trimestrales. Los estudiantes pusieron el grito en el cielo.

—Apenas comenzamos las clases—exclamó Alma—. ¿A dónde se había ido el tiempo?

En efecto, una mañana fría, Inocencia, con las manos temblorosas llegó a la gran aula a presentar el examen, esperando lo peor. La tensión se sentía en el aire. Había sido un curso bastante intenso. La única esperanza era su fe en las explicaciones que el joven instructor les había dado. El timbre sonaba al tiempo que Inocencia escribía el resultado de la última operación. Le dio un vistazo rápido a las respuestas. Salió de la clase sin tener una idea de lo que había hecho.

Uno a uno, los estudiantes fueron saliendo con caras de espanto. La primera en romper la barrera del silencio fue Alma:

—Pues, yo no sé cómo se sientan ustedes, pero yo estoy segura que pasé el examen sin ningún problema.

—Sí, Alma, lo creo. No le quitabas los ojos a la hoja del güero que tenías enfrente, ni creas que no te vi. *I saw you.*

—No seas exagerada, Verónica. Unicamente quería *checar* lo que estaba haciendo, eso fue todo.

—*Liar,* le copiaste hasta la última cifra.

Ya estaban para cogerse del chongo, cuando Julio intervino:

—Ya, pues. Ya está bien. Si Alma le copió al güero o no, esos son sus negocios. En cuanto a mí, me fue como en feria. No estoy seguro de haber pasado.

—Y a ti Cerebrito Andante, ¿cómo te fue?

—Tan segura como patinar sobre una capa delgada de hielo.

—Ya va, la Canelucha, hablando en términos literarios. ¿Por qué no puedes darnos una respuesta como la gente? Sí. No. Pasé de panzazo.

—Ya está bueno, Alma. Deja a Canela en paz. Al menos no es una *cheater* como tú.

Inocencia contestó decepcionada:

—No tengo la menor idea. Estoy cansadísima. ¿Por qué no vamos por ahí a tomar una cervecita bien fría?

—Son las once de la mañana. Dentro de 24 horas tenemos que presentar el examen de literatura. ¿Estás loca?

—Sí, definitivamente. Bueno, ustedes váyanse a estudiar. Yo voy a ir por ahí a ver quién me compra una cheve. Después de este choque matemático, no tengo ganas de nada.

Julio la vio alejarse a toda prisa y le extrañó su comportamiento. Nunca imaginó que un simple examen la afectaría de esa manera y salió corriendo detrás de ella. Poco después la vio tirarse sobre el césped en un rincón alejado del plantel.

—Canelita, ¿qué onda?

—No tengo la madera para estar aquí. Este trimestre se me ha hecho muy difícil. Entre el Movimiento Chicano, las demostraciones contra la guerra y las fórmulas matemáticas siento que me estoy asfixiando. Desde que comenzó todo este relajo me encuentro muy nerviosa. Si repruebo esta materia, no sé que va a ser de mí.

—No eres la única que se siente apachurrada. Hay veces que yo mismo me pregunto qué diablos estoy haciendo aquí. Es nuestro primer trimestre, Canela. Hemos pasado por muchos cambios. No seas tan impaciente contigo misma.

—Tienes razón.

—Oye, te seguí porque creí que íbamos a gorrear unas heladas por ahí. Ven, conozco a un cuate que siempre trae lana.—Inocencia sonrió y se aferró del brazo de Julio. Juntos se abrían paso entre un mar de estudiantes en un ir y venir constante, como las mismas olas del mar.

Una vez que obtuvieron los resultados de los exámenes, el grupo de Fred se reunió en la oficina. Habían pasado pero de milagro. Además, ese curso consistía de dos secciones más y sabían que les esperaba aún lo más difícil. El instructor vio a los alumnos decepcionados y les prometió que ya habían pasado por lo peor.

Al arribo de las festividades navideñas, Inocencia veía a los compañeros salir, en todas direcciones. Alma y Verónica, conscientes de la soledad en que la joven pasaría la Navidad, la invitaron a compartirla con ellas. Se sintió halagada, pero no aceptó: quería saborear prolongados ratos de silencio y soledad. Aprovecharía ese lapso para repasar las notas de matemáticas esperando llevar una ventaja al iniciar el segundo nivel del curso. En esta ocasión se juró estudiar las fórmulas hasta aprendérselas de memoria. Al mediodía salía hacia la playa, montada en bicicleta, con la canastilla armada y preparada para pasar una larga tarde sentada en la arena, y las gaviotas—peléandose por las migajas de pan que ella desparramaba—como única compañía.

La mañana de la Noche Buena, Inocencia recibió una caja llena de frutas secas, enlatados y barras de chocolate con una inmensa tarjeta de sus padres deseándole que pasara una Navidad sana y en buena compañía, recordándole: "Nunca sabrás, Negrita, la falta que nos haces, siempre, especialmente en la Navidad. Tus Padres que nunca te olvidan."

Por el resto de la tarde, los pensamientos de la joven volaban continuamente hacia la hacienda, repasando en la mente las festividades tradicionales que se llevaban a cabo en la casa de los patrones. Luchaba por contener el torrente de emociones que en meses pasados se había negado en cuanto a Diego; mas en esa ocasión, frente al mar, no pudo más. La tinta de las fórmulas algebraicas se esparcía sobre la hoja blanca, y se dibujaba en manchas, al contacto de grandes y copiosas gotas que brotaban de los ojos de una joven solitaria, que muy lejos de su hogar, recordaba mejores épocas navideñas.

***

En una realidad muy distante, Diego había experimentado tres meses de una dulce separación. Para entonces había aprendido a adaptarse al nuevo ambiente y mientras que lo sentía ajeno, no por ello dejaba de haberle tomado cierto cariño. Se extrañó él mismo de haberse mantenido enfocado en los estudios al grado de recibir calificaciones de grado superior. El ambiente académico y el clima templado le habían caído de maravilla. Su comunicación con Odette continuaba y en la última carta, la chica le pedía que durante las vacaciones de Navidad, la acompañase a dar un viaje por la magnífica región montañosa de Italia. Diego aceptó sin pensarlo. Recordaba el último viaje a Italia con un cariño especial deseando resucitarlo con su magnética admiradora.

Al iniciar el *Christmas Holiday,* como le decían los ingleses, Diego tomó el avión de Londres, rumbo a Roma, Italia. De Roma, tomó el autobús hacia Perugia. Este tramo duró escasas dos horas durante las cuales observaba pasar un breve trecho de Europa tras la ventanilla. Observaba una serie de pequeñas poblaciones rústicas entreveradas entre los inmensos espacios del campo. Era curioso como el paisaje y la imagen que guardaba él de esa parte del mundo no había cambiado gran cosa hacía varias generaciones. Viajar por Europa era como revivir una época del pasado.

Diego llegaba a una ciudad que a primera vista juzgó pequeña, a los pies de una montaña. Al bajar del tren se sorprendió de sentir una ráfaga helada que le traspasaba el pecho. Era el mes de diciembre. En Perugia, ese invierno, hacía muchísimo frío.

Odette lo esperaba ansiosa, tiritando de frío envuelta en un grueso abrigo y sosteniendo un ramito de flores en las manos. Se abrazaron largo rato y tomaron el autobús hacia el apartamentico de la joven. Era éste un pequeñísimo segundo piso en un edificio antiguo, situado al lado derecho de una escalinata empedrada, llamada Via Appia. A corta distancia estaba la universidad, donde Odette estudiaba humanidades y se especializaba en la lengua Italiana. A pesar de vivir sola, se sentía constantemente acosada por la presencia y los ruidos de los vecinos; las paredes del edificio eran sumamente delgadas y en los ratos de silencio, era posible escuchar las conversaciones de los apartamentos contiguos haciendo la intimidad prácticamente imposible y su estancia ahí, interesante e indiscreta. Al entrar en tan diminuta residencia, Diego se extrañó de la sencillez y la carencia de comodidades modernas con que vivía.

—Odette, debo confesarte que esperaba verte ubicada en un edificio moderno con todas las comodidades a las que estás acostumbrada.

—Eres muy observador. En realidad, éste es mi pequeño refugio. Cuando recién llegué, mis padres me alquilaron un apartamento caro y lujoso a la salida de la ciudad, con todas las conveniencias imaginables; para mi gran sorpresa, mi estilo de vida, lejos de abrirme las puertas, alcanzó por intimidar a cuanta persona conocía. Después de estar aquí un tiempo, me sentí muy apartada de todos. Aquí todos viven sencillamente. Hemos llegado a formar una gran familia de estudiantes de todo el mundo. Sé que para nuestros padres sería difícil entenderlo porque de donde venimos, todo es pretensión, pero aquí, todo eso sale sobrando. Me encanta este lugar. A mis padres les dije que necesitaba mudarme a un lugar más accesible a la universidad y no tuvieron ningún inconveniente, pero ignoran los detalles de mi nuevo apartamento. Sé que me guardarás el secreto. Además, el dinero que me enviaban para el alquiler, lo he estado ahorrando para darte una sorpresa.

—Muy impresionante, y ¿se puede saber cuál es?

—Todavía no. Lo sabrás cuando se llegue la hora.

—Vaya. Pues, no sé que decirte. En realidad eres un pequeño estuche de sorpresas.

Odette sonrió y lo llevó de la mano hacia la recámara que parecía sacada de un cuento. Diego se sintió como un gigante invadiendo su minúsculo refugio. Vio cómo los muebles eran de tamaño liliputiense. Odette encontró una esquina donde colocar la maleta. Lo abrazó y lo besó lenta y sensualmente. Lo tomó de la mano, lo llevó hacia la cocinilla y le dijo:

—Has tomado un largo viaje, imagino que estás cansado. Ven, siéntate y ponte cómodo. Te he preparado una cena especial.

Odette sacó de una pequeña hielera una botella de vino y dos copas. Las llenó hasta la mitad e hicieron un brindis:

—Por una Navidad hecha especialmente para dos—tomando un gran sorbo, sonriente. En los ojos de la joven se veía un brillo diferente. Era una luz limpia, de autodependencia que hasta entonces, no había asociado con la joven coqueta y agresiva que había tratado en México. La veía como hormiguita obrera cocinando la pasta, cortando las verduras, moliendo el orégano, horneando el pan y probando la salsa de tomate que hervía a fuego lento. Mientras cocinaba, le hablaba sobre su estancia en aquel lugar que en tan poco tiempo le había robado el corazón. Diego salió hacia el balconcito a un lado de la cocinilla, rodeado de geranios. Se vio sentado ahí, sostenido entre antiguas y carcomidas barras de fierro, deleitándose en los olores que impregnaban el apartamento. Escuchaba la dulce voz de Odette y, sin pensarlo, se sintió atrapado entre las páginas de épocas medievales. Existía algo mágico y liberador en aquel ambiente, casi primitivo, que le apetecía. Por la portezuela que daba al balcón entraba una luz tenue al morir la tarde y caía suavemente sobre la cara de la chica, realzando su belleza natural; las falditas cortas las había cambiado por un simple y cómodo pantalón y un suéter holgado, de lana. La veía en ese nuevo ámbito y no lo creía.

—Odette, me parece que estoy en compañía de una persona que acabo de conocer. Para serte sincero, me gustas mucho más así.

—Me imaginé. En México yo vestía y actuaba de la manera que mis padres se imaginaron debería hacerlo. Mi madre insistía en que me pusiera toda esa ropa provocativa y me comportara de una manera sensual. Al principio lo hice para darles gusto, pero después de conocerte, me gustaste más de lo que me había imaginado. Sabía que todo eso iba a pasar y con el tiempo tú y yo llegaríamos a conocernos a fondo.

Diego se le acercó, la tomó de la cintura, le acarició el cabello y la giró hacia él:

—Odette, eres toda una gitana. He bebido de tu pócima. Haz de mí lo que quieras—y le dio un beso apasionado en los labios. Esa misma noche, entre suaves y pálidas sábanas, Diego y Odette hicieron el amor, sin ninguna prisa, sin ningún testigo, sin ninguna cuerda que los atara a ningún compromiso.

Pasaron las vacaciones explorando Perugia: ciudad antiquísima cuyos cimientos remontaban a las épocas de los Etruscos. Después de comer un abundante plato de pasta Carbonara, cremosa y fresca, pasaban las tardes paseando por la calle principal: el famoso Corso Vanucci, caminando tomados del brazo, intercambiando el perenne *Buon giorno,* donde la comunidad se congregaba a tomar un *caffé expresso*, y a platicar sobre los acontecimientos actuales. Asimismo, exploraron las aldeas circunvecinas, regadas en las faldas de la región montañosa y cálida de Umbría. Fue un descanso placentero, tranquilo, lejos de todas las ataduras sociales que las fiestas navideñas traían consigo.

Los padres de Diego y Odette veían el acercamiento de ambos con buenos ojos. Desde México, Rodrigo alimentaba toda esperanza para que el hijo formalizara su relación con dicha joven. En cada carta le recordaba a Diego que una unión oficial con Odette sería lo mejor que podría sucederles a todos. Durante la estancia en Perugia el joven reconoció que entre Odette y él había crecido un sentimiento genuino: un lazo de una fibra más consistente de lo que en un principio había imaginado.

***

El año de 1968 se lanzó con todo el brío de un potrillo recién nacido. Una vez más, Inocencia se hizo el propósito de encausar su tiempo y energía en los estudios. Al regresar los compañeros la encontraron en un estado de tranquilidad y equilibrio emocional que hacía tiempo no mostraba. Como era de esperarse, Alma regresó con una maleta llena de ropa nueva y una bolsa grande de regalos que había recibido durante la Navidad. Abrió una enorme caja de chocolates, se introdujo uno en la boca y convidó a las compañeras diciendo: "Estos chocolatitos los guardé para compartir las calorías con ustedes, o no pensaban que yo era la única que iba a traicionar mi línea, ¿no?" —y reía con esa risita maliciosa que sacaba de quicio a todos.—Luego, de la maleta sacó una prenda tras otra, y giraba ante el espejo monumental que había montado en la pared, cantando por toda la pieza:

"*I feel pretty, I feel pretty...*"

"Ya, Alma, ya. Déjate de cursilerías. A ver qué más trapitos te trajo Santa Claus." Después de una media hora del desfile de modas, Alma, con la boca llena de bombones, se lamía los labios mientras colgaba los nuevos vestidos. Estaba tan ensalsada consigo misma que al abrir el ropero que compartían las tres, se vio frente al raquítico vestuario de Inocencia. Se sintió arrepentida de su actitud egoísta y con un cambio inesperado de actitud que sorprendió a las dos amigas, dijo:

—Canela, ¿te gustaron mis vestidos nuevos?

—Sí. Tus parientes tienen muy buen gusto.

Alma tomó tres de ellos y se los dio a la chica.

—Mira, ven y mídete éstos. Si te quedan, puedes quedarte con ellos. Este es mi regalo de Navidad para ti.

—Gracias, Alma, pero en realidad yo…

—Nada. Tómalos. Son tuyos.

Verónica añadió:

—Anda, Inocencia. Mídetelos. Con ese cuerpazo que tienes, niña, te vas a ver como caramelo.

Las bromas de las amigas la intimidaban. Finalmente, Inocencia cedió. En un dos por tres se vio rodeada de cuatro manos que le ayudaban a quitarse el viejo y aburrido pantalón de mezclilla y camiseta que de acuerdo a las chicas, ya parecía retrato. Le pusieron el vestido nuevo, la calzaron con un par de zapatos de Verónica, la peinaron haciéndole un poco de crepé y la pintaron con tanta rapidez y eficiencia que Inocencia no tuvo tiempo para quejarse. El vestido era bonito pero un poco corto y ajustado para su gusto; los zapatos de moda: una plataforma alta. Al caminar sentía que iba a perder el equilibrio. El cabello lo sentía como un panal de abejas y la cara muy pintadita, como una quinceañera en la última tapa de un gran pastel. Alma y Verónica, satisfechas de su labor, la llevaron al espejo y esperaron su reacción:

—¿Esa soy yo?

—Te ves muy bien—le dijo Alma—como toda una modelo de revistas.—Verónica agregó:

—Deberías usar vestidos con más frecuencia. ¿De qué te sirve hacer tanto ejercicio si no dejas que nadie te vea las curvas? ¡Qué desperdicio!

—Gracias. Les estoy muy agradecida. Hacía tiempo que no me sentía tan… "Guapa" —se oyó una voz que salía detrás de la puerta entreabierta. Era Julio, con tres cajas envueltas en papel y moños navideños. Las tres muchachas se lanzaron hacia él, enseñándole la reconstrucción que habían creado en Inocencia y abriendo sus respectivos regalos. Julio se sintió ensalzado ante tan caluroso recibimiento. Vio a Inocencia y dejó lanzar un largo silbido:

—Oye, Canela, estás irreconocible.—Inocencia sintió un piquetito de vanidad y por primera vez en mucho tiempo, sintió deseos de continuar ese juego de coqueteo.

—Gracias, Julio.—Se le acercó y le plantó dos grandes besos en las mejillas. Las tres abrieron los presentes. Eran tres delicadas pulseritas de plata que Julio había comprado durante una reciente visita a Tijuana.

—Están las tres tan guapas que sería una lástima si yo fuera el único en disfrutar de tan irresistible compañía. Las invito a cenar, a donde ustedes quieran.

Alma y Verónica brincaron de gusto y comenzaron a sugerir restaurantes. Inocencia permaneció callada. Sabía que los tres estaban intentando de revivir con ella un poco de las festividades que se había perdido. Sin decir palabra, los observaba haciendo planes para compartir una noche divertida dejando que su actitud de agradecimiento lo dijera todo. Finalmente se decidieron ir a un restaurante que se especializaba en comida japonesa con grandes ventanales que daban hacia el mar.

Esa misma semana, los estudiantes regresaron a la rutina universitaria. Inocencia se levantó una mañana muy temprano y se presentó a las nuevas oficinas del programa de reclutamiento para asistir a la primera junta de entrenamiento. La recibió la nueva directora, una señora cincuentona quien se enorgullecía de ser Chicana, de trato amable y ojos bondadosos. La señora Dolores Robles recibió a una docena de jóvenes un poco atemorizados con un abrazo apachurrado. "Lo más importante no es aprender a trabajar con el cerebro, sino aprender a ver con el corazón," les aconsejó. Con esa llana filosofía la señora se conquistó el cariño y la confianza de los nuevos discípulos.

El entrenamiento en sí fue sencillo. Los estudiantes deberían acompañar a un grupo de reclutadores profesionales cuyo objetivo era reunirse con grupos de jóvenes de las minorías, a nivel de preparatoria, y abrirles los ojos acerca de las posibilidades que estaban a su alcance a nivel universitario. Ellos mismos servirían de ejemplo viviente a los jóvenes aspirantes. Era un entrenamiento escalonado pero se movía a paso acelerado. Esa labor llevó a los jóvenes a los diferentes sectores de la ciudad, abarcando docenas de preparatorias en el proceso. Durante ese tiempo, Inocencia, al igual que los demás jóvenes dominó las varias fases sobre la operación del proceso de admisión; pero aún más, aprendió los truquitos propios del oficio indispensables para abrir la llave del entendimiento a cientos de estudiantes que de otra manera se habrían dado por vencidos.

Al mismo tiempo que dedicaba dos días de la semana a su nueva labor, se veía obligada a mantenerse a flote asistiendo a clases. Cada jueves por la tarde, asistía a la junta de estudiantes Chicanos en la que discutían la política de última hora. Durante ese trimestre, habían surgido varios encuentros más con la administración sobre puntos de contendencia, como un maratón de voluntades en estado constante de: "A ver quién da su brazo a torcer, primero." Ese trimestre la joven podía contar los minutos de solaz con que contaba. Por las noches llegaba al cuarto y caía en la cama como tronco de leña. Con frecuencia era el tema favorito de las bromas de sus compañeras:

—Canela, te vemos tan poco que casi no te reconocía esta mañana en la clase de literatura.

—Ven, Chiquita, para ponerte un poco de *Dipiridú* a tus greñas lacias.

—Ja,ja,ja, ¡qué chistosas! No sé por qué pierden el tiempo en ir a la universidad. Las dos son tan cómicas que podían ganarse la vida de payasas en un circo ambulante.

—¡Uy, uy, uy qué delicada está la Señorita Sabelotodo! A propósito, Canelucha, por ahí supimos que te habías sacado la mejor calificación en la prueba de matemáticas. A ver, a ver, qué le has dado a Freddie para que te explique las lecciones tan bien, ¿eh?

—¡Qué mal pensadas! ¿Qué no tienen nada de provecho en que pasar el tiempo que hacerme la vida de cuadritos?

Mientras tanto, fuera del pequeño mundo de tres chicas universitarias, la guerra en Vietnam continuaba siendo el tema controversial en todo el mundo. Por la noche, los estudiantes se reunían en la salita a ver las noticias. Cada mes que pasaba, los disturbios se hacían cada vez más potentes.

Inocencia sentía el aliento del proceso de una sociedad en un paulatino estado de desintegración. Sabía que estaban en guerra. Lo que no llegaba a comprender era la forma autodestructiva que el americano había escogido para demostrar el anticonformismo: las vestimentas, la droga, la música. ¿Por qué esa completa transfiguración? Sí, era verdad que la guerra era horrenda, pero, ésta se estaba llevando a cabo en un país lejano. Los americanos no eran víctimas de la destrucción de sus ciudades; no se veían obligados de la noche a la mañana a salir de sus casas, semidesnudos, con niños y ancianos a cuestas, arrojados hacia las calles. ¿Por qué entonces esa insistencia en actuar como si la guerra se estuviese llevando bajo su propio techo?

¿Qué no existiría una manera más productiva de demostrar su descontento? Inocencia caminaba a lo largo de la playa dándole miles de vueltas al asunto y no llegaba a ninguna conclusión satisfactoria. Cansada de sentirse desorientada, decidió tomar el toro por los cuernos y llegar hasta el fondo de sus dudas, de una vez por todas.

Una tarde, recibió una carta de la madre. Esperanza, afligida por las noticias que les habían llegado hasta la hacienda, le expresaba preocupación:

"Negrita: esta mañana leímos en el periódico que la situación en los Estados Unidos está cada vez peor. Tu padre y yo estuvimos viendo las noticias por la tele. Nos dio miedo ver el alboroto en las escuelas y en las calles. Por amor de Dios, a la primera señal de peligro, hija, vente inmediatamente. Tus estudios los puedes continuar después."

Inocencia leyó la carta y se puso a pensar que ella misma pecaba de ignorancia. ¿Cómo podría explicarles lo que estaba pasando a sus padres, cuando ella misma no lo entendía? En la primera oportunidad, decidió indagar las respuestas en la biblioteca.

La operación detestivesca la llevó a hacer muchos descubrimientos. Una lánguida tarde, poco antes de la puesta del sol, llegó al dormitorio con varios libros, revistas, y un altero de recortes de periódicos que había estado juntando desde hacía tiempo. Alma la vio llegar y exclamó:

—Dios mío, Canela, ¿qué hiciste? ¿Te trajiste toda la biblioteca a nuestro cuarto?

—No exageres. Unicamente quiero saber por qué nuestra sociedad se encuentra tan descarrilada, eso es todo.

—Supongo que has de haber oído que estamos *at war* para empezar.

—Sí,—con tono de enfado—eso ya lo sabía.

—Bueno, pues, ¿no crees que eso es *enough?*

—No. Quiero saber el porqué de la guerra y de todos estos desarreglos y cambios que nos están afectando a todos.

—Ah, bueno, pues eso si no sé exactamente. Mmmmmm, todo eso me parece *very complicated.* ¿Para qué quieres saber tantas cosas? ¿Por qué no dejas que los gringos, esos que salen en la tele, en *suits* y ties de rayitas y *thick glasses* cargando portafolios que entran y salen de la *White House* se encarguen de todo eso? ¿Qué no tienes suficiente con el chorro de *homework* que nos han dejado últimamente? ¿Para qué te complicas la vida?

—Mira, Alma. Yo no nací ni me crié aquí, por lo tanto ignoro muchas cosas que han estado sucediendo. Tal parece que la guerra a ustedes, niñas bien comidas y bien vestidas, no les ha afectado en nada, por eso no me extraña que tomen todas estas cosas tan a la ligera.

—*Wait just a minute,* Canelona. Lo que pasa es que estos eventos nos han afectado a todos de diferentes formas, y el hecho que—haciendo una muequita—*stupid girls like me* no seamos una autoridad en la materia, no significa que no nos importe.

—Pues, tienen una manera muy interesante de demostrarlo.

—Ah sí, y se puede saber, *Miss Know it all,* ¿de qué manera deberíamos demostrarlo?

—Pues, para empezar, podrían darle una leidita a los diarios, en lugar de pasar más tiempo leyendo sobre libros de modas y chismes sobre artistas.

—Ah, vaya. Así que nuestro pecado es bañarnos, peinarnos y arreglarnos para parecer *human beings* y no darles competencia a esos mugrosos *hippies* causando lástima por ahí.

—¿Sabes tú por qué los *hippies,* se visten de esa manera?

—Pues, déjame adivinarlo. Porque está de moda andar all *screwed up?*

—No. Su apariencia física es una posición política consciente. Es una manifestación abierta en contra de un régimen establecido por la burocracia. El mismo régimen que ha estado mandando a miles de jóvenes a Vietnam, al matadero.

—Ah, así que si mañana no me baño ni me cambio, yo también voy a personificar una *living demonstration?*

—Siempre y cuando tus hechos vayan acompañados por una concientización política genuina, sí.

—Ah, ya entiendo. Y supongo que después de leer tres artículos te has convertido en la *authority in this matter.* A ver, dime—invitándola a asomarse por la ventana y apuntándole hacia abajo—. Allá van seis *hippies.* Dime, ¿cuántos de esos greñuditos tienen una concientización política genuina y cuántos son *copy cats?*

—No seas sarcástica. Claro que no lo sé. Nadie lo sabe. Lo saben únicamente cada uno de ellos.

Verónica escuchaba la conversación desde su escritorio. Cuando la discusión llegó a un extremo de antagonismo, ésta interrumpió:

—¡Ya, ya está bueno! Las dos tienen razón. Inocencia, dedícate a leer tu literatura, y deja de sermonearnos que para eso tenemos padres. Y tú, Alma, báñate y perfúmate y cuélgate la mano del metate si quieres, pero deja a Inocencia en paz. *I'm getting really tired of your shit.*—Al verse las tres en esa situación, soltaron una risita nerviosa.

Inocencia brincó en la cama dispuesta a leer todo lo que se había traído, mientras que Alma y Verónica se arreglaban para salir esa noche en una cita doble con dos chicos que las pretendían. Al salir las dos parejas muy catrinas y olorosas, Alma se acercó a Inocencia y con gran picardía le dijo al oído: "Hasta pronto, my *dear historian,* que duermas muy calientita con tus libros y tus queridos "jípis." —a lo que Inocencia respondió:

—Adiós, Reina del Crepé, cuidado, que las abejas no vayan a confundirte con un panal o a picarte en tus blanquísimas sentaderas—a lo cual los dos galanes se les quedaron viendo con actitud interrogatoria.

Por el resto del segundo trimestre, Inocencia vivió prácticamente en la biblioteca. Todo minuto libre que tenía lo dedicó a su faena. Salía de clases, tomaba una merienda ligera y se sentaba en un rincón apartado, perdida entre alteros de libros, revistas y enciclopedias, en la ardua y autoimpuesta labor de satisfacer una insaciable sed de curiosidad. De dato a dato, los pedazos claves del enigma fueron cayendo en los espacios vacíos, dándole una forma y contenido definido. La humanidad entera experimentaba una metamorfosis. Y era esa fase precisamente, la década que estaban viviendo.

A ese período de pesquisa intensa, siguió un período de sosiego. Se vio forzada a salir de aquel rincón apartado y reanudar las largas caminatas, intentando, esta vez, de poner los pensamientos en orden. Le parecía increíble el pensar que el nacimiento de los Estados Unidos, en comparación al resto de la civilización, estaba en pañales; no obstante, en menos de cien años, había logrado colocarse en el lugar codiciado, calificado como El Primer Mundo. ¡Qué suerte tan irónica la suya, haberle tocado estar presente en la Tierra Prometida, precisamente cuando todo se derrumbaba!

A la mente le vino una imagen vívida que le ayudó a poner toda la lectura en perspectiva: Al término de la Segunda Guerra Mundial, los Estados Unidos se convirtió en un país potente que había liberado al mundo de las terribles garras del Nazismo. Con ese espíritu de triunfo y optimismo el país entró en la Década de los Cincuenta, caracterizado como un período de notable productividad industrial, auge comercial y patriotismo nacional.

Inocencia imaginaba a los Estados Unidos como una trenza de un tejido ceñido y complicadísimo cuyos mechones se intercalaban el uno al otro. Cada mechón representaba un elemento de la historia en pleno desarrollo. Primero, el anglosajón que había sido víctima de una economía raquítica y que había crecido deseándolo todo. Este por fin vivió en la abundancia y crió a los hijos en un ambiente de tolerancia, y materialismo. Eran años de una existencia fabricada por la superficialidad de Hollywood y la fantasía de Disneylandia. El americano pasaba los fines de semana paseándose en un coche convertible; disfrutando de un partido de béisbol; bailando al ritmo del nuevo Rock' n' Roll y asistiendo a las películas de la rubia sensual, Marilyn Monroe. No obstante, la bonanza de la que gozaba el blanco, no había sido compartida equitativamente. Los grupos minoritarios hasta entonces habían sido considerados máquinas incansables en las industrias, sirvientes en casas de ricos, obreros en los talleres y burros de carga en los campos. Era una población que trabajaba y vivía en silencio, pero que encontraron la forma de hacerse escuchar por líderes carismáticos como Reies López Tijerina, César Chávez, y el Reverendo Martin Luther King.

En la década de los Sesenta, el aparato televisor hizo su entrada triunfal en las salas de millones de hogares, donde el americano veía en la pantalla su imagen imperfecta. Por este tiempo, un círculo de escritores, músicos e intelectuales expresaban su reprobación hacia una sociedad obsesionada con el materialismo, expansionismo y racismo. Estos artistas espontáneos y dinámicos comenzaron a plantar la semilla contradictoria que se sembraba en la sociedad contemporánea.

Sin duda, el fin de una era próspera llegó a su fin. En un día de noviembre de 1963, las balas de un arma mortífera, disparadas a sangre fría, encontraron el blanco en el cuerpo del Presidente Kennedy. Así se truncó la vida de un hombre que representaba la esperanza de un mundo nuevo; y obstaculizó la labor del Reverendo Martin Luther King y de muchos otros hacia la Declaración de los Derechos Civiles. Sin duda, en un acto insólito de violencia, el asesino del Señor Presidente, aniquiló muchos ideales de un solo tiro.

A Inocencia la consolaba el hecho que, a pesar de la breve estancia del enigmático líder en la presidencia, sus ideales humanitarios centellearon como una estrellita brillante en la inmensidad de un cielo muy negro que cubría entonces las conciencias de los americanos.

Al terminar la lectura y viéndose en el ápice de un gran desconcierto, la joven ató cabos y llegó a la conclusión que el asesinato de Kennedy, había marcado tristemente, el fin de la inocencia de los Estados Unidos. Con el corazón exprimido, el americano veía desfilar ante él la imagen espeluznante de una joven viuda, con la cara cubierta por un velo obscuro. Tras ella, desfilaba el ataúd negro, cubierto por la bandera americana, jalada por una cuarta de blancos caballos, portando los restos de la esperanza del mundo entero. En eso fue a quedar la fe del oprimido: en una caja de madera fina, sepultada bajo tierra, cubierta de césped verde y fresco.

Esa tarde, Inocencia cerró el libro de apuntes, sintió una enorme pesadez en el pecho y tuvo que salir de la habitación. Era una tarde soleada abanicada de una suave brisa. La joven caminó hacia su lugar favorito; se reclinó sobre un árbol robusto desde donde alcanzaba a ver el mar en toda su majestuosidad. Tenía la cabeza llena de fechas, nombres, y hechos que la mareaban. Como una película muda, las imágenes y los acontecimientos, hasta entonces deshilachados comenzaron a tomar forma. Los Estados Unidos era un país exorbitante, embrollado y paradójico como su propio México, en medio de una transformación universal.

***

Al término de una breve pausa en las investigaciones, Inocencia caminaba, solitaria, a lo largo de las extensas playas barajando en el inconsciente todo aquel arsenal de datos que durante las últimas semanas había almacenado. La sucesión de los eventos internacionales y aun nacionales sobre los que había leído se cuajaban y tomaban forma concreta. Sin embargo, había huecos en todo eso que no alcanzaba a entender. Trepaba por los peñascos que enmarcaban las playas, recogiendo conchitas, llevándoselas a los oídos y escuchando los susurros y secretos propios del mar. En ese estado de limbo duró varias puestas de sol, hasta que una noche, mientras leía un libro sobre la ley natural de las cosas, comenzó a digerir la pesquisa. Regresó a sus notas y comenzó a ordenarlas, ya no en orden histórico, sino más bien, desde una perspectiva humana y emotiva, como un cosmonauta que observa al globo terrestre desde la faz de la luna.

Mientras más leía, comenzaba a forjarse una idea mucho más clara sobre la actitud subversiva del americano, que a primera vista la había calificado de perezosa, indiferente y amoral. Eran tiempos insólitos—

pensaba Inocencia—en los que la conciencia universal andaba suelta, en busca de una roca a la cual aferrarse.

Hacía ya tiempo que Julio veía a la investigadora ir de una clase a otra, y pasar todo minuto que tenía libre en los estudios. Cuando hablaba con ella, Inocencia comenzaba a hacerle un resumen histórico de todo lo que había descubierto. Mientras que al joven le impresionaba el entusiasmo de la amiga no dejaba de preocuparle la intensidad con que le dedicaba a todo. Le parecía que no había necesidad de llegar a tales extremos.

Una mañana de sábado que prometía un sol refulgente, Julio se presentó en el cuarto de las tres chicas. Alma abrió la puerta mientras que Verónica e Inocencia brincaban de la cama. El compañero llevaba tres ramitos de flores recién cortadas. Con un aire caballeresco las invitó a dar un paseo en bicicleta a la playa diciendo en tono poético:

—Señoritas, es una mañana a tres piedras que no debemos malgastar. He preparado un almuerzo para tres reinas y lo he atado a mi canasta en mi bicicleta. He pedido prestadas tres bicicletas más, una para cada una de ustedes. O vienen por las buenas, o me las llevo a la fuerza.

Las muchachas, aún en pijamas, con el cabello despeinado y lagañas en los ojos, lo veían atónitas. Finalmente, Alma, adormecida, dijo:

—Julio, es el sábado por la mañana. Apenas acaba de salir el sol. Anoche Verónica y yo salimos con nuestros *dates* y estamos cansadas.

—No me importa si anoche fue el fin del mundo. Desde el miércoles he estado planeando esta excursión y no voy a dejar que nada ni nadie me eche a perder mis planes. Creo que después de todas las malas noticias últimamente, a todos nos hace falta un cambio de ambiente. ¡Vamos, arriba, flojas, que el tiempo no espera!

Inocencia lo vio y la conmovió el espíritu de regocijo y las intenciones limpias del chico. Se acercó hacia él. Le cerró el ojo y le dijo:

—Julio. Cuenta conmigo. Soy toda tuya.

Alma, con una meneadita de caderas, la imitó: "Soy toda tuya." Verónica se atacó de la risa.—Alma, ¿ya te has visto al espejo esta mañana? La verdad es que sin tu mascarita te ves muy feita.

—Sí, tú, Cleopatra. Como si tú te vieras muy chula.

Julio interrumpió:

—A mí no me importa como se vean. Estoy perdiendo la paciencia. Salgo en diez minutos. O me acompañan por las buenas, o me las llevo a remolque. Estoy cansado de pretextos.

Inocencia estuvo lista en diez minutos. Alma y Verónica, de mal humor se lavaron la cara, se pusieron un pantalón, blusa y tenis, y salieron. Montaron en bicicleta cuesta abajo; la brisa refrescante les ayudó a despertar. Al llegar a la playa, sintieron que la sangre les circulaba con una rapidez desmedida. Los cuatro excursionistas pasaron un sábado envidiable explorando diferentes rincones de La Jolla que nunca antes habían visto. A la hora del almuerzo escogieron un lugar apartado, en la cima de una de las cuevas y desde ahí devoraron los emparedados, fruta, galletas y refrescos que Julio, con gran esmero, les había preparado. Los cuatro hablaban a la vez y las chicas le daban gracias a su héroe por haber insistido que lo acompañaran. Pasaron la tarde tirados sobre las tibias arenas, cada uno perdido en la maraña de reflexiones.

Alma rompió la magia del subconsciente:

—Julio. Yo sé que te he dado mucha carrilla este año. *I'm sorry, bro,* pero sabes, eres a todo dar. Si no tuviera pretendiente…

Todos se quedaron callados, esperando que Alma terminara la frase.— Verónica la terminó:

—Corre, mi'jito, corre muy lejos de esta brujita porque si no, te haría la vida imposible.

Julio e Inocencia comenzaron a reírse. Alma se molestó:

—Verónica, no recuerdo haberte pedido tu opinión. Para tu información, ya le di calabazas a mi *boyfriend.* No te quería decir porque eres muy chismosa.

—Somos, Chulis.—Julio puso fin a la discusión.

—Ya. No echemos a perder este paseo. Todos somos chismosos. Además…agradezco tu candidez pero creo que entre tú y yo no hay espacio más que para una simple amistad.

Por primera vez, nadie dijo nada. Los cuatro se quedaron sonámbulos, arrullándose al vaivén hipnotizante del oleaje.

De ese sábado en adelante, temprano, salían en grupo a conocer los sitios que circundaban la comunidad universitaria. Descubrieron que La Jolla, en efecto, era una pequeña joya, propia de un pulso y una personalidad, muy diferente a la del resto del sur de California. La opulencia de los residentes era palpable. Los escaparates de las pequeñas tiendas que se alineaban en las calles principales, exhibían artículos de ropa y objetos de arte de una calidad y gusto refinado. Las casas grandes, incrustadas en las faldas de las montañas que rodeaban a las playas, hablaban de fortunas de hacía muchos años. La ciudad, relativamente pequeña en tamaño, era muy grande en influencia, ante sus ojos.

Con frecuencia se perdían en las grandes cuevas que rodeaban las playas. Por las noches, gustaban de merodear por las callejuelas, entre los pequeños cafés al aire libre, o veían alguna película europea.

Después de una pauta de escape, Inocencia regresó a la realidad inmediata. Pensaba constantemente sobre el contenido de la lectura y en el papel que le correspondía desempeñar como miembro activo de una sociedad transparente.

Tenía una idea más clara sobre sus propósitos y más tesón y constancia personal en todo lo que hacía. Tomaba el caso de cada estudiante como un objetivo personal. Veía la situación precaria de la sociedad y sabía que la única forma de contrarrestar la ignorancia, en la comunidad, era educar a las nuevas generaciones.

Una mañana a mediados de mayo, Inocencia se vestía para asistir a clase. Entre la acostumbrada cháchara de las compañeras logró descifrar algo que escuchaba en las noticias que le llamó la atención. Inmediatamente les pidió a las dos cotorritas que se callaran mientras que ella subía el volumen de la radio. Era un boletín de última hora:

"Finalmente, Hanoi había aceptado reunirse con el Presidente Johnson en París, Francia, para considerar un tratado de paz en Vietnam."

Inocencia brincó del gusto y comenzó a bailar sola por la pieza, diciendo:

—¡Bendito sea Dios. Ya era hora. No podía haber escuchado mejores noticias hoy. Verdaderamente este va a ser un pacto magnífico!

Alma respingó:

—No te quiero desilusionar, Chula, pero ¿desde cuándo que andan con ese cuento de la paz y esa mentada paz nunca llega? A mí me parece que esos politiquillos están jugando al gato y al ratón. Si yo fuera el presidente, les tiraría a los comunistas con todo lo que tuviera a mi alcance, aun la mano del metate, hasta ganar esa pinche guerra. La verdad es que estoy harta de lo mismo y lo mismo y lo mismo.

—Bueno, Alma, ya que tienes un doctorado en Ciencias Políticas, ¿por qué no nos educas un poquito en eso de la paz y la guerra? ¿Por qué no vas a la Casa Blanca y les dices a esos politiquillos Washingtonianos lo que deben hacer para sacarnos de este lío?

Alma se le quedó viendo a Inocencia:

—Oye, Bonita, ¿en alguna ocasión no se te ha ocurrido pensar que *maybe, just maybe* tú no eres la persona más inteligente de este planeta?

Inocencia, con cierta malicia, contestó:

—Pues, no, sinceramente.

—Mira, Canela cara de mierda. Desde que no sacas las narices de ese montón de papeles estás verdaderamente insoportable. *I can't wait* por que se lleguen las vacaciones para no tener que verte la cara por lo menos tres meses más. Me tienes hasta el cogote con tus insinuaciones.

—No te preocupes, Alma. Si mi presencia te es tan desagradable, ahora mismo salgo de este cuarto y me encuentro un rincón, por ahí, donde pasar el resto del año. Ya van varias veces que Dolores me ha ofrecido hospedaje.

Creo que esta misma tarde puedo venir a llevarme mis cosas. No tendrás que ver mi cara nunca más.—Verónica interrumpió:

—Canela, no exageres. No es para tanto. Lo único que Alma quiso decir es que a veces, tu obsesión con la guerra nos tiene enfadadas. Eso es todo. ¿No es cierto, Alma?

—Este, pues, sí. Eso era todo. *I'm sorry, roommie.* Mira, hagamos un trato. Tú no vuelves a mencionar la mugrosa guerra y yo no vuelvo a molestarte, *OK?*

Inocencia, sin verla siquiera, contestó en silencio: *Okay.* Salió escurridita del cuarto, cargada de libros sin decir nada más.

Verónica, sin gota de humor, le dijo a su amiga:

—Esta vez me parece que fuiste muy dura con ella. A veces tú también me tienes a mí hasta el gorro con tus berrinchitos pero no se me ocurriría correrte. Ni tú ni yo podemos echar a nadie a la calle. Este *suite* no es nuestra propiedad. Tanto derecho tiene Canela de estar aquí como nosotros. Creo que le debes una disculpa.

Verónica salió del cuarto y Alma se quedó viéndose al espejo. Cuando se quedó sola, se dejó caer en la cama, sollozando. Lo que todos ignoraban hasta entonces era que hacía dos semanas su menstruación venía retrasada.

Desde aquel desagradable discurso, la actitud de Inocencia hacia todo sufrió un cambio perceptible. Alma y Verónica la veían salir temprano y regresar tarde. Se tomaba una ducha, hablaba con ellas brevemente y se acostaba. Las compañeras pensaron que algo le estaba sucediendo. Preocupadas, le preguntaban a Julio:

—Oye, ¿qué le pasa a Canela? Hace ya varias semanas que la vemos entrar y salir. ¿En qué líos se habrá metido?

—Nada, no le pasa nada. Lo que pasa es que ahora que trabaja, teme retrasarse en los estudios y pasa muchas horas en la biblioteca, eso es todo.

—No. Es algo más que eso. *She seems bombed out.* Como que siempre trae esa cabecita llena de algo. Cuando le hablamos, apenas si nos contesta. Es muy rara tu amiguita, ¿sabes?

—No. No tiene nada de raro. Yo más bien diría que tiene conciencia política.

—¡UFFF! ¡Qué palabrota tan elegante! Para mí que a la ruca le patina, eso es todo.

Después de conocerlas un tiempo se dio cuenta que era imposible contradecirlas. Una vez que se metían una idea en la cabeza, no había modo de hacerlas cambiar de opinión. En el fondo, la realidad de Inocencia y la de sus compañeras era tan diferente como el twist y la cumbia. A Julio le gustaba estar con ellas porque eran de sangre liviana. Obviamente—

juzgaba—esas niñas habían nacido y se habían criado en hogares donde no les había hecho falta nada.

Un viernes por la tarde, Inocencia regresó a su cuarto más temprano que de costumbre. Sobre el escritorio colocó un montículo de cuadernos, notas y artículos que había recortado. Se dio una ducha rápida, se enrolló el cabello mojado en una toalla, se puso la bata, se sirvió un refresco y se dispuso a escribir a los padres una carta larguísima. Alma y Verónica la veían de reojo. Muerta de curiosidad, Alma se acercó con disimulo:

—Inocencia, es la noche ideal para salir con los chicos. ¿Por qué no te consigues un *date* que te lleve a dar la vuelta por ahí, a airearte un poco el seso? ¿No crees que ya es hora que dejes a un lado todos esos mugrosos libros y te diviertas un ratito? Mira, yo le puedo decir a Rudy, mi *date* que te consiga un amigo para que te quites el polvo. Ya pareces momia en un museo, Chiquita.—Verónica reía a carcajadas mientras se tomaba gajo por gajo el cabello en el minucioso proceso de edificarse el crepé.

Inocencia las escuchaba sin ponerles atención. Alzó la mirada de la hoja blanca y se vio frente a frente con la cabeza inmensa de Verónica y se asustó. Pensó que ni toda una revolución cultural había sido suficiente para hacer a las compañeras ver en la ridícula exageración de la moda a la que habían llegado. Al ver la cantidad de tiempo, y dinero que gastaban todos los fines de semana para ponerse mamasotas para sus *dates,* a Inocencia le pareció que la filosofía de los "harapientos" era mucho más cuerda que la de las compañeras. Alma se molestó al verla asustada. ¿Quién era esa naquita para burlarse de ellas, que se enorgullecían de estar siempre al grito de la moda? Verónica contestó con una mueca:

—Lo que pasa es que nos tienes envidia.

—Tienes razón, Vero. Disculpa. Siempre soñé con pasar los fines de semana transfigurándome para atraer al sexo masculino. Esa debe ser la meta de toda mujer. Vestirse en ropas ridículas e incómodas y actuar de una manera fingida con el único propósito de satisfacer al hombre.

—Oye, oye. No hay necesidad de ofendernos. Creo que con toda esa lectura te estás haciendo una rebelde, mugrosa, como esos *hippies* chorreados. Si no te gusta arreglarte y asearte, ¿por qué no te vas a vivir con esos harapientos, a comer lechuga y a "ponerte hasta las manitas?"

Inocencia comenzó a perder la paciencia.

—Alma. ¿Tienes tú la mínima idea de quienes son esas personas? ¿Jamás se te ha ocurrido que estamos en plena guerra, que ha afectado a los jóvenes radicalmente y la libre expresión es la única manera que disponen de expresar su desacuerdo? ¿Será que todas esas substancia químicas del *spray* que se ponen para inmobilizarse esas masivas construcciones que se hacen en la cabeza se les han filtrado por el cráneo y les han embrutecido las células del cerebro? Cállense la boca y déjenme en paz.

Alma y Verónica se quedaron con la boca abierta. Por varios minutos, nadie dijo nada. Ambas intercambiaron miradas interrogatorias y salieron del cuarto. Alma le dijo a su amiga:

—Te dije, que hace semanas *this stupid Indian* se ha estado comportando bien rara. A mí se me hace que está fumando mariguana, o algo así. A lo mejor se está haciendo marxista—persignándose—Dios me libre.

—¿Sabes? Creo que lo que la Canelucha necesita es una revolcadita por ahí. Creo que está demasiado tensa. No sería mala idea presentarle al güenote de Rafael para que le quite las ganas. ¿No crees?

—Sí. La verdad es que se le andan quemando las habas. Es mejor que no le hagamos caso y la dejemos en paz. Está muy confusa, la *poor thing*.

Alma y Verónica terminaron de arreglarse con gran prisa sin decir otra palabra y salieron de la pieza. Inocencia se quedó pensativa. Ni ella misma se explicaba el porqué de aquel temperamento explosivo. De un manotazo repentino, tiró todas las notas y libros, al piso. Se vistió rápidamente y salió a caminar sola, hacia su lugar favorito desde donde veía los rayos débiles esconderse perezosamente detrás de una esplendorosa puesta del sol.

A la mañana siguiente despertó tarde y vio con gran alivio que las compañeras no se encontraban. Con toda tranquilidad organizó las notas y se preparó a redactar quizá la carta más larga que jamás había escrito. Pasó toda una semana en esa tarea, la cual se prolongó hasta mediados de la siguiente. Finalmente, la terminó y la envió a sus padres.

Tan pronto como había enviado la carta, tuvo que enfrentarse, por tercera vez ese año, a la ardua tarea de prepararse para los exámenes. Para entonces, manejaba el inglés con mayor facilidad; las matemáticas ya no le parecían una imposibilidad y había encontrado en la literatura, un oasis en el desierto de la vida diaria.

***

En México, Esperanza recibía un sobre grueso y pesado que provenía de California. Inmediatamente reconoció la letra de la hija y en el primer descanso, corrió a reunirse con Eusebio para compartir su alegría. Al abrirlo, sacó una cantidad de hojas escritas en ambos lados. Con el ceño fruncido, le comentaba al esposo:

—Oye, Negrito, pues ¿qué es todo esto?

—No sé—rascándose la cabeza—parece ser que la Negrita tenía mucho qué decirnos.

Esperanza comenzó a leer la primera página:

"Queridos padres. Ya que querían saber el porqué de la guerra y de todos los desajustes que están pasando en los Estados Unidos, me puse a hacer una investigación a fondo. A continuación les envío un resumen de mis horas de estudio:

Esperanza estudió el resto de la hojas y le dijo a Eusebio:

—Válgame Dios. Si yo le hice una pregunta nada más y mira el bonche de papelitos que me mandó. ¡Ah, que mi Negrita tan ocurrente! Imagínate, Viejito, si le hubiera pedido que nos explicara, pues no sé—y arqueando la ceja—de que está hecha la bomba atómica, o algo así, nos hubiera mandado toda una en-ci-clo-pe-dia.—A Eusebio le dio una risita contagiosa a la cual Esperanza hizo segunda. "Bueno, ni hablar. Fue mi idea. Póngase cómodo mi Viejito porque creo que esta carta va a tomarnos un buen rato para leerla. ¿Qué te parece si yo leo una hoja y tú lees la otra?"

—Está bien. Comienza…

Ambos tomaron turnos leyendo la masiva carta. Tenía razón la madre. Mientras más leían, más se mostraban inquietos por la seguridad de la hija. Les parecía que estaba viviendo en un lugar lejano, peligroso y desconocido.

Inocencia, sin percatarse del pequeño escándalo que había causado a sus padres, regresó a la apresurada rutina. Con ansias esperó el término de ese primer año que le pareció uno de los más largos y difíciles.—Si salgo ilesa de ésta el resto de mi carrera será fácil—pensaba.

La noche del viernes que presentaron el último examen, el grupo de compañeros se reunió en un restaurante y ahí en medio de una cena y bebidas abundantes, todos, con gran ánimo, hablaban sobre los planes que tenían para pasar el verano. Verónica y el novio iban a acampar en el famoso parque Yosemite; Alma iba a ir de pesca, con su familia, a Baja California; Julio, con un grupo de amigos, presumía de ir a explorar y recorrer en balsa, las profundidades del Gran Cañón. Cuando le tocó el turno a Inocencia, se quedó callada. Simplemente sonrió y dijo:

—Este verano he decidido quedarme aquí. La señora Robles me ofreció un trabajo de jornada completa en la oficina.

Esa noche, Inocencia sabía exactamente donde quería estar: en México, en el regazo de sus padres. Mientras la plática y el ánimo de los demás se elevaba, el ánimo de Inocencia, decaía…por primera vez desde aquella tarde solitaria en la playa, no se había permitido recorrer el laberinto de los recuerdos. Paso a paso vivió el último encuentro con Diego: ¿Dónde estaría? ¿Se habría vuelto a enamorar? ¡Qué ansias por tocarlo, jugar con su cabello, acariciarle el torso, recorrerle el cuerpo desnudo con los labios…¡No. NO más! Se llevó las manos a la cara y salió corriendo del restaurante. Julio salió tras de ella, tratando de consolarla, pero ella se mostraba muy afligida.

—Canela, ¿qué pasa? ¿Fue algo que dijimos? Perdónanos. Todos hemos bebido un poco.

—Lo que me pasa no tiene nada que ver contigo ni con nadie más en nuestro grupo. Es que...esta noche estoy muy sensible, ¿sabes? extraño demasiado a...mis padres. Si tú supieras cuánta falta me hacen.

—¿Por qué no me habías dicho? Mira, yo te aseguro que este mismo fin de semana te consigo el dinero, de una manera u otra.

—No, Julio. No es sólo el dinero. Es mucho más que eso...es demasiado personal.

—No me gusta verte triste, ¿sabes? Sé que este año has pasado por muchos cambios. Me parece que te haría bien salirte un poco de todo esto. ¿Por qué no te animas y vas con nosotros al Gran Cañón? Deveras, sería una idea magnífica. No sé por qué no se me había ocurrido invitarte. Anda, sí, anímate.

—Te agradezco, Julio, pero no puedo. Ya me comprometí a trabajar todo el verano para mantenerme ocupada y porque estoy ahorrando dinero ¿sabes? Así, el próximo verano podré ir a México, y éste será una ola perdida en la arena. Ya ves, nada más de pensarlo, me siento mucho mejor.

—¿Estás segura?

—Sí. Mírame, ya pasó. Gracias, por estar siempre a mi lado. Créeme que si no fuera por ti no sé que hubiera sido de mí este año.

—Canela, ¡qué locuras dices! Tanto te debo yo a ti como tú a mí. Con tu amistad, me basta.

—Eres una gran persona.

Se dieron un beso tierno en las mejillas y regresaron al restaurante justo a tiempo para despedirse del resto de los compañeros.

Trece

Yace un Secreto entre las Tumbas

En Inglaterra, Diego, asimismo, cerraba los libros por ese año. Los exámenes los había pasado con calificaciones brillantes. Había gozado enormemente de la patria adoptiva y encontró en los estudios la respuesta a sus inquietudes. Ese verano, les escribió a María Teresa y Rodrigo una breve nota:

"Queridos Padres:
Esta mañana he recibido buenas noticias. He pasado todas mis clases con notas superiores. Como ya les había mencionado en mis cartas anteriores, me he llegado a engreír bastante con este país. Por lo tanto, antes de regresar a México me gustaría viajar un poco para conocer las proximidades. Me refiero, específicamente, a la ciudad de Wimbledon. Ustedes saben que desde pequeño he tenido inmensos deseos de conocer ese paraíso del tenis. También mi relación con Odette va mejor de lo esperado. La he invitado a ir conmigo a Wimbledon, pero tal parece que tiene ansias por regresar a casa cuanto antes. Una vez en México, me prometió que nos reuniríamos en la hacienda en cuanto regrese yo. Espero que no tengan ningún inconveniente con este cambio de planes a última ahora."

María Teresa leyó la carta primero e hizo un comentario:

—Vaya, pues parece que Inglaterra le ha asentado a Diego mucho mejor de lo que esperábamos.

—¿A qué te refieres?

—Pues nos informa que antes de regresar a México, va a pasar una temporada en Wimbledon.

—Bueno, mujer. Llegará en un mes más. No hay razón para preocuparse.

—Hace ya casi un año que no lo veo. Lo extraño.

—También yo, mujer, pero lo verás pronto, no te mortifiques.

—Si fuera tu hijo, no pensarías lo mismo.

—Diego, ES mi hijo, María Teresa. No comiences con tus insinuaciones.

—Sí. Tienes razón. Perdóname.

—Lo importante es que cuando regrese, se reunirá aquí con Odette. No sabes lo feliz que me hace pensar que mi Diego, finalmente, haya asentado cabeza. Ya hace más de un año que conoció a la noviecita y algo me dice que dentro de poco nos darán una gran sorpresa.

—Marités. No empieces...Yo me conformo con saber que se haya recuperado del todo, que vaya bien en la universidad y sí, que haya encontrado una chica con quien pueda forjar un futuro.

—A propósito, ¿cuánto le falta para terminar los estudios?

—Al paso que va, un año más o menos.

—¿Quieres decir que el próximo verano podemos ir a Inglaterra a la graduación?

—Ay, mujer. No se te escapa una.

—Rodrigo, ¿crees que el próximo año formalice su relación con Odette? ¿No sería divino?

—No nos hagamos vanas ilusiones. Ya sabes como es Diego de voluble. Yo te aseguro, hasta no ver, creer.

—Pues, yo no. Yo lo conozco mejor que tú y sé que algo importante va a suceder el próximo verano. Ya verás.

—Mujer. Nunca cambiarás.

En otro rincón de la hacienda, Eusebio escuchaba una cancioncilla que venía de la cocina de la Casa Grande. Era la voz melodiosa de su esposa. Se acercó a puntillas y le tocó la puerta, pidiéndole un vaso grande con agua. Estaba cubierto de polvo por completo.

—Ay, Negrito. Me asustaste. Pareces espanto.

—Negra, te veo muy contenta hoy.

—Sí. Acabamos de recibir una carta de la Negrita. La traigo en el delantal. No he tenido tiempo de leerla. Si quieres, después de comer, nos vamos por ahí y la leemos los dos juntos a la sombra del almendro, ¿Okay?

—¿O qué qué?

—Okay, Negro. Quiere decir, está bien, en inglés.

—Ah, y ¿desde cuando está mi Negra aprendiendo a hablar en inglés?

—¡Bah! y eso no es nada. Hasta sé como contar hasta diez, óyeme bien: guán, tuuu, triiiii, fooor, faaaaaiv, siiiks, seven, eeeeeit, naaain, teeen. Y también los deeiizzzzs de la guiiiiik: Ahí te van: Maandei, Saaandei, no, no, Tiuusdai...ay, ya se me fue la onda...

Eusebio le aplaudió:

—Muy bien, muy bien. Ijole, Negra, ya sabes tantas cositas, hasta se me hace que se te ven los ojos más claros.

—No es para tanto mi Negro.

Una sonrisa de habitual coqueteo asomó a sus labios. Esperanza vio a Eusebio detenidamente. Se le veía más viejo y cansado que de costumbre.

—Negrito, te veo muy achicopalao. ¿Qué te pasa?

—La *verda'* es que extraño *muncho* a la Negrita. Hace ya año y medio que no la vemos. Mira…—de la bolsa del pantalón sacó un papel arrugado en el que había marcado cientos de palitos agrupados en columnas de siete, cruzados por una línea horizontal—. Cada palito es un día que no hemos visto a la Negrita. Ya casi lleno la hoja, Viejita. Ya los palitos como que empiezan a pesarme. Son demasiados.

Esperanza vio la hoja y no fue hasta entonces que toda la pesadez de la ausencia de la hija le cayó encima como un roble sobre la espalda. Vio los ojos llenos de lágrimas de Eusebio. Lo abrazó fuertemente y le dijo al oído:

—Negrito. A mí me hace falta mi'ja tanto como a ti, pero le rezo a la Virgencita porque me la cuide y me la traiga enterita. No sé cuando vaya a ser, pero cada puesta del sol es un poquito menos que estaremos sin ella. Ya verás, como cuando menos pienses la vamos a tener en nuestros brazos.

—¿Cuándo, mi Negra? Ya no me queda más que un renglón en la hoja. A veces creo que sería mejor mandar al patrón al diablo. Tú y yo podemos ganarnos la vida en la *ciuda'* y la Negrita podría ir a vernos cuando quisiera. Estoy *jarto* de esta vida.

—No te desesperes. Ven, vamos a ver qué nos dice la Negrita.

Esa tarde, salieron tomados de la mano y se refugiaron de los candentes rayos del sol bajo la sombra de un árbol frondoso. Eusebio se acostó sobre el césped, a un lado de su mujer. Esperanza le sobaba la espalda mientras que leía la carta.

"Queridos Papás:

Les escribo para informarles que la señora Robles me ha ofrecido un empleo de jornada completa en la oficina durante el verano. La paga es excelente y ha prometido entrenarme en la posición de su asistente a nivel administrativo con la esperanza que el año próximo pueda mantener el puesto durante el año escolar. Sé que no son las noticias que querían escuchar de mí, pero ya que no me ha sido posible ahorrar lo suficiente para comprar un boleto este año, les prometo que el próximo verano contaré con el dinero para ir a México. Alquilaré un cuarto en algún lugar en las afueras de la hacienda y podré verlos todo el tiempo que quiera."

Eusebio se irguió, como resorte.

—¿Cuándo dijo…el próximo verano?

—Sí, Negro. ¿Ya ves, que a la Virgencita le han llegado todas mis plegarias? Lo sabía. Desde que toqué este sobre sabía que nos iba a dar buenas noticias.

—Pues, tendré que llenar otra hoja de palitos.

—Sí. Pero esta vez, no será en vano.

Por el semblante empolvado de Eusebio cruzó una sonrisa frágil. Sacó un pañuelo de la bolsa, y se limpió un poco la cara. Se sentó a un lado de la cocinera mientras que ésta le tomaba la cara entre sus manos y la acariciaba.

—Esperanza, ¿qué haría yo sin ti? ¿De dónde sacas esa fe que no te tumba?

—Mi amor por ti, por mi Negrita y la fe en Diosito es lo único que tengo. De otra manera, ya me hubiera muerto de la pena. Algo me dice que detrás de una nube negra se esconde el arco iris. Así creo yo que es la vida.

Eusebio tomó las manos callosas de su mujer, y lentamente se las llevó a la boca, llenándola de besos.

* * *

Muy lejos del polvo de la hacienda, Diego se preparaba para visitar la famosa ciudad de Wimbledon, cuna del célebre campeonato mundial de su deporte favorito. En la primera oportunidad que tuvo alquiló un cochecito y se fue con espíritu de explorador hacia tierras desconocidas. Al tomar asiento al lado derecho, le pareció que de un santiamén el mundo entero cambiaba de posición. Fue un ejercicio extraño, como escribir con la mano izquierda y caminar hacia atrás al mismo tiempo. Después de recorrer un buen trecho, comenzó a sentirse un tanto en control y a pasear la vista por la inmensidad de los campos que lo recibían en todo su esplendor. Detrás del volante, escuchaba música de jazz y dejaba que la imaginación volara muy lejos, sin límite alguno. En el camino pasó por varios pueblos y aldeas cuya arquitectura lo remontaba a siglos pasados. Era como viajar por las páginas de una enciclopedia, ilustrada a todo color.

Al llegar a Wimbledon, se dirigió directamente hacia las imponentes canchas de tenis, cubiertas de una capa meticulosamente segada de un césped muy fino y muy verde que tantas veces había visto en la televisión. Le parecía mentira pensar que ahí, tan cerca de él, en ese reducido espacio, atrapado entre líneas gruesas y blancas, se había llevado a cabo un sinnúmero de conquistas y derrotas. Hizo un repaso mental de los nombres que recordó…Lacoste, Moody, Perry, González, Segura, Laver, Newcombe, Santana, Court, Ashe, Bueno, King, Smith, y tantos más.

Respiró muy hondo y permaneció el resto de la tarde caminando lentamente por el perímetro del inmenso estadio. Por un largo rato se sentó en las gradas y desde ahí intentó recrear un peldaño legendario en la metamorfosis del tenis. Se le hacía difícil ver el estadio quieto y vacío. El lo recordaba atiborrado de gente, siguiendo el ir y venir veloz de la pelota durante las finales de un partido competitivo. Adivinaba la energía palpable que podía decidir el campeonato mundial en un puñado de puntos durante los últimos minutos, y mantenía suspendido a miles de espectadores en todo el mundo. Y pensar que tantas veces soñó con estar ahí, en compañía de Rosa Inés y de...aquella pequeñita, morena, que afanosamente corría detrás de la pelota llevando una raqueta, demasiado grande para ella, que apenas podía...¿Qué sería de ella? ¿Se habría olvidado de él...? Instintivamente, borró esos pensamientos de la memoria. El pasado, se había quedado atrás.

Después de una breve visita a Wimbledon, Diego regresó a México antes de lo esperado. Al llegar al aeropuerto de la capital, tomó un coche de alquiler que lo llevó directamente a las puertas de su casa; quería evitar el encuentro emotivo de su madre que siempre terminaba por avergonzarlo delante de la gente. Su llegada los tomó a todos desprevenidos. Era un martes por la tarde. María Teresa disponía de los últimos arreglos que había ordenado hacer al cuarto de Diego. Pensaba que al cubrir las paredes y reemplazar una docena de objetos materiales, borraría por completo el ayer del hijo. Por esa razón, del exterior había comprado una cama modernísima, con colchones de agua, de ésas que se estaban usando en Hollywood—le comentaba a una amiga, arqueando la ceja—. Asimismo, había cambiado las colchas, cortinas, alfombra y cojines que antes eran de colores neutrales, por matices brillantes y diseño psicodélico como los que eran el furor entre los jóvenes de moda. Cuando terminó, se quedó muy satisfecha de sus dones de diseñadora de interiores.

Diego tocó a la puerta y al abrirla, una de las sirvientas se quedó pasmada:

—Dieguito, ¿qué está haciendo aquí? No lo esperábamos hasta el viernes.

—Luisa, no digas nada. ¿Dónde está mamá? Quiero darle una sorpresa.

—Está arriba, creo...en el cuarto de usté.

—¿Y mi padre?

—Don Rodrigo se encuentra en la empacadora, me parece. ¿Gusta que lo mande llamar?

—No. No hará falta. Gracias.

Diego subió las escaleras corriendo. Al acercarse a su cuarto, vio bastante movimiento y escuchó dos voces: era la Doña que hablaba con Linda—una artista mexicana de gran talento.

—Sí, Linda, sí. Lograste captar el auténtico sentimiento del artista.

Diego escuchaba con gran curiosidad. Lentamente entreabrió la puerta. Frente a él se encontró con la recreación de uno de los detalles que adornan el techo de la Capilla Sistina en Roma. La pintura inmensa se desplazaba en la pared más grande de la alcoba, en toda su majestuosidad. Diego la vio y se quedó paralizado ante tan genuina recreación.

—¡Esta es una pintura extraordinaria! Has tenido una idea magnífica. Gracias, mamá.

—¡Diego, hijo! ¡Qué agradable sorpresa!—y se lanzó hacia él con un fuerte abrazo—. ¿Qué estás haciendo aquí? No te esperábamos hasta el viernes.

—Sí. Lo sé. Decidí venirme antes…quería tomarlos desprevenidos.

—Pues, vaya, que lo has logrado.

—Te presento a la creadora de tal belleza. La señorita Linda Moravia. Es una pintora excepcional, ¿no te parece?

—Sí. Es una joven de gran talento.

—La señorita Moravia ha viajado y estudiado en varios países. Recientemente estuvo en el Canadá donde sus exposiciones han tenido un éxito rotundo.

—Señorita, créame que conocerla a usted es para mí un honor. Ha convertido mi cuarto aburrido en un museo viviente. Le estaré por siempre agradecido.

—Diego, se ve que usted es un hombre sensible e inteligente. Miguel Angel es también uno de mis pintores favoritos. Ya ve, creo que tenemos algo en común.

María Teresa interrumpió:

—Bueno, ya basta de palabrería. Señorita Moravia ¿nos haría el honor de acompañarnos a comer esta tarde? En menos que nos dé la respuesta, ordeno que nos sirvan la comida.

—Acepto encantada, María Teresa.

—Diego, tu padre no podrá acompañarnos a comer porque tiene asuntos importantes que tratar en la empacadora, pero, no te preocupes, en esta casa las noticias corren con más velocidad que las moscas. De eso se encargará, Luisa—guiñándole un ojo maliciosamente.

—Bien, mamá. No te preocupes. Pensaba ir personalmente a saludarlo.

Mientras comían, Diego escudriñaba a Linda. No era su tipo, pero tenía cierto atractivo, excéntrico. Lo que más le atrajo era una abundante cabellera rizada, de un color cobrizo, que le llegaba hasta la mitad de la espalda y le cubría ésta, suavizándole la palidez y delgadez de la cara. Tenía labios delgados que escondían una dentadura de dientes acentuados y muy blancos. Era de trato estudiado. Tomaba el pan con las manos muy blancas de dedos finos y delgados, poblados de anillos. Tenía manos de pianista— pensó—más que de artista. Vestía pantalón y blusa amplios, ceñidos a una estrecha cintura por un tirador ancho de piel y calzaba sandalias de diseño africano y una especie de turbante en la cabeza que le daba un aire de gitana. Hablaba con cierto acento extranjero y dominaba tres o cuatro idiomas. Practicaba el régimen vegetariano. Diego la observaba, deteniéndose a inventar una escena exótica en cada lugar donde su mirada se posaba. De pronto, detrás de Linda vio pasar un rostro moreno cuyos ojos negros lo hicieron, intuitivamente, volver a la realidad. Esperanza casualmente entraba en el comedor, portando un plato de una variedad de verduras frescas, bañadas en queso y crema para satisfacer los gustos de la invitada. Al ver el platillo rebosante de exquisitas hortalizas, la artista intrigada, comentó:

—¿Todo eso es para mí?

María Teresa, con un tonito educado disfrazado de insolencia, contestó:

—Sí, Linda. En este país nos hace falta una poca de tecnología, pero nos sobran los frutos del subsuelo.

Diego no le quitaba la mirada a Esperanza. Había algo acerca de aquella mujer, que al estar en su presencia, lo exprimía. Finalmente, la cocinera rompió el hilo de las emociones:

—Buenas tardes, Diego. Nos da gusto saber que ya está en casa.

—Buenas tardes, Esperanza. Si usted supiera cómo he extrañado su comida.

—Dieguito, usté siempre tan amable.

El timbre de aquella voz le acariciaba los tímpanos, como una vieja canción de cuna.

Al terminar la comida, los tres pasaron al patio a tomar un helado de albaricoque con crema. La mirada de Diego barría las dimensiones de la hacienda. Desde su asiento pudo observar a Eusebio, no muy lejos, empeñado en su labor.

Hacía tiempo que Diego no practicaba los aires de Romeo. Desde que había conocido a Odette, no había tenido ni el tiempo ni el interés en granjearse la atención de una chica. No obstante, al estar frente a una joven talentosa y exótica le apeteció experimentar sus dotes de conquistador. Linda, por su parte, se expresaba de una manera abierta y no esquivaba ningún tema por controversial que éste fuera. María Teresa llevaba una plática interminable y brincaba de un tema al otro con una facilidad que dejaba a Linda en primera base. De esa manera hablaron de lugares hacia donde los tres habían viajado, películas, arte, hasta atreverse a tocar el tema de la situación sociopolítica que al mundo plagaba por esos años. Linda hizo un ademán coqueto disfrazado de osadía con su melena, se volteó hacia donde estaba Diego y le planteó la cuestión cara a cara:

—Diego, ¿qué opinas sobre el amor libre?

—Opino que cada quien tiene la libertad de hacer lo que mejor le parezca en sus prácticas íntimas.

—Y ¿usted, María Teresa?

Se mostró inquieta, acomodándose en la silla de mimbre:

—Yo opino que no existe el amor libre. El amor, si es verdadero, lleva por sí solo un precio enorme. Ahora, si te refieres a practicar el sexo libremente, entonces eso es otra cosa muy distinta. Como ves, yo ya pasé por esos años de confusión pero me gustaría creer que a pesar de esa onda de moda por todas partes, ese libertinaje sexual al que me refiero, en México aún existe cierto pudor entre las muchachas. Estoy segura que hay sus excepciones, pero dudo que la gran parte de las señoritas hayan perdido la virginidad. Al menos ésa es mi idea por anticuada que sea.

—¿No es verdad, hijo?

—Mamá. Las cosas han cambiado mucho durante los últimos años. La Ciudad de México es una capital cosmopolita como tantas otras y todas las ondas nuevas que tú dices nos han afectado a nosotros tanto como a cualquier otro país. No te sabría decir con seguridad. Tendría que ser mujer y tener dieciséis años. Pero tenlo por seguro que ese pudor se ha ido extinguiendo.

—Y tú Linda, ¿qué opinas del amor libre?

—Ha sido el acto más liberador que se le ha concedido a la mujer desde los principios de la humanidad. Para el hombre nunca ha existido ninguna restricción, y peor aún, ninguna culpa o responsabilidad. Todos los padres celebran el paso del adolescente a la hombría, y se sienten orgullosos de haber engendrado un "macho," como ellos. En cambio, si una señorita se atreve a explorar su sexualidad, ¡Dios me libre! Todos la consideran una...mujer de la calle. Antes de ser hombres o mujeres, somos, fundamentalmente, humanos. Ahora la mujer goza de una cierta libertad de ejercer el derecho y tener control de su vida sexual. Creo que desde ese punto de vista, hemos ganado mucho terreno en ese campo controversial. Por otra parte, creo que en algunas partes, esa liberación ha llegado a un exceso tal que se sobrepasa del sentido común, tanto para el hombre como para la mujer. En el sexo, como en el amor, creo que todo tiene un límite.

María Teresa la veía intrigada. Aprovechando el espíritu de candidez, le preguntó:

—Y tú, Linda, ¿practicas el amor libre?

—Por supuesto que sí. Tengo veintiocho años. He vivido sola desde los diecinueve. He viajado por todo el mundo y me he asociado con libres pensadores. Hace dos años que vivo con Marcello, mi amante italiano. Créame que a veces no hay cosa más satisfactoria que ser libre y estar enamorada.

María Teresa se retorció en la silla, cambiando repentinamente de tema.

—A propósito, Diego. Esta mañana habló Odette—y volviendo la mirada hacia Linda, hizo una pausa estudiada y continuó—la novia de Diego, es una chica a-do-ra-ble, creo que ustedes dos se llevarían muy bien.

Odette estudia en Italia. Quizá en el futuro puedan salir ustedes dos, con sus respectivas parejas. Hijo, ¿no te parecería divino?

Diego se quedó viendo a la madre y meneó la cabeza. Tenía que haber metido la cucharota y regado el caldo en medio de una conversación tan suculenta. Pensar que hubiese tenido la oportunidad de expandir los límites de una amistad con esa chica de una ideología innovadora.

—Claro que sí—contestó Diego con las quijadas tiesas. Minutos después, Linda se puso de pie para despedirse. Diego la encaminó hasta el coche despidiéndose con un cortés y prolongado beso en la mano. Linda sonrió y le dijo:

—Ha sido un verdadero placer conocerte. Si te encuentras en la ciudad, pasa a nuestro estudio a saludarnos. Me encantaría continuar esta conversación—y guiñándole el ojo agregó—: "No temas. Mi libre albedrío no es contagioso."

Diego regresó a casa. María Teresa comprendió que su comentario no había sido del agrado del hijo pero no le importó. Se le acercó y le dijo:

—Esa muchacha tiene su historia.—Diego la miró fijamente y le respondió:

—Yo también tengo la mía, mamá, y tú tienes la tuya. Por favor, dejemos este tema para otra ocasión. No quiero echar a perder este día de tan agradables sorpresas.—Se quedó pensativo y fingiendo agradecimiento, concluyó:

—Gracias por este caluroso recibimiento. Voy a subir a mi cuarto. Estoy cansado. A propósito, ¿a qué hora regresa Rodrigo?

María Teresa bajó la cabeza: "No sé. Ya no debe tardar. Ve hijo y descansa. Ya te hablaré cuando llegue tu padre." —Diego se acercó indeciso a darle un beso en la mejilla a la madre, pero ésta lo esquivó, dejando que al beso se lo llevara el viento.

El joven subió al cuarto, acaparó todo con la mirada y se vio rodeado de una escena psicodélica. Fuera del mural, el resto del decorado lo hizo sentir un tanto incómodo. Se tiró sobre la cama de agua y sintió el cuerpo flotar. Frente a él se encontraba la pintura dinámica de Miguel Angel. La vio detenidamente por varios minutos, dejando que el minúsculo oleaje le derritiera la tensión acumulada en la espalda. Cerró los ojos y sintió un piquetito. María Teresa se había deshecho en demostraciones de cariño hacia él. Intentando alejar malos presentimientos, cerró los párpados y se quedó dormido. Rodrigo entró en el cuarto de Diego y lo encontró viajando por el extraño mundo de los sueños.

Al amanecer se caló las botas y el sombrero y salió hacia los establos. Al entrar a éstos, el olor a cuero, heno y sobretodo el olor indiscutible que despedían los caballos, lo transportó hacia la adolescencia, y lo hizo sentirse en casa automáticamente. Ahí encontró a su fiel caballo, Cananea, que pareció reconocerlo al tacto. Lo acarició un rato, dándole repetidas palmadas sobre la piel y sin pensarlo dos veces, lo montó a pelo y salió fuera de los establos, sintiéndose uno con el noble ejemplar.

De regreso encontró a su padre en el comedor, esperándolo para desayunar. Por primera vez sintió en las fuertes palmadas que le dio a las espaldas, el esfuerzo de Rodrigo por expresarle un sincero amor paterno.

—Hijo, bienvenido a casa.

—Papá, disculpa que no haya estado despierto anoche para recibirte.

—No hay cuidado. Sé que tu viaje fue largo y cansado, y ¿qué me dices de la tierra de los principitos?

—Podría escribir un libro sobre mis experiencias este año pasado. ¿De cuánto tiempo dispones?

—Esta mañana, diez minutos. Pero, tenemos el resto del verano para platicar.

En eso entró Esperanza con sendos platos de huevos con chorizo recién preparado y traído de la empacadora de la hacienda, servido con buenas porciones de frijoles, tortillas y café. Diego reparó, lamiéndose los labios:

—Esperanza, me preparó usted mi desayuno favorito.

—Sí, Dieguito, hay cosas que uno nunca olvida.

Rodrigo ignoró el intercambio de frases. Desayunó aprisa mientras Diego le hacía un resumen sobre su estancia en aquel país lejano. El padre lo escuchaba con interés. Terminó de desayunar y le dijo:

—Pues parece que esta vez no nos equivocamos. Marités me dijo que falta poco para que llegue Odette. Ya conoces a tu madre, tiene todo un plan para sacar el máximo provecho de tu estancia aquí. Habla con ella y dime lo que opinas más tarde. Que la pases bien.

—Sí padre. Que la pases bien, igualmente.

María Teresa hacía un descenso dramático, por las escaleras, envuelta en una bata de seda azul y encajes, de los cuales asomaban un par de pantuflas de peluche que a Diego le parecieron dos infantiles conejitos.

—Buenas, hijo. Tu padre me dice que entró en tu cuarto a saludarte y te encontró dormido.

—Sí, mamá. Ayer fue un día muy pesado para mí.

—Lo creo, tesoro.

—Mamá. Quiero pedirte disculpas por mi comentario ayer. Fue insensible de mi parte. Perdóname.

—No te mortifiques, hijo. Como dice el dicho: "La verdad no peca pero incomoda."

—Quiero agradecerte a ti y a mi padre todo lo que han hecho por mí. No creo merecerlo.

—Tonterías. El año pasado fuiste un estudiante ejemplar y te mereces todo esto y mucho más. Mientras correspondas a nuestro esfuerzo, te entregaremos el mundo en charola de plata. Y ahora, basta de sentimentalismos. Odette llega este fin de semana. Pensé que sería buena idea quedarnos aquí hasta la semana entrante y después flojear buena parte del verano en nuestra casa en Acapulco.

—Me parece magnífico.

—Entonces, no tenemos tiempo que perder. Nos queda poco tiempo para empacar y organizarlo todo.

Sin perder un minuto, María Teresa se sirvió un café y se comió un bocado de huevo.

—¡MMMM! este chorizo sabe a almuerzo de príncipes. Hace tiempo que Esperanza no preparaba este platillo.

—Lo hizo especialmente para mí—con una cantadita maliciosa.

María Teresa fingió no haber escuchado el comentario. De la bolsa sacó varias hojas llenas de apuntes y una lista larguísima de lo que necesitaban comprar para el viaje a Acapulco.

—Diego, pienso pasar toda la tarde de compras en la capital y me encantaría que me acompañaras. Vi unas playeritas que creo que te quedarían preciosas. Quiero que este verano Odette te encuentre irresistible.

—Mamá. No empieces…y se quedó callado a media frase. Se mordió la lengua y se prometió que ese verano iba a complacer a la madre en todos sus caprichitos. No obstante, en ese momento tenía unos deseos irresistibles de zarandearla y gritarle: ¡Mamá: de una vez por todas, deja de ser la arquitecta de mi destino!

Ajena a los verdaderos sentimientos del hijo, continuaba.

—Hijo, se nos hace tarde. Sube y cámbiate de ropa. Hoy llevaremos la camioneta porque tenemos muchas cosas que comprar. Estaré lista en una horita. Dio unas palmaditas y dijo: "A volar palomas." Salió del desayunador y subió las escaleras dejando al joven con la cabeza atolondrada.

Pronto llegó Odette, en esta ocasión, sin sus padres. El recibimiento fue caluroso. María Teresa se esforzó por mostrarle la mejor cara posible aunque a veces, cuando bajaba la guardia, dejaba escapar una que otra señal de su recio temperamento. Las primeras horas monopolizó la atención de la chica, presumiéndole los cambios hechos a la habitación de Diego. Al estar de pie frente al mural Odette exclamó:

—¿De quién fue esta idea?

—Mía. Toda mía—contestó María Teresa sintiéndose halagada.

—Pues, la verdad. No encuentro palabras para expresar…

—No hay necesidad—contestó Diego—. Con tu reacción, basta. —
Desde que llegó, Odette lo encontró tenso. No era el mismo joven cariñoso
y relajado que la había visitado en el nidito de amor en Perugia. Cuanto
estuvieron solos, encontraron un rincón apartado. El enamorado la tomó en
los brazos y comenzó a besarla, de una manera torpe, a la cual Odette
reaccionó de inmediato, empujándolo lejos de ella y diciéndole:

—¿Se puede saber qué demonios te pasa? Desde que llegué te has
comportado como un extraño y ahora, en cuanto puedes, te quieres
aprovechar de mí.

El se apartó. Sacudió la melena y recapacitó:

—Perdóname. No sé que me pasa. Vine a casa con deseos de pasar
unas largas y tranquilas vacaciones, contigo, a solas y al llegar aquí, mi
madre tenía otros planes. Se ha encargado de fijarme un horario de la noche
a la mañana. Me he convertido en un títere, manejándome a su antojo.

—Sé que tu madre tiene un temperamento de hierro, pero tú no eres
ningún niño. Habla con ella y dile como te sientes. Si no lo haces tú, lo
haré yo.

—No. No tienes idea de lo que mi madre es capaz si te interpones a sus
deseos. Lo peor del caso es que tengo que obedecerles porque, a pesar de
los malos ratos, ha sido comprensiva y generosa conmigo, especialmente
desde que me fui a Inglaterra.

—Diego, disculpa. Quizá esta visita no es una buena idea. ¿Por qué no
regreso a casa y tú y yo encontramos la manera de vernos después, lejos de
aquí?

—No. Mira, estaremos aquí primero y después nos iremos a Acapulco.
Una vez allá tú y yo buscamos pretextos para estar solos. Por favor, no te
vayas.

—¿Acapulco? Tu madre tendrá malos ratos, pero no malos gustos. En
eso sí estamos de acuerdo. No está mala la idea.

—Gracias, Odette. Eres muy comprensiva.

Los cuatro turistas llegaban a Acapulco en pleno sol y un ambiente de
fiesta sin igual. La brisa del mar le endulzó en gran parte el carácter a la
Doña. Temprano, los dos jóvenes salían en vestidos de baño, toallas y
crema bronceadora paseando aflojerados a lo largo de la playa. Los padres
dormían tarde, tirados sobre la hamaca; ella leía novelas románticas,
suspirando de cuando en cuando, mientras que él, detrás de gigantescas
gafas obscuras, desvestía a toda hembra que se paseaba en reveladores
bikinis. Una mañana aceptaron la invitación de unos amigos y se pasearon
en una lancha, adentrándose en el mar; en otra ocasión alquilaron un *jeep*
decapotado y se fueron a recorrer la ciudad en plan de turista. Por las
noches cenaban en algún restaurante y bailaban en el patio estrellado de

algún bar tropical cercano al son de la marimba. Fue un verano delicioso para los dos jóvenes que durante dicha pausa llegaron a conocerse un poco más. María Teresa los observaba desde lejos y se enorgullecía, cual ingeniera que ve su obra complacida.

A principios de agosto, después de varias semanas de una rutina envidiable, Odette regresó a su casa. Una mañana, al alba, Diego cabalgaba lentamente hacia un rincón lúgubre de la hacienda. Llevaba un enorme ramo de lirios del campo: era el aniversario de la muerte de la hermana. Eusebio, como era costumbre, había ido a revestir la tumba de césped, a plantar flores frescas y a revivir un poco la imagen de aquella joven cuyo pasado le traía tantos recuerdos de la infancia de su propia hija. La inesperada presencia de Diego lo turbó y no sabiendo qué hacer, se vio forzado a esconderse detrás de un árbol, a pocos pasos de la tumba. El joven se bajó del caballo y se acercó a la última morada de su hermana. Sobre ésta colocó las flores. De una bolsa sacó una banderilla que decía: Wimbledon, 1968, y la colocó a un lado de las flores. Eusebio lo observó en plena conversación animada con la difunta.

—Hola, Rosie, ¿cómo has estado muñeca? Mira, por fin se me hizo ir a Wimbledon. Te haré una confesión: en el tronco grueso de un árbol, cerca de las pistas de tenis, con una navajita grabé tus iniciales, las mías, y las de Inocencia. No me juzgues mal. Ahora, te confesaré otra verdad:…He conocido a otra chica. Sí, es preciosa y mamá me la quiere meter por los ojos. Ya está hablando sobre una posible boda y yo, la verdad, me siento muy confuso. Cuando estoy con ella me parece divino, pero en cuanto se va y me quedo solo no hago más que pensar en Inocencia. No hay rincón en esta hacienda donde pueda huir de mi pasado.

Por unos segundos reinó el silencio que Diego interrumpió en voz baja:

—Rosa Inés, he llegado a querer mucho a Odette, pero…no estoy enamorado de ella. Nunca, como una vez lo estuve. Sé que debo olvidarla y créeme que he tratado. Mucho me temo, hermanita, que estoy viviendo una mentira. ¿Hasta cuándo tendré el coraje de enfrentarme a mis padres y decirles la verdad? Cuando tú te fuiste, sentí que mi mundo entero, se derrumbaba, pero aún contaba con mi Morena. Cuando ella me abandonó, el mundo se me vino encima. Las columnas se vinieron abajo y rodaron hasta el fondo de un precipicio. Hubo una milésima fracción de segundo, Rosa Inés, en el que creí haberte visto. Te llamé y caminé hacia una luz tan potente que terminó cegándome. Se sentía tan bien estar nuevamente a tu lado. En esa dimensión me sentí ligero, como una plumita, sin ningún reproche. ¿Por qué no me tomaste de la mano? Rosie, necesito que me ayudes. A veces creo que voy a volverme loco.

El hermano se quedó en silencio unos segundos. Luego concluyó:

—Bueno, muñeca. Ahora que estoy en casa volveré a verte a diario, ¿de acuerdo? Sabes, ya van varias veces que Odette me pide que la traiga aquí a conocerte, y me da pena negárselo pero me parece que al traerla aquí, estaré traicionando tu recuerdo y el de Inocencia.

Se quedó unos minutos más, tomó un puñado de tierra, lo introdujo en una fundita de plástico que decía: "Wimbledon 68" y lo guardó en la bolsa delantera del pantalón. Se acercó a la lápida y la cubrió de besos.

—Hasta la vista, preciosa. Que descanses en paz—dándose la vuelta.

Eusebio se quedó paralizado. Las palabras le retumbaban en la cabeza. Le extrañó la naturalidad con que hablaba con su hermana, como si estuviera presente. ¿Sería posible—pensó—que Diego no aceptaría la muerte de la hermana como un acto definitivo...que aún la sintiera viva? ¿Es que el joven no estaba en sus cabales? Le remordió la conciencia el haber estado ahí escuchándolo todo: una confesión sagrada en la que él se había entrometido. ¡Qué extraño joven!, y se juró a él mismo que jamás le diría a nadie, ni aun a Esperanza a quien nunca, le había ocultado nada. Total, el amor de Inocencia por Diego se había esfumado, o por lo menos eso era lo que él se imaginaba.

Catorce

Años de Sangre

En un paraje soleado y distante de esa escena escalofriante, Inocencia pasaba por un breve período de entrenamiento en la nueva posición. La señora Robles le había facilitado una pequeña oficina contigua a la suya, simplemente amueblada con un escritorio, máquina de escribir, y dos sillas. Al entrar en ésta, un repentino choquecito le recorrió por todo el cuerpo. Era un calorcito que la hizo poner los pies sobre la tierra. Ese rinconcito era el primer lugar que podía llamar suyo, sólo suyo. Sobre una mesita descansaba un arreglo floral de mini-rosas adornado con un moño lila del cual salía una tarjeta que leía: "Felicidades a la empleada más guapa de la oficina. Que pases un verano muy productivo. Buena suerte. Un fiel admirador, Julio." Inocencia admiró el arreglo, acercando la cara para oler el efímero perfume que despedían las florecitas. Dolores entró recibiéndola con un fuerte abrazo, dándole la bienvenida:

—Inocencia, te he asignado este espacio cerca de mi escritorio porque juzgué conveniente tenerte próxima a mí ya que este verano serás mi brazo derecho. Espero no tengas ningún inconveniente.

—No, señora Robles. Esto es mucho más de lo que esperaba.

—Por favor, hija. Llámame Dolores. Entre nosotros no hay necesidad de formalismos, ¿OK? Ya verás, cuánto vamos a aprender y a divertirnos este verano. Tengo tantos planes para nuestra organización. Puedes traer los artículos personales que gustes para decorar tu oficina. Quiero que te sientas como en tu propia casa. Prepárate porque en quince minutos comenzará nuestra primera sesión. A ésta acudirán seis personas más. No seas timorata, pregúntame lo que gustes. De eso se trata este entrenamiento.

—Sí, Dolores. No tenga cuidado.

Desde el inicio del entrenamiento, Inocencia le tomó un cariño especial a la señora quien trataba a todos los empleados con tanta consideración y cariño que llegó a ganarse el apodo de Mamá Dolores. El entrenamiento fue intenso y había ocasiones en las que la asidua aprendiz se preguntaba si podría con el paquete. Después de dos semanas, había logrado terminar la primera fase del nuevo oficio con éxito. Mas no todo era trabajo. Con frecuencia la directora los invitaba a almorzar en lugares diversos. Esta observaba la manera que la administradora vestía y se expresaba, personificando el molde que Inocencia hacía años buscaba tanto dentro como fuera de la oficina. Obviamente había viajado mucho, y se había desenvuelto en toda clase de ambientes sociales. Durante los fines de semana, con frecuencia la invitaba a actividades sociales. De Dolores, Inocencia aprendió que la disciplina mental y la sensibilidad emotiva deberían balancearse con astucia:

—Escucha: la vida es un juego muy simple. Obedece las reglas; toma riesgos prudentes; a nadie le digas todos tus secretos. Todos tenemos pecadillos que no tenemos que confesar más que a Dios. Vive, ama, viaja, estudia, explora, y abraza cada instancia con la misma pasión que a un enamorado porque la vida no es más que una llama que se extingue a cada segundo. No le temas a tu suerte. Teme, más bien, a aquéllos que te amenazan con quitarte el tiempo, la energía, la felicidad, el significado de lo que tú consideras importante. Aléjate de los necios, los opresivos, los viciosos que se pasan el tiempo como parásitos chupándole la sangre a los que viven una vida plena.

La joven la escuchaba y veía en ella una extensión de Esperanza. Era una sabiduría ingénita que se llevaba en la sangre, como la formación del cromosoma que determina el color de la piel y el prisma de los ojos. Si su propia madre—pensaba—hubiera tenido la mínima oportunidad de educarse, hubiera llegado muy lejos, tan lejos de aquella constante opresión de servidores en la hacienda que la exasperaba. De esa manera, entre horas de trabajo, actividades estimulantes, pasó un verano edificante. A la conclusión de ese breve período, la aprendiz había pasado por una transformación notable.

***

En mala hora, ese breve período de control se vio truncado de una manera inesperada. Una mañana, a mediados de julio, mientras la joven se vestía para salir a la oficina, escuchó por la radio que en la Ciudad de México se habían suscitado eventos de una naturaleza violenta. La joven, intrigada, se acercó hacia la radio y subió el volumen. El locutor hablaba sobre un supuesto encuentro entre grupos de estudiantes en algún lugar de la capital de México. La raíz del encuentro era turbia, pero durante el mismo, se sucedieron actos de disturbios insospechados.

Hacia fines del mes, la radio transmitía un tercer boletín: La policía había abierto fuego a la puerta de la escuela preparatoria de San Ildefonso, causando lesiones graves a muchos estudiantes.

El primero de agosto, Inocencia vio la fotografía del Presidente Díaz Ordaz en la primera página de un diario, enviando un mensaje a los ciudadanos: "Hay que restablecer la paz y la tranquilidad pública." Desde que tenía conocimiento, sabía que México había sido un país fragmentado, cuya corrupción se había estado carcomiendo el sistema de gobierno desde sus adentros. En el campo político, con frecuencia sucedían encuentros entre grupos radicales, anticonformistas, de izquierda, pero esta cadenita de boletines le parecía que estaba tomando fuerza en cada emisión.

La estudiante acongojada tenía razón. El 13 de agosto, en las noticias nocturnas por televisión, la chica veía por primera vez una manifestación en grande. Un mar de gentes, en la mayoría estudiantes, caminaba por las calles cargando cientos de pancartas en una demostración que desfilaban, como hormigas, por las amplias avenidas que cruzaban la capital. Aparentemente, dicha marcha había sido organizada por un grupo de maestros y tal parecía que el oleaje humano se dirigía hacia el Zócalo. Mientras Inocencia observaba, lograba descifrar una palabra aquí, una allá:—protesta estudiantil ante la represión del gobierno...libertad a los presos políticos...diálogo abierto...—esa noche le dieron ansias de estar tan lejos de todo lo que una vez había sido su uña y carne. *hand in glove*

Muy temprano al día siguiente, no soportando más la inquietud, puso una llamada a la hacienda.

—Mamá, ¿están bien? He estado viendo las noticias por la televisión. ¿Qué está pasando en México?

—Mi'ja, ¡qué bueno que llamaste! Sí, estamos bien, no te preocupes. Hasta acá nos llegó el chisme que en la ciudad hay un gran escándalo. Se dicen muchas cosas, tú sabes. Depende quien te cuente el mitote. Tal parece que los estudiantes están inconformes en las prepas y en la uni. Piden libertad de expresión, menos política y más instrucción, tú sabes es el mismo gato revolcado. Los locutores dicen que los estudiantes son una bola de vagos alborotapueblos que nomás andan buscando pretextos para desparramar el pánico entre la gente. Así que estamos en ascuas, no sabemos a quién creer.

—Mamá: Por lo que más quieran, no se les vaya ocurrir acercarse a la ciudad. Prométeme que no importa lo que diga la gente, se quedarán en la hacienda. Si ven que las cosas empeoran, sálganse inmediatamente y váyanse lejos a otra ciudad.

—Sí, hija. No te preocupes por nosotros. Aquí estamos todos bien. Por ahora todo el bochinche es en la capital.

—Bueno, Mamá. Llámame cuanto antes si tienen cualquier problema. Me mantendré en contacto.

—Sí, Negrita. Adiós y que Diosito te cuide, mi angelito.

—Hasta pronto, Mamá.

Inocencia colgó el teléfono pero sabía que no todo estaba tan bien como le hacía creer su madre. Había visto temor y frustración en los rostros de la muchedumbre. El pueblo mexicano ha aguantado muchos años de opresión—reflexionó. Veía la sinergía del pueblo como una olla presto a punto de reventar. Y pensando en esto, continuó los deberes sintiendo una enorme pesadez en el pecho.

Las próximas dos semanas, no sacaba las narices de los diarios, en uno que otro veía diminutos artículos que hablaban sobre el Cuarto Informe del Gobierno por el Presidente...mítines...diálogos...se pide a los estudiantes el regreso a clases...era curioso pero Inocencia no había oído decir nada acerca de las atrocidades, ni las vejaciones, ni los atropellos, ni los allanamientos, ni las detenciones. Parecía que algún mecanismo del gobierno se había esforzado por mantenerlo en secreto.

***

Septiembre llegó con una puntualidad envidiable y con ésta, los cambios característicos de la estación. A principios del mes, Inocencia había pasado el fin de semana limpiando y poniendo en orden aquella sala amplia que por todo el verano había sido suya. La mañana del lunes se encontraba organizando los artículos que había acumulado durante las vacaciones, cuando escuchó unos ruidos familiares. Respiró hondo y se persignó. Su tranquilidad se vio sacudida por unos fuertes golpes a la puerta. Al abrirla, no vio más que un montón de ropa y cajas que se le venían encima. Las compañeras venían cargadas, de todo lo que poseían. Verónica entró primero, y dejó caer el montón de ropa sobre la cama cubriéndola por entero. Alma, en un tonito chocante, dijo:

—Ay, Mana, estamos peor que la María Félix.

Inocencia permaneció de pie observando aquella escena cómica y familiar y sin quererlo, sintió una extraña sensación de alivio al ver que a pesar de las palabras ásperas que en meses pasados se habían cruzado, la despreocupación del verano había borrado toda huella de los malos ratos. En cuanto se libraron de los pesos, las dos se dirigieron hacia la compañera y de una manera simultánea e inesperada, la llenaron de abrazos y besos como si no se hubiesen visto en muchos años. La chica, mareada, no pudo contener sus ambiguas emociones y se dejó llevar por el ánimo de las dos. Mientras que iban y venían, no pudo evitar ver que ambas habían regresado muy bronceadas y rechonchitas. De una manera sutil les dijo:

—Vaya, parece que el verano les cayó muy bien. Han regresado muy...pues no sé...llenas de vida...

—Canelucha, déjate de pendejadas. Las dos parecemos cochitos, eso es lo que quieres decir, ¿no? Pues, dilo de una vez. No andes con rodeos.

—No. No quise ofenderlas. Bueno, es que las minifaldas les quedan apretaditas. Eso es lo que quise decir.

—Ya, va Doña Perfecta. Como si tú tuvieras cuerpo de modelo. Mírate, y ahora que te veo bien, pues tú también llenas tus pantaloncitos. Oyeme—acercándose y pasándole la mano por la tela—ese trajecito es nuevo, no? Pues, esos kilitos de más te sientan bastante bien. Mira—pellizcándole juguetonamente las puntas del brassière por encima de la blusa, en un gesto provocativo que terminó haciéndolas reír a las tres.

Al inicio del año escolar, tocaba a la puerta Julio con su acostumbrada sonrisa; esta vez en lugar de flores entró cargando un regalo en forma de cuadro grande y pesado, cubierto en papel de matices neutrales y tres moños rojos.

—Bueno, mis tres doncellas, he aquí un recuerdo de un humilde servidor.—Alma, la más atrevida, se acercó hacia el paquete diciendo:

—Puesto que una tercera parte de este regalo es mío, abriré la parte que me corresponde.

Antes que lo tocara, Verónica e Inocencia avanzaron hacia el presente, tomando cada una, una esquina. Ante las tres brincó un cuadro que desplegaba una escena espectacular del Gran Cañón. Las chicas llenaron de besitos a Julio.

—¡Ay, mis *girlfriends!*, ¡Cuánto las había extrañado! ¿Qué les parece si vamos por ahí y nos tomamos unas frías para comenzar bien el año?— Salieron en grupo de la habitación. Inocencia tomó al amigo del brazo y sintió un enorme alivio. Los cuatro habían llegado a formar una pequeña familia y aunque con frecuencia la actitud de uno u otro la irritaba, sentía bonito estar en su compañía.

A mediados del mes, Inocencia se encontraba toda oídos escuchando los informes sobre su país por la radio y televisión. En esa ocasión los participantes mexicanos habían optado por tomar al gobierno de sorpresa manifestando sus agravios de una manera insólita, invadiendo las amplias calles y avenidas a paso mudo, en un espectáculo espeluznante en completo silencio. Algunos llevaban la boca tapada temiendo traicionarse a sí mismos.

En un lenguaje sordo, los manifestantes lo dijeron todo a grito callado. Al regresar al cuarto, Inocencia no podía conciliar el sueño. Se levantó, se puso la bata y salió a caminar por los corredores de las habitaciones, como un espanto errante en la obscuridad.

De esa marcha en adelante, las cosas fueron de mal en peor. La joven seguía los informes con puntualidad impecable. Sabía que en México se había prendido la mecha y que tarde o temprano algo iba a estallar. Dentro de tal arrebato, se decía: "¿Qué demonios estoy haciendo aquí en este lugar peleando luchas extranjeras? Yo debería estar ahí, en Ciudad Universitaria, distribuyendo volantes, politizando al pueblo, protegiendo a mis padres." Tanta fue su angustia que, en esa ocasión, la guerra en Vietnam le pareció tan lejos como el mismo Plutón.

***

Diego, igualmente, había estado al tanto de lo acontecido. Se encontraba preparándose para regresar a Inglaterra. En un principio las manifestaciones le parecieron una de tantas otras que había presenciado; no obstante, pensó que esos disturbios llevaban una objetivo muy diferente y específico. Después de una de las grandes manifestaciones que desembocaba en el Zócalo, tuvo deseos incontenibles de ir a la capital y ver lo que estaba sucediendo con sus propios ojos. Durante el almuerzo, hizo un comentario a los padres:

—Pienso ir esta tarde a la capital. Me gustaría reunirme con algunos compañeros a tomar una copa y despedirme de ellos.

—¿Estás loco? ¿Qué no sabes lo peligroso que es arriesgarse a andar entre esa chusma? ¿Ya se te olvidó qué violentos pueden ser esos estudiantes fascistas y demás harapientos revoltosos?

—Papá. No es para tanto. No voy a meterme en ningún lío. Unicamente quería ir a tomarme una cerveza con algún compañero de la universidad, eso es todo.

—Pues si eso es lo único que te interesa, ¿por qué no los invitas aquí a nuestra casa? La capital se ha convertido en un campo volátil. A cualquier hora va a estallar una segunda revolución. Yo no sé por qué la policía ha tardado tanto en meter a todos esos rebelditos sin oficio ni beneficio a la cárcel a que se pudran y aprendan la lección.

—No son sólo estudiantes fascistas. Esta es una manifestación representada por todos los sectores. Lo que piden es justo.

—Pues a mí no me importa si entre ellos andan beatos y mártires canonizados. Lo único que sé es que son una bola de muertos de hambre que se han aprovechado de que los ojos de todo el mundo están sobre México preparándose para las Olimpiadas y su propósito es desprestigiar a nuestro país. Son una bola de radicales abominables.

—Tienes razón. La gran mayoría tienen hambre de pan y de justicia. ¿Ya se te olvidó lo que era ser un vaquerillo con pantalones remendados y agujeros en las bolsas?

—No toquemos ese tema porque vamos a terminar muy mal. ¿Qué sabes tú de mi pasado? Tú, niño alimentado de leche cremosa y envuelto en pañales de seda, no tienes la menor idea de lo que estás hablando.—María Teresa se puso de pie, tomó la servilleta y la estrelló contra la mesa diciendo:

—¡Basta! Ninguno de los dos tiene la razón. Rodrigo, me prometiste no tocar este asunto con Diego. Hijo, no se te ocurra ir a la ciudad. Eres el blanco perfecto de los actos violentos que se están llevando a cabo. Si quieres despedirte de tus amigos, para eso está el teléfono. Eso era lo único que me faltaba que mi propio hijo se fuera a embarrar de toda esa podredumbre humana.

De un movimiento áspero, Diego hizo a un lado el plato de comida y salió hacia su cuarto sin decir palabra. De un dos por tres, hizo una llamada por teléfono, preparó la maleta, bajó a la sala de televisión donde encontró a sus padres tomando un café y leyendo el periódico y les dijo:

—Es mejor que me vaya hoy mismo si no terminaremos dándonos golpes. Regreso esta misma tarde a Inglaterra.

Rodrigo se puso de pie para despedirse pero Diego salió de prisa hacia afuera donde lo esperaba un coche de alquiler. María Teresa se acercó a la ventana desde donde vio al joven dándoles un adiós obligatorio opacado por una pequeña nube de polvo. La madre se volvió hacia su marido con cara de enfado:

—En cinco minutos has logrado derribar todo lo que había estado construyendo durante todo el verano. Tú y Diego van a acabar conmigo—y subió al dormitorio, dejando al marido con la palabra en la boca.

***

El 2 de octubre, a altas horas de la noche, Julio tocó a la puerta de las tres chicas: "Levántense. Algo horrible está pasando en la Ciudad de México." Los cuatro salieron en pijamas y se congregaron en el cuarto de televisión.

Oyeron decir cómo esa misma tarde, cerca de 10,00 personas se habían congregado en la Plaza de las Tres Culturas, de una manera pacífica y ordenada para escuchar a oradores del Consejo Nacional de la Huelga. Era un pueblo ardiente en busca de preguntas a sus muchas atribulaciones. De golpe, el cielo se tiñó de brillantes luces de bengala, desviando la atención de los manifestantes, y en ese preciso instante se desató una nube de balas que provenían de todas direcciones, atacando, a sangre fría, a un pueblo indefenso, paralizado de terror y cobardemente acorralado por más de 5,000 miembros del ejército y granaderos, bajo las órdenes de un gobierno desalmado y asesino.

Los cuatro amigos veían horrorizados el caos. Las imágenes captaban cuerpos ensangrentados tirados aquí y allá. Algunos de ellos pisoteados, otros desangrándose, y cientos más heridos, lo mismo eran jóvenes estudiantes, que madres con sus niños, y aun ancianos que pedían auxilio. La Plaza se había convertido en un verdadero infierno. Inocencia veía y escuchaba todo eso con una expresión de dolor e incredulidad. Lo único que decía una y otra vez era:

—¡No! ¡Dios mío! Esto no es posible.—Desesperada, comenzó a gritar a todo pulmón: "¡Esto es un crimen. Bestias. Ojalá y se achicharren todos en el maldito infierno!"

Los tres compañeros la veían incrédulos. Salió corriendo de la sala. Julio la siguió, pero en esa ocasión la muchacha se disculpó diciéndole: "Te agradezco tus intenciones, pero esta noche necesito estar sola." El la vio alejarse, y filtrarse entre las sombras de aquella noche callada.

A hora naciente de una mañana nublada, Inocencia, desvelada, con la cara enjuta, tocaba suavemente a la puerta del chico. Al verla frente a él, Julio se sorprendió:

—Canela, ¿qué haces a esta hora?

—He caminado toda la noche sin rumbo fijo. Necesito hablar contigo. Acompáñame a tomar un café. Tengo frío.—El joven se apresuró a vestirse, la tomó en los brazos y le dijo al oído con dulzura:

—Lo que quiera mi reina. Soy su humilde servidor.

—Julio: Sólo Dios sabe que hubiera sido de mí si no te hubiera conocido.

Entraron en la cafetería que comenzaba a abrir las puertas. Mientras los dos sorbían dos tazas de café fuerte y caliente, Inocencia le confesaba:

—Me siento muy desorientada. Hay veces que quiero vivir aquí el resto de mi vida y otras, quiero brincar en el primer avión que me lleve a México. Me pregunto qué estoy haciendo aquí tan lejos de todo lo que me es querido. Necesito terminar mis estudios pero no sé si tengo la disciplina para seguir aquí. A veces siento que este país, de una técnica tan eficiente y avanzada, puede ser tan fría y apresurada. No es para mí. Dime, ¿qué debo hacer?

Julio dejó que la joven le vaciara el alma y después, con mucho tacto le dijo:

—Canelita, ponte a pensar en todo lo que has logrado en tan poco tiempo. No te desanimes. Ahora es cuando debes mostrarle al mundo de lo que estás hecha. Entiendo bien cómo a veces este país puede parecerte como un gran robot, insensible, pero este frío mecanismo, puede tener muchas ventajas. Estados Unidos es el máximo sinónimo de oportunidades.

¿Qué te parece si hoy mismo, a la hora del almuerzo, nos reunimos con Mamá Dolores y le preguntamos qué opciones tenemos para continuar nuestros estudios?

—Tienes razón. Al mal tiempo, buena cara. Dolores es la persona indicada.

—Eso, Canela. Así me gusta.—Salieron los dos, a paso firme, en busca de un escape a su emboscada.

Esa misma tarde hablaban con la señora Robles. Esta, consciente de los disturbios en la Ciudad de México, escuchaba las súplicas de Inocencia y comprendía su desconcierto. Después sonrió abiertamente y les dijo:

—Antes que nada les agradezco su confianza en mí. Sé que estos últimos meses han sido muy pesados para todos, sobre todo para ti, hija. Para todo hay una salida y creo tener la solución a sus problemas. La Universidad cuenta con un programa de intercambio estudiantil en varios países extranjeros.

—¿Un intercambio estudiantil, en otros países?

—Sí. Eso dije.

Al escucharla, ambos comenzaron a inundarla con preguntas: ¿Qué países? ¿Cuáles eran los requisitos? ¿Cómo cubrirían los gastos?

Mientras que Inocencia y Julio hablaban animadísimos, Dolores hacía una llamada a la oficina de la señora Barojas, encargada de dicho programa en la Universidad. Esa misma tarde, Dolores les explicaba que los cursos para ese año escolar, ya habían comenzado. Sin embargo, podrían solicitar cupo para el próximo año. Escasos dos días después, al apuntar el alba, se encontraban ambos jóvenes tensos, armados de toda clase de papeleo a la entrada de la oficina de la señora Barojas.

La junta inicial fue sencilla. Algunas preguntas, un repaso rápido a los documentos, seguida de un sorprendente altero de formas que los estudiantes deberían llenar. Sin dar a conocer a la señora Barojas su impaciencia, salieron los dos hacia la biblioteca, preparados a pasar varias horas respondiendo a un interminable cuestionario, incluyendo un elaborado ensayo. Julio se llevó las manos a la cabeza dejando escapar una—*¡Oh Shit!* Discúlpame. Estoy atolondrado de tanta pregunta. Parece que vamos a solicitar candidatura para la presidencia.— Al llegar a otra de las preguntas, su corazón paró en seco. Esta decía:

A continuación le presentamos la lista de las ciudades universitarias que participan en nuestro programa, seguidas de una línea en blanco, en las cuales le gustaría solicitar ingreso. Inocencia leyó la lista rápidamente y sin pensarlo dos veces, con puño tembloroso colocó el número uno con tinta negra en Madrid, España; el número dos, en Roma, Italia; y el número tres en París, Francia. Al ver los lugares donde habían marcado los números, ambos quedaron un tanto sorprendidos y decepcionados: Julio había marcado el número uno en París, Francia. Inocencia concluyó:

—Bueno, creo que aún hay pequeños secretos entre nosotros.

—Sí, pero lo importante es que nos acepten. Total, estaremos los dos en Europa y de un país al otro, es un trechito.

—Tienes razón.—Llenos de gusto terminaron las solicitudes entrada la noche, cansados, pero con una enorme esperanza a su alcance.

***

A fines de octubre, Inocencia veía en el televisor, con incredulidad, los cambios inexplicables que México había experimentado en breve, desde la matanza de Tlatelolco hasta la Ceremonia de Inauguración de los Juegos Olímpicos. Muy a su sorpresa, ahí en aquella pequeña pantalla veía estampada en toda la magia y el brío la mejor cara de su dolido y querido México. Se veía hechizada por la energía que emanaban los cientos de muchachas atareadas en elegantes y vistosos trajes de Adelitas, envueltas en un oleaje inmenso de faldas, encajes, moños,' arracadas y rebozos. Inocencia se preguntaba cómo era posible que en tan poco tiempo México había cicatrizado una reciente herida, contagiando a un océano humano de exaltación y colorido a través del mariachi, cuyas notas trascendían lenguas y culturas de todo el mundo.

' pendientes

***

A principios del mes de diciembre, Julio e Inocencia recibían dos sobres provenientes de la oficina de Intercambio Internacional Académico. Al chocar sus ojos, percibieron un revoleteo de mariposas por dentro.

—Bueno, Canela, finalmente llegó la noticia tan esperada.

—Sí, pero tengo miedo de abrir el sobre. Abre el tuyo primero.

—No. Hay que abrirlos al mismo tiempo.

—Tienes razón. A la una, a las dos, a las tres.

Los dos le echaron mano a las cartas con ansias y en segundos hicieron pedazos el sobre.—Julio leyó el suyo a toda prisa: "Antes que nada le agradecemos…blablabla…es nuestro placer informarle que usted ha sido uno de los doce estudiantes de UCSD que ha sido escogido a participar en el programa de Intercambio Internacional para el año 1969-1970." El chico pegó un grito de alegría y comenzó a brincar por toda la pieza…al volver a sus cabales vio a Inocencia, callada, con la carta en las manos, cabizbaja.

—Canela, ¿qué te pasa?

—Nada.

—¿Por qué estás tan callada?

—Es que...no sé como reaccionar...¡A mí también me han aceptado...esto es un verdadero milagro!

—¿A qué país?

—¡A España, Julio, a Madrid, España! ¡Bendito sea Dios! ¿Y tú, a dónde vas a ir?

—¡A París! París...París...Sueño de mis sueños. Tienes razón. Esto es un verdadero milagro.

No muy lejos de la habitación, Alma y Verónica escuchaban gritos que salían de la pieza y al oírlos se apresuraron pensando que algo le había sucedido a Inocencia. Al abrir la puerta observaron cómo los dos brincaban y gritaban de alegría. Los jóvenes decían al mismo tiempo:

—¡Nos han aceptado en el programa! ¡Nos han aceptado en el programa!

Alma y Verónica seguían en limbo.

—¿Qué programa? ¿De qué demonios están hablando?

Julio paró en seco tratando de recuperar la calma. Corto de respiración trató de explicarles: El programa de Intercambio Internacional. Inocencia y yo solicitamos ingreso hace varias semanas y nos acaban de llegar las buenas nuevas. ¿No es increíble?

—¿Y por eso tanto alboroto? ¡Bah! Ni que se hubieran sacado la lotería.

La respuesta fría de las compañeras, fuera de desanimarlos, les dio más fuerza para seguir festejando. Julio dijo: "Esto, amigas, tenemos que celebrarlo como se debe. Las invito a cenar fuera esta noche."

Esa misma tarde salieron los cuatro a cenar a Filippi's, un restaurante de fama local por su cocina italiana localizada en el sector de la población conocida como la Pequeña Italia. Entre abundantes platos de antipasto, pasta fresca, pan y vino, los cuatro chismorreaban con zalamería sobre las sorpresas que el año entrante les traería a cada uno. A pesar del ánimo que reinaba entre ellos esa noche, la chica pensó adivinar un leve rasgo de decepción en los rostros de Alma y Verónica. Sí, era verdad que habían tenido sus deschongues, pero en el fondo las muchachas tenían buenos sentimientos.

Alma, después de dos copas de vino comenzó a echar discursillos: "Por España, tierra caliente de toros y toreros y abanicos y paellas y ¿qué más, mana? ¿Qué más vas a ir a encontrar por allá?

—Pues, vino, aceitunas, castillos, reyes, reinas, y Olé Olé, Olé.

Entre brindis y buenos augurios los cuatro pasaron una velada magnífica.

A la mañana siguiente, la festejada se levantó con un tremendo dolor de cabeza. Se tomó una ducha tibia, dos aspirinas y un café negro y salió hacia la oficina a darle las buenas noticias a la señora Robles. Al llegar, la recibió un fresco arreglo floral que descansaba sobre el escritorio con una nota que decía: "Felicidades. Esta experiencia será un regalo del cielo que jamás olvidarás. Cariñosamente, Dolores." Inocencia tomó la nota, la besó y al dar la vuelta, se topó con la directora, quien, al adivinar su sentimentalismo, la meció suavemente contra su pecho.

Esa misma noche, la universitaria se sentaba en el escritorio y con una paciencia de santa les escribía a los padres una carta minuciosa, dándoles a saber las buenas noticias.

***

Envuelta en fuertes olores a chiles poblanos, dientes de ajo y orégano que impregnaban aquella tarde la cocina, Esperanza, entre suspiros, escuchaba una novela por la radio a todo volumen. La cocinera se sobresaltó al oír la voz de María Teresa detrás de ella que le gritaba al oído:

—¡Esperanza, hace rato que te estoy hablando! ¡Bájale el volumen a esa radio, por Dios, esta cocina parece casa de locos!

Esta corrió y apagó la radio.

—¡Ay, disculpe, patroncita!, es que no la había oído, deveritas.

—¿Cómo me vas a oír si tienes esa maldita máquina a todo lo que da? ¿Qué estás sorda o qué diablos?

—Al oír las palabras ásperas de la patrona y sentir la saliva que le salpicaba en la nuca, sintió ganas incontenibles de abofetearla. Llevada por un impulso embrutecido, dio la media vuelta y ya estaba por alzar el brazo, cuando se vio frente a un sobre en el que inmediatamente distinguió ser la letra de su hija. Al verlo, automáticamente se le deslizó toda la ira y dócilmente dirigió la mirada hacia aquel bultito de alegría. Con contenida emoción le dio las gracias a María Teresa quien, inadvertidamente, chocó con los ojos penetrantes de la cocinera. La patrona dio dos pasos hacia atrás y salió del cuarto, sin decir una palabra.

Con el mismo cariño de siempre, Esperanza tomaba el sobre y lo acariciaba como si fuese la misma cara de la hija. Esa tarde se echó un grueso rebozo sobre la espalda y caminó a encontrarse con el jardinero. Al abrir el sobre, sintió un ligero sobresalto. Sin saber porqué, puso la carta en las manos toscas y quemadas de su marido diciéndole:

—Yo leí la última. Esta te toca a ti.

Eusebio la vio un poco desconcertado.

—Negra, ¿qué te pasa? Traes mala cara.

—No es nada, Viejo. Estoy cansada y tengo frío. Vamos, lee de una vez la carta que tengo mucho que hacer.

No muy convencido, el marido se sentó a un lado de ella, y comenzó a leer el minucioso relato—....Eusebio se quedó como roca. Se le nubló la vista, hizo la carta a un lado y le dijo:

—Termina de leerla tú, mujer. Tengo los ojos cansados.

Esperanza tomó la carta y con voz temblorosa terminó el relato. Por varios segundos, ni uno ni otro dijeron nada. Eusebio se volvió a su mujer y le preguntó:

—¿Dónde diantres queda Meridia, España?

—No es Meridia, Negro. Es Madrid, la capital de España. Creo que queda muy lejos, por allá en las Uropas.

—Pues, sabrá Dios hasta dónde va a llegar la Negrita. Si sigue estudiando, va a terminar graduándose en otro planeta, ¿no crees?

Los dos rieron con una risa mezclada de ambigüedad y resignación.

—Cuando la Negrita salió de aquí, los dos sabíamos que la suerte la llevaría mucho tiempo, muy lejos de nosotros. Ella no tiene la culpa de ser tan in-te-li-gen-te.

—A veces no sé que hacer si reír, o llorar, o darme un tiro en la cabeza y acabar con todo este pinche peso que llevamos a cuestas. Ni hablar, voy a tener que llenar otra hoja de palitos. Ya casi me acabo el cuadernito.

Ambos regresaron a sus labores. Por el resto de la jornada, la cocinera no volvió a escuchar canciones rancheras, ni a suspirar con las radionovelas. Pasó toda la tarde un poco más encorvada que de costumbre, como que alguien le había echado más piedritas al saco que llevaba a sus espaldas.

***

Pasaron varias semanas y entre Diego y los hacendados no se había cruzado una palabra. Rodrigo, conociendo la debilidad de María Teresa por su hijo, le prohibió terminantemente entablar contacto con él "hasta que a Diego se le quitara lo testarudo" le dijo, con voz autoritaria. La mujer se sentía acorralada. No fue hasta principios de diciembre que se atrevió a llamar por teléfono a Odette, a Perugia, con el pretexto de desearle un feliz cumpleaños. La llamada inesperada de María Teresa la tomó desprevenida. Después de varios minutos de entretenerla entre felicitaciones y una conversación plástica sobre temas sin importancia, la Doña se despedía preguntándole sobre los planes que tenía para las vacaciones de la Navidad, a lo cual Odette contestó:

—Diego y yo hemos decidido que este año, yo iré a visitarlo a Inglaterra. Ambos tenemos deseos de explorar los confines de Londres.

María Teresa sintió un piquetito de envidia. Londres, siempre le había atraído y no había tenido ocasión para visitar esa importante ciudad capital.

—Londres. Es una idea divina. Bueno, preciosa,—con voz ladina— dile a nuestro hijo que le deseamos una Navidad feliz y una estancia placentera. Rodrigo y yo estaremos en espera de noticias suyas.

—De acuerdo. No se preocupe.

—Gracias, Odette. Hasta lueguito. Te hablaré en cuanto reciba noticias de mi ovejita descarrilada.

—Hasta luego, Señora. Saludos a Rodrigo de mi parte.

Odette colgó el teléfono. Había caído en las redes de María Teresa y le dio coraje consigo misma de haberse visto en posición compremetedora. Supo entonces que la mujer era tan astuta como Diego se la había pintado.

Ese fin de semana, Odette le explicó en breve, la situación a Diego. El chico, se quedó pensativo:

—Lo siento, muñeca, pero no. Esta vez no voy a dar mi brazo a torcer.

—Diego, me siento comprometida con tu madre. Le prometí.

—No te preocupes. Yo me encargaré de arreglar este asunto.

Se llegaba la Navidad y María Teresa comenzaba a impacientarse. El hijo vengativo decidió esperar hasta que no pudo más. Conocía a su madre y sabía que ella sería la primera en romper el silencio. En efecto, la noche anterior a la llegada de Odette, la madre le puso una llamada al universitario:

—Diego, soy tu madre. ¿No te parece que ya es hora que pongamos fin a este ridículo jueguito y comencemos a comportarnos como miembros de una familia?—Diego escuchó la voz ácida de su madre. Sostuvo la respiración y contestó con toda serenidad:

—Hola, Mamá. A mí también me da gusto saludarte. ¿Cómo está todo por allá?

La respuesta de Diego desarmó a María Teresa. Desconcertada, respondió:

—Bien, hijo, gracias y tú, ¿cómo has estado?

—Bien. Estudiando y contando las horas que venga Odette a pasar la Navidad conmigo. Este trimestre se me ha hecho bastante largo y la he…es decir, los he extrañado mucho.

—Sí. También nosotros te hemos extrañado.—Y sin perder un segundo agregó:

Si es verdad que tu relación con Odette va a las mil maravillas, ¿qué estás esperando para formalizar tu relación con ella? Es una chica ideal para ti.

—Sí mamá. Lo sé. Odette y yo nos entendemos bien. No nos conviene formalizar nuestra relación puesto que aún me falta año y medio para terminar los estudios.

—No dejen pasar el tiempo sin necesidad. Acuérdate que son muchos los preparativos que se deben hacer para una boda. Toda mi vida he deseado organizar la boda de mis sueños, ya que no pude brindarle ese regalo a Rosa Inés, por favor, hijo, no me quites esta ilusión. Prométeme que...—Diego escuchaba ese tonito insoportable, en forma de súplica cuyo ejercicio la madre había llevado a la perfección.

—Sí. Lo pensaré. Gracias por tu llamada. Debo regresar a mis estudios. Les hablaré el próximo domingo. Saludos a mi padre.

—Hasta pronto, hijo. Abrígate bien cuando salgas. No olvides de alimentarte bien, haz tus ejercicios y ve a misa los domingos. Adiosito.

—Adiós, mamá.

Exasperado colgó el teléfono. De un tirón lanzó el libro que estaba leyendo contra la pared, pegando un grito que hizo vibrar los cristales del cuarto, se echó la gabardina encima y salió a la calle. Estaba a miles de millas de ella; no obstante, sentía su respiración jadeante sobre el cuello.

Esa noche, María Teresa, mientras se daba un baño de burbujas, cantaba alegremente. Rodrigo la vio más contenta que de costumbre y le dijo:

—Déjame adivinar. Hoy has hablado con tu adorado tormento.

—Esta casa va a ser testigo de la boda más elegante y comentada en todo México, aunque para lograrlo, me gaste hasta el último centavo.

—Mujer, pero qué obsesión la tuya con amarrar a tu pobre hijo para siempre. ¿Por qué no lo dejas que disfrute de su libertad unos años más?

—Todas mis amistades tienen criaturitas preciosas con qué presumir y yo todavía no. Quiero estar fuerte y lozana y tener muchos años para echar a perder a mis nietos.

—¡Madres. Quién las entiende!

Mientras que en algunas partes del mundo los árboles se quedaban desnudos, permitiendo que los vientos silbaran entre las ramas secas, el blanco de la nieve cubría los campos y techos en otras. La época navideña pasó dejando en cada uno su huella y abriendo paso a un año nuevo, que llegaría a convertirse en un eslabón clave en la historia moderna.

***

Entretanto, la inestabilidad política entre los mexicoamericanos, crecía. Cierta mañana un grupo de estudiantes Chicanos entró corriendo a la oficina de Inocencia, y la invitaron a una reunión, el Domingo de Palmas. El enigmático líder Chicano, "Corky" Gonzáles, envió un llamado a todo joven patriota a congregarse en la ciudad de Denver, Colorado, en esa fecha.

Inocencia, convencida, invitó a Julio quien aceptó más bien por acompañarla. Viajaron en un autobús escolar repleto de estudiantes en un ambiente de genuino compañerismo y patriotismo. El viaje duró muchas horas durante el cual la joven salía, por vez primera de California, y posaba la vista sobre las vastas áreas desérticas de Arizona que solamente había visto en las películas. Se sorprendía de la majestuosidad de los enormes y famosos saguaros que como soldados inertes, protegían los espacios sagrados bajo un cielo azul profundo. Al cruzar por el estado de Nuevo México se extrañó, una vez más, de ver cómo la región desértica se convertía en montañosa, cubierta de pinos altísimos y una vegetación exuberante que se extendía hasta el estado de Colorado. Finalmente llegaron a Denver, bien molidos pero contentos. Al llegar vio la multitud de Chicanos que se habían congregado en cierto edificio público. Los discursos clamaban justicia hacia los grupos minoritarios del sudoeste.

Durante la reunión, Inocencia se vio llevada hacia el frente por un grupo de compañeros. Ahí le colocaron una boina negra con un escudo militar, sobre la cabeza. En seguida, se reunió con un grupo de jóvenes Chicanas donde les tomaron una serie de fotografías. Los bombillos de las cámaras vislumbraron a la joven y cuando recuperó la vista, escuchó las palabras recias de una líder que hablaba sobre el papel clave de la mujer en el movimiento Chicano. Cuando ésta terminó el discurso, la sala se cayó de aplausos y finalmente, la chica volvió a su lugar.

La joven lo veía todo y se trasladaba a los recientes disturbios de los jóvenes estudiantes en México. Eran grupos diferentes pero sus necesidades eran las mismas. ¡Qué irónica era la vida!—reflexionaba.

Una quincena después, a la hacienda llegó un coche negro desde el cual bajaron dos agentes americanos. Los dos hombres altos y corpulentos en trajes grises, hablaban español con marcado acento en inglés y se abrían paso con agresividad. Estos tocaron a la puerta principal de la hacienda preguntando, a los residentes, por Inocencia Salvatierra. Los agentes mostraron la fotografía de la misma, vestida en pantalón de mezclilla, botas, boina y escudo, en posición militar.

Al ver la fotografía, María Teresa pensó:

—Jesús, María y José, ¿en qué líos se habrá metido esta mocosa?

Rodrigo, indignado por la osadía de los tipos al introducirse en su propiedad sin previo aviso, interrumpió: "Señores, debe haber un error. La joven en la fotografía tiene un parecido leve a una chica que vivía aquí, pero hace años que se fue al extranjero y no hemos vuelto a saber nada de ella."

—¿Dónde podemos encontrar a sus padres?

—No tenemos la menor idea.

María Teresa se mordía la lengua. No entendía la reacción del marido.

—Dice usted que la chica se fue al extranjero. ¿No sabría a dónde?

—Creo que a California, mas no sé exactamente—y mostrándose un tanto impaciente, agregó—: Basta de preguntas. Ni sus placas, ni su imponente presencia les da derecho a traspasar estas tierras. La próxima vez que deseen interrogarme, les sugiero que cuenten con pruebas más tangibles y hagan una cita con mi secretaria. Ahora, háganme el favor de retirarse.

Los agentes, acostumbrados a intimidar a los interrogantes, se asombraron ante el recio temperamento de aquel hombre de voz golpeada y sombrero de ala ancha. Su hostilidad se vio arrojada contra la pared. Se disculparon y regresaron al coche negro. Salieron lentamente de la hacienda, seguidos de cerca por una escuadrilla de vaqueros a caballo que Rodrigo movilizó con un simple movimiento de manos.

Al cerrar la puerta, María Teresa le preguntó a su marido:

—No había necesidad de mentirles. No tenemos nada que esconder. Somos gentes decentes y todo el mundo lo sabe.

—Mujer. No te metas en mis negocios. No nos conviene que esos pinches agentes gringos vengan a meter las narizotas donde no les importa. Yo me encargaré de que no vuelvan a poner un pie en mis tierras.

—Rodrigo, esa chica en la foto. Era Inocencia, ¿no es cierto?

—Sí. Sabrá Dios en qué líos se habrá metido. No te decía yo, nada más para eso sirve, para complicarnos la vida.

—¿Tienes pensado decirle a Eusebio?

—No. Al viejo le daría un ataque al corazón y la verdad ahorita no estoy para escenas tristes. Ya se enterará por otro lado si la india esa continúa con sus pendejadas.

—Rodrigo, hoy estás insoportable.

—Gracias, mi vida.

***

En una mañana fría, pero soleada, Diego salía de su clase y se dirigía hacia un café para reunirse con varios compañeros. A una distancia próxima del café se encontraba un pequeño kiosco donde vendían periódicos y revistas con títulos en varios idiomas. Comenzó entonces a merodear cuando se encontró en una sección que nunca antes había explorado. Eran diarios de una naturaleza política fuerte. Entre éstas, le atrajo la fotografía de un grupo de jóvenes de aspecto militante. Paseó la mirada rápidamente y al hacerlo, sus pupilas se quedaron paralizadas ante el rostro de una de ellas. El corazón comenzó a latirle rápidamente. Esta joven, se parece tanto a

Inocencia—pensó—. Leyó el subtítulo y supo que se trataba de una conferencia de estudiantes Chicanos en Denver, Colorado. Tomó el ejemplar del estante, estudió la foto viéndola con atención. Después de unos segundos, dijo: "No, no puede ser. Inocencia, en la portada de un diario militante," soltando una espontánea carcajada. Colocó el diario en su lugar, compró el *New York Times,* y siguió de paso. No obstante, la foto de aquella joven aparecía en sus pensamientos, como imágenes relampagueantes sin lograr quitársela de la mente hasta caída la noche cuando el cansancio fue más fuerte que su vacilación.

Mientras tanto, en California, una mañana Julio corría hacia el cuarto de las tres chicas.

—Muchachas, abran la puerta.

Alma se echó la bata encima y abrió la puerta.

—Entra, Julio. ¿Qué pasó?

—Anoche, un estudiante de este plantel salió de su dormitorio y enloquecido se vació gasolina sobre la ropa y se prendió fuego. Dicen que se revolcaba por el patio pegando gritos ensordecedores. Muchos corrieron con mantas y se las echaron encima, pero el joven, murió.

—Dios mío. Pobre muchacho.

—¿Por qué lo haría?

—¿Estaría bajo el efecto de drogas?

—*He must have been crazy.*

Julio agregó:

—Oí decir que era un pacifista que hacía meses había estado intentando llamar la atención del gobierno por otros medios que no le habían dado resultado. Creo que anoche se le botó la canica y recurrió al único método efectivo que consideró le quedaba.

Muertos de la curiosidad, los cuatro se dirigieron al lugar donde hacía pocas horas había sucedido la tragedia. Había una gran cantidad de personas mirando con mezcla de repugnancia y lástima. Ahí, en la placita misma vieron una mancha negra, esparcida por un buen trecho, donde el desafortunado joven había intentado apagarse las llamas que él mismo se había infligido. Inocencia visualizó la plaza de Tlatelolco, teñida al rojo vivo. Presa de angustia, esa misma noche la joven resumía su estancia en Estados Unidos y un último pensamiento sobre la guerra:

"En una noche callada, un joven soldado envuelto en el manto negro de la obscuridad, llamó a sus compañeros, y después de un buen rato de búsqueda, se vio atrapado en el seno de la tupida selva, irremediablemente perdido. Aterrado, buscó un refugio del enemigo. En el silencio de la noche, de la nada, se oyó un balazo cuyo eco estremeció a las estrellas mismas que comenzaron a centellear en un cielo despejado, sin control alguno. El balazo encontró un blanco perfecto en el pecho del soldado. Este cayó mortalmente herido, temblando de miedo, gimiendo de dolor como un coyote ahullando a la luna, llamando, desesperadamente, a su madre."

Quince

Entre la Realidad y la Imaginación

Finalmente, el evento más esperado por Julio e Inocencia, llegó. Un grupo numeroso de parientes y amistades fueron a despedirlos al aeropuerto. Los viajeros caminaron hacia el avión, no sin antes recibir la bendición de manos de la madre de Julio. Al despedirse ella, a Julio se le hizo un nudo en la garganta. Al despegar el avión, Inocencia sintió un vacío parecido al que había experimentado la primera vez que se alejó de sus padres. Le había tomado un afecto genuino al sur de California, y le podía alejarse del grupo pequeño de amistades con quienes había convivido los últimos cuatro años. En esa ocasión le tocó a ella, prestarle un hombro comprensivo al afligido compañero.

Una vez en el aeroplano, los dos comenzaron a salir de su estupor emocional. En cuanto les fue posible, pidieron dos copas de vino. Tomaron las copas, las chocaron al aire con un suave tintineo y lo bebieron lentamente. Julio rompió el silencio:

—Finalmente, Canela. Se nos cumple nuestro deseo.

La amiga lo escuchó y se pellizcó el brazo, diciendo:

—Necesito asegurarme que no estoy soñando despierta.

Las horas en el avión pasaron rápidamente. Los dos aprovecharon para leer sobre sus respectivos países, tomaron breves siestas y charlaron incansablemente sobre todas las cosas que tenían pensado hacer durante ese año. Julio interrumpió a la joven:

—¿Estás loca? ¿Con qué tiempo y dinero vas a ir a tantos lugares en tan poco tiempo?

—No sé, pero como dice mi Mamá, para todo hay maña.

Durante una prolongada pauta de silencio, Julio, inesperadamente, le preguntó:

—¿Nunca has estado enamorada?—La chica se sentó en el asiento, lo vio con cierto desafío como quien pone un pie en terreno prohibido.

—¿Por qué me preguntas?

—No sé. A veces tengo la impresión que llevas un gran secreto escondido. Algo que no le quieres decir a nadie.

—Bueno, si deveras quieres saber,…sí. Una vez creí estar perdidamente enamorada.

—¿Y qué pasó?

—Nada. Fue uno de esos amores…de adolescentes…que nunca deberían haber sucedido.

—¿Por qué?

—Porque pertenecíamos a mundos diferentes.

—Ah, ¿y es por eso que tienes miedo volverte a enamorar?

—Sí. Aprendí bien mi lección, Julio. Fue una experiencia muy dolorosa.

Al hacerlo, se dio cuenta que le estaba diciendo mucho más de lo debido. Ese secreto era suyo. Decidió que era hora de poner fin a esa conversación. Y dándole la vuelta a la moneda, lo interrogó:

—Y tú, Julio, ¿nunca te has enamorado?

—Sí.

—¿Y qué pasó?

Era muy joven. Estaba en mi segundo año de *high school*. Me enamoré de Betsy, una gringuita muy chula, por cierto: alta, rubia, de pelo largo y sedoso, ojos azules, de piernas largas y un caminadito muy sexy que se paseaba por delante de mí, como relojito, a la hora de *lunch*. Pasaba con sus amiguitas y me saludaba, me guiñaba el ojo, meneaba la cadera, y por todo un año me volvió loco. Me traía cacheteando el pavimento. Todos mis amigos lo sabían y me decían que era un bruto porque no le hacía caso. Imagínate: Betsy era una de las *Seniors* más bonitas y mejor conocidas en el plantel. Yo sabía que era demasiado taco para mí. Por varios meses, hizo conmigo lo que quiso; finalmente me llené de valor, la invité a salir a un baile de ésos que se acostumbran dar en el gimnasio de la escuela, después del juego de fútbol. Muy a mi sorpresa, aceptó.

Del lunes al viernes de la cita, no hice más que pensar en ella. Como no tenía carro, le dije que nos veríamos en el gimnasio y aceptó de buena gana. Fuimos al juego de fútbol y se dejó que la tomara de la mano. Después, bailamos toda la noche, primero piezas sueltas, luego de cachetito. Me acuerdo muy bien que la primera pieza que la abracé y la sentí muy cerca era: *"Angel Baby"*. Cuando le puse los brazos sobre la cintura, creí que me iba a desmayar. Toda esa noche era la envidia de todos mis cuates. Al terminar la última tanda, le dije que saliéramos un rato afuera a respirar el aire fresco y me siguió. Al salir caminamos hacia un jardín. La tomé de las manos, le dije que era la chica más linda que jamás había visto y que estaba completamente enamorado de ella. Temblando como gelatina me acerqué a darle un beso. Betsy se me quedó viendo como si hubiera visto a un espanto, me empujó lejos de ella y se rió de mí. Yo me quedé paralizado del terror y la humillación. No sabía cómo tomar su actitud. Le pregunté qué le pasaba y me dijo, con la mano en la cintura: "Tenían razón mis amigas. Eres más tonto de lo que pensaba. Hoy he ganado cincuenta dólares para mi *prom.*" Le pregunté a qué se refería y me dijo: "Les aposté diez dólares a cinco de mis mejores amigas que, esta noche, me declararías tu amor, y lo has hecho. ¿Qué no te das cuentas que todo esto ha sido una simple broma? ¿Deveras crees que yo, me iba a fijar en ti, un pobre diablo que vive en el barrio?" A lo lejos, un grupo de muchachos y muchachas, lo veían todo y se reían. Betsy se me quedó viendo, me dio una palmadita en la cara y me dijo:

—Julio. Era sólo una broma. Eres buen chico. Gracias por este *date*. A pesar de todo, fue muy divertido. Mejor suerte en la próxima.

Se dio la media vuelta y me dejó, de pie como idiota, en aquél rincón obscuro. Me convertí en la burla de mis amigos. Tenía 17 años y por la mente me cruzó la idea de correr hasta las últimas gradas del estadio y dejarme caer de cabeza. No quería seguir viviendo. No sé que me dolía más, si el corazón o mi dignidad. Esa noche prometí no volverme a enamorar ni a tomar a ninguna chica en serio. Jamás volveré a creer en el amor. Tendré amantes, pero jamás le entregaré mi corazón a nadie. ¿Me oyes? a nadie.

Julio exhaló profundamente, cerró los ojos y calló. Inocencia le contestó:

—Vamos, no exageres. El primer amor es el más difícil. Estamos todos tan tiernitos y no sabemos defendernos. Ya verás, con el tiempo conocerás una chica que te hará olvidar esos malos ratos. Eres un muchacho magnífico. La chica que se case contigo, se va a sacar la lotería. ¡Que hubiera dado yo por enamorarme de un chico como tú! Si tú supieras los detalles turbios de mi primer amor, no los creerías.

—A ver, a ver.

—No. Es un paño de lágrimas y la verdad ahora no estoy para eso. Mira, tenemos todo un futuro por delante. No hay razón para volver al pasado.

Julio se quedó pensativo y luego dijo con un sentimiento tan profundo que como una daga, atravesaron las vísceras de la joven:

—Inocencia, el primer amor nunca se olvida.

No fue hasta entonces que Inocencia entendió por qué los dos se habían llevado y comprendido tan bien desde un principio. Tenían un secreto en común, que no se habían atrevido a excavar, hasta ese testimonio. A partir de entonces, no hubo secretos entre ellos. Todo se decían sin temor a ser traicionados.

Entre charla y secreto, continuaron el largo viaje en ánimo óptimo. Tanto así que, al escuchar la voz del piloto por la bocina que se avecinaban a la primera etapa del vuelo, los dos se quedaron un largo rato en silencio. Ninguno de los dos quiso poner fin a tan agradable experiencia, pero en esos últimos minutos, les fue imposible continuar negándose la verdad: los próximos dos semestres escolares, estarían separados. Minutos después, ambos bajaron la vista y vieron la famosa e imponente ciudad de Nueva York, plagada de rascacielos. Desde ahí ambos tomarían un segundo vuelo hacia sus respectivos destinos. A duras penas se abrieron paso. Julio bajó las maletas de la cinta automática que daba vueltas y vueltas, como diciendo:—apúrate o no me alcanzas—. Inocencia jugaba con la cámara e intentaba sacar una última foto de su amigo, pero, sin poder evitarlo, le entraron unos nervios tremendos. La cámara le bailaba en las manos y no lograba mantener la cara de Julio enfocada. Al escuchar la salida del próximo avión hacia París, a Inocencia se le doblaron las piernas. Julio corrió hacia Inocencia y le dio un abrazo tan fuerte que la dejó sin respiro. El chico desapareció y la joven cayó sentada en la silla. De pronto se vio en una inmensa sala llena de gente en un ir y venir mareante. Por primera vez en mucho tiempo, se sintió absolutamente sola.

Una vez en el aire, Inocencia se acomodó en el asiento y descansó la cabeza en la almohadilla, cerró los ojos y se quedó profundamente dormida. Al despertar, era de noche. La idea de estar suspendida en el aire atrapada en un vehículo entre un velo de nubes en la obscuridad portentosa y la inmensidad del océano abajo, le causaba una gran ansiedad. El ruido sonámbulo del motor la hizo sentir que había pasado a una dimensión jamás experimentada. Por la mente pasaron imágenes de sus padres, tan lejos de ella y le dio miedo. Dijo una Ave María rápido, se persignó y en pocos minutos se volvió a quedar dormida.

Horas después, la despertó el olor a algo bueno. Al levantar la vista, le llamó la atención el perfil de una jovencita que le hizo recordar a Rosa Inés y, como una asociación automática, se le vino a la memoria el recuerdo de Diego. Hasta ese momento, no se le había ocurrido. Diego y ella estarían, una vez más, en el mismo continente. ¡Qué irónica era la vida! Presa de una nueva sensación, tomó el bolso, se arregló el cabello, se retocó el maquillaje y se sentó lista para recibir el desayuno.

El breve trecho de camino que le quedaba le pareció eterno. Horas después, desde la ventanilla pudo distinguir una ciudad que se extendía lejísimos, de un extremo al otro de su vista: Madrid, pensó sintiendo que el corazón se le salía por la boca. Ahí a su alcance estaba todo un mundo nuevo de historia, cultura y gentes que habría que conquistar.

La ciudad le pareció mucho más grande de lo que había imaginado; no obstante, en expansión, la Ciudad de México era aún más basta, o por lo menos eso le pareció a primera vista. Al tocar suelo Ibérico, sintió una corriente eléctrica que le corría de la punta del cabello a los pies. Supo que ese año iba a ser una experiencia excepcional. Lo supo al escuchar a las personas hablar en español. ¡Qué delicia! después de cuatro años de sacrificarse, tratando de comunicarse en un lenguaje extranjero. De pronto se vio rodeada de gentes de fisonomía con quienes tenía más afín: cabello y ojos obscuros y piel morena. Sí, era verdad que sus facciones indígenas saltaban a la vista, pero de alguna forma extraña, ahí se sintió como una mujer con un toque singular que agregar a la ya exótica cultura peninsular.

Al llegar al aeropuerto y pasar por las oficinas de la aduana, se vio cara a cara con un hombre de treinta y tantos años, de mediana estatura, delgado, de piel blanca, cabello y ojos obscuros. La saludó con un saludo firme pero cordial e Inocencia no pudo evitar escuchar un acento marcado, diferente a todos los que había escuchado, aun de los mismos españoles que había conocido en México. El oficial estudió los documentos:

—Vamos a ver. Eres de nacionalidad mejicana pero vienes a estudiar por un año bajo una beca americana. Esta es una situación curiosa.

—Sí, señor.

Se sorprendió que le hablara de tú, un término de demasiada confianza entre dos extraños. También oyó la "J" de mejicana muy pronunciada y le pareció que el español hablaba con demasiada rapidez. El oficial le estudió las facciones. Hojeó el resto de los documentos y con una sonrisa un poco afectada, le dijo:

—Todo parece estar en orden. Que la pases bien.

Al tener los documentos en las manos, Inocencia sintió que el hombre le daba las llaves del cielo. Tomó los papeles, corrió a recoger las maletas, sacó de su bolsillo una libreta con una dirección y tomó un coche de alquiler pidiéndole al conductor que la llevase hacia una zona llamada La Moncloa. Al llegar a la calle Gaztambide, buscó el número y ahí a corta distancia de la calle Fernando el Católico, creyó distinguir el edificio que la oficina de estudiantes extranjeros le había alquilado. En el camino hacia lo que sería su nueva residencia, Inocencia volteaba hacia todos lados. ¡Madrid!, decía, y no se cansaba de repetirlo.

Estaba hastiada de vivir en dormitorios. En esa ocasión quiso vivir en un apartamento. El piso quedaba en el tercer nivel de un edificio antiguo, rodeado de otros edificios parecidos, los cuales, le informaron, estaban localizados en el barrio donde residían estudiantes universitarios.

Al llegar al edificio, la sorprendió la presencia de un hombre que apareció de la nada y le preguntaba quién era y qué negocios tenía en ese lugar. Inocencia le explicó y el hombre, sin más ni más, tomó una llave que llevaba prendida de una correa de cuero a la cintura y le abrió la puerta de rejas del edificio. Esa fue su introducción al oficio del famoso "sereno," del que ya había oído hablar. Subió las maletas al ascensor y de ahí las arrastró hasta su piso. Sentía que la cabeza le iba a estallar por retener tantas nuevas emociones. Tocó el timbre y le abrió la puerta una joven risueña que al verla se le iluminó la cara:

—¿Eres tú, Inocencia?

—Sí. Hola. Soy tu nueva compañera de apartamento.

Pilar era una chica española, menuda, muy blanca, de pelo castaño claro. Con una voz de timbre sonoro, en un súbito gesto de bienvenida, la estrechó en los brazos y le dijo:

—¡Me encanta tu nombre! ¡Es tan...mejicano! Pues, ya era hora que llegaras. Hace rato que te estaba esperando.

Entre las dos introdujeron las maletas y Pilar la llevó a su cuarto. Inocencia se vio en una pieza pequeñita, con cupo para una cama y poco más. Había una ventana al fondo del cuarto con vista hacia la calle; esa sería su comunicación privada con un nuevo mundo. Pilar, como una muñequita frágil de cuerda, con movimientos repentinos, hablaba sin cesar:

—Ven, deja tus cosas. Niña, te ves agotada. Se ve que el viaje ha sido pesado. Mira, te mostraré el piso para que sepas donde está todo y después te dejaré que descanses, ¿vale?

Inocencia salió a paso lento y pesado para darle gusto a la chica, cuando lo único que deseaba era tomarse una ducha y tirarse en la cama sin saber nada de nadie.

El apartamento era sencillo pero acogedor. La española había llegado primero y se había encargado de una decoración que a primera vista, Inocencia no podía clasificarla. Era un ensamble ecléctico. La salita consistía de varias piezas de muebles modernos, de colores y diseños tan vivos que parecían gritarle: "Míranos, aun aquí, en España, nos ha llegado la nueva onda rebelde de los sesenta," le explicaba:

—Algunos me los regaló mi familia; otros, algunos amigos, y lo demás, como los trastos de la cocina y cosas así, los conseguí aquí y allá. Me encanta ir al Rastro, ¿sabes? Se consiguen cosas tan buenas a precio regalado.

El decorado le pareció una imitación excesiva entre lo *hippie* y lo psicodélico. A primera vista, el conjunto le pareció un tanto plástico y superficial, como que los muebles no iban de acuerdo con el resto del edificio. Pilar, con todo el entusiasmo de una joven moderna, le presumía sus dones de creatividad y se afanaba por explicarle de dónde procedía cada pieza. La cocina, aunque reducida, era funcional. Detrás de unos estantes de cristal, le mostraba los platos que llamaba cacharros, los cuales eran un conjunto interesante de vajillas de varios estilos y colores, pero que, por alguna razón no se veían mal. El cuarto de Pilar reflejaba su personalidad: un torbellino. Al abrir la puerta a Inocencia le dio un fuerte olor a pintura fresca. Sin pedir autorización de nadie, había pintado las paredes de colores fuertes: una, anaranjada; otra, verde; una más, púrpura. Al verlo, la mexicana se quedó espantada. Le pareció que había tomado demasiado en serio eso de la nueva onda psicodélica. La españolita, muy satisfecha de su labor, le explicaba:

—Es la primera vez que salgo de mi casa. Mis padres son dos viejos republicanos conservadores que nunca me permitieron expresarme; creo que soy una artista frustrada. En cuanto alquilé este apartamento, lo primero que hice fue cubrir esas aburridas paredes blancas de todos los colores que siempre tuve ganas. ¿Qué te parece? ¿No es un cuarto *out of sight?*

Inocencia se encontró corta de palabras. El olor pungente de la pintura barata que la chica había embarrado de colores que parecían iban a pegar un brinco, terminó mareándola.

El resto de la pieza era el vórtice de un ciclón. Pilar se disculpó diciendo:

—No te fijes en mi desorden. Aún no he terminado de arreglar mi cuarto. No he decidido que *posters* poner en la pared, si el de los Beatles, Jimmy Hendricks, Joan Baez o alguna reproducción de Breugel o de Bosch. A lo mejor me decido poner todos.

Al concluir la gira de lo que sería su casa, la viajera comenzó a sentir los efectos del *jet lag.* Como un martillazo le vino un cansancio invencible. Se disculpó fingiendo jaqueca. Le dio las gracias a Pilar y cerró la puerta detrás de ella. Entró en el cuarto, el cual fuera del resto de las piezas, se encontraba ausente de todo decorado. Se puso una bata y cayó sobre la cama más muerta que viva, pensando que hacía menos de veinticuatro horas había salido de California, mas a ella le había parecido una microscópica eternidad.

Muchas horas después despertó, y al verse en un lugar desconocido, se asustó. De hilo en hilo comenzó a hebrar los acontecimientos de las últimas horas y recordó donde se encontraba.

Pilar había salido y aprovechó para darse un baño de tina, prepararse un café y desempacar las maletas. Al hacerlo, recordó el día que había hecho lo mismo en California y por unos segundos, extrañó la compañía de Alma y Verónica. Pasó un par de horas sacando el trozo de vida que había llevado en las maletas. Le pareció que no iba a tener espacio suficiente pero se esmeró y a fin de cuentas, encontró un lugar para todo lo que llevaba. Al terminar, se tiró en la cama, pensando cómo iba a arreglar el cuarto; al hacerlo cayó en cuenta que por primera vez podría decorar la pieza, sin la aprobación de nadie. Muy entrada la tarde, llegó Pilar con bolsas de alimentos. Hasta entonces, Inocencia no había sentido hambre. "Era todo muy extraño—le decía a su amiga—he dormido no sé cuántas horas y aún siento que traigo la cabeza metida en una cubeta de agua." Pilar le explicó que la noche anterior la había esperado a cenar pero que no logró despertarla. Esa mañana había salido a hacer la provisión y, si no tenía ningún inconveniente, compartirían los alimentos y los gastos. Pilar agregó:

—No sé qué comas tú. Por si las dudas, compré lo necesario para hacer una tortilla española.

—No te preocupes por mí. Yo como de todo.

Pilar se puso a preparar la famosa tortilla. Inocencia la observaba: pelaba las papas y las cortaba en pequeñas rajas; vaciaba una cantidad enorme de aceite de oliva en la sartén y freía las patatas con cebolla; tomaba seis huevos y los batía echándoles una poca de sal y pimienta. Los ingredientes le recordaron a los que usaba su madre al hacer una torta de huevo, pero la preparación era diferente. En unos minutos, el pequeño apartamento se llenó de un olor riquísimo. Se le alborotaron las papilas gustativas. Al llenarse los pulmones de tan robustos olores sintió una hambre tremenda. En seguida, puso la mesa. Pilar sacó una botella de vino tinto de marca española, unos panecillos frescos y se sentaron a cenar. Casualmente, Inocencia preguntó la hora. Eran las diez y media de la noche.

—¿Las diez y media de la noche? ¿Qué horas son éstas de estar cenando?

—En Madrid se acostumbra cenar muy tarde. Pues, ¿a qué hora cenáis vosotros en California?

—Entre las seis y las siete de la noche.

—¿Entre las seis y las siete de la noche? Había oído decir que el americano se acuesta tempranísimo como las gallinas. ¡Bah! qué vida tan aburrida. Aquí, la vida apenas comienza después de la cena.

—Sí. Pero el americano se levanta al amanecer. Acuérdate que como dice el dicho: "Al que madruga, Dios le ayuda."

Las chicas cenaron con harto apetito, alzaron las copas deseándose una calurosa bienvenida, brindando por un buen año y por el gusto de haberse conocido. Mientras cenaban, se hicieron miles de preguntas la una a la otra, tratando de conocerse un poco más. Al terminar, entre las dos limpiaron la cocina. Como Inocencia había dormido hasta muy tarde, no tenía sueño. Pilar la invitó a tomar una copa, a lo cual la extranjera aceptó con gusto. Esa sería su inauguración al afamado mundo de noche de los madrileños sobre el que la joven había oído hablar con frecuencia y se moría por ver y vivir con sus propios ojos. Cerca de la media noche salieron rumbo a calle Princesa y entraron a uno de tantos bares, cuyas terrazas estaban inundadas por toda clase de jóvenes, en la habitual ronda nocturna. Ahí, apretujados, Pilar la presentaba a cuanta persona conocía como "La Mejicana." En pocos minutos, la joven se vio rodeada de un grupo numeroso de estudiantes, tanto españoles como de todas las naciones del mundo, tomando cerveza, vino, y envueltos en una charla animadísima. Observó que ella era la única que no sostenía una constante espiral de humo entre los dedos y al verse ahí, a la media noche, entre estudiantes apasionados por el simple hecho de ser jóvenes, supo por primera vez lo que era vivir en toda su plenitud. Pasaría muchas noches como ésa, pero jamás volvería a sentir la exaltación de la primera ronda en Madrid.

El día siguiente salió temprano del apartamento, tratando de ganarle a los rayos más fuertes del sol; se vistió y calzó zapatos cómodos. Con la mochila sobre la espalda, se echó a caminar bajo un cielo de un azul tan profundo que la joven podría haber visto la suerte de sus antepasados. Se dispuso recorrer el antiguo barrio de La Moncloa, situado en la parte Oeste de la ciudad. Caminaba de un lugar a otro, sin rumbo fijo. Quería perderse entre la multitud y escuchar el bullicio propio de una metrópolis europea. Pasaba por los bares y cafeterías donde veía a los estudiantes devorarse a toda prisa bocadillos de todas clases, y llenarse los pulmones de olores fuertes de vinos, panes y quesos, descansando sobre mostradores, al igual que chorizos y jamones colgando de los techos y barras.

Se entretenía viendo a las señoras en los mercados al aire libre palpar flores y frutas frescas con voces recias y ademánes. Observaba a los ancianos tomar una copita de jerez en las mesitas de las terrazas, leyendo el periódico y discutiendo, con ardor, las últimas noticias.

El Parque del Oeste, como los demás parques de la ciudad era todo un universo en sí; en éste, Inocencia, se recreaba las pupilas con el arco iris de las flores que agraciaban las vistosas fuentes, en los jardines; se quitaba los zapatos y caminaba por el césped seco y sentía los últimos calores del verano cosquillearle la planta de los pies; veía a las señoras, bien vestidas, empujando los carritos con niños de caritas angelicales intercambiando métodos de crianza; veía a los señores de edad media jugar a los bolos, en pantalón blanco y boina negra, y a los jóvenes practicar el fútbol sóccer; envidiaba a los enamorados, detrás de los árboles besándose con pasión; y después de una mañana llena de visiones y emociones, se sentaba a descansar bajo la sombra de inmensos árboles a observar al mundo que, a paso acelerado, le pasaba por delante. Madrid era un espectáculo viviente. El tejido de esa ciudad era opulento. El madrileño se levantaba tarde y pasaba la mañana de mal pelo hasta que se tomaba el primer espresso, y con ese golpe repentino continuaba el tren de vida, gozando al máximo de cada segundo como si fuese a ser el último.

Poco antes que se iniciaran las clases, Inocencia vio las paredes desnudas de su cuarto y sintió una necesidad irreprensible de vestirlas. Durante su recorrido por varios sectores de la ciudad, había visto puestos de carteles de pintores inmortales. Los veía de lejos y sus ojos se desbordaban al tener ante ella tal variedad y selección de obras maestras, no solamente al alcance de la mano, sino del bolsillo. Se acercó y preguntó los precios.

—Cien peseticas cada uno, señorita—contestó una mujer ya entrada en años, piel un tanto arrugada—. Acércate, maja, no te pasa nada. Mira, qué hermosura de trabajo. Están a precio regalado. ¿Cuántos te damos?— mientras se disponía a enseñarle la mercancía.

—Gracias—respondió la joven. Caminó unos pasos, abrió la bolsa y contó el dinero que tenía. Aún no se acostumbraba a las nuevas monedas y tenía que hacer un rápido cálculo mental para enterarse del precio en dólares. Hizo una transacción mental rapidísima. MMMMM no está mal. Calculó que tenía dinero suficiente para comprarse cuatro, quizá cinco. Si tan sólo pudiese llevármelos todos—pensaba. Lentamente regresó e ignorando la presión que la vendedora ejercía sobre ella, comenzó a verlos detenidamente, uno por uno, haciendo a un lado los que más le atraían. Fue una tarea difícil. La mujer la miraba impaciente. Finalmente, se decidió por uno de Velázquez, uno de Paret, uno de Murillo, uno de Ribera, uno de El Greco, y el último, de Goya. Sería su Colección Española. Sí, sí.

Tomó los carteles y corrió hacia el apartamento con la mini colección de obras maestras bajo el brazo. Cuando tapizó las paredes de su dormitorio con todos esos tesoros, los agrupó de manera que cada uno tuviera un espacio especial, cuidando de hacer resaltar lo mejor de cada uno. Al terminar los vio de lejos y le pareció que habían quedado bastante bien; no obstante al cuarto le hacía falta algo verde y fresco: el toque de su padre. Salió hacia un vivero y compró varias plantas, grandes y pequeñas. Regresó y las colocó en macetas; algunas colgando del techo, otras sobre los estantes de libros, otras sobre la ventana de manera que les dieran vida tanto a la habitación como a las pinturas mudas. Entre las pinturas y las plantas logró entablar un diálogo que sólo ella comprendía. Luego, encendió la radio y la sintonizó en una estación que ofrecía una combinación de música clásica por la mañana y de jazz por la noche. Abrió la ventana de par en par para dar paso a los rayos del sol y permitir que éstos se reflejaran en las pinturas, y que alimentaran las plantas. Una vez que hubo terminado, descansó los pies descalzos sobre el piso viejo de madera y un tanto fatigada, se tiró sobre la cama saboreando la creación. Con un puñado de pesetas había logrado realizar su sueño: vivir en un pequeño mundo rodeada de sol, arte, plantas, libros, música y nada más. Había convertido el dormitorio en un museo íntimo y personal. Satisfecha, se sintió libre...Cerró los ojos y se quedó dormida. Por primera vez en su vida, Diego no tuvo cabida en su pensamiento.

Una tarde Pilar entró en el cuarto de la mexicana. Vio el decorado y dijo:

—Lo suponía. Todos los estudiantes extranjeros se vuelven locos por eso monos clásicos y aburridos. Yo, en tu lugar tuviera *posters* de *Janis Joplin, the Who, the Grateful Dead, the Rolling Stones,* o algo un poco más de moda.

—Por lo visto, en este apartamento hemos abarcado todas las escuelas y todos los períodos. No nos podemos quejar que vivimos en un piso—y sacando la lengua en dirección a Pilar—aburrido.

El inicio de los cursos en la Complutense llegó, sin molestarse a tocar las puertas. Inocencia se levantó tempranísimo. No quería correr ningún riesgo de llegar tarde a la primera clase. La noche anterior se había aprendido de memoria la ruta que debería seguir el autobús hasta la Ciudad Universitaria y lo repasaba: Autobús número 62, con paradas en Arcipreste de Hita, Arco de la Victoria, Plaza de Cristo Rey, Avenida Complutense, Paraninfo Universitario. Finalmente, ahí estaba: La primera impresión que tuvo de la Universidad fue parecida a la que recibió durante la primera visita a UCSD. Era toda una ciudad, más vasta, y más compleja aún. Se sintió como un trompo dando vueltas y vueltas. Había miles de estudiantes abriéndose camino entre los corredores obscuros de las apretujadas aulas. Estudió el mapa. Siguió las flechitas en amarillo que había subrayado y dio con el edificio de Literatura y Filosofía. Las construcciones eran bastante modernas, de varios pisos.

Entró a una sala en completo desorden y movimiento y encontró asiento. Los estudiantes hablaban con una ligereza y zalamería que la mareaban; parecía que se tropezaban con sus propias palabras. Las aulas eran de buen tamaño con escritorios situados en gradas de abajo hacia arriba, como un anfiteatro. Al fondo, sobre una tarima, había un simple escritorio viejo de madera a un lado y una enorme pizarra de color negro al fondo.

Ese año Inocencia se dedicaría por completo a tomar cursos de Literatura Española. Abrió el texto y leyó los títulos de capítulos que cubrirían ese año: El Barroco, el Neoclasicismo, el Romanticismo, el Realismo y el Modernismo. Los títulos no le eran del todo desconocidos, pero a la simple vista del libro, al sentir el grueso, lo pesado, y al hojear el contenido, supo inmediatamente que dicho curso llevaba todas las señales de ser a un nivel superior a todo lo que anteriormente había sido expuesta. De pronto, se oyeron unos pasos acentuados. Una mujer hizo su entrada y se dirigió hacia la tarima al fondo del salón; colocó un altero de libros sobre el escritorio, se caló las gafas de lectura, se acomodó la falda, se dio una ligera pasada por el cabello y se presentó:

—Buenos días. Mi nombre es Jimena Aragón, su profesora de Literatura Española.

Era una señora española, de cincuenta y tantos años, pulcramente vestida, de trato firme pero cultivado. Su voz, como varita mágica, hizo callar a los estudiantes. En segundos, como robotitos, todos tomaron asiento, abrieron cuadernos y volvieron la vista hacia el frente.

A las nueve en punto de la mañana, dio comienzo la clase. La profesora se acercó a la pizarra y sin perder un respiro, presentó un resumen sobre el contenido del curso, las fechas de los ensayos y demás trabajos que deberían presentarse. No hubo preguntas ni argumentos. Con toda autoridad de perito en la materia, la señora Aragón presentó la primera sesión ubicando hechos y personajes en un cuadro sintético del tiempo, y siguiendo, sin parpadear, el hilo de la misma: "Durante el siglo XVII, la sociedad europea sufre una metamórfosis, gracias al decaimiento de la aristocracia, la cual ve el nacimiento de la burguesía en las estructuras políticas y económicas. Dicho fenómeno culmina en la Revolución Francesa, la cual impactó de lleno la literatura, enfatizando el aspecto sentimental, producto del pensamiento burgués en pleno desarrollo."—La profesora llenaba la pizarra de datos y en cuanto terminaba, borraba todo y continuaba de la misma forma, varias veces más. "España se esfuerza en imitar a Francia en su pensamiento borbónico, y fomenta dicha filosofía creando sociedades para fomentar su autodependencia económica y cultural, por medio de la expansión de la prensa, la cual influyó grandemente en la difusión de la nueva ideología. Entres ellas se destaca la Real Academia Española, establecida en 1713..."

Inocencia escribía a toda velocidad pero la punta del lápiz no lograba alcanzar la cascada de palabras que emanaban de la boca de la profesora y se resbalaban graciosamente, saboreando la marcada pronunciación de las C y la Z. "...Por medio de esta ideología, se enfatizan la virtudes humanas adaptadas por el clasicismo, practicadas por la burguesía con un fin humanitario..."

Con frecuencia la joven se perdía en la sonoridad de la voz, en la visualización de los personajes, en la riqueza del vocabulario, en el simple hecho de estar ahí, en esa aula escuchando una explicación sobre tan célebre ápice en la Literatura Española.

Inútilmente trataba de canalizar la energía de la imaginación con la velocidad del grafito y no podía. Se brincaba frases enteras. Aún no había terminado de tomar los notas de la pizarra en la libreta, cuando tenía que volver a empezar. A medias de la clase, sintió un calambre en la mano derecha. Volteó a ver si era la única con ese problema y muy a su sorpresa vio que los demás resumían las notas y no se habían quedado atrás. Al terminar la clase, se forzó a hacer conversación con una estudiante que se sentó a un lado y con mucha pena, le pidió prestadas las notas. La chica era madrileña y al verla tan ofuscada, le prestó el cuaderno, "por esta noche, nada más. Esta profesora tiene fama de ser exigente. O estudias o no pasas los exámenes," le dijo. La extranjera salió "con ganas de jalarse las greñas," le confiaba a Pilarica. Nunca había sentido tal frustración a primera hora. Para su mala suerte, el resto de las clases fueron de una intensidad equivalente a la primera.

A la hora del almuerzo, tensa y muerta de hambre, caminó hacia la cafetería. Pidió un bocadillo de jamón y queso, y un refresco. Había tanto estudiante que las mesas y sillas no daban a basto. A pesar de lo cansada que estaba, tuvo que comer de pie y a toda prisa. Le pareció extraño ver una barra que se extendía de un extremo al otro, surtido de toda clase de vinos y licores. El ambiente estaba penetrado de olor a tabaco y una nube de humo. ¡Por Dios!, ¡cómo fuman los españoles, sobre todo los jóvenes!—pensó—. ¿Qué es esto, una taberna en plena fiesta, o una cafetería universitaria? ¡Qué pena!—reflexionó la extranjera—que la creciente publicidad contra el consumo de cigarrillos en Estados Unidos hubiera caído en oídos sordos en el resto del mundo. Tuvo que salirse de la cafetería, puesto que le pareció que era prácticamente imposible respirar en un aire tan viciado.

Esa tarde llegó al apartamento, tiró los libros sobre el escritorio y cayó de espaldas sobre la cama. Al abrir los pesados párpados, todo el cuarto giraba cual un tiovivo. Creyó ver a Velázquez, Murillo y El Greco, bailar, brincar, reír y mofarse de ella: "Pequeña, estás es una Universidad de tacón alto y vale más que comiences a agarrar la onda o te va a llevar la tía de las muchachas."

Por las tardes iba a la cafetería Galaxia, el sitio de reunión favorito de Pilar. Ahí, sentadas en una barra grande en forma de zigzag, se congregaban con frecuencia a tomar una copa y a compartir menús rápidos y comidas propias de la casa. Después de la comida por la tarde, caminaban todos hacia el apartamento y escuchaban música. En otras ocasiones, salían a tomar una caña y saboreaban la paella de tapa en alguna terraza a lo largo de la calle Princesa. A Inocencia le fascinaba ver la versatilidad de bebidas y tapas "de cocina" con las que los comensales acompañaban la cerveza y el vino: filetillos de boquerón marinados en vinagre y aliñados con aceite de oliva, ajo y perejil, o pescados pequeños rebozados a "la andaluza." Con frecuencia se preguntaba qué opinaría su madre de la cocina española, tan diferente a la suya; con toda seguridad, le haría falta el chile mexicano.

Los fines de semana eran una gran fiesta. Por la noche, las chicas salían a cenar a altas horas de la noche en uno de tantos restaurantes desparramados por toda la ciudad. Después de la cena, Inocencia se reunía con un grupo de compañeros en un tablao de flamenco próximo a la Plaza Mayor y ahí, apretujados entre vasos de sangría y tapas y humo se abandonaba en la atrevida actuación de baile: cantaores, bailaores y tocaores, ejecutando un espectáculo de fandangos, sevillanas, rumbas, seguidillas y tarantas en trajes untaditos al cuerpo, elegantes peinetas y zapatillas de tacón macizo, castigando aquellas desgastadas tablas. Pilar, a quien llamaban "Pilarica," de cariño, agraciaba el grupo desplazando sus movimientos intrépidos con gracia y elegancia, con mirada penetrante, cuerpecillo de contorsionista y los olanes barriendo detrás de ella, siguiéndola fielmente de una punta a la otra de la tarima, al compás de una música apasionada. Era un espectáculo fabuloso. Hacía tiempo que Pilarica hacía sus pininos en esa taberna y se había conquistado la simpatía de un pequeño público que iba a verla todos los fines de semana. La chica era una bailadora de flamenco frustrada que, a pesar de tener talento, nunca había logrado ser admitida por los grupos profesionales. En una noche menguante se hastió de su mala suerte y se dedicó a bailar en tablaos locales en los que había encontrado el calor y la aceptación que tanto tiempo había buscado.

Después del *show* de Pilarica, salían a hacer la afamada ronda por una docena y más de bares, en la plaza de Santa Ana, comenzando en Los Claveles y terminando en Viva Madrid.

Los domingos, después de misa de la una de la tarde, solían ir a Casa Mingo, a deleitarse del afamado pollo asado con cañas de sidra destilada y acompañarlos con tapas de queso y chorizo. Cada lugar que descubría escondía pequeños secretos al visitante desde el paladar más común hasta el más exigente. Madrid era como un diamante de muchas caras y dependiendo de qué ángulo le cayera el sol, reflejaba un tinte de colorido sin igual.

Las primeras semanas, la joven extranjera se encontraba en una luna de miel en la excitante capital. Una mañana despertó y cayó de golpe de la nube rosada. Por fuera, Madrid era una ciudad multifacética que encandilaba al viajero con los encantos como una quinceañera en un vaporoso vestido. No fue hasta después que comenzó a percatarse de sus desperfectos.

Una voz insistente le decía que ya no estaba en los Estados Unidos, donde el individuo tenía el derecho de expresar su opinión. Lo supo al observar que los madrileños se cuidaban de no discutir temas controversiales de política en lugares públicos. El madrileño había encontrado una fórmula sutil de expresar su antagonismo, con palabras de doble sentido y ademanes disimulados. Todo se decía en voz baja, a puerta cerrada, entre grupos íntimos de máxima confianza.

Una tarde, caminaba por el patio de la facultad de Filosofía y Letras cuando levantó la vista y vio a un grupo de hombres en uniforme, paseándose a caballo por los contornos de los jardines. La presencia ubicua de la Guardia Civil, con mirada de plomo observándolo todo, la hizo recapacitar. Sabía que España se encontraba bajo un gobierno hermético que ejercía un control rígido sobre los ciudadanos, pero ese concepto intelectual no se había materializado, hasta entonces. Le pareció que las acciones y movimientos de los estudiantes estaban bajo análisis como ratas de laboratorio. ¿Deveras pensaba Franco que al montar a los soldados a caballo y mandarlos a espiar por todas partes iba a poder controlar el pensamiento del español?

Una noche, durante una de las rondas cerca de las doce, al pasar por un cruce de caminos principales, Inocencia y sus amigos vieron a una docena de jóvenes cargando pancartas, escurrirse entre la gente. A una señal, todos se esparcieron; en un abrir y cerrar de ojos colocaron las pancartas sobre paredes visibles desapareciendo entre la obscuridad, en silencio, como gatos a puntillas. Todos los vieron mas nadie dijo nada. Por el contrario, siguieron el camino como si nada hubiese ocurrido. Al llegar al siguiente bar en su recorrido, Inocencia se acercó a Pilar y le preguntó qué significaba lo que había observado. La española la llevó hacia los baños y en voz baja le dijo:

—Mejicana: vivimos bajo una dictadura. Si alguien desea expresar su opinión en contra del gobierno, tiene que hacerlo a escondidas. Ya es hora que te desengañes. Andate con mucho cuidado y no le digas a nadie lo que has visto esta noche. Ve a tus clases de literatura, tómate tus copitas, camina entre los parques, admira a los pintores y diviértete. Eres una estudiante en plan turístico. Mañana te irás y regresarás a tu mundo de muñecas, pero nosotros tenemos que seguir viviendo bajo esta represión. La vida, aquí, no es un paseo quijotesco sobre el lomo de Rocinante como lo pintan las guías turísticas.

En una fracción de tiempo, la cara de Pilar tomó un semblante distinto. Las facciones se endurecieron, la mirada se cuajó y en las palabras había un tono severo y amargo. Esa noche, Inocencia conoció la otra cara de España, que pocos visitantes llegan a descubrir.

La indígena descorazonada despertó sufriendo de una bien merecida resaca, mientras que en las adoloridas paredes de su cabeza hueca resonaban las verdades que Pilar le había confesado. Pasó un buen rato entreteniendo la idea de adentrarse en los orígenes y la política de España para saber qué papel desempeñaba ella, en ese renglón, en esa ciudad. Comenzó por preguntarse: ¿Qué sabía de la genealogía de España?, ¿Qué sabía sobre Franco? Durante las interminables tertulias en los cafés, escuchaba diversas opiniones.

España era un país multifacético al igual que muchos países en el mundo entero: Por un lado, se afanaba por preservar las tradiciones religiosas y costumbres tan arraigadas en la historia, la cultura, y en todas las fases de la vida; por el otro, se desesperaba por emanciparse de un gobierno de tiranía y caciquismo.

Ahora se explicaba esa cierta tensión que se percibía en el medio ambiente, la actitud tosca del madrileño, de paso acelerado, palabra medida, y la vista hacia todos lados. Comprendía la intolerancia de un gobierno autócrata y la influencia que éste había tenido sobre el ciudadano. Veía cómo el guante blanco de la censura había llegado con mano de hierro a las pantallas del cine de España. Podía adivinar la cara fea de la detracción detrás de cada palabra que se imprimía en el país y la mano invisible de la censura apretando el cuello de los periodistas, escritores, poetas y artistas. Estudiaba la transformación de su generación de una manera palpable. Lo veía en el trato del hombre hacia la mujer: la fogosidad con que las parejas se besaban y se manoseaban públicamente en rincones obscuros de los bares y discotecas, aturdidos por el licor, las luces psicodélicas, y la música, como único escape a la represión sexual de una generación activa y sana, fanáticamente frenada. Quizá serían señoritas de familias pudorosas cuyas madres juraban sobre las tumbas de los abuelos que sus hijas iban a llegar vírgenes al altar, o machitos que no tenían ni el valor ni el dinero para alquilar un cuarto en un hotel de paso y llevar el acto sexual a la culminación.

Puesto que España era la tercera cultura en la que había vivido encontró sus experiencias fascinantes y preciadas, como algún fósil a medio cubrir de arena, en una duna de Africa con la que inadvertidamente se tropezaba un ávido antropólogo.

Encontró muchas semejanzas entre la transformación por la que pasaba España y su propio México. La virginidad—reflexionaba—se había convertido en un mito. Ella sería la última en darse baños de pureza, después de todo, ella también había caído en las redes de la tentación. ¿Habría un castigo eterno en el infierno para niñas que perdían su "gracia" antes de ponerse el vestido blanco? ¿Habría un lugar especial en el cielo para las señoritas que se habían esperado, como niñas buenas hasta la noche de bodas? De una cosa estaba segura: en México, como en España y en cualquier otro país católico, toda mujer, sin importar el nivel socioeconómico o intelectual, continuaba siendo víctima de las creencias religiosas. El sexo, pensaba: tanto libro, diálogo y discusión sobre el tema y en realidad, nadie tenía la solución y nada había cambiado. Mientras que existan hombres y mujeres que se atraigan físicamente, existirá la pasión que en tantos casos, sobrepasa a la razón. ¡Y pensar que tantas jovencitas han sido atormentadas por pasarse de la raya! ¡Qué injusta era la sociedad y qué hipócrita! En todas partes y en todos los tiempos, han existido hombres de todos niveles sociales que han sostenido relaciones clandestinas con mujeres, mientras que sus esposas los esperan fielmente en casa, cuidando a los hijos. Todos lo saben y todos lo callan. ¿Por qué entonces esa obsesión en prender de la mujer la letra "A" y echarla a la calle a que se convierta en la burla del mundo, mientras que ellos se esconden en el confesionario donde susurran los pecadillos al sacerdote y después de un Padrenuestro y tres golpes de pecho, están perdonados? ¿Quién está ahí para perdonar a la mujer? A fin de cuentas, las parejas siguen haciendo el amor y el mundo sigue multiplicándose sin control alguno. A ver a dónde va a parar todo esto—suspiró—. Todas esas contradicciones encontraban una fuente insaciable de curiosidad en la joven que paso a paso descubría algo novedoso e inexplicable acerca de la nueva cultura entre cuyo tejido, se veía como una hebra solitaria, buscando la forma de entrelazarse y pasar desapercibida.

A pesar de la torpeza con que la realidad borraba la línea ilusoria que se había forjado de Madrid, la joven continuaba el horario acostumbrado.

Las cartas de los padres llegaban con regularidad. Esperanza le contaba los chismes de la hacienda con cierta picardía que encantaba a la hija: La vida seguía su curso normal, fuera de los mismos problemas: "La noche anterior, los patrones tuvieron un pleitazo: María Teresa tiró varias piezas de su elegante vajilla holandesa contra la pared, haciéndola pedazos, mientras que Rodrigo la acusaba de ser una esposa risiblemente celosa…Eusebio había comenzado a llenar otra hoja de palitos…los patrones lo mantenían ocupadísimo con las mil y una pretensiones de la patrona. El domingo pasado, María Teresa le dijo a Eusebio que tenía ganas de tener un invernadero, como la fulana de tal en no sé que película. Mi Negro la oyó, le dijo que sí y la mandó a freír hongos. Para el lunes, la Doña había cambiado de idea. Creo que Eusebio la conoce mejor que el patrón…"

Inocencia respondía y les comentaba a sus padres: "Los españoles, sobre todo los jóvenes, no duermen. Pasan todo el día en las calles y en los cafés, y por la noche, en las discotecas, o en los tablaos de flamenco. Al amanecer, los jóvenes exhaustos y desaliñados se dan cita, una vez más, en los cafés donde consumen los tradicionales desayunos para crudos y desvelados: gruesos churros dorados y porras con grandes tazas de un chocolate espesísimo. El español saborea la vida como yo de tus frijolitos. El sueño lo ven como una necesidad biológica, a la cual deben doblegarse cuando el cuerpo, simplemente, no da más." —Y continuaba— "La diferencia fundamental entre el mexicano y el español radicaba en la naturaleza de su temperamento. La pronunciación de la "c" y la "z" del castellano me parece curioso. ¿Dónde oí decir que esta costumbre, tan arraigada en algunas partes de España, se debía al impedimento del habla de un viejo rey? El uso de vosotros y las terminaciones en "íais" a pesar de que en un principio me parecieron un tanto arrogante, me han caído en gracia. Le dan al lenguaje un tono de arcaica elegancia. Me sentí transportada a siglos anteriores, de reyes y castillos. Me pregunto por qué esa costumbre no la inculcó el conquistador en el lenguaje español del mexicano. Si tan sólo hubiese sucedido lo mismo con las enfermedades venéreas y tantas virus más que terminaron diezmando la población de México. Pero al caminar por las calles de Madrid y ver tanta belleza, me digo a mí misma: Madrid no tiene la culpa de los pecados de sus antepasados."

Quizá la máxima satisfacción para Inocencia eran las tardes que pasaba visitando los museos de la gran ciudad. A escasos pasos del apartamento tomaba el metro, y en un paréntesis de tiempo salía de aquel mundo obscuro a una ciudad bañada de luz y conmoción perpetua. Pasaba tardes enteras recorriendo las diferentes salas de aquellos museos antiguos, cuyas paredes sostenían enteras generaciones de obras maestras de pintores legendarios. Las ricas paletas de éstos habían dejado impreso en lienzo una cultura y un génesis elaboradísimos, prácticamente inexplicable. La joven se sentaba ante tales maravillas, las acariciaba con la niña de los ojos e intentaba encontrar una interpretación personal en los rasgos delicados de Velázquez al captar una escena típica de la nobleza como eran las imágenes reflejadas en los espejos, las miradas quisquillosas de las jovencitas, los sujetos superpuestos en el fondo, incluyéndose él mismo como parte íntegra de la interacción, encerrando cuantiosos relatos e indiscreciones. Veía también "La Vendimia" de Goya, "Majas en un balcón," "Niños en la playa," de Sorolla, un cuadro bañado de sol encendido y calor, mostrando a tres chiquillos desnudos, tirados en las arenas, jugando con el agua.

La chica mexicana pasaba de una sala a la otra admirando las diferentes colecciones, escuelas, estilos, y el tiempo del que disponía no le daba a basto. Además el Arte, como la Literatura, era una ciencia que exigía toda una vida de disciplina y estudio. En otras ocasiones, contemplaría el toque de modernismo en el cubismo de Gris, los pincelazos enérgicos y el rompimiento cáustico de moldes cansados de Picasso; las figuras caprichosas, de Miró, las escenas religiosas de El Greco, y muchos otros más. Salía de esos salones y se sentía llena de una efervescencia rebosante. Quería dar saltos y gritar a los cuatro vientos que sus ojos habían visto tanta maravilla.

Los fines de semana caminaba entre casas de antigüedades, conventos y palacios, de cuyas viejas paredes prendían cientos de joyas, tapices y objetos de arte, pintura y escultura que Inocencia imaginaba pertenecía a épocas más bien propia de los cuentos de Las Mil y Una Noches. Una tarde de lluvia salió y vio el cielo cubierto de nubarrones grises y sintió el frío cuales navajas filosas que le traspasaban el costado. Ese súbito cambio la tomó desprevenida; era a fines de octubre y el frío había llegado de lleno. Se sorprendió al ver el rápido cambio de vestimenta que experimentaban los jardines, las flores, y aquellos inmensos árboles que se mostraban, verdes, que las fuertes ráfagas de viento parecían despeinar sus largas y abundantes cabelleras, esparciéndolas por doquier. No sabía por qué, pero desde pequeña le había atraído muchísimo esa estación. Ese otoño, Inocencia asistía a clases, estudiaba, leía y escribía constantemente. En los ratos libres, corría hacia el metro y se dirigía a algún lugar de la ciudad que había escuchado tenía cierta reputación y se llenaba de curiosidad. Pilar la incitaba:

—Mejicana, si deveras quieres conocer a Madrid en toda su expansión, te llevaré a casa de unos amigos que viven en un barrio que estoy segura te dará bastante qué pensar.

—Sí, sí, me encantaría.

Esa misma tarde, tomaron el metro y bajaron en la estación: "Chueca." Inocencia dijo: Hasta el nombrecito me suena...colorido. En efecto, al recorrer dicho barrio, se sintió trasladada al Madrid de hacía cientos de años. Las callejuelas eran angostísimas, de arquitectura antigua, rodeadas de pequeños bares y restaurantes de mucho ambiente, y a la vez, sombrío. Vio a una variedad de tipos entre los cuales Pilar le había dicho encontrarían un poco de todo, lo cual despertó una intrigante curiosidad en la joven. Entraron a uno de los bares. El ambiente le dio una sensación similar a un bar en un barrio de la capital de México al que Diego la había llevado. Pilar le presentó a dos jóvenes, vestidos de mezclilla y chamarras de cuero negro. Tenían el tipo de James Dean, pelo largo y caído sobre la frente, actitud antagonista, fumando pitillo tras pitillo, despidiendo un fuerte olor a licor. Uno de ellos le dio un fuerte saludo de manos, la desvistió con la mirada y le dijo: *cigarrillo*

—Así que tú eres La Mejicana. Joder, macho, que no estás mal.

La joven lo saludó, sin aceptar el cigarrillo que le ofrecía pero diciendo sí a una copa de vino tinto. Pilar y los dos rebeldes sin causa entablaron una conversación calurosa sobre temas que Inocencia no entendía. La chica miraba a través de una nube de humo; al verse rodeada de gentes extrañas se sintió completamente fuera de lugar. Al terminar la copa, le dijo a Pilar. "He tenido suficiente. Salgamos de este lugar." La chica española se despidió y salieron las dos de aquel sitio. Inocencia respiró el aire fresco de la noche y sin hacer ningún comentario, se dirigieron hacia el metro. La amiga le adivinó el pensamiento:

—Mejicana, te traje para que se te quitara la curiosidad. Ahora ya ves que no es un lugar para ti. En Madrid encontrarás de todo, si lo buscas.

Un tiempo después trató de describir las experiencias de la nueva realidad en una carta a su madre y no encontró palabras para hacerlo; porque en realidad, existen momentos en los que las palabras salen sobrando. Ella lo vivió y eso era todo. En ese caso no le importó si nadie, ni aun los mismos padres la comprenderían. Esa euforia sería suya, sólo suya, para siempre.

***

En Cambridge, Diego había descubierto un establo donde podía cabalgar en caballos de alquiler. Pasaba mañanas enteras cabalgando entre valles muy verdes. Para esas alturas, Inglaterra le había proporcionado un equilibrio envidiable en la rutina. La vida era buena—pensaba—siempre y cuando no recibiera esas llamaditas relámpago de la Doña cuando, entre suspiro y suspiro, le preguntaba cómo iba progresando la relación con Odette. Por su parte, la chica se encariñaba más con Diego y durante la última reunión, comenzó a considerar una relación más seria, aunque el joven no se había atrevido a pronunciar nada que tuviera que ver con un compromiso.

Una tarde gris de noviembre, Diego recibía una carta de María Teresa. La carta era breve pero el joven pudo percibir la impaciencia de su madre por saber hasta el último detalle. Leyó la carta, con cierto enfado, la puso a un lado y como llevado por cierta fuerza extraña, llamó a la chica por teléfono.

—Preciosa, mi madre me invita a pasar esta Navidad en la hacienda y me pide que de una manera especial, te extienda la invitación. ¿Qué te parece?

—No sé. Pensé que íbamos a pasar esta Navidad, solos, viajando por el norte de Italia como lo habíamos planeado. Me encantaría regresar a Venecia, sabes, desde que regresamos no hago más que pensar en pasar la época navideña en esa ciudad. Creo que es la más romántica de todo el mundo. La verdad es que no tengo deseos de regresar a México este año.

—¿Por qué no?

—Discúlpame, pero no tengo ganas de escuchar las insinuaciones de María Teresa: "Bueno, hijos, y ¿cuándo me van a dar la noticia que he estado esperando? ¿Qué te parece, Odette una boda en nuestros jardines?

¿No sería maravilloso?" No. Tan sólo de pensarlo se me echan a perder las vacaciones.

—Tienes razón. También yo estoy cansado de sus jueguitos. Bueno, pues, ya está. Pasaremos la Navidad en Venecia y haremos exactamente lo que queramos. Podemos posponer nuestro viaje a México hasta el próximo verano, cuando los dos hayamos terminado nuestros estudios.

Odette permaneció en silencio:

—¿Odette? ¿Me estás escuchando?

—Sí, Diego.

—¿Qué opinas?

Como pensamiento pasajero, Odette agregó:

—Diego, no quiero regresar a México hasta que...

—¿Hasta qué?

—Pues, hasta que...nos graduemos los dos.

—Sí, tienes razón. No sabía hasta qué punto te molestaban las imprudencias de mi madre. Discúlpala. El deseo por presumir de sus dotes de anfitriona al organizar la boda más extravagante que deje a todos con mucho qué decir, se ha convertido en una obsesión. Tú sabes cómo es ella.

—Sí. Lo entiendo, y le agradezco, pero no quiero que me use a mí de anzuelo para satisfacer sus caprichos. Quisiera que nos dejara en paz a hacer nuestras decisiones como mejor nos parezca. No quiero llegar a ser un títere más de su teatrito.

—Odette, no es necesario que seas ofensiva.

—Lo siento, Diego, pero no soy su hija. Tengo una manera más objetiva que tú de ver la manera tan insistente de influenciar tu vida. No estoy acostumbrada que mis padres me digan cómo debo vivir la mía.

—¿Qué quieres decir?

—Diego, quítate las vendas de los ojos. Tú no mueves un dedo sin el consentimiento de tus padres. Es tan claro como el agua y lo supe desde un principio.

—Ah, ¿sí?, y ¿Por qué no me lo habías dicho anteriormente?

—Porque te quiero. Tenía miedo perderte.

—Odette. Tú no sabes lo que ha sido tratar de complacer a mis padres y al mismo tiempo, complacerme a mí mismo. Ha sido un ejercicio agotador. Por poco y...

—Lo creo, Diego. Lo he visto. Por lo mismo, no quiero que tu madre se vuelva a meter con nosotros. ¿Me entiendes? Le daremos—e imitando la voz fingida de María Teresa—la mejor noticia que siempre ha querido escuchar cuando nos parezca.

Diego, herido en su amor propio, con cierta indignación, le preguntó:

—Y ¿cuál es esa noticia, Odette?

—No sé, Diego. Ella es tu madre y tú la conoces mejor que yo. Ya tenemos varios meses viéndonos, y sé que me quieres, pero necesito saberlo: ¿Estás enamorado de mí?

Como un gancho izquierdo de boxeador que lo noqueó, el joven cayó sobre la arena sin aliento. Le cruzaron miles de imágenes y la confesión que le había hecho a su hermana por la mente. Finalmente se compuso y contestó:

—Y tú…¿estás enamorada de mí?

—Sí, Diego. Yo estoy locamente enamorada de ti.

Siguió una pausa que a la chica le pareció interminable. Diego contestó en tono que no la convenció:

—Odette, te quiero mucho…

—Eso no es lo que te pregunté.

—¿A qué viene todo esto? Pensé que entre los dos había un entendido.

—¿Qué entendido es ése?

—Que no hablaríamos de nuestro futuro hasta que estuviésemos los dos libres de obligaciones.

—Sí, Diego. Lo que no entiendo es, si dentro de tus planes, ¿cuándo tenías planeado enamorarte de mí? El amor no obedece horarios. Yo me enamoré de ti desde que hicimos el amor por primera vez. Tú me quieres sí, pero no lo suficiente para casarte conmigo, verdad? Yo sé exactamente lo que quiero y ése es el problema.

—Odette, tu actitud me ha tomado de sorpresa.

—Diego, cuando se ama a una persona, la respuesta brinca de los labios. No hay necesidad de pensarlo. Hagamos una cosa. Piensa bien lo que quieres hacer con nuestra relación. Si te das cuenta que tus intenciones hacia mí son serias, llámame. De otra manera, no vuelvas a buscarme. Eres un buen chico, pero te falta mucho para ser un hombre. Si no vuelvo a saber de ti, te deseo lo mejor del mundo. Adiós.

El teléfono cayó de la mano inerte de Diego y pegó en seco en el piso. Por segunda vez, sentía ese vértigo que lo aprisionaba. Sintió los pies pesados, la cabeza ligera. Permaneció de pie por largo rato, escuchando las palabras acusadoras de Odette que le repetían una y otra vez: *No sabes lo que quieres…eres un títere en las manos de tu madre…*y cayó sobre el piso donde permaneció tirado por mucho rato hasta que la sangre le volvió a circular por las venas.

Cerca de la media noche, Odette abrió una botella de licor, y entre sorbos y sollozos, habló con su madre por teléfono con frases cortas e incomprensibles que la señora no alcanzó a entender. Antes que ella pudiese responder, la joven, colgó.

A la mañana siguiente, Diego se arrastró hasta el baño y se dio una ducha fría. Se vio al espejo desnudo y se acordó de haber visto esa imagen lastimosa hacía varios años. No—pensó—: una vez perdí a la mujer amada por mi cobardía. Esta vez, no. Del ropero sacó varias prendas de vestir. Se afeitó y se vistió con todo esmero. En una maleta metió varias prendas de ropa, hizo una llamada por teléfono y salió por la puerta.

En una ciudad antiquísima italiana, al caer el sol, Paula leía una novela de Fallaci en el balconcito de Odette, mientras que la chica dormía plácidamente. Como un espejismo, de la cima de la gran escalera de piedra de la Via Appia, vio aparecer a un joven, alto, delgado, de cara un tanto pálida, vestido de traje, corbata, y un grueso abrigo azul marino, que en una mano portaba una maleta y en la otra, el ramo de rosas frescas más grande que jamás había visto. La presencia de un joven tan elegantemente vestido en esa sección de la ciudad, le llamó la atención, y desde lejos lo siguió con la mirada. El extraño caminaba lentamente pero con paso seguro en dirección hacia el apartamento donde ella misma se encontraba. Al llegar a la puerta del primer piso, tocó el timbre. Paula, intrigadísima, corrió a abrirle. El joven, con toda cortesía preguntó por la *Signorina* Odette. Paula lo vio y apenas lo reconoció. Lo llevó hasta el segundo piso, le abrió la puerta y le dijo en voz baja:

—Odette no se encuentra bien. Pasó muy mala noche y está dormida.

—¿Qué le pasó?

—No sé exactamente. La encontramos hace dos noches, ebria, tirada en la calle. Creo que pescó una pulmonía.

Por la cara de Diego pasó una mueca de dolor.

—Dios mío. No tenía ninguna idea. Pobrecilla. ¿Puedo verla?

—Sí, pase.

Paula cerró la puerta y los dejó solos. Diego entró. Al ver a Odette, le dio un dolor agudo en el corazón: "Yo tengo la culpa de todo esto. Odette, perdóname. He sido un estúpido." —se quitó el abrigo, colocó el ramo de rosas sobre una mesita y se sentó a un lado de la joven, tomándole la mano, jugando con su cabello. Afuera, los últimos rayos del sol perezosamente se escondían detrás de los perfiles agudos de los techos de aquellos edificios antiguos que habían sido testigos de tantos amores ganados y tantos perdidos.

Cerca de la media noche, Odette despertó de un pesado sueño en el que pensó ver a Diego, muy cerca de ella, susurrarle frases de amor y de perdón. La chica entreabrió los ojos y se vio frente a una cara, llena de angustia, que le decía:

—Soy Diego. Vine personalmente a pedirte perdón.

—¿Eres tú?,—tocándole la cara.

—Sí. Soy yo.

—¿Cuándo llegaste? ¿Qué estás haciendo aquí?

—Vine con un propósito solamente.

Diego tomó a Odette en los brazos, le sacudió un poco el sueño y la sentó en la cama. Luego le dio el ramo de rosas, de su bolsillo derecho sacó una caja pequeña de cristal, se la puso delante de los ojos, la abrió, se hincó a un lado de ella y le dijo:

—Odette, yo también estoy enamorado de ti.

A la chica se le abrieron los ojos y la boca al mismo tiempo.

—Diego. ¿A qué se debe todo esto?

—Es muy sencillo. Al creerte perdida supe inmediatamente lo que significabas para mí. Tienes razón. De ahora en adelante, quiero demostrarte que soy un hombre y comportarme como tal. —Sin decir más, le preguntó:

—¿Quieres ser mi esposa?

—Sí, Diego. Quiero ser tu esposa.

Diego le puso el anillo en el dedo y se besaron apasionadamente. Mientras la besaba, una vocesita lo interrogaba: Diego, ¿qué estás haciendo? La decisión estaba hecha. Sintió un piquetito en el vientre. Con el tiempo, aprendería a enamorarse de ella, de eso estaba seguro.

Muy temprano a la mañana siguiente, Odette le habló por teléfono a sus padres y les dio la buena noticia. La madre brincó de gusto. El padre, un tanto sorprendido, se pasó la mano por la barbilla.

—Felicidades, hija.

En la casa de Rodrigo, sonaba el teléfono muy temprano por la mañana. María Teresa contestó somnolienta:

—Mamá—al oír aquella voz, se sentó sobre la cama como resorte.

—Hijo: ¿Estás bien?

—Sí. Estoy bien. No te imaginas dónde estoy.

—No sé.

—Estoy en…Perugia…con Odette…

—¿En Perugia? ¿Qué demonios estás haciendo en Perugia?

—Mamá. Te hablé para darte las noticias que has esperado toda tu vida.

—¡Hijo!…¡NO!…¿Es posible?

—Sí. Le he pedido a Odette que se case conmigo…y Odette ha aceptado.

María Teresa cayó de espaldas sobre la cama, sin respiración. Rodrigo, a un lado de ella, le preguntaba:

—Marités, ¿qué te pasa?

—Es Diego. Mi hijo, que finalmente ha asentado cabeza. El y Odette se han comprometido.

—Te felicito, mi vida. Vas a matar a dos pájaros de un tiro.

—Pensé que estábamos de acuerdo, que te convendría esta asociación con la familia Palacio.

—Lo será, mujer—tallándose las manos—. No me estoy quejando.

Esa misma mañana, las llamadas entre los jóvenes comprometidos y sus padres se cruzaban una y otra vez. María Teresa aún no se levantaba de la cama, cuando se asió del teléfono y comenzó a desparramar las buenas nuevas entre las múltiples amistades. Se le llenaba la boca al decir: "Querida: este verano, voy a organizar la boda más suntousa que la Ciudad de México jamás haya visto. Hoy mismo comenzaré a hacer los preparativos." —Desde el corredor, el marido la escuchaba en un interminable chachareo y subir y bajar la voz, a veces fingiendo llanto, a veces a carcajada abierta.

Días después, la señora Palacio habló con María Teresa; al hacerlo, supo que ni sus ideas ni sugerencias por más lógicas y razonables, llenarían los exigentes requisitos de la futura consuegra. La madre de Odette no tuvo vela que ver en el entierro. Un tanto desilusionada, le decía al esposo:

—Nunca imaginé que en la boda de mi hija me sentiría como un cero a la izquierda. Total. Su obsesión por hacerlo todo, me quitará muchos dolores de cabeza y por lo visto, La Doña tiene buen gusto.

El padre de Odette la escuchaba más confuso que nunca:

—Sabes, mujer, esta decisión a última hora me huele mal. Algo está pasando que no me convence. ¿Por qué este apuro en casarse si tienen tantos años por delante?

—Porque están enamorados, mi amor. ¿O...ya se te olvidó aquella noche cuando casi se te quemaban las habas?

En Perugia, Diego veía su reflejo sobre un gran ventanal de un restaurante. Lo observaba beber de una copa ajena, abrazar a la dulce usurpadora de un corazón atrapado en las redes que él mismo se había tendido. Al besar a su futura esposa, le supo amargo, como un apóstol traicionero. En ese instante sintió ganas de correr y colgarse de un árbol solitario.

***

A mediados de diciembre, Inocencia recibió una carta de Julio, quien entre otras cosas le decía: "Me has convencido. Estoy haciendo planes para pasar la época navideña contigo en tu fantástico mundo flamenco."

Dos semanas—pensó—la joven ilusionada. Dos largas semanas, en este suelo mágico en compañía de mi mejor amigo. Era mucho pedir. Terminó de leer la carta y se puso a hacer un itinerario de todos los lugares que quería recorrer y de todas las cosas que quería compartir con Julio. Entre todas ellas resaltaba a la vista un lugar que a propósito había dejado para ir a visitar en una fecha especial. Qué mejor ocasión que ésta, se dijo. De su librero sacó varios mapas y guías turísticas. Pasó la noche leyendo y estudiando sobre tan emocionante aventura.

En una tarde fría, la cara morena de un joven desconocido tocaba a la puerta de las dos jóvenes estudiantes.

—Buenas tardes. Soy Julio Ballesteros. Busco a Inocencia Salvatierra—dijo atentamente.

—Buenas, Julio—contestó Pilar, abriéndole la puerta, llevándolo del brazo hasta la salita, ayudándole a quitarse el abrigo y ofreciéndole una copa con una rapidez y familiaridad que tomó al joven completamente desprevenido.

—Inocencia aún no ha llegado. Pero—con mirada pícara—me ha hablado mucho de ti. Sé que sois amigos in-se-pa-ra-bles. A ver, a ver, cómo está eso, porque en España, eso no se usa. Cuando dos jóvenes son in-se-pa-ra-bles, pues, hombre, son mucho más que amigos, ¿me entiendes?

Julio la veía moverse de un lado al otro del acogedor apartamento y la oía hablar como cotorrita sintiendo su presencia demasiado cerca. Tenía razón, Inocencia, pensó. Pilar era una joven de carácter enigmático que emanaba energía y quería saberlo todo. Mientras la chica hablaba sin parar, Julio estudiaba aquel pequeño mundo epañol. Le encantó el toque modernista del apartamento, el cual reflejaba la personalidad de su interlocutora a la perfección. Después de unos minutos entró Inocencia, como de costumbre, cargada de libros, y dos grandes bolsas de provisiones. Al entrar, exclamó: "¡Julio!" Los dos comenzaron a abrazarse y a dar vueltas por todo el cuarto diciendo una y otra vez: "¡Julio!," "¡Inocencia!," con el gusto y la emoción de dos niños ante una piñata llena de golosinas. Pilar los veía y se rascaba la cabeza:—simplemente amigos, ¿eh? NO. No les creo. En unos minutos, el apartamento se había convertido en un lugar de fiesta. Pilar puso una música española muy alegre, abrió una botella de vino mientras que Inocencia le enseñaba a Julio el resto del apartamento, diciéndole tantas cosas a la vez que el huésped se sintió atolondrado. Tomaron una copa y luego las chicas se fueron a la cocinilla a preparar unas tapas y a experimentar con una receta de deliciosa paella. Para entonces, Inocencia había aprendido a guisar algunos platillos típicos y quería impresionar al muchacho de sus nuevas dotes de cocinera. Julio la veía y se impresionaba de ver los cambios tan notables que Madrid había ejercido en ella. Obviamente, algo, le había caído bastante bien. La joven maniobraba con tanta naturalidad en la cocina y se llevaba tan bien con su compañera que a Julio le dio una poca de envidia. Tenía razón su amiga—pensaba—la señorial capital ejercía una fuerza seductora en la persona que la habitaba. La escuchaba cantar al son de aquella cantante de voz ronca que nunca había escuchado antes y que se había convertido en la favorita de su anfitriona. ¿Quién era?: Mari Trini y ¿qué decía?: "El Señorito Español...el del flamenco a las dos..." ¡qué escena tan más curiosa! Era como si alguien hubiese cortado a la Inocencia preocupada y taciturna de California y la hubiese pegado en una escena de música, alegría, y buena cocina de otro libro. La joven mujer que tenía ahora ante él era espontánea, fresca y sobretodo...libre.

Después de torturarlo un buen rato haciéndolo esperar mientras que el apartamento se penetraba de olor a aceite de oliva, quesos, salchichas y demás, se sentaron a la mesa a disfrutar de una suculenta paella. Julio se sorprendió de lo bien que sabía el platillo y de lo rápido que Inocencia había aprendido a cocinar. Comieron un buen plato acompañado de un vigoroso vino tinto entre un parloteo tan salpicado como el mismo platillo que demolían.

Cerca de la media noche, las dos jóvenes se dispusieron a iniciar a Julio en el excitante mundo de los madrileños. Tomados los tres del brazo salieron a hacer la ronda de bares y cafés donde los esperaban sus fieles amigos. Julio se vio rodeado de chicas tan lindas y zalameras que, por una fracción olvidó quién era la verdadera compañera. Inocencia lo veía de reojo pero no le molestaba ver que los ojitos de su amigo bailaban en todas direcciones tratando de asimilarlo todo. Pasaron esa noche de bar en bar, terminando en su acostumbrado café donde desayunaban churros con chocolate. Para esas horas, Julio había perdido algo del encanto de la noche anterior. Los ojos eran dos grandes ojeras, se le trababa la lengua al hablar y de no ser por el fuerte olor de chocolate, se hubiera quedado dormido ahí mismo. Era su primera ronda en Madrid y se iba a aguantar "como los muy machos" —dijo a todos—. Finalmente llegaron los tres al apartamento, a medio respiro. Julio no alcanzó ni a quitarse los zapatos. Cayó en el sofá, con una gran sonrisa en los labios.

El sábado, los tres durmieron hasta el medio día. Después de un café fuerte y una ducha refrescante, Julio estaba listo para seguir el itinerario que Inocencia había planeado. Cuando la anfitriona le anunció que si estaba listo para volver a empezar, Julio se quedó viendo y con cara seria le dijo:

—Canela, otra noche de ronda más no, por favor. Terminarás matándome.

Ella bromeaba. Era la época navideña y en esa ocasión saldrían a cenar más temprano e irían a una obra de teatro en la universidad. El joven aceptó siempre y cuando llegaran antes que se pusiera el sol—le suplicó.

—¡Qué gallina! ¿No que en París te pasabas las noches de pachanga con tus "pegues," todas esas francesitas que traías cacheteando el pavimento?

—Creo que en París, las noches son un poco más cortas—y con cara de pícaro—y las francesas un poco más largas. Aquí, me parece que la pachanga nunca muere. Oye, Canela, yo no te conocía este lado ¿eh? te aseguro que me has dejado con el ojo cuadrado.

—No exageres. La ronda no la hacemos todas las noches. Los fines de semana y días festivos, nada más.

—Pues, por lo visto, en Madrid tienen muchos días festivos.

Durante la próxima semana, Inocencia traía a Julio a remolque. Lunes, El Prado; martes, Jardines Botánicos; miércoles, el Parque y el Casón del Buen Retiro; jueves, Plaza Mayor y Puerta del Sol; viernes, Biblioteca Nacional y Museo Arqueológico. El Sábado, Julio tiró la toalla:

—No. No quiero ver un museo más. Todo me ha parecido fan-tás-ti-co pero necesito un descanso. No quiero hacer nada más que quedarme aquí, escuchar tus discos y platicar. Con eso me basta.

—Apenas hemos empezado. Me queda mucho que mostrarte.

—Eres incansable. ¿De dónde sacas tantas energías?

—No sé, será el gusto de tenerte aquí. Estos hallazgos son preciados. No podemos desperdiciarlos.

—Pues, yo sí.

Julio abrió la cortina de la sala y se asombró de ver un cielo muy gris cubierto por completo de una capa muy negra. Sabía que llovía en España pero nunca se imaginó ver a Madrid, una ciudad que se imaginaba siempre bañada de sol deslumbrante que acababa de ver en las pinturas de Sorolla, vestido de negro.

—Canela, mira, ya viene la lluvia. Tú puedes hacer lo que quieras, pero yo me quedo aquí, calientito, escuchando los discos de Pilar, leyendo uno de tus libros y tomando un espumoso café.

—Tienes razón.

En eso se oyeron unas suaves gotas de agua que caían sobre el tejado y para cuando Julio terminó de decir: "Ya viene el agua," azotó una tormenta con tal fuerza que espantó al visitante. El joven permaneció de pie ante la ventana con la boca abierta, viendo cómo las fuertes ráfagas de viento barrían con todo a su alcance y a la gente que corría buscando refugio. La fuerza con que caía el agua y la duración de la misma lo asombró:

—¡Dios mío, me imagino que así va a comenzar el fin del mundo!

—¡Qué dramático! Ven, tómate tu café con leche. Te pondré el disco que gustes y te sientas cómodo a observar lo que es una verdadera lluvia, no como esas caiditas de agua que nomás servían para alborotarnos y enlodar el suelo en California.

—Inocencia, ¿extrañas a California?

—Extraño a Verónica, Alma y a Dolores, por supuesto; las playas, también, pero fuera de eso estoy feliz de estar tan lejos de todo el borlote político.

—No me digas que aquí no hay problemas.

—Sí, los hay y bastante gruesos. La diferencia es que no me he metido en ellos. Aquí me considero una extranjera en unas vacaciones prolongadas. Con mis libros, los museos, el flamenco y las tapas, soy feliz.

—Sí. Te veo muy tranquila y relajada por primera vez.

—Sí. Aquí yo vine a lo mío y he dejado al mundo que ruede. Después de todo, no puedo hacer nada para cambiarlo.

Alzó la humeante taza de café, al tiempo que su cansado huésped hacía lo mismo y brindaron por esa visión cabalística que no volvería a repetirse:

—A la vida, Julio, que es buena.

—A Madrid, ciudad excepcional, aunque ahora me recuerde más bien a La Llorona.

Esa tarde llegó Pilar de la calle, ensopada, dejando escapar una que otra maldición. Al entrar, oyó una canción sedosa de Mari Trini:

"Amores se van marchando
como las olas del mar,
amores los tienen todos
pero quién los sabe cuidar...

Y quién cuando la vida se apaga
y las manos tiemblan ya,
quien no buscó ese recuerdo
de una barca naufragar..."

Después vio la pieza en un desorden completo: revistas, mapas, fotografías, discos, regados por todas partes, y, en medio de esa escena, vio a los dos amigos tumbados sobre el sofá, bien dormidos. Al verlos, le dieron celos. ¿Por qué ella no podría disfrutar de una amistad tan estrecha con un machito, sin complicaciones, como esos dos mejicanos?

El veinticuatro de diciembre, una vez disipada la lluvia, Julio e Inocencia recorrían Plaza Mayor, engalanada con todos los preparativos tradicionales de la Navidad, entre cientos de turistas y madrileños. Había un ambiente de fiesta y de júbilo que encontraron refrescante. Caminaron toda la tarde por las callejuelas a la redonda, terminando ya tarde en "Casa

Botín," restaurante antiquísimo por cuyas puertas habían pasado personajes legendarios. Al entrar, Julio supo inmediatamente que se trataba de un lugar especial por la atmósfera del lugar y el olor a Cochinillo y cordero asado, que tan sólo al olerlo, se le derretía el paladar. Después de asistir a una misa de la media noche se fueron temprano a casa. Al salir de la iglesia, reinaba una calma muda en las calles. Inocencia imaginó que todas las familias estaban reunidas celebrando en sus casas y compartiendo la tradicional cena de la Navidad. Se arroparon en gruesos abrigos, se tomaron fuertemente del brazo y caminaron entre las calles que esa noche las sintieron de un vacío y silencio insólito. Desde lo lejos escucharon un coro de voces entonando dulcemente: "Noche de Paz, Noche de Amor, todo duerme en derredor..." En el apartamento, Julio creyó ver en el semblante de su amiga un aire de añoranza, se le acercó y vio dos grandes lágrimas rodar por las morenas mejillas de la joven.

—No me acostumbro a pasar la Noche Buena tan alejada de mis padres.

Julio la abrazó fraternalmente y le dijo al oído:

—Te comprendo, Canelita. Esta es mi primera vez y espero que sea la última.

***

A hora temprana del día siguiente, mientras preparaba un desayuno continental, los alegres cánticos de Inocencia despertaron a Julio:

—¡Arriba, patos!—gritó, jalándole las cobijas—que toda España nos espera para recibirnos.

—¿Qué onda?

—Te tengo una sorpresa. Es tu regalo de Navidad—entregándole una caja pequeña, envuelta en un moño verde. Julio la veía de reojo:

—Canela, eres un estuche de monerías—abriendo la caja con cuidado.

—¿Una llave?

—Sí.

—¿La llave de un coche?

—Sí.

—Canela, ¿qué significa todo esto?

—Significa que esta tarde, iremos a la agencia que alquilan coches y escogeremos uno.

—¿A dónde vamos a ir?

—¿De qué hemos estado hablando desde que llegaste?

—¿Toledo?

—No.

—¿Granada?

—No.

—Julio, ¿cuál ha sido el sueño de toda mi juventud y aún no he conocido?

—¡La Mancha!...Inocencia...¿Vamos a ir a La Mancha?

—Exactamente.

—Eres genial. ¿Cuándo nos vamos?

—Mañana, querido amigo. Mañana, a primera hora. Ya tengo todo arreglado, hasta el más mínimo detalle. Mira, aquí tengo los mapas y el itinerario. Vamos a pasar dos gloriosos días haciendo el recorrido mágico de Don Quijote y Sancho Panza.

—¿Deveras existen todos esos lugares?

—Claro que sí.

—Increíble. Yo pensé que era todo un figmento de la ficción.

—En toda ficción hay algo de verdad. ¿No crees?

—Sí. Supongo que sí.

Esa tarde, con el mismo entusiasmo de los niños abriendo regalos en la Navidad, fueron al mercado. De éste salieron cargados de bolsas con pan, queso, aceitunas, salchichas, frutas secas, chocolates y vino. Pasaron por la agencia de automóviles y escogieron uno de facha simpática y color azul. Esa misma noche empacaron una maleta pequeña con dos cambios de ropa, y otra más en la que incluyeron todas las fuentes de datos y el equipo de cámara con varios rollos de fotografía.

A la mañana siguiente, en la madrugada salieron los dos jóvenes en el cochecito de alquiler y partieron, en dirección sur rumbo a La Mancha. Se habían fijado una ruta que recorrería varias provincias, a corta distancia la una de la otra, conocida como Las Rutas Turísticas de Castilla- La Mancha. Inocencia, como una chiquilla curiosa, se mostraba inquieta. Armada de un mapa y anotaciones, no dejaba de hablar, de moverse, de apuntar de un lado hacia el otro, indicándole a Julio, tras el volante, toda una historia latente que dejaban atrás. No podía creer que todos aquellos lugares hechos inmortales por un célebre escritor, ante sus ojos cobrasen vida.

El chico conducía sintiéndose como un verdadero escudero y fiel cómplice de una muy bienvenida andanza.

—A propósito, Julio, ¿en alguna ocasión has leído la obra completa del "Ingenioso Hidalgo Don Quijote de La Mancha?"

—He leído pedacitos, nada más. La verdad es que está escrito en un español tan arcaico y elaborado que no le entendí.

—¿Y tú?

—Sí, de chica, en México, pero al llegar aquí, he comenzado a leerlo de nuevo. Me he hecho el propósito de leer varias páginas todas las noches. Es un proceso delicioso. Hay algo tan enternecedor y humano en las chiflerías de Don Quijote. Es necesario estar un poco loco para sobrevivir tantas dificultades en la vida. ¿No crees?

—Pues, sí, creo que hay algo de cierto en todas esas profundas verdades con que me estás presumiendo.

—Oye, y a ti, ¿cómo te ha ido en la universidad? ¿No se te ha hecho difícil el francés?

—Sí. Es mucho más difícil de lo que imaginaba. No me ha ido tan bien como a ti, y aunque mi francés es bastante deficiente, he tenido suerte. Tengo dos cuates ingleses que me han ayudado muchísimo. Me defiendo pero no espero recibir un doctorado en Letras Francesas. Pero, créeme que esta experiencia no la cambiaría por nada del mundo. El simple hecho de estar en París por casi un año y en España, contigo, reviviendo las aventuras del caballero andante, no tiene precio.

—Tienes toda la razón. Bueno, ¿qué te parece si te leo un poquitín de esta obra maravillosa?

—Me parece perfecto.

—Ahí te va.

De esa manera, mientras los dos jóvenes emprendedores recorrían los extensos y llanos campos y valles de La Mancha, Inocencia abría el grueso libro de Don Quijote y le leía a su cautivado oyente, llenando los minutos de distancia y de silencio con palabras de la sabiduría y riqueza de un imaginativo hidalgo que se volvió loco de leer tantas novelas de caballería.

"Capítulo Primero: Que trata de la condición y ejercicio del famoso Hidalgo Don Quijote de La Mancha":

"En un lugar de la Mancha, de cuyo nombre no quiero acordarme, no ha mucho tiempo que vivía un hidalgo de los de lanza en astillero, adarga antigua, rocín flaco y galgo corredor. Una olla de algo más vaca que carnero, salpicón las más noches, duelos y quebrantos los sábados, lantejas los viernes, algún palomino de añadidura los domingos, consumían las tres partes de su hacienda. El resto della concluían sayo de velarte, calzas de velludo para las fiestas, con sus pantuflos de lo mesmo, y los días de entresemana se honraba con su vellorí de lo más fino…".

Inocencia leía con tanto gusto y elocuencia que, mientras Julio conducía, la mente divagaba por aquellos vastos campos. Se transportaba al mundo medieval de caballeros y héroes armados de valor y diestros en el manejo de las armas, peleando incansablemente contra toda clase de criaturas, derrotando a fuerzas enemigas de traidores y paganos o monstruos de siete cabezas, con el fin de liberar a pueblos oprimidos y al final, ganarse el amor de la mujer deseada.

Después de poco más de dos horas de camino, Julio interrumpió la verbosa prosa de la lectora:

—Inocencia, mira, allá a lo lejos. Creo divisar la primera parada de nuestra ruta.

La chica vio detenidamente y revisó el mapa.

—Sí, sí. Debe ser Madridejos.

En la lejanía pudieron distinguir una provincia en el valle, y, al fondo, una cadena de montes que se extendían de un extremo al otro de la provincia, coronados por siete puntitos que descansaban sobre el lomo de la colina, de lado izquierdo, y tres más, al lado derecho. En la mitad parecía elevarse una especie de castillo. Inocencia, presa de júbilo, exclamaba:

—Julio, ésos deben ser. Esos, ahí, en la punta del cerro. Esos deben ser los molinos de viento.

—Sí, Canela, Sí.

—¡Qué emocionante! Estamos a pasos de los famosísimos molinos de viento. No puedo creerlo.

Inocencia sacó la cámara y comenzó a tomar foto tras foto desde lejos. Julio conducía el coche por la carretera que parecía cortar la provincia por la mitad. Al acercarse, vieron un muro blanco con una gran silueta de relieve de un caballero, con lanza y escudo montado en un caballo. Al lado izquierdo, un letrero que decía: "Un lugar de la Mancha...MADRIDEJOS." Atravesaron el pueblo en dirección a los montes. A corta distancia, el camino los llevó hacia una segunda y más pequeña población, al pie de los montes. Inocencia se bajó del coche, tomaba fotos de todo lo que veía, brincaba, reía y corría por todos lados. Una vez que Julio se bajó del coche, ella corrió hacia él y le dio un abrazo tan fuerte que descontroló al conductor.

—Julio. Estamos "En un lugar de la Mancha..." en la merita tierra de Don Quijote. ¿No te parece maravilloso?

Corrió hacia el primer molino de viento que encontró con los brazos extendidos, lo rodeó, lo besó y comenzó a girar en torno al mismo, riendo a carcajada abierta como desquiciada. Ahí la alcanzó Julio y juntos comenzaron a abrazar un molino tras otro, hasta llegar al último en la cima del monte. Inocencia corrió hacia el borde de la cima que se elevaba imponente hacia un valle interminable rodeado de montañas majestuosas, besando inmensos nubarrones que anunciaban la inminente llegada de una fuerte tormenta. La joven extendió los brazos y comenzó a gritar a grito partido:

SOY INOCENCIA SALVATIERRA, DE MEXICO. LA MANCHA, DON QUIJOTE, AQUI ME TIENES. Finalmente cayó al suelo, exhausta. Minutos después, con más tranquilidad se acercó a cada uno de los molinos, tocándolos, acariciándolos, desmenuzándolos, haciéndolos suyos. Eran sobrios en su sencillez: altos, redondos, de piedra blanca y suave, con pequeñas ventanitas en la parte superior. El techo le pareció un simpático cucurucho negro, puntiagudo. Al frente, salían cuatro grandes hélices sosteniendo brazos rectangulares de madera en pequeños cuadros, que se deslizaban en movimiento rotatorio con toda elegancia, al capricho de los vientos. Algunos molinos desgastados por el tiempo, carecían de brazos; al verlos a Inocencia le parecieron los huesos de un abuelo que al andar, crujían como los quejidos de la madera vieja.

Al llegar, habían visto un puñado de visitantes, pero, como obra de milagro, en minutos, los molinos se habían quedado solos. Había llovido esa mañana y los nubarrones colgaban del cielo perezosamente como quejándose del peso que iba a caer sobre ellos. Fueron escasos los minutos que los jóvenes tuvieron para gozar dicho hallazgo. Inocencia respiró hondo y comenzó a tomar fotografías de todo lo que veía. "Esta experiencia" — dijo solemnemente— "la tengo que documentar porque quiero que este recuerdo se me quede grabado en la memoria durante el resto de mi recorrido por estos áridos mundos."

Caminaron hacia una construcción en ruinas que en otros tiempos habría sido considerada un castillo. A sus pies, descansaba plácidamente la provincia de Madridejos, en su mayoría de casas blancas y techos color de rojo.

Julio corría tras ella imitándola en sus espontáneas rachas de gritos y silencio. El mismo se había contagiado de la solemnidad y el regocijo. Al verse ahí, de pie sobre una cima, rodeado de molinos de viento, en medio de un valle gigantesco de campos fértiles, abrazado de montañas y nubarrones en el cielo, le pareció más bien una página extraída de la imaginación quijotesca que una escena de la realidad. Al descender por el camino de tierra rojiza y lodosa, Julio tomó a Inocencia de la mano y le dijo:

—Gracias, por este regalo. Este ha sido el primer momento mágico que yo recuerde en mucho tiempo.—Se acercó y le dio un beso tierno en los labios, y al hacerlo, se desató la tormenta.

En el camino hacia la siguiente parada, dejaron la lluvia atrás y poco a poco comenzó a salir el sol. Poco antes de llegar a Puerto Lápice, tomaron una vereda que los llevó hacia un paraje apartado. Sobre el césped colocaron un mantel y sacaron una canasta grande con los alimentos que llevaban para el almuerzo. Ahí, ante un paisaje singular de ese suelo utópico, entre mordidas de pan, queso, salchicha y tragos de vino, almorzaron los dos aventureros con apetito voraz y el corazón a reventar de la emoción contenida. Inocencia comía y volvía la mirada hacia todas partes.

—Julio, ¿crees que esta tierra ha cambiado mucho desde los tiempos que Cervantes escribió su novela?

—No. Son campos abiertos de agricultura. Puesto que no hay poblaciones cercanas, imagino que el panorama es el mismo. Probablemente estamos viendo el mismo paisaje en el que Cervantes posó su mirada y puso la tinta en papel, hace ya cientos de años. Por aquí podría haber pasado el carruaje de los Reyes Católicos, o los caballeros del Cid Campeador.

—Sí. España se le mete a uno en la sangre, como el vino—y diciendo eso, se empinó la botella. Al terminar de almorzar, cerraron los ojos por unos minutos permitiendo al cuerpo un soplo de sosiego.

Esa misma tarde, pasaban por Puerto Lápice donde se encontraba la afamada Venta del Quijote, donde según la leyenda, dicho hidalgo fue armado caballero. Una quinta de paredes blancas y techo de tejado rojo de dos pisos, en cuyo amplio patio anterior, se encontraban vestigios propios de una quinta de tiempos pasados. En la bodega había una docena de grandes barriles de madera y ristras de chiles. Antes de terminar el viaje, pasaron por Alcázar de San Juan donde vieron un puñado más de molinos sobre una baja colina al pie de una provincia típica de la Mancha, poblada de casas solariegas y quinterías.

Por la mañana, después de tomar un rápido sorbo de café y pisto manchego, salieron una vez más, en esa ocasión hacia El Toboso, cuya merecedora fama la debía a ser la cuna del Museo-Casa Dulcinea. A pesar de su relativa pequeñez, contaba con casonas y palacios impresionantes ofreciendo al espectador una muestra de lo que en otros tiempos, había sido. En dicha ciudad se encontraba el Centro Cervantino, único en su género, por poseer la colección de traducciones más completa de las obras de Cervantes, en treinta lenguas diferentes.

Aún les quedaban por ver tres sitios más en la ruta, pero era tarde y una vez más, la lluvia amenazaba. Los cansados viajeros decidieron regresar a Madrid, antes que los sorprendiera el aguacero y la noche en el camino.

De regreso, Inocencia cabeceaba hasta que la dominó el cansancio. Julio la vio adormecida, callada como una página cerrada. Por el resto del camino, la chica no volvió a recitar largos párrafos, ni a tomar una foto más. Parecía que ese interludio de intensa exploración había saciado una incontenible curiosidad.

Días después, en Madrid, al despedirse Julio abrazó a su compañera de andanzas suavemente y le dijo:

—Inocencia, la historia la escribimos todos. Esta vez hemos escrito un renglón y sembrado una semillita en la perenne tierra de la Mancha. Se despide de vos, su humilde caballero—y galantemente, le besó la mano.

—Jamás olvidaré nuestra aventura, Caballero. Se despide de ti, tu agradecida Dulcinea.

Con un nudo grueso en la garganta, Inocencia vio alejarse a Julio entre la muchedumbre. Al regresar al apartamento, le pareció que los brillantes colores habían palidecido un poco y el corazón, lo sentía hueco. Temía abrir las ventanas por temor a perder la energía positiva que en las habitaciones, había dejado su mejor amigo.

No obstante, el tren de vida de Madrid tenía una forma inexplicable de arrollar con todo sentimiento nostálgico y archivarlo en un simple recuerdo. Inocencia, nuevamente se veía obedeciendo ciegamente la rutina universitaria, entrelazando su vida con la del capitalino y envolviéndose cada vez más, en el opulento género de la ciudad.

Durante el descanso de Semana Santa visitó Salamanca. En dicha ciudad, caminó entre las callejuelas angostas, saturadas de bares y estudiantes donde ella y Pilar conocieron un numeroso grupo de estudiantes. A Inocencia le pareció que la vida del café en Salamanca tenía un sabor y una larga tradición muy suya: le encantaba ver cómo los españoles tomaban una tapa tras otra y como parte del hábito del buen comer, echaban al suelo los papelitos blancos en los que venían servidas las tapas; al pasar de las horas, el piso se encontraba completamente alfombrado de los desechos que significaban la calidad y cantidad de las tapas que se habían consumido ese día. Manolo, un chico de Salamanca le explicaba: "Al entrar a un bar, lo primero que vemos es cuántos papelitos hay en el suelo. Si el piso está limpio, seguimos de paso hasta encontrar el que tenga más señales de ambiente."

Manolo se ofreció de guía turística de los madrileños. Todo el movimiento parecía desembocar en la Plaza Mayor, joya clásica de las plazas españolas donde jóvenes y viejos esculpían una efigie más en la vida erudita, o se abandonaban al hedonismo innato en las paredes del café: arraigadísima y noble institución española.

Poco después visitaba la ciudad de Toledo, rodeada por un muro levantado hace siglos, edificado en las laderas de una montaña, la cual había sido testigo de cientos de años de una opulenta tradición y comunión de varias culturas en la cumbre de su florecimiento: cristianos, moros y judíos, viviendo en completa armonía. Viéndola ahora, le parecía increíble pensar que, en un tiempo, dicha ciudad hubiese sido la más grande e influyente de la Europa antigua. Ciertamente, las estrechas calles empedradas ofrecían al visitante un minucioso laberinto labrado de antiquísimos edificios, museos, y palacios, réplicas vivas de un triunvirato de tradición y religión que el mundo actual, con su presente visión discriminatoria, jamás volverá a vivir. La incomparable Catedral de Toledo, un pequeño universo en sí mismo, con altares cuajados de metales preciosos, cálices de joyas, paredes de pinturas de los grandes maestros: Tintoretto, Titian, El Greco; guardaba secretos enterrados con los personajes históricos que dentro de sus muros yacían para siempre.

La turista salía de esos lugares, cerraba los ojos y trataba de recrear una visión fugaz sobre los tiempos de antaño. Adivinaba a los niños jugando en los parques y jardines; a las comadronas, comprando en los mercados al aire libre, en alegre parloteo, intercambiando recetas; a los hombres, labrando la tierra, criando ganado, curtiendo pieles, cosiendo trajes y vestidos; a los adolescentes, enamorándose entre sí, bailando, cantando; los maestros impartiendo lecciones en múltiples lenguas, enseñándose respeto los unos hacia los otros; los eruditos leyendo la Biblia, el Talmud y el Korán, elevando sus plegarias lo mismo en las iglesias que en los templos mozárabes y las sinagogas, lado a lado, multiplicándose, desarrollándose y viviendo tiempos prósperos y pacíficos en completa armonía.

—Ha de haber sido algo increíble—decía Inocencia con la mente llena de imágenes y la boca abierta. ¿Por qué no podemos ahora vivir así? Los domingos por la tarde, leía los apuntes en el diario y comenzaba el laborioso proceso de diluir toda una semana en unas hojas de papel en blanco, tratando de trasmitir esa emoción que cada mañana sentía como el maná del cielo, a sus padres. En pocas palabras, resumía: "Madrid es una celebración constante de la vida."

A fines de mayo, Inocencia pasaba una tarde tibia embelesada en las liras de Sor Juana Inés de la Cruz:

"Si ves el ciervo herido
que baja por el monte, acelerado,
buscando, dolorido,
alivio al mal en un arroyo helado,
y sediento al cristal se precipita,
no en el alivio, en el dolor me imita."

mientras escuchaba un disco de larga duración de Leonardo Favio, cuando el ruido de un portazo, seguida de la voz agitada de Pilarica le interrumpió su serenidad.

—Mejicana, acabo de conocer al chico más guapo del mundo y me invitó a ir a una fiesta...¡Esta misma noche! ¿Te imaginas? Además, me dijo que podía invitarte porque va a haber muchos chicos solteros. Es una fiesta de despedida de un grupo de estudiantes de Salamanca que se gradúan de la Uni este año y salen a especializarse a algún lugar de los Estados Unidos.

—Gracias, Pilarica, pero esta noche no tengo ganas de salir. Estoy tan cómoda y la verdad es que...

—Nada. La vida es corta, Mejicana, y la juventud aún más. Tienes muchos años para leer libritos de poetas melancólicos. Anímate. David pasará por nosotras en dos horas. Le prometí estar lista. Anda, vamos—se metió en su pintarrajeada guarida, le subió el volumen a un disco de Carlos Santana: *"You better change your evil ways, baby,"* y se metió en el cuarto de baño cantando en un inglés machucado.

Inocencia intentaba concentrarse en la lectura pero el volumen de la música y los cantos desentonados de Pilar desvistieron a la tarde de todo su encanto. Con gran pereza, decidió acompañar a la fogosa compañera. Después de todo—pensó—no estaría mal estar en la compañía de un buen mozo.

Cuando Pilar salió del baño, encontró a Inocencia en una bata de toalla, esperándola desocupar el cuarto.

—Mejicana, así me gusta. ¡Póngale una poca de salsa a los tacos! Vamos.

Las dos chicas vistieron sus mejores vestidos. Inocencia se arregló más que de costumbre—para darle a Pilar una poca de competencia—se dijo a sí misma picada por la vanidad. Tomó una botella de perfume que conservaba para las grandes ocasiones; al presionar la bolita de plástico sintió un chisguetito en la base del cuello que se desparramaba. Al sentir el rocío sobre los hombros, oyó el timbre de la puerta. Esperó que Pilar saliera a toda velocidad a abrirla, pero después de varios segundos, volvió a oír el timbre una vez más. Impaciente, salió hacia la sala y abrió la puerta.

Ahí ante sus ojos incrédulos estaba un joven alto, delgado, muy bien vestido que tenía un "algo," que le recordaba a Diego.

—Buenas noches. Soy David Duarte. Debes ser La Mejicana.

Inocencia lo veía y no podía contener su desconcierto.

—Sí. Soy Inocencia. Lo estábamos esperando. Pase, por favor. Siéntese.

Pasaron unos segundos de nerviosismo palpable. Inocencia no le quitaba la mirada de encima. En eso salió Pilar, forrada en un vestido de color verde, de un corte sensual, muy ajustado a su cuerpo esbelto. David se ajustó la corbata, caminó hacia ella y le dio varios besos en las mejillas, llenándola de piropos. Pilar actuaba de una manera estudiada, como si estuviera en una obra de teatro. Obviamente el chico le interesaba seriamente porque Inocencia nunca la había visto vestirse ni actuar de una manera tan bien ensayada.

Salieron los tres hacia Plaza Roma y entraron en un edificio de facha moderna, caminando un largo trecho hacia el fondo donde tomaron el ascensor. Al salir se dirigieron hacia el único apartamento que ocupaba el octavo piso. Este era espacioso, de un plano abierto que reventaba de gente, de humo, y de música. Inocencia tomó una copa de vino que alguien le ofreció e inmediatamente salió hacia el balcón. Al salir, se encontró frente a una vista magnífica desde un ángulo de Madrid que no había visto antes. Caminaba a lo largo del amplio balcón, rodeado de árboles y macetas, sintiendo una ligera y extraña sensación. Había algo familiar con todo eso que la rodeaba y comenzó a pensar: ¿Dónde, había visto ese panorama? Se esforzaba por indagarlo. Un joven apuesto, la sacudió de sus recuerdos:

—Bonita noche, ¿no es verdad?

—Sí. En realidad, esta noche es preciosa.

—Hola, soy Esteban. ¿Y tú cómo te llamas?

—Inocencia.

—Una muchacha tan guapa no debe estar sola en una noche como ésta. ¿Un cigarrillo?

—No, gracias.

—¿Gustas bailar?

—No.

—Vaya, ¿prefieres que te deje sola?

—No. Una poca de compañía me haría bien.

Era una noche magnífica, de un cielo limpio y despejado, cuajado de estrellas brillantes. La luna estaba tan llena que parecía reventarse. Esteban contemplaba el cielo, veía a Inocencia con ojos lánguidos, se le acercaba y le susurraba al oído poemas que ella nunca había oído pero que no le parecieron mal:

—¡Qué poético estás esta noche!

—Es la luna, preciosa. Soy un poeta frustrado. Esta luna llena que me destapa la inspiración como el tapón de una botella de champaña—y continuaba declamando versos de Neruda:

"Puedo escribir los versos más tristes esta noche.
Pensar que no la tengo. Sentir que la he perdido..."

Mientras Inocencia escuchaba las palabras tersas de aquel desconocido, tomaba la copa de vino, bebía aquel líquido belicoso que le calentaba por dentro mientras estudiaba la formación de las estrellas. Como un vago instinto que le llegó de la nada, le vino a la memoria un recuerdo de niña tan vivo y tan claro como si lo estuviese viviendo; sí, ese paisaje, el perfil cortante de aquellos edificios contra la luna llena, la hilera de árboles y las macetas de un extremo al otro de la terraza, todo eso lo había visto, desde aquél ángulo, desde aquélla vista...y en el fondo, una joven pareja. Aquella visión borrosa comenzó a tomar forma en la imaginación de Inocencia que se esforzaba por enfocar como si su mente fuese una cámara con la que jugaba y ajustaba el lente. ¡Ya! Ahí estaban. Esas escenas las había visto hacía varios años, cuando los padres de Diego y Rosa Inés habían salido de la hacienda. Los niños habían encontrado unas viejas llaves un tanto enmohecidas, y se morían de curiosidad por saber qué puertas abrirían. Se fueron calando las diferentes llaves en una puerta tras otra hasta llegar a la puerta de aquél cuarto abandonado, al fondo de la biblioteca, al que su madre les tenía terminantemente prohibido entrar. Los tres chicos muertos de miedo pero vencidos por la intriga, introdujeron la llave en el ojo de la cerradura, la cual entró fácilmente, giraron el pomo, y de un empujón, abrieron la puerta. Dentro encontraron un cuarto obscuro y lleno de polvo que los hizo toser. No había luz. Diego corrió en busca de una lámpara de mano con la que comenzó a alumbrar los rincones llenos de telarañas. En éste encontraron toda clase de muebles viejos, cuadros con pinturas desteñidas, ropa agujerada, hasta creyeron oír ruidos de patitas que corrían a toda prisa—han de ser ratones—dijo Diego. Los tres caminaban muy cerca el uno del otro entre aquellos objetos abandonados con una mezcla de temor y exaltación, como si inadvertidamente hubiesen entrado en terreno extranjero, con peligro de ser atrapados por el enemigo. Rosa Inés tropezó y al hacerlo, se asió de uno de los estantes. El librero se vino abajo haciendo un tremendo estrépito que hizo a los tres pegar de brincos y salir corriendo de aquella extraña cueva. Al salir, se toparon con una caja de terciopelo obscuro y raído con iniciales de plata que les llamó la atención. La sacaron y la abrieron. En ésta encontraron varios sobres con fotografías amarillentas, cartas, tarjetas postales y un diario. Los tres comenzaron a estudiar las fotos: eran retratos de una joven pareja, en el balcón de un alto edificio y—recordaba Inocencia—que Diego había dicho:

—Esta muchacha se parece mucho a mi mamá, cuando era joven—y viendo la foto de cerca, dijo—pero, ese muchacho no es mi papá.

Inocencia tomó la foto y con la ingenuidad de una niña comentó:

—Oye, Diego, ese muchacho se parece a ti. ¿No será un pariente de ustedes?

El niño tomó la foto y la llevó más cerca para verla a la luz del sol:

—Sí, creo que tengo un parecido a ese hombre.

Rosa Inés veía el resto de las fotos:

—A ver, ¿dónde tomaron esas fotos? No parece que sea México. Ya sé...ha de ser España. Mamá nos ha hablado acerca de sus viajes a ese país.

—Sí—respondió Diego—eso ha de ser, porque mi papá no está en ninguna de las fotos.

Los tres siguieron viendo el resto de los retratos. En una de ellas, en la parte de atrás creyeron descifrar una frase, en lápiz borrado...Madrid, verano de 1946. Estaban por abrir el diario cuando escucharon una voz que los llamaba. Metieron todo en la caja a toda prisa, tiraron la caja dentro del cuarto y cerraron la puerta al tiempo que Esperanza entraba en la biblioteca con refrescos y galletas.

—Niños, hace rato que los estoy buscando. ¿Qué andaban haciendo? Los tres tienen caras de haber hecho una travesura.

—Nada, mamá. Estábamos...jugando a las escondidas.

Inocencia ahora lo veía todo más claro. Se preguntaba qué enigma esconderían aquellas cartas y tarjetas postales y...el diario. Aquellas fotos eran la prueba que María Teresa había guardado un secreto. Eso significaba que...aquel joven sonriente, en la foto, pudiese haber sido nada menos que...el padre de Diego. ¡Dios mío!—pensó—un elemento más en la intriga—: El hombre en la foto tenía igualmente un parecido a David. Este podía ser hijo del mismo padre de Diego. Y el padre de David, ¿quién sería? ¿Estaría ahí, en ese apartamento esa noche? Y, pensando en eso...comenzó a analizar los rincones. Sí, Diego podría haber sido concebido durante aquel verano, en España. Los pensamientos le atravesaban el cerebro como átomos en una explosión nuclear. Nunca imaginó que esa tarde, en la que pensaba pasar un rato sola, tranquila, en la compañía exclusiva de Neruda, la hubiese llevado a descubrir una incógnita de importancia magistral.

El resto de la noche estudió las caras de los asistentes tratando de encontrar, en sus semblantes, alguna semejanza con Diego. Giraba por la terraza en los brazos de aquel extraño poeta, bajo un cielo centelleante, sintiendo una vago remordimiento de estar ahí, saqueando los recuerdos que estaba segura María Teresa consideraba sagrados y que ella, de una manera sutil, disfrutaba un trocito de una dulce venganza.

Uno a uno se fueron despidiendo los invitados. David invitó a un puñado de amigos íntimos a tomar un espresso en la terraza, y Pilar, completamente hechizada bajo el encanto del joven, aceptó sin rodeos. Mientras que David preparaba el café, Inocencia lo observaba. Sería un poco más alto y joven que Diego. Tenía el cabello más lacio, y los ojos del mismo color miel, pero más obscuros. El perfil, sin embargo, era el mismo. Tenían gustos parecidos en el vestir, no obstante, tenía un sentido del humor y aparentemente había cultivado el arte de seductor y agraciado anfitrión.

Al tomar el café, Inocencia, con astucia, lo interrogaba.

—David. Me encanta su apartamento. Tiene buen gusto en el decorado.

—Gracias, Mejicana. En realidad, el apartamento pertenece a mis padres. Lo compraron de recién casados. Hace años que se ha convertido en el refugio de mi padre. Dice que le trae recuerdos de su alocada juventud. Ahora yo me he quedado con él y le he llegado a tener mucho cariño, sobre todo al balcón. La fuerza de la luna llena en las noches de verano ejercen una fuerza magnética sobre uno.

Pilar interrumpió:

—Pues, la Mejicana es una romántica incurable. Se lleva horas y horas leyendo cuanto libro de poesías le cae en las manos. Yo creo que se llevaría muy bien con tu padre, quien dices que tiene alma de poeta.

—Ah, ¿sí? pues, quizá mis padres vengan por acá al fin de mes. ¿Te gustaría conocerlos?

Inocencia sintió una extraña sensación:

—Sería una idea estupenda. ¿Dónde viven sus padres?

—En Salamanca.

—¿Y a qué se dedica su padre?

—Es arquitecto.

—¿Tiene usted hermanos?

—Sí. Luna.

—¿Luna? qué nombre tan poético.

—Son inventos de mi padre. Mi hermana se encuentra perfeccionado el inglés en Inglaterra. Estudia periodismo.

Cuando Inocencia escuchó la palabra: Inglaterra; tragó saliva.

A la siguiente pregunta, Pilar comenzó a sentir un poco de celos. De una manera tosca, cortó el diálogo:

—Ya, Mejicana. Basta de preguntas, esto parece más bien un interrogatorio que una conversación.

David, intrigado, preguntó:

—Y tú, Mejicana, ¿de dónde eres?

—Nací en la hacienda de una familia rica, a las afueras de la Ciudad de México. Los dueños—recalcando las palabras Ma-rí-a Te-re-sa Mon-te-ne-gro y Rodrigo De las Casas, son los apoderados propietarios.

—¿María Teresa De las Casas? Ese nombre me suena. Estoy seguro que lo he oído mencionar en alguna parte.

—¿Ha estado usted en México?

—No. Pero mis padres siempre han deseado ir allá. Mi padre me ha dicho que las mejicanas son las mujeres más sensuales del mundo.

Al despedirse, Inocencia le dijo a David como un comentario secundario:

—David, usted me recuerda tanto a Diego, el hijo de María Teresa, la patrona de la hacienda. A ella le fascina España. De joven, pasaba veranos por aquí, es probable que la conozcan sus padres. Pregúnteles, si tiene la oportunidad.

—Así lo haré, Mejicana.

Pilar comenzó a rezongar una vez más. No entendía el interés de Inocencia en saber todo acerca de los padres de David. La conversación cambió de tema pero las respuestas del joven comenzaron a echar leña al fuego de las dudas que Inocencia había prendido.

------------------ *** ------------------

Tristemente, Inocencia veía las horas de su estancia en España exprimiéndose con una prisa vertiginosa. No podía creer que estaba ya preparándose para presentar los exámenes finales.

A partir de esa noche, Pilar y David fueron las sombra el uno del otro. Con frecuencia, la compañera no regresaba a casa en toda la noche y cuando lo hacía, era únicamente para llevarse unos cambios de ropa. Pilar, ilusionada, parecía flotar y decía a quien le escuchaba que, finalmente, había encontrado su verdadero amor. Inocencia estaba un poco preocupada al ver la velocidad que el desenlace de esa relación había tomado. Le parecía que Pilar había perdido toda noción de la realidad y no hacía nada más que cantar a todo pulmón una canción de Serrat, que según David, resumía su amor por ella:

"La mujer que yo quiero, no necesita
bañarse cada noche en agua bendita.
Tiene muchos defectos, dice mi madre
y demasiados huesos, dice mi padre.
Pero ella es más verdad que el pan y la tierra.
Mi amor es un amor de antes de la guerra
para saberlo...
la mujer que yo quiero no necesita
deshojar cada noche una margarita."

Mientras tanto, la universitaria pasaba largas noches machucando gruesos libros y escribiendo a toda prisa los ensayos en la máquina de escribir portátil en la cocina. Pilar, al contrario, parecía tomarlo todo a la ligera. Su enamoramiento había tomado un lugar de palco en el teatro de la vida.

Se llegaron los exámenes finales. Estos consistían en ensayos sobre diferentes obras y autores. Inocencia llegaba siempre nerviosa y tensa, pero una vez que había leído la pregunta, comenzaba a escribir y desplazar sus conocimientos con claridad y profundidad. Ese segundo semestre, comparado al primero, le pareció pan comido. Al salir de la sala, se sentía cansada pero satisfecha. Sabía que había cumplido con su deber.

A fines de junio, Pilar entraba en el cuarto de Inocencia.

—Mejicana. Hoy hablé con David. Me dijo que había hablado con su padre sobre la conversación que había tenido contigo durante la fiesta y don Joaquín se mostró intrigado e interesado en conocerte, sobre todo cuando oyó el nombre de esa mujer, María Teresa. David me ha hecho muchas preguntas acerca de ti. Oye, ¿qué te traes entre manos?

—Nada, Pilarica. Tranquilízate. Yo simplemente mencioné el nombre de la señora porque me pareció que entre David y el hijo de la Doña hay un cierto parecido. Pensé que tendrían algún viejo pariente en común, eso es todo.

—Ah, bueno. Pues, mira, el próximo fin de semana, los padres de David van a venir a Madrid y nos han invitado a cenar. Le prometí a David que te daría el recado. ¿Estamos?

—Claro que sí.—Inocencia sintió que las paredes del abdomen se le endurecían, como la piel estirada de un tambor.

El sábado por la noche, tanto ella como Pilar se esmeraban en su presentación, cada una con un propósito diferente. David pasó por ellas en un coche deportivo y las llevó hacia un restaurante, en las afueras de la ciudad.

Al entrar al restaurante, los esperaba una pareja de vestido fino y trato amable. Al estar entre Joaquín y David, Inocencia vio el pasado y el futuro de Diego chocar de frente, como si el tiempo y el destino estuviesen jugando un partido de naipes con ella. David les presentó a sus padres: Joaquín y Lucía Duarte Iturrigaray. Después de los habituales saludos de mano, los cinco pasaron a una mesa con una vista de la ciudad en la lejanía.

La conversación brincaba sobre asuntos sin importancia mientras tomaban un aperitivo y se abrían el apetito probando tapas de boquerones en vinagre. Inocencia sentía los ojos de Joaquín, sobre ella, mirándola con disimulo. Mientras cenaban, la joven esperaba que el señor Duarte prendiera la mecha, pero no fue así. La tensión crecía. Finalmente, Joaquín se atrevió a romper la capa ligera de hielo que comenzaba a formarse:

—Me dice David que naciste en una hacienda a las afueras de México, ¿no es verdad?

—Sí, señor Duarte.

—Y que los dueños de esa hacienda son ¿María Teresa y Rodrigo de Las Casas?

—Así es.

—Y ¿cómo es que fuiste a llegar allá?

—Mis padres han sido empleados de la familia por muchos años.

—Ah, ya veo.

—Y...¿por qué crees que yo conozco a esa señora María Teresa?

—Porque mi madre me contó que recién casada, la señora tuvo un disgusto muy fuerte con su marido y se refugió en Madrid. En una ocasión vi una foto de la señora, cuando era joven, en una terraza que me recordó mucho a la terraza de su apartamento en Plaza Roma y pensé que quizá fuera a ser la misma. Fue una simple corazonada, nada más. Eso fue todo. Disculpe, fue una tontería de mi parte.

Lucía escuchaba con una atención intensa. Joaquín no perdía el hilo de la conversación:

—Sí, el nombre me es familiar. Ahora que recuerdo, hace ya muchos años, en una corrida de toros, conocí a una joven mejicana guapa, y por lo visto rica, que nos llamó la atención porque derrochaba el dinero con facilidad, y nosotros, siendo estudiantes cortos de pesetas, andábamos siempre en busca de alguien que nos pagara las copas. La extranjera pagó por varias rondas y reía a carcajada abierta. Nos confesó que andaba huyendo del esposo porque había resultado un: ¿cómo dijo? Un macho desgraciado, o algo así. No recuerdo bien lo que pasó después. Es probable que hayamos terminado en el piso de Juan Carlos—y volteándose casualmente a su mujer, agregó—¿Recuerdas, mi amor a Juan Carlos, el hijo de don Benjamín?

—Sí, Joaquín, pero no veo que tenga que ver él con esta conversación.

—Es muy sencillo. Juan Carlos gustaba dar fiestas en su casa, sobre todo los veranos, porque hacía calor y salíamos todos a tomar la copa en la terraza. Fue entonces, en una noche de luna llena que me quedé enamorado de ese lugar. Dos años después, don Benjamín puso el piso en venta y Lucía y yo nos la ingeniamos para adquirirlo. ¿Recuerdas? Para entonces tú y yo ya nos habíamos casado.

—¿Cómo voy a olvidarlo si prácticamente le vendiste tu alma al diablo para comprarlo?—y ofreciendo una explicación al resto, dijo—:

Habíamos ahorrado dinero para comprarnos una casa en Salamanca cuando, Joaquín llega una mañana todo alborotado y me trae a Madrid, a ver un piso con una vista magnífica. Estaba loco por el lugar. Nos endeudamos hasta los codos para pagar el depósito. David nació y creció ahí, pero yo nunca fui feliz. Cuando salí embarazada de Luna, regresé a Salamanca con mi hijo. Joaquín regresó poco después, pero nunca quiso deshacerse del piso. No sé, fuera de las noches de luna llena, a ese apartamento nunca le encontré ninguna gracia—y viendo a su marido, concluyó—: A veces, los caprichos de la juventud salen muy caros. ¿No te parece, querido?—

Joaquín, cabizbajo, permaneció callado. Volvió la vista hacia el ventanal con la mirada perdida en la distancia.

Inocencia lo escuchaba todo. Mientras hablaba Lucía, se imaginaba aquellas tardes y noches sofocantes de Madrid en las que un joven estudiante le hacía el amor desenfrenado a una novia decepcionada bajo la luna llena. Ahora veía a Joaquín, un arquitecto con alma de poeta, tratando inútilmente de cubrir un pasado fugaz, tras las cortinas de un hombre maduro y respetable. Pero a Inocencia, ese incidente ingenuo no la convenció. Quizá María Teresa hubiese significado más que una aventura pasajera. Después de un buen rato, Joaquín rompió el silencio:

—El caso es que no volví a saber nada de ella. Dime, ¿se reconcilió con su marido?

—Sí.

—Por lo que ella nos contó, era un hombre de carácter violento. Ella parecía muy libre. No la podría ver casada con un hombre tan posesivo.

—Tiene razón. Llevan una relación explosiva. Nadie entiende ese matrimonio; yo creo que ni ellos mismos.

—¿Tuvieron hijos?

—Sí. Dos. Diego, el mayor y—en voz baja—Rosa Inés, una jovencita preciosa que murió accidentalmente a los quince años. Era mi mejor amiga.

—¡Qué pena!, ¡Cuánto lo siento!

—Sí, fue una verdadera tragedia.

—Y…Diego, ¿cómo está?

Inocencia se enderezó y tomó un sorbo de vino…

—Creo que bien. Hace ya tiempo que no sé de él—aclarando—: Yo obtuve una beca para estudiar en California. Mis padres me informaron que se encuentra estudiando en Cambridge, Inglaterra. Perdimos contacto hace varios años.

—¿Qué edad tiene Diego?

—El próximo mes, cumple veinticuatro años—añadió viéndolo a los ojos—Nació en junio de 1947.

Al oír esas palabras, Joaquín se quedó callado. Inocencia creyó oírlo llevar la cuenta de los nueve meses en reverso, en su mente.

—Interesante—dijo, en forma de cuchicheo. La joven agregó:

—Diego le da un aire a David y a usted también, por eso pensé que tendrían algún parentesco en común. Mire, aquí tengo una foto.

De la cartera sacó una foto del joven y se la mostró. Joaquín la tomó y al ver la foto de cerca, le tembló el labio superior.

—Vaya, mira nada más. ¡Qué pequeño es el mundo! ¿Dónde me iba a imaginar que después de tantos años iba a volver a recibir noticias de María Teresa?

Tanto Lucía como David y Pilar escuchaban y observaban el curioso intercambio de palabras y hechos sin perderse movimiento, mientras que Joaquín se retorcía como un ratoncito que acababa de caer en la trampa. Al verle el semblante, a Inocencia no le cupo duda que estaba frente al padre de Diego. El caballero le entregó la foto, retiró el plato que apenas había probado y pidió una copa de cognac, cambiando el tema de la conversación bruscamente:

—Mejicana, David me dice que usted tiene interés en la poesía.

—Así es.

Pronto los cinco comensales se introdujeron en una plática donde tocaron un poco de todo. Durante la conversación, Joaquín fue apagándose poco a poco como la mecha de una vela que se consume al tiempo que se derrite la cera.

Al despedirse, Joaquín tomó la mano de Inocencia cortésmente y le dijo:

—La próxima vez que vea a María Teresa y a Rodrigo, les manda saludos cordiales de nuestra parte. Dígale a la señora que me conoció y que llevo un buen recuerdo de nuestro encuentro. Si llegara a regresar a Madrid, me encantaría que conociera a mi familia lo mismo que a mí, la suya. No lo olvide. Se lo agradecería—y al hacerlo, intercambiaron una mirada en la que sellaron un pacto bilateral de complicidad y silencio.

Dieciséis

París es una Poesía

Desde la noche que Inocencia supo que Joaquín podría ser el padre de Diego, el recuerdo de éste la acechaba. En un principio rechazaba todo pensamiento acerca de él porque era una experiencia lastimosa. Cansada de pelearse contra sus propios instintos, dejó de rechazarlos. Tales recuerdos se convirtieron en una mansa evocación como una canción de cuna, que la acompañaban por todas partes, sin causarle molestia alguna.

Un cálido miércoles por la tarde, después de su encuentro con Joaquín, Inocencia se dirigía hacia el apartado postal donde recibía la correspondencia. Al abrir la cajita mágica, vio una carta gruesa: era de su madre. La joven la tocó y a través de la pulpa presintió que aquel sobre llevaba noticias importantes. Llevando dentro de sí un ligero presentimiento, cruzó la calle hacia el parque, se sentó en una banca buscando el refugio de la sombra de un árbol, y abrió la carta de Esperanza. Inocencia leyó con rapidez varias páginas sobre cosas de rutina. Al llegar a la última, como un simple comentario, la madre le escribía:

"Hija, hoy me enteré que Diego ha formalizado sus relaciones con una chica que estudia en Italia. Creo que los padres de Diego están haciendo planes para la boda el próximo verano."

Al leer dichas palabras, Inocencia sintió un leve desvanecimiento. Cerró la carta y con la mirada en el vacío, suspiró hondo. No sabía qué pensar. Lo único que supo con certeza era que instintivamente, le vinieron unos deseos incontenibles de ver a Diego por última vez.

A paso apresurado se dirigió hacia su apartamento, tomó papel y tinta, y le escribió una carta breve a Inglaterra. Las líneas le brotaron del alma, como si el tiempo no hubiera pasado. La carta decía simplemente:

Querido Diego:
"Hace tiempo que te he tenido en mi pensamiento. Hoy he sabido, por mi madre, que te casas este verano. Necesito verte. Tengo algo importante que decirte. Comunícate conmigo cuanto antes. Estaré en esta dirección hasta fines de julio." Inocencia.

Mas la suerte estaba en su contra. La carta llegó escasas horas después que Diego, una vez más, había salido para reunirse con Odette, en Perugia. La pareja pasaría el mes de julio en Italia y a fines del mismo, regresarían juntos a México, donde sus padres habían comenzado a hacer los preparativos para la boda. En Madrid, Inocencia esperaba impaciente, carta de Diego. Todos los días tomaba la correspondencia y la barajaba esperando encontrar en algún sobre, la caligrafía familiar que tanto anhelaba. Esperó varias semanas, mas dicha carta, nunca llegó. En cada recuerdo que sostenía se decía: "Diego ya no me quiere. Estará en los brazos de su prometida." Caminaba por las calles de un calor sofocante y por la mente le cruzaban miles de pensamientos. Oía las notas tristes de "Las Bodas de Luis Alonso," que escapaban quejumbrosamente de la trompeta del mariachi; un vestido blanco trapeando el suelo por un jardín cultivado por las manos de su padre; una mesa larga, blanca, cubierta de docenas de platillos, laboriosamente preparados por las manos de su madre. Veía que al novio parecían salirle unos hilos de un pobre títere, en las manos de sus padres, diciendo: "Inocencia, pobre y triste india, nos salimos con la nuestra. Vete mucho a la tiznada." ¡Qué extraña sensación era el tiempo!— polvito microscópico de la realidad, surrealista, inexplicable y abstracto, como los relojes derretidos de Dalí.

En ese vaivén de sentimientos blancos y negros pasó la joven el resto del mes, y no pudiendo aguantar más, decidió por última vez alejar a Diego de su pensamiento para siempre.

Entretanto, se preparaba para cerrar el capítulo de Madrid, de su diario. Cada artículo u objeto que tomaba, le implicaba una diminuta aflicción. ¿Cómo introducir en una maleta: al Prado, Toledo, la paella valenciana, Pilarica, el vino tinto, una tarde de toros, Café Mingo, Lope de Vega, La Zarzuela, Salamanca, Don Quijote y Sancho Panza?

Cuando tuvo que desnudar las paredes de su cuarto, sintió que estaba deshojando los pétalos de una flor que no estaba preparada para el invierno. No soportó la pesadez que llevaba dentro. Lo dejó todo a medio empacar y salió a tomar algo fresco en algún café al aire libre. Delante de ella veía la transformación que sufrían las calles de la ciudad. Observaba cómo se vaciaban los apartamentos de los estudiantes, y al mismo tiempo, las calles se llenaban con el bullicio y el paso apresurado del turista. En parte, lo envidiaba. El turista hacía y deshacía las maletas y se llevaba algunos instantes estampados en fotografías sin dejar huella.

Esa misma tarde, arrastrando la congoja, caminaba hacia el apartado postal. Al abrir la caja se encontró con un sobre proveniente de Francia. Con el poco entusiasmo que le quedaba, lo abrió y encontró una breve nota que decía: "Inocencia, ya se llegó el verano y estamos los dos libres. Quiero pagarte tu generosa hospitalidad en Madrid, con la misma moneda. Abre el sobre adjunto." La chica abrió el sobre y se encontró con un boleto de avión de ida y vuelta a París. ¡París!, ¡París!, ¡París,! decía, mientras experimentaba una súbita racha de vida que le comenzaba a correr por las arterias. Comenzó a caminar a un paso más de prisa y corrió loca de alegría, hacia su apartamento. Esa misma tarde se comunicó por teléfono con Julio y en unos minutos hicieron planes para encontrarse en París, dentro de tres días.

Al llegar a la encantadora capital, la suerte le sonreía una vez más. La calurosa bienvenida de Julio le devolvió gran parte de la magia que había perdido. El joven la llevó en un coche prestado, hacia un apartamento pequeñísimo que había alquilado en el Barrio Latino durante su estancia ese año. El mejor amigo hablaba sin cesar, explicándole por qué la ciudad era una leyenda viviente. Al entrar, el estudio del joven le pareció acogedor, como una casa en miniatura. Tomó a Inocencia de la mano, le indicó donde quedaba su pequeña alcoba, introdujo la maleta en la esquina del ropero y le dijo:

—Canela, tengo un plan específico para esta noche. Ponte tu mejor vestido, maquíllate como nunca y déjate caer la greña, porque esta noche salimos a cenar a un restaurante exclusivo. Esta será tu introducción oficial a esta ciudad y quiero que le des a París tu mejor cara. ¿Me entiendes?

La chica dejó escapar una expresión de complacencia:

—Está bien, mi Señor y Dueño.

—Así me gusta. Una Dulcinea a mis órdenes.

La turista se quedó sola en aquel minúsculo universo de su compañero. En el cuarto vio un mapa inmenso de París que cubría toda una pared. En el mismo, Julio había marcado con tinta roja algunos sitios: La Torre Eiffel, El Louvre, La Sorbonne, Nuestra Señora de París, El Arco del Triunfo, El Palacio de Versalles, y tantos lugares más. Los ojos de Inocencia bailaban pensando en todas aquellas maravillas que esperaba descubrir esas dos semanas, tallándose las manos cual escultor frente a una roca virgen de mármol. Con toda emoción se dio una ducha larga, se arregló el cabello, se maquilló con esmero y se puso un vestido negro, del cual emanaba una sobria sensualidad. Salió de la habitación completamente transformada, lista para conquistar a París.

—WOW, Canela. Mira nada más, que bien te cayó Madrid. ¡Quién iba a pensar que llevas esa figurita tan bien escondida en tus *jeans!*

Inocencia se sintió un tanto turbada. Tiraba del escote y de la minifalda con disimulo, sin lograr quitarle nada al aspecto sensual que la envolvía esa noche.

—Julio, no me veas así. Me haces sentir incómoda.

Luego, viéndolo bien ella también quedó impresionada, e imitando su actitud de coquetería, agregó:

—Vaya, mira que bien te queda ese traje. Oye, ¿has estado haciendo ejercicio? A ver, a ver—tocándole los biceps—ya no eres el flacucho que conocí en California.

Los dos rieron de buena gana. Salieron con ansias de conquistar el embeleso de una noche irresistiblemente seductora.

Minutos después, ambos entraron tomados del brazo en un edificio de gran altura y tomaron el ascensor hacia el último piso. Al salir, se vieron en la entrada de un restaurante de un ambiente refinado: mesas blancas con decoraciones de velas encendidas, ramos de flores frescas, meseros balanceando bandejas de plata, una barra de madera fina cubierta de los mejores vinos y licores, y al fondo, un piano de cola blanco con una pianista de piel bronceada y voz acaramelada, cantando una vieja canción a la Edith Piaf: *La Vie en Rose.* Un mesero, muy alto y delgado, de manerismos elegantes y mecánicos los llevó hasta su mesa, la cual se encontraba en un rincón apartado de la terraza, con una vista clara del río Sena y con la voluminosa sombra de la famosa Catedral de Notre Dame, a corta distancia. Mientras caminaban, Julio hizo un ademán cómico, imitando los movimientos del mesero. Inocencia dejó escapar una espontánea carcajada que rompió momentáneamente el silencio, cayendo en los oídos de los comensales. Uno de ellos, intrigado por el sonido de aquélla voz, levantó la mirada que lo llevó hasta el fondo de la terraza desde donde siguió a la joven. La obscuridad de la noche no le permitía verle la cara, pero había algo familiar en aquella silueta forrada de negro que caminaba provocativamente. A cada paso, parecía adivinarla.

Inocencia se acercaba y, al sentirla peligrosamente cerca, el hombre levantó la vista. Por una minúscula eternidad su corazón dejó de latir. El hombre se levantó atraído por un magnetismo superior a sus fuerzas; caminó y se plantó directamente frente a ella. Desde lo más profundo del pecho le salió la palabra:

—¡Inocencia!

La joven al escuchar su nombre, sintió que, como un látigo, regresaba a su juventud.

—¡Diego!

Obedeciendo a un reflejo natural de toda una vida, Diego la acercó hacia él, abarcándola toda en sus brazos. Inocencia sintió los fuertes latidos de Diego confundiéndose con los suyos. Así permanecieron largo rato, abandonándose por completo al vertiginoso cruce de caminos. Diego tomó a Inocencia de ambas manos y las besó, diciéndole:

—¡Morena de mi alma! ¡Estás preciosa! ¿Qué estás haciendo aquí, en París?

—¡Diego!—le temblaba la voz. Sentía el calor de sus manos en las suyas trasmitiéndole una energía incontenible. ¡Eres tú! ¡No sabes cuánto he pensado en ti!

Ninguno de los dos mostraba intención de separarse. Julio, asombrado, veía desenlazarse esa escena de Romeo y Julieta y no se explicaba lo que pasaba. ¿Quién era ese extraño que, con la sola mirada parecía habérsela arrebatado? Impaciente, se acercó hacia la joven, la tomó del brazo y le dijo con cierta autoridad:

—Inocencia. El mesero nos está esperando.

Las palabras de Julio estrellaron el encanto. Por primera vez, Diego se percató que había otras personas que estaban ahí. Inocencia dio un paso hacia atrás, intentando disipar su emoción y dijo:

—Diego, te presento a Julio, un...buen amigo. —Ambos intercambiaron miradas de acecho y se dieron la mano fríamente:

—Mucho gusto. Soy Diego Montenegro De las Casas.

—El gusto es mío. Soy Julio César Ballesteros García.

A un lado, sentada en una mesa se encontraba Odette observándolo todo, con la mano en la cintura, preguntándose a qué se debía aquel desvergonzado derroche de atención hacia aquella extranjera de piel obscura y mirada penetrante. Diego comenzó a regresar a la realidad. Se acercó a Odette y de una manera cortés dijo:

—Morena, te presento a Odette...mi prometida. Inocencia sintió que las compuertas de la presa, que por años había contenido torrentes de agua turbulenta, se desbordaban y caían hasta el fondo de un profundo vacío.

—Odette, te presento a Inocencia...una amiga de la infancia que hace años no veía.

Inocencia le tendió una mano temblorosa y fría:

—Hola.

—Encantada.

Diego los convidó a sentarse en su mesa pero Julio percibió la tensión creciente. Tomó a Inocencia del brazo y dijo que esa noche era muy especial y que preferían estar solos. Al escuchar esas palabras, Odette respondió:

—Esta noche es también muy especial para nosotros.

Inocencia se volteó hacia Diego y le dijo con voz quebradiza:

—Tienes buen gusto. Odette es una chica muy linda. Con su permiso, Julio me espera.

Y diciendo eso, Inocencia fue llevada del brazo de su fiel amigo hacia una mesa en el otro extremo de la terraza. Las manecillas del reloj se paralizaron. Inocencia se sentó en silencio, como momia, con la mirada perdida muy lejos. Julio intentaba olvidar ese episodio. Sabía perfectamente quién era Diego. Pidió una botella de vino y le dijo a Inocencia:

—No hay nada más divino que estar en París, contigo.

Cuando a la joven distraída le volvió el color a la cara, tomó el vino lentamente, sintiendo que con cada sorbo, se le extinguía una llamarada que llevaba por dentro.

Diego desde la mesa, veía a Inocencia, sin poder quitarle la vista. Se sirvió una copa de champaña y se la tomó de un jalón. Se sirvió una segunda y el calor del licor lo hizo reflexionar un poco sobre la situación. Después de tantos años, su deseo se había cumplido: estar en París, con la mujer amada, en una terraza bajo la luna llena. Pero he ahí el problema: la mujer amada estaba del brazo de un extraño y él, se encontraba a un lado de una mujer con la que se veía irremediablemente atado en unos lazos que esa noche sintió como sogas al cuello. Tan sólo en pensar en la situación patética en la que se encontraba, le dieron ganas de reírse a carcajadas de su mala suerte.

Al despedirse, Diego pasó por la mesa donde se encontraba Inocencia y en tono sarcástico, le dijo:

—¿No nos felicitas? Esta noche le he dado a Odette el anillo de compromiso. Mañana salimos hacia México donde nuestros padres nos darán una cena para celebrar esta ocasión. No te imaginas el gusto que me daría verte por allá, en nuestra casa.

Inocencia sintió ese tijeretazo seco que le cortaba las entrañas. Sintió las piernas como de una muñeca de trapo que no sostenían su cuerpo. Se puso de pie, y temiendo perder el equilibrio, se asió del brazo de Julio.

—Te felicito. Que seas muy feliz.

La joven se disculpó y salió a paso apresurado de la terraza, dejando a los tres de pie, asombrados por su pronta y corta despedida.

Julio salió tras de ella y la encontró a corta distancia, caminando sola a orillas del río Sena. Se le acercó suavemente y la abarcó del talle en un abrazo fraternal. Inocencia hundió la cabeza en el hombro y lloró inconsolablemente.

—¿Aún estás enamorada de él?

—Sí. Creo que siempre lo estaré, pero desde esta noche, Diego pasará a la historia.

Esa noche, Inocencia, desde su cuarto, por una pequeña ventana observaba las estrellas que después del desventurado encuentro le parecieron opacas. Después de un largo rato, descansó la cara sobre la almohada. A la mañana siguiente, al despertarse, se sorprendió al ver que la almohada estaba empapada. No recordaba haber llorado durante la noche.

Julio, sensible a la situación frágil en que se encontraba su amiga, la dejó que durmiera, sintiéndose impotente y culpable de haber sido el autor de una experiencia tan desafortunada.

Entrada la tarde, Inocencia salió del cuarto con los ojos hinchados, y la cara papujada. Julio se alarmó al verla en tan mal estado. Le trajo un café y una toalla húmeda que le pasaba, suavemente, por la cara. Sintió unos deseos enormes de coger a Diego y darle una golpiza. La joven fragmentada se tomó el café lentamente, observando a la ciudad desde la ventana. De un movimiento espontáneo tomó el vestido negro y con rabia lo echó por la ventana viéndolo caer, como trapo viejo, sobre la acera. Esa misma tarde, tomó la maleta que aún estaba empacada, zambulló sus pertenencias y habló con Julio:

—Por favor llévame al aeropuerto. Saldré en el próximo avión a Madrid. París ha perdido todo su encanto. No quiero permanecer aquí un minuto más. Perdóname.

Al despedirse en el aeropuerto, se abrazaron con todo el cariño de dos almas suspendidas en las alas de una paloma herida. Inocencia suspiró hondo y dijo:

—Tenías razón, Julio, París es una poesía. Un poema de versos tristes, para mí; no obstante, no deja de ser una bellísima poesía.

Diecisiete

Pastel de Novios, Relleno de Papel

Diego y Odette regresaron a México a primeras horas de la mañana. Al llegar a la hacienda, ambos novios se veían abatidos. Diego bajó del coche, saludó a sus padres con un abrazo más de cumplimiento que de afecto, y subió al cuarto a toda prisa, encerrándose detrás de la puerta. La joven saludó de una manera cordial pero evasiva.

María Teresa se deshacía en atenciones hacia su futura nuera. Le había preparado una habitación de huéspedes especial. Al entrar en ella, Odette se sintió como una verdadera reina. Todo, desde el lecho cubierto de colchas y almohadas forradas en satín blanco hasta un enorme ramo de rosas blancas sobre el tocador, respiraba un ambiente nupcial de impecable romanticismo.

La anfitriona había organizado una cena que se celebraría esa misma noche, con el fin de darles la bienvenida a los novios, así como para anunciar su compromiso de una manera oficial.

Los padres de la prometida llegarían esa misma tarde, poco antes de la recepción. Odette contaba los minutos de su llegada, un tanto atemorizada por los últimos acontecimientos que se habían suscitado entre ella y Diego. No sabía qué le dolía más, si el cuerpo entumecido por el largo viaje, o el corazón, abatido por la insensibilidad de su futuro marido. Cerró los ojos, pesados por el sueño, y se quedó dormida, contando los minutos que le quedaban para encontrarse en los brazos de su madre. Esa misma tarde llegaron Susana y Alonso. Los padres de los futuros novios se saludaron con besos y abrazos, felicitándose entre sí. Susana subió al cuarto de la hija y al entrar, la encontró acurrucada en una esquina de la cama, sollozando.

—Odette. Mi pequeña. Soy tu madre.

La novia despertó. Abrazó a la madre con desesperación y comenzó a llorar en su regazo, con profundo sentimiento.

—¿Qué te pasa?

—Mamá. Algo horrible ha sucedido. Anteanoche supe que Diego no está enamorado de mí.

—Hija. ¡Qué cosas dices, por Dios!

La joven le explicó el inusitado encuentro entre Diego y una mujer morena en París.

—Hija, todas las novias son muy susceptibles antes de la boda. Estoy segura que exageras. ¿Cómo va a ser posible que Diego haya cambiado de tal manera hacia ti de la noche a la mañana? Ya verás como todo va a salir de maravilla.—y viendo el reloj le recordó—: Ya van a dar las siete. En una hora tenemos que estar listos para bajar a la recepción. Apúrate hija, que se nos hace tarde.—Tomó un paño y le quitó las lágrimas. Le dio unas nalgaditas de cariño y le dijo—: Veamos qué vestido te vas a poner esta noche.

Por la cara de Odette cruzó una sonrisa.

—Tienes razón, mamá. He sido una tonta. Esta noche debería sentirme como una reina.—Se levantó y con toda ilusión comenzó a buscar en el ropero el vestido más apropiado para lucir esa noche.

En el estudio de Rodrigo, María Teresa, frotándose las manos y caminando de un lugar a otro, bailaba frente a su marido:

—No me gusta para nada la apatía de mi hijo y la cara tristona de Odette. Algo anda mal. Ya falta menos de una hora para que lleguen los invitados y el muy majadero ni siquiera se ha tomado la molestia de salir a saludar a sus futuros suegros. A veces me dan ganas de bajarle los pantalones y darle unas buenas nalgadas.

Rodrigo veía la ofuscación de su mujer mientras se jalaba el bigote cuando ésta lo exasperaba:

—No te preocupes, mujer. Conozco a Diego. Está pasando por uno de sus berrinchitos. Ya se le pasará. A las ocho en punto bajará, meticulosamente vestido. Ya verás.

En efecto, a las ocho en punto Diego salía del cuarto, exactamente como lo había predicho el padre. Tocó al cuarto de Odette, la acarició y le dijo:

—Perdóname. Me he comportado como un imbécil. Te ves preciosa esta noche. Creo que serás la novia más linda de todo México.

—Te perdono, pero tus piropos no me engañan. Quiero saber: ¿Quién es Inocencia?

—Es una explicación muy larga. Te la daré después. Por ahora, debemos bajar y hacer acto de presencia. Nos espera el pequeño mundo de mis padres, con las tijeras afiladas. Quiero que la primera impresión que tengan de nosotros, sea lo suficientemente envidiable para cubrir al menos media página de cotorreo en el diario matutino.

—Diego, escúchame bien. Comenzando esta noche, o me tratas con el respeto que merezco, o regresaré a mi casa, soltera y libre de compromisos, ¿me entiendes?

—Sí, mi amor. Lo entiendo perfectamente. No volverá a suceder.

Diego tomó a Odette del brazo y juntos bajaron las amplias escaleras, entre el aplauso y la aceptación de un reducido público. La joven sentía las miradas de las mujeres sobre ella como pinzas que la desmenuzaban: "Sí, es muy guapa, pero un poco desabrida." La futura novia sonreía con muequitas estudiadas y frases suspendidas en el aire, sin sentimiento alguno. Era una noche tan especial y se sentía un bicho raro entre gentes extrañas.

A pesar de su aislamiento emocional, había sido una noche excepcional. La futura novia lucía un vestido azul claro que le permitía lucir una frágil figura. Desde lejos, el brillo de un juego de preciados zafiros orientales azul cachemira, en forma de aretes, collar, pulsera y anillo, competían con el brillo de su sonrisa. Diego vestía un traje y corbata azul rey y camisa azul clara. Por el superfluo entusiasmo del joven, cualquiera hubiese jurado que, en realidad, era la figura de un hombre feliz.

Después de las introducciones y cócteles obligatorios, los invitados se sentaron a cenar en una mesa larga, apropiadamente diseñada para la ocasión. Los novios se sentaron al centro y los padres de ambos, a los lados. Esperanza escuchaba el bullicio y los chismes de los invitados, que le llegaban hasta la cocina. Se sentía más cansada que de costumbre culpando a las adicionales e innumerables exigencias de María Teresa. Hacía dos semanas que sus deberes le tomaban desde el amanecer hasta el anochecer con pocas horas de descanso. Esa noche, sentía unos piquetes en la cintura que le corrían por la espalda, hasta la base del cuello. Las piernas las sentía rígidas y pesadas, impidiéndole caminar con la facilidad acostumbrada. Había preparado una docena de platillos, entre los cuales destacaban: Adobo Verde de Lomo de Cerdo y de Carnero, Albóndigas con Chipotle, y Faisán en Pipián Rojo de Yucatán.

En la presentación de cada platillo, las expresiones de los invitados le hacían sentir el peso un poco más ligero. Valió la pena tanto esfuerzo—se convencía.

Los invitados limpiaron platillo, tras platillo, a pesar de que las señoras decían cada vez que se servían una buena porción: "Una probadita nada más, porque no quiero arruinar mi silueta." Las asistentas de Esperanza no contaban con suficientes brazos para satisfacer las peticiones de los invitados. Finalmente, después de la media noche, se llegó la hora del espresso, el cognac y los postres. Mientras que Esperanza, en la cocina, con todo cuidado cubría las cerezas frescas con chocolate derretido y crema batida, sintió la presencia de alguien que se le acercaba por detrás. Volteó de prisa y se vio cara a cara con Diego.

—Esperanza, vine a darle las gracias por la cena estupenda de esta noche.

—Dieguito, ¡qué gusto de verlo! Pero, mire qué guapo se ve esta noche. Felicidades en su matrimonio. Odette es una muchacha muy linda. Estoy...

—Por favor. Entre usted y yo no hay necesidad de engaños.

La vio cabizbajo, un tanto avergonzado.

—Usted sabe muy bien a lo que me refiero.

Esperanza lo vio, leyéndole el pensamiento:

—Diego. No es posible.

—Lo es.

—Ya han pasado muchos años. Pensé que la había olvidado.

—Lo he intentado, pero anteanoche me topé con ella. Se veía preciosa. Se ha convertido en toda una mujer, hecha y derecha. Casi no la reconocía.

—¿Vio a mi Negrita?

—Sí. En París. Iba muy bien acompañada de un mentado Julio—y con una malicia muy bien calculada, agregó—: Supongo que si andan viajando juntos por Francia, han de ser amantes. ¿No es verdad?

Esperanza dejó caer la cuchara llena de chocolate que comenzó a chorrearse por el piso.

—¿Vio a mi hija, en París, viajando con un amante?

—Sí. Así es.

—No, Diego. Está equivocado. Inocencia está en Madrid y Julio, no es su amante, es sólo un buen amigo.

—Pues, a mí me pareció que su relación va más allá de una simple amistad. Dos amigos no se ven ni se tocan del modo que ellos lo hacían.

Esperanza lo veía sin llegar a comprender lo que Diego se proponía. El joven observaba a la cocinera, cuyo semblante empeoraba de segundo a segundo. En eso, entró María Teresa, impaciente:

—Esperanza, ¿qué te pasa? Hace rato que estamos esperando las cerezas—y viendo a Diego, dijo:

—¿Y tú? ¿Qué estás haciendo aquí, chismeando con las cocineras? Tu lugar es en la sala, a un lado de tu novia. Sal de aquí inmediatamente.

Diego salió satisfecho de haber llevado a cabo lo que se proponía, pero las cerezas nunca llegaron. Minutos después, desde la sala se oyó un ruido estrépito de charolas de cristal que se estrellaban contra el mosaico. Varias personas corrieron hacia la cocina donde encontraron a Esperanza, tirada sobre el piso, saliéndole espuma por la boca, cubierta de chocolate derretido y crema batida. Diego pegó un grito:

—¡Esperanza…Mamá! ¡Esperanza está sufriendo un ataque al corazón!

—¡Por favor, esta noche no!—decía María Teresa, desesperada. Llamó al mayordomo y le ordenó en voz baja:

—Don Miguel, llévese a Esperanza de inmediato al hospital. No es necesario que se enteren nuestros invitados.

Entre don Miguel y Diego sacaron el cuerpo inerte de la cocinera por la puerta de servicio. La introdujeron en la camioneta de don Miguel y, de paso, Diego le pidió que pasara por la casa de Esperanza, para avisarle a

Eusebio. Al saber éste lo ocurrido, subió al coche y tomó el cuerpo de Esperanza en los brazos diciéndole:

—¡Negra!, ¡Negra de mi alma!, despierta, Negrita. No me abandones.

Diego sintió una pesadez enorme de culpabilidad. De pronto recordó cuando sus padres lo dejaban al cuidado de las nodrizas y Esperanza siempre iba a rescatarlo. Con sus grandes y fuertes manos lo sostenía, lo cubría de besos, le cantaba, tratando de llenar aquel incomprensible vacío. A ella le debía la única alegría que recordaba en la niñez, y con esa puñalada le pagaba. Jamás esperaba una reacción tan violenta de Esperanza a causa de su insensatez. Durante el camino al hospital, se decía: "Si muere, será mi culpa. ¡Dios mío, cómo pude ser tan mezquino!"

En el hospital, el médico, después de examinar a la paciente, salió a la sala de espera y anunció en voz baja: "Esta mujer a sufrido un ataque cardiaco. Avísenle a su familia. La señora tiene pocas horas de vida." Eusebio se arrodilló ante el médico y le suplicó:

"Por lo que más quiera, doctorcito, salve a mi Negrita. Ella es todo lo que tengo."

Diego, por dentro, se retorcía de remordimiento. Nunca imaginó ver a un hombre fornido, como Eusebio, ser reducido a un pobre limosnero. Se sentía impotente; le ardían las sienes:

—Eusebio, dígame, ¿qué puedo hacer por usted? Haré lo que usted quiera, por favor, pídamelo.

Eusebio lo vio y le dijo:

—Yo nunca le he pedido nada. Esta vez, le suplico, en el nombre de la Virgencita de Guadalupe, avísele a mi Inocencia. Está en Madrid.—De la bolsa sacó una foto reciente de su hija, con la dirección y el número de teléfono anotados en la parte posterior.

—Tome. Corra, corra. Si mi Negra se muere sin ver a *mi'ja,* jamás me lo perdonaré. No hay tiempo que perder, pero, por favor, no le diga al patrón porque nos va muy mal a todos.

—No se preocupe. De eso me encargo yo.

Diego tomó la foto y corrió hacia la primera oficina que encontró abierta en la misma clínica. Por la mente le cruzó su último encuentro con Inocencia y el desaire con el que se despidió de ella. No teniendo otra salida, se dispuso a llamarla.

Muy lejos, oía el sonido sordo del teléfono que viajaba a cientos y miles de kilómetros por hora, cruzando la inmensidad del océano que en esa ocasión los separaba. Se le cerró la garganta. Mientras esperaba, tomó la foto de Inocencia, se la llevó a la boca y le dio un beso, diciendo: "Morena mía. No me odies. Contesta, por favor. Contesta."

De muy lejos se oyó una voz familiar:

—Diga.

—¿I-no-cen-cia?

—Sí. ¿Qué desea?

—Inocencia…Soy Diego.

—¿Diego?…tú y yo no tenemos nada más qué…

El suspiró hondo, se persignó y comenzó a hablar, sin respirar siquiera, esperando que Inocencia no cortara la conversación.

—Escúchame. Tu madre está grave. Tu padre me ha pedido que te llame.

—¿Mi madre, grave? ¿Qué le pasó?

—Creo que…sufrió un ataque al corazón.

—Dios mío. ¿Cuándo sucedió eso?

—Esta misma noche.

—¡No, no puede ser!

—Ven, Inocencia, vente cuanto antes. Tu madre se encuentra en la clínica de Nuestra Señora del Carmen, a las afueras de la ciudad.

—Gracias por avisarme, Diego. Salgo hacia México ahora mismo.

Inocencia colgó el teléfono y por su mente le cruzó toda una vida. Se empezó a mover como máquina calculadora. En una simple frase, el conflicto con Diego había pasado a segundo plano. Por buena suerte no perdió tiempo en empacar las maletas; las tenía ya hechas. Esa misma tarde tenía planeado regresar a California. Lo único que hizo fue cambiar su destinatario.

Pilarica la veía ir y venir de una pieza a la otra recogiendo las últimas pertenencias, hablándose a sí misma en voz alta:

La compañera asombrada, le preguntó:

—¿Qué te pasa?

—Mi madre se puso grave. Debo salir a México de inmediato.

Minutos después, venía el taxi y se la llevaba. Inocencia, de una manera casi autómata, se volvió hacia su compañera y se despidió de ella con un abrazo demasiado breve para darle justicia al vínculo tan estrecho que entre ellas se había forjado. Pilarica había encarnado el espíritu del país; al despedirse de ella, se despedía de España y si se detenía a contemplarlo, hubiese sido demasiado doloroso. Lo único que dijo fue: "No sé cómo ni cuándo, pero te aseguro que nos volveremos a ver bajo mejores circunstancias." Salió del edificio a toda prisa sin mirar atrás. El chófer metió las maletas en la cajuela del coche. Inocencia se sentó en el asiento de atrás y desde lejos, su compañera vio tristemente, el movimiento de manos de la amiga, imitando un abanico, mientras el coche se perdía entre el pulso impestuoso de la señorial ciudad.

Pilar entró en el cuarto de Inocencia y al ver las paredes y los roperos vacíos, cerró la puerta diciendo:

—Pobrecilla. Otra Mejicana que deja su corazón en España.

En México, don Miguel, Eusebio y Diego, pasaron el resto de la noche en vela. Esperanza bailaba al filo de la muerte. El marido rezaba en silencio y lloraba por dentro. Diego lo veía y se desesperaba. Lo consolaba pensar que, en pocas horas, tendría una segunda oportunidad de ver a Inocencia y pedirle disculpas por la actitud vengativa durante su encuentro en París.

En la hacienda, entre los empleados permeaba un ambiente deprimente. Los hornos de la cocina permanecieron apagados, las cazuelas y los trastos fríos; las asistentas corrían de un lado a otro, con caras tristes, no sabiendo qué cocinar. María Teresa y Rodrigo se preguntaban cómo era posible que el estado de salud de una cocinera hubiese afectado la moral de toda la hacienda de tal manera.

A la mañana siguiente, cerca de las once, Odette bajó y al ver que Diego aún no regresaba, comenzó a expresar su frustración:

—María Teresa, ¿por qué ese interés de Diego en la salud de una cocinera?

—Esperanza ha estado con nuestra familia desde hace más de veinte años y Diego le ha tomado un cariño especial.

—Y, ¿no tiene idea a qué hora vaya a regresar?

—No, Odette. Diego es un hombre sensible. Creo que a veces, exagera.

Por la tarde, don Miguel regresó a la hacienda y les trajo noticias sobre el estado de Esperanza: aún era grave. La tensión crecía. María Teresa veía la cara desilusionada de Odette, y se quejaba con el marido:

—Rodrigo. No sé qué demonios está haciendo Diego en el hospital. Ya es después del medio día y no ha regresado. ¿No te parece que ya ha pagado sus respetos a Esperanza? Creo que debería estar aquí, al lado de su futura esposa.

El marido movía los bigotes de un lado a otro, haciéndolos bailar sobre el labio superior:

—No me extraña. Diego siempre la ha querido. Recuerda que desde niño le consentía todo, pero tienes razón. Ya debería estar aquí. Si no regresa dentro de una hora, iré yo mismo a hablar con él. Por ahora, ¿por qué no salimos a comer a la ciudad? Alonso y yo podemos ir al hospital a ver cómo sigue Esperanza y a hablar con Diego.

—Me parece una idea excelente, querido.

Mientras que los padres de los novios y Odette comían en la ciudad, Diego caminaba de un lado a otro por los corredores del hospital, pidiéndole a Dios que Esperanza mejorara. En cada paso que daba, recordaba una caricia, un gesto de bondad que había recibido de ella y le remordía la conciencia. Al mismo tiempo, pensaba que esa noche, encontraría la forma de verse a solas con Inocencia y entonces le diría tantas cosas que hacía años había guardado.

Entrada la tarde, después de una comida exquisita en un restaurante de la Zona Rosa, los dos hombres se fueron al hospital. Al verlos llegar, Diego sintió náuseas. El patrón se acercó a Eusebio y le dio unas palmaditas en el hombro:

—Siento mucho lo de Esperanza. Ojalá y se mejore pronto.

De un movimiento áspero, Rodrigo tomó a Diego del brazo y se lo llevó al patio.

—Ya es hora que regreses a casa. Mira nada más la cara que traes. Tu madre está furiosa porque no estás atendiendo a Odette como deberías.

Diego lo vio con profundo resentimiento:

—Nuestra fiel servidora de hace más de veinte años está muriéndose, y ¿lo único que a ustedes les preocupa es lo que fulanito y sutanita vayan a pensar de mi cortesía? Pues, si mis modales son más importantes para ustedes que la suerte que corre Esperanza, váyanse todos al carajo. No me importa.

El bigote de Rodrigo se estiró, rígidamente:

—¡No empecemos! No hay necesidad de hacer teatro aquí. Te esperamos en casa esta noche para cenar juntos.

—No estaré.

—Eso veremos.

Rodrigo salió y Diego se quedó mordiéndose los labios. No se movería de ahí hasta asegurarse que Esperanza estaba fuera de peligro. Además, en cualquier momento, Inocencia entraría por esa puerta, y una vez que le hubiera dicho todo lo que traía por dentro se iría, y entonces, con tranquilidad complacería a su noviecita.

Se llegó la hora de la cena y Diego brillaba por su ausencia. Al saber que el novio no había regresado, Odette se negó a salir del cuarto. Desde el pasillo, Susana la oía decir: "¿Dónde está Diego? ¿Por qué me ha abandonado?" La madre comenzó a deshilar la conversación que había tenido con ella. Al evocar los detalles vívidos que Odette le había confiado, llegó a la conclusión que la hija tenía razón. El encuentro de Diego con aquella mujer en París, tenía algo que ver con todo eso. Decidió que era hora de hablar con su marido.

—Alonso, Diego se ha portado de una manera sumamente descortés hacia nosotros y sobre todo hacia nuestra hija. Si no aparece esta noche nos vamos de aquí. Esta no es la manera de demostrarle a la futura esposa, que la ama.

Alonso, picado su amor propio por los desaires de Diego hacia Odette, salió del cuarto en busca del futuro consuegro.

—Rodrigo: Mi hija se encuentra en su cuarto, llorando. Si tu hijo no tiene la intención de cumplir con su compromiso que nos lo diga ahora mismo.

Rodrigo se puso de pie, le dio una palmada de acuerdo sobre el hombro derecho y le dijo con toda confianza:

—Tienes razón. Diego se ha comportado como un insensato e irresponsable. Ahora mismo voy al hospital por él. Te aseguro que lo traeré aquí y él mismo te dará una explicación por su extraño comportamiento. Dame una última oportunidad.

El padre salió en el camión de cuatro velocidades, maldiciendo el día que Diego había nacido, y haciendo una escandalosa polvareda en su recorrido hacia la salida de la hacienda.

Al llegar al hospital, Rodrigo cogió a Diego desprevenido, lo tomó por los hombros, le dio una fuerte sacudida y le dijo:

—Acabo de pasar una vergüenza imperdonable por tu culpa. Alonso y Susana están hartos de tus pendejadas. O te vienes conmigo por las buenas o te llevo a la fuerza. Tú dices.

—Tendrás que llevarme a la fuerza, porque de aquí no me muevo.

Rodrigo perdió el control y comenzó a golpearlo con el puño cerrado. Diego se defendió y lo aventó contra la pared. Eusebio trató de separarlos. Después de varios minutos de un intercambio de palabras ácidas y golpes al aire, Rodrigo dejó de pelear y se controló un poco:

—Me la vas a pagar, desgraciado.

Eusebio, temiendo que la violenta actitud del patrón escalara, intercedió:

—Váyase con el patrón. Aquí *usté* no puede hacer nada. Vaya a cumplir con su noviecita—guiñándole el ojo—: mañana, será otro día.

—Está bien. Lo haré, por Odette, nada más—y volteándose hacia Rodrigo—pero nunca por darte gusto a ti.

Al llegar a casa, Diego subió directamente al cuarto de Odette. Esta le abrió y ambos pasaron un largo rato en una discusión acalorada. Finalmente, los novios bajaron a cenar. En la mesa los esperaban sus padres. Los seis cenaron en un silencio absoluto, cada uno absorto en sus pensamientos.

Tan pronto y terminó la cena, Diego se disculpó e invitó a Odette a tomar una copa con él, en la ciudad. Necesitaba estar solo con su prometida. Odette aceptó de mala gana.

Esa noche entraron a un bar en algún lugar apartado de la ciudad. Ella pidió un café. El tomó la copa de cognac, la vio a los ojos y le confesó: "Una vez te dije que mi pasado era una cadenita de lamentaciones muy larga de contar. Creo que es hora que sepas, en realidad, quiénes son mis padres, y quién soy yo." Con toda paciencia, Diego le contó lo que creyó pertinente en cuanto a la relación volátil con los hacendados, la amistad estrecha que se forjó a través de los años entre Inocencia, la hermana y él. La tragedia de Rosa Inés, y cómo Rodrigo lo había culpado de su muerte; la obsesión de los padres por que pusiera fin a su amistad con la joven, y los años de distancia y silencio que se habían auto impuesto, hasta el accidental encuentro en París—y agregó:

—Odette, anoche, cuando el médico pensó que Esperanza tenía las horas contadas, Eusebio me suplicó que le hablara por teléfono a la hija, y la enterara sobre la condición de su madre. Al oír las malas noticias, me prometió que se vendría a México en la primera oportunidad. Supongo que estará aquí mañana. El problema está que si se entera mi padre que Inocencia anda por aquí, no sé de lo que será capaz. Ahora que sabes la verdad, no estás obligada a casarte conmigo. Si cambias de parecer, no te culpo. Nunca imaginé que nuestra relación fuese a complicarse de esta manera.

Odette lo escuchó sin interrumpirlo una sola vez.

—Te agradezco tu sinceridad. Todo esto es muy conmovedor, pero, si no existe ningún compromiso entre tú e Inocencia, ¿por qué crees que yo haya cambiado de opinión?

—No sé. Creo que desde que llegamos aquí has visto mi lado feo y estarás muy decepcionada.

—Sí, te he conocido tu lado débil, pero eso no significa que haya dejado de quererte. A pesar de todo este conflicto, ¿aún me quieres lo suficiente para dejar todo esto atrás y casarte conmigo?

Diego se quitó el sudor de la frente con un pañuelo y se aflojó la corbata:

—Sí, Odette.

—Bueno. Yo también. Lo demás sale sobrando.

—Sí. Tienes toda la razón.

—Hagamos una cosa. Sigámosle la onda a tus padres. Nos casamos cómo y cuándo ellos quieran y después nos vamos por ahí, muy lejos, y viviremos libres y felices el resto de nuestro matrimonio.

—Odette, eres un amor. Tenía tanto miedo perderte.

—Te amo, Diego. De otra manera, no estaría todavía aquí, aguantándome tus imprudencias.

—Te prometo que seremos muy felices—tomándose la copa entera de un solo trago, intentando ahogar la vocecita interior que sin compasión lo acosaba.

Se tomaron de la mano. Ella las sintió frías y, cambiando de tema inesperadamente, preguntó:

—Diego, ¿qué va a pasar cuando tus padres se enteren que Inocencia estará aquí mañana?

—No lo sé. Temo por ella, pero no tienen porqué enterarse. Ni siquiera han mostrado interés en ver a Esperanza, lo cual me revienta. Dime tú, ¿qué clase de personas son, realmente?

—No lo sé. No los conozco lo suficiente para juzgarlos.

—Pues yo sí.

—Tú y yo, adelante con nuestras vida y dejemos al mundo que ruede, ¿de acuerdo?

—De acuerdo, mi reina.

Se besaron y salieron abrazados hacia la noche tibia.

Esa noche, Diego no podía dormir. Estaba viviendo una mentira y lo sabía. Ofuscado, le atacó una visión repentina: En menos de veinticuatro horas, Inocencia cruzaría su camino. ¿Qué iría a suceder entonces? ¿Cómo reaccionaría ante ella, una vez que la tuviera tan cerca? ¿Tendría el valor de decirle que aún la amaba pero que no podría casarse con ella?

Odette, en el cuarto, analizaba la confesión de Diego. No. Había algo más entre él y la joven morena. Lo presintió desde la noche que los vio abrazarse en París. Aún tenía el As de corazones. El era su prometido y sería su esposo aunque para ello tuviera que jugarse la última carta. Esa noche no lloró ni sintió decepción alguna; al contrario, se quedó dormida paladeando su sed de venganza, estudiando cuál sería la próxima jugada.

A la mañana siguiente, a primera hora, la futura novia se vistió muy guapa y salió al comedor. Bajó por las escaleras cantando alegremente, repartiendo besos y anunciando:

—María Teresa, Mamá, estoy lista. Esta mañana vamos a la Casa de Novias y me compro el primer vestido que me quede bien. Esta tarde voy a regresar con mi ajuar de novia, completito.—Se sentó a la mesa y comenzó a desayunar con impresionante apetito.

Terminando el desayuno, salieron las tres con sonrisas más relucientes que el sol de la mañana, y no descansaron hasta que le compraron a Odette hasta el más íntimo detalle de su ajuar de novia. Salieron de la modista con las manos llenas de paquetes riéndole a la vida. Después, se reunieron con los tres caballeros en la ciudad y cenaron juntos en un ambiente festivo. Diego se preguntaba qué demonios se traía entre manos, su noviecita.

Al regresar a la hacienda, el joven se mostraba inquieto. Veía el reloj y cada vez que sonaba el teléfono, brincaba de la silla para contestarlo. Odette sabía exactamente lo que estaba pasando y se hizo la tonta, disfrutando de la pequeña tortura por la que estaba pasando su prometido. Entrada la noche, Diego se disculpó y dijo que si no había ningún inconveniente, iba a ir al hospital a ver cómo seguía Esperanza. Rodrigo le dijo:

—¿Por qué no hablas por teléfono y te ahorras la molestia de ir hasta allá?—a lo que Odette replicó:

—No. Yo creo que deberíamos ir los dos, a darle una merecida visita a esa buena señora. ¿No te parece, amor?

—No es necesario que me acompañes. No es un lugar apropiado para una damita. Regresaré cuanto antes.

—Insisto. O me llevas o me enojo contigo.

—No es para tanto. Tienes razón. Hablaré por teléfono.

Diego marcó el número del hospital y preguntó por Eusebio. Eusebio le informó que Esperanza comenzaba a reaccionar y...algo más...que Inocencia había llegado a México. Diego hizo un comentario sobre el progreso de Esperanza y colgó. Odette notó un cambio de semblante en el rostro de su novio y adivinó que Inocencia había llegado. Media hora más tarde, el joven fingió cansancio y se retiró, despidiéndose de la novia con artificial afecto.

A la mañana siguiente, Odette encontró una nota en la mesa del desayunador que decía:

"He tenido que salir muy temprano esta mañana para ocuparme de algunos negocios importantes en la ciudad. No me esperen a comer. Quizá llegue tarde. Que la pasen bien. Te quiere, Diego."

Odette entró en el cuarto de su prometido y vio que la cama estaba hecha. Diego no había dormido ahí e imaginó que había salido desde la noche anterior a reunirse con Inocencia. Tomó la nota rompiéndola en mil pedazos con mucho coraje. Subió al cuarto y le dijo a su madre:

—Mamá, vamos a la ciudad. No quiero quedarme aquí.

En efecto, Inocencia había llegado a México entrada la noche. El viaje le había parecido larguísimo. Al entrar al hospital vio a su padre, corrió y se asió de él como un náufrago que se aferra de un tronco de árbol en medio de una corriente de agua enfurecida. Eusebio la tranquilizó:

—¡Negrita, qué alivio tenerte aquí! Por poco y me vuelvo loco esperándote. Ven, tu madre se ve un poco mejor.

Los dos entraron al cuarto de Esperanza. Esta yacía cubierta de todas clases de tubos, agujas y demás aparatos que la ayudaban a mantenerse viva. Tenía el respiro fatigoso y los ojos cerrados. Aún estaba inconsciente.

Inocencia se le acercó. La tomó de las manos que sintió como hilachas, sin vida. Le tocó la cara y le dijo:

—Mamá, soy tu Negrita. Ya estoy aquí. Ya verás, todo va a salir bien. Descansa.

Encontró una silla, se sentó al lado de su madre, sacó el rosario y se puso a rezar, con toda devoción. Eusebio se sentó al otro lado de la cama, con la cara hundida en las sábanas que cubrían el cuerpo inmóvil de la mujer. De esa manera, pasaron los dos toda la noche, como soldaditos de guardia.

Al amanecer, Inocencia caminaba por el corredor cuando, a corta distancia, escuchó unos pasos detrás de ella que la alcanzaban: era Diego. La chica lo vio frente a ella y no sabía qué hacer. No tuvo que decidirlo. Cuando menos pensó, Diego la había rodeado en sus fuertes brazos.

—¡Morena! Perdóname. Al verte en París, en los brazos de otro, me volví loco. No quise ofenderte. Fue un...

—¡Diego! No tienes porqué disculparte. Tampoco yo supe cómo reaccionar. No hablemos de eso ahora, te suplico.

—¿Cómo sigue Esperancita?

—No sé. No he hablado con el médico. Las enfermeras dicen que el estado de mi madre es delicado pero estable. Diego, tengo miedo.

—Lo sé.

Al verse frente al joven ojerudo, Inocencia se dio cuenta lo que estaba sucediendo.

—Diego, ¿qué estas haciendo aquí a estas horas? ¿No deberías estar en casa con tu novia?

—Inocencia. Necesitaba verte. Tenemos mucho de qué hablar.

—Diego...mi madre está grave y tú te casas en tres días...y dices que tenemos mucho de qué hablar. ¿No te parece que es demasiado tarde para tener esta conversación?

—Simplemente vine a ofrecerte un poco de respaldo moral. Imagino que éste ha de ser un golpe muy duro para ti.

—Sí, lo es, y te agradezco tus intenciones, pero tú no tienes nada qué ver con esto. ¡Vete, y déjame en paz!

—No me eches de tu vida. Una vez lo hiciste y me volví loco. No quiero dejarte sola. Sé que me necesitas, como te necesito yo.

—¿Tú? ¿Necesitarme a mí? ¿Después de todos estos años? No me hagas reír.

—Sé que no tengo derecho a decirte esto, pero es necesario que lo sepas. Nunca he dejado de amarte. Te amaré siempre, Morena.

—¿De qué me sirve todo ese amor si en tu casa te está esperando una joven, cortada a tu medida y en un ropero de tu casa cuelga un blanquísimo vestido de novia? Lo único que hemos hecho es traernos desgracias. Por amor de Dios, Diego, vete y olvídate de mí.

—Está bien. Me iré, pero antes quiero escuchar de tus labios que has dejado de amarme. Dímelo viéndome a los ojos y si lo haces, te juro que me alejaré de ti para siempre.

—Deja ya de atormentarme.

—Dímelo, Inocencia, dime que has dejado de quererme.

Inocencia levantó la mirada y al verse en los ojos claros de aquel joven que la desafiaba, le dijo:

—Diego…yo…no…puedo. No puedo mentirte. No puedo.

—Lo sabía. Lo he sabido desde siempre.

—¿De qué sirve esta confesión si estamos al bordo del precipicio?

—Ahora puedo irme con la conciencia tranquila sabiendo que a pesar de todo, aún me quieres como yo te quiero a ti.

—Está bien, Diego, te amo.

—Morena de mi alma. Yo también te amo.

Diego se acercó a la joven e iba a tomarla en los brazos cuando escucharon los pasos de Eusebio por el corredor acercarse hacia ellos.

—Hija, tu madre ha recuperado el sentido y está preguntando por ti. Ven inmediatamente.

Inocencia se separó de Diego diciéndole:…debo irme ahora…antes de separarnos por última vez, tengo algo importante que decirte. Búscame—alejándose de él dejando la conversación a medias y una creciente irresolución en las entrañas.

Al ver a Diego tan cerca de su hija, Eusebio imaginó lo que estaba por suceder:

—Gracias por toda su ayuda. Ahora, mi'ja ya está aquí. No hay necesidad que se quede. Váyase, patroncito, donde lo espera su novia y deje a mi Negrita en paz. Por el bien de todos, no vuelva a molestarnos.

—Eusebio, yo…

—Diego, váyase y que la suerte lo acompañe.

Diego salió del hospital, cubierto por una capa gruesa de dudas. Estaba tan cerca de los labios de la joven. En ese amanecer hubiera echado la vida entera por la ventana por el simple gusto de haberle dado un beso a Inocencia. Un beso. Uno nada más.

Faltaban dos días para la boda y María Teresa ya había comenzado a poner a todo el mundo en un movimiento constante para revestir la Casa Grande y los jardines en el fondo suntuoso de la boda más comentada del año. El novio veía a diferentes vehículos entrar y salir de la hacienda con toda clase de mesas, sillas, canastos enormes, flores, cajas con productos comestibles y botellas de licor. De lejos veía una carpa como especie de mini circo de una tela de seda blanca que varios hombres levantaban sobre postes forrados de blanco y los colocaban a un lado de la fuente. Al otro lado de ésta, su madre había hecho construir un kiosco, también de color blanco con toques rosados y azules, dentro de la cual había adornado una mesa íntima, en forma de corazón y forrada de flores frescas. Todo eso estaba cayendo en un ridículo absoluto, pensó: "Ni que se estuviera casando el príncipe de Inglaterra."

Al llegar a casa, su madre lo asaltó:

—¿Dónde demonios habías estado? Te he estado buscando toda la mañana. No te vuelvas a desaparecer porque te necesito. Tenemos muchísimo qué hacer antes de la boda. Ese maldito ataque al corazón de Esperanza no podría haber sido más inconveniente. Se sabía los planes para el banquete al dedillo y mira que abandonarme cuando más la necesitaba. Y como si no fuera suficiente, Eusebio también me ha defraudado. Necesito que vayas a buscarlo y te lo traigas ahora mismo. El es el único que sabe exactamente qué hacer con las decoraciones en los jardines. Yo no tengo tiempo de andar buscando cocineras y jardineros a última hora. Apenas se puede creer lo mal que estas gentes han quedado conmigo.

Diego la veía, ofuscada, tirando los brazos al aire, sintiendo en cada injuria hacia los padres de Inocencia como un agujeta que le entraba cada vez más adentro de su inconsciente:

—Mamá, Esperanza está grave en el hospital. ¿Y sabes por qué? Tú, y tus pinches exigencias han sido la causa de todos sus males. Por más de veinte años la has visto como una máquina de trabajo. ¿Acaso se te ha ocurrido preguntarme: Hijo, ¿cómo sigue Esperanza? Estoy preocupada por su salud. Creo que debería ir a verla. Me parece increíble verte como loca y oírte decir tales barbaridades. Yo no iré por Eusebio porque no voy a ser yo quien le quite los últimos minutos de estar al lado de su mujer, simplemente por cumplir con uno más de tus caprichos. Si no puedes encontrar un jardinero que sepa dónde poner unos mugrosos canastos de flores frescas en el jardín, pues no los pongas. Lejos de darme coraje, te veo y me das lástima.

María Teresa escuchó las palabras del joven y se quedó helada. Jamás le había hablado Diego de esa manera. Nunca imaginó que unas simples frases de frustración fueran a causar tal resentimiento a su hijo:

—Diego, organizar la boda de mis sueños es algo que he deseado desde que nació Rosa Inés, y ya que no pude hacerlo por tu hermana, pensé que tú lo agradecerías, pero ya veo que nunca te he dado gusto. Si no fuera porque he invertido tanto tiempo y dinero en esta celebración, te mandaría a ti y a tu boda al quinto demonio. Quizá una vez que hayas asentado cabeza aprenderás a tenerme un poco más de respeto y a agradecerme todo lo que he hecho por ti. Ah, y si es cierto que Esperanza está en el lecho de la muerte y Eusebio rehusa regresar a sus obligaciones, no hay razón por la que continuemos ocupándolos. Dile que venga a recoger los tiliches mañana mismo. Hace tiempo que esa casucha vieja y fea causa mal aspecto en nuestras propiedades. Sería la ocasión perfecta para derrumbarla antes de la boda.

—Con gusto le diré a Eusebio hoy mismo. Con mis propias manos les ayudaré a los Salvatierra a salirse de este infierno cuanto antes, mejor.

—Insolente. No quiero oír una palabra más. Déjame en paz que bastantes problemas tengo sin tener que ocuparme de tus estúpidos sentimentalismos por una bola de criados.

—Me parece mentira que seamos madre e hijo.

Diego subió a su cuarto y estrelló las llaves del coche contra la ventana rompiéndola en mil añicos.

Los preparativos en la hacienda habían llegado a un extremo de locura. Todo desarreglo que podría ocurrir a última hora, ocurrió: un aguacero inesperado de verano mojó la carpa blanca y los empleados de la hacienda tuvieron que salir y tratar de quitarla a última hora, así como cubrir las mesas y sillas con plásticos; el jardinero que consiguieron a última hora tuvo un disgusto con la Doña, quejándose de su mal gusto y carácter, dejándola más plantada que las amapolas de Eusebio que parecían reírse de la patrona rezongona; el director de la orquesta se huyó con su querida sin dejar rastro y el resto de la banda rehusó cumplir con el contrato. La coordinadora tuvo que contratar a una banda de segunda sin tener idea del repertorio que tocaba; el cura que iba a oficiar la misa resultó con pulmonía. A cada hora que pasaba a María Teresa se le presentaba una dificultad más. Terminaba las faenas de un humor tan pésimo que nadie quería estar cerca de ella. Rodrigo se encerraba en la oficina fingiendo estar ocupado. Los novios apenas si se hablaban. Los padres de Odette y ella misma veían todo el esfuerzo desmesurado de la futura suegra, desbocarse por una empedrada. Se habían arrepentido mil veces de estar ahí: esas nupcias llevaban todas las señas de un mal predestinado.

Dieciocho

El Apocalipsis

En el hospital, al amanecer, Esperanza abría los ojos que los sentía muy pesados y veía la silueta borrosa de su hija. En voz baja y con dificultad, preguntaba:

—Negrita. Mi angelito. ¿Dónde estoy? ¿Qué estoy haciendo aquí?

—Mamá. Soy tu Negrita. Sufriste de un ataque al corazón, pero ya estás mejor.

—Mi Negro.

—Aquí estoy. Aquí merito. No me he despegado de tu lado.

—Bendito sea Dios que me ha permitido volverlos a ver. Negrita, por un poquito se me hizo que vi la carita sonriente de Rosa Inés. Fue todo como un sueño.

—Mamá. No hables. Descansa.

Inocencia veía el cuerpo cansado de su madre. Era demasiado joven, pensaba, para verse tan acabada. Cada arruga que le descubría, le acrecentaba más rencor contra los patrones. Y pensar que la pobre había dejado toda una juventud en esa mugrosa cocina—le decía a Eusebio—con deseos de reventar.

Los dos permanecieron al lado de Esperanza hasta bien entrada la mañana, cuando llegó el médico y declaró que la paciente se encontraba fuera de peligro; no obstante, su estado era sumamente delicado. Le aconsejó completo reposo por varias semanas más.

El cansancio de Inocencia era a tal grado que se vio forzada a regresar a la casa de la tía y dormir unas horas. La tía Esthercita la recibió con el mismo cariño de siempre.

—Mi muñequita de chocolate. Te ves muy cansada, hijita. Acuéstate y duerme un buen rato. Te voy a hacer unas chalupas que te van a hacer olvidar tus penas.

Inocencia durmió toda la tarde. Mientras cenaba, escuchaba el diálogo de una telenovela que le pareció haber sido escrito para ella: "Te amaré toda la vida," "Dime que no me quieres, y me alejaré de ti, para siempre." Las frases continuaban, una detrás de la otra… "Jamás te olvidaré…"

No se podía quitar la imagen de su madre, tirada, en una cama, enchufada a toda clase de máquinas, sin ningún aliciente para seguir luchando. En esa ocasión vio el destino de los padres al desnudo. Estudiaba la situación precaria en la que se encontraban los tres y en ese mismo instante, decidió que sus padres no volverían a levantar un solo dedo para beneficio de Rodrigo y María Teresa, ni ella volvería a tener nada que ver con Diego. La decisión estaba hecha. Salió de la casa de la tía, decidida; a cada paso que tomaba hacia el hospital sentía que se le caía un ladrillo—de la muralla que el tiempo había erigido—de encima. Entró al hospital, sintiéndose ligera, como una pluma.

Esa tarde, mientras Eusebio roncaba sentado en el sillón a un lado de su mujer, entró sigilosamente Diego. Se acercó a la paciente, le besó la mano y le dijo:

—Esperancita. La culpa de todo esto la tengo yo. No merezco su perdón. Por favor, no me odie.

—No digas tonterías. Ya hacía tiempo que me sentía mal. Creo que la noticia que me diste fue el último empujoncito. No está en mí odiar a nadie.

—Gracias. Es usted un verdadero ángel.

—¿Es verdad lo que me dijiste, acerca de mi Negrita?

—No. Era una broma, nada más. Nunca pensé que usted lo habría tomado en serio.

—Diego, con el honor de una hija no se bromea. No lo olvides nunca.

—Se lo juro. No volverá a suceder.

Eusebio despertó y Diego se le acercó diciéndole en voz baja:

—Necesito hablar con usted. Es algo urgente.

Los dos salieron hacia el patio del hospital.

—¿Qué pasa Diego?

—Disculpe. Tengo malas noticias que darle de parte de mi madre. Ha tenido muchos problemas durante el planeamiento de nuestra boda y en gran parte les ha echado la culpa a usted y a Esperanza. No ha podido encontrar personas que los reemplazcan. Está como fiera enjaulada. Usted ya se ha de imaginar los malos ratos que estamos pasando.

—Sí, Diego. Lo sé muy bien.

—Pues, este…no sé cómo decirle…

—Lo que tengas que decirme, dímelo cara a cara. Hace mucho que dejé de tenerle miedo a la patrona.

—Bueno, comenzando hoy mismo, mi madre me encargó decirle que se consideren desempleados.

—¿La patrona dijo eso? ¿Por qué?

—Se siente defraudada, porque en los preparativos más cruciales no pudo contar con ustedes. Yo sé que es una actitud extremadamente pueril de su parte, pero usted la conoce mejor que yo y sabe cómo puede ser obstinada en casos como éste.

—Sí, Diego.

—En otras palabras, la patrona nos ha corrido de sus tierras.

Eusebio se rascó la cabeza.

—¡Ah, caray! ¡Pues qué patroncita tan...intransigente! ¿Qué quiere su madre, que saque a Esperanza de la sala de cuidado intensivo y la arrastre a la cocina? No somos sus esclavos, Diego. Pues, lo siento por mis azucenas y mis margaritas, pero, por mi parte y la de mi Negrita, está muy bien. No se preocupe, no nos moriremos de hambre. Gracias por el recado.

—Eusebio, hay una cosa más. Mi madre quiere que desocupen su casa mañana mismo porque dice que la va a ocupar para hacer no se qué diantres durante la boda.

—¿Mañana mismo?

—Sí.

—¿El merito día de su boda?

—Sí.

—¿Quiere decir que la patrona no se conforma con quitarnos el trabajo, sino que además nos corre del único hogar que hemos conocido?

—Lo siento Eusebio...Sé que es pedirles demasiado pero prefiero que se enteren por mí y evitarles un encuentro desagradable con mis padres.

—Dieguito, ¿hasta dónde puede llegar la maldad de una mujer simplemente por haberle faltado a una pinche fiestecita? ¡Increíble! Creí conocerla un poco pero jamás imaginaría el corazón de piedra que tiene. Lo siento por *usté*, que siempre ha sido tan justo con nosotros. Sabe, de muchos modos nos quita una piedrota de encima que hemos cargado hace años.

Diego sacó de su bolsillo un fajo de billetes y se lo ofreció a Eusebio:

—Tenga. No es nada comparado con el dinero que le debemos por el trabajo de toda una vida, pero es todo el dinero en efectivo con el que cuento.

—No, Diego. Usted no nos debe nada.

—Por favor, Eusebio. No me haga sentir mal. Acéptelo por el afecto y agradecimiento que siempre les he tenido. Mañana pasaré yo mismo a ayudarles a desocupar la casa.

—Eso no será necesario. Entre mi Negrita y yo lo podremos hacer todo. No quiero complicarle la vida con don Rodrigo, mucho menos la mañana de su boda.

—Eusebio, en realidad, yo siempre he estado enamorado de Inocencia. Bajo otras circunstancias, ella sería mi esposa.

—Creo que Esperanza y yo lo hemos sabido desde siempre.

A regañadientes, Eusebio aceptó el dinero. Diego se quedó un rato más, buscando la oportunidad de verse con Inocencia, pero esperó hasta ya tarde y no la vio llegar. Decepcionado, salió del hospital ingeniando la manera de encontrarse con ella en otra ocasión.

Esa misma tarde, Inocencia hablaba con su padre y le hacía ver, por las buenas, la importancia de no regresar a la hacienda. Eusebio la escuchó y, muy a la sorpresa de la chica, no presentó ninguna objeción. Sin entrar en detalle sobre la conversación con Diego, le dijo que al ver a su esposa en tal estado, pensaba que era hora de tomar una vereda distinta. Estaba dispuesto a todo con tal de ver mejorar el estado de Esperanza. Todo dicho, Eusebio le dijo a su hija:

—Mañana mismo voy a la hacienda a hablar cara a cara con María Teresa y con Rodrigo.

—¿Mañana mismo?

—Sí.

—¿El día de la boda de Diego?

—Sí. Aprovecharemos la oportunidad que en la hacienda va a haber un desgarriate. Los patrones van a estar demasiado preocupados para ponernos atención. Entre los dos, meteremos lo poco que tenemos en cajas, las cargaremos en la camioneta de mi compadre Luis, desocuparemos la casa e iremos a la casa de don Rodrigo a entregarle las llaves. Nos despediremos sin darles oportunidad de hacer una escena de teatro desagradable enfrente de los invitados, y nos largaremos de ahí para siempre. Es un plan perfecto, mi'ja no podríamos haber escogido mejor ocasión.

Finalmente, se llegó la fecha de la boda. Diego había dormido muy mal. Soñó que dos cuervos lo jalaban fuertemente de un extremo al otro, cual espantapájaro, y terminaron haciéndolo pedazos. Se levantó temprano y caminó por el caserón vacío, tratando de calmar sus nervios despedazados. Quería montar a caballo, tomar a Inocencia en los brazos y llevársela fuera de la hacienda; imaginaba que a Cananea le salían alas que los elevaba hasta el cielo, y descendían en una isla solitaria donde tirados sobre la arena, hacían el amor. En eso se recreaba cuando sintió una voz fría, muy cerca de él que le decía:

—Diego, finalmente te casas hoy. ¡Qué agotador ha sido organizar esta boda! Para bien o para mal, tenemos que darle la mejor cara a los invitados. ¿Entendido? Después tú y Odette pueden irse muy lejos de aquí y hacer con su matrimonio lo que les parezca. Ya estoy cansada de hacer todas las decisiones.

Diego volteó a ver a la madre y se asustó: María Teresa traía la cara embarrada de una crema verdosa y espesa, el cabello canoso y enmarañado y una bata larga que le daba el aspecto de una momia en el proceso de ser embalsamada.

—Buenos días mamá. Sí, también yo estoy dispuesto a hacer lo que deba con tal de salir ileso de esta Operación Cupido. Después, veremos. Creo que hoy todos traeremos nuestras mascaritas muy bien puestas.

—No estoy para bromas, querido. Voy a pasar la mañana en el salón de belleza. Tu tuxedo te lo traerán a las once. No se te ocurra salir a ninguna parte. Quiero que estés listo a las seis en punto de la tarde, sin ningún minuto de retraso. Este será el último favor que te pido.

—De acuerdo, mi generala. Estaré listo sin falta.—Se despidieron con la frialdad de dos extraños.

Esa misma mañana, Inocencia y su padre se introdujeron en la hacienda, haciéndose pasar como parte de los servicios requeridos por la Doña a última hora. Con toda prisa, como si fueran ladrones en su propia casa, despojaron toda una vida de las paredes, roperos y repisas, exprimiendo un cuarto de siglo en varias cajas de cartón. Subieron todo a la camioneta y ya estaban para salir hacia la casa de don Rodrigo, cuando, repentinamente, Inocencia le dijo a su padre:

—Papá, no puedo irme sin despedirme de Rosa Inés. Voy a ir por el camino viejo donde pasaré desapercibida. Espérame aquí.

—Está bien, hija. No te tardes.

Inocencia se alejó caminando entre los tupidos árboles hacia el camino viejo, rumbo al camposanto, en un extremo olvidado de la hacienda.

Eusebio esperó unos minutos. Pensó que ésa era la oportunidad que buscaba para enfrentarse a los patrones y recibir las últimas injurias, él solo.

Mientras tanto, Inocencia le vaciaba el corazón a su amiga:

—Rosa Inés, finalmente después de tantos años, he venido a verte. Te he extrañado tanto. Mira qué episodio tan trágico para mí. Ahora salimos de aquí como ladrones a escondidas cuando nunca hemos hecho mal a nadie. Guíame, hermanita, porque siento que a cada paso, me tropiezo. Dame tu bendición.

Al dibujarse los labios con la señal de la cruz, volteó al oír el galope de un caballo. Muerta de miedo se escondió detrás de un arbusto desde el cual vio que venía Diego, con un ramo de flores frescas en la mano. El joven se bajó del caballo, corrió hacia la tumba de Rosa Inés, se arrodilló sobre ella y comenzó a desahogarse:

—Hermana, ayúdame. Daría cualquier cosa por irme de aquí, ahorita mismo, llevarme a Inocencia e irnos muy lejos y no regresar nunca, nunca, más. Durante este desquicio se me haría tan fácil darme un tiro. Eso es, un tiro en la cabeza y terminar con todo este desvarío. No, no, me volveré a cortar las venas. No me dio resultado. ¿Te acuerdas? Mírame, otra vez en la situación patética en la que me encuentro…Necesito una pistola. La pistola de mi padre. Eso es. En un amén estaré contigo y desde arriba veremos todo este desmadre y nos reiremos a nuestras anchas. Sí, eso haré. Espérame bonita, espérame.

Inocencia lo escuchaba todo sin poder creer las palabras del joven. Vio a Diego que caminaba hacia el caballo, listo para montarlo. Salió de su escondite, exasperada, gritando:

—¡Diego! ¡No lo hagas! No cometas una estupidez. No. Por favor.

—¡Inocencia! ¿Qué estás haciendo aquí?

—Vine a despedirme de tu hermana. Estuve escuchando. ¿Qué quisiste decir con, no voy a cortarme las venas?…algo sobre una pistola…no estarás pensando, no. Eso sí sería una locura.

Diego la escuchaba y reaccionaba como si todo fuese un espejismo.

—No fue nada, Morena. Olvídalo.

—Te ves muy mal.

—Tú eres la única persona en el mundo que puede ayudarme ahora. No me abandones. Una vez lo hiciste y me volví loco de la pena. Traté de suicidarme. Mira, que enamorarte de este cobarde.

—Perdóname. Nunca lo supe. Nadie me dijo.

—Tu amor, Inocencia, me está matando.

Se acercó y la tomó fuertemente en los brazos. Sus labios se buscaron y se encontraron, locos de una pasión frustrada. Se besaron bajo el sol candente como lo habían hecho la primera vez, bajo las estrellas. Al percatarse de la situación, ella se zafó de él, gritando: ¡No!, ¡No! Esto no puede ser. Esta tarde te casas con otra y yo aquí, conformándome con las migajas de pan que caen de tu mesa. No. Esto se acabó.—Lo abofeteó y salió corriendo por el camino viejo, perdiéndose en la tupida maleza.

Diego permaneció de pie a un lado de la tumba de su hermana, deseando aquel cuerpo moreno más que nunca. Se volteó hacia la tumba de Rosa Inés y le dijo:

—Hermana, te prometo: esta tarde o la hago mía o me quito la vida. No aguanto más.

Cabalgó a paso lento, siguiendo a corta distancia, los pasos de Inocencia. La veía correr entre los matorrales, a un lado del río, sin apartarle la vista. La joven llegó corriendo, acalorada, sin aliento hasta que se tiró, sobre la hierba fresca. El se bajó del caballo y caminó por la angosta vereda, hacia el lugar más apartado del río, el sitio favorito de ambos. Obedeciendo a sus instintos, caminó un trecho, y al hacerlo, descubrió varias prendas de ropa regadas sobre los matorrales. Se acercó en silencio y vio la figura de una mujer morena que se deslizaba por las aguas del río que nadaba sola, tranquila, y completamente desnuda. Diego no lo pensó un segundo, de un tirón se quitó la ropa, se dejó caer al río, y, con desesperación, nadó hacia donde se encontraba Inocencia. Esta, al escuchar el chapuzón, dio media vuelta y con la cara llena de asombro, nadó, también, hacia él. En segundos se encontraron de lleno, solos, desnudos, en medio de la corriente imperiosa que los impulsaba lejos de todo lo que los rodeaba. Al verse frente a frente se desplomaron todos los años de distancia, silencio e indiferencia que los habían separado. Con el mismo gusto de niños, mezclado con un placer implacable de adultos, se aferraron el uno al otro y dejaron que las aguas turbulentas los arrastraran hasta el fin del mundo, donde podrían amarse libremente. El la cubría de besos mientras que ella exploraba su cuerpo, mojado y desnudo y lo acariciaba, alimentando una pasión que había crecido año tras año, sin control y sin medida. Sentía a Diego como un hierro candente que la invadía, derritiéndola toda. Así, en medio de un trance apasionado, permanecieron entrelazados de pies y manos fundiéndose en uno, hasta apagar esa llamarada que los consumía, culminando sus amores en una explosión orgiástica.

Pasaron preciados minutos tendidos sobre el manto verde de la naturaleza, bajo las copas de los árboles, saciándose de una inagotable fuente de placer. La brisa fresca de la tarde les anunció, suavemente, la hora mortal de la despedida. Permanecieron abrazados el uno del otro hasta que la luz del sol, en el lejano horizonte, moría, poniendo un doloroso fin a un encuentro extraordinario.

—Diego: ¿Qué hemos hecho?

—El amor, Inocencia. Hoy, tú y yo, mi verdadera novia, nos hemos adelantado un poco a los acontecimientos, eso es todo. Primero tuvimos nuestra luna de miel, dentro de poco, nos casaremos como Dios manda.

—Tu ingenuidad me trastorna. A pocos pasos de aquí está una noviecita preciosa, esperándote vestida de blanco y tú aquí, haciéndome el amor a mí, tu manzana tentadora.

—Morena, escúchame bien. No voy a casarme con Odette. No puedo hacerlo. No la amo. Te amo a ti. Le confesaré la verdad; luego, me fajaré los pantalones y hablaré con mis padres.

—Si tu padre supiera lo que estamos haciendo, nos mataría a los dos.

—No lo hará. No tendrá el valor de hacerlo frente a mi madre. Se me echará encima, lo sé, pero sabré defenderme. Después, saldremos juntos tú y yo y no dejaremos atrás más que las huellas.

—Vives en un mundo de fantasías. Créeme, ni tú ni yo seríamos capaces de afrontar la ira de Rodrigo. La realidad ante nosotros es otra: Tú te casarás y yo me iré de aquí, para siempre.

—¡No! Ten fe en mí. Haré lo que te he prometido. En menos de una hora, solucionaré el problema y estaré contigo. Espérame, Inocencia.

—Creo, que es demasiado tarde.

—La decisión está en mis manos y en las de nadie más. Morena…antes de irme, necesito saber qué era eso de importancia que necesitabas decirme.

—He conocido a tu verdadero padre.

—¿Qué dices?

—¿Recuerdas aquéllas fotos amarillentas que una vez encontramos en el cuarto clausurado de la biblioteca?

—Sí, vagamente.

—¿Recuerdas haber visto a tu madre, al lado de un hombre joven, en lo que parecía ser la terraza de un apartamento de una ciudad grande?

—Sí. Comienzo a hacer memoria.

—¿Recuerdas que yo mencioné el hecho que el joven en la foto se parecía un poco a ti?

—Sí.

—Pues, una noche, Pilarica, mi compañera de cuarto en Madrid, me invitó a una fiesta en la casa de David, su novio. Al entrar al edificio, tuve la impresión de haber estado ahí anteriormente. Cuando salí a la terraza, se me vinieron a la memoria las imágenes de las fotos viejas que habíamos encontrado. Esa noche David me dijo que el piso pertenecía a su padre, Joaquín Duarte Iturrigaray, un arquitecto, que vivía en Salamanca con la esposa, quien de joven había estudiado en Madrid. Como te has de imaginar, cada frase me parecía más y más acertada. Estudié bien la fisonomía de David. El joven en la foto con tu madre se parecía mucho a David y a ti también.

—MMMMMMM…adelante.

—Le comenté a David que el apartamento me parecía familiar; que lo había visto en las fotos en la residencia de María Teresa Montenegro; quizá su padre la conoció cuando eran solteros porque a tu madre le encantaba España, y había estado en Madrid ese verano.

—¿Y qué pasó después?

—A fines del mes, David me invitó a cenar con sus padres.

—¿Hablaste con Joaquín?

—Sí. Me dijo que recordaba haber conocido a una mujer mejicana, guapa y sonriente, un verano, después de una tarde de toros en un bar. Había tomado varias copas y le confesó que, en plena luna de miel, iba escapando del marido, un macho desgraciado que le había sido infiel. Esa misma tarde, se reunieron en grupo en la terraza del apartamento de los padres de su amigo, en la Plaza Roma,…y…muy discretamente añadió: "No volví a saber nada de ella. ¿Se reconcilió con su marido?"

—Sí,—le contesté—e inmediatamente me preguntó:

—¿Tuvieron hijos?

—Sí, dos.

—De mi cartera saqué una foto tuya y se la mostré. La vio detenidamente y me la regresó. Lo único que me dijo fue: "Interesante" —y por el resto de la cena, se quedó callado.

—Morena...has encontrado a mi padre. No puedo creerlo. No me podrías haber dado mejor regalo. ¿Cómo dijiste que se apellida?

—Duarte Iturrigaray. Además de David, tiene una hija, Luna, que estudia periodismo en Cambridge, Inglaterra.

—¿Luna? ¿Luna Duarte? La conozco, Inocencia. Me la presentaron hace poco, en una fiesta, después de un partido de tenis.

—Un último detalle: la esposa de Joaquín, me contó que su marido prácticamente vendió su alma al diablo para comprar el apartamento porque le recordaba a los veranos fogosos de la juventud. Es su refugio del trabajo. Ahora que David es mayor de edad, lo ocupa permanentemente.

—Vaya, vaya, así que no solamente tengo un padre, que vive en Salamanca, sino un medio hermano, David, y una media hermana que estudia en Cambridge, Inglaterra. ¡Madre de Dios! ¡Qué descubrimiento tan genial fuiste a hacer! Y pensar que todos nuestros problemas comenzaron por el simple flirteo de un joven poeta español con una novia despechada.

Inocencia, si en alguna ocasión tuve dudas de cancelar mi boda, ya no. Ahora sé exactamente lo que debo hacer.

—Diego, cuando te veo tan decidido, me da miedo. ¿Qué tontería vas a hacer?

—No te preocupes. Debo irme. Necesito llegar a casa antes de las seis de la tarde.—Tomó a Inocencia en los brazos y le dio un último beso apasionado. Se vistieron a toda prisa—. Vete, Morenita, a tu casa y espérame. Pasaré por ti en menos de una hora.

—Diego, pase lo que pase, ahora sabes que te amaré toda una eternidad. Que seas muy feliz y que la suerte te acompañe.

—Inocencia, no me hables así. Esta no será nuestra despedida. Espérame...

Hacía buen rato que Eusebio había ido a la Casa Grande a hablar con Rodrigo. Preguntó por él, pero una empleada le informó que no regresaría hasta las cinco de la tarde. Mientras caminaba hacia la casa de los patrones, veía todo en desorden. Observó cómo los floreros, las palomas, las campanas y los cupidos que María Teresa había ordenado se encontraban regados por todas partes. Vio hilera tras hilera de amapolas, lirios y nomeolvides con las caritas tristes y se le rompió el corazón. Como por instinto, caminó hacia el taller donde mantenían el equipo de jardinería, sacó las herramientas de trabajo, se puso el sombrero de paja y guantes, abrió la manguera de agua y fue a rescatar a sus pobrecillas víctimas. Un buen rato después, oyó los regaños y gritos de María Teresa, como loca, dando órdenes por todos lados. La patrona se le acercó, lo vio reviviendo a la flores y le remordió la conciencia.

—Eusebio, ¿cómo sigue Esperanza?

—Un poco mejor.

—Si tiene tiempo…¿no me haría el favor de hacer algo con los floreros, usted sabe, arreglarlos como lo habíamos pensado? Eusebio la escuchó…en ese momento le dieron ganas de arrojarla contra la pared, tirarle las llaves en la cara e insultarla, pero al verla al borde de la desesperación, el enojo se convirtió en lástima. Se vieron frente a frente. El jardinero le dijo:

—Lo haré por mis plantas, que me parten el alma. Hoy desocupamos su casa y saldremos de sus tierras. Lárguese y déjeme en paz.

María Teresa lo vio desconcertada. Sintió el resentimiento de aquel hombre a punto de estallar. Dio unos pasos hacia atrás y se alejó, sintiendo temor, sin decir una palabra más. Poco a poco, los trastornos de la boda estaban acabando con ella.

De vez en cuando, el jardinero echaba una hojeada hacia su casa pero la hija no aparecía. Después de un par de horas, se enfocó en la urgencia de los hechos y se mantuvo tan ocupado en el arreglo de los ornamentos en el jardín que se olvidó por completo del verdadero objetivo de su presencia. Comenzó a silbar como de costumbre y a poner cierto orden en aquel pequeño mundo donde, por tantos años había sido él, único señor y dueño.

Ya entrada la tarde, Diego regresó a casa. En su recámara, del lado izquierdo del escritorio sacó una caja de metal, cerrada bajo candado. Marcó la combinación del mismo y de éste, sacó una llave vieja y enmohecida. Se fue directamente a la biblioteca, abrió la puerta del cuarto prohibido y entró: a unos pasos se encontró la caja cubierta de polvo que contenía las viejas fotografías y el diario. Tomó la caja e iba hacia su cuarto cuando, al subir las escaleras, vio a Odette, de pie, en el último escalón. La novia impaciente, bañada, polveada, perfumada, y vestida de blanco de cabo a rabo, lo esperaba con cara de escopeta cargada.

—Diego, ¿dónde demonios te habías metido? Ya van a ser las seis de la tarde. Mira nada más en qué fachas vienes. Tienes treinta minutos para vestirte. Me prometiste que ibas a cumplir conmigo. ¿Es así como vamos a comenzar nuestro matrimonio?

Diego la vio, como figurita de porcelana de Lladró y, a pesar de sus regaños y muecas feas, le produjo lástima. Pobrecita—pensó—. Se le acercó, le dio un beso en las mejillas y le dijo con toda tranquilidad:

—Perdóname, Odette. No volverá a suceder—. Sin decir más, se encerró en el cuarto. Desde la ventana, a lo lejos, vio a Inocencia caminando, lentamente, hacia la casa deshabitada. Aún sentía el calor de su piel morena correrle por las manos y su aliento en la boca. Se vio al espejo y vio el reflejo de un traje blanco y negro, almidonado, rígido como el futuro que le esperaba y sintió grandes lágrimas que le rodaban por la cara. Se dejó caer sobre la cama, hecho mil pedazos. "Soy un grandísimo cobarde—dijo—no merezco el amor de ninguna de las dos."

Abrió la caja empolvada y vio las fotos: se asombró al ver su cara reflejada en la de aquel joven poeta recitando a la musa mexicana, versos de amor. No le quedó ninguna duda: Joaquín era su padre. No tuvo tiempo de leer las cartas, ni de abrir el diario. No era necesario. La prueba corría por sus venas.

Se dio una ducha fría, se vistió lentamente y con paso fuerte y decisivo salió en busca de su padre. Entró en la oficina, donde lo encontró de pie, impecablemente vestido de blanco y negro, con una gran copa de coñac en la mano derecha: "Diego, hijo, pasa," posándole la mano sobre el hombro, fingiendo sentimiento paternal.

—Padre, tengo que hablar contigo.—Se sirvió una copa de coñac y se la tomó de un trago para darse valor—: Perdóname, pero no puedo casarme con Odette porque no la amo. Hace muchos años, he estado locamente enamorado de otra. Hoy pasamos toda la tarde haciendo el amor y fue la experiencia más extraordinaria que jamás he vivido. Sé que nos has amenazado a ambos y la verdad, no nos importa. ¡Quiero pasar el resto de mi vida con la única mujer que amo y tú sabes perfectamente quién es!

A Rodrigo le temblaban las manos. Con los ojos desorbitados y rojos de rabia, no le quitaba la vista de encima. La actitud decisiva del joven, lo desconcertó. Tomó la copa de coñac y la arrojó contra la chimenea. Finalmente, se controló un poco, respiró hondo y le dijo:

—Bien, hijo, haz lo que quieras. He hecho todo lo posible por quitarte esa idea estúpida de la cabeza, pero veo que eres más ciego de lo que imaginaba. No puedo obligarte a casarte con una mujer que no amas. Ahora mismo quiero que salgas y hables con tu madre, Odette, y sus padres, y les informes de tu cambio de parecer. Cancelaremos la boda. Después, quiero que hagas tus maletas, recojas a tu chingada india y te largues muy lejos de esta casa. No quiero volver a verte. Para mí, al terminar esta oración, habrás muerto.

—Padre, te supli...—pero Rodrigo había dado la media vuelta, tomado una botella de licor y salido rumbo a los establos, dejándolo con la palabra en la boca.

Diego salió hacia la recámara de sus padres. Tocó y encontró a la madre oliendo a perfume francés, forrada en un vestido de seda, con zapatos, sombrero y velo cubriéndole parte de la cara, todos color durazno, con accesorios de perlas, poniéndose los guantes y lista para la gran ocasión. Diego la tomó del brazo, la sentó en la cama y le dijo simplemente:

—Madre: tú y yo tenemos dos puntos importantes qué discutir. Necesito preguntarte: ¿Quién es Joaquín Duarte Iturrigaray?

María Teresa se quedó de una pieza:

—¿Joaquín Duarte Iturrigaray?—nerviosamente, evadiendo su mirada: —No sé. No lo conozco. ¿De dónde sacaste ese nombre?

—Déjame refrescarte la memoria: Imagínate, una tarde de toros, en Madrid, hace 24 veranos. Un joven estudiante de arquitectura, recitándole poemas de amor a una guapa y joven mejicana huyendo de un marido infiel en su luna de miel. Los dos, en la terraza de un octavo piso en Plaza Roma. Hacía un calor sofocante…

—¡Basta! Diego. Está bien, está bien. Fue un joven a quien conocí hace muchos años. ¿A qué viene todo eso ahora?

—Nueve meses después de tu encuentro con ese hombre, nací…yo. Dime la verdad de una vez por todas mamá, ¿Quién es ese hombre?

—Te lo diré, si antes me dices cómo fuiste a enterarte de todo esto.

—Me lo dijo Inocencia esta misma tarde.

—¿Inocencia? ¿Qué diantres andas haciendo con esa mujerzuela la tarde de tus nupcias?

—Te lo explicaré todo en cuanto me digas quién es ese hombre.

—Es tu padre, Diego. Joaquín es tu padre.

—Bien. Ahora me toca a mi decirte la verdad: He pasado la tarde con Inocencia. Nos amamos más que nunca. Perdóname, pero vine a decirte que voy a cancelar la boda con Odette.

—¿Estás loco?

—No, mamá. Escúchame. No hagas teatro porque si lo haces, le diré a mi padre la verdad sobre tu pasado. Lo sé, todo. Hace años que me encontré una caja vieja en el cuarto prohibido de la biblioteca donde guardabas todos tus secretos. Y ahora quiero que te quedes aquí, y no salgas de este cuarto hasta que hable con Odette y sus padres. Estoy harto de que me uses como tapadera para encubrir tus imprudencias de novia desairada. Ya no, mamá. Eso se acabó: con la única mujer que voy a casarme es con Inocencia. Y ahora, con tu permiso, tengo algo importante que decirle a la que iba a ser mi esposa.

—Diego. No me hagas reír. ¿Tú vas a echarte la obligación de mantener a toda una familia de criados? ¿Hasta dónde va a llegar tu estupidez? Y si es verdad que vas a unir tu vida con esa india, permíteme ser la primera en felicitarte. Es más, aquí tengo tu regalo de nupcias—sobre el tocador, tomó un regalo de buen tamaño envuelto en papel blanco y un enorme moño. Lo abrió haciendo pedazos el papel con sus largas y afiladas uñas—. Mira, mi testamento. Lo había reescrito nombrándote a ti, el Heredero Universal de todo cuanto poseo. Es una enorme fortuna, Diego, que estás rechazando. Puesto que me has pagado con una traición, yo te pagaré con otra.

Tomó una veladora que tenía encendida sobre una mesa, prendió la esquina del documento y lo echó a la chimenea. Diego permaneció de pie, mientras su madre, resignada, se sentaba en una silla, como en trance, viendo al papel volverse negro, enroscarse y hacerse cenizas.

—Mamá, el amor verdadero, no se compra, se gana. Lo único que esperaba era una poca de comprensión que nunca me has dado.

—Maldigo el día en que te concebí. Maldigo el día que Esperanza concibió a Inocencia.

—Para terminar, voy a conocer a mi padre, y cuando lo haga, le diré toda la verdad. Además, no sólo tengo un padre verdadero, sino un medio hermano y una media hermana. Tengo a Inocencia y a sus padres. ¿Ya ves? Tengo toda una familia y una vida nueva por delante. Tus amenazas y tu cochino dinero no me afectan en los más mínimo. Voy a ser feliz con la mujer que amo aunque me cueste la vida.

—Lárgate. No te quiero volver a ver mientras viva.

Diego salió del cuarto y se dirigió a la habitación de Odette. Minutos después, desde su cuarto, María Teresa oía el llanto inconsolable de una novia que injustamente pagaba por los pecados ajenos.

Diego se encerró en el cuarto. A toda prisa, comenzó a meter algunos artículos de ropa en una maleta y documentos personales para reunirse con Inocencia.

María Teresa salió de la habitación con la cara pálida, gritando: —Odette, Susana, Alonso: —Diego se ha vuelto completamente loco. Rehusa casarse con su hija. Está enamorado de otra mujer. Que Dios lo perdone porque yo, no puedo—les dio la espalda, caminó hacia su habitación, dando un portazo.

Alonso, con las quijadas temblorosas y la mirada llena de ira, replicó:

—Jamás olvidaremos esta ofensa. ¿Por qué se tuvo que esperar hasta el último minuto? Un hombre no le hace eso a su novia el día de la boda. Diego no es un hombre. ¡Es un gusano!

Alonso no se quedó satisfecho con esa explicación. Buscaba a Rodrigo quien no se encontraba por ninguna parte. La noticia corrió como el fuego. Toda la servidumbre, como hormigas, se dispersaron por toda la hacienda buscando al patrón. Alonso exigía su presencia, sin demora.

Al llegar los rumores a los oídos de Eusebio, el corazón se le paralizó. El instinto de padre le dijo que Inocencia estaba en peligro. Corrió hacia su casa, en busca de la hija.

Cuando llegó a ésta vio que la puerta había sido abierta a la fuerza. Buscaba a Inocencia y no la encontraba. Salió corriendo, llamándola por todas partes. Fue entonces cuando, a lo lejos vio un caballo a galope tendido que se alejaba: era Toledo, el caballo del patrón y, sin duda alguna, era don Rodrigo quien lo montaba.

A unos pasos de la casa, Eusebio presenciaba una escena horripilante: Minutos antes, Rodrigo había cabalgado hasta la casa de los Salvatierra donde había sorprendido a Inocencia, tendida en la hamaca, esperando a Diego. De un jalón, la arrastró hacia unos matorrales y de un zarpazo, le quitó la ropa que llevaba puesta. Con un cinturón de cuero la golpeó despiadadamente mientras le gritaba:

—India, puta, desgraciada, ya que andas en celo como perra callejera seduciendo a mi hijo, ven, y quítame las ganas a mí también.

Se bajó el pantalón y ya estaba por echársele encima, como bestia, cuando oyó los gritos alarmantes de Eusebio que buscaba a su hija. Rápidamente se fajó el pantalón, se montó en el caballo y salió de regreso a la hacienda, dejando a la joven tendida, desnuda e inconsciente. Su cuerpo quedó como un saco de huesos rotos y la carne amoratada en un charco de sangre al rojo vivo.

Eusebio, al verla, gimió como un animal herido en un grito de dolor. Le hablaba pero la joven no respondía. La tomó en los brazos y la tendió sobre la cama, cubriéndola con una manta. No le encontró pulso ni le sintió respiración.

—Está muerta—dijo—. Mi Negrita está muerta.

Ciego de dolor y con la sangre ardiéndole con una sed irrefrenable de venganza, salió rumbo a la casa de don Rodrigo. Caminaba a paso firme, como en un trance diabólico. A medio camino vio a un hombre, que se acercaba: Era Diego a caballo, aún en el traje blanco y negro que le preguntaba por Inocencia. Eusebio le dijo:

—Lo que queda de mi hija, lo encontrarás en la cama. Quítate de mi camino, que tengo algo muy importante qué hacer.

Al ver el rostro desencajado de Eusebio y al escuchar las palabras proféticas, se imaginó lo peor: a galope tendido se dirigió hacia la casa de Inocencia, donde encontró el cuerpo deshecho de la joven, en una manta ensangrentada. Le aplicó los primeros auxilios pero la joven permanecía inconsciente.

Eusebio entró en la cocina de la hacienda. Tomó el cuchillo de carnicero y merodeó la casa hasta encontrarse con Rodrigo. Este estaba en la terraza a un lado de la piscina, tambaleándose entre las mesas y sillas decoradas de seda blanca y azul, con una botella de licor en la mano, y balbuceando maldiciones. Eusebio se le acercó por la espalda y en voz alta y firme le dijo:

—Don Rodrigo: He venido a vengar la muerte de mi hija y a rescatar la honra de mi familia. Esperanza y yo, por muchos años, le hemos servido como esclavos y usted así me paga, deshojando la única flor de mi jardín por la que hubiera dado mi vida. Es usted un cobarde asqueroso, ya que no se tentó el alma para hacer pedazos a mi hija, tampoco yo tendré ninguna consideración para hacerlo pedazos a usted.

Diciendo esto, tomó el cuchillo y de un golpe seco, le tiró una tajada a la garganta, causando una herida profunda de lado a lado. Don Rodrigo cayó de espaldas desplomado sobre el piso, al borde de la piscina. Eusebio se agachó y de un golpe más, le cortó la cabeza, decapitándolo por completo. Lanzó un grito aterrador, tiró el cuchillo a un lado y corrió, completamente trastornado, hacia su casa.

María Teresa, al oír el escándalo, salió al balcón de la alcoba. Desde arriba, su vista lo acaparó todo, y al darse cuenta de la magnitud de la tragedia, cayó al piso, desmayada. Algunas personas acudieron al oír los gritos de la patrona y al presenciar dicho espectáculo se quedaron paralizadas de terror.

Al no lograr reacción alguna de Inocencia, Diego, desesperado, salió en busca de ayuda. De un salto, montó en el caballo y envuelto en una nube de polvo, cabalgó hacia su casa.

En esa encrucijada, Diego se encontró, una vez más con Eusebio. Antes de que el joven pronunciara una palabra, sollozando, le dijo:

—Lo que queda de tu padre, lo encontrarás en la piscina.

—Eusebio, por Dios, ¿qué has hecho?

—Lo que cualquier padre hubiera hecho por su hija.

Diego corrió hacia la terraza. Al llegar, entre llantos y gritos de los presentes, se abrió paso y fue entonces cuando vio el cuerpo del desafortunado vaciado en la piscina, y la cabeza de Rodrigo flotando en un mar de sangre. Enloquecido, se montó en Cananea y una vez más, cabalgó hacia la casa de los Salvatierra.

Al llegar le suplicaba a Eusebio que le permitiera ver a Inocencia pero éste atrancó la puerta, prohibiéndole el paso:

—Mi hija está muerta, Diego. Estamos a mano. La vida de mi hija por la de su padre. Que Dios me perdone. Váyase. No quiero volver a verlo— cerrándole la puerta en las narices.

El joven gritaba como loco desde afuera forcejeando la puerta:

—¡Eusebio, déjeme entrar. Necesito ver a Inocencia y cerciorarme que está muerta!

Las paredes de la casa temblaban. Eusebio caminaba de un lado a otro con la manos en la cabeza, aturdido, sin saber qué hacer. Diego estaba por quebrar una ventana e introducirse en la casa a la fuerza, cuando sintió unos fuertes brazos que como garras lo tiraban con toda fuerza cayendo boca abajo sobre la tierra. Era la policía que a golpes tumbaba la puerta de la casa y a jalones y puntapiés jalaba a Eusebio hacia afuera. El joven se les echó encima exigiéndoles que lo dejaran en paz, mas en medio del trastorno, lo ignoraron. Cuando su actitud se volvió violenta, un macanazo en la cabeza lo hizo callar y perder el sentido temporalmente. Un agente de la policía alcanzó a ver el cuerpo de Inocencia envuelto en sábanas empapadas de sangre y pidió que se la llevaran de inmediato al hospital más cercano.

Minutos después, un grupo de montoneros apedrearon la casa de los Salvatierra y bajo gritos de:

"¡Muerte al asesino de don Rodrigo!" arrojaron mechas empapadas de gasolina y en segundos, la casa se convirtió en una gigantesca llamarada.

Los empleados y los invitados corrían de un lado para otro, en medio de un pánico general. Don Miguel, viendo el caos completo en el que había caído la hacienda, se vio obligado a tomar las riendas y a imponer cierto orden en la casa. Con la ayuda de un puñado de allegados, mandó de inmediato que se dispusiera del cuerpo de don Rodrigo de la manera debida.

El padre de la novia tomó a la hija, bañada en lágrimas, y a su esposa, y sin mirar atrás, salieron a toda prisa de la hacienda, se subieron en la limosina blanca que habían alquilado para ir a la iglesia y salieron de la hacienda, dejando atrás todas las pertenencias y una estela de tragedia, jurando no volver a mencionar el nombre de la familia De las Casas.

Cuando María Teresa volvió en sí, Diego estaba con la cabeza ensangrentada, temblando cual hoja al viento, caminando de un lado al otro del cuarto, hablando sin sentido. De pronto, la madre lo ve ir y venir como loco y explota en una carcajada bombástica: "Finalmente has matado a tu padre y has arruinado nuestra reputación ante todo el mundo."

—Mamá, Rodrigo golpeó a Inocencia sin compasión y la dejó tirada en un charco de sangre. Inocencia está muerta. ¡Muerta, madre, muerta!, a manos de ese maldito cobarde asesino.

—Diego, tú has sido la causa de toda esta tragedia. Desde que naciste no me has traído más que desgracia y deshonra. Sobre tu conciencia caerá la muerte de tu padre.

—Te equivocas, mamá. Tú prendiste la mecha en España. Yo simplemente le eché leña al fuego. A Inocencia y a Rodrigo, los matamos todos.

—¡Maldito! ¡Lárgate de esta tierra y no vuelvas nunca más! ¡Para mí es como si hubieras muerto!

—Está bien, me iré y no volveré nunca. Que Dios nos perdone a los dos porque tú y yo nunca supimos hacerlo.

La Casa Grande, que minutos antes había estado cubierta de seda blanca, con jardines rebosantes de flores, campanas y cupidos, se había convertido en un circo, invadida por agentes de la policía, periodistas, y cientos de personas atraídas por la morbosidad de los hechos acontecidos, convirtiéndose en la noticia de más sensacionalismo del momento. Por una ironía del destino, el deseo de María Teresa se había cumplido.

Comidas sus entrañas por la culpabilidad, loco de pena y de dolor, Diego condujo sin rumbo fijo envuelto en una nube negra y espesa que lo seguía por todas partes. Viajó muchas horas y se adentró en las montañas, lejos de todos los pensamientos y sentimientos que lo torturaban.

Esa noche, al ponerse el sol, La Hacienda de las Casas se había transformado en un sitio obscuro y lúgubre, con el suelo regado de sangre como un campo después la guerra; arrasado por la visión horrífica de los cuatro jinetes del Apocalipsis.

Diecinueve

El Renacimiento

Pero las mentiras y los secretos en ese laberinto de intriga, continuaban por un camino sinuoso como la cola del diablo, abriéndose paso entre la vulnerabilidad de los mortales cuando éstos se encuentran en su punto más débil. Inocencia no había muerto. Después del encuentro fatal con Rodrigo, al regresar a su casa, Eusebio se dio cuenta que la joven aún respiraba. El padre le había mentido a Diego para alejarlo de sus vidas. A pesar del amor que Inocencia y Diego se tenían, sus amores no habían hecho nada más que acarrearles tragedias a ambas familias. Tengo que poner fin a todo esto— pensó Eusebio—y este será el primer paso.

Por obra caprichosa del destino, Inocencia estaba en la misma clínica en la que se encontraba su madre. Entrada la noche, Esperanza despertó debido a unos pasos recios y voces alarmantes que escuchaba a través de las paredes. Levantó la cara y preguntó a una enfermera que casualmente entraba a darle una pastilla:

—Virginia, ¿qué está pasando?

—Acaban de llegar con una paciente que sufrió heridas graves. Parece que alguien casi la mató a golpes.

—Pobrecilla.

La enfermera estuvo atenta a los cuidados que los médicos le prestaban a Inocencia. La joven había sido víctima de una golpiza tremenda. Su cuerpo estaba cubierto por heridas abiertas causadas por una cinta gruesa de cuero. Las lesiones le cubrían la espalda, las piernas y los brazos. Además, la joven había sufrido un golpe macizo en la cabeza como resultado de un fuerte empellón contra un muro que la había dejado inconsciente. Todo un equipo de médicos y enfermeros se encontraban a su cuidado. Virginia no tuvo el valor de decirle a la paciente que la joven agredida era su hija.

A la mañana siguiente, cuando Esperanza abrió los ojos se vio rodeada de un número de hombres vestidos de azul y reporteros que se le echaron encima acosándola con miles de preguntas. Los médicos no contaban con el personal adecuado para obligarlos a salir de la clínica. Fue de esa manera inhumana y despiadada que Esperanza se enteró de la muerte de Rodrigo, las acusaciones contra el marido y la suerte de su hija. Al saberlo, comenzó a pegar de gritos pidiendo que sacaran a aquellos hombres del cuarto. La paciente no podía creer lo que le habían dicho. ¡No! ¿Dónde estaba Eusebio? ¿Qué habían hecho con la Negrita?

—Esperanza, su hija ha sufrido una golpiza tremenda en todo el cuerpo. Le advierto que se va a llevar una impresión muy fuerte cuando la vea. No sé si esté en condiciones de soportarla.

—Ese problema déjemelo a mí, Virginia. Inocencia es mi hija y tengo el derecho de verla sea cual sea su estado.

La enfermera le ayudó a levantarse de la cama. Le puso una bata y la encaminó a paso lento por el corredor hacia una sala de cuidados intensivos al otro lado de la clínica. Esperanza entró. Ante ella vio un cuerpo amoratado, hinchado, casi deforme. Esperanza lanzó un quejido espantoso. Lo que tenía ante ella eran más bien los despojos de lo que una vez había sido una mujer joven y sana.

—Negrita, mi Negrita de chocolate. Mira nomás lo que te han hecho, mi niña. Dios mío. ¿Cómo fue a suceder todo esto? Esto no es posible. No. No.

Por el resto de la mañana, no se separó de su hija. Esa tarde, los médicos le informaron que la condición de Inocencia era delicada, pero no mortal. Afortunadamente ninguno de los golpes le había causado daño permanente. Todo era cosa de tiempo. Esperanza escuchaba a los médicos como si estuviera en otro mundo. Todo aquello le parecía una pesadilla. Se sentía inmensamente sola y desolada. Y Eusebio, ¿qué había sucedido con su marido?

Esa misma tarde, don Miguel y Anatalia se presentaron al hospital para averiguar el estado de madre e hija. Al ver el estado deplorable en que Rodrigo había dejado a Inocencia, el mayordomo no podía creer que la malevolencia del patrón hubiera llegado a tal extremo. Se dijo a sí mismo: ¡Qué vergüenza, y pensar que he trabajado tantos años para ese monstruo! No sabía qué decirle a Esperanza quien les hacía miles de preguntas:

—Don Miguel, dígame la verdad. Quiero saber todo y en detalle. ¿Qué le han hecho al pobre de mi Negro? ¿Cómo es posible que en una sola noche todo mi mundo se haya derrumbado?

Don Miguel se sentó a su lado, la tomó de la mano y comenzó a decirle lo que había sucedido de la manera más honesta y menos trágica que pudo.

—Lo sabía, don Miguel. Don Rodrigo casi mata a cuerazos a mi'ja. Estoy segura que Eusebio pensó que mi Negra había muerto a manos del patrón por eso lo mató. Pero ¿qué se estaba pensando, que mi Negro se iba a quedar de brazos cruzados mientras que él descuartizaba a mi Negrita? Todos tenemos un hasta aquí. Ahora, mire nada más, ¡qué desgarriate! Dígame, ¿qué le van a hacer a mi Negro? ¿A dónde se lo llevaron?

—No sé, Esperanza. Me imagino que está detenido en alguna estación de la policía, pero no se preocupe; ya me informaré y la mantendré al tanto.

—Dígame, Anatalia, ¿cómo está la patrona?

—En un principio estuvo muy agitada. Su médico la ha mantenido tranquila a base de calmantes. A ratos pega de gritos maldiciendo a todos, dice disparates y da órdenes contrarias. No sé, yo la veo muy desorientada.

—Y ¿qué ha pasado con Diego?

—Esta madrugada estaba en estado de choque. Habló con su madre. Salió de la hacienda como alma en pena y no se ha vuelto a saber nada de él.

—Pobre muchacho. Y mire nada más, mi'ja se fijó en un niño que pertenecía a otro mundo. ¿Por qué no nos largamos mi Negro y yo de la hacienda cuando tuvimos a la Negrita? Dios mío, ¿por qué?

—Esperanza, no se torture de esa manera. Bastante preocupaciones tiene. Mire, usted cuide de Inocencia y trate de mejorarse. Miguel y yo vendremos a verla en cuanto podamos y le traeremos noticias de Eusebio. ¿Le parece?

—Sí, si, por lo que más quieran. Díganme dónde está mi Negro. Ojalá y no me lo maten a palos en la estación de la policía o en la cárcel. ¡Ay, Dios mío! ¿Qué va a ser de él?

Al escuchar esas palabras, don Miguel se estremeció. Había algo que no le había confesado a Esperanza. Esa madrugada, en la sala de estar estaba presente José Contreras, un temido jefe de la policía. María Teresa lo hizo entrar de inmediato. Hablaron a puerta cerrada por breves minutos. Al salir, éste llevaba una sonrisa mal puesta en la cara. Don Miguel leyó algo en esa mueca. Al salir el señor Contreras, María Teresa hizo hacer entrar a don Miguel y le dijo:

—De ahora en adelante quiero que se encargue de todos y cada uno de los asuntos de mi marido. La única excepción son los litigios judiciales que conciernen a Eusebio. De eso se encargarán las autoridades. Le he pedido a Diego que se aleje de mis tierras para siempre. Si tiene el valor de regresar, haga el favor de tratarlo con la misma severidad que trataría a un ladrón cualquiera. Quiero que borre su nombre de mi testamento y demás documentos legales por completo. Eso es todo.

Las palabras cortantes de María Teresa dejaron a don Miguel, helado. No podía creer tal frialdad y hambre de venganza en una mujer hacia su propio hijo. Tenían razón las malas lenguas—pensaba—Rodrigo y María Teresa estaban hechos el uno para el otro y ésa había sido su desgracia. De regreso a casa el mayordomo le decía a Anatalia: "Si no fuera porque María Teresa no está en sus cabales me iría y la dejara que se las arreglara ella sola. ¿Qué líquido inerte y transparente correrá por sus venas?" Anatalia respondió:

—¡Qué dieran otras madres por tener un hijo tan sensible como Diego! ¿A dónde se iría el pobre muchacho?

—No sé, mujer, entre más lejos de la madre, mejor para él.

—Parece que fue ayer que los tres niños jugaban horas enteras en los jardines siempre tan unidos y míralos hoy. Tres vidas hechas polvo. ¡Qué tragedia!

—¿Y Eusebio?

—Si no me equivoco, María Teresa le aseguró al Señor Contreras una pequeña fortuna, por el sacrifico del prisionero. Esa mujer tiene sed de venganza. Se lo oí en la voz lacónica cuando me dijo que no me metiera en los asuntos de Eusebio. Ya le hizo justicia, con su maldita plata.

Don Miguel estaba en lo cierto. El jardinero infeliz corría una suerte un tanto peor que la de su hija. En la jefatura le hicieron un interrogatorio tortuoso. Eusebio pedía que se le asignara un abogado pero las peticiones fueron ignoradas por completo. Un puñado de agentes lo golpearon, sin piedad, hasta que a fuerzas le sacaron la confesión. Después de órdenes estrictas del jefe, Eusebio fue zambullido en una celda obscura de la cárcel. Ahí lo dejaron tirado sobre el suelo cementado, en posición fetal, casi muerto.

Días después, un grupo de monjas en condición de voluntarias, lo encontraron echo rosca en una esquina, tiritando, tosiendo sangre, en estado grave. Las religiosas, conmovidas, pidieron a las autoridades que tuvieran una poca de compasión. Gracias a sus súplicas, Eusebio no murió ese día.

Mientras tanto, al tercer amanecer de estar en la clínica, Inocencia comenzó a dar los primeros inicios de sobrevivencia. Sentía la cabeza de plomo, el pensamiento enmarañado, envuelta en sábanas blancas. A duras penas abría los ojos. Por la pequeña rendija entreabierta creyó distinguir la figura de su madre. Sintió un roce suave en la mano, unos labios húmedos en la frente y una voz confortante que le decía:

—Inocencia, hijita. Soy tu madre. Aquí estoy contigo.

Inocencia entraba y salía de un mundo obscuro, en el que jugaban imágenes en los sueños de fantasía. De pronto, se vio frente a un hombre corpulento que la tomaba completamente desprevenida, la arrebataba, la forcejeaba y la asediaba. Los golpes comenzaron a llegarle por todos lados, uno tras otro, con tal nervio y aborrecimiento como navajazos que le cortaban la piel. Sintió un golpe mortal en la cabeza y perdió el conocimiento. Después, vio una luz blanca, blanquísima, que le iluminaba el camino hacia un ser que la llamaba. Era Rosa Inés, vestida en una túnica blanca. Inocencia caminaba hacia ella. Su amiga le dijo: "Puedes permanecer aquí o regresar a reunirte con tus padres." Inocencia se sintió protegida bajo la luz de amor que la cegaba. A pesar de eso, respondió:

"Necesito regresar. No puedo dejar a mis padres desamparados." Rosa Inés la veía y le daba ánimos para seguir adelante: "Aún no se ha llegado tu hora. Regresa, Inocencia." Fue entonces cuando la luz intensa regresó el espíritu a su cuerpo molido, tendido sobre la cama del hospital.

Minutos después, la joven despertaba de su letargo. Se esforzaba al enfocar los ojos cansados y la mente fragmentada, en la realidad. La silueta de la madre se hacía grande y pequeña y bailaba ante sus ojos. La voz era una vibración ligera que entraba y salía de los oídos, sin sentido. En los labios desfigurados parecía formarse una leve sonrisa que luego desaparecía; intentaba abrir la boca y dejar escapar un sonido, pero no podía. Esa misma noche, le pareció oír que de sus labios salía la palabra: "Mamá."

Esperanza, loca de alegría, la besaba y le daba gracias al cielo por el milagro ocurrido. Minutos después, Inocencia pidió agua. Al tratar de incorporarse en la cama, sintió unas punzadas que le corrían de un extremo al otro del cuerpo. De pauta en pauta fue entrando en el mundo de su realidad inmediata. No sabía a ciencia cierta si lo que había experimentado había sido un sueño. En poco tiempo supo que tendría que ser simplemente un trechito más de un azaroso sendero.

Al desparramarse la noticia del asesinato de don Rodrigo, un gran número de amistades acudieron a la hacienda a acompañar a María Teresa. La tragedia acabó dejándola un manojo de nervios. A toda hora pedía calmantes al médico. A veces era la persona más cuerda del mundo y daba órdenes sobre cómo y cuándo deberían hacer los múltiples arreglos para el sepelio de su marido; luego, sin motivo aparente rompía en un llanto incontrolable, y corría de un lado al otro de la casa buscando a Rodrigo y a sus hijos. Los empleados la escuchaban pronunciar una sarta de órdenes ilógicas sin saber qué hacer. La Doña había ordenado un sepelio para el hacendado tan rimbombante como lo había hecho para la boda de Diego. Invitó a cientos de personas a quienes mandó vistieran de negro riguroso y a quienes alimentó copiosamente con los platillos que habían sido preparados para los festejos nupciales. Decoró la funeraria con ramos, coronas y arreglos con flores blancas y negras. Durante el velorio, pidió a las monjas de un convento que se mantuvieran rezando el rosario, un misterio tras otro; por la tarde, invitó a jóvenes poetas a recitar sonetos lúgubres y a un grupo de músicos de violín y violoncelo para acompañar los rezos con notas lastimeras. Al tercer día mandó decir una misa de cuerpo presente en la Iglesia, con música de mariachi. Alquiló todas las carrozas disponibles en la ciudad e invitó a un grupo numeroso de amistades a que la acompañaran desde la iglesia hasta la última morada de Rodrigo, a un lado de Rosa Inés. Entre las amistades se oyó decir: "María Teresa se había decidido a tener una gran fiesta, ¡qué pena,...que haya tenido que ser para sepultar los restos de su propio marido!"

Para entonces, la condición de Esperanza había pasado a segundo lugar. Los médicos le habían dado de alta y se había mudado a la casa de la tía Esthercita desde donde salía cada madrugada y se dirigía a la clínica a ver a Inocencia. La madre se mantenía a la cabecera de la joven, hablándole y rezando. La veía y creía que podría volver a matar a Rodrigo. Pensaba en Eusebio y se le cerraba el mundo.

En cuanto le fue posible hacerlo, Inocencia preguntó a Esperanza:

—Mamá, ¿dónde está mi papá?

La madre sintió que el mundo se le cerraba.

—¿Tu papá? pues, este, mi'ja...no está aquí. Resulta que tuvo que salir lejos, por mucho tiempo.

—¿A dónde? ¿Por qué?

—Negrita. Han acontecido muchas cosas. Con el tiempo te contaré todo. Ahora lo único que importa es que te recuperes bien.

Inocencia se quedó pensativa. Las palabras de la madre revoloteaban en la cabeza...fue entonces que recordó el sueño que había tenido y tan sólo de imaginar que la visión podría haber sido cierta, la llenó de temor.

—¿Qué pasó con don Rodrigo?

—Murió hija. Fue un accidente. No me preguntes más.

—Mamá. No me mientas. Lo sé todo.

Inocencia comenzó a contarle sobre el sueño que había tenido. Esperanza se horrorizó al escucharla. ¿Cómo era posible que su hija supiera todo eso? ¿Estaría desvariando por la cantidad de medicinas que le habían dado?

—Negrita. ¡Qué cosas dices! No quiero hablar más sobre eso. Descansa.

Una vez concluidos los grandes funerales de don Rodrigo, María Teresa sufrió un cambio áspero de actitud. La viuda dolida puso el manejo de la Casa Grande en manos de su asistenta personal, Consuelo Mendivil. Dio órdenes estrictas a don Miguel y al íntimo círculo de empleados que no le permitieran la entrada a nadie a la Casa Grande sin su previo consentimiento. Deseaba estar sola, sin la compañía de nadie. Ordenó a los sirvientes que cerraran las cortinas de todas las ventanas. Todos deberían llevar luto y mantener silencio. Las sirvientas la escuchaban, se daban la media vuelta y se reían a sus espaldas. Después, la patrona se encerró en las habitaciones privadas, sola, rodeada de sombras, alimentándose únicamente de tranquilizantes, té, y jugos de frutas naturales.

Pasadas catorce lunas de tal encerramiento su extraña actitud dio mucho qué hablar. De boca en boca corrían los chismes sobre lo que acontecía en la Casa Grande. Los murmuros llegaron a oídos de don Miguel; él mismo comenzaba a preguntarse cuál sería el objeto de tan dramática demostración de luto de la Doña. La señorita Mendivil, entraba y salía todas las mañanas de las habitaciones de la patrona con una charola sin decir nada a nadie. Las criadas chismosas, muertas de curiosidad, se entretenían diciendo que la patrona se estaba haciendo una purga del todo al todo para sacarse todas las impurezas del cuerpo y tantas maldades del alma que por años había acumulado. Otras más, al ver el trato inhumano que los Salvatierra habían recibido, aprovecharon la confusión y descuidaron los quehaceres rompiendo todas la reglas absurdas que la patrona había inventado a última hora. Cuando Consuelo se encontraba atendiendo a María Teresa, algunos sirvientes saqueaban descaradamente las bodegas de abastecimiento de alimentos, carnes, vinos y demás productos en forma de venganza por el mal trato a que ellos mismos habían estado sometidos. Sin duda, el manejo de la Casa Grande se estaba convirtiendo en un pequeño infierno para la asistenta.

Al contrario de lo que habían fabricado las lenguas morbosas, María Teresa había aprovechado ese tiempo para descansar. Tomaba largos baños de burbujas, escuchaba música suave, leía y pensaba. "Era un verdadero lujo," le confesaba a su secretaria, "hacía años que no había tenido ni el tiempo ni la oportunidad de tomarme un descanso prolongado, sin ninguna presión. Ahora, ya nadie me necesita. En parte me siento libre y liviana como una ave a medio vuelo."

Aun más que un descanso, la viuda necesitaba hacer un largo y pudoroso examen de conciencia. Por el espejo interior fue viendo cómo ella misma, había sido la autora de tantas decisiones erróneas. No había sido una mujer mala—se decía—únicamente cometí graves errores. Pasaba horas pidiéndole perdón a Dios, a sus hijos, y a todos aquéllos a quienes había atropellado.

A la quinceava mañana, la Doña bajó por las grandes escaleras. Había bajado diez kilos, llevaba el semblante limpio, descansado; el cabello en alto, maquillaje de estrella de cine y regiamente vestida de blanco y negro. Al verla, las criadas se quedaron con la boca abierta. No sabían si era el fantasma de la patrona o ella misma que las saludaba de buena gana como si nada hubiese sucedido.

Don Miguel sintió un gran alivio. Al menos, no era verdad lo que decían, que la patrona estaba volviéndose loca. Le dijo a su esposa: "Lo sabía, mujer. María Teresa está pasando un mal rato, es natural, pero yo te aseguro que sabe perfectamente lo que está haciendo."

A pesar de sus esfuerzos, el mayordomo no lograba averiguar el paradero de Eusebio. Había hablado por teléfono a varias jefaturas de la ciudad pero siempre recibía la misma respuesta: "No. No tenemos idea a quien se refiere." Se vio como un juguete de cuerda en manos de la patrona y se avergonzó de sí mismo. Decidió preguntarle a María Teresa directamente. Esa misma tarde, tocó a las puertas de la Casa Grande. Consuelo le pasó el recado a la Señora e inmediatamente lo hizo pasar al despacho:

—Buenas tardes, María Teresa.

—Buenas tardes, don Miguel. ¿A qué se debe esta visita tan inesperada? ¿Hay algún problema?

—No. Afortunadamente, todo está bien. El propósito de mi visita es estrictamente personal. Mi esposa y yo hemos estado en la clínica donde se encuentra Inocencia y...

—¿Inocencia?

—Sí, Señora.

—¿Inocencia...¡Está viva!?—se quedó paralizada.

—Así es.

—¿Cómo es posible? Todos me habían asegurado que había muerto a manos de Rodrigo.

—Así lo creyeron todos en un principio, pero logró salvarse, milagrosamente.

—Vaya, pues...eso sí que es noticia. Sabe, don Miguel, ese hecho cambia todo. Primero, porque todos acusaron a mi marido de haber cometido un crimen, lo cual no fue cierto, y segundo, porque Eusebio mató a mi marido valiéndose del pretexto que Rodrigo había matado a su hija. Ahora, mi marido sale exonerado, mas Eusebio continúa siendo un criminal. Todo esto me parece muy interesante, ¿no es verdad, mi querido mayordomo?

—No, María Teresa. Me parece que todo sigue siendo una terrible tragedia, para todos. Mire, no estoy aquí para juzgar a nadie. La golpiza infame que sufrió Inocencia a manos de...su marido...no fue para menos. Creo que yo hubiera reaccionado del mismo modo. Mi esposa y yo fuimos a la clínica a verla y créame, estaba irreconocible. Parecía que la había arrollado un tren.

—Don Miguel: Mi marido pagó un precio muy alto por su despecho. Ahora, los eventos recientes no cambian su posición en esta hacienda— usted sigue siendo mi mayordomo de máxima confianza—a menos que venga a decirme lo contrario, en cuyo caso, no estaba yo enterada.

—Señora, es precisamente la posición de máxima confianza con que me ha honrado, por lo que me atrevo a venir a hablar con usted. Esperanza me ha suplicado que le ayude a averiguar el paradero de su marido. He pasado un mes comunicándome a las jefaturas en toda la ciudad y nadie sabe nada acerca de Eusebio. Sé perfectamente bien que ha sido usted, quien ha dado órdenes…de detenerlo. Eusebio ha cometido un crimen, pero como todo ser humano, tiene derechos fundamentales. Lo que usted ha hecho me resulta legalmente ilícito y moralmente abominable. Su dinero puede influenciar a las autoridades más altas, pero no podrá comprar mi silencio; quiero vivir con la conciencia tranquila. Ahora que nos entendemos, necesito saber si Eusebio está vivo y sí así es, ¿dónde se encuentra detenido? Su familia tiene derecho a saberlo.

María Teresa se quedó callada unos minutos tratando de digerir aquel bocado tan grande que le había servido el mayordomo y se le había atorado en la garganta.

—Don Miguel, ya le dije desde el principio. Las decisiones concernientes a Eusebio son mi negocio. Me parece que su intrepidez se ha pasado del límite. Sírvase salir y dejarme en paz.

—No, Señora mía. No lo haré sin antes recibir respuesta a mis preguntas.

—Don Miguel me pone en una situación bochornosa. Me veré obligada a quitarle el puesto si insiste en inmiscuirse en mis asuntos personales.

—Si no podemos llegar a ningún acuerdo, Señora, no me queda otra alternativa. Desocuparé mi despacho esta misma tarde y saldré con mi familia de sus tierras, mañana mismo. Con su permiso.

Don Miguel le hizo una caravana seca con el sombrero, se dio la media vuelta y salió sin molestarse en mirar atrás.

María Teresa se quedó de pie, sin saber qué hacer. Subió a la habitación sintiendo que todo el mundo se le venía encima. ¿Cómo fue a llegar a ese lugar? Todos la habían abandonado. Y ahora, su mayordomo amenazaba con desertarla también. Tenía que actuar de inmediato si contaba con la mínima posibilidad de salvar la hacienda. Desde el balcón vio la casa de huéspedes que por años había sido ocupada por la familia Alvarez. Observaba a Anatalia salir al jardín y dar de comer a los pájaros que en bandadas acudían a su dulce silbato. Hacía tanto que no cruzaba palabra con aquella amable mujer. ¡Cómo envidiaba el matrimonio bien habido de dicha pareja! Sin pensarlo más, tomó el número de teléfono y pidió hablar con su cómplice.

—Señor Contreras, ha habido un súbito cambio de planes. Saquen a Eusebio de la celda. Hagan lo que tengan que hacer para resucitarlo. Dentro de poco irá a verlo su familia. Me mantendré en contacto.

—Como usted mande, Señora De las Casas. Estamos aquí para servirle.

Impulsada por sentimientos contradictorios, María Teresa sacó papel y pluma y rápidamente escribió unos datos. Metió el papel en un sobre y salió.

Minutos más tarde, Anatalia, atareada en el traspatio, oía a alguien que tocaba a la puerta. Al abrirla se encontró cara a cara con el rostro cenizo de la patrona.

—María Teresa, ¿usted, aquí? Pase, por favor.

—Anatalia, necesito hablar con usted de mujer a mujer.

—Soy toda oídos.

—Hace media hora se presentó don Miguel en mi casa. Me preguntó sobre el paradero de Eusebio. Me amenazó con abandonar su empleo si no le decía dónde se encuentra detenido. Anatalia, no puedo arriesgarme a perderlo. El es el único hombre cabal y justo con el que cuento. Pídale que me disculpe. Vaya ahora mismo, y entréguele este sobre, se lo suplico.

—Como usted diga, María Teresa. Iré en seguida.

—Gracias, Anatalia. Si en alguna ocasión fuera a necesitarme, búsqueme. Buenas tardes, con su permiso.

—Buenas tardes. Váyase sin cuidado.

María Teresa se acercó a Anatalia y le dio un abrazo sincero.

Mientras tanto, en la empacadora, Don Miguel había ordenado una junta de emergencia que estaba por dar comienzo. Estaba dispuesto a dejarlo todo con tal de conservar las manos limpias de toda asociación pecaminosa. Ni él ni su mujer les iban a dar la espalda a los Salvatierra. En ese momento, Anatalia entró en la oficina de su marido, le dio el recado de la patrona y le entregó el sobre. Al leer el contenido, don Miguel vio a su mujer y le dijo:

—Lo sabía. María Teresa no podía estar completamente ausente de escrúpulos.

El mayordomo la abrazó y le dijo: "Acompáñame a la clínica. Esta tarde le daremos a Esperanza las buenas noticias."

Más tarde, don Miguel y Anatalia se dirigieron a la clínica. Cuando entraron al cuarto de Inocencia, encontraron a Esperanza cepillándole el cabello a la joven. El mayordomo les dijo: "Ha sucedido un milagro. Eusebio se encuentra sano y salvo. Usted tiene el permiso de verlo mañana a primera hora."

Esperanza lanzó los brazos al cielo dándole gracias a todos los santos. Le dio un abrazo tan fuerte a don Miguel que le crujieron las costillas. Inocencia veía a su madre y por los labios cruzó una amplia sonrisa:

—Gracias, don Miguel. Los Salvatierra no olvidamos favores como éste. Como está la virgencita de Guadalupe en el cielo le prometo que le pagaremos con creces.

En la cárcel, los guardias le comunicaron a Eusebio que a la mañana siguiente, tendría visita. Este supo de inmediato que se trataba de Esperanza. ¿Quién más iría a verlo, en ese estado deplorable? El preso no soportaba la ansiedad. En la miserable celda se hincó y le dio gracias al cielo. Minutos después, se tumbó sobre el catre sucio. De los cansados ojos cerrados brotaron dos grandes lágrimas que le corrieron hasta los labios secos y agrietados. Pensando en su mujer, con una leve sonrisa, se quedó profundamente dormido.

Al salir el sol, unos guardias levantaron a Eusebio toscamente. A empujones lo metieron a los baños comunales y lo forzaron a darse una ducha fría. Le dieron un cambio de ropa limpia y zapatos; mandaron a un peluquero para que le afeitara la barba de más de un mes de largo, y le dieron de comer.

Minutos más tarde, Esperanza y Eusebio se encontraron frente a frente caminando el uno hacia el otro a paso lento, sin ninguna prisa, como si en su mirada sostuvieran más de veinte años de una convivencia plácida y muchos más para seguir unidos. Se abrazaron larga y tiernamente. Esperanza le veía la cara que había aguantado duros golpes y los ojos rojizos y cansados, pero aún reflejaban una lucesita interior que no habían logrado apagar.

—Negro de mi alma. ¡Mira nada más lo que te han hecho!

—Negra. No se me achicople. Mire que estoy vivito y coleando. Ya los golpes ni me hacen. Lo único que me importa es saber que tú y *mi'ja* estén bien. ¿Cómo está la Negrita?

—Está viva, Eusebio. Se salvó por obra del Espíritu Santo.

—Lo sé, Negra. Pero, bueno, Dios me perdone, caí en cuenta demasiado tarde, ya que, bueno…tú sabes lo que pasó.

—Sí. ¿Por qué lo hiciste, mi Negro? ¿Por qué mataste al patrón?

—Porque pensé que había ultrajado y matado a mi Negrita. En ese pánico perdí la cabeza. Me volví loco y no pude controlarme. Si te digo la verdad, Negra, no recuerdo exactamente cómo lo hice. Todo sucedió tan de prisa. Cuando desperté vi al patrón en un charco de sangre, eso es lo único que recuerdo.

—Tú y yo sabemos por qué lo hiciste, y no te culpo. Yo, en tu lugar, no sé que hubiera hecho. Negro, y ahora ¿qué vamos a hacer? ¿Cuál va a ser tu defensa?

—No sé ni me importa. Si me pudro en la cárcel, pues ni modo. Lo merezco por tarugo. Me dejé llevar por la rabia y mírame ahora. Lo importante es que tú y la Negrita estén fuera de peligro. El resto ya sabré aguantarme.

—Negro. ¿De dónde voy a sacar el dinero para pagarle a algún abogado?

Eusebio se acercó al oído de Esperanza fingiendo jugar con su cabello suelto y le dijo: "Negra, la noche anterior a la tragedia, Diego me dio unos billetes. Los metí en un calcetín y los escondí debajo del colchón de la cama donde duermes en la casa de la tía Esthercita. No le digas a nadie.

Tuve que hacerlo así para que no se enterara nadie. Algo me dijo que no debería traerlos en mi persona. Ya ves, por lo menos tendrás unos centavitos para salir del apuro. No te preocupes por mi defensa, Negra, mi sentencia está en las manos de la patrona. Saldré de aquí cuando a ella se le dé la tiznada gana. Se tiene comprados a todos estos cabrones, tú sabes, aquí, como donde quiera, los pesos son los que cantan."

—Negro, ¿por qué te dio Diego tanto dinero?

—Porque la patrona nos había corrido del trabajo y de su casa.

—¿María Teresa nos corrió del único hogar que hemos tenido?

—Sí, pues.

—¿Por qué?

—Porque no nos presentamos a trabajar el día de la boda de Diego.

Esperanza soltó una carcajada: ¿Está loca, la patrona? ¿Cómo iba a presentarme si estaba tirada en el hospital?

—Por eso mandó a Diego con la mala noticia y fue él mismo quien vino a decírmelo. Yo creo que le remordió la conciencia y me dio esos pesitos.

—Bueno, pues, esa será nuestra salvación.

—Oye, Negra, y ¿qué ha pasado con Diego?

—No sé. Por ahí supe que la patrona lo había echado de su casa. Desde entonces, no se ha sabido nada de él. Tal parece que al pobre muchacho se lo tragó la tierra con todo y zapatos.

***

Esperanza salió de la cárcel con el corazón hecho pedazos. No soportaba la idea de ver a su esposo pudriéndose detrás de las rejas. Decidió que no descansaría hasta encontrar a algún abogado defensor quien estuviera dispuesto a respaldarla.

Al llegar a la clínica, le contó a Inocencia en detalle la visita con su padre cuidándose de no alarmarla por la vejada pinta de Eusebio.

—Tu padre se encuentra bien. Se le ve un poco cansado, pero al verme y saber que te encontrabas en estado de recuperación, le cambió el semblante.

—Bendito sea el Señor. Había pensado lo peor, mamá. Se oye decir que pasan cosas horribles en esas cárceles.

—Tu padre está hecho de buena madera, pues, ¿qué se imaginaban esos méndigos cuando lo detuvieron, que se iba a dar por vencido fácilmente? No, señor, Eusebio Salvatierra los tiene bien puestos, mi'ja, te aseguro que vamos a salir de ésta con vida.

—Mamá por Dios, ¿qué cosas dices?

—Perdóname m'ija, pero me da harto coraje pensar que ya han pasado varias semanas y no le hayan asignado a un abogado defensor, como lo manda la ley.

—Necesitamos ayuda de alguien en posición de autoridad. Tú y yo no vamos a poder solas. No tenemos la menor idea cómo enfrentarnos al mundo complicado de las leyes. Quizá don Miguel nos pueda ayudar.

—Sí, Negrita, parece que me leíste el pensamiento. En eso nada menos estaba yo pensando todo el camino de la cárcel hasta aquí. ¿Quién más nos va a sacar de este enredo?

La paciente veía cómo su madre caminaba de un lado al otro del cuarto, tallándose las manos contra la vieja falda, en señal de impaciencia y ella, fuera de ofrecerle unas palabras de consuelo aún no estaba en posición de hacer nada. La carcomía la ansiedad.

—Tenemos que llamarlo ahorita mismo, Negrita. Tu padre ya tiene varias semanas en la cárcel. Cada minuto que pasa en ese calabozo, es para él una eternidad.

—No te preocupes, mamá. Llamaré a don Miguel esta misma tarde.

—Así me gusta, mi'ja. No importa a qué profundidad del pozo hayamos caído, de alguna manera, saldremos del paso.

Inocencia escuchaba las palabras edificantes de Esperanza y se admiraba de la entereza que aún le quedaba. Ella, en su lugar—consideraba—se habría desplomado.

Esa misma tarde, la hija se comunicaba con don Miguel y le exponía la situación precaria en la que se encontraba su padre. El mayordomo escuchó la desesperación en la voz de Inocencia. El mismo había comenzado a hacer algunas investigaciones y había fijado una cita en una agencia de abogados que prestaban servicios a personas de escasos recursos.

—Don Miguel, no encuentro palabras para expresarle mi agradecimiento.

—No es necesario, Inocencia. Más que un favor, lo siento como un deber. Anatalia y yo siempre los hemos visto como una extensión de nuestra familia en la hacienda.

Una semana después, don Miguel acompañaba a Esperanza a las oficinas del señor Martín Ahumada. El mayordomo, con toda discreción le explicó al abogado la razón por la que se encontraban ahí. El licenciado se dispuso a escuchar los eventos ocurridos la noche del asesinato de Rodrigo con toda atención, tomando hoja tras hoja de apuntes mientras que hacía numerosas preguntas. Esperanza escuchaba asimismo, y al llegar a la descripción de la muerte horrenda del patrón, se tapó los oídos para no seguir escuchando, meneando la cabeza de un lado al otro. El señor

Ahumada lo observaba todo de reojo. Cuando terminó de dar su declaración el mayordomo, el abogado exhaló profundamente y les dijo:

—No les voy a mentir. Este es un caso excepcionalmente complejo. Ustedes han de reconocer que tratándose de don Rodrigo De las Casas, todos hemos parado oído. Normalmente, yo no me atrevería a tocar un caso de tal envergadura; sin embargo, lo hago por el respeto que le tengo a usted, don Miguel, y porque en el fondo creo que las intenciones del señor Salvatierra fueron muy claras. Nuestro argumento crítico de defensa será convencer al juez que Eusebio estaba cien por ciento seguro que Inocencia estaba muerta cuando la encontró bañada en sangre y que ese hecho lo enloqueció al punto de cegar por completo su razonamiento y forzarlo a cometer el asesinato contra el hacendado.

La táctica clave aquí será cerciorarnos que el juez experimente en carne viva la desintegración total de Eusebio y el parálisis racional que lo envolvió durante el recorrido de su casa hasta encontrarse con el patrón. Si logramos hacer eso, tendremos una defensa válida; de otro modo, estamos perdidos. Además, recuerden que la parte acusadora, es decir, la señora De las Casas, cuenta con una fuente insaciable de fondos e influencia política. Me temo que nos encontramos en una batalla muy dispareja y llevamos todas las de perder.

Don Miguel replicó:

—Lo sabíamos de antemano, señor Ahumada. Tengo entendido que usted ganó el caso del campesino Flores contra Sarmiento a quien todos daban por perdido. Es por eso que venimos a solicitar su consejo.

Esperanza escuchaba todo sin pestañear:

—Eso es lo único que le pedimos, señor. Haga usted lo que esté de su parte. El resto lo dejaremos en manos de Nuestro Señor.

—Bien. Comenzaré a trabajar en el caso mañana mismo, Esperanza, y que Dios nos ayude a todos.

Don Miguel le dio las gracias de una manera expresiva y ambos salieron de la oficina sin demostrar la mínima señal de derrota.

Desde la ventana de la clínica, Inocencia había estado observando un lento cambio de clima. Ya no sentía el calor sofocante del verano; por las tardes, cuando su madre la sacaba al patio a respirar aire fresco y a caminar trechos cortos, la joven comenzaba a invadirse de un mundo de nostalgia que la embargaba. Una por una le fueron quitando las puntadas que le habían mantenido sujeta la piel, y poco a poco le fue volviendo la forma del cuerpo a la normalidad. La llegada del otoño significaba el comienzo de un año más de estudios académicos.

Finalmente los médicos de Inocencia le informaron que su salud había llegado a un punto de completo restablecimiento; podía regresar a casa. Fue una razón de enorme alborozo. Las enfermeras la despidieron con doce coloridos globos y un pastel de chocolate. Los parientes de Inocencia fueron a la clínica a recogerla y al llegar a la casa de la tía Esthercita, la joven se encontró con una casa llena de familiares y amistades esperándola con una mesa llena de golosinas y ramitos de flores frescas por doquier. Esperanza y la tía se habían afanado preparándole la comida favorita que la paciente saboreó, hasta más no poder. Al sentirse en el calor del hogar, la joven sintió que había muerto y resucitado en el Paraíso, irrumpiendo en alabanzas al cielo por haberle regresado su salud: el regalo más preciado. Durante esa acalorada bienvenida todo le pareció perfecto salvo la dolorosa ausencia de Eusebio.

Una vez en la casa de la tía, Inocencia se vio con demasiado tiempo en las manos. Su madre había encontrado empleo en un restaurante familiar. Salía al amanecer y llegaba ya caído el sol con los pies como cojines inflamados del cansancio. La tía Esthercita se llevaba ocupadísima atendiendo a los abonados, y ella se veía en estado de inercia, caminando entre las cuatro paredes que parecían aprisionarla. Era la primera vez que no tenía un horario, una rutina, una disciplina que seguir. En ese pliegue de divagación se sintió ofuscada. ¿Qué iba a hacer ahora? Regresar a la universidad era prácticamente imposible. Además, quizá su preparación académica no sería válida en México, por haber recibido educación superior en el extranjero. ¿Buscar empleo? A pesar de tanto año de estudio, no sabía hacer nada práctico para valerse la vida en la misma capital. ¡Qué revolcada le había dado la vida! Se sentía extraviada, como una extraña en su misma piel.

Una mañana, sentada en un equipal leyendo el periódico en el patiecillo de la tía, levantó la vista y vio entrar a la viejecilla al corralito, canturreando una vieja canción y desparramando semillas a una docena de gallinas alborotadas. Con una regadera enmohecida les quitaba la sed a docenas de florecitas plantadas en botes de aluminio, y en un segundo se le vino encima toda la niñez. No podía reconciliar la imagen actual de su padre, encerrado entre esos fétidos muros. El, un hombre libre, trabajando en los campos abiertos, rodeado de plantas y flores de maravillosos colores, como los lienzos vivos de Monet. No soportó la angustia. Se puso de pie y decidió que ya era hora de poner toda esa tragedia atrás y dar la cara al destino.

Tal como lo había prometido a Esperanza, el abogado dio comienzo a la investigación de inmediato. El señor Ahumada fue a conocer a su cliente en persona y a hacerle una larguísima entrevista. Le hizo un sinnúmero de preguntas, algunas de ellas capciosas y contradictorias tratando de que Eusebio se tropezara, pero después de varias horas, el abogado terminó el interrogatorio convencido que el acusado era un hombre honesto.

Esa misma tarde, Inocencia fue a ver a su padre. Al entrar en aquel lugar sintió que se iba a desmayar. Al verlo frente a ella, lo abrazó férreamente, trasmitiéndole toda su desesperación:

—¡Papá, papá, perdóname! Yo tengo la culpa de todo esto. Mira nada más a donde fuiste a llegar. No tengo perdón de Dios.

—Tranquila, Negrita. No es para tanto. Mírame que todavía estoy vivo y dando lata. No se me apachurre mi Negrita. Escúchame, bien. Aquí estuvo el señor Ahumada, mi licenciado. Me hizo un chorro de preguntas y luego me dijo que con suerte, todo iba a salir bien.

—Dios lo quiera, papá. No soporto verte aquí, encerrado en este lugar tan horrible. ¡No te imaginas, cuánto te he extrañado!

—Sí, mi'ja, yo también las necesito.

—Te prometo que no voy a dejar pasar un segundo sin tratar de sacarte de aquí. No sé cómo pero voy a hacerlo, te lo prometo.

—Lo sé, hija y eso me da ánimos para seguir viviendo.

Inocencia puso un pie fuera de la cárcel sabiendo exactamente cual sería su meta. Lo primero que debo hacer—concluyó—es llenar estas horas de ocio, con alguna actividad productiva y hacerle frente a la Doña. No descansaré hasta que mi padre salga del calabozo. Ya sé: Ofreceré mis servicios al señor Ahumada y buscaré empleo para cubrir los gastos de la abogacía.

Inocencia se presentó en las oficinas del abogado. Este le comentaba:

—Mire, la señora De las Casas nos ha hecho nuestra investigación prácticamente imposible. De la noche a la mañana, los testigos oculares, desaparecieron. Todos los que tuvieron algo que ver con este caso, se volvieron ciegos, sordos y mudos. La plata de María Teresa ha caído en muchos bolsillos, sabe usted.

—Sí, señor Ahumada. Nadie lo comprende más que yo.

—Mientras tanto, señorita, mis socios y yo, nos abrimos brecha por donde podemos. No nos hemos dado por vencidos. Seguiremos toda pista a nuestro alcance. Ya la mantendré informada. A propósito, ¿sabe usted algo sobre las leyes de nuestro país?

—No, señor. Mi campo de estudio ha sido Literatura y Filosofía.

—¡Ah, vaya! Es un campo muy noble; desafortunadamente, en nuestro caso una joven alerta como usted con estudios en abogacía nos sería de gran beneficio.

Inocencia se quedó cabizbaja, pensando, luego agregó:

—No soy del todo inservible. He trabajado como reclutadora de estudiantes en la Universidad de California. Podría servirle de oficinista.

—Le agradezco, pero no cuento con salario para pagarle.

—No le pido ni un centavo. Cuente usted conmigo.

—Usted es una joven preparada que merece que se le pague bien por su trabajo. ¿Por qué no busca un empleo que le ofrezca un salario justo?

—Sí, señor Ahumada, ya lo había pensado.

—Sabe, puede venir a darnos una manita los sábados, si gusta. No nos caería mal tener una asistenta atractiva y entusiasta como usted.

—De acuerdo, señor. Estoy a sus órdenes.

Inocencia regresó a casa y sin perder un segundo más, anotó sus logros académicos y se puso en contacto con la señora Robles a quien le pidió una carta de recomendación. Tomó el directorio de la capital e hizo una lista larga de todo plantel escolar a su alcance. Escudriñó el mapa de la Ciudad y la dividió, como un pastel, marcando la posición de cada institución en el mapa. Se presentaría en cada plantel de la ciudad entera hasta encontrar empleo. No retrocedería un paso más.

Al amanecer de un lunes, Inocencia se vistió con su mejor traje de tres piezas, se maquilló y peinó discretamente. Se vio al espejo: en tan poco tiempo había dejado de ser una joven universitaria de espíritu libre y ahora era una mujer al umbral de la madurez, que al dar la vuelta a la página, se encontraba con una hoja limpia, sin la ventaja de previas anotaciones, ni tiempo para escribir un borrador. Se armó de valor, se persignó y salió a buscar empleo. Bajo el brazo llevaba un portafolio que contenía su vida, en resumen, y se dio a la tarea de buscar una plaza en el campo de la enseñanza.

En su primer intento tomó el autobús que la llevaría en una dirección determinada. Fue de escuela en escuela, sin obtener respuesta positiva. Tal parecía que del apellido "Salvatierra" colgaba el letrero de "persona non grata." Llegaba tarde a casa, decepcionada, pero no quitaba el dedo del renglón. A la mañana siguiente, comenzaba el maratón de nuevo. La madre y la tía la veían llegar tarde y salir temprano y la alentaban a no darse por vencida. La joven practicó la misma rutina por tres semanas, sin permitir que le entrara la desesperanza por ninguna rendija de la coraza. Al veintitanto esfuerzo, durante la última entrevista, se topó con un colegio de monjas, y al entrar por los altos arcos de amplios corredores, paredes blancas y jardines meticulosos, se transportó a su estancia en España. Aquí—dijo—me gustaría enseñar. Pidió audiencia con la directora del plantel. La Madre Celestina salió a recibirla, sorprendida del atrevimiento de la joven, asoleada y sedienta, en cuya mirada leyó una actitud decidida. Le hizo varias preguntas y le pidió que le hablara sobre su pasado. El portafolio de la joven preparada en el extranjero, impresionó a la directora.

—Señorita Salvatierra: tiene suerte. Me encuentro en busca de una maestra de Inglés para las tres clases de secundaria. Veo que aún no ha terminado el bachillerato, pero reconozco que satisface nuestras necesidades inmediatas. La emplearemos, hasta el fin del semestre corriente y la mantendremos bajo supervisión. Si gusta, la plaza es suya comenzando el próximo lunes. Preséntese por favor a las ocho de la mañana sin falta. Entonces le daremos las instrucciones necesarias.

Inocencia, con los ojos llenos de lágrimas y la voz temblorosa, le dijo:

—Madre Superiora, me acaba de abrir las puertas del cielo.

—Me agrada poder ayudarla. Tiene usted buena presentación y una madurez no común para su edad. Creo que las dos saldremos beneficiadas. Buenas tardes.

Inocencia salió del colegio, levantó las manos y dio gracias por que alguien, arriba, había escuchado sus rezos. En el camino hacia el autobús se sorprendió cantando en voz alta, ante la mirada incrédula de los mirones. Al llegar a casa, su semblante radiante lo dijo todo. La madre la recibió con un fuerte abrazo:

—Felicidades, hijita. Te lo merecías.

—Mamá, ¿por qué me felicitas si aún no te he dado las buenas noticias?

—Porque esta mañana terminé mi novena a San Martín de Porres, hija. Todo lo que le pido, me lo concede. ¿Encontraste trabajo, no es cierto?

—Sí, mamá. A veces no sé que pensar, si eres una santa o una adivina.

—No importa. Ahora, dime dónde y cuándo empiezas tu nuevo empleo.

—Te lo diré todo, mamá, pero antes necesito quitarme esta ropa y echarme un taco. Vengo muerta de hambre.

Se puso una bata de andar en casa, se sirvió un plato de chorizo, frijoles y tortillas de harina echas a mano y entre bocado y bocado le contó sobre la entrevista.

Esperanza la escuchaba y veía cómo el negro de los ojos de su hija se encendían como el brillo de una estrella naciente.

—Negrita, mis santitos nunca me han abandonado. Lo que les pidas con devoción, te lo concederán. Nunca lo olvides.

—No lo olvidaré, mamá. Te lo prometo.

Inocencia se prendió del nuevo empleo como un bebé a su madre. Desde el primer día se sintió una vez más como una mujer con un propósito que cumplir. Las primeras lecciones fueron laboriosas. Pasaba horas enteras estudiando el libro de texto y demás fuentes secundarias. Las alumnas eran señoritas de familias pudientes y fuera de una que otra de carácter fanfarrón y rebelde, el resto le pareció que mostraba una aplicación genuina hacia el aprendizaje del inglés. Las muchachas con frecuencia la bombardeaban con preguntas acerca de su estancia tanto en California como en España, a lo cual la joven profesora contestaba con un gusto que hacía a las chicas soñar despiertas. Durante el segundo mes de enseñanza, Inocencia se sentía con renovada confianza. Dejó el nerviosismo de principiante atrás y se dedicó de lleno a impartir las clases con todo el entusiasmo y profesionalismo de una joven con una carrera prometedora por delante. Ya era hora—decía—que comenzara a sacar provecho de tantos años de estudio.

Durante ese tiempo, madre e hija iban sin falta a visitar a Eusebio todos los domingos. Los trámites legales iban a paso de tortuga. El señor Ahumada había visto todos los esfuerzos truncados. En todo lo que hacía veía la maniobra de alguien, potente, detrás de todo como una bruja obrando sus maleficios. Domingo tras domingo, salían con el corazón oprimido de aquel purgatorio en el que se encontraba Eusebio.

—Negrita, esto va para largo.

—Mamá, mientras que la Doña se tenga comprados a todos esos politiquillos y abogadillos mediocres, no va a cambiar nada hasta que a ella se le antoje. Esto es una infamia reprobable.

—Mi'ja, no pierdas el control. Es lo único con que contamos.

De esa manera vieron pasar el otoño y venir el invierno que les llegó de lleno, con grandes estruendos de lluvia, vientos y relámpagos. La ciudad se inundó de agua, obstruyendo las alcantarillas. En una tarde gris, al terminar la última clase, Inocencia se tomó un té caliente, se quitó los zapatos que le ceñían los pies hinchados de estar en pie clase tras clase, y disfrutó del aguacero que caía, llevándose todo lo que encontraba sin que nadie se lo impidiera. La lluvia la transportaba a tantos tiempos y a tantos lugares. Si se permitía, la mente divagaría y la llevaría hacia terreno peligroso. No. Sentada en un amplio escritorio tenía ante ella montículos de ejercicios y tareas que corregir esa tarde.

Poco antes de la Navidad, la profesora se encontraba ante la pizarra, explicando la difícil conjugación del verbo, "estar," en inglés. Aún no terminaba de escribir "we are" cuando le vino una fatiga intensa, el mundo le daba vueltas. Tuvo que sentarse por un minuto y recobrar el equilibrio. Tan pronto como terminó la última clase, salió rápidamente temiendo que se fuera a desmayar. Al llegar a casa, se fue directamente a la cama y se acostó. Esperanza la vio lívida y se espantó:

—Mi'ja, ¿qué te pasa? Te veo muy mal.

—No sé, mamá. Me he sentido fatigada, con mareos.

—Jesús, María y José, creo que comenzaste a trabajar demasiado pronto, Negrita. No le diste tiempo a tu cuerpo para reponerse.

—No mamá. Yo creo que son síntomas de la influenza. Ha pegado muy fuerte este año. Seguramente me contagió una de mis estudiantes. No te preocupes, mañana, sábado, descansaré. Para el lunes, ya estaré bien.

—Ojalá y tengas razón. Mira, ahorita vengo y te traigo un caldito bien cargadito, de esos que no dejan ni un microbio vivo.

Esperanza salió hacia la cocina e Inocencia se quedó acostada sobre la cama con la vista fija sobre la lucecita del techo. Le había mentido a su madre. Fue entonces que cayó en cuenta de lo que en realidad le estaba sucediendo. Comenzó a hacer una rapidísima contabilidad de fechas...paró en seco...en eso recordó que desde la tarde de euforia que había pasado con Diego, ya eran casi cuatro meses, y su sistema había estado sufriendo cambios para los cuales no encontraba explicación alguna. Esperanza entró con un plato de caldo humeante. Inocencia lo tomó y lo puso sobre la mesa de noche. Tomó a su madre de las manos y le dijo:

—Gracias Mamá, eres un ángel. Siéntate aquí, a un lado de mí porque tengo una confesión que hacerte.

La joven respiró hondo:

—Mamá: La tarde de la boda de Diego, fui a despedirme de Rosa Inés. De pronto llegó Diego a caballo. Nos dejamos llevar por nuestros sentimientos; nos abrazamos, nos besamos. Pasamos la tarde haciendo el amor. Diego me juró que iba a desbaratar sus nupcias, en menos de una hora, pasaría por mí, sin falta. Y yo, envuelta en el embeleso de aquella pasión ciega, le creí. El resto, ya lo sabes. Y ahora, viene mi confesión: Mamá, desde esa tarde, no he tenido menstruación alguna. Del domingo a esta fecha me he sentido exhausta y con síntomas que jamás había sentido.

Inocencia paró de golpe, vio a su madre directamente a los ojos y continuó: "Mamá, voy a tener un hijo de Diego." Esperanza había escuchado a la hija con toda paciencia. Cuando Inocencia dijo: "Pasamos la tarde haciendo el amor," Inocencia sintió que su madre le apretaba las manos con tanta fuerza que acabó lastimándola. Hubo un silencio muy largo.

—Hija, por Dios, ¿qué has hecho?

—Hice el amor, mamá, al único hombre que he amado y si eso es un pecado, pues que me juzgue Dios. Ya con saber que estoy embarazada en nuestro estado crítico es suficiente castigo, ¿no crees?

—Negrita. Yo soy tu madre. No te voy a dar la espalda ahora que más me necesitas. Te traje al mundo y Dios bien sabe que has sido mi regalo más preciado. No voy a ser yo quien te juzgue. Ahora, lo que importa es que te cuides y tengas un bebé sano. Lo demás lo dejaremos en las manos de la Divina Providencia.

—Mamá, perdóname. Sé que te he fallado.

—No, hija. El único problema es que escogiste la peor hora para darme la sorpresa más inesperada, eso es todo.

Esperanza abrazó a la joven con delicadeza. Le dio la sopa del caldo que ya comenzaba a enfriarse y le dijo: "Me parece que este virus te va a durar más que un fin de semana."

—Mamá, ¿cómo puedes tener sentido del humor bajo estas circunstancias?

—Vas a tener un hijo, como lo hemos hecho millones de mujeres; no es el fin del mundo.

Después de esas palabras de consuelo, la madre se dirigió al cuarto, donde se tiró sobre la cama y apagó su amargo llanto con la almohada.

Inocencia ya iba en el cuarto mes de embarazo y el vientre comenzaba a abultársele debajo de la ropa. No podría esconder el secreto por mucho tiempo. Una tarde consideró prudente hablar abiertamente con una Directora antes for sufrir una humillación ante las alumnas.

—Madre Superiora, tengo algo importante que decirle.

—Tome asiento, viene a muy buena hora, Inocencia. También yo tengo muy buenas noticias que darle. Algunos padres de familia me han informado que están muy satisfechos con la labor que ha emprendido y quería felicitarla. Me gustaría ofrecerle un contrato de jornada completa para el próximo año, bajo una condición.

—Madre, antes, necesito hacerle una confesión.

—Sí, dígame, ¿hay algún problema?

—Acabo de caer en cuenta que voy a tener un hijo.

—¿Inocencia, usted, me mintió? ¿No me dijo que era señorita?

—No le mentí. Soy una mujer soltera…enamorada…que ha cometido una imprudencia.

—Inocencia, ¿cómo pudo usted, una joven profesionista, tan seria y responsable?

—Madre, con todo respeto debo recordarle que aun una mujer seria y respetable tiene la capacidad de amar y de cometer faltas.

—Ah, ya veo. Pues, no sé; me pone usted en una situación muy difícil, verá. Este colegio es de señoritas de alta moralidad y nuestro profesorado tiene una obligación a ponerles el buen ejemplo. Si se enteran los padres de familia, será un pequeño escándalo. Usted debe comprender. Yo tengo la obligación de resguardar la reputación de nuestro colegio.

—Lo sé, Madre. No se preocupe, si mi presencia aquí le ocasiona problemas, abandono mi plaza de inmediato. No voy a ser yo quien ponga en riesgo la reputación de este plantel.

—¿Por qué no me lo dijo desde un principio?

—Yo misma lo ignoraba. Acabo de cerciorarme.

—Sé que no tengo derecho a preguntarle, pero ¿quién es el padre?

—Disculpe, Madre, no tengo el derecho de revelar su nombre. Salió del país y no he vuelto a saber nada de él.

—Entonces, ¿no piensa casarse con él?

—No. Creo que eso sería casi imposible.

—Inocencia, no sé que decirle. Necesito pensarlo un poco. No me conviene perderla ahora, que he encontrado en usted tan buen elemento.

La directora pensó un momento:

—Creo que debería continuar el contrato hasta el fin de este semestre. Si alguien le pregunta sobre su estado, sea honesta, sin necesidad de entrar en detalle.

—Madre, mis alumnas saben que soy soltera. Se los he dicho varias veces.

—En ese caso, esperemos a ver que sucede. Por ahora, continúe su labor sin cuidado.

—No se imagina lo agradecida que le estoy.

—No me agradezca del todo. Aún no sabemos cómo va a reaccionar el alumnado.

Inocencia salió de la oficina convencida que su futuro como profesora, se había eclipsado.

Llegaron las festividades navideñas con toda la pompa y el colorido acostumbrado. Madre e hija se encontraban absortas en sus trabajos, haciendo caso nulo a las celebraciones que se llevaban a cabo. Por todas partes se les aparecían arbolitos vestidos de todos colores. La música de la época impregnaba el aire. Las tiendas se caían de juguetes y la ciudad entera se había vestido de fiesta. Ni aun en casa se escapaban. La tía Esthercita, de su hornito sacaba bandejas llenas de bizcochitos, empanaditas de calabaza, galleticas de todas clases, y los tradicionales buñuelos. Cada recordatorio de la época era como una pequeña daga que se les clavaba muy hondo a ambas, haciendo la ausencia de Eusebio aún más patente. Por las noches, en la soledad del cuarto, a la joven maestra se le quebrajaba la máscara de falsa alegría que traía puesta ante la gente; cerraba los ojos y se transportaba, volando sobre un tapete mágico que la llevaba muy lejos de todos los pesares, a la fantasmagórica tierra de La Mancha.

Durante las visitas a la cárcel, Inocencia se cubría con un abrigo amplio esperando la oportunidad para hablar con su padre pero por alguna razón no había tenido el valor para hacerlo. "No quiero hacerle el encarcelamiento más duro de lo que ya es," le explicaba a la futura abuela.

—Mi'ja, tarde o temprano se tiene que enterar. Si no le dices tú, se lo diré yo.

—Dile tú, mamá, que tienes más tacto que yo para estas cosas.

La Noche Buena, Esperanza e Inocencia se presentaron con un canasto enorme lleno de antojitos y regalos especiales para Eusebio. El padre se veía más animado que de costumbre. Con voraz apetito consumió todo lo que le habían preparado y abrió uno por uno los presentes muy bien envueltos que su familia le había regalado.

Eusebio tomaba pieza por pieza y la modelaba. Vio los zapatos nuevos, brillantes, y dijo con una sonrisa maliciosa:

—Caray, esto es demasiado catrín para este agujero. Voy a ser la envidia de todos los presos aquí.

El último regalo que recibió fue un libro de jardinería. El reo pasó la mano por las láminas a todo color y se le nubló la vista. Alguna primavera no lejana—dijo—volveré a cultivar mi jardín y ése nadie me lo quitará.

Antes de despedirse, Esperanza se acercó a su marido, lo tomó de las manos y le dijo suavemente:

—Negro, aún no te hemos dado tu mejor regalo: dentro de pocos meses, vas a ser abuelo.

Eusebio se quedó tieso. Veía a las dos mujeres ante él con los ojos muy abiertos:

—¿Qué dices, mujer? ¿Abuelo, yo? ¿De qué estás hablando?

—Papá—interrumpió Inocencia—mi madre tiene razón: Estoy embarazada con el hijo de Diego.

Eusebio se puso de pie. Se llevó las manos a la cabeza y empezó a caminar de un lado al otro de la celda como león enjaulado:

—¿Cómo es posible, Negrita? ¿Cuándo sucedió todo eso?

—La tarde que abandonamos nuestra casa, cuando fui al camposanto me encontré con Diego y bueno…ya te has de imaginar…Perdóname, padre. No sabía lo que estaba haciendo, me dejé llevar por sus promesas…vacías. Ya ves qué caro he pagado por mis tarugadas. ¡No te imaginas cuánto me he arrepentido!

Al escuchar la profunda decepción en las palabras de la joven, Eusebio sintió una culpabilidad desbordante. El sabía perfectamente que Diego no la había abandonado como ella imaginaba. Ahora comenzaba a reconocer la importancia que el joven tenía en el destino de la hija. Diego cumplió su palabra. Su único pecado fue no haber llegado por Inocencia antes que la sorprendiera el zorro de Rodrigo. Y ahora, ¿qué explicación le iba a dar a la futura madre? Ya era hora que Inocencia supiera toda la verdad.

—Negrita, ahora me toca a mí darte mi confesión. Como ya has de saber, la noche de la tragedia, al verte despedazada, te creí muerta. Enloquecido, salí en busca de Rodrigo. En el camino a la Casa Grande, crucé camino con Diego quien venía en tu busca. Encontré al patrón y lo maté. De regreso a casa, me encontré con Diego una vez más. Regresé a nuestra casa y atranqué la puerta. Minutos después, llegó Diego suplicándome que lo dejara entrar. Quería verte y yo le negué la entrada rotundamente. Le prohibí que se te acercara. Le dije que se alejara, que habías muerto. En eso llegó la policía y me sacaron a la fuerza de la casa.

Sé que Diego te ama. El cumplió su palabra y vino por ti. No me desprecies, hija. Le mentí para protegerte.

—Gracias por tu honestidad, papá. No. No te desprecio. Al contrario; defendiste nuestra honra, nuestro apellido, y te agradezco. Jamás imaginé que la ira de Rodrigo fuera a llegar tan lejos. Ahora comprendo el silencio y la distancia de Diego. Sabía que no podía haberme engañado de esa manera. ¿Sabes tú dónde está Diego?

—No lo sé, hija. Desde que me metieron en la cárcel yo nada más he hablado con mi abogado y con ustedes dos. Conociendo a María Teresa me imagino que ella misma lo echó de su casa. Mira nada más, como da vueltas el mundo. Por una parte me alegro por ti, que vas a tener un bebé y por otra, me da miedo.

—¿Por qué, papá?

—Porque si llegara a enterarse María Teresa que vas a tener un hijo de Diego, no sé cómo vaya a reaccionar. Ya ves como es lunática esa vieja.

—Sí, tienes razón. En todo había pensado menos en eso. Ella no tiene que saber quién es el padre de mi hijo. Yo soy libre de tener el hijo de quien yo quiera.

—Hija, fuera de nosotros tres, ¿quién más sabe que Diego es el padre del niño?

—Nadie más.

—Bien. Este será nuestro secreto. Si alguien te pregunta, diles que no son sus negocios y cambia de tema.

—Sí, papá. Eso haré.

Esperanza interrumpió el diálogo:

—Ahora soy yo quien debe darte mi confesión, hijita: La noche antes de la boda, Diego le dio a tu padre un fajo grueso de billetes. Es mucho dinero. Lo tengo bien escondido en la casa para pagarle al abogado y ahora, para el nacimiento del bebé. Ya ves, como de una manera u otra Diego siempre estaba pensando en nuestro bien. Perdóname, Negrita. No fue mi intención ocultártelo.

—No te preocupes, Mamá. Papá, ¿por qué te dio Diego tanto dinero?

—Creo que se sintió culpable cuando su madre nos corrió de la hacienda.

—Vaya, pues, ¡qué bien nos van a caer esos pesitos ahora. Bendito sea Dios!

Eusebio cambió bruscamente de tema:

—Negrita, y ¿qué explicación les vas a dar en tu trabajo?

—Ya hablé con la Directora y le dije la verdad—sin mencionar a Diego, por supuesto—. Si hay algún problema en el futuro, me desocupará. Ni modo, me lo merezco por irresponsable.

—No te mortifiques, hija. Estas cosas suceden. Una vez tu madre y yo fuimos jóvenes y por poco nos tuercen los patrones, ¿te acuerdas, Negrita? Esperanza se sonrojó: "Negro, cómo te pones a decirle esas cosas a nuestra hija. Esas cosas son con-fi-den-cia-les." Inocencia soltó la carcajada: "Mamá, por favor, ya soy toda una mujer." Eusebio abrazó a su hija, le sobó la pancita y le dijo:

—No se preocupe mi muñeca de chocolate. Me has dado una razón más para querer salirme de esta inmundicia. No olvides que para tu madre y para mí, tú has sido el regalo más rico de nuestra pobreza...Son los hijos, Inocencia, los que nos dan la fuerza para enfrentarnos a todos los males. Cada criaturita que viene al mundo, es una bendición del cielo.

***

Tal parecía que el fruto que Inocencia llevaba prendido en las entrañas le había traído suerte. Al regreso a clases, era ya obvio al ojo desnudo que la maestra estaba embarazada. La preñada profesora veía cómo las cabezas volteaban en su dirección. Ella se abría paso entre todos y daba los buenos días con un franco saludo y una envidiable sonrisa. Al entrar a su aula, las alumnas se pusieron de pie y le dieron los buenos días en coro, como era costumbre. Al pronunciar la palabra "Señorita," algunas vacilaron, una que otra soltó una risita sarcástica y como si no hubiese sucedido nada, ella devolvió el saludo de muy buena gana.

Una de las alumnas más atrevidas levantó la mano durante la clase, y dijo con altanería:

—¿Le seguimos llamando "Señorita?"

Inocencia tomó el gis y lo colocó en el descansillo de la pizarra. Con unas palmaditas se quitó la fina cal de las manos y contestó tranquilamente:

—Bien, puesto que se mueren de curiosidad por saber, hace cuatro meses dejé de serlo. Como ven, voy a tener un bebé dentro de cinco meses. No tienen que decirme "Señorita;" me parece más apropiado que me llamen, simplemente, "profesora." Si no hay otra pregunta, les agradecería no volvieran a interrumpir la clase. Si mi estado de embarazo afecta de cualquier manera mi labor como profesora o si de alguna manera las he ofendido, sírvanse pasar a esta sala después de la última clase. Mientras tanto, tenemos mucho material que cubrir esta sesión. ¿De acuerdo?

Un silencio completo cayó sobre el grupo. Nadie se atrevió a romper el hilo de la lección. Los susurros a espaldas continuaron pero nadie se atrevió a pedirle una explicación. A raíz de ese intercambio de voluntades, la profesora llegaba a su casa con el "gracias a todos los santos" en la boca porque contaba con una jornada más de trabajo.

En casa de la tía, así como en el barrio entero, la noticia del embarazo de Inocencia tuvo un efecto contrario que en el colegio. Hacía meses que los chismes acerca de la muerte del señor De las Casas, habían sido la comidilla del barrio. Cuando se supo que Inocencia estaba embarazada, lo vieron como una consecuencia más del cotilleo original, y sabiendo los pormenores del caso, se les hizo difícil creer que el bebé hubiese sobrevivido un trato tan bárbaro; las más persignadas comenzaron la hablilla que en todo aquello veían algo milagroso y por temor a ser castigadas por la Divina Providencia, comenzaron a ver al bebé por nacer con buenos ojos. El barrio entero se contagió con las buenas nuevas y al ver pasar a la joven madre con el bultito bajo las faldas, la saludaban con una cortés caravana. Las señoras le rozaban los brazos y los niños le palpaban el vientre esperando que a ellos también les contagiara la buena suerte.

Esperanza y Esthercita habían encontrado en la preñez de Inocencia un rayo intenso de luz que traspasaba la tenebrosidad que había dejado la ausencia de Eusebio. Se aferraron a esa dicha a cuatro manos. Una mañana que los rayos tenues del sol comenzaban a derretir la capa débil de hielo que había caído la noche anterior, Esperanza sacó del calcetín de Eusebio un billete de mil pesos, un poco arrugado. Le dio gracias a Diego y entró en la cocinilla donde se encontraba la tía tomando un té de manzanilla.

—Tía, quiero que me acompañe hoy al centro. Necesitamos hacer unas compritas—tomando el billete entre el índice y el pulgar abanicándolo ante los ojos de la mujer.

—¿Mil pesos?

—Lo que ves.

—Espe...¿de dónde sacaste ese billetote?

—No me pregunte. Tengo un dinerito escondidito, por ahí, en caso de emergencias.

—Pues, patitas pa'cuando son, ahorita mesmo me echo un vestido y nos vamos a comprar esas "emergencias."

Salieron las dos en el autobús y llegaron a una mercería donde se vieron inundadas de mercancía de todos estilos y colores. Los ojitos les bailaban al pasar por las hileras, mientras que Esperanza llenaba un precioso canasto rebosando de estambre, cintas, botones, alfileres e hilo para abastecer al niño con un vestuario digno de un rey.

—Lástima que nada más nos queden cinco meses, Espe. De haber sabido desde un principio, ya fuéramos muy adelantadas.

—Sí, vamos a tener que darle duro, tía.

—Espe...¿qué crees que vaya a ser?

—Me encantaría que fuera una niña, ¿sabe?, sería como volver a ver nacer a mi Negrita. ¡Ay! ¡Qué tiempos tan lindos aquéllos!

—Sí, me acuerdo. Pero, ¿no crees que sería bonito si fuera un varoncito, digo, para darle gusto a Eusebio?

—Sí, sí claro. En eso también había pensado.

—No importa. Sea lo que sea, con tal que nazca sanito.

De ahí, salieron las dos con el corazón lleno de ilusiones y se dirigieron a comer a un puesto en el mercado. Pidieron quesadillas de flor de calabaza y de huitlacoche, mientras que hacían toda clase de planes para la materia prima que acababan de adquirir. Esa misma tarde, terminados los quehaceres se sentaron las dos en la salita, en un sofá viejo pero cómodo y comenzaron sus minuciosas labores, con las agujas entre las manos bailando a paso aceleradísimo. Entre sorbo y sorbo de té y sollozo y sollozo, veían la telenovela y hablaban sin cesar sobre viejos y mejores tiempos.

$$***$$

Julio había esperado pacientemente el regreso de Inocencia. Al pasarse la Navidad y no saber nada de ella, le escribió una carta muy larga. En ella, le contaba con todo ardor su nostalgia por París, y sobre los eventos que estaban pasando actualmente en California; si bien la guerra en el Vietnam no terminaba de solucionarse, al menos ya no parecía ser la prioridad de todo estudiante, ni ocupaba los encabezados de los diarios. El tiempo pasaba y el ambiente opresivo se había relajado un tanto. El se mantenía muy ocupado en los estudios. El año en París lo había atrasado y ahora debería reponer el tiempo perdido. A Alma y a Verónica las veía con frecuencia pero le confesó: "No sé, Canela, las dos siguen igual. Sus bromas ya no me parecen divertidas. Es más creo que he sido yo el que he cambiado. Al menos, eso es lo que me han dicho varias personas; tú serías la única en comprenderme. Creo que el año que estuvimos en Europa nos cambió sin que nos diéramos cuenta. Espero que haya sido para nuestro bien. La señora Robles te desea mucha suerte en tu nueva carrera. Dice que tienes madera de maestrita, que se te veía en la cara." Se despedía diciéndole: "Por las tardes camino solo por la playa inventando conversaciones contigo. Canela, ¿por qué no has vuelto? Se despide un caballero andante, solitario."

Inocencia leyó la carta y se embargó de tristeza. Debajo de la cama, de una caja sacó varios álbumes de fotografías y comenzó a verlos. Abrió el primero y lo descansó sobre las piernas. En aquellas páginas estaban prensados trocitos de su autobiografía: veía a grupos de jóvenes estudiantes con sonrisas de mazorca y espíritus emancipados, montados en bicicleta y tirados sobre la arena en trajes de baño. ¡Qué delgada estaba entonces!; después, en el apartamento de la universidad, Alma, Verónica y ella comiendo pizza; ahí estaban aquellos rostros familiares que en su mente las facciones se habían ido borrando. ¡Qué jóvenes le parecían ahora!; exhaló. Abrió un segundo álbum: España: Pilarica preparando paella; el Prado; Salamanca; un grupo de compañeros en un bar; una discoteca; Julio y ella en su recorrido por La Mancha. ¡Ah! ¡Qué recuerdos tan lejanos! El acordeón del tiempo los ensanchaba, los encogía, y pensar que hacía escasamente seis meses que había estado en España. Seis meses que a ella le parecían una perennidad. Puso los álbumes a un lado. Se vio al espejo; se estudió el cuerpo, la cara, y no se reconocía. No tuvo el valor para contestarle a Julio. Era su compañero inseparable y no había tenido el valor de decirle la verdad. Sentía que lo había traicionado. Se tiró sobre la cama. Cerró los ojos recreándose en una fulminante reminiscencia del tiempo compartido con Julio en España. Todo aquello le parecía irreal. Se veía en aquel cuartito pobre, y le parecía que las aventuras de los años pasados habían sido una simple ilusión. Escuchaba las notas pegajosas de Roberto Carlos que se entrelazaban con su soledad:

"El gato está triste y azul,
nunca se olvida que fuiste mía…"

***

Semana tras semana el "milagro" crecía y se hacía más latente en las mentes de la vecindad. Las gentes comenzaron a hacer apuestas en cuanto a la fecha que Inocencia daría luz al bebé. A la futura madre se le veía caminar cada vez más despacio. ¡Qué difícil era estar tanto tiempo de pie con todo ese peso encima! Cada noche Inocencia desprendía una hoja más del calendario en la pared, exasperada por deshacerse de todo ese sobrepeso y volver a sentirse liviana, como antes.

El canastillo de bordados y tejidos aumentaba a medida que crecía el alborozo en su casa. Cada semana, Esperanza y la tía hacían un inventario: tres cobijitas, seis chambritas, cuatro zapatitos, seis calzoncitos. Inocencia veía el gusto con que la madre y la tía se clavaban todas las noches. Sentía una mezcla de agradecimiento teñido de envidia: era su niño y ella no tenía ni el talento ni el tiempo que invertir en el delicado trabajo manual de transmutar una pila de materiales muertos en un hermoso guardarropa viviente para el bebé. Viéndose frente a los montones de tareas y ejercicios que corregir, se sentía prensada, como una hoja entre las páginas de un libro grueso, sin poder escaparse de su suerte. Después de una cena ligera, una ducha vigorosa y una breve siesta, se ponía una bata amplia y cómoda, subía los pies que sentía como patas de elefante, y continuaba corrigiendo las tareas. Era una fase agobiante en que a veces pensaba que su embarazo era interminable.

Los sábados, como habían acordado, Inocencia pasaba por las oficinas del señor Ahumada, quien le explicaba los rodeos y bloqueos que les impedía el avance de los trámites legales.

—Sabe, Inocencia, todos los casos complejos, por más impenetrables que parezcan tienen una minúscula quebradura y todas las personas, por más poderosas que sean, tienen un punto débil. Estoy esperando que se manifieste la mínima muestra de ese punto frágil de María Teresa para caerle encima. Va a suceder, créame. Es cuestión de tiempo.

—Señor Ahumada, ya han pasado ocho meses y yo no veo que eso vaya a suceder. ¿Cuánto tiempo más cree usted que vaya a soportar mi padre en esa inhumana condición?

—Comprendo su desolación. No olvide que mi cliente cometió un acto criminal. No es del todo inocente.

—No. No lo he olvidado.—La joven se tragaba la desesperación en tanto que le ayudaba al abogado a archivar los documentos. El campo de las leyes le pareció un universo complejo con un lenguaje indescifrable muy ajeno al suyo. Hasta entonces comprendió la tarea difícil y altamente desagradecida que llevaban sobre sus hombros los servidores del Ministerio Público.

Los domingos por la tarde llegaban madre e hija puntualmente a la visita con Eusebio. Esperanza lo sorprendía siempre con algún antojito preparado especialmente para él, escondiendo la indignación ante la desvergonzada profanación de sus derechos. Inocencia le contaba sobre los adelantos que el señor Ahumada llevaba sobre el caso. Sabía que el abogado daba un paso hacia adelante y tres hacia atrás pero no tenía el valor para decirle a su padre; al contrario, le explicaba que las cosas iban bien. Eusebio la escuchaba desalentado, sabiendo él mismo que la profesora no lo convencía. Cada domingo se le veía más inquieto e impaciente.

A medida que pasaba el tiempo, los abogados defensores como saltimbanquis bajo la tienda de un circo, ejecutaban peripecias al ritmo del látigo castigador del enemigo; mientras que, como goterita, llenaban la cubeta; la espera no había sido en vano: una minúscula pista los llevó a otra y así sucesivamente, hasta que al cabo de algunos meses, habían logrado reunir documentos, testimonios y pruebas concretas para substanciar el caso. Sin demora, el señor Ahumada informaba a Inocencia y a Esperanza sobre el paso definitivo que habían tomado. Todos esperaban en ascuas la fecha que el juez fijaría para que ambas partes se presentaran ante la tribuna a oír la decisión final.

Por esos días, todos caminaban con la respiración sostenida. Inocencia estaba ya en el último mes de embarazo y apenas podía con su alma. La noche anterior a la lectura oficial no pudo dormir. Daba vueltas en la cama y no encontraba posición cómoda donde descansar el abultado vientre. Sentía que la columna vertebral se le iba a partir en dos. Se despertó a las tres de la mañana, ofuscada, buscando un poco de consuelo. A tientas, sobre la mesita encontró la Sagrada Biblia, la abrió y se encontró con su Salmo favorito:

"El Señor es mi pastor;
nada me falta.
Me hace descansar en verdes pastos,
me guía a arroyos de tranquilas aguas,
me da nuevas fuerzas
y me lleva por caminos rectos,
haciendo honor a su nombre,

Aunque pase por el más obscuro de los valles,
no temeré peligro alguno,
porque, tú, Señor, estás conmigo;
tu vara y tu bastón me inspiran confianza.

Me has preparado un banquete
ante los ojos de mis enemigos;
has vertido perfume en mi cabeza,
y has llenado mi copa a rebosar.

Tu bondad y tu amor me acompañan
a lo largo de mis días,
y en tu casa, oh Señor,
por siempre viviré."

Lo leyó varias veces, en voz alta. A la cuarta vez, comenzó a sentir un adormecimiento físico, como manos invisibles que le daban masaje a la espalda y le aliviaban aquellas punzadas agudas; las palabras edificantes lograron conquistar sus temores y entre rezo y rezo, se quedó dormida. Esperanza la oía desde el cuarto dentro del cual ella misma no podía conciliar el sueño. La fecha del golpe decisivo llegó con toda pompa y ceremonia. En la sala del tribunal se respiraba un ambiente de tal tensión que todos tenían miedo levantar la voz. El señor Ahumada y sus socios llegaron primero, acompañados de la familia Salvatierra, así como don

Miguel y Anatalia Alvarez. Diez minutos después, llegó un tropel de hombres, todos vestidos en trajes de corte clásico, gris obscuro, y corbatas de diseño tradicional, muy peinaditos, luciendo zapatos y portafolios de piel fina. Parecían figuritas de papel, uniformados y cortados con la misma tijera. Al centro, como la actriz principal de aquel teatro, hizo su entrada triunfal María Teresa, vestida de negro, presumiendo un traje de seda Dior, con guantes y un sombrero con velo que le cubría la cara a la Jacqueline Kennedy. Ninguno de los presentes se dignó volver la cara hacia aquel conjunto de imitación Hollywoodense. Después, dos guardias sacaron a Eusebio, en esposas, vestido de un pantalón, camisa y zapatos nuevos, bien afeitado y peinado, con el semblante inmóvil y lo sentaron a un lado del señor Ahumada. Pasaron cinco minutos de espera agonizante. De un fuerte golpe que sobresaltó a todos, se abrió la puerta y salió el Honorable Juez, Leonardo Justiniani, quien sin perder un segundo subió hacia la tarima y se sentó en su silla. El juez saludó a los presentes con brevedad y cortesía exponiendo el complicado proceso de los pasos preliminares. Al escuchar dichas palabras, Inocencia comenzó a sentir un mareo que la forzaba a entrar y salir mentalmente del diálogo. Intentaba enfocarse pero se encontraba perdida entre la cascada de terminología legal. Al cabo de varios minutos, logró escuchar con mayor claridad:

—Después de intenso análisis, por ambas partes—haciendo un ademán para que el acusado y los abogados de ambas partes se pusieran de pie—mi el fallo es el siguiente:

El acusado aquí presente, Eusebio Salvatierra, es Culpable del asesinato contra el occiso Don Rodrigo de Las Casas. Por regla general, en estos casos el acusado lleva la sentencia de condena perpetua; sin embargo, dado las razones legítimas por las cuales se cometió el crimen, este tribunal encuentra dicha condena un tanto excesiva, por lo tanto, **el tribunal le impone 25 años de prisión, de sentencia consecutiva, sin posibilidad alguna de libertad condicional.**

Al oír decir esas palabras, se oyó un golpe fuerte y seco que provenía del lado del acusado: era Inocencia, que había caído al suelo, desmayada. Su familia la atendió de inmediato. Eusebio corrió hacia ella pero fue detenido brutalmente por los guardias y llevado a un extremo de la sala. El acusado suplicaba al señor Justiniani que le permitiera despedirse de su familia, pero al ver el escándalo inesperado que el desmayo de la hija había provocado, el juez no lo creyó oportuno. Entre varios hombres la tomaron en brazos y la cargaron hacia afuera. Al volver la cara hacia la mujer que llevaban, María Teresa vio por vez primera el perfil protuberante de Inocencia. Por la mente le cruzó un pensamiento fulminante que le produjo una parálisis. Sus músculos no respondían: En ese momento supo que la joven estaba embarazada. El equipo de abogados de la parte acusadora, como juguetes de cuerda, se abalanzaron hacia la silla del juez, presentando argumentos en contra de la sentencia, la cual no les pareció justa: Ellos habían pedido cadena perpetua sin excepción alguna. El señor Justiniani los escuchó y contestó con tono impasible: "La sentencia ha sido dictada. Ni el mismo Dios me hará cambiar de opinión. Con su permiso," y salió de la sala, dejándolos a todos con los argumentos al aire. María Teresa no reaccionó. De un segundo a otro, la sentencia de Eusebio llegó a tomar un lugar secundario; en la mente únicamente había espacio para aquella imagen imborrable de Inocencia, y la conversación que había tenido con su hijo nueve meses antes: "Mamá he pasado la tarde con Inocencia. Nos amamos más que nunca." Los abogados la acosaron con varias preguntas pero la Doña no los escuchaba; pensaba en la próxima movida que se proponía dar en aquel interesantísimo juego. Con una calma insólita les dijo a todos que guardaran silencio. Se puso de pie ceremoniosamente y salió de la sala, con un semblante diferente, escondiendo debajo del velo una sonrisa inquietante, como una Mona Lisa.

Una vez que Inocencia estaba en buenas manos, el señor Ahumada y sus socios regresaron a la sala del juez y recogieron las carpetas. El fallo judicial les había parecido justo pero prolongado. Ellos hubiesen preferido una condena máxima de 15 años de prisión; ése había sido el objetivo; mas al ver la postura férrea del juez estuvieron conscientes de su proceder intachable. A pesar de la incesante presión ejercida por la parte acusadora, el juez no había sucumbido ante las ofertas tentadoras de la ambición. Después, se reunieron en sus oficinas a estudiar las condiciones del fallo, y a preparar un contraataque en caso que la parte acusadora fuese a torcer la verdad, y manchar la reputación del juez valiéndose de una publicidad corrupta, ya que tratándose de la maquinaria destructiva de María Teresa, nadie estaba a salvo.

El incidente sufrido por Inocencia no había sido un simple desmayo. Reconoció que eran los primeros síntomas del bebé que estaba por nacer. Don Miguel la llevó de inmediato a la clínica. El médico, al verla, no tuvo ninguna duda que Inocencia se encontraba en la primera fase del parto.

Toda la tarde la joven fue víctima de unos dolores agonizantes, como una descarga eléctrica, tras otra, que le aterrizaban en el área del abdomen. Los gritos de la futura madre escapaban del cuarto y se hacían oír claramente por toda la clínica, cada vez con más frecuencia y más pujanza. Esperanza recordó la noche en que su hija había nacido y volvió a revivir aquel episodio doloroso. La tomaba de los brazos y le decía en voz firme: "Inocencia, hija, tranquila, ya…por Dios, aguanta un poco más."

Al apuntar el alba, Inocencia, bañada en sudor, exhalaba frenéticamente. A un punto culminante sintió que una fuerza interior le extraía las entrañas y las empujaba hacia afuera. Jamás se imaginó que el dar a luz sería una experiencia de esa magnitud. Ante el aplauso de todos los presentes y una exclamación general de: "Es un niño, Bendito Sea Dios," Inocencia levantó la mirada y vio a aquel bultito ensangrentado, y pidió que se lo colocaran sobre el vientre. "¡Es mi hijo—decía—es mi hijo!" La joven madre, un tanto más relajada, lo tomó en los brazos, le estudió las facciones de la cara y lo besó tiernamente. En los labios secos apareció una sonrisa de profunda satisfacción.

El niño se prendió del pecho de su madre.

—Lo llamaré Adán—dijo Inocencia—sin dar más explicaciones.

El niño, a pesar de la traumática fase inicial que había experimentado, había nacido sano y normal. Inocencia no se cansaba de estudiarlo, tocarlo y llenarlo de besos y caricias. "Este niño es mío, todo mío—decía—y nada ni nadie me lo va a quitar."

Esa misma mañana, Esperanza hablaba por teléfono con su esposo y le daba las albricias. Eusebio se conmovió hasta las lágrimas y con la garganta cerrada le dijo:

—Ya ves, Negra. Dios no nos ha abandonado por completo.

—No, mi Negro.

Ninguno supo más que decir. Hablar sobre la condena era demasiado doloroso. Eusebio le pidió que le describiera a la criaturita y se llenaba de gusto al oír la voz ilusionada de Esperanza.

—Es moreno, tiene el color de piel de la Negrita, pero de facciones más delicadas. Me parece que lleva cierto parecido a…su padre. Es muy llorón y nació muerto de hambre. No ha parado de mamar desde que descubrió los pechos de la Negrita. En eso me recuerda tanto a Inocencia cuando nació, ¿te acuerdas?

Cuando María Teresa se enteró del estado de Inocencia, inmediatamente se dio a la tarea de investigar todo detalle sobre el cómo, dónde y porqué del parto. Contrató a un hombre joven, pálido y flacucho y le ordenó que se convirtiera en la sombra de la joven madre; Gustavo así lo hizo. Desde un coche negro estacionado contra esquina, detrás de gafas obscuras, el joven mal nutrido espiaba a toda persona que entraba y salía del sanatorio donde había nacido el bebé. La osadía llegó al extremo de arriesgar su identidad. A cierta hora que juzgó apropiada, se intercaló entre un grupo de parientes y vecinos y se introdujo en el mismo cuarto de la joven madre. Ahí permaneció un buen rato, observándolo y viéndolo todo como asiduo aficionado en primera fila. Al ponerse el sol, pasaba por la casa de María Teresa, le entregaba la libreta y le hablaba sobre sus observaciones.

Pasó una semana del pronunciamiento del fallo de Eusebio; los abogados del Ministerio Público esperaban en ascuas que la bomba que supusieron la Doña había plantado en el campo vulnerable de la ley, fuese a explotar de repente y les estallaría en la cara. Se habían hecho apuestas; pero pasaba el tiempo y no sucedía nada. De la esquina del cuadrilátero de boxeo de la parte acusadora, no se veía movimiento alguno. Era una pausa sospechosa. El señor Ahumada no se explicaba qué golpe bajo se traería María Teresa entre manos.

Un domingo radiante, Inocencia llegaba con un bultito llorando a todo pulmón a la morada de su tía. Aquella casa de silencio se volvió el centro de atención, animación y ruido de toda la vecindad. Parientes y vecinos se dieron cita para ver al recién nacido con sus propios ojos y de paso, pescar uno que otro chisme, tanto del fallo de Eusebio como el estado emocional de los Salvatierra. Irónicamente, los maliciosos se llevaron una merecida decepción: nadie mostró un rostro de tristeza; tal parecía que el nacimiento del bebé había cubierto la angustia de los meses pasados con un nuevo rayo de luz que traspasaba los cristales empañados de la modesta residencia de aquel barrio pobre.

María Teresa, para entonces, había decidido no hacer nada. El fallo estaba dictado y después de pensar bien las cosas, decidió que veinticinco años de prisión era un castigo suficiente—comentaba a sus amistades—para entonces, Eusebio saldría de la cárcel hecho un anciano, listo para estirar la pata.

Los Salvatierra no lo veían así. Pasada la euforia y la novedad del nacimiento de Adán, Inocencia habló con el abogado:

—Señor Ahumada, el fallo de mi padre nos parece injusto. Creí que ustedes pedirían no más de 15 años. ¿Qué ha sucedido?

—Inocencia, recuerda que podría haber sido peor. La parte acusadora pedía condena perpetua. De eso a veinticinco años, nos parece un fallo justo, a juzgar por las circunstancias del caso.

—¿No existe nada, absolutamente nada que podamos hacer para que le reduzcan el término de prisión a mi padre?

—No. Inocencia, que yo sepa, no.

—Mi padre cuenta con cuarenta y cinco años de edad. Veinticinco años, es todo lo que le queda. Para nosotros, equivale a una condena perpetua.

—Comprendo tu modo de pensar, pero debes reconocer que tu padre cometió un crimen que en otros países hubiera merecido la pena de muerte. A pesar de la severidad de la sentencia, permanecerá vivo, por muchos años más. Sé que es poco consuelo a tu pena, pero no hay nada más que podamos hacer.

—Bien. Mi madre y yo le estamos infinitamente agradecidas por su ayuda. En cuanto me sea posible pasaré por la oficina a liquidar nuestra deuda.

—No se preocupe. Cuide de su salud y de Adán. Ya habrá tiempo para lo demás.

Inocencia colgó el teléfono y al hacerlo, sintió un desvanecimiento que la dejó sin fuerzas. Se sentó sobre la cama a un lado del niño que dormía plácidamente y le susurró al oído:

—No, Adán. No nos vamos a dar por vencidos tan fácilmente. ¡Tengo que encontrarle el lado flaco a María Teresa!

Pronto, el alboroto del nacimiento de Adán pasó, y el itinerario del barrio volvió a su rutina. Esperanza regresó al trabajo y la hija permanecía en casa, absorbida por completo con las una y mil exigencias de un pequeñito. Apenas dormía unos minutos y era hora de amamantarlo una vez más. Se sentía siempre cansada. Por las tardes, después de comer unos bocados de sopa de arroz, tomaba un libro y se recostaba sobre la cama. Le pareció inútil intentar mantener un horario sensato. El niño lloraba sin cesar. Tenía los pulmones tan fuertes que no le cupo duda que fuese a convertirse en un famoso cantante de ópera. La joven inexperta contaba los minutos que vería entrar a su madre por la puerta. En cuanto el niño escuchaba la voz reconfortante de Esperanza, se callaba. La abuela lo arrullaba y le cantaba cancioncitas de cuna. Con la cabecita tiernita, el niño buscaba la cara de la abuela. Los brazos de Esperanza parecían tener un efecto mitigador sobre él. Adán dejaba de llorar y caía en un sueño profundo por largo rato. Ella se tiraba sobre la cama y caía muerta de cansancio. La madre, anonadada, con frecuencia se preguntaba: ¿Por qué había tantos niños en el mundo si costaban tanto esfuerzo y mortificación?

A mediados del verano, en un domingo caluroso, Inocencia y Esperanza vistieron al bebé en un trajecito de color azul claro con encajes y listones blancos, zapatitos y un gorrito del mismo color. Con el pequeño príncipe envuelto en una suave nube de estambre, madre e hija fueron a la cárcel a sorprender al abuelo con el visitante especial. Eusebio lo vio y lo tomó en sus fuertes brazos. Las manos callosas del abuelo ofrecían un contraste sorprendente a la piel suave del niño. El hombre orgulloso lo veía con una sonrisota y no le quitaba los ojos de encima. Caminaba con él por toda la sala. Le hablaba y le decía:

"Adán, hijo mío, ¿sabes cuántos años he esperado tener en mis brazos un varón que tuviera mi sangre, mi apellido? Muchos, tantos que hasta perdí la cuenta."

Inocencia observaba cómo el semblante del abuelo rejuvenecía tan sólo de ver al pequeño. Eusebio veía a la joven madre y lo mataba la culpabilidad. Este niño va a necesitar un padre joven, sano y libre—pensaba—y yo tengo la culpa de que no lo tenga. Necesito hacer algo para que esta inocente criatura recupere a su padre. Adán no tiene la culpa de nuestros pecados.

El resto del verano lo sintió Inocencia como una suave brisa después de una tempestad. Una vez que ella y el bebé habían logrado acoplarse a sus necesidades recíprocas, la madre llegó a saborear cada minuto como un helado de chocolate que veía derretirse al paso acelerado de las vacaciones. La tía Esthercita observaba a los dos paseándose por el jardincillo, escuchando a la sobrina tararear las mismas cancioncitas que Esperanza le cantaba a ella, de pequeña.

Una tarde en la que Inocencia se columpiaba en la hamaca con su hijo, se le vino a la mente el recuerdo de Julio. Hacía varios meses que no le escribía. Aún no le había confesado que había tenido un hijo. Esa misma noche, mientras el niño dormía, se sentó en el escritorio, tomó papel y pluma y le vació el alma a su entrañable compañero y la razón por la cual no había regresado a la universidad. Se despidió diciéndole: "No me juzgues, Julio. He pagado un precio muy alto por mis momentos de debilidad." Inocencia incluyó varias fotos de Adán y una de ella, con el niño en los brazos y un número de teléfono.

A mediados del verano, Inocencia se encontraba lavando a mano las piezas delicadas de estambre y tejidos de Adán, cuando sonó el teléfono. Era la Madre Celestina.

—Inocencia, felicidades por su nuevo bebé. Disculpe la molestia pero necesitamos saber si contamos con usted para la enseñanza de la clase de Inglés el próximo año. Varias de las alumnas me han recomendado que le extienda el contrato. Recibió usted una evaluación meritoria. Piénselo bien y si acepta, preséntese a nuestras oficinas el próximo martes.

La llamada la tomó completamente de sorpresa. Sabía que faltaba poco para el fin del verano pero no se había dado el tiempo para pensar en lo que iba a hacer el próximo año escolar. Lo único que se le ocurrió decir fue:

—Sí, Madre Superiora. Lo pensaré bien y el martes le daré mi respuesta. Muchas gracias por su consideración. Hasta luego.

La joven madre colgó el teléfono y se quedó pensativa. Los últimos tres meses los había pasado en estrecho lazo con el pequeñín. Le parecía que era demasiado pronto para dejarlo en manos de alguien más. El tiempo había pasado demasiado aprisa. No estaba preparada para abandonar a su niño. Corrió hacia la cunita de Adán y lo vio, sonriente, jugando con una sonajita. Inocencia lo tomó en los brazos y le dijo:

—Adán. El estar alejada de ti por tantas horas me llena de angustia. Por otra parte, necesito regresar a trabajar. El salario de mi madre no es suficiente para cubrir los gastos de los tres. Dios mío, ¿qué voy a hacer? Esa misma noche hablaba con Esperanza. Esta se acordó cuando ella misma tuvo que hacer la misma decisión y recordó que en su caso había sido más afortunada. Simplemente había envuelto a la criatura en un rebozo y se la había echado a la espalda.

—Negrita, que no se te cierre el mundo. Piensa que cuentas conmigo y con tu tía para cuidar al bebé.

—Mamá, tú y mi tía tienen bastante trabajo. El niño requiere mucha atención. No quiero acarrearles más problemas.

—Adán ya va para los cuatro meses. No es un recién nacido. Mira, yo puedo cambiar mi horario. Podría solicitar un turno del mediodía a las ocho de la noche y cuidar del niño por la mañana. Esther lo puede cuidar de las doce hasta las cuatro de la tarde que es la hora que tú regresas. Puedes hacer tus trabajos escolares aquí mismo en lugar de quedarte tarde en la escuela.

—Sí. Tienes razón.

—Los niños son muy flexibles a esta edad, hijita. Piensa que hay millones de madres que han hecho lo mismo. Adán estará en buenas manos. Ve a tu junta el martes y acepta el contrato, sin cuidado. Eres demasiado joven para cortarte las alas. Ya verás que la necesidad, hijita, es la que hace dar vueltas a este viejo mundo.

Llegado el martes por la mañana, Inocencia se levantó tempranísimo, se aseó y se midió uno de los vestidos que hacía meses no se ponía. Le quedaba un tanto ajustado, pero no se veía mal. Se vio al espejo y notó que había bajado unos kilos de peso y el cuerpo comenzaba a regresar a su estado normal. Se sintió libre, ligera y joven como no lo había hecho desde hacía casi un año. Salió de la casa, silbando con el portafolio bajo el brazo.

En un principio, el regreso a clases le pareció a la profesora más sacrificado de lo que había imaginado. En esos tres meses de ausencia, había olvidado las exigencias de las alumnas que hasta cierto punto le quitaban más energía que la crianza del propio hijo. Eran señoritas, sí, pero requerían constante atención, sustento y reto académico. Dos semanas después, su cuerpo y su mente comenzaron a adaptarse a las nuevas demandas de la enseñanza.

El plan concebido por Esperanza resultó a las mil maravillas. El niño se acopló muy bien a los cambios y no demostró señas de gran disturbio emocional como temía su madre. Inocencia llegaba por las tardes y al verlo esperándola ansioso con aquellos grandes ojos, la joven madre olvidaba el cansancio. El niño y ella se prendían uno al otro como un imán al acero. Lo tomaba en los brazos y bailaba con él por toda la casa. Las risas de ambos llenaban los huequitos que la ausencia del abuelo y el silencio de Diego habían perforado. Finalmente, después de casi un año de una crisis tras otra, había logrado alcanzar un equilibrio en su rutina.

—————————— *** ——————————

Adán crecía con una rapidez inconcebible. Inocencia veía los cambios notables tanto en las facciones como en el crecimiento. Cada mes dejaba atrás una pieza de ropita y había que comprarle algo nuevo. El costo de criar a un niño resultó ser una minita de oro.

El balbuceo del bebé se había convertido en sílabas que eran música a los oídos de la madre. En una ocasión, mientras jugaba con el niño creyó oírlo pronunciar una palabra. Lo tomó en los brazos y corrió hacia donde estaba Esperanza.

—Mamá, acabo de oír la palabra más dulce de los labios de Adán. Me acaba de decir: Ma-má.

—Te felicito, mi'ja. Estos son los pequeños tesoros que uno va acumulando, aquí—apuntándole con el índice el corazón—y que con el tiempo se convierten en la única riqueza de toda madre. Guárdalos con mucho celo. Si tú supieras cuántas veces fueron esas joyitas las que me mantenían en pie durante las horas interminables de trabajo en la hacienda.

—Lo sé, Mamá. Jamás podré pagarte ni a ti ni a mi padre por todos sus sacrificios.

—Ay, mi'ja, cuánto te falta todavía por aprender. Llévate al niño y sigue gozando de su niñez que se pasa como un suspiro.

En el colegio, su posición se solidificaba hasta llegar a brindarle una satisfacción óptima. Durante el segundo año de enseñanza, la Madre Superiora le permitió enriquecer el programa académico introduciendo clases de literatura. "Finalmente, Mamá—decía la exaltada profesora—podré volver a vivir, con mis alumnas, los capítulos más brillantes de mi pasado." La joven profesora había sobrevivido los primeros meses de una batalla infernal y fuera de minúsculas cicatrices que poco a poco se borraban con el tiempo, su agenda llevaba un ritmo musical, al compás bravío de una sinfonía de Beethoven, con miras hacia un exitoso futuro.

Mientras tanto, Gustavo, como gato en las azoteas, continuaba el acecho incesante. Inocencia no daba un paso sin que la viuda lo anticipara. Ese juego de "Dónde estás que no te veo," se había sobrepasado de un simple capricho; se había convertido en una enfermiza obsesión. María Teresa esperaba que los Salvatierra dieran su brazo a torcer. Por otra parte, Inocencia esperaba que la Doña diera un paso en falso.

Así, entre espera y espera, pasaron los primeros ocho años del pequeño Adán.

Veinte

El Silencio Llega Derribando las Puertas

Mas el tiempo no había pasado en vano. Durante esos ocho años, sucedieron varios acontecimientos de gran importancia. Inocencia sentía el tiempo pasar con una rapidez y suavidad vertiginosa. Lo veía en los asombrosos cambios físicos, la aptitud mental y el incremento de vocabulario de su hijo. Desde que el niño había tenido uso de razón, Inocencia comenzó a introducirlo al idioma inglés. Todas las tardes, después de terminar con los deberes académicos, se sentaba con Adán y le enseñaba, con toda paciencia, las nociones elementales del idioma. Al niño le encantaba escuchar los sonidos fonéticos suaves que brotaban de los labios de la maestra y los imitaba. Su propósito era demostrarle que una enseñanza sólida era el arma más potente contra la pobreza y la ignorancia.

Durante esa hora ella y Adán se desconectaban de la realidad y emprendían aventuras excitantes en un universo que ellos habían inventado. Se adentraban en terrenos no explorados aún en una andanza arriesgada de la cual salían ilesos y crecidos en sabiduría. Veía a la Ciudad de México como un gigantesco libro abierto por cuyas páginas caminaban. Durante los fines de semana, juntos descubrían los parques, el zoológico, los museos, y las ferias. Inocencia le apuntaba algún objeto y le preguntaba cómo se decía en español e inmediatamente le decía el significado en inglés. Era una manera amena e inmediata de asociar una imagen viva con un sonido extranjero. En poco tiempo, el ávido alumno había amasado una cantidad prodigiosa de palabras. A los ocho años, era frecuente escuchar a madre e hijo entablar una conversación con la misma facilidad, tanto en español como en inglés. Inocencia se propuso que las huellas de Adán permanecerían talladas en piedra. Esperanza observaba cómo ambos caminaban al compás de una música que sólo ellos escuchaban. Inocencia le explicaba:

—Mamá, yo tuve la suerte de contar con tutores privados y una biblioteca forrada de libros, mapas y enciclopedias en la hacienda. Fuera de

la escuela, Adán me tiene a mí nada más y a la ciudad entera que ha llegado a compensar por los recursos de la Casa Grande.
  Mientras que la infancia de Adán pasaba cual bandada de golondrinas, la Doña sentía el paso del tiempo cual un galápago en su paso torpe y atiborrado. La viuda De las Casas veía pasar tristemente las estaciones que le dejaban marcadas el recorrido en la piel. Ahora, las canas le adornaban las sienes y los ojos estaban cubiertos por pliegues cansados. Además de los cambios en su fisonomía, había sufrido un cambio drástico de temperamento, el cual todos atribuían al choque emocional por el que había pasado. La Señora pasaba horas enteras encerrada en su cuarto. Ya no se le veía dar órdenes de izquierda a derecha, como antes. Tomaba el desayuno en la cama. Se vestía con menos esmero y bajaba ya entrada la mañana. Sus movimientos eran monótonos e indiferentes. Probaba las comidas con enfado. De vez en cuando, enroscaba la nariz y murmuraba: "Le falta una poca de sal a este guisado." Los más cercanos a ella juraban que hablaba sola y hacía ademanes al aire. Ya no atemorizaba a nadie con la mera presencia. Cada año se atenía más a un grupo reducido de empleados de confianza y les otorgaba más responsabilidad. Tal parecía que la ausencia del marido y del hijo había tenido un efecto modorro que le había ido suavizando el temperamento recio, año tras año.
  Hasta los oídos del señor Alvarez llegaban los rumores del estado grave de la patrona. En una mañana de verano, las cocineras vieron llegar a la patrona completamente desnuda, con un abanico en la mano diciendo: "Hace mucho calor. No tengo ganas de vestirme. Por favor, háganme un té con hielo." En una ocasión, en medio de una reunión social, se puso de pie interrumpiendo el discurso de un candidato a Senador, plantándose frente a la audiencia, irrumpiendo a toda voz en una vieja canción de Agustín Lara. En otra ocasión envió invitaciones a una cena exclusiva a una docena de familias prominentes; los hizo sentarse a una mesa frente a platillos de plata limpios y vacíos y los hizo esperar horas, hasta que Rodrigo regresara. A cierto punto, María Teresa se subió sobre la mesa y comenzó a bailar el can-can, recogiéndose las faldas y mostrando sus prendas íntimas a los comensales. Desde ese incidente, las acciones disparatadas de la Señora comenzaron a rodar por todos los niveles de la población. El mayordomo notaba que, a raíz de esa humillante ocasión, las idas y las venidas de las señoras copetonas a la Casa Grande, se habían reducido; las invitaciones con lacra dorada habían cesado; el teléfono no sonaba. La sociedad que con anterioridad se deshacía en alabanzas, le había dado las espaldas. Era como si el olor fétido de la muerte de Rodrigo, había impregnado todo lo que tocaba. Hacía tiempo que, como la miel que cubría los postres que acompañaban el café, en las veladas sociales, se la comían viva. Lo peor del

caso era que cuando estaba en sus cinco sentidos, María Teresa estaba consciente de la conducta errónea y al reconocerlo, se moría de la mortificación.

Lo único que la mantenía entretenida era una creciente obsesión con Inocencia y el pequeño Adán. Hacía varios meses que acompañaba a Gustavo en el coche y pasaba mañanas y tardes enteras pisándole los tobillos a la singular pareja en calidad de atisbador.

Le ordenaba al cómplice que le tomara fotografías al niño mientras éste jugaba en el patio de la escuela a la hora de recreo, o mientras caminaba de su casa al autobús escolar. Tanto le había entretenido esa distracción que se había hecho de toda una colección de prendas de vestir a cual más ridícula: gafas obscuras, pelucas, sombreros, capas, gabardinas, guantes y botas. Incluso llegó a comprarse disfraces completos incluyendo máscaras y atuendos propios de diversos oficios en un esfuerzo por simular la cruda actuación de un agente 007. Su audacia había llegado al extremo de aparecerse, ella misma, detrás de un arbusto con una cámara cual turista desorientado, o un vagabundo pidiendo limosna. Le encontró tal sabor al nuevo pasatiempo que al menos una vez por semana salía de la hacienda completamente irreconocible. Las sirvientas la veían escabullirse a temprana hora como una gata, escurriéndose por los callejones. Al verla salir en coloridos disfraces, lo atribuían a una más de sus acrobáticas idiosincrasias.

La abuela había captado cientos de dichos ejemplos en la cámara fotográfica. Llevaba ya varios álbumes llenos de fotografías documentando los pasos de la madre y el niño. Cuando regresaba a casa y se despojaba de los disfraces, veía las fotografías y las estudiaba por horas enteras. En las facciones finas de Adán veía a las de su hijo cuando era pequeño. Cada año parecía llevarle un parecido más notable. Se tomaba un baño de burbujas y saboreaba el hecho de haber estado presente ahí en aquellos momentos sagrados. Había algo exquisitamente arriesgado y melodramático en todo eso que la llenaba de una maléfica satisfacción.

En más de una ocasión sintió unos deseos insoportables de salir del automóvil y correr hacia el niño, abrazarlo y decirle que ella era su abuela.

Después de varios meses de practicar tal ejercicio, el elemento de vivir múltiples personalidades, llegó a formar parte íntegra de una paulatina desintegración de su identidad. Ese juego peligroso terminó atrapándola en las redes de su propio engaño.

Durante las visitas a los Salvatierra, don Miguel hablaba con Inocencia y Esperanza, mientras que la asidua cocinera le ofrecía agua de horchata y galleticas de mantequilla: "Hace semanas que María Teresa no se para en nuestras oficinas. La veo muy abatida. Se ha convertido en una persona amargada y solitaria. Lo siento por ella." —A lo cual Esperanza respondía en voz baja—: "Don Miguel, el que siembra vientos, cosecha tempestades."

Al observar que la conducta equívoca de María Teresa había comenzado a afectar la administración de las diferentes plantas en la hacienda, don Miguel se vio acorralado. Tuvo que hablar personalmente con el médico de la patrona. De la señorita Mendivil había oído decir que a la señora le habían recetado calmantes para los nervios, té de hierbas y reposo, mas don Miguel la veía más agitada que de costumbre. Sabía que a María Teresa le estaba sucediendo algo que únicamente los médicos podrían determinar. Con ese propósito fijó una cita con el doctor Orozco y le expuso el caso. El mismo médico había observado en la paciente un continuo desmejoro; había consultado ese caso con el resto de sus colegas y éstos le aconsejaron que internara a María Teresa en el hospital, y la sometiera a una serie de exámenes tanto físicos como mentales. Hacía ya tiempo que el médico le había sugerido a la paciente sus intenciones pero María Teresa le aseguraba que exageraba, que no había necesidad para ello. El doctor le afirmaba: "Usted ha pasado por una colisión emocional de la que no se ha recuperado por completo. Necesita salir de la hacienda por una larga temporada. Váyase a algún lugar tranquilo, donde pueda dar rienda suelta a ese desconsuelo que la está martirizando." María Teresa lo escuchaba y comenzaba a hacer planes para pasar una temporada en Acapulco, pero, al verse alejada de la hacienda, le entraba un temor inexplicable.

Don Miguel y el doctor optaron por hablar con ella, directamente, y forzarla a ver la realidad. Y así lo hicieron. La paciente los escuchó, les dio las gracias pero hizo caso omiso de sus recomendaciones. Pasado un tiempo, al ver que la salud de la señora empeoraba, el médico y el mayordomo decidieron afrontar la situación de una manera agresiva. La oportunidad se presentó por sí sola, una noche que María Teresa se había autorecetado una docena de soporíferos, y había caído en estado de coma. El mayordomo y Consuelo la sacaron de la cama y se la llevaron al hospital. Horas después, cuando despertó, la paciente se encontraba en estado de trance, preguntando por Rodrigo. Los médicos aprovecharon los ratos en los que recuperaba el juicio y la sometían a exámenes para asesar su estado físico y mental. Al término de cinco días, la viuda regresó a la Casa Grande.

Dos semanas después, el doctor Orozco llamó a don Miguel para darle los resultados obtenidos de María Teresa. El médico le explicaba:

—Don Miguel: La paciente sufre de una enfermedad degenerante y progresiva comúnmente llamada Demencia Senil. Pese a nuestros esfuerzos, ignoramos la causa de esta enfermedad y hasta la fecha, no contamos con los medios necesarios para arrestar su desarrollo.

—¿Es ésta una enfermedad del cerebro?

—Así es.

—¿No tiene remedio?

—No. Dicha invención nos ha eludido.

—¿Qué significa esto, doctor?

—Que a la Señora le quedan pocos meses de estar entre nosotros; quizá semanas.

—Temía saberlo. Sabe, yo soy el mayordomo de la hacienda y hace meses que la Señora ha dejado la administración completamente en mis manos. Me siento sumamente responsable por lo que le suceda a ella y a sus propiedades.

—¿Qué me aconseja que haga?

—Puesto que esta enfermedad va a pasos acelerados, le sugiero que hable usted con ella con toda honestidad y le explique la absoluta necesidad de poner todos sus asuntos personales y finanzas, en regla. Hágalo en cuanto le sea posible; de otra manera corre el riesgo que la Señora no cuente con la lucidez necesaria para hacerlo después.

—¿No cree que al saberlo vaya a perjudicarla aún más?

—Comprendo su preocupación, don Miguel y créame que no desearía estar en su lugar; no obstante, no estoy en la posición de asegurarle nada. Simplemente me limito a cumplir con mi deber. El resto, es cosa suya.

—Vaya. No esperaba un diagnóstico tan definitivo. ¿Cuándo piensa hablar con María Teresa, doctor?

—Mañana mismo. No le robaremos ni un minuto más. Le aconsejo que la acompañe durante nuestra consulta y que le asigne una enfermera que la vigile constantemente. No sabemos cómo vaya a reaccionar.

—Sí, en eso ya había pensado, doctor. Gracias.

—Hasta mañana, señor Alvarez.

Don Miguel salió del hospital sintiéndose responsable por la patrona. Nunca le había tomado cariño, como a los Salvatierra; mas en dicha ocasión, la rígida patrona le inspiraba una extraña sensación de compasión. Llegó a su casa con el corazón encogido. Anatalia preparaba la cena en la cocina. Al oírlo llegar lo recibió con la misma alegría de siempre, lo besó y le dijo:

—Amor: La cena estará lista en diez minutos.

Don Miguel le dio un abrazo tan fuerte que la dejó sin respiro, la vio a los ojos y le dijo:

—Anatalia, ¿qué haría yo sin ti?

—Miguel, traes muy mala cara. ¿Qué ha pasado?

—Cariño, mucho me temo que tengo malas noticias.

A la mañana siguiente, María Teresa, muy guapa, como en sus buenos tiempos, asistía a la cita con el doctor Orozco. Se le veía optimista y muy platicadora. De no saber don Miguel el tormento interior que la acosaba, la hubiera juzgado por una mujer sana y aun, feliz.

El doctor se sentó a un lado de la paciente. Con voz baja y esquivando la mirada, tomó el expediente y le fue explicando uno por uno los resultados de una docena y más de sus reconocimientos. Ella lo escuchó sin interrupciones. Cuando el médico pronunció la palabra: Demencia Senil, se puso de pie como resorte y comenzó a pasear por toda la oficina. Se acercó a la ventana y no volvió a volver la cara hasta que el doctor había terminado el diagnóstico. La paciente volteó, lo vio a la cara y le dijo:

—En otras palabras, me estoy volviendo loca. No se preocupe. Hace tiempo lo he sabido. ¿Cómo no voy a saberlo si en un pestañear no sé dónde estoy, ni de dónde vengo ni a dónde voy? Si es verdad que se me está botando la canica, al menos dígame cuánto tiempo me queda para razonar. Tengo muchas cosas qué hacer antes de salir a la calle gritando y jalándome las greñas. ¿No es verdad, mi querido doctor?

—Señora, le suplico. No lo tome de esa manera. Yo simplemente le estoy informando sobre su estado de salud de acuerdo a los resultados obtenidos. Usted tiene el derecho de interpretarlo como le parezca.

—Tiene razón, disculpe. ¿Cuánto tiempo me queda, doctorcito?

—No lo sabemos con seguridad. Esta es una enfermedad difícil de diagnosticar, mucho menos de controlar. Algunas semanas…; meses, quizá.

—Bien. Puesto que no tengo tiempo que perder, me despido.

María Teresa salió del consultorio del médico, extrañamente con el mismo optimismo con el que había entrado. Su reacción asombró a todos. Don Miguel la seguía y no sabía qué pensar. De regreso en casa, la patrona le dijo:

—Usted oyó a mi médico. Es absolutamente indispensable que ponga todos mis papeles en orden. Mañana mismo, a primera hora, quiero reunirme con los administradores de todas las plantas. Tendremos una reunión a puerta cerrada y decidiremos lo que vamos a hacer con mis propiedades. Usted será mi brazo derecho. Cuento con su completa confianza e impecable integridad, de otra manera, me puedo considerar ya vencida.

—Cuente conmigo, Señora. Jamás la traicionaré.

—Es usted todo un hombre. Le aseguro que su lealtad será bien recompensada.

Pero la junta no se llevó a cabo. María Teresa había caído en un estado de depresión abismal de la cual no encontraba salida.

***

Un sábado por la mañana, lleno de sol y calor prematuro, Inocencia se despertó, vio el reloj, brincó de la cama y corrió hacia el cuarto de su madre: "Mamá, ya son la siete de la mañana. Nos quedamos dormidas."

Esperanza la escuchó y por la cara le pasó una sonrisa un tanto maliciosa:

—Aquí estoy, Negrita, en la cocina. No te alarmes mi'ja. A ti se te pegaron las cobijas, pero a mí no. Mira—asomándose por la ventanita de la estufita—: Ya preparé la masa y metí las tres tapas en el horno. ¡Qué rrete bonitas se ven!, bien doraditas. Este pastel nos va a salir a tres piedras.

Inocencia se quedó sorprendida, viendo con qué tranquilidad la madre llevaba muy adelantados los preparativos para la celebración de esa tarde.

—Eres un ángel, mamá. Has de haber madrugado. Mira, nada más cuánto has hecho ya. ¿Por qué no me despertaste como acordamos anoche?

—Estabas durmiendo tan a gusto que me dio pena despertarte. Ven, tómate un cafecito que está recién hecho. Quítate el sueño de esos ojitos y deja de preocuparte.

Inocencia bebía el café mientras colocaba puñados de dulces surtidos en una docena de bolsitas de papel de todos colores. En cada bolsita ponía un pequeño juguetito y lo cubría con un gorrito de vivos matices.

Al hacerlo, recordó las fiestas elaboradas que María Teresa solía organizar para sus hijos cuando eran pequeños y por la mente le cruzó un extraño presentimiento. Hacía cerca de siete años que no hablaba personalmente con ella. Había sido un silencio extraño y prolongado.

Por la tarde, mientras que con una ducha para la decoración de pasteles formaba cuidadosamente las palabras: "Feliz Cumpleaños," sobre la última tapa del pastel cubierto de chocolate, Adán, vestido en pantalón, camisa y zapatos nuevos, entraba corriendo a la cocina.

"Mamá. Acaba de llegar un señor en un carro grandototote y preguntó por ti."

Inocencia se mostró intrigada.

—¿Un señor?

—Sí, mamá.

La joven madre se quitó el mandil, se lavó las manos rápidamente y se dirigió hacia la puerta. Al abrirla, se encontró cara a cara con el chófer de María Teresa.

—Buenas tardes, Inocencia. Soy Manolo. Quizá se acuerde de mí. Soy empleado de la familia de las Casas.

—Sí, Manolo. ¿Cómo está?

—Bien, señora. Vengo de parte de la patrona. Me ha pedido que le entregue este sobre, personalmente.

—¿Por qué esta urgencia? ¿Hay algún problema?

—Pues, no que yo sepa. Tenga, aquí está. Buenas tardes.

La joven se sentó en el sofá de la sala, abrió el sobre lentamente, sacó una nota y leyó el contenido:

"Inocencia: comunícate conmigo cuanto antes por teléfono. Tenemos mucho de qué hablar. Es un caso urgente."

No sabía qué pensar. Eran palabras de María Teresa, sin duda alguna, siempre al grano. Leyó la nota varias veces para cerciorarse del contenido. Dudó de la sinceridad de sus intenciones; después de todo, hacía más de siete años que no sabía nada de ella. Esperanza la vio sentada en el sofá, con la carta en las manos y la mirada fija sobre la pared.

—Negrita, ¿qué te pasa?

—Acaba de llegar el chófer de María Teresa y me entregó esto.

Esperanza leyó la nota y cayó sentada en el sofá.

—¿Qué se traerá entre manos la Doña?

—No sé. Pero esto no me gusta nada. Algo me dice que tiene que ver con mi hijo. Es demasiada casualidad que me mande esto justamente ahora, en el cumpleaños de Adán.

—¿Qué vas a hacer?

—Nada. Por ahora. No voy a dejar que me arruine este día.

—Hija, piénsalo bien. Esta puede ser la oportunidad que hemos estado esperando.

—Tienes razón, mamá. Pero, si el asunto es tan urgente, que venga a verme ella aquí, personalmente. Ya no somos sus criados. Ese tiempo ya pasó.

Inocencia guardó la carta en el cajón del escritorio, y terminó de decorar el pastel. Se vistió y esperó a la docena de compañeritos de la escuela de Adán, parientes y vecinos. Adán quebró la piñata de payaso, apagó las ocho velitas, comió pastel y nieve hasta saciarse, y se divirtió como sólo un niño de esa edad sabe hacerlo. Inocencia lo veía saltando, cantando y compartiendo esa tarde soleada con sus amiguitos y sintió una satisfacción mezclada de una dulce venganza.

En la hacienda, María Teresa esperaba ansiosa que sonara el teléfono. Desde que había regresado Manolo, había caminado a lo largo de la sala, tallándose las manos. Después de un largo rato, tomó una revista y la hojeó varias veces de principio a fin, sin ponerle atención a nada. Cansada, prendió la televisión y se puso a ver una vieja película. Fastidiada, dijo: "¡Bah! ¡Qué churros pasan por la tele! Ya no hacen buenas películas como antes." Pasaban las horas y el teléfono permanecía mudo. María Teresa se tomó una copa de vino para calmarse y cansada de esperar se quedó dormida. A media noche despertó, y se tomó unos calmantes. Tenía los nervios hechos nudos.

A media semana, Inocencia llamó.

—Bueno.

—María Teresa. Soy Inocencia. Recibí su recado. ¿Qué se le ofrece?

—Inocencia. Gracias por llamarme. Pensé que habías decidido ignorarme por completo.

—Sí. Ese pensamiento me cruzó por la mente. En fin. Aquí me tiene. ¿Qué negocio tan urgente tiene que discutir conmigo?

—Hace varios meses que mi salud ha ido empeorando. Me siento débil y desorientada. Necesito ver a mi hijo. ¿Sabes dónde está?

—No, señora. No lo sé ni me importa.

—No te hablé con el propósito de ofenderte ni quitarte nada, Inocencia. La razón por la que busco a mi hijo es porque necesito poner en orden mis asuntos personales y mis finanzas.

—Disculpe, señora, pero su caso es de naturaleza íntima, no sé que tenga qué ver conmigo.

—Sí, lo sabes perfectamente. Tú y Diego han sido la sombra el uno del otro. Si no quieres traicionarlo, lo comprendo, pero por favor, no me mientas. No estoy en condiciones de soportar más complicaciones.

—Señora, no tengo por qué mentirle. Hace más de ocho años que no sé nada de él. Se lo juro. Y ahora, haga el favor de dejarnos en paz. Mi familia no quiere saber nada de usted. Buenas...

—Un momento, Inocencia...tu orgullo es conmovedor, pero en este caso, las dos vamos a tener que dejar nuestra soberbia a un lado y tratar de entendernos. Te hablé porque tengo una proposición que hacerte.

—¿Una proposición?

—Sí. Es muy sencillo. Tú me dices dónde está Diego y yo...haré lo que pueda para...disminuir considerablemente, la sentencia de tu padre.

—¿Porqué ese repentino interés en hacerme una proposición?

—Escúchame bien: padezco de una enfermedad mortal. Necesito ver a mi hijo por última vez. El es el único miembro de mi familia y mi heredero. Tú me dices donde está y yo...haré una llamada por teléfono. Es una propuesta de lo más fácil.

—María Teresa, adoro a mi padre y haría cualquier cosa por verlo en libertad, pero no quiero que cualquier información que yo le dé vaya a perjudicar a Diego. Si no regresa es porque no quiere. Es tan claro como el agua.

—Te aseguro que lo que tenga yo que decirle a mi hijo no lo perjudicará en lo más mínimo.

—Pues, si tanto le interesa saber dónde está, le daré una simple pista: Diego sabe quién es su verdadero padre y dónde se encuentra. El resto, usted lo sabe mejor que yo. Si es verdad que encontrar a Diego es tan importante para usted, haga esa llamada y deje de molestarme con sus supuestas proposiciones. Usted no tiene ninguna intención de poner en libertad a mi padre. Con su permiso, tengo a mi familia que atender. No vuelva a molestarnos.

Esperanza había escuchado la conversación. Se acercó a su hija, la abrazó y le dijo:

—Negrita. Piensa bien lo que vas a hacer. No dejes que el orgullo te ciegue el sentido común. Recuerda que, aunque no queramos aceptarlo, la suerte de tu padre está en las manos de esa señora.

—Lo sé, Mamá. Tengo tanto miedo que esa bruja nos vaya a hacer más daño.

María Teresa nunca imaginó que Inocencia fuera tan astuta, capaz de leerle el pensamiento. Le parecía inconcebible que aquella indígena ingenua no hubiera cedido a la proposición, tratándose de la libertad de su padre.

Inocencia habló con don Miguel para cerciorarse que María Teresa estaba realmente grave. El le aseguró que la patrona había recaído muy bajo; que se mostraba ansiosa y desolada por el aparente abandono de todos. Añadió:

—Dice que te habló para ajustar cuentas pero que no le habías dado la mínima oportunidad. Pensaba que tenía el As de diamantes en la mano. Inocencia, analiza la situación: ésta puede ser la última oportunidad de poner a tu padre en libertad.

—Don Miguel, ignoro por completo el paradero de Diego. No sé que pretenda hacer María Teresa con la información que le dé. Es capaz de cualquier cosa con tal de salirse con la suya. La conozco demasiado bien.

—Te comprendo, pero al no encontrar a su hijo, la patrona no sabría a quien dejarle la herencia. Al encontrarse al filo de la muerte, podría hacer disposiciones erráticas. El dinero es una tentación insaciable. Los allegados de la patrona podrían muy bien aprovechar la situación y forzarla a disponer de los bienes a su beneficio y eso me parecería injusto. Necesitamos actuar con toda prudencia y rapidez ahora que aún piensa con cordura. Además, yo sé que Diego es el padre de Adán; por lo tanto, a tu hijo, le corresponde parte de los bienes. Piénsalo bien. Ahora, dime, ¿no tienes la menor idea dónde pudiera haberse ido Diego?

Se quedó pensativa. Después de un largo silencio, dijo:

—Don Miguel, la lógica me dice que podría haber regresado a Inglaterra, pero mi corazón me dice que ha ido en busca de su verdadero

441

padre, a España; pero en tal caso, María Teresa sabría donde encontrarlo mejor que yo.

—Bien. Puesto que el tiempo apremia, le ayudaré a la patrona a buscar a Diego. Gracias, Inocencia.

Don Miguel habló con María Teresa de inmediato. Al cabo de dos semanas de intensa pesquisa, no había encontrado ni rastro del joven. La Señora De las Casas, como gata acorralada, había esperado hasta el último minuto para hacer la llamada que hacía años había temido.

Veía el persistente paso de las manecillas del reloj dar vueltas y vueltas y su ansiedad, crecía. Había tomado el teléfono, marcado el número y colgado, varias veces. No sabría que decir al escuchar aquella voz. ¿La reconocería? ¿Qué sabría sobre Diego? Pasaban las horas y María Teresa, recostada sobre el sofá, con los ojos cerrados, daba un viaje relámpago a un pasado de pasión sofocante en España. ¡Qué diera por volver a vivir aquel verano!

Finalmente, al ver salir el sol por la ventana, se dio valor. Respiró hondo, marcó el número y esperó, con el recibidor bailándole sobre la palma de la mano. El teléfono sonaba al otro lado del océano:

—¿Diga?

—Disculpe. Busco al señor Joaquín Duarte Iturrigaray. ¿Se encuentra en casa?

—Sí, un segundo. ¿De parte de quién?

—De una vieja amiga.

En el fondo, María Teresa oyó decir:

—Don Joaquín, lo buscan. Es una mujer que dice ser una vieja amiga.

Joaquín se acercó al teléfono.

—Soy Joaquín, ¿qué se le ofrece?

—¿Joaquín?…Soy María Teresa…Montenegro De las Casas. ¿Te acuerdas de mí?

—¿María Teresa…aquella guapa mexicana que me quitó tantas noches de sueño?

Ella dejó escapar una profunda exhalación de alivio. En tono lento, continuó:

—Sí, Joaquín,…la misma.

—Vaya, vaya. ¡Qué sorpresota! Te oigo la voz cansada. ¿Te encuentras bien?

—No. Y esa es la razón por la que te he buscado.

—Dime, guapa…¿qué te sucede?

—Te hablo porque…creo que tú y yo tenemos un asunto pendiente, de importancia.

—¿Un asunto pendiente?

—Sí. Joaquín,...te diré en pocas palabras. Al regresar de España, después de aquel verano que pasé contigo, me enteré que estaba embarazada. Tuve un hijo. Se llama Diego. El niño nació con tu cara y tu corazón de poeta. Supe inmediatamente que tú eras su padre. También sé que hace nueve años conociste a una joven mexicana, Inocencia Salvatierra.

—Sí, es verdad. Me hizo saber que sospechaba que yo podría haber sido el padre de Diego. María Teresa, ¿por qué esperaste tantos años para decírmelo?

—Porque Rodrigo, mi exmarido, tenía un carácter violento y tuve miedo de confesarle la verdad. De haber sabido que tuve relaciones íntimas contigo, me hubiera matado a palos.

—¿Dijiste Rodrigo, tu exmarido?

—Sí. Murió trágicamente, hace ocho años.

—Todo esto me parece muy extraño. Tuviste a un hijo mío hace cerca de treinta años, y...¿hasta hoy me hablas por teléfono para decírmelo? Perdóname, guapa, pero esta conversación no tiene ningún sentido. ¿Qué quieres ahora de mí, después de tantos años?

—Te explicaré. La noche que murió Rodrigo, Diego y yo tuvimos un disgusto muy fuerte. Lo corrí de mi casa y desde entonces no he vuelto a saber de él. Es por eso que te molesto ahora. Estoy desesperada. Mi salud está en peligro. Necesito verlo con urgencia. Quiero pedirle perdón y compensarle por todos los daños que le he causado. El es el primogénito y mi único sobreviviente. Quiero legarle la herencia a que tiene derecho.

—Lo siento, pero no tengo la menor idea dónde pueda estar Diego. No dudo que sea mi hijo y me enorgullece, pero no tengo necesidad de mentirte. No sabría, María Teresa, cómo ayudarte.

—Joaquín, no sabes qué bien me ha hecho hablar contigo. Todos estos años he pensado en ti con tanta añoranza. Tú fuiste todo un caballero y yo me comporté como una estúpida, malagradecida. Te ruego me perdones.

—Te perdono, guapa. No tienes porqué sentirte culpable. Fueron caprichos de la juventud. Mira nomás, cómo da vueltas el mundo.

Siguió una larga pausa.

—Bien, Joaquín, puesto que no tienes ninguna información...

—Espera, si más no recuerdo, Inocencia me dijo que Diego estudió en Cambridge, ¿no es verdad?

—Sí, así es.

—Pues, bien, da la casualidad que mi hija Luna estudió también allí por esos años. Quizá ella pueda ayudarnos a atar cabos. Dame tu teléfono y me mantendré en contacto.

—Joaquín, te suplico, si sabes cualquier cosa de él, dile que se comunique conmigo. Es cosa de vida o muerte.

—Así lo haré.

María Teresa se sintió conmovida ante las palabras confortantes de Joaquín. Podría haber sido un buen padre para Diego—pensó—¡qué pena! entre más removía los escombros de su pasado, más víctimas inocentes escarbaba.

El viejo enamorado colgó el teléfono con una risita sarcástica. Detrás del tono caballeresco y frases acarameladas, disfrazaba un empolvado resentimiento. El tiempo no había logrado borrar toda huella del humillante desprecio. Por su parte, María Teresa no le había confesado que Inocencia vivía y que tenía un hijo de Diego. Como toda maestra de la baraja, mantuvo el comodín escondido entre los encajes, debajo de la manga—por si las dudas—pensó.

Minutos después, Joaquín marcaba un número de teléfono que se sabía de memoria.

—¿Diego?   Soy Joaquín.   Acabo de recibir una llamada muy interesante, de una mujer mejicana que conocí hace más de 30 años.

—Joaquín…¿se refiere usted a mi madre?

—Exactamente.

—¿Preguntó por mí?

—Por supuesto.

—Y ¿qué quiere saber de su hijo pródigo después de tanto tiempo?

—Pues, no sé. Verás…Dice que está grave.

—Mi madre es la mejor actriz del mundo. ¿Qué pretende ahora?

—Dice que necesita verte con urgencia. Creo que está en el lecho de la muerte.

—Para mí, mi madre murió hace ocho años. Dígame, sus suspiros no lograron convencerlo, ¿verdad?…asegúreme que no me ha traicionado.

—No, Diego. No te he traicionado. ¿Qué vas a hacer ahora?

—Nada. Se convencerá que ya no existo y dejará de molestarme.

—En realidad, ¿no tienes pensado regresar a México?

—No. Cuando murió Inocencia se acabaron mis razones para regresar. Esta es mi casa, ahora. Usted es mi única familia.

—A pesar del cinismo del que acusas a tu madre, algo me dice que dentro de sus exageraciones hay algo de verdad. No sería mala idea que me mantuviera en contacto con ella, por si las dudas.

—No. No lo haga, por favor. Comenzará a envenenarle la sangre y a enrollarlo en una telaraña como lo ha hecho con todos. Termine toda comunicación con ella, ahora mismo. Es la única solución a este problema.

—Como tú digas, Diego.

—Gracias, Joaquín.

Esa misma tarde, Joaquín salió a caminar por las calles de Salamanca, recordando su fortuito encuentro con Diego. Enfocó la mente varios meses atrás, cuando un fin de semana que casualmente se encontraba en Madrid, oyó que alguien tocaba y al abrir la puerta se había encontrado con una versión más joven de sí mismo. La impresión de tan inesperada introducción fue tal que ambos tardaron varios segundos en recobrar la compostura. Joaquín lo veía como si fuese un fantasma. Sí, era Diego, el mismo joven que había visto en la foto que Inocencia le había mostrado, pero, había algo en él que había cambiado. Este hombre se veía desaliñado, con ojeras, y barba crecida. Se veía tostado por el sol.

Los dos estuvieron de pie, uno ante el otro, sin saber qué decir. Joaquín rompió la intensidad del recíproco escrutinio:

—Diego, no sé qué decirte. Tu visita me ha caído de sorpresa.

—No se preocupe. Sin pensarlo, me encontré en España, sin rumbo fijo y me dije: ¿Por qué no ir a conocer a aquel hombre del que me habló Inocencia? De pronto, me entró una curiosidad irresistible por conocerlo.

—No entiendo.

—No sé hasta qué punto quiera saber de mí y de cuánto tiempo disponga.

—Sí, quiero saber todo acerca de ti. Creo que tú y yo tenemos mucho de qué hablar. Te ves cansado. Pasa. Tengo una habitación desocupada. Tómate una ducha, duerme. Te haré algo de comer y ya después hablaremos con tranquilidad.

—Inocencia tenía razón. Es usted todo un caballero. Me arrepiento de no haber venido a conocerlo antes. No le quitaré más tiempo del que sea absolutamente indispensable. Me queda la mitad del mundo que recorrer. Con su permiso.

—Pasa, Diego.

Diego entró en la habitación y Joaquín lo siguió con la mirada. Estaba aturdido. Había tanto de él en aquel hombre que parecía haber vivido mucho para tan corta edad. Con la mente acongojada de tanta pregunta, se dirigió a la cocina y sacó todo lo necesario para prepararle a su hijo, una cena digna de todo un rey.

Diego entró a un cuarto amplio, organizado y lleno de sol. Temió sentarse sobre la cama de colcha clara. Se vio al espejo y sintió asco de sí mismo. Se quitó toda la ropa hasta quedarse completamente desnudo. Su cuerpo había pasado del simple dorado de turista a un color ennegrecido por las incontables horas que había pasado bajo los rayos del sol. El cuerpo de joven estudiante y atleta de piel suave y ropas finas, había tomado la forma de un marinero fornido, de aspecto corriente. Ni él mismo sabía dónde ni cuándo había acabado uno y comenzado el otro. El pasado lo veía como un

borrador mal escrito, empolvado y enroscado por el tiempo. Lentamente
caminó hacia el baño de azulejo; abrió la llave de agua abundante y fresca y
estuvo bajo ella por largo rato, dejando que el líquido le refrescara la cabeza
acalorada y el cuerpo dolorido. Había olvidado lo que era vivir en la
comodidad. Salió del baño, se puso una bata que sintió suave al tacto, se
afeitó y se peinó la melena larga. Hojeó su curiosidad y distinguió algunos
libros de arte, poesías y literatura que él mismo hubiese coleccionado. Se
acostó sobre la cama a cuerpo tendido y cayó en un estado de somnolencia
del cual temía despertar. Al pasar hacia el otro lado de la realidad se
preguntó si aquél extraño hombre sería su padre. Ciertamente se parecía a él
y por una microscópica fracción le dio la extraña sensación de estar en casa
y de haberlo conocido desde siempre.

Horas después, el guisado de olor fuerte a carne, cebolla y ajo lo
despertaba. El trotamundos salió de la alcoba con cara nueva, como que al
afeitarse la barba, se había quitado diez años de encima. Joaquín lo
esperaba ansioso con la mesa puesta con esmero, una comida riquísima y
una botella de vino tinto.

Se sentaron uno frente al otro, al principio con cierto nerviosismo;
después de entrar en calor por los efectos del vino, comieron con harto
apetito. Después de la cena, pasaron a la terraza, se sentaron en sillas
amplias y cómodas y comenzaron a colocar ladrillo sobre ladrillo en el
intento de reconstruir un puente entre dos mundos que el tiempo y la
distancia habían derrocado. Hablaron por muchas horas bajo un cielo
estrellado mientras que el silencio de la noche los arrullaba en una canción
quimera, de violines gitanos, como dos náufragos asiados al mismo tronco
de un árbol río abajo. Hubo una muestra de angustia cuando Diego le
explicó a Joaquín la noche de la supuesta muerte de Inocencia y los hechos
que se sucedieron a razón de aquella calamidad. Diego le contó cómo al
salir de la hacienda, como por instinto, tomó la carretera que lo llevó hacia
Acapulco. Se introdujo a la fuerza en la casa de sus padres y ahí había
permanecido varias semanas vaciando cuanta botella de licor había
encontrado. Una mañana había despertado tirado sobre el piso sintiéndose
violentamente enfermo. Salió hacia el mar y se arrojó al agua. Las fuertes
olas lo arrasaron mar adentro. Recordaba que en un principio había
intentado nadar pero que a cierto punto, abatido por su debilidad se dejó
llevar por la marea, y perdió el conocimiento. Un grupo de turistas lo había
visto flotar sobre el agua y lo había rescatado. Dos de ellos le aplicaron los
primeros auxilios y lograron resucitarlo. Una vez fuera de peligro lo
llevaron a casa, dejándolo al cuidado de una mujer americana, jubilada, que
vivía a corta distancia. Poco después, al sentirse bajo los cuidados de
aquella buena mujer, se recuperó y se arrepintió de su cobardía. Un sábado

por la tarde, cansado de estar solo, caminó hacia al puerto y vio cómo una docena de pescadores fuertes y sanos reparaban las redes rotas y se preparaban para salir en el próximo viaje de pesca al mar abierto. Se acercó y les preguntó si podía acompañarlos. Los hombres lo vieron vestido en ropa de turista, suponiendo que nunca había hecho trabajo de hombre y se rieron de él. Tanto le suplicó Diego al dueño de la embarcación que lo aceptó bajo la condición de que iba a trabajar igual que los demás. El viaje duró varias puestas de sol. Por primera vez supo lo que era ganarse el pan con el sudor de la frente. Se aguantó los malos tratos, las malas comidas, las condiciones deplorables bajo las que vivía. En más de una ocasión se arrepintió de la errada decisión, pero no dio el brazo a torcer. Cuando regresó del primer viaje, regresó a su casa en la playa, se despidió de la buena mujer que lo había socorrido, se echó un morral al lomo con las pertenencias mínimas y se fue, decidido a darle la vuelta al mundo por mar. Se fue de puerto en puerto y de barco en barco haciendo un poco de todo y se quedó enamorado del mar; de la suprema libertad que aquella mansa inmensidad le obsequiaba; de la exaltación de saberse en control, completamente libre de todo convencionalismo; del primitivismo de con quienes convivía; de los amaneceres y atardeceres. Así, semana tras semana y año tras año, fue circumnavegando el mundo, y dejando detrás un pasado pecaminoso.

Los barcos donde trabajaba tocaron las costas de los cinco continentes. Había estado en todas las Américas, Australia, China, el Japón, la India y Africa. Por un truco del destino se encontró en la costa de Barcelona y cometió el pecado imperdonable de todo marinero: se quedó demasiado tiempo en tierra. Fue entonces cuando deambulaba por las calles que cayó en cuenta que había pisado tierra Ibérica. España—pensó—estoy caminando por los suelos soleados de España.

"Hace tres días que salí de Barcelona, pidiendo aventones por la carretera y esta mañana llegué hasta aquí. Recordé su nombre. Lo busqué en el directorio telefónico. Y ahora, me encuentro aquí, ni siquiera sé cómo llamarlo. Después de todo, para usted sigo siendo un extraño vagabundo.

—Te equivocas, Diego. Pocas personas tienen las oportunidades para vivir con tal intensidad. Yo, en cambio, fui un estudiante de arquitectura que viví una sola pasión breve, me casé con una buena mujer, trabajé, tuve hijos y he asumido una posición benévola y próspera dentro del margen nítidamente tallado por la sociedad. Después de escuchar tus hazañas, realmente, te envidio. No tenía idea de tu existencia hasta que conocí a Inocencia. Cuando me lo dijo, no podía creerlo. Me he quedado con esa duda desde entonces, pero no tuve el valor para comunicarme con tu madre.

Yo siempre he tenido obligaciones. No sé si tú a eso le llames una subsistencia buena o simplemente complaciente.

—Yo hubiese preferido casarme y tener hijos con la única mujer que he amado. No sé, quien de los dos haya tenido mejor suerte.

—Bien, pero con quejarnos no vamos a solucionar nada. Y, ¿qué vas a hacer ahora?

—No sé. Estoy cansado del mar. Me gustaría quedarme un tiempo por aquí, a conocer un poco esta ciudad de la que Inocencia se quedó enamorada. Conseguiré trabajo por ahí. Alquilaré un cuarto y viviré simplemente, hasta que el mar me llame una vez más.

—Te puedes quedar aquí todo el tiempo que gustes. Este apartamento se queda solo cuando yo regreso a Salamanca. Esta es tu casa. Puedes llamarme Joaquín. ¿Te parece?

—Sí, Joaquín. Le acepto su hospitalidad por ahora solamente.

—Toma el tiempo que gustes. No hay apuro. ¿Cómo andas de plata?

—Bien, gracias. He ahorrado casi todo lo que he ganado. Como ve, en los últimos ocho años he tenido muy pocos gastos.

—Me gustaría ayudarte. No tienes que ser tan orgulloso ante mí. Te dejaré algunas pesetas por lo que se te llegara a ofrecer. Si no es mucho pedirte, me gustaría que conocieras a mi familia.

—Sería un honor para mí.

Al terminar la charla, habían salido los primeros rayos del sol. Joaquín se despidió de Diego con un fuerte abrazo.

—Diego, la vida es un albur. ¿Cuándo me iba a imaginar que hoy, precisamente llegaría a conocerte? Increíble.

Mientras caminaba, a Joaquín le llegaban una y otra vez dos opuestos y contradictorios sentimientos: el rencor imperdonable que Diego sentía hacia su madre y la voz fatigada de María Teresa, como un fantasma del pasado. Había algo en aquella tirante situación que no lo convencía. Alguno de los dos le estaba mintiendo. Dejaría que el tiempo se ocupara de resolver esa interrogación.

El huésped permaneció en el refugio del arquitecto convencido que lo ocuparía en breve, mientras que encontraba empleo y se ubicaba un poco más en aquel enjambre. Durante sus ratos libres, salía a conocer la ciudad y a recorrer los pasos de Inocencia. No tardó él mismo en enamorarse de aquella seductora y palpitante capital. Por las tardes, en la soledad de la terraza, leía los libros de poesía de Joaquín en los que había encontrado un enorme consuelo. Después de los años afanosos que había pasado, no le pedía más a su suerte. Podía decirse que finalmente había encontrado un lugarcito en el mundo donde pertenecía. Su padre y él se mantuvieron en contacto. Una vez al mes, Joaquín pasaba los fines de semana con él. Entre los dos se había forjado un vínculo especial. Más que padre e hijo, se trataban como dos viejos amigos.

***

Pasaba el tiempo y María Teresa veía cómo todas sus ideas brillantes habían perdido su lustre. Una noche sin luna, despertó de una visión fantasmagórica. Se levantó buscando a Rodrigo y bajó por la escalera a toda prisa. En el tercer escalón se tropezó con el camisón largo, rodó escalera abajo y cayó, inmóvil, sobre el suelo al pie de las escaleras. Todo sucedió tan de prisa que su enfermera llamó de inmediato a don Miguel, quien la llevó con urgencia al hospital.

En un principio la Señora estuvo inconsciente, con breves intermedios de lucidez. Ni una cara familiar se molestó en visitarla. La acosaba un remordimiento profundo que le oprimía el pecho. Veía su alma como un viejo cofre, enmohecido, en el que por años, vergonzosamente había escondido una tela de secretos, con una destreza excepcional. Se sentía sucia. Por las noches, no dormía. Temía cerrar los ojos. Los sueños eran interrumpidos por una angustia constante: veía la figura de una mujer esquelética, vestida de negro, con un capuchón y una hoz amenazadora en la mano. Cada noche se le acercaba más. Despertaba con el cuerpo cubierto de un sudor frío que le corría por doquier.

A partir de ese incidente, su salud decayó por completo. Un domingo a media noche, cayó en un estado de coma. A un lado de la cama, sobre la mesa había una botella de píldoras para dormir, casi vacío. Consternada, la enfermera salió buscando a don Miguel. Al llegar a su cabecera, el mayordomo supuso que la patrona se había sobremedicado. Entre los dos le dieron un baño de agua fría, le frotaron la piel con alcohol y le forzaron un vomitivo por la boca. María Teresa comenzó a arrojar un líquido espeso y verdoso y pronto recuperó el conocimiento. Al verse de nuevo salva, le confesó a su mayordomo:

—Siento que estoy muy próxima a la muerte. Por favor, interceda por mí. Llame a Inocencia. Necesito hacerle una última proposición.

Al ver el estado de desintegración en el que María Teresa había caído, el mayordomo habló inmediatamente con la joven.

—Inocencia, María Teresa está verdaderamente desesperada. Ha intentado suicidarse. Por lo que más quieras, ayúdame a encontrar a Diego o permítele que conozca a Adán. Además, si muere, con ella morirá toda posibilidad de que Eusebio recupere la libertad. Necesitas tomar una decisión. Esta es la ocasión que has estado esperando hace ocho años. No te dejes llevar por la soberbia.

Inocencia sintió la perturbación en la voz de don Miguel y por primera vez supo que ya no se trataba de un simple capricho de la Doña.

—Está bien. Haré lo que me pida. Dígale a María Teresa que se comunique con Joaquín, en España, y que le diga simplemente que estoy viva. Sé que esas palabras llegarán a oídos de Diego. Mi corazón me dice que él se encuentra con su padre.

—El señor Alvarez le hizo saber a María Teresa la respuesta de Inocencia.

Minutos después, el teléfono sonaba en una casa en Salamanca, sacando abruptamente de los sueños a los residentes.

—Diga.

Con una voz ronca que barría las palabras, Joaquín escuchó:

—¿Joa...quín?

—Soy...María Teresa. Sé que tú sabes...donde encon...trar a mi hijo. Me estoy mu...riendo. Dile, por favor, que Inocencia está viva,...y qui...ere ve...rlo.

—¿Inocencia está viva?

—Sí. Dile que estaré esperando su llamada...—y colgó

Minutos después, Joaquín tomó el teléfono y se comunicó con Diego.

—Acabo de recibir una llamada inesperada de tu madre. Se está muriendo. Me encargó que te dijera que...¡Inocencia está viva!

Diego soltó sobre la cama, tallándose los ojos, tratando inútilmente de despejar el sueño de la cabeza y de captar el significado de aquellas palabras:

—¿Inocencia...está...viva?...¿Qué clase de broma es ésta? ¿Es que mi madre se ha vuelto completamente loca?

—No lo sé.

—¿Qué más le dijo?

—Que le urgía hablar contigo

—MMMMMMM! Todo esto me parece muy sospechoso. No. No le creo. No vuelvo a caer en sus redes. Necesito una prueba. Una fotografía reciente, o...una llamada de Inocencia. Necesito oír la voz de Inocencia, si no, no le creeré. Esa es mi última palabra.

—Está bien, Diego, lo haré, pero me siento como un sucio cómplice de tus secretos y yo no soy así. Deberíamos haber sido honestos con tu madre. Si muere y no te ve por última vez, jamás me lo perdonaré. De ahora en adelante, si no quieres nada que ver con ella, quiero que tú mismo se lo digas. Ya es hora que tengas el valor de enfrentarte a ella.

—Tiene razón. Perdone. Usted no tiene la culpa de todo esto. Este será el último favor que le pido.

—Está bien.

450

Joaquín le informó a María Teresa las condiciones de Diego. Esta contestó:

—Gra...cias, Joaquín. Y ahora, ¿dónde puede com...unicarse Inocencia con él?

El hombre le dio el número de teléfono, y le preguntó angustiado:

—Guapa, dime la verdad, ¿estás verdaderamente grave?

—Joaquín, con la mue...rte no se jue...ga. Me que...da poco tiempo.

—María Teresa, siento tanto no haber sido honesto contigo. Hace meses que Diego vino a buscarme. Le juré no traicionarlo. Nunca imaginé que una simple promesa fuera a comprometerme de esta manera. Perdóname.

—No te preocu...pes. Tam...poco yo he sido hones...ta contigo. Tanto he peca...do yo, como tú. Perdó...name tú a mí.

—Quedas perdonada, guapa. Me siento tan lejos de ti. ¿No hay algo que pueda hacer?

—Ya lo has he...cho. Has acepta...do a Diego como hi...jo tuyo, sin ningu...na obliga...ción. Ahora puedo mori...r tranquila. Acons...éjale que, por medio de Inocencia, escu...che mis súplicas. Nece...sito verlo.

—Haré lo que esté de mi parte.

De inmediato, María Teresa, con voz gastada hablaba con Inocencia:

—Inocencia, he habla...do con Joaquín. Por lo vis...to eres más astu...ta que yo. Diego ha pedi...do una prue...ba que estás viva. De otra manera, no se comunicará conmigo. ¿Estás dispues...ta a hablar con él y sacarlo de dudas?

—Sí, lo haré, bajo dos condiciones. Primero, que ordene, esta misma noche, que pongan a mi padre en libertad. Segundo, exijo que mis condiciones consten en actas legales, por escrito, ante varios testigos suyos. Si usted está dispuesta a respetar dichas condiciones, puede enviarme a su chófer y me presentaré en la Casa Grande.

—Bueno. Nunca imagi...né que tuvieras el cora...je de pedirme algo de una na...turaleza tan delicada. En fin, no tengo ni el tiem...po ni la fuer...za para conti...nuar este tormen...to. Esta misma tar...de daré órdenes para que pon...gan a tu padre en li...bertad. Llámame cuanto antes para fij...ar el día y la hora que pue...das presentarte en mi casa. Yo he cumpli...do con mi prome...sa. Espero que tú cum...plas con la tuya—y resolló.

A temprana hora, un coche obscuro y elegante se presentó a la modesta residencia de la tía Esthercita. Inocencia subió al coche, acompañada de su madre y del señor Ahumada. Al llegar a la habitación de María Teresa, la vieron tendida en la cama. Tenía la cara ceniza, los ojos hundidos y la cabeza blanca y enmarañada. Los visitantes no pudieron esconder su desconcierto.

—María Teresa, soy Inocencia.

—Inocencia, ven, acércate. Déjame verte bien. La tomó de la mano y con la voz de vejez prematura le dijo:

—Gracias por venir. Como ves, yo he cumplido con mi palabra, ahora te toca a ti. Por favor, habla con mi hijo y dile la verdad. Necesito verlo antes de morir. Sé que tú eres a la única persona que escuchará.

—Está bien.

La Señora le mostró el camino hacia la oficina privada. Inocencia entró, cerró la puerta, dijo un Ave María y con mano temblorosa, marcó el número que don Miguel le había dado. Al oír el eco del teléfono sonar en la lejanía, sentía que el pecho le iba a explotar.

Al caer de la tarde, en la terraza, Diego escuchaba música suave y leía unas rimas de Bécquer, uno de sus poetas favoritos, cuando de lejos oyó el timbre del teléfono. Un tanto enfadado por la interrupción de la rima, contestó:

—¿Bueno?

Al escuchar la voz inconfundible de Diego, Inocencia se trabó:

—¿Die…go?

Diego escuchó aquella voz. Se le erizó la piel.

—¿Quién habla?

—Soy…Inocencia.

Diego perdió el equilibrio. Se le doblaron las rodillas y cayó, hincado sobre el piso.

—¿Inocencia?

—Sí, Diego.

—¡Morena de mi alma! ¡Eres tú!

—Sí, Diego. Soy yo.

—Pero…¿Cómo es posible…yo mismo te vi.

—Sí. He sobrevivido eso y mucho más.

—Te juro que no sabía…todo este tiempo he vivido pensando que habías muerto. ¿Por qué no me buscaste? Hubiera ido a tu lado al instante de saber que estabas viva.

—Te esfumaste de la faz de la tierra. Nadie sabíamos a donde te habías ido. Hasta hace horas supimos que estabas en España.

—Tienes razón. ¿Dónde estás, ahora?

—Estoy en México, en casa de tu madre.

—¿Qué haces ahí?

—Es una situación muy compleja. Tu madre se encuentra grave. Quiere verte.

—¿Mi madre está grave? ¿Qué le pasa?

—No sé, exactamente. Creo que son los nervios, o algo así. Hace poco intentó...quitarse la vida. Diego, por favor, vente inmediatamente.

—Inocencia. Todo esto me parece sumamente sospechoso. ¿Puedes hablar con confianza?

—Sí.

—¿Qué está pasando? ¿Por qué esta insistencia en que yo regrese después de tantos años? Por favor, dime la verdad. Estoy harto de engaños.

—Don Miguel me habló y me dijo que tu madre estaba muriéndose. Ella sabía que yo sería la única persona capaz de sacarte de tu escondite. Desesperada, me pidió que te llamara y te convenciera que regresaras a México.

—¡Ah! ¿No será uno más de sus truquitos para hacer con nosotros lo que quiera?

—No. Tu madre está en el lecho de la muerte. Lo he visto con mis propios ojos. Créeme, Diego.

—Está bien. Disculpa.

—En tu ausencia han pasado muchas cosas. Ni tu madre ni yo somos las mismas personas.

—Lo sé. También yo he cambiado. Lo siento Morena, todo esto ha sido culpa mía.

—Es demasiado tarde para culparnos. Lo que importa ahora es que regreses a México. Vente inmediatamente. Dime que esta vez no me fallarás.

—Inocencia. Saldré para México en el próximo vuelo. Esta vez, Morena de mi alma, no te fallaré. Espérame.

—Así lo haré.

El eco de aquella frase la remontó a un pasado que deseaba olvidar. Fueron esas palabras el preámbulo a su desgracia. En dicha ambivalencia le dieron ganas de tomar a su familia y salir corriendo de esa casa. ¿Por qué se le imposibilitaba cerrar ese capítulo obsceno de la mente y tirar las llaves al fondo del océano?

La joven madre colgó el teléfono. Las manos aún le temblaban. Se sentó en una silla, respiró hondo varias veces, dio las Gracias a Dios y salió:

—María Teresa. He hablado con su hijo. Sale inmediatamente hacia aquí. He cumplido con mi promesa, ahora, le toca a usted.

La Doña, jadeaba:

—Sabía que podía con...tar contigo. Don Miguel, comuní...quese de inmediato con el señor Contre...ras.

—Sí, Señora.

La viuda tomó el teléfono:

—Señor Contre...ras: Soy María Tere...sa De las Casas. Me veo obliga...da a pedirle que dé órde...nes para que pongan a Euse...bio Salvatierra en liber...tad hoy mismo. Dispo...nga de este caso con la má...xima discre...ción y rapidez posible. Destru...ya toda eviden...cia que pueda com...prometer el nombre de mi fami...lia en el futu...ro. No hablemos más de este asun...to. Muchas graci...as.

Inocencia y Esperanza se abrazaron. Esperanza se acercó a María Teresa, la tomó de la mano y le dijo:

—Gracias. Que Dios la perdone y tenga compasión de usted.

—Gracias a ti y a Euse...bio por haberse consagra...do al servi...cio de una patrona tan ciega e intransigen...te. No sé cómo pudieron aguanta...rme por tanto tiempo.

—Fue la necesidad, patrona.

La moribunda pidió ayuda para incorporarse sobre la cama. Le tomó la mano a Inocencia y le preguntó:

—¿Es Diego el pa...dre de tu hijo?

—Sí, Señora. Adán es hijo de Diego.

María Teresa dejó escapar un profundo respiro de alivio.

—Lo sabía. Lo supu...se desde un princi...pio. No voy a mo...rir sin dejar una semi...lla que siga producien...do fruto en esta tierra fér...til. Quiero conocer...lo. Concé...deme esta última peti...ción. No te pe...diré nada más.

—Está bien. Una vez que tengamos a mi padre libre, bajo nuestro techo, le traeremos a Adán.

—Que sea mañana mismo. Creo que mis horas están contadas.

—Así será.

A las cinco de la mañana, un coche sedan de color negro conducido por un hombre de traje gris, zigzagueaba por entre las calles estrechas de la vecindad donde vivía Inocencia. El coche se deslizaba sigilosamente hasta detenerse frente a la casa de la tía Esthercita.

El hombre se bajó del auto, tocó a la puerta y en tono solemne dijo:

—Esperanza, abre, soy Eusebio.

La mujer abrió la puerta lentamente y vio la cara de su leal compañero.

—¡Bendito sea Dios que estás libre! Gracias infinitas te doy Señor mío, por este milagro.

Eusebio tomaba la cara de su mujer entre las manos y la besaba.

—Esperanza, he soñado estar en casa mil veces.

Detrás de ella, se escondía la hija, con las manos en la cara, llorando en silencio. Eusebio la atrajo hacia él, y la estrechó en los brazos.

Pasados los primeros minutos de tan emotivo encuentro, Inocencia lo tomó de la mano y lo llevó hacia la cama de Adán, quien dormía tranquilamente. El hombre se quedó de pie, viéndolo. Se le debilitaron las piernas, se tambaleó y pidió que le trajeran una silla. Era demasiada felicidad para un pobre diablo como él. Pidió un vaso con agua. Se sentó a un lado de la cama y por largo rato permaneció ahí, observando al niño. Después, lo acarició con cuidado.

—Tengo miedo despertarlo. No quiero asustarlo. Sé que me veo como basura.

Inocencia lo vio con mucha ternura:

—Ven. Mi madre te está preparando un baño de agua tibia. Te hemos comprado ropa nueva. Mientras tanto, yo te prepararé tu desayuno favorito. No te preocupes, papá. De hoy en adelante te vamos a tratar como a un rey, como lo que siempre has sido.

—Mi'ja, mi tesoro. Si muero ahoritita mismo créeme que estaré muy agradecido.

Inocencia agregó:

—No hablemos más de cosas tristes. Por hoy, descansarás y comerás bien. Tenemos muchos años para reponer el tiempo perdido.

Mientras tomaba el baño, Esperanza, con la misma sutileza de siempre, le acariciaba la piel tosca, negra, marcada por un sinnúmero de cicatrices. Eusebio no era ni la sombra de lo que fue. Había sobrevivido ocho años de trabajo manual, forzado. Tenía el cuerpo acabado, y los hombros, encorvados. "He estado en el merito infierno, pero los hijos de perra no lograron matarme," dijo con una profunda satisfacción. Las manos estaban cubiertas de callos, cortadas y raspaduras. Todo el sufrimiento de esos ocho años se le había quedado marcado en la piel. Por la tarde, exhausto por todas las emociones y atenciones manifestadas, se tiró sobre la cama de Esperanza y dejó caer todo el peso de su cuerpo, como un leño.

Mientras dormía, Esperanza estudiaba su ropa. En el bolsillo derecho del pantalón sacó varias páginas de una libreta. Las hojas estaban llenas, en ambos lados de cientos de palitos escritos en lápiz, en columnas de siete en siete. La esposa las vio y se le hizo un pecado pensar que cada una de ellas significaba todo un día de un buen hombre, desperdiciado.

Después de observar el trato inclemente que había recibido el padre en la prisión, Inocencia se había arrepentido de hacer un trato con María Teresa. Por largo rato se daba vueltas en la cama pensando en alguna forma de no cumplir con la promesa que le había hecho a la Señora. La verdad es que hacía años que no tenía deseos de saber nada sobre la familia De las Casas. Pero, ahora, la situación había cambiado. Diego venía en camino y una vez que estuvieran juntos…todo podría suceder. El sol la sorprendió absorta. Luchaba por dentro en reconciliar dos fuerzas poderosas que la tiraban en direcciones opuestas.

Escuchó una dulce voz que salía del cuarto de sus padres: era la voz de Esperanza, entonando con una voz melodiosa, una vieja canción de amor. En seguida escuchó la voz de un hombre libre, que la acompañaba. Terminada la melodía, los dos reían como niños. ¡Qué maravilloso era tenerlos vivos y unidos bajo su techo! El pensar en perderlos le causaba demasiado dolor. En unos segundos, recapacitó: obraría de una manera sensata y correcta aunque la sed de venganza la consumiera por dentro. Esa misma mañana se comunicó con María Teresa por teléfono:

—Señora, mi padre ha regresado como usted lo prometió. Mi madre y yo, al verle, no lo reconocimos. ¿Fue absolutamente necesario maltratarlo de esa manera?

La viuda, un tanto sorprendida por el tono autoritario de ésta, respondió:

—Se le ha da…do el trato que correspon…de a un crimi…nal.

—Mi padre me creyó muerta, a manos de su marido, quien cometió el primer crimen contra mí. No permita que el tiempo borre los hechos verdaderos de su memoria. En fin, no le hablé con la intención de abrir viejas heridas. Estamos dispuestos a presentarnos en su casa a la hora que usted disponga. Que Dios la perdone.

Después de un largo silencio, en voz baja, María Teresa respondió: "Estoy vie…ja y enfer…ma pero no he olvida…do los eventos del pasa…do. Comprendo perfectamen…te tu odio hacia mí. No voy a obligar…te a que vengas. Si aún quieres hacer…lo, presén…tense esta misma tarde."

El chófer de María Teresa se presentaba una segunda vez, para llevar a los Salvatierra, a la hacienda. Todos iban en sus mejores ropas, incluyendo al pequeño Adán quien vestía un traje azul, camisa blanca y corbata de moñito de color rojo, con zapatitos negros brillantes, muy bien peinado.

Subieron todos a la habitación de María Teresa a quien oyeron resollar con máximo esfuerzo. La moribunda había pedido que la incorporaran sobre la cama para poder ver bien a los Salvatierra. Quiso ver a Eusebio, primero, a solas.

El hombre entró. Caminó lentamente hacia ella y la vio, por primera vez, cara a cara. Lo que vieron los desconcertó a los dos. María Teresa laboraba al pronunciar las palabras:

—Euse…bio, mira nada más lo que he…mos hecho.

—Patrona, no fue mi intención matar al patrón. Lo hice porque pensé que él había matado a mi Negrita.

—Lo sé. La cul…pa de todo esto la tengo yo. Te he llama…do porque no quiero morir con el alma llena de remordimien…to. Perdó…name, Eusebio. No sé qué más decir…te.

—La perdono, patrona.

456

—Los voy a recompen...sar por toda la mise...ria a que los sometí.

—No hay necesidad. El recobrar mi libertad y estar con mi familia ha sido mi recompensa.

—Tú siempre tan orgullo...so.

—A los pobres, es lo único que nos queda.

—Gracias por venir. Nece...sito hablar con Esperan...za.

—Sí, señora. Con su permiso.

—Pasa, Euse...bio.

Esperanza entró:

—Espe...ranza. Mi fiel ami...ga. Mira en lo que fui a que...dar.

—María Teresa. No hable así.

—Quiero ajustar cuentas cont...igo. Te he hecho mucho mal y me arrepien...to. Jamás he conoci...do una familia tan unida y tan sensa...ta como la tuya. No importa por lo que los hemos hecho pasar, ustedes siem...pre salían a flote. Son inque...brantables.

—Ha sido la fe, Doña. La fe en Dios y el amor entre la familia que nos mantuvo en pie.

—La fe y el a...mor. Palabras tan senci...llas y tan podero...sas. Eso es precisamen...te lo que me hizo falta. ¿Por qué tuve que destruir to...do a mi paso antes de apren...der mi lección?

—No sé, Doña. Yo no soy Dios para juzgarla.

—He cometido tan...tos errores.

—Eso lo hemos hecho todos.

—Perdó...name, Esperanza.

—La perdono, Señora.

—Gracias. Y ahora si me permi...tes, necesito hablar con Inocen...cia.

Inocencia entró y se dirigió a un lado de la cama. Oía el respiro fatigado de María Teresa. En cada frase, imaginaba, se le iba acabando la fuerza.

—Inocen...cia. Tienes toda la razón para odiar...me.

—Podría hacerlo, Señora. Pero el odio es enemigo de la felicidad y desde que nació Adán, no ha cabido espacio en mi corazón para los malos sentimientos.

—Sé que tú y Diego se han ama...do desde siempre. Sé que podían haber sido feli...ces. He llevado ese remordimien...to desde su juven...tud. Diego regre...sa hoy. Tienen un hijo. Tienes a tus pa...dres y tantas sor...presas por delante y a mí no me queda na...da más que confesar mis peca...dos.

—No, Señora. Se equivoca. Su desprecio fue mi incentivo. He vivido una vida productiva. Tengo a mi hijo y a mis padres. Aún amo a Diego pero no espero nada de él. Con él o sin él, saldremos adelante.

—¡Ah! los Salva…tierra. Familia más sober…bia no he conocido. Conoz…co a mi hijo. Te conozco a ti. El instante que se vean, serán in…separables. Tienen un hijo y todo lo que yo no su…pe darles. No los dejaré desampa…rados. Esa será mi recompensa por todo el mal que les he he…cho. Sólo me queda pedirte per…dón.

—La perdono, María Teresa.

Por el semblante de la arrepentida asomó una sonrisa débil pero sincera. La confesión parecía haberle quitado un gran peso de encima.

—Gracias, hija, y ahora vete tran…quila que todo va a salir bien. He esperado este agasa…jo hace ocho años: estoy lista para conocer a mi nie…to.

Al entrar todos, María Teresa nada más tuvo ojos para ver al pequeñito quien llevaba en las manitas un pequeño ramo de rosas rojas.

—Adán…ven, acércate, pequeñi…to.

El niño se acercó con las flores en las manos.

—Gra…cias. Tus flores están muy lin…das. ¿Sabes quién soy?

—Sí, Señora. Usted es María Teresa…mi abue…lita.

—Eso es, Adán. Mira nada más, qué guapo vienes. Ven, acér…cate.

El niño se acercó tímidamente.

—Adán, soy la ma…má de Diego, tu padre. Un señor muy bue…no que vas a conocer muy pron…to.

—Sí, Señora. Me lo dijo mi mamá.

—¿Sabes? Tu papá tuvo que tomar un via…je muy largo, por eso no lo habías conoci…do, pero, una vez que regre…se, no te va a abandonar.

—Sí. Todo eso me lo explicó mi mamá.

—¿Te gusta la escue…la?

—Sí. Me encan…ta.

—¿Cuál es tu clase favori…ta?

—La aritmética. Me gustan mucho los números y también la lectura…y la geografía…y el dibujo.

—¡Ah! veo que eres un niño muy inteligen…te. ¿Te gustan los libros?

—Sí, señora.

—María Teresa se vio conmovida. Se le nublaron los ojos y mantuvo al niño muy cerca de ella por largo tiempo. Lo veía. Le tocaba la cara, las manos, el cabello. Pidió que lo sentaran en la cama a un lado suyo y comenzaron una larga charla.

—Abuelita, ¿por qué nunca ha ido a mi casa?

—Porque…no me he sentido bien.

—¿Por qué está en la cama?

—Porque estoy enfer…ma, hijito.

—¿Tiene la viruela? A mí ya me dio.

La abuela sonrió.

—No. Creo que es algo más.

—¿Le gusta el fútbol?

—No. Nunca fui buena para el depor...te.

—¿Y a mi papá...¿le gusta el fútbol?

—A tu papá le encan...ta el tenis.

—Y ¿cuándo dijo que iba a venir ese señor?

—Ya viene en cami...no. Viene de España. Es un país que queda muy le...jos.

—Sí. Mi mamá me enseñó todo eso en un mapa. ¿Sabe?, mi mamá también ha estado en España. Me enseñó las fotos. Me ha contado tantas cosas...cuando sea más grande me va a llevar a todos esos lugares.

—Estoy se...gura que sí.

En eso, María Teresa hizo un ademán con la mano. Las confesiones y su encuentro con el niño la habían dejado prácticamente sin respiro. Se sentía exhausta. Don Miguel bajó al niño de la cama. La abuela se despidió diciéndole, con los ojos llenos de lágrimas:

—Adán, cierra los ojos. Te tengo una sorpresa.

Don Miguel abrió la puerta de la recámara y entró. María Teresa le dijo al niño:

—Abre los ojos, hijito.

"¡Una bicicleta!" —exclamó el niño—de color rojo que brillaba de nueva, el último modelo con toda clase de aditamentos.

—Gracias, abuelita. Mami, es como las que anuncian en la tele. ¿Puedo montarla afuera?

—Sí, por supues...to—contestó la abuela orgullosa.

Eusebio tomó la bicicleta y la bajó por las escaleras hacia el patio.

Desde la cama, María Teresa escuchaba los gritos de gusto del niño que por unos minutos había disipado la tensión de aquel cuarto obscuro. Inocencia se le acercó al oído y le dijo:

—Gracias por el regalo de mi hijo. No tiene necesidad de comprar su cariño. Adán la hubiera querido, lo mismo.

—No me qui...tes la última ilu...sión que me queda. Yo sé, que a ningu...no de ustedes se les puede comprar. Esto es lo me...nos que puedo hacer por mi niete...cito.

María Teresa comenzó a resollar. Se ahogaba en sus palabras. Pidió que le abrieran la ventana y le trajeran una poca de agua. De inmediato mandó llamar al Padre Portela, quien había estado esperando en la sala y les pidió a todos la dejaran a solas con el confesor. Después de un largo rato, la moribunda arrepentida sellaba el solemne acto de contrición dolorosa con las célebres frases: "Mea Culpa, Mea Culpa, Mea Máxima Culpa," seguida por la Sagrada Comunión y la imposición de los Santos Oleos.

Los Salvatierra esperaban en la terraza. Isela, una joven supervisora tocó una campanita y de la cocina salió una joven asistenta de no más de dieciséis años, a paso apresurado y un tanto nerviosa.

—Buenos días—dijo la joven.

—Buenos días—respondieron en coro los visitantes.

—Luisa, trae una jarra de limonada con hielo y seis vasos—ordenó Isela.

—Ahora mismo.

Mientras esperaban, Esperanza abarcaba la casa con la mirada. Se inundó de tristeza al pasar la vista por todos los rincones que habían sido su segunda morada. Pensó que ocho años serían suficientes para olvidar detalles, pero la memoria y el corazón eran más necios de lo que imaginaba. Todo era igual, y al mismo tiempo, todo había cambiado. La cocina le pareció más pequeña y obscura; los muebles, más viejos. Observaba el movimiento en la cocina. Todos los trastos estaban en el mismo lugar, pero ni un buen olor salía de ella. Le pareció extraño no percibir olores propios de alimentos en su preparación. Por primera vez se sintió como espectadora; como quien ve una escena de teatro familiar desde el otro lado de la cortina.

Eusebio, asimismo, escudriñaba lo que en un ayer había sido su paraíso. No pudo ocultar la decepción al ver la falta de atención que reflejaba el jardín. Posaba la mirada en cada árbol y en cada flor. Recordaba los años y los mimos que había dedicado a ese pequeño edén. Veía las plantas y se desvivía por tocarlas, por acariciarlas. Suspiró hondo sin decir una palabra. Lentamente se acercó: tocó los pétalos de las rosas marchitas; posaba la mano por las ramitas secas que se quebrajaban bajo su roce. Al hacerlo, sintió una sensación de renacimiento; las flores, de igual modo, sintieron el toque cálido del amo. Pensó que si las flores pudiesen hablar, le hubieran preguntado: "Eusebio, ¿dónde has estado todo este tiempo? Tenemos sed."

La visita tuvo un efecto contrario en Inocencia. Fue la primera vez que tuvo unos minutos para recapacitar y mesurar lo simbólico de aquella tarde. Escuchaba los ecos distantes de las risas que en la infancia había compartido con Diego y Rosa Inés. De pronto le vino a la mente, su entrañable amiga. Hacía años que había fallecido y sin embargo, sentía la presencia de la flor marchita en todo lugar. Los recuerdos de Diego, luchaba por contenerlos lejos de la memoria. En unas horas, estaría a su lado. No temía verlo. Su voz la había confortado; no obstante, habían pasado ocho años bajo la sombra de un pasado silencioso. Salió a caminar hasta perderse entre los grandes arbustos. A cada paso le acosaba un pensamiento. Aquí fue donde...de niños, jugábamos Rosa Inés y yo a las muñecas. Allá fue donde aprendí a cabalgar...debajo de aquel árbol fue donde...me besó Diego por primera vez. El segundero del reloj latía en un tic tac ensordecedor que le retumbaba en las sienes, en el pecho, en los oídos. En una vuelta de página volvía a su adolescencia y le parecía escuchar las risas de los dos hermanos jugando a las escondidas o recitando las tablas de multiplicar. El tiempo, una vez más, aquel elemento plástico, como resorte que jugaba con su inconsciente. A lo lejos vio a Adán, paseándose en el juguete y en ese reflejo regresó a la infancia: ella tenía siete años y veía a Diego venir hacia ella en una bicicleta nueva, y al pasarle a un lado, jalarle la trenza diciéndole: "Aguas, Inocencia, que te llevo de paso."

No pudo más. Buscó un lugar solitario, escondió el rostro en las manos y se soltó llorando como hacía mucho tiempo no lo hacía.

Pasaban las horas y Diego no aparecía. Inocencia sorprendió a Esperanza charlando animadamente, compartiendo uno que otro secreto de cocina con la joven aprendiz. Se había sentado en el rincón favorito de la cocina, donde solía descansar y tomar un poco de sol. Eusebio, se encontraba en el jardín; su impaciencia lo había conquistado. Había tomado unas herramientas de jardinería y con el mismo entusiasmo de siempre podaba uno de los rosales en la terraza en la que Esperanza solía amamantar a Inocencia en su infancia.

Obscurecía; el médico que no se había separado de María Teresa durante las últimas horas, pronunció solemnemente:

—No podemos esperar más. La Señora necesita declarar su testamento. Le quedan minutos de lucidez. Se sintió una sacudida en la Casa Grande. Todos entraron al cuarto de María Teresa. La Doña haciendo un gran esfuerzo, llamó al abogado:

—Don Bartolomé...acér...quese por favor.

Este se acercó con un portafolio. Leyó algunos párrafos de un documento que María Teresa le había dictado con anticipo:

"Quiero hacer mi testamento, que todo conste por escrito. Los aquí presentes actuarán como testigos:

Por medio de éste hago saber a todos que en este día, en pleno dominio de mis facultades mentales, autorizo a mi abogado que, de ahora en adelante, nombre como Señores y Dueños de mis bienes y propiedades a mi primogénito y único hijo, Diego, ausente; a mi nieto, Adán Salvatierra hijo y único sobreviviente de mi hijo, Diego, en partes iguales: el cuarenta por ciento de todos mis bienes a cada uno. En caso de la muerte de mi hijo, Diego, nombro a mi nieto, Adán Salvatierra como mi único Heredero Universal. Hago constar, además, que mientras Adán cumpla 21 años, la mayoría de edad, Inocencia Salvatierra, madre de Adán, actuará como ejecutora del testamento, Señora y Dueña de todas mis propiedades. El diez por ciento lo heredo a mi brazo derecho, mi confidente y mayordomo, don Miguel Alvarez y a su esposa Anatalia, y el diez por ciento restante, lo heredo a Esperanza y a Eusebio Salvatierra, en agradecimiento a ambas familias por toda una vida de conducta intachable y servicio fiel. Es mi firme decisión y deseo."

Aquellas palabras traspasaron los corazones de los presentes de una sola estocada. Un silencio mortal cayó sobre el cuarto. Los ojos de los asistentes seguían la punta de la pluma que María Teresa tomaba en las torpes manos y con puño indeciso, trazaba su nombre, trabajosamente, sobre la hoja en blanco. Los Salvatierra se encontraban completamente desarmados frente a la Señora de las Casas, sin encontrar forma de expresar su asombro. Aún no salían de su estupor, cuando afuera, se oyó el rodaje de un coche que entraba a la hacienda a toda velocidad. Inocencia, obedeciendo a su corazón, salió corriendo. Al bajar por las escaleras, vio que de un fuerte golpe se abría la puerta. Ante el umbral se cortaba la figura familiar de un hombre. Este entró y vio a una mujer a media escalera que corría hacia él:

—¡Diego!

—¡Inocencia!

Corrieron el uno hacia el otro desembocando todo su amor en un abrazo férreo cuya sinergía se sintió por toda la casa. Diego la cubría de besos. Inocencia interrumpió el apasionado encuentro:

—Tu madre está en agonía. Sube antes que sea demasiado tarde.

Diego corrió a la habitación de su madre. Al tenerla cara a cara, no la reconoció. Se encontraba frente a una mujer prematuramente avejentada, canosa, de cara amarillenta y ojos hundidos que luchaba por respirar.

—¡Mamá!

—Die…go, hijo. Gra…cias a Dios que me per…mitió verte una vez más. Te he estado esperan…do.

—Lo sé, mamá. Perdona la tardanza. Estaba muy lejos.

—¿Dón…de habías esta…do todo este tiem…po?

—Por todas partes. Le he dado la vuelta al mundo, trepado en barcos, haciendo un poco de todo, buscando un poco de consuelo.

María Teresa cabeceaba, buscando la cara de su hijo. El aliento era forzado, casi inteligible. Habló lentamente:

—Ha si…do mi cu…lpa. Te he conde…nado a ocho años de destie…rro. Mira, cómo has cam…biado.—Le tocaba el pecho amplio y los brazos fuertes—. Ya eres todo un hom…bre. He sido la peor de las ma…dres. Diego, por poco me vuel…vo loca. Dime que me perdo…nas, hijo. Dímelo antes que mue…ra.

El hijo le tomó las manos y se las besó. La sintió esquelética y fría. Por el cuerpo le corrió un escalofrío.

—Te perdono, mamá. Yo también te debo una disculpa. Te ofendí. Perdóname. Estaba lleno de amargura.

—No tengo nada que per...donarte...Diego, te tengo una sorpre...sa.

Sonó la campanita. En eso entró Inocencia de la mano de Adán. Diego se puso de pie y ante él vio a un pequeño que llevaba puesta su cara.

—¿Quién es este niño?

—Es Adán. Tu hijo.

—¿Mi hijo?...¿Cuándo tuve yo un hijo?

—Hace ocho años. Pregúntame quién es la madre.

—Inocencia. ¿Tú? ¿Tu tuviste un hijo mío?

—Sí, Diego.

—¡Dios mío! Esto no es posible.

Diego se acercó a Adán y lo estrechó fuertemente en sus brazos:

—Esto es un verdadero milagro. Se acercó a Inocencia y le dio un beso en los labios:

—Gracias, Morena, por este regalo.

Adán le preguntó:

—¿Es usted Diego...mi papá?

—Sí, Adán.

—¿Por qué se tardó tanto tiempo en venir a vernos?

—Porque no sabía que habías nacido. Tu mamá me había estado guardando esta sorpresa para cuando regresara.

—¿Le gusta el fútbol?

—Sí. Me gusta todo lo que te guste a ti.

Inocencia se acercó al niño y le dijo a Diego:

—Ya habrá tiempo para que conozcas a tu hijo. Por ahora, tu madre te necesita.

Diego le dio un beso a Adán y le dijo:

—Hijo, ha sido un placer conocerte. En unos minutos estaré contigo y hablaremos de lo que quieras.

—¿Se va a volver a ir?

—No. Esta ves me quedaré hasta que tu madre y tú se cansen de mí.

Diego volvió al lado de María Teresa.

—Hijo, promé...teme que no volve...rás a irte por tanto tiem...po. Todos aquí te necesi...tan.

—Te lo prometo.

—Les he cau...sado demasia...do daño, pero estoy dispuesta a pagarl...es con creces. De ahora en adelan...te, no tendrán que preocupar...se por nada.

—Mamá. Eso no es necesario.

—Lo es, para mí.

En seguida, le pidió a su secretaria que le trajera un joyero grande y pesado que descansaba sobre el tocador. Del joyero sacó dos argollas macizas de oro y un anillo con un diamante impresionante cuya piedra preciosa reflejaba un prisma de brillantes colores. Después, María Teresa dijo:

—Quiero que todos los presentes sean tes…tigo de este acto.

Tomó las tres joyas y se las dio a Diego, diciéndole:

—Cásense y sean felices como yo no supe serlo. Este es mi regalo de nupcias para ustedes. No lo rechacen. No soportaría el insulto.

Diego tomó los anillos y le respondió a su madre:

—Te prometo, mamá, que si Inocencia me acepta, uniremos nuestros lazos para siempre.

—¿Por qué no se lo pregun…tas, ahora mis…mo? Este será mi últ…imo deseo. Quiero dejarlos uni…dos, en matrimo…nio como siempre lo desearon.

Diego, temiendo que el tiempo le ganara, tomó a Inocencia de ambas manos y viéndola directamente a los ojos, le dijo:

—Inocencia, te amo. ¿Aceptarías casarte conmigo?

—Sí, acepto.

La moribunda tomó las argollas que le bailaban en las manos. Con toda paciencia, ella misma las deslizó, una a una, en los dedos anulares de los novios. Les dio la bendición diciendo:

—Que Dios ben…diga esta unión y me perdone por haberme inter…puesto entre este hombre y esta mujer que nacie…ron para amarse.

Dejó exhalar un prolongado y hueco suspiro:

—Gracias, Dios mío por per…mitirme vivir este momento. Ya pue…do morir tranquila—y al decir esas palabras, cayó extenuada en la cama.

El médico corrió a su lado. Le tomó el pulso y meneó la cabeza. Diego observó la cara de angustia del doctor. Inocencia sacó a Adán del cuarto y le dijo que se fuera a pasear en la bicicleta.

María Teresa comenzaba a mostrar los primeros síntomas de delirio: aparentaba entrar y salir de la dimensión desconocida para los mortales, diciendo frases sin sentido. Llamaba a Rodrigo, a Rosa Inés, y a su madre. Con Diego a su lado, en un sollozo moribundo, suplicó:

—Perdóname, hijo.

—¡Mamá! ¡No te vayas. No me abandones ahora que comenzábamos a conocernos!

El hijo doliente escondió la cabeza en el regazo de su madre, y lloró abiertamente, como un niño.

Afuera se oía la risa de un pequeño que, montado en una bicicleta nueva jugaba alegremente dándole vueltas a la enorme fuente, cuya caída de aguas cristalinas se confundía con los llantos que de aquella grande ventana, escapaban.

Esa misma noche, una vez que los hombres habían salido de los aposentos de la fallecida, la señorita Mendivil se dispuso a seguir las instrucciones de la Señora al pie de la letra. María Teresa había indicado que fuera de la familia, no deseaba ser vista por ninguna persona hasta que su cuerpo luciera en óptimo estado, como lo había hecho en su juventud. Pidió que Inocencia, Esperanza y Anatalia le dieran un baño de toalla, le cubrieran el cuerpo con cremas y rociaran la piel con perfumes seleccionados por ella misma; le peinaran el cabello y la vistieran en un vestido rosa pálido, de seda y encajes holandeses que se había hecho hacer para ese fin; y la maquillaran con discreción.

Las tres mujeres escuchaban en silencio y en completo desconcierto, mientras la secretaria leía la hoja con apuntes minuciosos. Era una tarea descomunal. La secretaria les mostró dónde la Señora había dispuesto que se llevara a cabo la labor y sin mostrar ninguna seña de desacuerdo, las cuatro mujeres se dieron a tan delicada tarea. El cuerpo de María Teresa yacía flácido y amarillento, comido por la angustia y la enfermedad. Esperanza e Inocencia le tomaban los brazos y mientras le tallaban suavemente la piel suelta, rezaban en voz baja el rosario. ¡Qué sensación tan extraña aquélla! Tenían el cuerpo indefenso de una mujer que tanto tiempo desearon ultrajar, y ahora ella misma se les había ofrecido, sin inhibición alguna. En sus pellejos veían el desgaste al que había sucumbido. ¿Dónde había quedado aquella figura robusta, y altanera? ¿Dónde había quedado la jactancia…la injusticia? ¡Cómo desearle mal ahora que yacía exánime, a la merced de su voluntad!

Anatalia y Consuelo observaban cómo la madre y la hija laboraban sobre aquel cuerpo inerte, sin ningún reproche, sin ninguna queja, como si la muerte de María Teresa hubiese esfumado todo resentimiento acumulado en ellas por tantos años, con una resignación y paz ejemplar. La asistenta le dio el último toque a la patrona fallecida colocándole un par de aretes, un collar de perlas y las argollas matrimoniales. Al verla vestida de seda, Esperanza le comentó a Inocencia: "¿Para qué tanta vanidad, mi'jita?, ¿Para que se la coman los gusanos?"

Al salir los primeros rayos del sol, la Señora De Las Casas había vuelto a renacer. Entre las cuatro mujeres habían logrado inyectarle una poca de savia a aquellas carnes que se mantenían unidas a base de productos de belleza, alfileres, olanes de seda y encajes, tal y como lo había hecho la difunta en mejores épocas.

Al terminar la faena, Esperanza, Inocencia y Anatalia estaban exhaustas. La señorita Mendivil les dio las gracias y las invitó a pasar al desayunador donde las esperaba un desayuno en forma. Ninguna de las tres mujeres tenía apetito alguno. Sólo tomaron un café.

Diego y Adán se habían quedado dormidos, abrazados, en el sofá de la sala. Esperanza buscaba a Eusebio a quien encontró, hablando con los jardineros. María Teresa había dejado instrucciones que éste se hiciera cargo de un enorme ramo en forma de corazón hecho de rosas rojas, frescas, que colocaran sobre el ataúd, así como de los ramos, coronas, y demás decoraciones que requeriría la sala, la iglesia y su última posada. Obviamente, cuando recobraba la cordura, María Teresa se había tomado mucho tiempo en preparar y organizar su último evento social y quiso asegurarse que todo saliera a la perfección, hasta el último detalle.

Diego despertó de un profundo sueño. Abrazó a Inocencia con infinita ternura y la acercó hacia él.

—Inocencia.

—Buenos días, amor. Necesitamos regresar a casa. Mi madre y yo hemos estado en pie toda la noche. Si tú supieras por lo que hemos pasado.

—Lo sé, preciosa. No sé cómo agradecerles. Quédense aquí y descansen. Hay varias recámaras desocupadas.

—Ni mi madre ni yo nos sentimos cómodas aquí. Hay demasiados recuerdos.

—Inocencia, desde hoy todo ha cambiado. Somos los dueños y podemos hacer de esta casa lo que queramos.

—Eres muy noble, pero, todo ha pasado tan de prisa. Me siento agotada. No quiero dejarte pero creo que por ahora eso sería lo mejor. Nos veremos esta noche.

—Morena de mi alma. He esperado tantos años para amarte abiertamente y mira bajo qué circunstancias fuimos a lograrlo.

—Sí. Tienes razón. En una salida y puesta del sol todos nuestros destinos han cambiado. ¿Quién iba a decir que en escasos cinco minutos tu madre iba a unir lo que luchó, más de veinte años por desunir? A fin de cuentas, María Teresa se salió con la suya.

—No lo veas así. Lo que sucedió anoche fue simplemente un formalismo. No pretenderías que le hubiese negado a mi madre su último deseo, especialmente tratándose de nuestra felicidad.

—No. Pero, desde la tumba, nos sigue jalando los hilitos, como marionetas.

—Morena, no exageres. Tú y yo podemos reanudar nuestras nupcias cuando mejor nos parezca. Somos libres, nos amamos, tenemos el futuro asegurado. ¿No te parece eso maravilloso?

—Sí, pero en el fondo, seguimos siendo los mismos.

—Pensé que la herencia que nos ha dejado mi madre te haría feliz.

—Tu amor y el de mi familia es lo que me hace feliz. El dinero, sale sobrando.

—Inocencia, has cambiado.

—Sí. Los golpes que he recibido me han hecho ver las cosas desde una perspectiva diferente. Ya no veo la realidad con gafas color de rosa.

—Lo sé, Morena, pero eso se acabó. Mira, ve a Adán afuera corriendo y jugando entre las flores. Es un nuevo amanecer, para todos.

—Quizá, pero por ahora estoy fatigada. Necesito descansar.

—Lo sé. Vayan a casa y descansen. Cumpliré con mi madre. Después tendremos mucho tiempo para lo nuestro.

—Sí, Diego. Y en cuanto más pronto suceda, mejor para todos.

Se despidieron con un beso lleno, en la boca. Al salir Inocencia de la casa, Diego se quedó pensativo. La madre de su hijo era una mujer autosuficiente, de cuerpo y espíritu hecha y derecha.

Mientras que un grupo de familiares, como gallinas descabezadas, trataban de acatarse a las últimas exigencias de la Doña, ésta, yacía tranquilamente en sus aposentos, embalsamada en delicadas fragancias y sedas extranjeras, y desde una órbita celeste, en compañía de seres queridos, reía a sus anchas observando la alteración que su muerte, a un grupo de pobres mortales, por última vez, había importunado.

El cuerpo de María Teresa fue velado en medio de la gran sala de su casa, la cual lucía como un jardín en primavera. Don Miguel impuso tres días de luto obligatorio a todos los empleados de la hacienda. Durante el dolo oficial, fuera de un grupo reducido de familiares y amistades que entraban a presentar sus últimos respetos a la dama finada, ni una hoja se movía. La hacienda permaneció impasible. Una extraña energía de paz y tranquilidad reinaba por todas partes. Pendía un ambiente espeluznante, como si la vegetación misma estuviese expresando su desahogo en un lenguaje mudo, como un bálsamo mitigante.

Al tercer día, después de una misa a cuerpo presente presenciada por un puñado de familiares y empleados, el cortejo fúnebre recorría las calles de la ciudad, en un silencio lúgubre, seguidos por chiquillos descalzos, metiches, y una audiencia morbosa que miraba pasar los restos de una mujer cuyo nombre, por generaciones, habían relacionado con dinero, influencia, política y tragedia. "Mira nada más dónde fue a quedar la famosa y temida patrona de la hacienda," le decía una mujer a otra, "en una triste caja de madera, como cualquiera. Y pensar que siempre vivió en una mansión llena de lujos." La carroza negra seguida por una docena de limosinas se abría paso rumbo a la entrada de la hacienda, como una hilera de mochomos camino al hormiguero. El Padre Portela pronunció una breve oración de despedida. Diego, flanqueado por Inocencia y su hijo, lo observaba todo conteniendo el llanto que le golpeaba el pecho. Después, el ataúd fue colocado en una fosa, entre la tumba de Rodrigo y Rosa Inés, en el campo santo privado como había sido la costumbre de la familia De las Casas.

Los restos de María Teresa fueron depositados en el fondo de la fosa. El ataúd fue desapareciendo polvo a polvo y confundiéndose con el subsuelo que lo consumía, por los puños de tierra de todos quienes habían acudido. Debajo de un árbol, a corta distancia, vestidos de negro y tomados de la mano, observaban el acontecimiento dos viejos y fieles sirvientes de la fallecida.

Veintiuno

Hasta que la Muerte nos Separe

Pero el paso arrollador del tiempo no respeta nada. El presente tiene una manera insólita de imponer su voluntad sobre todo; incluso ante la muerte misma, a quien ve como un ciclo de constante regeneración de la madre naturaleza, tan sencillo y tan natural como la semillas nuevas que florecen y dan fruto sobre capas de sustancia muerta.

Mientras que mantos de polvo y tierra cubrían la lápida de María Teresa, una alfombra nueva de césped verde y fresco cubría el suelo seco en los jardines rejuvenecidos por manos de Eusebio.

Aún no se levantaba el luto obligatorio ordenado por don Miguel, cuando, uno a uno, se fueron alzando los velos de aflicción y se fueron reemplazando con una nueva energía palpitante, que corría por la sangre de todo empleado y se desparramaba de boca en boca como el auspicio de un nuevo despunte.

La hacienda se vistió de colores de júbilo. Por doquiera se respiraba un ambiente de gozo y bienestar, como si todo, desde la maquinaria durmiente, hasta la florecilla más delicada, hubiesen reconocido que algo simbólico estaba sucediendo.

Una vez pasado el sepelio, Diego habló con Inocencia:

—Morena. No quiero estar alejado de ti. Casémonos ya, por la iglesia, de una vez. Organicemos la fiesta más grande que estas tierras jamás hayan visto. Quiero que vengan todos a compartir nuestra buena ventura.

—Diego: No tienes idea de lo que dices. En cuanto se entere mi familia, no vamos a tener un segundo de descanso. Mis padres han estado en ascuas, esperado esta celebración hace muchos años. ¿Estás seguro que tienes la energía para llevar a cabo esta hazaña? Piénsalo bien, recuerda que te lo advertí.

—Sí. Lo he pensado bien. No me importa cuánto tiempo requiera. Quiero que tengamos una boda que haga a la gente despolvar sus trajes negros, hacer planes para venir meses antes, sufrir una cruda de las que se arrepienta el invitado, y hacer tanto ruido que se hable por meses después. De ésas bodas quiero yo, para nosotros.

—Diego, te desconozco. Tú, que te burlabas de María Teresa por sus exageraciones, ¿ahora quieres tener una pequeña revolución el día de nuestra boda?

—Sí, ese mero.

—¿A qué se debe ese cambio de actitud?

—A ti, Inocencia. Tú y Adán me han forzado a ver el lado positivo de las cosas. Ya no tengo miedo de ser feliz y de gritarlo a los cuatro vientos: ¡Te amo, Inocencia!

—Yo también te amo.

—Mañana mismo fijaremos la boda y le informaremos a nuestra comunidad.

—Casémonos, pues, y compartamos nuestra dicha con todo el mundo.

A la mañana siguiente, durante el desayuno, Inocencia y Diego, les anunciaron:

—Papá, mamá: Diego y yo tenemos algo muy importante que decirles.—La madre paró oreja—: Queremos casarnos por la iglesia.

Esperanza y Eusebio pegaron un grito, y comenzaron a bailar por toda la cocina dando brincos de alegría:

—¡Una boda! ¡Los felicito! ¿Cuándo Negrita?, porque acuérdate que necesitamos tiempo para ver, qué platillos te voy a preparar.

Esperanza corrió hacia un rincón de la cocina donde Inocencia le había instalado una repisa con una colección fabulosa de libros.

Eusebio, igualmente emocionado, fue a su cuarto y salió con unos planos de los jardines que hacía tiempo había estado trazando—por si las dudas—dijo, con una risa socarrona. En estos planos se encontraban los patios cubiertos con cupo para quinientos invitados, así como espacio reservado para una barra al aire libre, orquesta, y varias hojas más con dibujos en todo detalle de ramos y ramilletes ya listos, aun el tipo, tamaño y color de las flores que era necesario plantar para que todas las flores estuviesen en su punto.

Esthercita, muy escurridita, sacó una libreta llena de dibujos que había estado recortando de revistas—hacía varios años, dijo—por si acaso fuera a necesitar diseñar y coser el vestido de novia con el que siempre había soñado. De una bolsa sacó varios retazos de tela, de colores blancos y aperlados, y los acercaba a la cara de Inocencia para ver qué color le quedaba mejor.

Inocencia y Diego se quedaron perplejos. Diego, con la boca abierta, dijo:

—¡Ah caray!, pensamos que esta noticia les iba a caer a todos de sorpresa.—A lo que Esperanza respondió:

—Mi querido Diego: sabe más el diablo por viejo, que por diablo. A propósito, necesitamos una fecha y el número de invitados.—Eusebio se les adelantó:

—No más de quinientos invitados, por favor. Porque como ustedes ven, en los patios no hay cupo para más.—Esthercita interrumpió con mucho tacto.

—Que no sea antes de seis meses porque necesito tiempo para bordar el vestido y el tocado.

Diego respondió:

—¿Por qué no se lo dejamos a ustedes que decidan, porque obviamente, Inocencia y yo no tenemos que hacer ninguna decisión. Lo único que tenemos que hacer, es presentarnos ante el altar. No es verdad, mi adorada noviecita?

—Así, es.

Antes de salir, todos decidieron: El Domingo de Pascua Florida. Sí, ese fin de semana nos conviene a todos. ¿Les parece?

—Nos parece—respondió Diego, sin oponer resistencia alguna.

—Bien. Ahora, terminen de desayunar y déjenme la cocina libre para tener una junta esta misma tarde con mis asistentas. Para mañana a estas horas, tendrán el menú completito, de lo que vamos a servir en el banquete de la boda. Ah, Diego, no te olvides. Apártame seis de las vacas más gordas y lozanas que tengas para una suculenta barbacoa.

Diego se quitó el sombrero y le hizo una caravana:

—Como ordene la Gran Jefa.

Esa misma noche Diego hablaba con su padre:

—Joaquín: Esta es la llamada que ha estado esperando. Prepárese para venir a pasar las vacaciones de Semana Santa con nosotros. Inocencia y yo nos casamos el Domingo de Pascua del próximo año.

—Los felicito, hijo, de todo corazón. Ahí estaremos sin falta.

La hacienda se vestía de una anticipación latente. Llovieron las invitaciones, llegando a sus destinos en todos los rincones del mundo cuyas huellas la pareja había dejado: México, California, España, e Inglaterra.

Cientos de personas, entre ellas los compañeros de la preparatoria de Inocencia, recibían aquel sobre grande, grueso y blanco, y al abrirlo se quedaban con la boca abierta: "Finalmente, se casan Diego e Inocencia."

Una semana antes de la boda, la hacienda mostraba ya todos los indicios de un acontecimiento portentoso. Como goterita comenzaron a llegar parientes e invitados de todas partes. De domingo a domingo se celebraban encuentros emotivos, de viejos recuerdos y felicitaciones recíprocas. De España llegó Joaquín acompañado de su familia. Joaquín y Diego se unieron en un lazo espontáneo y emotivo.

—Diego, ¡qué orgullo estar aquí y compartir con vosotros este acontecimiento!

—Joaquín...

—No, Hijo. No soy Joaquín. Puedes decirme padre. Ya no somos dos extraños.

—Tiene razón...padre.

Poco después llegó Pilar. Al verla, Inocencia corrió y le dio un abrazo tan fuerte que las hizo prorrumpir en lágrimas.

—¡Mejicana! ¡Qué alegría verte! No sabes por lo que hemos pasado pensando que...andarías con los angelitos.

—¡Pilarica! Los malos tiempos ya pasaron. Déjame verte. Mira, qué bien te ha asentado el matrimonio. Te ves más guapa que nunca.—Las dos hablaban a la vez. Diego y David las observaban, intercambiando impresiones. Inocencia volteó hacia Diego y le dijo:

—Diego te presento a Pilar, mi compañera de apartamento en Madrid, autora de muchas aventurillas.

—MMMMM, me imagino. Dos chicas guapas y solteras haciendo la ronda por aquella ciudad intoxicante. Me están dando unos celos tremendos.

Pilarica le dio un abrazo fraternal con una risita maliciosa:

—Bueno, sí, la verdad es que la pasamos de maravilla, pero nunca nos pasamos de la raya, ¿no es cierto, Mejicana?—en eso, Inocencia dejó de reír y en tono más serio, le dijo a Diego:

—Amor, te presento a David, el esposo de Pilarica...tu hermano.

Diego le extendió la mano en un saludo cordial. David lo aceptó e inmediatamente lo abarcó en un abrazo fuerte y efusivo.

—Diego, somos hermanos. Entre nosotros no hay necesidad de formalismos.—La sonrisa abierta de David derritió todas las dudas de Diego.

Luna y su novio Patrick, llegaron más tarde. Diego y ella se saludaron con mucho cariño, como el renacer de un sentimiento puro que hacía años creyó haber perdido. Ante la chica se mostró notablemente conmovido:

—Luna, me parece un siglo que no he sabido de ti.

—Diego, has cambiado tanto. Te recordaba como a un joven idealista y paliducho y mira nada más, vine a encontrarme con—dándole palmaditas en los antebrazos—todo un hombre.

Luna le presentó a Patrick, un hombre joven de cabellera abundante, de tinte rojizo y un tanto despeinado, quien le dio un apretón de manos con un espontáneo saludo:

—*Diego, you lucky devil. It's so nice to finally meet you.*

En una sola frase de un acento marcado, un tanto empalagoso, Patrick lo había regresado a su juventud emancipada en Cambridge. No pudo evitar sentir un chisguetito de nostalgia por aquel país que ahora le parecía tan distante.

Por el resto de la tarde continuaron las presentaciones entre ambas familias. Esperanza, luciendo un ajuar nuevo, desde peinetas hasta zapatos del mismo color, con una mano saludaba y abrazaba a los nuevos miembros de la familia de Diego y con la otra, daba órdenes a media docena de asistentas que entraban y salían de la cocina con charolas llenas de aperitivos y refrescos, inundando a los huéspedes con su cálida hospitalidad. Por toda esa semana, las puertas de los hornos dobles se abrían y cerraban en la preparación constante de carnes, panecillos, tortas y pasteles. Al entrar los invitados en la casa, se sentían atraídos como imanes hacia el rincón de Esperanza, olfateando como perritos los apetecedores olores que escapaban. La cocina de Esperanza fue el sitio predilecto de reunión. Lucía, intrigadísima por la elaboración compleja de platillos exóticos para ella, pasaba horas enteras observando a las jóvenes trabajar la masa, echar las tortillas, pelar chiles, preparar las salsas. Entre probadita y probadita se hizo amiga de Esperanza a quien acosaba con miles de preguntas. La madre de la novia estaba en su mero mole. Jamás se había sentido tan halagada por tanta gente extraña.

Esa noche, mientras cenaban, Diego observaba a los comensales y se pinchaba. No podía creer que tanta buena suerte le hubiera caído, como un chapuzón veraniego en suelo árido. Ahí estaban los miembros de su nueva familia, cada trocito de una fibra y color diferente; resistente; sostenido uno del otro por simples puntadas que, como piezas al azar, habían caído en el lugar preciso, de algún tejedor de manos intangibles. Cuando nació Adán, él e Inocencia habían traspasado lo desconocido por medio de una hebra invisible que se extendía hacia el infinito.

Por las mañanas, Diego sorprendía a su padre platicando con Eusebio sobre el cultivo de una huerta de hortalizas. Hacía tiempo que él había deseado hacerlo—comentaba—pero nunca había encontrado el tiempo para hacerlo. Eusebio lo escuchaba:

—Sabe, Joaquín, el plantar hortalizas es como la crianza de un niño: lo más importante es fertilizar la tierra debidamente; después, con un poco de agua, sol y cuidados, las frutas y las verduras crecen solitas—mostrándole los jitomates grandes, tan rojos y lozanos que parecían niños chapeteados, y las calabacitas que cortaba fresquecitas—. Joaquín lo veía, meneando la cabeza.

Por las tardes, Diego llevaba a la familia en el camión mostrándoles la belleza y amplitud de las tierras en todo su esplendor. Estos nada más volteaban de un lado al otro intentando abarcar todo con la mirada sin cansarse de repetir:

—Diego, ¿todo esto es vuestro?

—Sí, padre.

—Caray, hijo. Eres muy afortunado. Cuando te referías a la hacienda en Madrid, jamás imaginamos que fuese a ser un territorio de esta magnitud. ¿Por qué no querías regresar aquí? Esta es una minita de oro.

—Lo es ahora, pero antes lo veía como una extensión de la avaricia de mis padres y no soportaba convertirme en una prolongación de ellos.

—Vaya, pues, había oído decir que en Méjico había hacendados ricos, pero nunca percibí nada como esto.

Diego lo observaba. No lo había hecho con la intención de presumir de su riqueza, simplemente quería hacerlo sentir partícipe de su buena fortuna. Durante la conversación, le expuso a Joaquín la idea de que él y Lucía permanecieran en la hacienda temporadas largas cada año para llegar a conocerse mejor. Joaquín, sin pensarlo dos veces respondió:

—Claro que sí, hijo. Por supuesto.

—Somos tus padres y de una manera u otra, compensaremos por los años perdidos. No podrás deshacerte de nosotros tan fácilmente.

—Eso espero.

A lo lejos vieron a Adán que cabalgaba hacia ellos, presumiéndoles a los primos su ejemplar. Al verlo, Diego clavó la mirada en aquel hombrecito cuya sonrisa, como plancha, automáticamente le evaporaba las arrugas que se le habían formado en la frente y en el alma. El niño imitaba a sus padres compartiendo con los hijos de Pilar y David, cuanto tenía. Pasaban horas jugando y correteando, llenando la hacienda una vez más, de risas infantiles.

El viernes por la tarde llegó otro tropel de invitados, de California. Como era de esperarse, llovieron los apretones, las palmadas, los besitos y demás muestras de cariño con que se manifiestan los encuentros entre viejos amigos. Cuando Julio e Inocencia se vieron, se lanzaron uno hacia el otro en un abrazo tan fuerte que le crujieron los huesos.

—¡Canela! ¡Mira nada más qué sorpresota nos has dado!

—¡Julio! Me caso con el hombre que amo. Soy la mujer más feliz del mundo.

—Lo creo, lo creo.

En eso apareció Verónica, muy bronceada y rechonchita. Se había casado con Roberto, un abogado, y había tenido dos niñas; el matrimonio y la maternidad la habían hecho toda una mujer—*a real woman, Sweetheart*— dijo, llevándose las manos sobre las petaquitas. Alma, finalmente había encontrado su media naranja, Vicente, y había tenido un niño. Las dos llegaron, como era de esperarse—le chismeó Julio—con maletas suficientes para pasar todo el verano. Al imaginárselas cargadas de cachivaches, Inocencia exclamó: "Veo que ninguna de las dos ha cambiado." Alma contestó:

—Canela, en las noticias oímos que te habías casado con aquel—*really good looking guy with a lot of dough*— que conocimos una vez. Mira la mosquita muerta. ¡Qué calladito te lo tenías eh?

Detrás de ella, estaba Diego:

—Ese hombre soy yo, señora. Encantado.

Alma se tapó la boca, disculpándose.

—Disculpe, *I'm soooo sorry, I mean*...no quise insultarlo.

—No se preocupe.

A Verónica le bailaban los ojitos como canicas, mientras decía:

—¡*Oh my goodness*, Inocencia! ¿todo esto es tuyo? Ijole, pues, como la hiciste, chiquita. Pásate la fórmula ¿no?

En una fracción de segundo, Inocencia regresó a la época de ingenua universitaria cuando las bromas de las compañeras la hacían desatinar; pero esta vez, no. Tomó los comentarios a la ligera, divirtiéndose a sus anchas de los improperios de ambas.

La señora Robles llegó con el marido, un poco más canosa, pero igual de optimista y un tanto más relajada:

—Canela, hija. ¡Qué alegría recibir tu invitación! Por fin, te encontraste alguien que te merecía. Que Dios te bendiga, mi entrañable discípula.

Al verla, Inocencia la estrechó contra su pecho con inmensa nostalgia:

—Dolores, siempre la he visto como una segunda madre. Su influencia me ha enriquecido de tantas formas. Jamás podré pagarle por su bondad.

—Tonterías, hijita. No me debes nada. El estar aquí y ser testigo de este acontecimiento es mi recompensa.

—Dios nos ha visto con buenos ojos. Mírenos ahora, rodeados de tantas bendiciones. Al tenerla aquí, mi dicha es completa.

Ese fin de semana en la hacienda se llevaron a cabo pequeñas reuniones familiares. Esperanza y Esthercita, traían a media docena de jóvenes cocineras ocupadísimas preparando aperitivos, antojitos, comidas, postres y bebidas, del amanecer al anochecer. La casa rebosaba de gente y de regalos, en un ambiente que ebullía de contento y se desparramaba por todos los confines contagiando a cuanta persona ponía pie en aquellas benditas tierras.

———————— *** ————————

El Domingo de Pascua tocaba a las puertas de los enamorados con toda majestuosidad, coronado de un arco iris silvestre. Esperanza había escogido la cima de la primavera. Muy temprano, Diego, Inocencia y Adán cabalgaron hacia el camposanto de la familia, llevando tres ramos de flores frescas y depositándolos sobre las tumbas de Rodrigo, María Teresa y Rosa Inés. Al despedirse, se vieron envueltos en una ráfaga de un viento suave, que les acariciaba la cara. Se persignaron, subieron a los caballos y regresaron a la hacienda donde todo un equipo de belleza, esperaba impaciente a la novia.

Alma y Verónica estaban ahí, con todo un maletín de instrumentos y pomos de belleza. Ambas habían ofrecido sus servicios de peinadoras y maquillistas con tal insistencia que Inocencia no tuvo el valor de rechazarlas. "Ya te traíamos ganas, Canela. Esta vez no te nos escapas. No nos importa si tienes más lana que un rebaño de borreguitas." En un dos por tres, la maquillaron, la peinaron, y le hicieron manicure y pedicure.

Inocencia no supo a ciencia cierta a qué hora habían decidido que estaba lista. Sintió chisguetitos de perfume por todo el cuerpo. Finalmente, le dieron un espejo para que se viera: era su cara pero el esfuerzo de las estilistas no había sido en vano. Madre santa, ¿ésa soy yo? cuando se sintió como un trompillo girando por todo el cuarto: la vistieron con prendas de seda, manteniéndola en constante movimiento hasta que llegó la tía Esthercita, luciendo un hermosísimo vestido de novia que por meses había estado cosiendo y bordando, con la pericia y sumisión de un santo. La novia atolondrada recibió los últimos toques a manos de Esperanza: un juego de perlas en forma de aretes, collar, pulsera, y un perfume delicado: a todo esto agregaron algo viejo, algo nuevo, algo azul. La obra maestra de las cuatro artistas quedó lista: Inocencia era el retrato vivo de una novia de película.

Por su parte, Joaquín, David y Julio, en la sala de Diego, le ayudaban a vestirse. Diego se mostraba nervioso, caminando de un lado al otro de la pieza, viendo el reloj constantemente y sudando en frío. Al verlo en ese estado, Joaquín pidió que le sirvieran una copita de cognac para calmarle un poco los nervios.

En su cuarto, Adán se hacía bolas con la faja que no estaba acostumbrado a usar. Julio lo vio jalándose tan complicado atuendo y se enterneció al presenciar aquella escena. Con toda paciencia, ayudó a vestirse al pequeño, imagen misma de su inseparable Dulcinea.

Esthercita, Esperanza y Eusebio lucían elegantísimos en trajes de color negro, blanco, y accesorios en dorado.

Finalmente, la hora esperada llegaba con el estruendo de trompetas de un séquito de arcángeles.

Las bodas se celebraron en la capilla del pueblo, vestida en un mar de flores, luz, música y algarabía. La pequeña iglesia no se daba abasto para contener los cientos de asistentes que se desbordaban por las angostas puertas y ventanas. Los angelicales cánticos del Ave María se elevaban al cielo llevando en sus notas un mensaje de amor y de paz a todos los ahí presentes. Inocencia, envuelta en un traje de talle sobrio, de seda aperlada seguida por una nube de velos, y Diego, en traje regio, negro y blanco, recibían las bendiciones de un sacerdote que les deseaba una posteridad llena de felicidad y amor. Adán, en un traje idéntico al de su padre, caminaba al frente, llevando en las manos un cojín forrado de seda y encajes que contenían dos argollas de oro. Los novios escuchaban de los labios del sacerdote las palabras solemnes tradicionales que Diego e Inocencia habían esperado escuchar desde siempre:

—¿Tomas tú, Diego De las Casas a Inocencia Salvatierra como tu esposa, para bien, o para mal, hasta que la muerte los separe?

—Sí, Padre.

—¿Tomas tú, Inocencia Salvatierra a Diego De las Casas como tu esposo para bien o para mal, hasta que la muerte los separe?

—Sí, Padre.

El sacerdote tomó los anillos de las manos de Adán y los colocó en los dedos anulares de los novios. En un movimiento uniforme, los numerosos invitados que invadían la pequeña iglesia se levantaron en un gigantesco oleaje humano y aplaudieron con tanta fuerza que las viejas paredes de la modesta ermita se estremecieron. Diego e Inocencia se vieron a los ojos y en un beso, sellaron para siempre, un pacto eterno.

La sinergía que emanaba de los presentes transportó a los novios hacia el jardín de la iglesia. Inocencia sólo recordaba haber pasado de brazo en brazo y haber sentido cientos de besos depositados en la cara. Después recordaba un breve paseo en un carro tirado por caballos blancos, cubiertos de campanas y cascabeles que anunciaban la llegada de los novios hacia su tierra, su hogar. Los inmensos arcos que daban la bienvenida a los visitantes se encontraban forrados de blanco y dorado. El camino que los llevó hasta los jardines de la hacienda estaban cubiertos de flores de todos colores.

En el centro del jardín se encontraba una inmensa fuente cuyas aguas abundantes reflejaban todas las luces del arco iris. A un lado de la fuente se encontraba una mesa redonda, cubierta de rosas, sosteniendo un impresionante pastel de novios de varias tapas, decorado con cisnes blancos y cupidos dorados. La fuente estaba rodeada de cientos de mesas, cuyo perímetro daba la forma de un inmenso corazón. Era un corazón forrado de manteles blancos bordado en listones dorados. En el centro de cada mesa se encontraba un ramo de rosas frescas sostenido por dos cupidos. Además, doce violinistas paseaban entre los celebrantes, acariciando las cuerdas de los violines cuyas notas se perdían entre el bullicio de los invitados, quienes, con copas rebosantes de champaña, tomaban asiento en el sitio del enorme corazón que les correspondía. Un grupo de meseros se paseaba entre las mesas luciendo patenas de manjares exquisitos. Uno de ellos llevaba: Pollo Almendrado Verde, Pato en Jugo de Naranja, Pavos en Salsa de Nuez de Castilla; un segundo, presumía de: Conejo a la Criolla, Carne de Res en Salsa de Chile Pasilla, Puerco en Piña. Un tercero, distribuía platillos de Lomo de Puerco con Manzanas, Pollo con Castañas, Ternera con Alcaparras, entre otros. Como platillos secundarios, los comensales consumían Acelgas con Crema, Garbanzos con Pimientos, Nopales con Queso, y Hongos con Chipotle, acompañados de una variedad de buenos vinos y licores, añejos, Aperitivos Chapala y Cócteles varios. Para endulzar el paladar, se ofreció el pastel de novios, así como pastelillos de Boda, Chongos Zamoranos, Postre de Virrey, y Pastel de Avellana, servidos con café y copas de brandy. Todos los asistentes consumieron platillo tras platillo con la misma voracidad que el fuego extingue el leño.

Los invitados desparramados por los jardines, bailaban al son de diferentes orquestas que mantenían vivo el ánimo de la celebración. Al caer el sol, se llevó a cabo el brindis: de los labios de algunos de los presentes, ebrios de felicidad, brotaban palabras dulces de augurios a ambas parejas y al colosal choque unísono de las copas al aire, del centro del corazón, salieron varias docenas de palomas blancas que revoloteaban circunvalando las fuentes, las mesas, los novios y los invitados, en una expresión colectiva de alegría. Los novios no cesaban de admirarse ante tanta expresión de complacencia que todos les brindaban. Fue en evento en cuyo éxito, Esperanza y Eusebio vieron coronados todos sus esfuerzos.

Poco antes que terminara la reunión, los novios, exhaustos, se escabulleron entre la multitud y se escaparon a la intimidad de su alcoba. Esa noche, mientras Diego cubría a Inocencia de besos, le tomó las manos y le entregó un regalo envuelto en papel muy blanco y un moño rojo.

—Morena, ábrelo. Este es mi regalo de bodas para ti.

Inocencia tomó el regalo y lo abrió con todo cuidado. Dentro de una caja pequeña encontró dos pasajes de avión de ida y vuelta:

—¡París!, ¡París!, ¡París! Diego, eres un ángel.

—Esta será nuestra luna de miel, oficial.

—Diego, no sé como agradecerte este presente. En cambio yo…

—No te preocupes, Morenita, mi regalo, eres tú—tomando el vestido y despojándola del traje de novia, lentamente, pieza por pieza.

—¡Diego…!

—¡Inocencia…!

El lunes, a la hora del ocaso, la pareja de novios salía hacia su luna de miel. Al salir en el coche hacia el aeropuerto, los cielos estaban coronados de colores resplandecientes como sacados de la misma paleta con que Miguel Angel había pintado la Capilla Sistina. Al ver el cielo encendido de tal manera, Eusebio exclamó: "Mira, Esperanza, este día, Diosito mismo está de fiesta." En ese momento, se estremeció al recordar las palabras de la vieja partera el día que nació Inocencia: "Algo significante va a suceder durante el transcurso de la vida de esta criatura; de eso no me queda ninguna duda."

Esperanza vio a Eusebio intrigada sintiendo un escalofrío que le corría de una punta a otra del cuerpo. Se mantuvieron en pie unos minutos, como en trance, hipnotizados por la suprema belleza de la puesta del sol. Se tomaron de la mano y regresaron a su casa, en silencio, en su acostumbrado paso lento, seguro, cansado, en un ritmo unísono, como un baile que habían practicado por más de treinta años.

***

En París se respiraba un aire fresco y ligero. Era la época marginal en la que mueren los fríos del invierno y le daba la bienvenida a una reluciente primavera. Los campos se revestían de verde y las flores se vestían en sus mejores matices. Los pájaros, en bandadas, desde las copas de los árboles ofrecían un concierto a los enamorados.

Los recién casados dormían tarde, regozijándose en sus amores. No era un amor ansioso, desesperado, como el de antes. Más bien era un placer entre un hombre y una mujer de sensualidad madura. Comenzaba lentamente y a paso fijo llevando su propio compás, dejando que el cuerpo mismo se entregase plácidamente, despertando la piel y los cinco sentidos en su recorrido, permitiendo que la sabia de los cuerpos corriera libremente, que la respiración y los latidos del corazón se complementaran, se desbordaran y se saciaran, vaciándose el uno en el otro. Era un frenesí controlado al cual se entregaban deliciosamente una y otra vez. Despertaban entre blancas sábanas, abrían las ventanas de par en par y dejaban que la suave brisa les acariciara las pieles desnudas.

—¡Qué sabroso es amanecer en París, Diego, y en tus brazos!

Por las tardes, se paseaban por las calles, tomados de la mano, compartiendo secretos:

—Inocencia, el mar, en su lenguaje callado me ha dicho tantas cosas. Al mar le he confesado todas mis angustias y me ha escuchado. El perpetuo vaivén de las olas ha mitigado mis penas. En lo infinito de las aguas, me he encontrado a mí mismo, cara a cara con todas mis debilidades y en medio de aquel espacio infinito, no tuve nada detrás de qué esconderme. Me vi forzado a encontrarme y lo que vi, me disgustó. El océano Inocencia, me ha enseñado las lecciones más duras sin ponerme un dedo encima, sin calumniarme, sin regañarme, sin humillarme, sin hacerme sentir menos de lo que soy. Es por él que me encuentro aquí, contigo. Al mar le debo la paz y tranquilidad que ahora siento. Ha sido mi mejor consejero.

Diego, el instante que sentí en mi vientre la semilla de tu amor y el mío, supe que nada sería igual. Comencé a ver al mundo desde un punto de vista multilateral, como un cubo transparente, con ínfimas posibilidades. Lo único que me importó fue dar luz a un bebé sano y descubrir en él un sentido naciente. Sí, fue Adán quien me ha enseñado la lección más valiosa. Olvídate de los libros de filosofía, de literatura, los viajes, aun el mar. Cuando nació nuestro hijo y me vi reflejada en sus pupilas, vi en ellas nuestro pasado, nuestro presente y nuestro futuro. Desde entonces, no me importó nada más que crear un mundo mejor para él. Ya ves, cómo nuestro Dios en toda su sabiduría se vale de diferentes formas para llamarnos la atención. Todos pasamos tantos años viviendo en tinieblas, viviendo de mentiras, engaños, envidias, topándonos contra muros que nosotros mismos inventamos. ¡Qué desperdicio de tiempo y de energía! La verdad es tan sencilla, siempre a nuestro alcance, y nosotros, como necios, no la vemos. Míranos, Diego, tenemos a nuestras familias, amigos, tierras fértiles que atender, y toda una generación que revigorizar. ¿Qué más podemos pedir ahora? En realidad, hemos sido muy afortunados.

—Sí, ahora, sí. Creo que somos los dos seres humanos más afortunados del mundo.

De esa manera, caminando a lo largo del río Sena, cruzaban los puentes y terminaban en Nuestra Señora de París, deteniéndose aquí y ahí, besándose contra los muros del Arco del Triunfo, o bailando bajo las macizas patas de la Torre Eiffel. En el Museo de Louvre, admiraban las pinturas de los grandes maestros; en el Palacio de Versalles, se reflejaban en la Sala de los Espejos y se mojaban los pies, cansados, en las fuentes de los incomparables jardines. En otra ocasión, recorrían las aguas tranquilas que cruzaban la capital en un barco; tomaban fotos bajo las estatuas de Victor Hugo en el patio de la Sorbonne; acariciaban los libros en las antiguas librerías del Barrio Latino, o ya bien, seguían los pasos de famosos escritores, pintores y poetas que hicieron de París el sueño de todo bohemio y libre pensador. Inocencia caminaba, respiraba el aire puro y le decía a Diego:

—La verdad es que esta ciudad lo encierra todo; es romántica como el primer beso; es única. Una vez pensé que París era una poesía de versos tristes; hoy, no: hoy me parece que es una poesía de gozo divino.

—Inocencia, la última vez que nos vimos aquí, este lugar me dejó un sabor amargo en la boca. Tenía que regresar contigo y recorrer toda la ciudad, quitándome el mal sabor con tu dulzura.

—Sí. También yo sufrí una decepción enorme. Pero ahora, no podría concebir una felicidad más grande.

—Sabes, Morenita. Cuando me veo en tus ojos creo que existe un Dios muy grande que lo sabe todo, que lo perdona todo.

—Lo mismo creo yo.

Durante el último amanecer, ambos despertaron temprano, sin poder dormir. Al dejar aquel lugar apartado, único testigo de sus confidencias y de sus amores, sintieron un leve dolor que les venía de muy adentro; no sabían explicarse; era un presentimiento. Algo les decía que al abandonar su edén, la realidad que les esperaba, era otra.

Veintidós

No Quedará Piedra sobre Piedra

Y así fue. Aún no terminaban de saborear su renovada intimidad cuando sintieron que las nuevas obligaciones, como manos invisibles, les quitaban las cobijas y los dejaban desnudos antes miles de nuevas responsabilidades.

Al regresar de París, una mañana soleada, Diego e Inocencia paseaban a caballo por las inmediaciones, haciendo un sondeo mental de las tierras, los negocios y demás propiedades que les habían legado. Cabalgaban lentamente, viéndolo todo con ojos diferentes. Sabían que ahora todo eso les pertenecía pero se les hacía difícil, en un latido del corazón, adoptar su fortuita postura. Por donde pasaban, los empleados se quitaban el sombrero y con todo respeto, les hacían una honda caravana saludándolos:

—Buenos días, patrón. Buenos días, patrona.

Ese simple saludo los extirpó del dulce sueño desde la raíz, cual una hortaliza es extraída del subsuelo. Al escuchar esas palabras, sintieron que una fuerza extraña los forzaba a caer en la horma de un zapato viejo, de un molde en el cual, para ellos, no había cabida. El contorno era anticuado, incómodo, sofocante. Ambos supieron entonces que se había llegado la hora de establecer algunas reformas en cuanto a la nueva administración de la hacienda que saltaban a la vista.

Diego se convirtió en la sombra de don Miguel. Lo observaba manteniendo el funcionamiento de las plantas, dando órdenes a los socios, supervisando a los trabajadores, haciendo pedidos de materia prima, llevando una complicadísima contabilidad, y tantos asuntos más. Lo seguía, intentando absorber más de veinte años de conocimientos y experiencia en el manejo de las distintas fases de la administración, en una cápsula del tiempo. Nunca imaginó que durante su ausencia, la hacienda se hubiese convertido en una empresa de tales dimensiones y complejidad. Se admiraba de la entereza con la que el mayordomo mantenía todo en marcha, aparentemente eficiente.

Una vez que pasó por el breve período de encantamiento como administrador, el nuevo dueño comenzó a ver más allá de lo superficial. El velo de la ilusión fue cayendo y dejando en claro los desperfectos. Esta vez veía a la hacienda como un enjambre de plantas cansadas por el desgaste del tiempo; maquinaria, equipo y herramientas que en comparación a la moderna, tenía facha primitiva, cuyos años de gloria habían pasado. Al escuchar la creciente voz de perplejidad de Diego, con todo tacto, don Miguel ofrecía explicaciones:

—Verá usted, Diego, hace ya años yo le expliqué a su padre que las plantas en la hacienda requerían atención constante. El hacendado se conformaba con hacer reparaciones superficiales para taparme la boca. Me juzgaba de un viejo exigente y exagerado. A don Rodrigo lo alumbraba más el brillo de la plata que el mantenimiento eficaz de la hacienda. A su muerte, la patrona no mostró interés alguno en la restauración de las plantas y lo dejó todo en mis manos. Yo hice lo que pude para mantener la hacienda a flote, pero como ve usted, no hago milagros. La hacienda está en la necesidad de actualización en general. Si su padre me hubiera hecho caso desde un principio, todo esto funcionaría a la perfección.

Diego lo escuchaba atentamente, sin demostrar ninguna seña de contrariedad. Simplemente reparaba, escudriñaba, anotaba.

Inocencia, igualmente, tenía una visión que se extendía más allá de la operación de las plantas.

—Diego, si es verdad que vamos a reconstruir esta hacienda, tenemos que hacerlo desde los cimientos. Los edificios en sí no son nada sin el esfuerzo de los empleados. ¿Por qué no comenzamos por enfocar nuestros esfuerzos de rehabilitación en los trabajadores mismos?

—Sí, en eso también había pensado.

—Veo el cansancio en sus ojos; lo presiento en el lenguaje mudo de una frustración colectiva. Es nuestra obligación poner a su alcance algún aliciente; algo más que una desesperante jornada de trabajos pesados. Si no los escuchamos nosotros, ¿quién lo va a hacer?

Entre los dos comenzaron a hacer una investigación sobre las condiciones de trabajo en la hacienda. Entrevistaron a docenas de empleados a quienes les pidieron su honesta opinión y quienes les hablaron de su pesadumbre, abiertamente, sin temor a ser castigados. Después de varias semanas de escrutinio minucioso, no tardaron en reconocer que hacía tiempo, la hacienda iba de pique, no solamente en la operación de las plantas, sino en la desazón de los empleados: Era absolutamente indispensable implementar un plan tanto para recobrar la rehabilitación del ser humano, como la reconstrucción de los edificios.

Ambos visualizaron una completa transformación de todas las plantas y sobre todo de las condiciones de trabajo. Dicha tarea les tomó el resto del otoño. A fines de noviembre, cerca de la media noche, Diego e Inocencia estudiaban los resultados de la indagación. Diego se rascaba la cabeza un tanto impaciente:

—Morena, creo que hemos heredado una hacienda en un lento estado de desintegración, al igual que los trabajadores.

—No te ofusques. Aún está en pie. Lo que necesita es una reedificación, la cual tomará tiempo, pero es posible.

—¿Sabes? Tantos años que anduve de vago por todas partes, sin rumbo ni ambición y me preguntaba: ¿Por qué me siento tan extraviado? ¿Por qué no encuentro mi camino? Ahora lo sé. Esta, Inocencia, ésta es mi misión. Esta es nuestra misión. Revitalizar esta hacienda de principio a fin y de ofrecer a nuestros empleados un trato humanitario y una existencia de calidad.

—Bien dicho, amor. Basta de sentirnos víctimas de nuestras circunstancias. El Señor nos ha dado los medios para solucionar todos los problemas.

—Inocencia, sabía que nuestros caminos se habían cruzado por alguna razón, pero no ha sido hasta ahora que lo veo todo tan claro, tan cristalino como el agua. Ahora sí, siento que voy caminando sobre terreno firme.

—Nos queda mucho camino que recorrer, pero tenemos todo lo necesario.

—¡Ay, Morenita de mi alma, no sabes lo que nos espera!

—Sí sé, y no me asusta, porque hemos caminado por las brasas y no nos hemos calcinado. Aún estamos vivitos, cuerdos y con los pies bien plantados sobre esta bendita tierra.

—Inocencia, eres la columna donde me sostengo.

—Y tú eres la estrella que ilumina mi camino.

Diego la tomó en los brazos y le susurró al oído: "Basta de trabajo, por hoy. Te llevaré a un lugar perfecto donde podamos ver todas las estrellitas que quieras…"

Una semana después, satisfechos con sus resultados y propulsados por una inercia incontenible, fijaron una junta con don Miguel, durante la cual compartieron sus investigaciones, así como la solución a todos y cada uno de los problemas que los acosaban. Diego, con la faz iluminada, le explicaba:

—Don Miguel, sabemos que sin usted, esta hacienda no fuera más que un aburrido tema de conversación entre los ricos hacendados. No se mortifique, contamos con su valiosa experiencia y usted, cuenta con nuestro apoyo incondicional para resucitar estas plantas.

Nuestra visión es implementar un sistema basado en el respeto, la protección y la igualdad que se merece todo empleado. Todos tendrán la oportunidad de mejorar y de superarse. Los títulos de patrón y patrona quedan estrictamente prohibidos. De ahora en adelante, a todos, fuese cual fuese su posición, se les llamará por sus nombres.

Asimismo se garantizarán nuevas prestaciones: Aumento de sueldo, inmediato, a todos los empleados por igual; jornadas de trabajo de no más de 40 horas a la semana con pago adicional por horas extras; dos semanas de vacaciones anuales, pagadas; se respetarán los días de fiesta; se ofrecerá representación legal; seguro médico; mejores condiciones de vivienda.

Además se establecerá un Centro de Alfabetización para los empleados y sus hijos menores; un Centro de Capacitación para infundir los preceptos de una paternidad responsable entre los jóvenes; se ofrecerá entrenamiento en los diferentes oficios en la hacienda para obreros desempleados.

Las hectáreas no cultivadas, las distribuiremos entre campesinos quienes cuenten con los medios y el empeño para cultivarlas, dándole prioridad a los mismos empleados de la hacienda.

En cuanto a la tecnología, reuniremos a los supervisores de las plantas y entre todos elaboraremos un plan de actualización en general. Diseñaremos nuevas construcciones. Alocaremos fondos y viajaremos por todo México y al extranjero, si es necesario, para comprar la maquinaria, el equipo, y las herramientas más modernas y eficientes que se hayan concebido. Instalaremos un sistema de computación y entrenaremos a todos en el nuevo sistema de industrialización y comercio.

La administración será el deber y el interés de todo partícipe en el reemplazante sistema comunal, con cada empleado como un miembro válido y contribuyente. Las plantas serán reguladas por un grupo de empleados con representación equitativa dentro del cual todos, incluyendo a nuestro hijo, Adán, será un miembro más. Dicha comunidad será alimentada por un centro de adiestramiento y capacitación la cual producirá elementos provistos de una formación robusta y global. Tanto hombres como mujeres serán dotados para desempeñar faenas de lo más elemental a lo más complejo.

El sueño de Inocencia es de capacitar a la mujer para desempeñar oficios de administración, con el fin de establecer un equilibrio ecuánime en la fuerza de inteligencia y de labor. Estamos convencidos que México posee una riqueza ilimitada en su fuente más prolífica: la ciudadanía misma. Nuestra comunidad es una mina escondida que contiene un potencial fabuloso. Por sus venas corren vetas de metales preciosos y vírgenes esperando ansiosamente a la palabra mágica que toque a las puertas: LA OPORTUNIDAD. Ahora que tenemos la llave en nuestras manos, abriremos las compuertas de dicho hallazgo que por siglos, a los trabajadores se les ha negado.

Por medio de este plan, prometemos extirpar, de una vez por todas, el concepto obsoleto de los grandes hacendados: un puñado que vive en la abundancia a costas de cientos de obreros que viven en la pobreza, por generaciones, aniquilando el mito exiguo que ser rico y poderoso es la meta suprema del ser humano. En su lugar, reconstruiremos un sistema productivo de igualdad y de justicia, que en un futuro cercano sea el trabajador, el beneficiario de los frutos de la empresa.

Como último comentario, Diego resumía:

—Estamos al borde de dar a luz a una época naciente, con una meta concreta donde todos seremos participantes de un sistema vibrante y progresista. Reconocemos que será una misión que tomará meses; no, años; pero lo lograremos, don Miguel. Esta es la meta que Inocencia y yo nos hemos fijado.

Don Miguel desmenuzó el plan y los escuchó detenidamente. Después de hacerles incontables preguntas y de ofrecer varias sugerencias, les expresó admiración por la suspicacia intuitiva empresarial y la compasión hacia los empleados que habían demostrado:

—Diego, Inocencia, yo mismo no podría haber llegado a conclusiones más sobrias. Creo que entre los tres podremos poner en práctica su visión y ejecutarla con todo éxito. Dirigiéndose a Diego, le confesó:

—Cuenten conmigo. Nada me brindará más satisfacción que poner en marcha su obra. Es una visión magnífica, merecedora de estas tierras. Los felicito.

—Don Miguel: Usted ha sido mi ejemplo y el prototipo del hombre que necesitamos forjar.

Se despidieron los tres, deseándose éxito recíproco y proponiéndose a ejecutar el plan a la menor brevedad posible.

Al llegar a su casa, el señor Alvarez abrió la mejor botella de escocés. Sirvió dos copas. Le llevó una a su mujer, sorprendiéndola en la cocina preparando un sabrosísimo pozole.

—Cariño, ven, toma una copa conmigo. Hoy he conocido a una pareja que me ha quitado veinte años de encima y hará todos nuestros sueños, una realidad.

Anatalia, lo veía sospechosa:

—Miguel, ¿a qué pareja de refieres?

—A Diego y a Inocencia, mujer. Hoy se han abierto los cielos y el Señor me ha permitido ver un cachito del paraíso…¡Salud!

Una vez terminado el plan de reconstrucción general, Diego convocó a todos los empleados a una junta general exponiéndoles la nueva filosofía y su propuesto método de operación. Mientras él e Inocencia hablaban, no se oyó ni el zumbido de una mosca. Cada palabra caía sobre el alma del trabajador que veían como tierra desértica y quebrajada, como un torrente de agua fresca, saciando su sed de justicia. Diego terminó el discurso diciendo:

El primer edificio que reconstruiremos será la Casa Grande: último y máximo símbolo que personifica todo aquello que necesitamos derrumbar. ¡NO más! ¡NO en estas tierras!

Los empleados recibieron el plan de renovación con una aceptación resonante. Se pusieron de pie y aplaudieron por varios minutos. Un nuevo brillo se reflejó en sus ojos y una luz de esperanza iluminó sus opacos corazones. Toda la hacienda se incendió de una sinergía contagiosa.

—Y para demostrarles que nuestras intenciones son genuinas— proclamó Diego—tomen sus herramientas de trabajo y síganos.

Dicho eso, Diego, Inocencia y Adán encabezaron un desfile de empleados, sumándose a ellos Anatalia, don Miguel, Esperanza, Eusebio y Esthercita. Diego y los Salvatierra entraron en la Casa Grande y comenzaron a desnudar las piezas y a distribuir todo lo de valor que en ésta se encontraba: muebles, alfombras, tapices, vajillas, pinturas, y objetos de porcelana. Los empleados sentían que habían saqueado las arcas de la tesorería nacional y que una pepita de oro había caído en sus manos. En seguida, Diego e Inocencia tomaron pico y pala y comenzaron a derrumbar una pared. Los empleados, impulsados por el ímpetu de aquella pareja, los imitaron. Los obreros rodearon la casa y continuaron, por horas enteras, en aquella tarea de desmantelamiento material, y al mismo tiempo, edificante. En cada golpe, en cada ladrillo caído, descargaban una migaja de la opresión contenida. Fue un acto de terapia absolvente y colectivo. Al ver concluida la faena, Diego alzó los brazos al cielo y proclamó en tono triunfante:

—¡Compañeros! ¡NO QUEDARA PIEDRA SOBRE PIEDRA!

¡Sobre estos cimientos, reconstruiremos una vida nueva y mejor, para todos y cada uno de nosotros!

Los empleados, invadidos de júbilo tomaron a Diego y a Inocencia sobre los hombros y los pasearon a lo largo de las ruinas de los viejos hacendados. Así pusieron fin, entre gritos y aclamaciones, a muchos años de ahogado despotismo y tiranía sufrido a manos de doña María Teresa Montenegro y don Rodrigo de Las Casas, quienes en las tumbas, se convertían en un puñado de cenizas, confundiéndose con la tierra misma que los devoraba y que irónicamente, llegó a ser su última morada.

——————— *** ———————

Esa misma noche, rodeada de sombras y silencio, Diego e Inocencia caminaban lentamente por los alrededores de la hacienda. El paseo fue llevándolos a lo largo del río que atravesaba gran parte de las tierras. Hablaban en voz baja, como solían hacerlo cuando estaban solos. Diego pasaba la mano derecha, suavemente, por la espalda de Inocencia y la descansaba en su cintura. Inocencia lo abrazaba con el brazo izquierdo y así, lentamente, se iban internando entre los árboles e invadiendo el mundo de fantasía; un mundo que ellos, desde niños habían inventado, y en el que sólo había cabida para dos seres que, sin pronunciar palabra, se decían todo. Después de largo rato, Diego se atrevió a romper el silencio de la noche, estrechó a Inocencia contra su pecho y le dijo:

—Te prometo, Morena, que de hoy en adelante nuestra vida será una aventura maravillosa.

—Amor mío, creo que la aventura más extraordinaria de todo ser humano, es, indudablemente, la vida misma; y tú y yo la hemos vivido a manos llenas.

fin

RECONOCIMIENTOS:

En primer lugar, a

Dios,

Supremo Creador,

por darme el regalo más preciado que es la vida,

y al

Espíritu Santo,

por su Inspiración Divina.

Yo soy simplemente el producto de generaciones quienes, con el sudor de su frente, lograron sobrevivir muchos años de obstáculos que la vida les presentó y que lograron conquistar. A todos ellos, cuyos nombres el polvo de la historia ha cubierto, les ofrezco mi más profundo agradecimiento.

Un millón de gracias no comenzaría a expresar mi agradecimiento a las siguientes personas:

A mis abuelos: Ramón y Francisca Armenta, Romero+, y Miguel y Rosarito Armenta, Alvarez+. A mis padres: Miguel Armenta+ y Natalia Armenta, por años de incansable sacrificio, quienes, con su ejemplo e infinita paciencia me enseñaron el significado de las palabras: fe, respeto, esperanza y amor incondicional. A mis tíos: Andrés[+] y Alejandro Armenta Alvarez[+]. A mis tías: Leonor Armenta Yépiz[+], Angelita Armenta Ruiz[+], Amalia Armenta Montero[+], y Rosa Armenta De La Fuente[+], y a sus familias. A mis hermanos: Miguel Armenta, Rosa Delia Armenta de Melicoff, Rubén Armenta, Jesús Adolfo Armenta e Inés Armenta García y a sus familias, gracias por compartir toda una vida llena de cariño, alegría y comprensión irreemplazables. A Francisco Miranda y familia. A la señora Mary Green+ y al doctor José Orozco+ por haberme salvado la vida. A mis compadres, ahijados, y cuñados. A Rosa María López de Castro, por sus finas atenciones hacia mi madre. A mis suegros: Evangelina y Louis DesGeorges, con todo respeto y agradecimiento por haber traído al mundo a una persona extraordinaria: Frank Patrick DesGeorges, mi esposo y compañero inseparable los últimos veinte años, con quien conocí la felicidad y el amor verdadero. Gracias, por su paciencia infinita, apoyo e inquebrantable fe, en mí. Tomados de la mano, hemos compartido una excitante y apasionante aventura. A mi perrita, Dulcinea, fiel compañerita en mis horas de trabajo, y en mi travesía por desiertos, playas y montañas. A mis amigos y vecinos de la Avenida Durango, de Cananea, Sonora; de Tijuana, Baja California; de Madrid, España; de Roma y Perugia, Italia; de Tucson, Arizona; de Los Angeles y de San Diego, California. A otras personas que han enriquecido mi vida: compañeros, profesores, estudiantes, colegas. A Estelle Chacón+, espíritu del movimiento Chicano, y Dana Patterson, quien fue la primera persona en visualizar la publicación de este libro. A Patrizia Macciocci por su cálida hospitalidad en Roma, Italia.

Al los padres Ricardo Monge+, y Elias Rafael Portela; a los Colegios Esperanza y Progreso de México, así como al programa EOP de la Universidad de California en San Diego, y San Diego State University, por haberme abierto las puertas hacia el absolutamente indispensable y fascinante mundo de la formación académica bilingüe.

A mis compañeros de andanzas en mis años universitarios: Lucía Alaniz, Norma Quiñones, Victoria Delgadillo, Carmen y Guadalupe Angeles, Patricia DeFraga, Frank Valdez, Nicolás Aguilar, entre otros. A Thomas Papagna. A la organización Council of Churches por patrocinar un inolvidable verano de intercambio estudiantil en Australia, y a mi buen amigo, Alberto Guerrero, quien compartió esta aventura conmigo. A Ruth Abadi Broudy, incansable educadora y a su familia ejemplar.

A los correctores de Inocencia, primera fase: mi hermano Miguel Armenta, gracias por sus sugerencias y meses que tomó en leer mi masiva obra, mi hermana Inés Armenta García, así como a Yolanda Moheno, Elizabeth Williams, Carmen Graizbord e Irma Yépiz, hija.

A mi correctora principal: Jaquelin Fematt Dutson, por creer en mí. Ella fue mi mano derecha en el minucioso proceso de esculpir una roca gigantesca y después de meses de dedicada labor, ojo literario y detalle técnico, la pulimos en un libro digno de ser publicado. Esta obra no hubiese sido posible sin su colaboración. Le estaré por siempre agradecida.

A Linda Estrada, (LaLinda), amiga y pintora de gran talento, por haberme obsequiado la acuarela original para la portada de este libro, y que ha coronado mis esfuerzos.

A la Casa Editorial, 1st. Books Library, de Bloomington Indiana, y a su equipo publicitario representado por Charles Henderson, Chip Shelton y Sandra Powell, por darle a una escritora principiante la oportunidad de que su libro viera la luz del día. ESTE LIBRO NO HUBIESE SIDO POSIBLE SIN SU INTERVENCION.

A mi mejor amiga, Yolanda Peraza Moheno, quien inspiró el personaje de "Pilarica." A mis trece ángeles, encabezados por Beatriz Guadalupe Lara Nielsen+, amiga de la juventud, cuyas experiencias, belleza y energía espiritual inspiraron la creación del personaje de Inocencia, y cuyos ojos tapatíos me iluminaron el camino. A Patrick y a Desiré+, dos angelitos que desde el cielo, me cuidan con tanto celo. Que Dios los tenga en su Santo Reino.

A usted, querido lector. Gracias por compartir su valioso tiempo conmigo. Que Dios lo bendiga y lo recompense inmensamente.

AUTORES Y FUENTES LITERARIAS

Quiero dar reconocimiento a las siguientes fuentes literarias y agradecer, de una manera muy especial, a los siguientes autores, cuyas palabras he citado en este libro:

"Señora Santa Ana...."
Canción de Cuna, antigua, de origen español. Autor desconocido.

CAMINITO, de Juan de Dios Filiberto y Gabino Peñaloza.

I FEEL PRETTY, de Stephen Sondheim.

ROSA MARIA SE FUE A LA PLAYA, de Miguel (Mike) Laure.

PIEL CANELA, de Bobby Capó.

Lira 211: QUE EXPRESAN SENTIMIENTOS DE AUSENTE, Sor Juana Inés de la Cruz.

PUEDO ESCRIBIR LOS VERSOS, de Pablo Neruda.

AMORES, de Mari Trini.

DON QUIJOTE DE LA MANCHA, de Miguel de Cervantes.

LA MUJER QUE YO QUIERO, de Joan Manuel Serrat.

EVIL WAYS, de S. Henry.

EL GATO EN LA OBSCURIDAD, de Roberto Carlos.

LOS SALMOS: Salmo 23: TU, SENOR, ESTAS CONMIGO, de la Sagrada Biblia.

Printed in the United States
807500002B

9 781403 316325